『동아일보』의 독자 참여 제도와 문예면의 정착

글쓴이

손동호 孫東鎬, Son Dong-ho

연세대학교 근대한국학연구소 HK연구교수. 연세대 문리대 국어국문학과 및 동 대학원 졸업. 문학박사. 연세대(미래캠퍼스) 인문예술대학 국어국문학과 강사. 현 연세대(미래캠퍼스) 근대한국학연구소 HK 연구교수. 최근 연구로는 「식민지 시기 『매일신보』의 신년현상문예 연구」(2019), 「식민지 시기 『조선일보』의 신춘문예 연구」(2020), 「식민지 시기 신춘문예 제도와 작문 교육」(2021) 등이 있으며, 공저로는 『근대지식과 '조선−세계' 인식의 전환』(소명출판, 2019), 『20세기 전환기 동아시아 지식장과 근대한국학 탄생의 계보』(소명출판, 2020), 『텍스트로 보는 근대한국』(세창출판사, 2020) 등이 있다. 이밖에 『만세보 논설 자료집』(소명출판, 2020), 『근대 신춘문예 당선 단편소설』(소명출판, 2021) 등의 자료집을 출간하였다.

『동아일보』의 독자 참여 제도와 문예면의 정착

초판인쇄 2021년 11월 30일 **초판발행** 2021년 12월 10일
지은이 손동호
펴낸이 박성모 **펴낸곳** 소명출판 **출판등록** 제13-522호
주소 06643 서울시 서초구 서초중앙로6길 15, 2층
전화 02-585-7840 **팩스** 02-585-7848 **전자우편** somyungbooks@daum.net **홈페이지** www.somyong.co.kr

값 30,000원 ⓒ손동호, 2021
ISBN 979-11-5905-658-1 93810

이 책은 2017년 정부(교육부)의 재원으로 한국연구재단의 지원을 받아 수행된 연구임(NRF-2017S1A6A3A01079581)

연세
근대한국학HK+
연구총서
006

『동아일보』의
독자 참여
제도와
문예면의 정착

손동호 지음

THE READER'S PARTICIPATION SYSTEM
AND THE DEVELOPMENT OF LITERARY
SECTION IN DONG-A ILBO

책머리에

이 책의 관심은 한국 근대문학이 형성되는 과정에서 매체가 어떠한 역할을 수행하였는지 밝혀내는 데에 있다. 근대 시기 매체는 근대문학의 주된 발표지면으로서 문학사 기술을 위한 물질적, 문화적 토대였다는 점에서 중요한 가치를 지닌다. 따라서 근대문학에 대한 연구를 수행하기 위해서는 매체에 대한 연구가 필수적이다. 매체의 성격이나 편집진의 구성, 그리고 매체가 상정한 독자층에 따라 매체가 선별한 문학작품의 양상도 함께 변모하기 때문이다. 근대 매체를 기반으로 한 근대문학의 역동성은 매체의 독자가 수동적인 존재에 머물지 않고 문학작품의 창작 주체로 변모하는 지점에서 확인할 수 있다. 이러한 극적인 위상 변화는 근대 매체가 문예면을 개설하고 독자 참여 제도를 시행하는 등 제도적인 기반을 마련했기 때문에 가능하였다. 이에 본문에서는 독자층의 세분화를 촉진하는 한편 문예면의 정착에 관여한 독자 참여 제도와 해당 제도에 의해 발표된 실제 문학작품을 분석함으로써 근대문학 형성 과정의 일단을 고찰하고자 한다. 구체적으로 각 독자 참여 제도의 시행 배경과 전개 과정을 밝히고, 각 제도의 특징과 의의에 대해서 논의하고자 한다.

『동아일보』는 이천만 조선 민중의 표현기관을 자처하며, 문화운동의 선전기관으로서 중심적인 역할을 담당하였다. 그리고 신문의 영향력을 가늠할 수 있는 신문의 발행부수만 하더라도『동아일보』는 총독부의 기관지였던『매일신보』의 발행부수를 추월하였다. 이 책은 매체의 발행 기간과 독자층에 대한 인식, 그리고 독자에 대한 영향력 등을 근거로, 식민지 시기 독자 참여 제도와 문예면의 정착 과정을 연구하는 데『동아일보』가 적합하다고 판단하였다. 이에 식민지 시기 대표적인 민간지 『동아일보』를 대상으로 논의를 진행하고자 한다. 3·1운동 이후 총독부는 문화정치를 표방하며 언론의 자유를 보장할 것처럼 선전하였다. 하지만 4차에 이르는 정간 조치와 1940년의 강제 폐간이 보여주듯이 실제로는 신문 매체에 대한 검열을 강화해 나갔다. 『동아일보』는 총독부의 언론 통제에 대해 문예면의 개설 및 증면으로 대응하였다. 문예는 비정치적인 영역에 속해 있어 비교적 검열에서 자유로웠으며, 민중 계몽에도 효과를 발휘하였기 때문이다. 독자 참여 제도는 여성과 아동 등의 새로운 독자층을 호출하고 다양한 문학 장르를 실험했을 뿐만 아니라 문예면이 정착하기까지 결정적인 역할을 담당하였다.

'독자문단'은 『동아일보』가 문예물을 전면에 내세운 최초의 독자투고이다. 독자투고는 근대 시기 계몽의 대상에서 발화의 주체로 변모하는 독자의 모습을 보여준다. '독자문단'은 1차 정간 이후 신문의 속간과 동시에 시행되었다. 이로 미루어 보아 '독자문단'은 기본적으로 독자들의 직접 참여를 유도하여 독자를 확보하고자 하는 목적에서 시행되었음을 짐작할 수 있다. '독자문단'은 지면의 제한으로 인해 산문보다는 운문이 차지하는 비중이 높았다. 운문 장르가 주로 개인의 정서를 담아내었다면, 산문 장르는 사회적인 문제를 주로 다루었다. '독자문단'에 수록된 산문은 1920년대 산문 양식의 다양성을 보여준다는 점에서 중요한 가치가 있다. '독자문단' 신설 초기에는 전문작가의 작품을 집중 배치함으로써 독자들에게 문예물에 대한 이해를 돕고, 문학 장르에 대한 학습을 유도하였다. 즉 '독자문단'은 독자가 전문작가의 작품을 통해 문학적 글쓰기를 학습하는 일련의 재생산 과정을 보여주었다고 볼 수 있다. '독자문단'에 적극적으로 참여한 독자들 중에는 이후 문단에서 활약하게 될 조운, 김명호, 한설야, 유도순 등을 발견할 수 있다. 이는 '독자문단'이 일종의 '근대 문인의 예비적 장소'이기도 하였음을 의미한다.

'동아일보 발행 일천호 기념 현상'은 문예면이 신설될 수 있는 기반을 마련했다는 점에서 중요한 의미를 지닌다. 해당 현상문예의 시행 결과, 매주 일요일마다 독자들의 작품을 발표하는 '일요호'가 신설되며, 이후 '월요란'을 거쳐 '문예란'으로 정착하기 때문이다. 이는 비상시적으로 시행되던 문예 기획이 상시적인 문예면으로 정착되는 과정을 보여주는 동시에, 독자 참여 제도가 문예면의 정착에 직접적으로 기여했음을 증명한다. '독자문단'을 시행하면서 독자들의 문학 창작 가능성에 확신을 가진 『동아일보』는 모집 부문을 대폭 확대하여 현상문예를 시행하였다. 신문사의 대대적인 홍보, 고액의 현상금, 독자들의 투고열 고조, 독자 참여 제도의 정비 등으로 인해 현상문예는 성공적으로 시행될 수 있었다. 현상문예는 지면 제한에서 자유로워짐에 따라 '독자문단'에 비해 운문과 산문의 비중이 대등하게 유지되었다. 현상문예의 모집 부문별 당선작들은 사회적인 문제를 주로 다루었다. 이는 조선 민족의 자긍심을 고취하는 내용을 담아 민족지로서의 정체성을 강화하는 한편, 총독부 정책에 대한 노골적인 비판을 다룸으로써 『매일신보』와의 차별화를 꾀하고자 한 것으로 이해할 수 있다. 현상문예 당선자 중에는 다른 모집 부문에 중복 당선되었거나, '독자문단'에 참여했던 독자들이 있었다. 이와 같은 '적극적인 독자'의 발견은 이후 신춘문예 시행의 강력한 원동력이 된다.

신춘문예는 당선 여부에 따라 독자를 작가로 공인하는 제도로서, 독자의 위상 변화를 가장 상징적으로 보여주는 독자 참여 제도이다. 현상문예를 통해 독자들의 글쓰기 욕구와 문학적 글쓰기의 잠재력을 확인한 『동아일보』는 신춘문예를 통해 다수의 신인을 배출함으로써 '신진작가의 발굴'이라는 시행 목적을 달성하였다. 신춘문예를 통해 등단한 작가들은 이후 문단에서 본격적으로 활약함으로써 조선 문단의 발전에 기여하였다. 신춘문예 단편소설 당선작은 노동자나 농민을 주인공으로 내세워, 그들의 실제 삶의 모습을 그려내는 등 현실 문제를 주로 다루었다. 이는 식민지 삶의 실상을 고발함으로써 신문사가 전개한 문화운동의 정당성을 확보하기 위한 것으로 보인다. 『동아일보』는 신춘문예 시행 첫해부터 문예계, 부인계, 소년계 등으로 독자의 층위를 구분하여 작품을 모집하였다. 이는 여성과 아동이라는 새로운 독자층을 발굴하여 가정란과 아동란을 신설했던 매체의 지면혁신 정책과 연계된 작업이자, 이전 시기 독자 참여 제도의 전통을 계승한 결과였다. 동화는 바람직한 아동상을 제시하여 조선의 미래를 짊어질 아동들을 계몽하였으며, 작문은 습작을 통한 조선어 글쓰기의 보급 및 아동 계몽을 목적으로 시행하였다. 신춘문예는 각 장르별 당선작과 함께, 당선작에 대한 심사평인 선후감도 공개하였다. 선후감은 당선작 선정 과정의 투명성과 공정성을 담보하는 제도적 장치였다. 독자들은 선후감을 통해 문학 창작 이론을 학습하고, 작품에 대한 비평적 안목을 기를 수 있었다. 이로써 신춘문예는 문학 창작층의 발굴 및 확대에 기여하는 동시에 독자들의 문학 이해 수준을 높여줌으로써 문단의 발전에 밑거름이 되었다.

'신인문학콩쿨'은 문학에 적용된 최초의 콩쿠르로, 신문 매체 중에서는 『동아일보』만 유일하게 시도한 독자 참여 제도이다. 해당 콩쿠르는 김영석, 김이석, 조남영 등을 입선시키는 성과를 거두었다. 1930년대 말,

총독부가 국가총동원법을 공포하자 문화운동은 물론 문단 또한 극도로 침체되었다. 『동아일보』는 이러한 문단 침체의 극복을 내세우며 '신인문학콩쿨'을 시행하였다. 정체된 문단 상황을 환기하기 위해 신인을 발굴해야 한다는 문단의 요구를 신문사가 수용한 결과였다. 당시 『동아일보』는 4차 정간에 이은 속간 이후, 문예물 수급에 어려움을 겪었다. 게다가 각 신문사마다 경쟁적으로 신춘문예를 시행했기 때문에 신춘문예와는 차별화된 등단 제도가 필요했다. 이에 『동아일보』는 응모자격을 강화하고, 단편소설과 희곡에 집중하여 콩쿠르를 시도하였다. 『동아일보』는 자사 출신의 작가를 위주로 선발하여 이들이 문단에 성공적으로 안착할 수 있도록 발표지면을 제공하였다. '신인문학콩쿨'의 시행은 정체된 문단을 환기하고자 하는 문단의 욕구와 자기 작품의 작품성을 인정받고자 하는 신인들의 욕구, 그리고 작품 수급이 절실했던 신문사의 입장이 맞아떨어진 결과였다. 무엇보다 '신인문학콩쿨'은 세대론에서 촉발된 신인론을 현실적인 콩쿠르 제도로 실현한 점에서 문학사적인 의의가 있다.

이 책은 2018년에 나온 필자의 박사학위논문을 수정한 것이다. 학위논문 발표 이후 관련 자료를 더 발굴하고 내용도 보강했어야 했는데, 소논문 한 편만 추가하는 데에 그친 것은 전적으로 필자의 부족함 탓이다. 논문의 주된 관심사인 독자 참여 제도만 하더라도 해당 제도에서 시도했던 다양한 모집부문을 전면적으로 다루지 못했으며 장편소설을 정리하지 못한 점도 아쉽다. 그리고 『동아일보』가 시행한 독자 참여 제도는 거칠게나마 정리하였으나 문예면의 전개 및 특징 부분은 공백이 많아 그것도 마음에 걸린다. 『동아일보』뿐만 아니라 『매일신보』와 『조선일보』 등 각각의 매체가 지향한 문예면의 성격이나 이들 간의 경쟁 구도 및 영향관계도 흥미로운 주제지만 다루지 못하였다. 매체별로 문예면의 편집에 직접 관여한 편집진들의 성향 및 활동을 분석하는 것도 남은 과제이다. 이 책에서 다루지 못한 연구의 공백만큼 앞으로 탐구해야 할 연구주제가 많이 남아있다는 것으로 위안을 삼으면서 더욱 분발해야겠다는 다짐을 해본다.

이 책이 나오기까지 많은 분들이 도움을 주셨다. 논문을 지도해 주신 김영민 선생님께서는 학문에 임하는 자세가 어떠한 것인지 몸소 가르쳐 주셨으며, 부족함 많은 제자가 행여 길을 잃거나 포기하지 않도록 늘 따 뜻한 격려로 보듬어주셨다. 논문의 심사를 맡아주신 양문규 선생님, 한 수영 선생님, 김형태 선생님, 배정상 선생님께서는 논문이 완성되기까지 논문의 크고 작은 오류를 잡아주시고, 연구 영역을 확장할 수 있도록 아 낌없이 조언해주셨다. 선생님들께서 조언해주신 내용을 미처 반영하지 못해 죄송할 따름이다. 선생님들께 진 빚은 꾸준한 연구 성과로 보답하 는 것이 최선임을 믿기에 성실하게 빚을 갚고자 한다. 학과 선생님들의 애정 어린 관심이 없었더라면 논문은 완성될 수 없었다. 학부 시절부터 지금에 이르기까지 가르침을 주시고 묵묵히 응원해주신 모든 선생님들 께 감사의 뜻을 전한다. 엉망이었던 원고를 교정해주신 배현자 선생님, 반재유 선생님, 이혜진 선생님께도 감사 인사를 드린다. 누구보다 좋은 경쟁자이자 든든한 후원자인 이들이 있었기에 이만큼의 결실을 맺을 수 있었다. 그리고 새로운 인연으로 만나 연구의 견문을 크게 넓혀주신 HK+ 사업단의 정대성 선생님, 김병문 선생님, 이유정 선생님, 심희찬 선생님, 김우형 선생님, 홍정완 선생님, 김하림 선생님, 김헌주 선생님께도 깊이 감사드린다. 비록 가는 길은 다르지만 늘 마음의 안식처가 되어준 친구들에게도 고맙다고 말하고 싶다. 이들의 응원과 지지 덕분에 힘을 낼 수 있었고 외롭지 않았다. 평생 자식을 위해 헌신하신 부모님께는 사랑한다는 말씀을 꼭 드리고 싶다. 끝으로 이 책이 나오기까지 애써주신 소명출판 편집부 이예지 선생님께 감사의 인사를 전한다. 지금까지 맺은 인연과 그로부터 받은 도움은 평생 잊지 않고 갚으며 살아가겠다.

2021년 9월
매지리에서
손동호

차례

표 및 그림 차례

제1장
서론

1. 연구 목적과 선행 연구 검토

이 연구는 식민지 시기 근대 매체가 한국 근대문학의 형성에 기여한 상황을 『동아일보』를 중심으로 살펴보고자 한다. 신문은 기사를 전달하는 데 그치지 않고, 다양한 문예물을 취급함으로써 문학작품의 발표지면으로도 기능하였다. 문예면이 고유의 지면을 확보하며 정착하는 과정은 신문이 문학을 무엇으로 규정하고, 어떻게 활용하고자 했는가를 보여준다는 점에서 연구의 필요성이 제기된다. 따라서 이 연구는 독자의 분화를 반영 또는 유도하는 한편 문학의 생산을 가능하게 한 문예면의 정착 과정을 파악하고자 한다. 그리고 문예면의 정착에 관여한 독자 참여 제도와 해당 제도에 의해 발표된 실제 작품을 분석함으로써 근대문학 형성 과정의 일단을 고찰하고자 한다.

3·1운동 이후 총독이 교체되고 문화정치가 시행되자 제한적이나마

언론 출판의 자유가 허용되었다. 『동아일보』는 이러한 배경에서 민족주의, 민주주의, 문화주의를 내세우며 1920년에 창간하였다. 『동아일보』는 1940년 폐간되기까지 이천만 조선민중의 표현기관을 자처하며, 문화운동의 선전기관으로 중심적인 역할을 수행하였다. "사회적, 정치적, 경제적 소수 특권계급의 기관이 아니라 단일적 전체로 본 이천만 민중의 기관으로 자임한 즉 그의 의사와 이상과 기도와 운동을 여실히 표현하며 보도하기를 명기하노라"[1]라는 선언에서 드러나듯『동아일보』의 1대 강령은 '조선민중의 표현기관'이었다. 그리고 신문의 영향력을 가늠할 수 있는 신문의 발행부수만 하더라도『동아일보』는 창간 당시 10,000부를 발행했고, 1924년에는 20,000부를 발행하였다. 그리고 1928년에는 40,000부를 발행하는데, 이는『매일신보』의 발행부수를 추월한 것이었다. 이러한 매체의 발행 기간과 독자 인식, 그리고 독자에 대한 영향력 등을 근거로, 식민지 시기 독자 참여 제도를 연구하는 데에『동아일보』가 적합하다고 판단하였다.

총독부는 문화정치를 표방하며 언론 출판의 자유를 보장할 것처럼 선전하였으나 실제로는 신문 매체에 대한 검열을 강화해 나갔다. 『동아일보』는 총독부의 이러한 통제에 대해 문예물을 확대해 나가는 방식으로 대응하였다. 문예물은 비정치적인 영역에 속해 있어 검열로부터 비교적 자유로웠으며, 민중 계몽에도 효과를 발휘할 수 있었기 때문이다. 문예물이 확대되는 과정은 신문의 지면 개편과 맞물려 진행되었다. 『동아일보』는 확대된 문예면을 유지하기 위해 기성문인들은 물론 자사의 기자

---

1 「主旨를 宣明하노라」, 『東亞日報』, 1920.4.1, 1면.

까지 동원하였다. 그리고 더 나아가 독자개방정책의 일환으로 독자들의 작품을 적극적으로 모집·발표하는 전략을 활용하였다. 독자 참여 제도는 이러한 복합적인 배경 하에서 등장할 수 있었다. 이후 『동아일보』가 시행한 독자 참여 제도는 시기에 따라 변화·발전하며, 문예면의 정착에 직접적으로 기여하게 된다.

　『동아일보』가 시행한 대표적인 독자 참여 제도로는 독자투고, 현상문예, 신춘문예, 문학콩쿠르 등을 들 수 있다. 창간 초까지만 해도 『동아일보』는 문예물의 비중 자체가 적었으며, 기성작가나 자사 기자들의 문예물을 주로 취급하였다. 하지만 1921년 1차 정간에 이은 속간과 동시에 '독자문단'이 등장하며, 독자들이 창작한 문예물이 독자투고의 형태로 지면에 나타나기 시작하였다. 1923년에는 신문사의 발행 일천호를 계기로 대규모의 '일천호 기념 현상문예'를 시행하였다. 현상문예는 독자투고에 비해 모집 부문과 발표지면을 확대하였으며, 고액의 현상금을 제공하는 등 독자유인책을 강화하였다. 이로 인해 독자들의 적극적인 호응을 유도할 수 있었다. 현상문예의 시행 결과, 문예면의 시초가 되는 '일요호'가 등장하였다. '일요호'는 '월요란'을 거쳐 '문예란'으로 계승되어 상시적인 문예면 정착에 기여하였다. 『동아일보』는 문예면을 통해 기성작가와 독자들의 작품을 모집·발표하는 한편, 독자들 간의 경쟁을 거친 소수의 독자를 작가로 인정하는 등단 제도를 시도하였다. 신춘문예와 문학콩쿠르가 이러한 등단 제도에 해당한다. 신춘문예는 기성문인을 심사위원으로 초빙하여 심사의 권위를 확보하였고, 심사평에 해당하는 선후감을 공개함으로써 당선작 선정의 공정성을 담보하였다. '신인문학콩쿨'은 응모자격을 더욱 강화하고, 단편소설과 희곡에 집중함으로써 신춘문예와는 차별화된 등단 제도를 지향하였다. 본문에서는 이러한 독자 참여 제도의 시행 배경과 전개 과정을 구체적으로 정리하고, 해당 제도를 통해 발표된 작품을 분석하여 각 제도별 특징과 의의에 대해 논의하고자 한다.

지금까지『동아일보』를 중심으로 한국 근대문학의 특수한 성격을 살펴려는 연구는 매체, 독자, 제도 등 여러 방면에서 이루어졌다. 먼저 매체를 중심으로 한 연구는『동아일보』의 발행 사항이나 신문사의 조직 개편을 비롯하여, 신문에 실린 광고, 기사, 문학작품에 대한 분석에 이르기까지 매우 다양하고 폭넓게 전개되었다. 독자를 중심으로 한 연구는 작가나 작품 연구에만 몰두했던 기존 연구방법의 한계를 지적하며 등장하였다.『동아일보』의 독자에 대한 개별 연구는 아직 수행되지 않았으나, 일반적인 신문 독자에 대한 연구는 지속적으로 수행되었다. 이들 연구는 독자의 탄생, 독자 개념의 변화 과정, 독자의 특징 및 성격 변화 등의 주제를 다루었다. 끝으로 제도를 중심으로 한 연구는『동아일보』가 시행한 문학제도에 초점을 맞춰 연구를 수행하였다. 특히 현상문예나 신춘문예 등을 중심으로 해당 제도의 전개 과정과 특징을 분석하여 문학제도가 한국 근대문학에 미친 영향을 고찰하였다. 이 절에서는 기존의 연구 성과를 정리함으로써 본 연구의 방향을 설정하고자 한다.

신문이나 잡지 등의 매체가 근대문학의 형성에 크게 기여하였다는 점은 주지의 사실이다. 임화는 일찍이 초기 근대문학의 발생 배경으로 신문과 잡지의 발간을 들었다. 그는 조선의 저널리즘이 조선사회의 문명개화와 신문화의 형성에 큰 역할을 하였다며, 두 가지 근거를 제시하였다. 그가 제시한 첫 번째 근거는, 저널리즘이 신문화의 이식과 보급에 있어

학교교육과 더불어 가장 위력 있는 문화형태였다는 점이다. 그리고 두 번째 근거는, 문화의 대중화와 인민대중의 문화 참여를 본래의 기능으로 하여 타고났던 저널리즘인 만큼 대다수 인민에게 해독될 언문으로 표현하여 현대 조선 언문 개척과 발달에 크게 공헌하였다는 점을 들었다.[2] 이처럼 매체는 문학사 기술을 위한 물질적, 문화적 토대였다는 점에서 매우 중요한 가치가 있다. 이에 따라 문학 연구도 작품론 중심의 연구에서 벗어나 매체와의 관련성을 탐구하는 방식으로 외연을 확장해 가며 전개되어 왔다.[3]

매체를 중심으로 한 연구는 매우 다양하고 폭넓게 전개되었다. 그중에서 근대 매체와 근대문학의 연관성에 주목한 연구가 가장 많이 수행되었다. 해당 분야의 대표적인 연구 사례로는 신문연재소설 연구를 들 수 있다. 이들 연구는 『매일신보』, 『동아일보』, 『조선일보』 등 식민지 시기 대표적인 신문 매체를 중심으로 각 매체의 특성과 매체에 따른 작품의 특징 및 주제를 도출하였다.[4]

2　임화, 「개설신문학사」, 『조선일보』, 1939.11.2~11.16 참조. 당시 저널리즘의 근본 사명은 밖으로는 신문명을 수입하고 이를 보급시켜 신문화 건설에 매진하자는 것에 있었다. 그리고 안으로는 인민을 계몽하여 신사회의 역군을 만들고, 부패한 위정당국을 깨치고 편달하여 인민의 위대함을 인식시키고, 민권을 주장하여 정치를 개혁하여 외력의 침입을 방어하며, 자주적인 개화를 이루자는 데 이상이 있었다.

3　차혜영, 『한국근대 문학제도와 소설양식의 형성』, 역락, 2004; 연세대 근대한국학연구소, 『한국 근대 서사양식의 발생 및 전개와 매체의 역할』, 소명출판, 2005 참조.

4　한원영, 「한국개화기 신문연재소설의 연구」, 청주대 박사논문, 1989; 정원근, 「일제하 신문소설에 나타난 민족의식에 관한 연구」, 한양대 석사논문, 1989; 이종욱, 「일제하 신문연재소설 연구」, 중앙대 석사논문, 1991; 한명환, 「1930년대 신문소설 연구-소설론 및 소설의 '통속' 수용을 중심으로」, 홍익대 박사논문, 1995; 박수미, 「개화기 신문소설 연구」, 성균관대 박사논문, 2005; 김병길, 「한국근대 신문연재 역사소설의 기원과 계보」, 연세대 박사논문, 2006; 함태영, 「1910년대 『매일신보』 소설 연구」, 연세대 박사논문, 2009; 이유미, 「근대 단편소설의 전개 양상과 제도화 과정 연구」, 연세대 박사논문, 2010; 배정상, 「이해조 문학 연구-근대 출판 인쇄 매체와의 관련 양상을 중심으로」, 연세대 박사논문, 2012; 박정희, 「1920~30년대 한국소설과 저널리즘의 상관성 연구」, 서울대 박사논문, 2014.

김영민은 근대적 매체의 출현이 근대문학 양식의 변화를 추동하였다는 전제 하에 한말에서부터 1910년대 말에 이르는 한국 근대소설사를 기술하였다. 그의 연구는 기존의 문학 단질론과 이식론을 극복하고, 매체에 실린 작품들을 실증하여 '서사적 논설'과 '논설적 서사'라는 새로운 소설 양식사를 제시함으로써 우리 문학사를 복원하였다.[5] 또한 기존의 단행본 중심의 연구에서 벗어나 신문과 잡지 등으로 국문학의 연구 범위를 넓혔으며, 매체, 작가, 독자를 중심으로 근대적 문학제도의 탄생과 한국 근대소설의 전개 과정을 밝히는 데 기여하였다.[6]

　매체와 문학의 관련성을 중심으로 『동아일보』의 텍스트를 분석한 논의로는 다음의 연구가 있다. 박진영[7]은 『동아일보』가 번역 및 번안소설의 도입이라는 전략으로 『매일신보』와의 경쟁 구도에서 유리한 지위를 차지하려고 노력한 점에 주목하였다. 그는 1900년대 후반부터 1920년대 초반까지의 단행본과 신문매체에 실린 번역 및 번안 장편소설을 연구 대상으로 삼아, 근대소설 형성에 기여한 번역 및 번안소설의 역사를 정리하였다. 구체적으로 그는 『동아일보』의 발행 초기, 민태원의 연재소설은 1910년대 『매일신보』 연재소설의 전통과 번안 감각을 고스란히 물려받은 것이라고 지적하였다. 이후 미국 유학 경력을 지닌 신예 김동성을 발탁하여 영어 원작에서 직역된 본격 추리 소설을 소개함으로써 『매일신보』와의 차별화를 꾀하였다고 정리하였다. 이와 동시에 1면에는 한자

5　김영민, 『한국근대소설사』, 솔, 1997.

6　김영민, 『한국 근대소설의 형성 과정』, 소명출판, 2005; 『한국의 근대신문과 근대소설 1 - 대한매일신보』, 소명출판, 2006; 『한국의 근대신문과 근대소설 2 - 한성신보』, 소명출판, 2008; 『문학제도 및 민족어의 형성과 한국 근대문학』, 소명출판, 2012; 「근대 작가의 탄생 - 근대 매체의 필자 표기 관행과 저작의 권리」, 『현대문학의 연구』 39, 2009 참조.

7　박진영, 「한국의 근대 번역 및 번안소설사 연구」, 연세대 박사논문, 2010.

혼용 방식을 사용한 진학문의 소설을 배치함으로써 다채로운 상상력으로『매일신보』와 경쟁하였다고 분석하였다. 그의 연구는 한국 근대 소설사에서 번역 및 번안소설이 담당한 역할을『동아일보』와의 관련성을 중심으로 설명하고, 그 공적을 평가하였다는 점에서 의미가 있다.

김상모[8]는『동아일보』가 민족지라는 성격을 지닌 것에 주목하였다. 그는 연재소설을 신문사의 주지를 전파하기 위한 일련의 기획물로 전제하고 논의를 전개하였다. 이는 매체의 정체성이나 지향이 연재소설에 미친 영향을 분석한 연구에 해당한다. 그는『동아일보』가 신문사의 주지를 전달하기 위해 성장소설, 탐정소설, 연애소설, 역사소설 등의 장르를 선택하였다고 설명하였다. 신문사의 주지를 전달하기 위해서는 무엇보다 독자 확보가 선행되어야 하는데, 이 과정에서 신문사의 의도와는 달리 '굴절'이 발생하였다고 파악한 것이다. 그가 제시한 굴절이란 번안 저본의 채택 과정에서 발생한 '상품으로서의 소설'과 '담론 전파 통로로서의 소설'의 절충, 독자의 가독성을 고려한 편집, 이로 인한 생략이나 축약, 당대 조선 지식인과 일반 독서 대중의 격차 등을 의미한다. 그는 신문연재소설을 독자의 흥미에 영합하는 통속적 작품으로만 바라보는 기존의 시각을 비판하고, 매체의 정체성과 결부하여 문학적 의미를 규명하기 위해 노력하였다.

유석환[9]은 문학텍스트의 교환 공간인 문학시장을 중심으로 신문과 잡지의 역할에 대해 연구하였다. 그는 문학이 제도화하는 과정 중에 '교환'에 주목하여, 신문과 잡지가 기존의 단행본보다 문학시장의 교환 장치로

---

8 김상모, 「1920년대 초기『동아일보』소재 장편 연재소설 연구」, 경북대 석사논문, 2011.
9 유석환, 「근대 문학시장의 형성과 신문·잡지의 역할」, 성균관대 박사논문, 2013.

서 중요한 기능을 수행하였다고 보았다. 신문, 잡지의 출현과 더불어 단행본 문학텍스트의 흐름 외에 또 하나의 유통 흐름이 생성되었다며, 문학텍스트의 생산, 유통 방식이 신문, 잡지에 근간하여 재구조화되었다고 본 것이다. 그의 연구는 『매일신보』, 『조선일보』, 『동아일보』, 『개벽』, 『조선지광』, 『조선문단』 등 식민지 시기 신문과 잡지 매체를 대상으로 문학텍스트의 거래량을 정리함으로써 문학시장의 양상을 전반적으로 검토하였다는 점에 의의가 있다. 그의 연구는 각 매체가 주력으로 내세운 문학 장르와 주요 작가를 파악하는 데 도움을 주었다. 이재연[10]은 작가들이 맺는 인적 관계를 계량화함으로써, 거시적인 시각에서 문단을 고찰할 목적으로 '네트워크' 개념을 활용하였다. 그는 이를 위해 1917년부터 1927년까지의 신문과 잡지에 실린 소설을 대상으로, 문단의 모습을 네트워크라는 형태로 시각화하여 제시하였다. 그는 작가와 매체와의 관계망을 시각화한 결과, 기존의 문학사에서 정리한 내용을 확인하는 한편 지금까지 상상하기 어려웠던 부분을 보여주었다고 연구의 의미를 부여하였다. 작가—매체의 연결망을 그린 결과, 신문발표 소설이 잡지투고 소설만큼 많았으며, 동화작가들이 문단의 중요한 축이었다고 정리한 것이다. 그의 연구는 네트워크라는 새로운 문학 방법론을 제시했으며, 방대한 자료를 활용하여 문단의 지형을 살피는 데에도 도움을 주었다.

식민지 시기 『동아일보』의 독자에 대한 개별 연구는 아직 본격적으로 이루어지지 않았다. 하지만 독자에 대한 연구는 지속적으로 전개되어 왔다.[11] 독자 연구는 작가 및 작품 연구에만 머물렀던 기존 문학 연구의 한

---

10 이재연, 「작가, 매체, 네트워크—1920년대 소설계의 거시적 조망을 위한 시론」, 『사이』 17, 2014.

계를 지적하며 등장하였다. 이용남[12]은 독자 지향적 연구의 필요성을 역설하며, 독자에 관심을 기울였다. 그는 근대를 문학이 소수에 의한 독점에서 다수에 의한 공유로 바뀌는 시기로 파악하고, 근대시기에 독자들이 문학의 한 주체로 자기 역할을 정립한 것에 주목해야 한다고 주장하였다. 근대 시기 독자들의 문학 향유 방식은 작품을 읽는 과정에서 문학의 미적 성취를 받아들여 자기의 것으로 만들어 내는 과정으로 이행되었다. 그는 독자들이 각종 매체에 발표한 문예물을 '독자대중문예'로 명명하고, 이에 대한 연구를 수행하였다. 그는 일제 시기 3대 민간지인 『조선일보』, 『동아일보』, 『조선중앙일보』를 대상으로 독자대중문예의 변화 양상을 고찰하였다. 그는 독자대중문예가 전문작가의 양적 성장에 따라 점차 축소되는 양상을 보였다고 정리하면서도, 근대이행기의 구전문학에서 이루어낸 예술 향유권의 평능화를 시속한 것으로 규정하였다. 그리고 이들 독자대중문예가 문학사의 흐름과 궤를 같이 하면서도 작가들이 이루어 놓은 예술적 선취를 수용하며 발전해 나갔다고 평가하였다.

김영희[13]는 『대한매일신보』라는 특정 매체의 독자들이 신문을 어떻게

11 마에다 아이(前田愛), 유은경・이원희 역, 『일본 근대 독자의 성립』, 이룸, 2003. 마에다 아이는 독자 연구에 대한 선구적인 업적을 남겼다. 그는 1830년대부터 1950년대에 이르는 시기를 대상으로, 일본의 근세 독자가 근대 독자로 전환되는 양상을 추적하였다. 그는 당국의 정책, 출판 관행, 서적의 유통, 인쇄술의 발달, 학교기관의 설립, 교육제도의 변화, 신문과 잡지의 등장, 생활양식 변화, 독자의 경제력 발전 등 독자를 둘러싼 독서 환경의 변화에 주목하였다. 그는 메이지 초기까지도 공동의 독서 방식으로 음독이 보편적이었으나, 독서 환경의 변화로 묵독이 요구되고 언문일치가 이루어지면서 근대 독자가 탄생하였다고 정리하였다. 결국 그는 근대 독자를 활자 문화의 산물로 보고, 타인과의 교섭 없이 고독하게 작가와 마주할 수 있는 독자를 근대 독자로 파악하였다.
12 이용남・홍석식・정명호, 「일본 강점기 대중문예창작물에 대한 조사 및 분석」, 『한국현대문학연구』 16, 2004.
13 김영희, 「일제 지배시기 한국인의 신문접촉 경향」, 『한국언론학보』 46(1), 2001; 「『대한매일신보』 독자의 신문인식과 신문접촉 양상」, 『한국언론학회 심포지움 및 세미나』, 2004.

인식했는지에 대한 연구를 진행하였다. 독자가 신문을 접촉하는 가장 적극적인 방식인 독자투고를 대상으로 그 내용을 분석함으로써 당시 신문 독자의 매체 인식을 고찰한 것이다. 연구에 따르면『대한매일신보』독자들은 신문을 공공성을 지키면서 보도와 논평기능을 통해 환경을 감시하고, 다양한 분야의 정보를 제공하여 국민을 개명진보로 이끄는 국가의 이목으로 인식하였다고 한다. 이에 따라 신문을 절대적으로 신뢰하고 지적, 사상적, 정서적으로 큰 영향을 받아 이후 신문독자들의 신문관 형성에 많은 영향을 미쳤다고 정리하였다.

이주라[14]는 그간 학문적인 관심에서 배제되었던 대중문학의 위상을 제고하고, 대중 독자에게 환영 받은 작품을 중심으로 대중문학사 서술을 시도하였다. 그의 연구는 대중문학의 관점에서 1910년대에서 1930년대까지의 신문연재소설을 분석한 것이다. 그는 1910년대에는 신소설을 대체하여 정탐소설과 연애소설이 등장했으며, 1920년대 후반에는 역사소설이, 1930년대에는 역사물과 연애소설이 대중문학의 주류를 형성하였다고 정리하였다. 그는 앞서 언급한 각 장르에 등장하는 인물들의 갈등 구조와 현실인식이 당시 대중독자들의 욕망을 여과 없이 보여준다는 점에서 중요한 의미를 지닌다고 주장하였다.

매체는 독자의 존재 없이는 존립할 수 없으므로 독자를 유인하기 위한 다양한 방법을 모색하였다. 매체의 문체 선택은 이와 관련하여 많은 시사점을 제공한다. 양문규[15]는 매체의 문체 선택이 독자에게 끼친 영향을

---

14 이주라, 「1910~1920년대 대중문학론의 전개와 대중소설의 형성」, 고려대 박사논문, 2011.
15 양문규, 「1910년대 잡지 매체의 언어 선택과 근대독자의 형성과정」, 『현대문학의 연구』43, 2011.

중심으로 논의를 전개하였다. 그가 분석 대상으로 삼은 매체는 네 가지로 그 양상은 다음과 같다. 첫째, 종교 잡지에 실린 소설 대부분은 고소설의 국문체 방식을 따랐다. 이는 종교적 교리를 쉽게 전달하기 위한 방식이면서, 구시대의 독자들을 의식한 결과로 해석하였다. 둘째, 전통적 소양을 갖췄으면서 근대적 지식을 받아들인 양건식의 새로운 국문체 시도이다. 전대소설의 국문체가 어떻게 근대적 문체로 전환할 수 있는지의 가능성을 보여주었다는 점에 의미가 있다. 셋째, 『신문계』, 『반도시론』 등의 소설에서 시도된 국문체이다. 현실에 밀접하여 하층민의 현실을 그리며 묘사력의 증대를 가져왔다고 보았다. 넷째, 『청춘』이나 유학생 잡지를 중심으로 이광수, 현상윤, 진학문 등에 의해 시도된 문체이다. 1910년대를 지나면서 첫 번째의 경우는 사라진다고 한다. 둘째와 셋째의 경우, 본격적 의미의 근대적 묘사를 지향하며 근대 사실주의 소설을 예비하며, 넷째의 경우 근대문학=순수문학으로 간주하며 문단 내부의 전문성을 자처하는 작가들의 문체로 계승된다고 정리하였다. 이 연구는 1910년대 잡지 소설이 구현한 다양한 양상들을 구분하고, 이에 따른 독자층의 변화를 실증적으로 고찰하였다는 점에서 의의가 있다.

배정상[16]은 『독립신문』에 실린 '독자투고'를 대상으로, 신문 매체의 기획이 당대 서사 양식에 미친 영향을 고찰하였다. 『독립신문』은 상의하달 방식의 일방적 의사소통방식에서 벗어나 수평적인 의사소통방식을 지향함으로써 정부와 백성, 그리고 백성들 간의 의사소통을 매개하고자 노력하였다. 이는 신문이 한글 전용 방식을 채택한 것과 '독자투고'를 시

---

16 배정상, 「근대계몽기 『독립신문』의 〈독자투고〉 연구」, 연세대 석사논문, 2004.

행한 것을 통해서 확인할 수 있다. 『독립신문』은 취재의 어려움을 보완하기 위해 독자를 취재원으로 활용하는 한편 민의를 반영하려는 목적에서 '독자투고'란을 개설하였다. 이에 따라 독사들은 '녹자투고'를 통해 구체적이며 다양한 사연을 공유할 수 있었다. 독자들이 다룬 내용들은 대부분 내용의 진위 여부가 가려지지 않은 소문이었다. 따라서 신문사는 사실 여부가 확인될 경우 정정기사를 내거나, 상반되는 주장을 그대로 게재함으로써 매체의 신뢰성을 회복하는 한편 신문의 중립성, 객관성, 사실성을 견지하기 위해 힘썼다. 이러한 매체의 지향에 따라 독자들 역시 중립적이고 객관적인 태도로 조선 전국의 소문을 전달하고자 하였다. 이 과정에서 이야기를 전달하는 전언의 방식이 등장하였다. 그리고 이러한 소문은 투고자의 발화와 결합함으로써 '칭찬' 또는 '징계'가 되는 사례로서 효과적인 계몽의 수단이 되었다. '독자투고'를 통해 선보인 서사 양식은 '서사적 논설'이라는 근대 서사 양식의 기반을 제공하였다. 이처럼 『독립신문』의 '독자투고'는 조선 전국의 인민을 독자로 상정하여, 신문 독자층 확대에 기여하는 한편 공론장으로서의 역할을 담당하였다. 특히 '독자투고'는 소문이 하나의 유용한 정보로 변환되는 과정을 보여줌으로써 서술자로서의 독자의 역할을 부각하였다. '독자투고'가 지금껏 읽기 영역에 머물렀던 독자를 쓰기 영역으로 유인한 것이다.

전은경은 신문 매체의 등장에 따른 독자 개념의 형성 과정을 고찰하였다. 그는 근대계몽기에 등장한 독자 개념을 그 이전의 독자와는 다른 근대적 개념으로 파악하였다. 그가 제시한 새로운 독자 개념이란 이전의 독자와 단절되는 개념이 아닌 중첩된 형태의 독자 개념이었다. 다시 말해 역사적 어휘로서의 독자, 소비자의 성격을 띤 독자, 신문을 구성하는 요소로서의 독자 등으로 중층적인 개념으로 독자의 의미를 파악한 것이다.[17] 그는 독자 개념을 제시한 후, 개별 매체와 독자와의 관계를 밝힌 일련의 연구[18]를 수행하였다. 그는 독자에 대한 연구를 통해 그동안 문학사에서 배제되었던 독자를 포함한 문학사 서술을 시도하였다. 그가 수행한 일련의 연구는 '읽는 독자'에서 '쓰는 독자'로 전환되는 과정을 정리함으로써 독자의 변화 양상을 고찰하였다.

　김영민[19]은 한국의 근대 매체에서 독자 투고 서사물이 등장하는 과정을 독자 참여 제도와 연결 지어 설명하였다. 『한성순보』 및 『한성주보』와 같이 관보의 성격을 띤 초기 매체들은 독자의 반응을 알아보기 위해 독자와 소통하고자 하였다. 하지만 독자 참여에 대한 편집진의 기대와 달리, 해당 매체에는 독자 투고물이 직접 실리지 않았다. 독자가 투고한 글이 처음 실리는 매체는 『독립신문』이나. 하지만 집보란과 논설란에 수많은 독자 투고물이 게재되었음에도 불구하고, 독자가 창작한 서사문학 작품은 단 한 편도 없었다. 『황성신문』, 『대한매일신보』 등의 민간인 발행 매체에서는 독자들이 창작한 서사문학이 등장하기 시작하지만 대부분 편집진의 윤색을 거친 것이었다. 『장학보』와 『매일신보』는 독자들의 창작 참여의 제도적 기틀을 마련하고, 본격적으로 작품 발표의 기회를 제공하기 시작한 대표적 매체이다. 『장학보』는 독자 현상 문예 제도를 최초로

---

17 전은경, 「근대 계몽기의 신문 매체와 '독자' 개념의 근대성」, 『현대문학이론연구』 46, 2011.
18 전은경, 「『대한매일신보』의 〈편편기담〉과 '쓰는 독자'의 출현」, 『한국현대문학연구』 30, 2010; 「근대 초기 독자층의 형성과 매체의 역할」, 『현대문학의 연구』 40, 2010; 「『대한민보』의 독자란 〈풍림〉과 근대계몽기 지식인 독자의 서사적 글쓰기」, 『대동문화연구』 제83집, 2013; 「『독립신문』의 문학적 장치와 공론장에 등장한 독자－문학과 정치의 상관관계」, 『대동문화연구』 제94집, 2016; 『미디어의 출현과 근대소설 독자』, 소명출판, 2017.
19 김영민, 「근대 매체의 독자 창작 참여 제도 연구(1)」, 『현대문학의 연구』 43, 2011.

도입한 근대 매체이며, 『매일신보』는 독자 현상 문예 제도를 정착시킨 매체이다. 이들 매체는 현상 응모 제도를 도입함으로써 근대 독자의 창작 삶에 의지를 높였다. 김영민은 『매일신보』의 독자 문예 현상 응모 제도가 신문소설의 작가군을 확장시키고 서사 양식을 다양화하는 효과를 불러왔으며, 독자 투고 현상 모집 제도는 한국 근대 작가의 가장 영향력 있는 등용문으로 자리를 잡아 가게 되고, 한국의 순문학 발전에 기여하게 된다는 점에서 의의가 있다고 정리하였다.

이처럼 독자 참여 제도는 근대문학의 재생산제도에 있어서 핵심적인 역할을 수행하였다. 제도사적인 측면에서 독자와 작가를 탄생할 수 있게 만든 제도이기 때문이다. 이와 관련한 연구는 주로 신춘문예의 기원을 탐구하는 것에 초점을 두고 논의를 진행해 왔다. 신춘문예에 등단한 작가들이 기존의 문단에 편입되며 본격적인 문단의 등용문으로 기능했기 때문이다. 선행연구는 대부분 1914년에 모집 공고한 『매일신보』의 '신년문예대모집'을 신춘문예의 효시로 보는 입장을 취한다.[20] 응모 규정을 근거로 현재의 신춘문예제와 비교해도 손색이 없다는 이유였다. 하지만 1914년 12월 10일자 『매일신보』 3면에 실린 '신년문예모집' 공고에 따르면 모집분야가 시, 문文, 시조, 언문줄글, 언문풍월, 우슴거리, 歌창가, 언문편지, 단편소설, 화畵 등으로 시와 단편소설을 제외하면 현재의 신춘문예제와 큰 차이가 있었다. 그리고 문, 언문줄글, 언문편지, 단편소설은 애초 작품의 길이를 1행 30자 50행으로 제한하여 소품 수준의 작품만 응모할 수밖에 없었다. 게다가 해당 모집 결과 단편소설은 독자의 참여

---

20 임원식, 『신춘문예의 문단사적 연구』, 국학자료원, 2003, 46쪽; 이재복, 「신춘문예의 문학제도사적 연구」, 『한국언어문화』 제29집, 2006, 371~373쪽.

가 저조했고, 그나마도 당선될 정도의 수준에는 미치지 못해서 수상작이 없었다. 『매일신보』는 1919년 말에 '신춘문예'라는 명칭을 사용하는데, 기존 연구는 이를 근거로 『매일신보』가 신춘문예를 처음 시도하였다고 주장하였다. 하지만 '신춘문예'라는 명칭만 하더라도 1921년부터는 다시 '신년현상문예'로 변화하며, 이전 시기 신문과 잡지에서도 신춘문예와 유사한 독자 참여 제도가 시행되었으므로 이러한 상황을 고려해야만 신춘문예 시행의 전모를 제대로 파악할 수 있다.

신춘문예의 기원과 관련하여 김영민[21]은 『매일신보』 이전 시기의 신문에서 선보였던 '신년소설'에 주목하여 이를 '신춘문예'와 연결 지어 설명하였다. 『만세보』1907와 『제국신문』1909, 그리고 『대한민보』1910 등을 통해 간헐적으로 선을 보이던 '신년소설'이 비전문적 작가에 의한 '현상 응모 단편소설'과 결합하고, 그 발표 시기를 신년 호로 확정하면서 점차 된 제도가 '신춘문예' 제도라는 설명이다.

김영철[22]도 1900년대 학회지나 신문, 잡지로부터 현상 문예제가 초기적 발아를 보였다고 주장하였다. 그는 '사조詞藻', '사림詞林', '문원文苑', '문예', '가총' 등의 문예란을 설정함으로써 이른 시기부터 독자들에게 문호를 개방한 점에 주목하였다. 그리하여 그는 『대한자강회월보』1호, 1906.11를 시발로 하여 『태극학보』1906.12, 『대한흥학보』1909.11, 『소년』1908.11 등으로 이어지는 독자투고제가 1910년대 『매일신보』의 현상문예를 거쳐 신춘문예로 정착하였다고 설명하였다. 그는 이 시기의 현상문예가 본격적인 현상제도는 아니지만 개별 장르에 대한 인식이 보이며, 문체에

21 김영민, 「한국 근대 신년소설의 위상과 의미」, 『현대문학의 연구』 47, 2012.
22 김영철, 「신문학 초기의 현상 및 신춘문예제의 정착과정」, 『국어국문학』 제98권, 1987.

대한 고심, 문학인식의 싹이 보인다는 점과 투고에 대해 보상행위를 한 점 등으로 미루어 현상 문예제의 정착을 위한 초기 단계로서 중요한 의의가 있다고 보았다.

이들 연구가 학회지나 신문을 중심으로 논의한 것에 비해 잡지를 중심으로 등단 제도를 연구한 경우도 있다. 정영진[23]은 『청춘』의 현상문예제도와 『창조』의 추천제를 중심으로 작가 개념이 제도화되는 과정을 정리 분석하였다. 박헌호[24]는 1910년대 『청춘』의 현상문예제도가 시조, 한시, 신체시, 창가, 단편소설 등을 망라하며 근대적 등단 제도의 과도기적 역할을 담당하고 있었다면, 1920년대에는 『개벽』과 『조선문단』이 등단 제도의 본격화에 기여하였다고 밝혀주었다.

1920년대 독자문단의 형성 과정과 제도화 양상을 고찰한 연구는 이희정[25]의 연구가 대표적이다. 그는 『매일신보』의 '일요부록'을 대상으로, 독자 참여 제도의 시행 배경과 목적을 구체적으로 밝혀 주었다. 연구에 따르면 『매일신보』가 '일요부록'을 시행한 것은 문화정치 이후 『동아일

23 정영진, 「제도로서의 작가의 형성 과정 연구」, 『현대소설연구』 제68호, 2017; 정영진, 「등단제도의 정착 과정과 근대문단의 형성 연구」, 인하대 박사논문, 2017. 그는 근대 초부터 해방 이전까지 총 61종의 매체에서 시행된 등단 제도를 정리하기도 하였다. 그는 등단 제도를 추천제, 현상문예, 신춘문예로 분류하여 각각의 특징을 비교 분석하였다. 그에 따르면 현상문예로 시작한 등단 제도가 1920년대 문단의 형성 과정 속에서 추천제와 신춘문예의 형태로 분화되며 본격적인 문학 권력의 재생산기제로 활용되었다고 한다.

24 박헌호, 「동인지에서 신춘문예로―등단제도의 권력적 변환」, 『대동문화연구』 53권, 2006. 해당 연구에 따르면 『개벽』의 행로는 『조선문단』과 달랐다. 독자투고를 등단 제도와 결부시켜 작가탄생의 제도적 권위를 스스로에게 부여한 『조선문단』과 달리 『개벽』은 신인작가의 등단에 대해서 많은 관심을 기울이지 않았다. 『개벽』은 새로운 작가의 발굴보다는 기존 작가를 활용하는 전략을 채택하였다. 『개벽』은 종합지였던 탓에 현실문제에 대응하면서 여론 주도와 논의 확산의 역할을 담당한 것이다. 그런 점에서 문학판의 확대 재생산에만 주력했던 『조선문단』과 달랐다. 게다가 『개벽』이 주도한 프로문학의 경우 계급성의 획득이 중요한 변별자질이 되는 까닭에 순문학적 규범이나 형식적 숙련도를 중시하는 현상문예는 그 자체로 거부대상이 되기 쉬웠다.

25 이희정, 「1920년대 『매일신보』의 독자문단 형성과정과 제도화 양상」, 『한국현대문학연구』 33, 2011.

보』등 민간지의 발행으로 경쟁관계에 놓이게 되자 독자와의 적극적인 소통을 시도하며 사세를 확장하고자 하는 의도에서 비롯되었다고 한다. 그리고 '일요부록'의 부인, 아동 담론은 일본의 젠더 이데올로기와 제국주의적 성향이 식민 지배 담론과 결합하며 조선 내에서 충국신민을 만들기 위한 식민담론의 일환이라고 정리하였다. 이후 전문작가층이 유입되고, 새로운 장르가 시도되며, 현상문예까지 정비되며 제도로써의 문단으로 자리매김하였다고 보았다. 결국 그는 『매일신보』의 독자문단이 새로운 친일세력을 육성하고자 하는 식민지 지배 담론과 밀접한 관련을 맺으며 발전하였다고 파악하였다.

한편 이혜령[26]은 1920년대 『동아일보』를 대상으로, 신문 매체가 구축한 질서 안에서 문학이 자리를 잡아간 과정을 탐구하였다. 그는 문학이 고정석이고 독립된 지면을 얻어가는 과정은 신문의 증면이라는 조건 때문에 가능했으며, 증면과 더불어 여성, 아동, 학생을 포괄하는 문화적 기획을 시도한 것이 학예면이라고 정리하였다. 그는 '일요호'에서 선보인 '부인과 가정'란을 근거로 '일요호'가 학예면의 시초라고 주장하였다. 『동아일보』 학예면의 형성 과정을 '일요호'에서 부인란·아동란·문예란이 세 가지 섹션의 분화 과정으로 설명한 것이다. 그는 여성, 아동, 문학이라는 학예면의 구성이 근대사회의 젠더 역학을 고스란히 반영한 것이자 사회적, 상징적 질서로 구현한 것이라고 설명하였다.

김석봉[27]은 『동아일보』가 시행한 현상공모 제도를 중심으로 논의를

---

26 이혜령, 「1920년대 『동아일보』 학예면의 형성과정과 문학의 위치」, 『대동문화연구』 제52집, 2005.
27 김석봉, 「식민지 시기 『동아일보』 문인 재생산 구조에 관한 연구」, 민족문학사 연구, 2006 참조.

전개하였다. 그는 상시적으로 운영되던 부정기적인 '일반 공모제도'와 특정 시기에 정기적으로 시행된 '신춘문예제도'로 구분하여 논의하였다. 먼저 상시 공모제도 운영은 문예물에 국한되지 않고 다양한 대상을 통해 이루어졌으며, 선발과 게재 과정의 투명성이 확보되지 못했고 상업적 의도로 인해 파행적으로 운영되었다고 정리하였다. 문예물의 경우 학예란, 독자문단, 동아문단과 같이 고정 지면을 할애하여 상시적인 모집, 선발, 게재의 과정을 거쳤는데, 이러한 지면 운영이 근대문학의 저변 확대에 기여하였다고 평가하였다. 그리고 신춘문예의 경우, 정례성과 투명성 부분에서 운영상의 문제점을 노출시키기도 하였으나 한국 근대문학의 저변을 확대하고 잠재적 작가군의 창작 의욕을 자극함으로써 직간접적으로 문인의 재생산에 기여하였다고 분석하였다.

이들 선행연구를 통해 당시 매체가 시도했던 독자 참여 제도가 근대문학의 형성과 발전에 크게 이바지하였다는 사실을 알 수 있었다. 특히 신춘문예제도의 기원과 전개 과정이 상당 부분 밝혀졌다. 1900년대의 학회지, 신문, 잡지 등의 매체들이 시도했던 각종 독자 참여 제도를 계승하여 소수의 전문작가를 배출하는 시스템으로 발전시킨 구조가 바로 신춘문예라는 것이다. 『동아일보』는 『매일신보』가 전개했던 독자 참여 제도를 일부 수용하는 한편 민간지인 『조선일보』와 조선총독부 기관지 『매일신보』의 독자 참여 제도에도 적지 않은 영향을 주었다. 즉 당시 신문 매체들은 이전 시기부터 존재했던 독자 문예 제도를 계승하는 한편 경쟁 매체의 제도를 견제·답습하면서 나름의 독자 문예 제도를 발전시켜 나아간 것이다.[28]

지금까지 논의한 선행 연구의 내용을 정리하면 다음과 같다. 먼저 매체에 대한 연구는 개별 매체의 성격 및 특징을 분석하고, 각 매체에 실린 문학작품의 특질을 매체와의 관련성 속에서 밝히는 방식으로 진행되어 왔음을 확인하였다. 이 연구에서는 매체와 문학의 관련성을 중심으로 『동아일보』의 텍스트를 분석한 논의를 위주로 정리하였다. 그 결과, 『동아일보』가 매우 다양한 문학 양식을 취급하였으며, 구체적인 목적에 따라 이들 문학 양식을 전략적으로 활용하였음을 알 수 있었다. 예컨대 『동아일보』 창간 초기에는 『매일신보』와의 독자 유치 경쟁을 목적으로 번역 및 번안소설을 시도하였으며, 이후 선보인 다양한 연재소설은 민족지인 『동아일보』의 주지를 전달하기 위해 선택되었음을 확인하였다. 이들 연구를 통해 상업지이자 민족지라는 매체의 정체성이 해당 매체의 문학작품에도 영향력을 행사하였음을 확인할 수 있었다. 또한 매체 연구는 새로운 문학 연구 방법을 제안하여 당시 문단의 지형을 종합적으로 검토함으로써 『동아일보』의 위상이나 특징을 파악하는 데 도움을 주었다. 하지만 이러한 성과에도 불구하고 여전히 보완해야 할 점도 보인다. 『동아일보』가 문학 양식을 활용한 의도와 목적 그리고 그 효과를 통시적으로 파악하기 위해서는 대상 시기를 확장해야 하며, 문예물의 범위 역시 충분히 확보해야 한다. 특히 통계 방법을 활용한 문학 연구의 경우, 정확한 자료 발굴이 선행되어야만 의미 있는 결과를 도출할 수 있다는 점을 유의해야 한다. 무엇보다 문학 연구를 수행하기 위해 매체를 활용하는 것

---

28 이에 대해서는 다음의 연구 성과를 참조할 수 있다. 김석봉, 「식민지 시기 『조선일보』 신춘문예의 제도화 양상 연구」, 『한국현대문학연구』 16, 2004; 전은경, 「1910년대 『매일신보』 소설 독자층의 형성과정 연구」, 『현대소설연구』 29, 2006; 이희정, 「1920년대 식민지 동화정책과 『매일신보』 문학연구(1)」, 『어문학』 112, 2011; 이희정, 「1920년대 식민지 동화정책과 『매일신보』 문학연구(2)」, 『현대소설연구』 48, 2011; 정영진, 「등단제도의 정착 과정과 근대문단의 형성 연구」, 인하대 박사논문, 2017.

이므로 문학작품에 대한 분석 작업이 필수적으로 요구된다.

독자를 중심으로 한 연구는 작가 및 작품 연구에만 몰두했던 기존 문학 연구의 문제를 지적하며 등장하였다. 이들 연구는 독자의 탄생, 독자 개념의 형성과정을 비롯하여 독자들의 매체 또는 문학 인식, 독자들의 문학 창작 활동 등 다양한 주제를 다루었다. 독자 연구를 수행했던 이들은 독자들이 문학작품을 수용하기만 하는 수동적인 존재가 아니라 능동적인 존재임을 전제로 논의를 전개하였다. 그들은 독자가 문학과 관련한 제도 변화에 민감하게 반응했을 뿐만 아니라 직접 문학작품의 창작에까지 나아간 점에 주목하였다. 이에 따라 독자와 매체를 매개한 독자문예에 주목한 연구가 등장할 수 있었다. 하지만 이들 연구는 독자문예의 실체라 할 수 있는 독자들의 작품을 특정 장르로 한정했을 뿐만 아니라 그마저도 일부 작품을 대상으로 분석하여 내용적으로 충분한 논의가 이루어지지 않았다. 또한 독자문예의 창작주체인 독자에 대한 연구도 충분히 이루어지지 않았다. 그리고 각 매체별로 독자문예의 전개 과정이나 특징, 위상 등을 규명하는 데까지 나아가지 못하였다는 한계가 있으므로 이를 보완할 필요가 있다. 무엇보다 『동아일보』의 독자에 대한 논의가 아직 시도되지 않았으므로 이에 대한 연구를 수행해야 할 필요성이 제기된다.

문학제도를 중심으로 한 연구는 신문이나 잡지 등의 매체가 시도한 문학제도가 한국 근대문학의 형성에 기여하였음을 확인해 주었다. 선행연구는 주로 현상문예나 신춘문예를 대상으로 해당 제도의 전개 과정이나 의의 등을 밝혀주었다. 이들 연구에 따르면, 1900년대의 학회지, 신문, 잡지 등의 매체들이 시도했던 각종 독자 참여 제도를 계승하여 소수의 전문작가를 배출하는 시스템으로 발전시킨 구조가 신춘문예라고 한다. 『동아일보』에 주목한 연구는 이러한 신춘문예를 가장 먼저 시도한 매체가 『동아일보』임을 밝혔다. 그리고 『동아일보』가 신춘문예를 시행함으로써 한국 근대문학의 저변을 확대하고, 잠재적 작가군의 창작 의욕을 자극하여 직간접적으로 문인의 재생산에 기여하였다며 그 의의를 부여하였다. 하지만 『동아일보』의 문학제도에 대한 연구는 현상문예와 신춘문예에 치중하여 『동아일보』가 시행한 독자 참여 제도의 전모를 밝히지 못하였다. 또한 해당 제도를 통해 발표된 독자들의 작품들을 충분히 검토하는 데까지는 이르지 못하였다. 이러한 한계를 극복하기 위해서는 『동아일보』가 시행한 독자 참여 제도에 대한 전면적인 검토가 필요하며, 독자 참여 제도를 통해 발표된 작품 역시 분석 대상으로 삼아야 한다. 따라서 이 연구에서는 기존 연구의 한계를 보완하는 한편, 선행 연구의 성과를 발전적으로 수용하여 『동아일보』 문예면의 정착과 독자 참여 제도에 대한 다각적인 검토와 분석을 시도하고자 한다.

2. 연구 범위와 방법

이 연구의 목적은 『동아일보』 문예면의 정착 과정을 정리하고, 문예면의 정착에 관여한 독자 참여 제도와 해당 제도에 의해 발표된 문예물을 분석함으로써 근대문학 형성 과정의 일단을 살피는 데에 있다. 이에 이 연구는 『동아일보』 문예면의 정착 과정을 통시적으로 고찰하기 위해, 『동아일보』가 창간된 1920년부터 신문이 폐간되는 1940년까지를 그 대상시기로 삼고자 한다. 창간 당시만 해도 연재소설을 포함한 문예물은 신문의 1면이나 4면에 주로 배치되었다. 1921년에 '독자문단'이 시행될 때까지도 별도의 '문예면'은 존재하지 않았으며, 4면이 일종의 문예면의 기능을 대신하였다. 그러다가 1923년 5월, 『동아일보』 발행 일천호를 기념하기 위한 '현상문예'를 시행하면서 문예면의 필요성이 제기되었다. '현상문예' 응모작들로 인해 문예물이 급증하자, 신문은 기념호 발행에 이어 지면을 확장하여 당선작을 발표하였다. 해당 현상문예 시행의 결과, 1923년 6월에는 '일요호'가 신설되었다. '일요호'는 매주 일요일마다 기존 지면에 4면을 증면하여 문예물을 포함한 기사와 광고를 실었다. '일요호'는 여성과 아동을 위한 특별란을 마련하여 문예물을 지속적으로 게재하였다. '일요호'는 일종의 부록 형식의 문예면이었던 셈이다. 1924년에는 신문사의 지면 개편으로 '일요호'가 폐지되고, '월요란'이 등장하였다. '월요란' 역시 4면에 문예물을 배치하였으며, 이후 '월요란'은 '문예란'으로 정착하게 된다. 결국 『동아일보』의 '문예면'은 독자 참여 제도에서 비롯되어 '부인가정란'과 '소년소녀란' 그리고 '문예란'으로 정착하였다고 정리할 수 있다. 본문에서는 이러한 문예면의 정착 과정에 대해 구체적으로 논의하고자 한다.

　『동아일보』는 창간한 이래 한시, 시조, 가사, 동요, 동시, 신시, 자유시 등 운문 문학을 비롯하여 동화, 단편소설, 장편소설, 희곡, 평론 등 산문 문학이 발표되는 주요 창구로 기능하였다. 1920년부터 1940년까지 『동아일보』에 실린 문예물을 정리하면 다음의 〈표 1〉[29]과 같다.

29　해당 목록은 유석환의 「식민지시기 문학시장의 변동 양상의 분석을 위한 기초연구(2)」(『대동문화연구』 제98집, 2017, 478쪽)의 '『동아일보』 소재 연도별 시가 편수'와 481쪽의 '『동아일

	1920	1921	1922	1923	1924	1925	1926	1927	1928	1929	1930
한시	153	17	0	42	185	10	19	57	324	238	92
자유시	61	127	0	130	140	276	260	102	129	277	258
동요·동시	0	0	0	66	28	159	481	141	89	177	374
기타운문	1	4	0	29	8	170	82	17	9	37	52
단편소설	3	0	1	21	6	21	21	10	15	13	16
동화	0	0	1	13	4	13	93	27	2	18	17
희곡	1	0	0	5	1	3	3	2	0	1	6
평론	12	8	8	6	19	29	74	54	34	35	38
	1931	1932	1933	1934	1935	1936	1937	1938	1939	1940	합계
한시	169	182	0	27	161	127	69	105	102	70	2,149
자유시	203	172	91	139	176	19	47	80	174	113	2,974
동요·동시	178	69	77	105	101	48	39	87	87	67	2,373
기타운문	164	28	22	7	75	116	7	72	36	18	954
단편소설	9	7	2	8	33	2	8	44	16	5	261
동화	4	4	8	19	46	15	32	41	57	21	435
희곡	4	2	6	6	5	5	11	9	6	3	79
평론	57	35	87	74	77	54	86	147	140	61	1,135

위의 표는『동아일보』소재 문예물의 규모와 양상을 보여준다. 이를 통해『동아일보』가 발행 기간 내내 문예물을 중요하게 취급하였다는 점을 확인할 수 있다. 그런데『동아일보』에 수록된 문예물은 문단의 승인을 받은 전문작가들만의 전유물이 아니었다. 신문사의 기자는 물론 독자들도 직접 작품 창작에 나서며 적극적으로 문단에 참여하였다. 독자들이

보』소재 연도별 서사장르 편수 및 연재횟수' 목록을 인용·편집한 것이다. 제시한 목록에는 장편소설과 기타 산문이 누락되어 있다. 장편소설은 동아일보사사 편찬위원회(東亞日報社史 編纂委員會)의『東亞日報社史』券一(동아일보사, 1975) 부록의 '연재소설일람'을 참고할 수 있다. 해당 목록은 10회 이상 연재된 작품을 대상으로, 소년소설을 포함하여 128편의 연재소설을 정리하였다. 이 밖에 기타 산문은 이 책의 〈부록〉을 통해 제시하고자 한다. 한편 위 목록은 운문 양식을 세분화하지 않았다. 곽혜진은 「1920年代 東亞日報 所在 近代時調의 存在 樣相과 詩學的 特質」(고려대 석사논문, 2014, 10쪽)에서 1920년대 일간지에 수록된 근대시조를 연도별로 정리하였다. 1920년대『동아일보』소재 근대시조의 경우, 1920년 0편, 1921년 22편, 1922년 0편, 1923년 35편, 1924년 20편, 1925년 191편, 1926년 161편, 1927년 129편, 1928년 80편, 1929년 143편, 전체 781편으로 정리하였다.

신문에 자신들의 작품을 발표할 수 있었던 것은 『동아일보』가 창간 초기부터 독자 참여 제도를 꾸준하게 시행했기 때문에 가능하였다. 『동아일보』가 시행한 대표적인 독자 참여 제도로는 독자투고, 현상문예, 신춘문예, 신인문학콩쿨 등을 들 수 있다. 이 책에서 지칭하는 '문예물'은 바로 이들 독자 참여 제도를 통해 발표된 독자들의 작품을 의미한다. 이에 해당하는 문예물을 제시하면 다음과 같다. 독자투고 계열의 '독자문단' 160편, 현상문예 계열의 '동아일보 발행 일천호 기념 현상' 105편, '일요호'의 '동아문단' 236편, '월요란'의 '동아문단' 224편, 신춘문예 60편,[30] 신인문학콩쿨 10편으로 전체 800여 편이다.

이 연구는 이러한 독자 참여 제도를 통해 발표된 독자들의 문예물을 대상으로 연구를 수행하고자 한다. 이 연구가 독자에 주목한 이유는 독자가 문학양식 및 문학제도의 형성과 밀접한 관련이 있다고 보기 때문이다. 대표적인 근대문학양식인 근대소설만 하더라도 독자 대중과 소통하는 과정에서 형성·발전하였다.[31] 그리고 동시, 동요, 동화는 아동이라는 특정 독자층을 대상으로 발전해 온 대표적인 문학양식이다. 이밖에 가정소설과 소년소설의 경우에도 성(性)이나 연령에 따른 특정 독자층을 겨냥

---

30 東亞日報社史 編纂委員會, 앞의 책, 부록 479쪽부터 482쪽에는 '현상신춘문예입선작일람'이 실려 있다. 현상신춘문예 입선작의 수는 단편소설, 희곡, 동화 등 산문을 비롯하여 한시, 시조, 동요 등 운문을 포함한 173편으로 정리하였다. 하지만 1923년에 시행한 현상문예 29편은 1925년부터 시행한 신춘문예와는 구분할 필요가 있으므로 제외해야 한다. 이 연구에서는 1925년부터 1940년까지 시행한 신춘문예 중에서 단편소설 27편과 동화 33편을 중심으로 논의하고자 한다.

31 이완 와트, 전철민 역의 『소설의 발생』(열린책들, 1988)에 따르면, 근대소설의 탄생은 경제적 여유를 가진 중산층의 대두로부터 비롯되었다. 18세기, 기술의 발전은 경제적 풍요를 가져왔고, 가사 부담에서 해방된 중산층 부인들은 비로소 독서 시장의 소비자로 등장할 수 있었다. 근대소설의 대중성은 근대 소설 발생 초기의 이러한 상황에서 기인한다. 즉, 독자들을 유인하기 위한 흥미성이 대중성의 기반이며, 근대소설은 태생적으로 독자와의 소통을 전제로 한 문학양식이었다.

한 문학양식이다. 이처럼 독자는 문학양식의 분화 및 형성에 큰 영향을 주었다. 독자는 문학양식뿐만 아니라 문학제도의 형성에도 영향을 미쳤다. 본문에서 다룰 독자투고, 현상문예, 신춘문예, 문학콩쿠르는 공통적으로 독자 유인을 목적으로 시도되었으며, 독자의 참여 없이는 제도 자체가 성립할 수 없다는 점에서 문학제도와 밀접한 관련이 있다. 특히 신춘문예나 문학콩쿠르는 당선된 독자를 작가로 공인하는 제도로서, 독자의 위상 변화를 살펴볼 수 있는 제도라는 점에서 문학제도와 직접적인 관련이 있다.

앞으로 본격적으로 논의하게 될 내용을 간단하게 제시하면 다음과 같다. 먼저 2장에서는 문화주의로 대변되는『동아일보』의 매체적 특징을 정리하고, 지면 개편 과정과 맞물려 시도된 다양한 문예기획이 어떠한 의도에서 비롯되었으며, 그 효과가 무엇이었는가 고찰하고자 한다. 1920년대 초반까지『동아일보』는 4면 발행체제를 유지하였다. 문예물은 주로 4면에 배치하였으며, 기념일이나 신년에는 특별호를 발행하여 확대된 지면에 문예물을 싣기도 하였다. 문예물의 비중은 신문사의 지면 확장 기획과 맞물려 증가 추세를 보였다.『동아일보』는 확장된 문예면을 유지하기 위해 기성문인은 물론 자사의 기자들과 독자들의 작품을 적극적으로 모집·발표하는 전략을 취하였다.『동아일보』의 독자 참여 제도는 이러한 배경에서 시도될 수 있었으며, 이후 문예면 정착에 기여하며 발전하게 된다. 본문에서는 문예면에 독자들의 작품이 어떤 원칙에 의해 게재되고, 어떻게 배치되었는가 하는 물음에 답하고자 한다.

3장에서는『동아일보』가 전개한 독자 참여 제도를 본격적으로 다루고자 한다.『동아일보』는 1921년 무기정간 이후 속간과 동시에 '독자문단'

을 선보였다. '독자문단'은『동아일보』가 문예물을 전면에 내세운 최초의 독자투고였다. 해당란의 신설 초기에는 전문작가들의 작품을 집중적으로 발표하였다. 이는 편집진이 '독자문단'을 정착시키기 위해 작가들의 작품을 게재함으로써 독자들에게 문예물의 성격을 암시한 것으로 볼 수 있다. 본문에서는 '독자문단'이 잠재적인 문예 생산층의 존재를 확인하기 위해 기획된 것으로 보고, 해당란에 실린 160여 편의 작품을 분석하여 그 의의를 고찰하고자 한다.

『동아일보』는 다양한 현상제도를 시도하였는데, 본문에서는 1923년, 『동아일보』 발행 일천호를 기념하여 시행한 현상문예를 중심으로 논의하고자 한다. 이 현상문예는 '독자문단'에 비해 모집 부문을 확대하고, 고액의 현상금을 내걸어 독자들의 참여를 유도하였다. 현상문예의 시행 결과, 문예면의 시초가 되는 '일요호'가 신설되었다. 1924년에는 '일요호'가 폐지되는 대신 '월요란'을 신설하였다. '월요란'은 이후 '문예란'으로 정착하게 된다.『동아일보』의 문예면은 현상문예에서 비롯되어, '부인가정란'과 '소년소녀란' 그리고 '문예란'으로 정착되기에 이른다. 본문에서는 문예란의 고정화를 가능하게 했던 조건과 원리에 대해 논의하고, 현상문예를 통해 당선된 작품의 특징과 의의에 대해 논의하고자 한다.

신춘문예는 독자의 위상 변화를 확인할 수 있다는 점에서 중요한 의미를 가진다. 신춘문예는 현재까지 시행되고 있는 등단 제도로, 독자투고와 현상문예에 이어서 '신진작가의 발굴'이라는 새로운 목적을 내세우며 등장하였다. 지면 제공이나 현상금 지급에 머물렀던 독자투고와 현상문예와 달리, 신춘문예는 문단 등단이라는 차별화된 보상을 제공한 것이다. 이에 따라 심사 과정이 강화되면서 심사위원의 선후감이 게재되기 시작하였다. 선후감은 문학 창작과 비평에 대한 내용을 담고 있어, 독자들의 작품 수준을 향상하는 데 기여하였다. 본문에서는 신춘문예를 통해 등단한 작가를 소개하고, 단편소설 당선작의 내용을 분석하고자 한다. 이 밖에 동화와 작문 부문의 모집 배경과 해당 부문의 당선작을 중심으로 내용 분석을 시도하고자 한다.

'신인문학콩쿨'은 문학에 적용된 최초의 콩쿠르로, 『동아일보』에서만 시행한 제도였다. 1930년대, 일제가 파시즘 체제를 강화해 나가자 조선의 문화운동이 위축되어 문단 역시 침체되었다. 『동아일보』는 이러한 문단 침체의 극복을 내세우며 '신인문학콩쿨'이라는 등단 제도를 선보였다. 해당 제도는 신춘문예와 차별화를 꾀하기 위해 응모자격을 강화하고, 단편소설과 희곡에 집중한 콩쿠르를 시행하였다. 이는 정체된 문단을 환기하고자 하는 문단의 욕구와 작품의 예술성을 인정받고자 하는 신인들의 욕구, 그리고 작품 수급이 절실했던 신문사의 입장이 맞아떨어진 결과였다. 본문에서는 해당 제도의 시행 배경과 전개, 그리고 문학사적 의의에 대해서 분석하고자 한다.

본 연구는 식민지 시기 근대 매체가 한국 근대문학의 형성에 기여한 상황을 『동아일보』를 중심으로 살펴보고자 한다. 이를 위해 본 연구는 『동아일보』의 매체로서의 특징을 정리하고, 독자의 분화를 반영 또는 유도한 문예면의 정착 과정을 살피고자 한다. 그리고 문예면의 정착에 관여한 독자 참여 제도와 해당 제도에 의해 발표된 독자들의 작품을 분석함으로써 근대문학 형성 과정의 일단을 살피고자 한다. 문학 연구의 대상은 작가, 작품, 독자, 매체, 문학제도 등으로 다양하다. 하지만 지금까지의 문학 연구는 작가와 작품에 치중하여 전개되어 왔다. 이 연구는 지금껏 상대적으로 소홀하게 다루어졌던 독자를 중심으로 매체, 문학제도, 작품 등의 연구 대상을 아우르는 연구를 수행하고자 한다. 이는 지금까지의 연구 방법에 대한 반성이지 새로운 연구 방법 모색을 위한 시도인 셈이다.

제2장

『동아일보』의 매체적 특징과 문예면의 정착

1. 『동아일보』의 매체적 특징

1) 『동아일보』의 창간 배경

일제는 1910년 8월, 한일병합과 동시에 통감부統監府를 조선총독부朝鮮總督府로 바꾸고 강력한 언론 통제 정책을 시행하였다. 총독부는 이완용 내각의 기관지 『대한신문』을 비롯해서, 일본인이 경영하는 『동양일보』, 『조선일일신문』, 『조선일출신문』까지 강제로 매수하여 폐간 조치를 단행하였다. 조선의 민족지는 1910년 8월 28일자로 모두 폐간되었다. 『대한매일신보』는 『매일신보』로 명칭을 바꾸어 총독부 기관지가 되었다. 그리고 『경성일보』는 일문판, *THE SEOUL PRESS*는 영문판 기관지가 되었다. 한일병합의 영향을 받지 않은 것은 외국에서 발행하는 교포신문이었으나 이들 신문은 국내 반입이 매우 어려웠다. 당시 조선의 언론 상황은 일본 국회에서까지 총독부의 언론 탄압을 가혹하다고 힐난할 정도였다.[1]

일제의 언론 탄압은 한일병합 이전부터 자행되어 왔다. 일제는 조선에서의 언론 활동을 원천적으로 봉쇄하기 위해 신문지법을 적용하였다. 신문지법은 1907년 7월 24일에 이완용 내각이 법률 제1호로 제정 공포한 것으로, 신문이나 잡지 등 정기간행물에 적용된 법률이다. 이 법은 처음 공포될 당시에는 전문이 38조였으나 이듬해인 1908년 4월 20일 전문 41조와 부칙까지 두는 것으로 개정되었다. 갖가지 금지사항을 나열하여, 법을 위반할 경우에는 발행 금지, 정간 등의 행정처분과 병행하여 언론인에 대한 사법처분을 가할 수 있는 법이었다. 이 법은 신문 발행의 허가제와, 발행 허가에 앞서 보증금을 납부하도록 하는 등 신문 발행 허가를 받는 일 자체를 원천적으로 어렵게 만들었다. 1910년대 무단정치 기간 총독부는 조선인들의 신문과 잡지 발행을 허용하지 않았다. 물론 신문지법에 의해서 발행된 정기간행물로 『중외의약신보』1908.8.25와 천도교의 기관지 『천도교회월보』1910.8.13가 있었다. 그러나 이들 월간지는 비록 신문지법에 의해 발행되었으나, 일반 신문과는 거리가 먼 특수 전문지였기 때문에 민족 언론은 거의 숨통이 끊어졌다고 볼 수 있다.[2]

3·1운동이 일어나기 전까지 조선의 언론은 그야말로 암흑기였다. 이 시기에는 조선인이 발행하던 일간지가 모두 자취를 감추었으며, 총독부에 의해 언론기관이 통폐합되었다. 일제는 신문지법, 보안법, 제령制令위반, 치안유지법, 명예훼손죄 등의 사법처분권과 신문의 삭제, 압수, 발매금지, 무기정간 등의 행정처분권을 쥐고 조선 언론을 통제하였다. 총독부가 이러한 통제 정책을 취한 이유는 총독부를 향한 비판적인 언론을

1 한원영, 『한국신문 한세기(근대편)』, 푸른사상, 2004, 31~33쪽 참조.
2 정진석, 『한국언론사』, 나남출판, 2001, 309~312쪽 참조.

봉쇄하고, 나아가 식민지의 언론기관을 독점하고자 했기 때문이다.[3] 그 결과 1910년대에는 조선총독부의 기관지가 된 『매일신보』만이 조선어로 발행한 유일한 신문으로 남게 되었다.

하지만 『대한매일신보』를 계승한 『매일신보』는 독자들에게 외면을 받았다. 한말 최대의 신문이었던 『대한매일신보』가 가졌던 항일 구국 언론에서 총독부 기관지로 변모한 것이 독자들로 하여금 『매일신보』에 등을 돌리게 한 것이다. 이로 인해 『매일신보』는 독자 확보를 위해 다양한 노력을 벌이게 되었다. 가장 대표적인 전략이 소설 게재였다. 『매일신보』는 독자들의 기호를 파악해 그에 맞는 소설을 게재함으로써 독자를 끌어들이려 하였다. 소설 게재 외에도 관공서에 신문을 강제로 구독하게 하여 독자를 확보하고자 하였다. 총독부는 공적 예산으로 의무 구독량을 할당해 강제로 『매일신보』를 구독하게 하였다. 이러한 독자 확보 노력은 『매일신보』가 1910년대 유일한 조선어 신문이었음에도 불구하고, 총독부 기관지라는 특성상 조선 민중에게 관심을 받지 못한 정황을 잘 보여준다. 총독부 기관지로서의 정체성은 도쿠토미 소호德富蘇峰가 『매일신보』 감독 취임 직후 내렸던 훈시에 잘 드러난다. 도쿠토미는 조선총독부 시정의 목적 관철과 천황폐하의 일시동인一視同仁의 뜻을 조선인에게 선전하는 것이 1910년대 『매일신보』의 최대 목적과 임무 및 존재 이유라고 밝혔다. 결국 『매일신보』의 정체성은 총독부 기관지로서 총독부의 정치를 선전하고, 이를 통해 조선의 인민을 계몽하겠다는 것에 있었다. 신문이 내걸었던 조선 인민에 대한 계몽의 방향은 충량忠良한 제국신민의 양성이

---

3 김규환, 『일제의 대한언론·선전정책』, 이우출판사, 1978, 128쪽.

었다. 총독부는 신문이라는 근대적 미디어를 활용하여 조선 인민을 전통적인 사회 문화 코드로부터 이탈시켜, 제국의 충량한 국민이라는 새로운 사회 문화 코드를 획득하도록 유도한 것이다. 1910년대는 교육체계가 정비되지 않았을 뿐만 아니라 출판자본 활동이 상대적으로 취약하였다. 이로 인해 미디어의 역할이 중요했으며, 미디어의 대중에 대한 영향력은 독보적이었다. 이러한 상황에서 총독부의 안정적인 재정 지원 하에 발행되었던 『매일신보』는 그 자체가 권력이었다.[4]

1919년 3·1운동이 거족적으로 번지자 막강했던 권력에도 균열이 생겼다. 미국 윌슨 대통령의 민족자치론에 반응한 재일 유학생들이 동경에서 2·8독립선언서를 발표하자, 조선 곳곳에서도 독립운동이 이어졌다. 국내는 물론 해외에서까지 독립운동이 전개되고, 임시정부까지 수립되자 일제는 식민지 정책에 수정을 가하지 않을 수 없었다. 1919년 8월 12일, 제3대 총독으로 임명된 사이토 마코토齋藤實는 헌병경찰제의 폐지, 조선인의 관리임용 및 대우개선, 언론 집회 출판의 고려, 지방자치 시행을 위한 조사 착수, 조선의 문화와 관습의 존중 등을 시정방침으로 천명하였다. 문화정치에 대한 공식발표는 조선인에 대한 차별의 완화가 주된 목표임을 강조한 것이었다. 이로써 가혹한 무단통치가 끝나고 문화정치가 시행되기에 이르렀다. 문화정치는 언론의 허용 영역을 넓혀주었고, 이로 인해 조선의 언론 분야에는 커다란 변화가 생겼다.[5]

사이토 총독이 민영신문을 허용하겠다고 발표하기 이전부터 신문 발행에 뜻을 가진 사람들은 신문 창간을 위해 노력하였다. 그러던 중 문화

---

4 함태영, 앞의 책, 33~37쪽.
5 김민환, 『한국언론사』, 나남출판, 2006, 213~214쪽 참조.

정치가 시행되자 이들 중 일부가 김성수를 구심점으로 하여 합류하게 되었다. 그 한 갈래가『평양매일신문』의 조선문판 주간을 지낸 바 있는 장덕준을 중심으로 한 것이었고, 다른 하나는 총독부 기관지였던『매일신보』의 편집장으로 있으면서 편집은 물론 번안, 경영, 공무 등에 두루 정통한 이상협이었다. 이들 외에 일문지『오사카 아사히大阪朝日』의 기자로 있던 진학문도 김성수를 중심으로 한 신문 창간 작업에 합류하였다.[6]

김성수는 신문 발행의 허가를 얻어내는 것이 쉽지 않을 것을 고려하여 한일병합 이후 일본으로부터 작위를 받은 바 있는 박영효를 사장으로 추대하여, 1919년 10월 9일 총독부 경무국에 허가신청을 제출하였다. 그리고 서울 화동 138번지의 구 중앙학교 교사에 '주식회사 동아일보 창립사무소'를 개설하였다. 김성수는 신문허가를 신청한 직후 13도를 순방하면서『동아일보』의 창간 취지를 설명하고 주식 인수를 호소하였다. 총독부가 1920년 1월 6일자로『조선일보』,『시사신문』등과 함께『동아일보』의 발행을 허가하자, 김성수는 1월 14일 주식 인수에 응한 78명을 모아 발기인 총회를 열었다. 총회에서 사장에 박영효, 편집감독에 유근, 양기탁, 주간에 장덕수, 편집국장에 이상협, 영업국장에 이운 등의 진용이 결정되었다.『동아일보』는 창간 예정일이 3월 1일이었으나, 준비가 미진하여 연기신청을 얻어 4월 1일 전지판 4면으로 창간하였다.[7]

3·1운동으로 말미암아 조선 민중의 저항이 거세지자 총독부는 문화정치로 통치 방법을 전환하였다. 그로 인해 언론의 자유가 일부 보장되어 민간지가 발행될 수 있는 여건이 조성되었다. 이러한 배경 하에서『동

---

6 東亞日報社史 編纂委員會, 앞의 책, 68~71쪽 참조.
7 김민환, 앞의 책, 222~223쪽 참조.

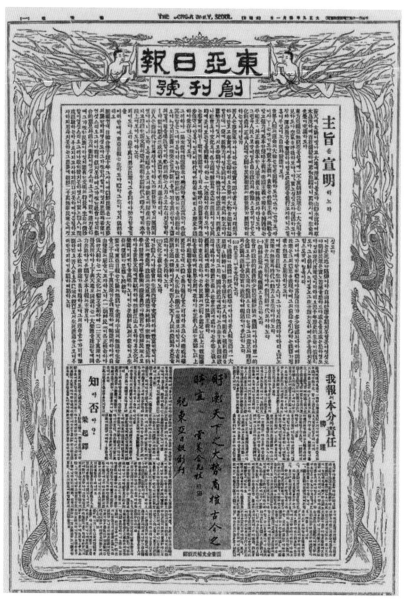

〈그림 1〉『동아일보』 창간호(1920.4.1, 1면)

아일보』는 창간될 수 있었다. 하지만 문화정치는 교육, 종교, 대중매체에 대한 국가권력을 확대하는 데 초점이 맞추어져 있었다. 결국 문화정치는 내부적으로는 일제의 식민통치를 강화하면서, 외부적으로는 억압적으로 보이는 것들을 유화시키기 위해 통치의 색조를 바꾼 것에 지나지 않았다. 사이토 총독이 문화정치를 발표했지만, 그 배후에는 정무총감인 미즈노 렌타로水野鍊太郎가 있었다. 전 내무성 장관이었던 미즈노는 문화정치를 수행하기에 적합한 경력을 지닌 인물이었다. 그는 도쿄대 법학과를 졸업하고 제일은행에서 잠깐 일한 뒤, 농상무성에서 관료생활을 시작하였다. 1894년에 내무성으로 자리를 옮긴 후, 그는 교육정책과 지방행정 등 다양한 직책을 수행하였다. 미즈노는 문화정치를 수동적 통치방법에서 능동적 통치방법으로의 변화라고 설명하였다. 다시 말해, 억압적인 통제방식에만 의존하지 않고, 더 생신직이고 교묘한 형태의 권력을 통해 사람들의 일상에 능동적으로 침투하겠다는 것이다. 문화라는 용어는 통치성을 촉진하는 규율권력과 생체권력의 국가기구가 확대되고 팽창되는 것을 의미하였다.[8]

조선에 부임한 사이토와 미즈노는 새로운 조선지배정책을 문화정치로 명명하고, 다음과 같은 실행항목을 제시하였다.

1. 총독 무관제, 헌병경찰정치를 폐지한다. 2. 조선인 관리 임용, 대우개선을 도모한다. 3. 형식적인 정치의 폐단을 타파하여 법령은 간략하게 하며, 행정처분은 사태와 민정을 고려하여 적절한 조치를 취한다. 4. 사무정리를 간

---

8 Michael D. Shin, 「'문화정치' 시기의 문화정책, 1919~1925년」, 『일제 식민지 시기의 통치체제 형성』, 혜안, 2006.

략 신속히 하는데 노력하여 관청의 위신을 지킨다. 5. 언론, 집회, 출판 등에 대해 고려하여 민의의 창달을 도모한다. 6. 지방자치를 시행할 목적으로 조사연구에 착수한다. 8. 조선의 문화와 관습을 존중한다.[9]

문화정치는 위 인용문에 드러나듯 조선의 문명화와 차별제도의 폐지를 표방하였지만, '신민'으로서의 가장 중요한 권리인 참정권을 완전히 배제하였다. 이에 1920년대 김성수, 송진우, 장덕수 등 『동아일보』세력은 정치 참여의 문제가 핵심과제라고 인식하면서도 현 단계에서의 실천방안은 실력을 기르는 것으로 보았다. 그래서 직접적인 저항운동을 전개하기보다는 사회 전반의 실력향상을 위해 문화운동을 전개해야 한다고 주장하였다. 이러한 주장은 조선이 식민지 현실을 벗어나려면 각 개인과 사회의 실력이 축적되어야 하며, 자본주의 근대화가 이루어지지 않는 한 식민지 지배를 피할 수 없다는 인식에서 비롯되었다. 정치적 영역이 제한된 식민지 조건에서 조선인 지식층이 선택한 활동영역은 사회이고, 그 사회는 계몽의 대상이기 때문에 교화와 조직화를 통해 기반을 구축해야 한다고 생각한 것이다. 그런 점에서 실업과 종교, 문예와 같은 사회 전반의 기반을 마련하는 문화운동이 제기된 것이다.[10]

『동아일보』의 창간호 1면에는 창간사를 실었다. 창간사에는 신문 창

---

9 이태훈의 「1920년대 전반기 일제의 '문화정치'와 부르조아 정치세력의 대응」(『역사와현실』 47, 2003, 8면)에서 재인용했으며, 이태훈은 『施政に關する諭告·訓示竝演述』(大正8~11年), 2쪽에서 인용하였다고 한다.

10 이태훈(「1920년대 전반기 일제의 '문화정치'와 부르조아 정치세력의 대응」, 『역사와현실』 47, 2003)은 『동아일보』의 문화운동을 '부르주아세력이 주축이 되는 가운데 그들을 중심으로 단결하여 단계적인 진보를 향해 전진하는 운동'으로 규정하였다. 그리고 1923년의 물산장려운동과 민립대학기성운동은 사회를 경유하여 정치에 접근하는 문화운동의 사고방식에서 이미 전제된 것으로 파악하였다.

간의 배경과 의미, 그리고 신문의 주지主旨를 함께 밝혔다. 신문의 주지는
3가지로 다음과 같다.

(一) 조선민중의 표현기관으로 자임하노라.

사회적 정치적 경제적 소수 특권계급의 기관이 아니라 단일적 전체로 본
이천만 민중의 기관으로 자임한 즉 그의 의사와 이상과 기도와 운동을 여실
히 표현하며 보도하기를 기期하노라.

(二) 민주주의를 지지하노라.

이는 국체國體나 정체政體의 형식적 표준이 아니라 곳 인류생활의 일대원리
요, 정신이니 강력을 배척하고 인격에 고유한 권리의무를 주장함이라. 그 용用
이 국내정치에 처하야는 자유주의요, 국제정치에 처하야는 연맹주의요, 사회
생활에 처하야는 평등주의요, 경제조직에 처하야는 노동본위의 협조주의라,
특히 동아東亞에 재在하야는 각 민족의 권리를 인정한 이상의 친목단결을 의미
하며 세계전국에 재在하야는 정의인도를 승인한 이상의 평화연결을 의미함이
라. 경언更言하건대 그 체體는 폭력 강행을 불가라 하고 양심의 권위와 권리의
주장으로써 인생각반의 관계를 규율코자 함이니 고자古者의 소위 왕도의 정신
이 곳이라. 오인은 천하인민의 경복과 광영을 위하야 이를 지지하노라.

(三) 문화주의를 제창하노라.

이는 개인이나 사회의 생활내용을 충실히 하며 풍부히 함이니 곳 부의 증
진과 정치의 완성과 도덕의 순수와 종교의 풍성과 과학의 발달과 철학예술
의 심원오묘라. 환언하면, 조선민중으로 하야곰 세계문명에 공헌케 하며 조
선강산으로 하야곰 문화의 낙원이 되게 함을 고창하노니, 이는 곳 조선민족
의 사명이요, 생존의 가치라 사유한 연고라.[11]

위의 인용에서 알 수 있듯이 『동아일보』는 민족주의, 민주주의, 문화주의라는 삼대주지를 표방하며 문화운동의 선전기관으로 중심적인 역할을 하였다. 대표적인 사례를 열거하면, 『동아일보』는 세세적 지식을 보급하기 위해 대세의 귀추를 보도하였으며, 민주주의를 고조하기 위해 관권의 횡포를 질타하였다. 그리고 민족적 단결과 신문화의 발전을 촉진하기 위해서 노동운동을 협찬하고, 청년의 단결을 종용하고, 고국비행을 주최하고, 물산장려를 고조하고, 민립대학을 제창하고, 재외동포위문회를 발기하는 등 많은 노력을 기울였다.[12] 이러한 노력의 결과 조선에서 향학열이 왕성해지고, 신사상이 발연하고, 청년단체가 설립될 수 있었다.[13] 이처럼 『동아일보』는 문화운동의 선전기관으로 조선 문화의 향상 발달을 위해 많은 노력을 기울였다.

『동아일보』는 체육 활동을 비롯하여 예술 활동, 문예 활동 등 다양한 문화 사업을 전개하여 민족문화의 발전과 민중 계몽에 힘썼다. 체육 활동은 조선 민중의 체력을 단련하기 위한 목적으로 여자정구대회, 야구경기, 빙상경기, 수영대회, 단축마라톤대회 등을 주최하였다. 그리고 『동아일보』는 민족의 발전은 인민의 건장한 신체로부터 나온다고 인식하여, 각종 운동 단체를 후원하고 장려할 조선체육회 결성에 주도적인 역할을 하였다. 예술 활동은 풍부한 정서를 함양하기 위한 목적으로 독창회, 독주회, 음악회, 무용회 등을 주최하였다. 그리고 음악 분야뿐만 아니라 연극 활동을 지원하여 연극 경연대회를 후원하기도 하였다. 이를 통해 조

---

11 「主旨를 宣明하노라」, 『東亞日報』, 1920.4.1, 1면, 창간호 사설.
12 「創刊 三週年 愛讀者 諸君에게」, 『東亞日報』, 1923.4.1, 1면, 사설.
13 「創刊 二週年에 當하야」, 『東亞日報』, 1922.4.1, 1면, 사설.

선 연극계의 발전을 도모하고 일반 대중에게 연극의 예술성을 알리는 데 기여하였다. 이 외에도 민족정신 선양을 위한 문화 사업의 일환으로 단군영정모집과 백두산 등반 활동을 벌였으며, 충무공 이순신의 묘소, 사당, 유물을 보존하기 위해 유적보존운동을 전개하였다. 끝으로 학예 활동으로는 1931년부터 1934년까지 브나로드운동을 벌여 문맹퇴치와 조선어보급에 힘썼다. 그리고 민족정신 고취를 목적으로 다양한 주제의 강습회와 강연회를 주최하였으며, 작품 전람회, 웅변대회 개최 등 학예행사를 전개하였다. 『동아일보』는 이러한 다양하고 적극적인 활동을 통해 민중 계몽에 기여하였다.[14]

이처럼 『동아일보』는 정치적 방면에서의 활동이 제한된 상황에서도 조선의 문화 향상을 위해 여러 방면에서 노력을 기울였다. 그 중에서도 『동아일보』가 가장 주력한 사업은 문학 혁신을 통한 신문학 건설이었다. 『동아일보』는 조선 사회를 개조하고 조선인의 생활을 혁신하려면 먼저 문예를 부흥하여 인간을 해방하고, 산업혁명으로 사회를 개조해야 한다고 주장하였다. 조선 사회를 개조하려면 신사상을 구해야 하며, 신사상을 구하려면 재래사상을 산출한 종래의 문학을 혁신하여 신문학을 건설해야 한다는 논리였다. 사설의 결론 부분에서는 '미신迷信과 비결秘訣이며 배금拜金과 사대事大사상에 혼취한 조선사회를 개조하려면 먼저 베이컨의 우상파괴, 볼테르의 권리, 루소의 자유로 배태한 신문학을 건설해야 한다'며 신문학의 구체적인 내용을 서구 사상에서 찾아 제시하였다.[15]

『동아일보』는 사설을 통해 문학의 혁신을 지속적으로 주장하였다. 다

---

14 동아일보사사 편찬위원회, 앞의 책, 186~220 · 303~312쪽 참조.
15 「革新文學의 建設」, 『東亞日報』, 1921.6.7, 1면, 사설.

음의 사설 역시 동양과 서양의 문명을 비교, 대조하여 조선에서의 문학 혁신이 시급함을 역설力說하였다. 사설의 주요 내용만 간추리면 아래와 같다.

윤리적 동양문명은 가족을 중심으로 군신君臣, 노소장유老少長幼의 계급이 있으며, 봉건적 서양문명은 부락을 중심으로 귀족, 무사, 승려, 평민의 계급이 있다. 동양은 애愛, 친親, 경敬, 존尊을 숭상하여 계급 간의 침해가 적으며, 청렴고아淸廉高雅를 숭상하여 물질적 발전을 이루지 못하였다. 또한 주종과 상하의 구별이 있어도 사회적으로 계급 간의 충돌이나 위협을 행한 일이 드물다. 하지만 서양은 권력과 이해를 위주로 하여 각각 엄연한 계급을 이루며, 계급 간에 타 계급을 배척하며 억압하였다. 또한 현실의 생활과 영욕을 중히 여겨 물질적으로 발전했다. 서양에서는 주종과 상하의 구별이 나뉘면, 주와 상에 대응하는 종과 하는 존재와 생명의 위협을 받았다. 이에 따라 서양문명은 계급과 계급 간 이해 충돌로 동란과 혁명이 끊이지 않았다. 서양은 산업혁명이 일어나고, 혁신문학이 발달하여, 재래의 사회적 계급을 타파함으로써 신계급이 출현하여 계급적 쟁투를 통해 사회적 혁명을 계속하였다. 하지만 동양에는 산업혁명이 실시되지 않고, 혁신문학이 발달되지 않아 아직까지 계급투쟁이 사회적으로 실현되지 못하였다. 조선의 종교는 중세기적 의식과 신앙이 현행하니 혁신문학으로 인간성을 해방해야 한다. 봉건제도로는 민주사상이 실현되지 못하므로 세계적 민주사상을 동경하여 그 운명을 개척해야 한다. 따라서 조선도 산업혁명을 행하고 혁신문학을 고조하여 신문화를 건설해야 한다.[16]

위 사설은 조선 전래의 종교로부터 인간성을 해방하고, 봉건제도를 타파하여 민주사상을 고취해야 한다고 주장하였다. 사설에서 궁극적으로 전달하고자 한 바 역시 문학을 혁신하자는 내용이었다. 이러한 주장은 사회는 문화에 의해 형성되며, 문학은 문화의 원천이기 때문에 사회를 개조하기 위해서는 먼저 문학을 개조해야 한다는 논리적 배경에서 비롯되었다. 이처럼 『동아일보』는 사설을 통해 지속적으로 신문화 건설을 위한 문학의 혁신[17]을 강조하였다.

지금까지 살펴본 바와 같이, 일제는 3·1운동을 계기로 무단통치에서 문화통치로 식민지의 통치방식을 전환하였다. 총독부가 문화정치를 시행함에 따라 조선 내 언론의 허용 범위가 넓어짐으로써 『동아일보』를 비롯한 민간지가 창간될 수 있는 여건이 조성되었다. 하지만 사이토 총독의 문화정치는 대외적으로는 차별체제의 폐지를 표방하면서도 실제로는 국가 권력을 확대하여 식민통치를 강화하고자 한 것이었다. 이러한 현실적 제약에 따라 『동아일보』는 직접적인 저항운동을 전개하기보다는 조선사회 전반의 실력 양성을 위한 문화운동을 선택하게 되었다. 이로 인해 문예는 문화운동의 일환으로 신문화 건설의 주역으로 부상할 수 있었다.

2) 『동아일보』의 발행 사항

본 절에서는 『동아일보』의 조직편제 및 인적구성을 시기별로 정리하고자 한다. 이러한 작업은 편집진의 교체에 따른 문예면의 변화 양상을

---

16 「社會發展의 階段－文學革新, 産業革命」, 『東亞日報』, 1921.6.17, 1면, 사설.
17 『동아일보』는 1921년 9월 1일부터 10월 29일까지 「佛蘭西의 革命과 文學의 革新」을 47회에 걸쳐 연재하기도 하였다.

살피는 데 도움을 줄 수 있다는 점에서 중요하다. 이어서『동아일보』의 발행 사항을 지면 개편 과정에 초점을 두고 살펴보고자 한다. 이러한 작업을 통해 신문이 지면을 개편하게 된 배경을 파악하고, 지면 개편에 따른 문예면의 변화 양상을 추적하고자 한다.

『동아일보』는 창간 당시부터 문예 담당부서인 학예부를 설치하였다. 『동아일보』의 문예면은 학예부장이 맡았으나, 학예부장이 공석일 때에는 편집국장이 그 역할을 맡기도 하였다. 창간 당시『동아일보』의 조직은 사장과 주간 그리고 편집감독 하에 영업국, 편집국, 논설반論說班을 두었다. 영업국은 서무부, 경리부, 판매부, 광고부 등 4개의 부서로 구성되었다. 공장은 영업국의 한 서기를 책임자로 하여 영업국에 소속시켰다. 편집국은 정경부政經部, 통신부, 사회부, 학예부, 정리부整理部, 조사부 등 6개의 부서와 사진반寫眞班으로 구성되었다.[18] 이 당시 편집국장은 이상협이었으며, 학예부장은 진학문이 맡았다. 진학문은 학예부장과 정경부장을 겸임하였으며, 논설반기자이기도 하였다. 하지만 진학문은 1920년 6월, 『동아일보』입사 두 달 만에 학업을 이유로 사퇴하였다.

『동아일보』는 1921년 9월, 주식회사 발족을 위한 창립총회를 개최하여 새로운 조직 개편안을 마련하였다. 그리고 중역회의의 결과, 신문사의 조직을 주주총회 하에 사장, 취체역取締役, 감사역監査役을 두기로 결정하였다. 사장 아래는 부사장을 두고, 부사장 아래에는 전무와 주필을 두어 이원체제로 조직하였다. 전무 아래로는 상무를 두고, 상무 아래 영업국과 서무경리부를 두었다. 영업국에는 공장, 판매부, 광고부가, 서무경리

---

18 동아일보사사 편찬위원회, 앞의 책, 397쪽의 부록 '本社機構變遷圖 表1 創刊(1920.4)' 참조.

국에는 경리부와 서무부를 두었다. 한편 주필은 편집국과 논설반을 담당하였으며, 편집국은 다시 사진반, 조사부, 정리부, 학예부, 지방부, 사회부, 정경부 등으로 구성되었다.[19] 이 시기 『동아일보』의 진용은 발행인 및 편집인 한기악, 인쇄인 최익진, 대표취체역 및 사장 송진우, 취체역 및 부사장 겸 주필 장덕수, 전무 신구범, 상무 겸 편집국장 이상협, 취체역에 이운, 김찬영, 성원경, 장두현, 김성수, 감사역에 현준호, 장희봉, 박용희, 이충건, 허헌 등이었다.[20] 창간 때와 마찬가지로 편집국장은 이상협이 계속해서 맡았으며, 학예부도 그대로 존속하였다. 하지만 진학문의 사퇴 이후, 학예부장 자리는 공석을 유지하였다.

『동아일보』는 1924년, 사장과 편집국장을 비롯한 주요간부의 대대적인 인사개편이 이루어졌다. 이러한 인적 변동은 이광수의 사설과 '식도원 사건'에서 촉발되었다. 이광수는 1924년 1월 2일부터 6인까지 「민족적 경륜」을 게재하였다. 이 사설은 민중의 백년지대계의 필요성을 강조한 글로, 구체적인 실천방안으로 정치, 교육, 산업 등의 결사를 주장하였다. 사설 가운데 정치적 결사를 설명하는 대목에서 "우리는 朝鮮 內에서 許하는 範圍 內에서 一大 政治的 結社를 組織하여야 한다는 것이 우리의 主張이다"[21]라는 문구가 문제가 되었다. 이른바 '타협적 자치운동'을 주장하였다는 이유로 사회주의 진영으로부터 비판을 받고, 급기야 『동아일보』 불매운동까지 벌어진 것이다.

그리고 1924년 4월 2일에는 '식도원 사건'까지 발생해 『동아일보』는

---

19 위의 책, 397쪽의 부록 '本社機構變遷圖 表2 株式會社發足(1921.10)' 참조.
20 위의 책, 163~166쪽 참조.
21 「民族的 經論(二) 政治的 結社와 運動」, 『東亞日報』, 1924.1.3, 1면, 사설.

큰 타격을 입었다. 1924년 3월 25일에는 총독부의 비호 아래 각파유지연 맹이라는 친일단체가 결성되었다. 이들은 당시 새로 일어나던 사회주의 를 공격하는 한편, 조선의 독립사상을 말살하고자 하였다. 이들의 목적은 총독부의 의도대로 식민통치를 돕는 것이었다. 이에 대해 『동아일보』는 두 번에 걸쳐 비판적인 내용의 사설을 게재하였다. 「所謂 各派有志聯盟에 對하야」1924.3.30와 「官民野合의 漁利運動」1924.4.2이라는 두 편의 사설을 통해, 편집진은 이들을 비판하는 동시에 민중에게 경각심을 일깨우고자 하였다. 하지만 이 사설을 빌미로 박춘금을 비롯한 유지연맹원이 송진우 와 김성수를 식도원으로 불러내 협박한 사건이 발생했는데, 그 사건이 '식도원 사건'이다. 이때 송진우가 박춘금에게 써준 서약서가 문제되어 『동아일보』 내부에서도 경영진과 사원들 간의 갈등이 심화되었다.[22]

이광수의 사설 게재 문제로 불거진 조선노동총동맹의 비매동맹 결의 에 이어서, '식도원 사건'까지 발생하자 『동아일보』 내부에서도 송진우 사장을 비롯한 경영진에 대한 비판의 목소리가 높아졌다. 이에 따라 4월 23일에는 편집 겸 발행인인 설의식과 인쇄인 최익진, 그리고 기자들이 회의를 열고 경영진에게 요구사항을 전달하였다. 요구사항의 내용은 다음과 같다.

1. 사장 이하 재 경성 취체역의 책임 퇴사
2. 종래 저지른 동아일보의 죄를 들어 다시 이 같은 행동이 나서지 않을 것을 민중에 맹세하여 방향의 전개를 도모할 것

---

22 동아일보사사 편찬위원회, 앞의 책, 221~232쪽 참조.

3. 새 간부를 임명할 때는 미리 기자 일동의 동의를 얻을 것

4. 간부와 기자는 동등의 지위로서 논의하고 간부의 행동 등을 모두 기자에게 모謀할 것

5. 사원의 진퇴는 전 기자의 동의를 필요로 하고 간부의 전단專斷을 허용하지 않음[23]

　이러한 신문사 내부의 요구에 따라, 4월 25일에는 임시중역회의가 열렸다. 그 결과 취체역 송진우, 신구범, 이상협, 김성수, 장두현의 사임원이 수리되고, 새로운 중역이 선임될 때까지 감사역 허헌이 사내의 직무를 대리하기로 하였다. 그리고 5월 14일에는 임시주주총회를 열고, 새 취체역으로 홍명희, 이승훈, 허헌, 윤홍렬, 양원모가 선출되었다. 이어서 열린 중역회의에서는 전무 및 상무 겸임의 사상으로 이승훈이 선임되었고, 편집국장에 홍명희, 영업국장에 양원모가 임명되었다. 하지만 이와 같은 결정이 사원들의 요구를 무시한 것이라고 반발하며 상당수의 인원이 퇴사를 하였다. 먼저 5월에는 1차로 신구범 전무를 비롯하여 홍증식 영업국장, 김동성 조사부장, 김형원 지방부장, 민태원 정치부장, 김양수 논설반장이 퇴사하였다. 그리고 9월에는 2차로 최익진 공장장을 비롯하여 최영목 정리부장, 유광렬 사회부장, 이서구, 박팔양, 서승효, 노수현 등의 기자가 사직서를 제출하였다. 사퇴에 동참했던 이들은 대부분 이상협과 함께 『조선일보』로 이동하게 되었다.[24]

23　위 요구사항의 출처는 『시대일보』(1924.4.27)이며, 이 책에서는 박용규, 「1920년대 중반 (1924~1927)의 신문과 민족운동」,『언론과학연구』9(4), 2009, 284쪽에서 재인용하였다.
24　동아일보사사 편찬위원회, 앞의 책, 232~235쪽 참조.

이승훈이 제4대 사장으로 취임한 후, 1924년 6월의 『동아일보』 주요 간부 현황은 다음과 같다. 발행인 및 편집인 설의식, 인쇄인 최익진, 대표취체역 및 사장 이승훈전무, 상무취체역 겸임, 취체역 및 부사장 장덕수, 취체역 성원경, 홍명희, 이승훈, 허헌, 윤홍렬, 양원모, 감사역 장희봉, 이충건, 주필 및 편집국장 홍명희, 촉탁기자 이관용, 선우전, 논설반 이봉수, 윤홍렬, 정인보, 조동호, 정치부장 최원순, 경제부장 한기악, 사회부장 홍명희, 지방부장 구연흠, 정리부장 최영목, 조사부장 이승복, 영업국장 양원모, 서무부장 김철중, 광고부장 황치영, 사업부장 홍성희, 공장장 최익진 등이었다. 편집국장은 이상협에서 홍명희로 교체되었으며, 학예부장은 여전히 공석이었다.[25]

사장이 된 이승훈은 자신이 창립한 정주 오산학교의 교장으로 있던 홍명희를 주필 겸 편집국장에 임명하였다. 그리고 홍명희 역시 자신과 가까운 인물을 입사시켰다. 이승복, 이관용, 정인보, 홍성희가 대표적이다. 『동아일보』 창간 멤버인 한기악은 이승복의 친구로 홍명희와도 가까운 사이였다. 그리고 홍명희가 입사하면서 조동호, 구연흠, 박헌영, 임원근 등 조선공산당에 참여하는 인물들도 입사하였다. 『동아일보』에 민족주의 좌파나 사회주의자들이 대거 입사한 것이다.

이러한 상황에서 김성수와 송진우는 1924년 9월부터 홍명희를 고립시키고 무력화시키는 조치를 취하기 시작하였다. 중역회의에서 김성수를 고문으로 추대하고, 10월 21일에 열린 주주총회에서는 이승훈을 물러나게 하고 김성수를 사장으로, 이승훈과 송진우는 고문으로 추대한 것

---

25 위의 책, 235~238쪽 참조.

이다. 이에 따라 10월 이후 홍명희의 활동은 크게 위축되었다. 송진우의 고문 추대 문제로 홍명희와 김성수 간의 반목은 심해졌다. 1924년 12월 부터 1925년 3월까지는 한기악이 편집국장 대리로 홍명희의 역할을 대신하기도 하였다. 심대섭, 김동환, 안석주, 이재성, 허정숙 등 홍명희와 가까운 인물들이 새로 입사하기도 하였으나, 정인보, 이승복, 이관용, 구연흠이 퇴사하였으며 이재성은 사망하였다. 결국 1925년 4월, 홍명희는 『동아일보』를 사직하게 된다.

1925년 5월에는 사회부 기자들의 모임인 철필구락부가 임금 인상을 결의하고 각 사에 요구했으나 『동아일보』만 이를 거절하였다. 이에 기자들은 동맹파업을 결행하였다. 하지만 『동아일보』는 이번 기회에 불량분자를 일소하겠다는 의지로 강경하게 대응하였다. 그 결과 사회부 소속의 임원근, 김동환, 유완희, 심대섭, 안석구, 허정숙과 정치부 주동호, 정리부 장종건, 지방부 박헌영이 퇴사하였다. 이러한 기자들의 동맹파업과 집단퇴사는 김성수와 송진우 중심의 『동아일보』 기성 체제를 더욱 강화하는 계기가 되었다.

1925년 4월에 홍명희가 사직하여 『시대일보』 사장으로 가자, 송진우는 홍명희를 대신하여 주필을 맡아 1927년 10월까지 역임한 후, 10월 22일 『동아일보』 제6대 사장으로 취임하였다. 홍명희가 맡았던 편집국장 자리 역시 공석이 되었다. 1926년 11월부터 이광수가 편집국장을 맡게 되나, 이광수의 신병으로 1927년 3월 최원형을 편집국장 대리로 임명하여 보좌하게 하였다. 이광수는 1927년 9월까지 편집국장을 맡고, 10월에는 김준연에게 자리를 넘겼다. 1928년 5월 ML당 비밀결사 사건으로 김준연이 구속되자, 주요한이 편집국장 대리를 거쳐 편집국장이 된다. 1929년에는 주요한이 광주학생사건에 연좌되어, 1929년 12월부터 1933년 8월까지 이광수가 다시 편집국장을 맡는다. 이후 1935년 3월부터 1936년 8월까지는 설의식, 1937년 6월부터 1939년 11월까지는 백관수, 1939년 11월부터 1940년 8월까지는 고재욱이 편집국장을 맡게 된다. 학예부장은 진학문 이래 오랫동안 공석을 유지하다가 1925년 12월 허영숙이 들어오며 진용을 갖추게 된다. 이후 학예부장은 1927년 3월부터 12월까지 주요한, 1928년 3월부터 1930년 1월까지 이익상, 1933년 10월부터 1938년 9월까지 서항석, 1939년 7월에는 현진건이 맡게 된다.[26]

총독부는 문화정치를 표방하며 언론의 자유를 보장할 것처럼 선전하였다. 하지만 4차례에 이르는 정간 조치와 1940년 강제 폐간이 증명하듯이 실제로는 신문 매체에 대한 검열을 강화해 나갔다.[27] 1차 무기정간은 1920년 9월 26일부터 1921년 1월 10일까지 이어졌다. 정간의 구실은 사설 「제사문제를 재론하노라」[1920.9.24~9.25]에서 일본의 3종 신기를 비판하였다는 이유였다. 정간 처분은 1921년 1월 10일에 해제되었으나, 속간은 자금난으로 인해 2월 21일에 이루어졌다.[28]

『동아일보』의 2차 무기정간은 1926년 3월 7일부터 4월 20일까지로, 국제농민본부로부터 3·1절 기념 메시지를 받아 게재한 것이 원인이었

---

26 1924년 이후의 『동아일보』 편집진 교체에 대한 내용은 박용규의 「1920년대 중반(1924~1927)의 신문과 민족운동」(『언론과학연구』 9(4), 2009, 282~294쪽)을 참고하였으며, 『동아일보』 조직체제 및 인사편제는 동아일보사사 편찬위원회의 『동아일보사사』를 참고하였다.
27 식민지 시기 검열에 대한 문제는 박헌호, 「'문화정치'기 신문의 위상과 反-검열의 내적 논리-1920년대 민간지를 중심으로」, 『대동문화연구』 50, 2005; 한만수, 「1930년대 검열기준의 구성원리와 작동기제」, 『동악어문학』 47, 2006 참조.
28 동아일보사사 편찬위원회, 앞의 책, 149~162쪽 참조.

다. 1926년 3월 1일에는 기미독립운동 7주년을 기념하는 특집을 발행하였다. 『동아일보』는 「國際農民本部로부터 朝鮮農民에게」[29]를 번역 게재하였다가 안녕질서를 문란하게 하였다는 이유로 신문지법 제21조에 의해 제2차 무기정간 처분을 받았다. 동시에 당시 주필이었던 송진우는 보안법 위반으로 징역 6개월, 편집 겸 발행인 김철중은 신문지법 위반으로 금고 4개월의 판결을 받았다.[30]

『동아일보』는 1930년 4월 17일부터 9월 1일까지, 미국 네이션지 주필의 10주년 기념사를 게재하였다는 이유로 3차 무기정간을 당하였다. 1930년 4월 1일, 『동아일보』는 창간 10주년을 맞이하여 기념호를 발행하였다. 기념호에는 기념사업의 일환으로 국내외 저명인사들의 축사를 받아 게재하였다. 그런데 4월 16일 1면에 네이션지 주필 빌라즈가 보내온 축사[31]를 세세한 깃이 불온하다는 이유로 삭제를 당하고 곧이어 정간

---

29 「國際農民本部로부터 朝鮮農民에게」, 『東亞日報』, 1926.3.5, 2면. 해당 기사에는 '국제농민회'에서 보내온 전보의 원문도 사진을 찍어 함께 제시하였다.

30 문제가 된 전보문이다. "國際農民本部로부터 朝鮮農民에게 / 본사를 통하야 전하는 글월 / 로시아에 잇는 국제농민회본부로부터 조선농민들에게 던하여 달라고 다음과 가튼 글월이 재작 삼일 본사에 도착되엿다 / 오늘 귀 국민의 제칠회의 슬픈 긔념일을 당하야 국제농민회본부(國際農民本部)는 세계 사십개국(四十個國)의 조직된 농민단톄를 대표하야 가장 깁흔 동지로의 동정을 농업국민인 조선동포에게 들이노라 이 위대한 날에 긔념은 영원히 조선의 농민에게 그들의 력사덕인 국민덕 의무(國民的義務)를 일깨일 것을 밋스며 자유를 위하야 죽은 이에게 영원한 영광이 잇슬지어다 현재 재감(在監)한 여러 동지와 분투하는 여러 동지에게 형뎨덕인 사랑의 문안을 들이노라=삼월일일 『돔발르롭, 보스네씨엔스키』".

31 축사의 제목은 '朝鮮의 現狀 미테 貴報의 使命 重大(米國 急進的 週刊雜誌 『네슌 主筆』 빌라즈氏)'였으며, 요지는 다음과 같다. 『네이션』은 1865년 창간 이래로 소수민족층의 자유와 각 인민의 생활양식의 자유와 그리고 어떠한 데서 발생하였든 간에 군국주의에 대하여 항의하는 것으로 일관해 왔다. 그러므로 귀지(『동아일보』)가 추구하는 사업에 대해 우리는 절대적 흥미를 가지고 있다. 조선의 현 상황 하에서 동아일보의 사명이 매우 중대함을 우리는 알고 있다. 귀지가 곤란한 경우에 처해 있다는 것은 귀지가 청렴하여 비이기적이며 공정하고 결백하여 사명을 위해서는 일절 희생하겠다는 결심이 있기 때문이다. 만일 귀지가 이러한 정책으로 일관한다면 조선민족과 그 사명을 위하여 가장 힘 있는 봉사를 할 수 있으리라 생각한다. 끝으로 귀지의 전진을 충심으로 축복한다. 앞으로 10년도 과거 10년과 마찬가지로 민주주의 사명을 위해 국제적 진정한 화평을 위해 전 세계에 민주주의를 수립하도록 바라는 바이다.

처분을 받았다. 3차 무기정간은 4개월 반 만인 9월 1일에야 풀려 속간호는 다음 날인 1일부터 발행되었다.

4차 무기정간은 1936년 8월 29일부터 1937년 6월 2일까지 약 9개월에 이르는 정간 처분을 받았다. 1936년 8월 25일 2면에 베를린올림픽대회 마라톤 우승자 손기정 선수의 사진을 게재하면서 그의 유니폼에 그려진 일장기를 지운 '일장기 말소 사건'이 이유였다. 이 사건으로 사진부의 백운선, 서영호, 사회부의 장용서, 임병철, 사진과장 신낙균, 조사부 전속화가 이상범, 체육부의 이길용 및 사회부장 현진건 등이 연행되었다. 그리고 이 동판銅版을 『신동아』가 실었다는 이유로 잡지부장 최승만과 사진부의 송덕수도 추가 연행되었다. 이 중에서 이길용, 이상범, 백운선, 서영호, 신낙균, 장용서, 현진건, 최승만 등은 구속됐다. 이 사건으로 사장 송진우를 비롯하여 주필 김준연, 편집국장 설의식, 조사부장 이여성, 지방부장 박찬희가 사임하였다. 그리고 『신동아』와 『신가정』은 폐간되었다.[32] 그리고 1940년 8월 11일에는 총독부의 언론통제 정책에 의해 『동아일보』 역시 강제 폐간되기에 이른다.[33]

이러한 총독부의 통제 정책에 대해 『동아일보』는 문예면의 확대로 대응하였다. 이는 신문의 지면 개편과 맞물려 진행되었다. 『동아일보』는 석간 4면 체제로 주 7회 무휴발행을 원칙으로 삼았다. 창간일인 1920년 4월 1일과 2일은 창간기념호로 8면을 발행했고, 3일은 4면, 4일과 5일은 창간호 간행 준비에 분망했던 사내 일동의 노고를 치하하는 한편 미비한 점을 정돈하기 위해 휴간하였다.[34] 그리고 6일은 8면을 발행하고, 7

32 동아일보사사 편찬위원회, 앞의 책, 361~367쪽 참조.
33 「廢刊辭」, 『東亞日報』, 1940.8.11, 4면.

일부터 4면을 발행하였다. 창간호는 1만 부를 발행했으며, 신문의 정가는 1매에 3전, 1개월 구독료는 60전, 우송료를 포함하면 75전이었다. 신문의 지면 구성은 1면 논설, 2면 정치와 외신, 3면 사회와 체육, 4면 학예와 지방기사였다.

1923년에는 『동아일보』 1천호 발행을 기념하기 위해 다양한 특집이 시도되었다. 1923년 5월에는 기념호를 발행하여 일시적인 증면이 이루어졌다. 해당 기획 이후 '일요호'가 신설되어 6월부터 매주 일요마다 6면에서 8면으로 증면하여 발행하였다. 그리고 1923년 12월 1일에는 지면개혁을 단행하였다. 이에 따라 4면 발행체제가 확정되었다. 신문의 지면은 1면 사설 및 외신, 2면 사회, 3면 사회 및 영문판 『동아일보』, 4면 경제로 구성되었다. 이 시기 지면개혁의 본뜻은 지면의 민중화, 실생활화, 세계화에 있었다. 이에 따라 독자들에게 많은 지면을 제공하였으며, 경제면의 확충, 영문란의 신설 등이 이루어졌다.[35]

『동아일보』는 1924년 4월, 창간 4주년을 맞이하여 사옥 신축, 윤전기의 증설, 지방판의 발행, 지방 순회 취재 등의 기념사업을 전개하였다. 윤전기의 증설은 '본보 창간의 만 사 주년, 발전 기념의 사업계획' 일환으로 시도되었다. 『동아일보』의 발행부수가 창간 이후 격증하여 1시간에 약 2만 매4페이지 기준를 인쇄하는 기존의 윤전기 1대로는 도저히 감당할 수 없어 고속 윤전인쇄기의 필요성이 대두되었기 때문이다.[36] 하지만 실

---

34 「社告」, 『東亞日報』, 1920.4.3, 3면. "本紙 創刊號의 刊行으로 因하야 準備에 奔忙하얏슴으로 社內一同의 勞苦를 慰藉하며 且 未備를 整頓하야 無休刊의 發行을 繼續할 必要가 잇슴으로 不得已 四五兩日은 休刊하고 六日부터 繼續 刊行하겟사오니 僉位는 恕諒하시압. 但 月定讀者에게 對하야 該休刊한 二日分의 新聞代價와 郵送料는 計除하겟삽. 東亞日報社".

35 동아일보사사 편찬위원회, 앞의 책, 179~182쪽 참조.

36 「第三計劃 輪轉機 增設」, 『東亞日報』, 1924.4.3, 1면.

제로 윤전기가 배치되기까지는 다소 시간이 걸려 1924년 12월에야 설치가 가능하였다. 당시 사옥 내에는 방대한 윤전기를 증설할 공장의 설비가 곤란했을 뿐만 아니라 윤전기의 주문과 제작에도 시간이 필요했기 때문이다. 그럼에도 불구하고 사옥 신축과 윤전기의 증설은 이후 본격적인 증면의 기반이 되었다는 점에서 중요한 의미를 지닌다.

1925년 1월부터는 매주 2면 내지 4면의 부록을 발행하며 증면을 계속 시도하였다. 같은 해 8월 1일에는 내외 통신의 폭주를 이유로 조석간 6면제조간 4면, 석간 2면를 시행하였다.[37] 하지만 조석간 6면제가 시간상의 형편으로 독자들에게 불편을 주는 바가 있다며 이내 철회하고, 8월 11일부터는 석간 6면제로 발행하였다.[38] 신문의 지면이 4면에서 6면으로 증가함에 따라, 신문의 정가도 1매에 5전, 1개월 구독료는 1원으로 각각 인상하였다. 신문의 지면은 1면 사설 및 외신, 2면 국내 기사, 3면 부인란과 소년동아일보, 4면 지방기사, 5면 사회, 6면 경제로 구성되었다.

1929년 5월 1일부터는 지방판의 분리편집이 시작되었다. 지방판은 1924년 4월부터 중부, 서북, 삼남의 3개판을 제작하였다가 1925년 1월에 중단된 이후, 이번에 다시 부활하여 순국문으로 발행하였다. 이 시기에는 광고업무량도 대폭 늘고, 해외특파 등 보도면에서도 날로 발전하였다. 이에 따라 9월에는 기존의 6면제에서 8면제로 지면을 확대하였다. 신문의 지면은 증가하였으나 증면에 따른 구독료 인상을 억제하여 종전의 구독료를 유지하였다.[39] 9월 12일과 18일에는 8면 발행을 시험적으

---

37 「本報朝夕刊發行에 臨하야」, 『東亞日報』, 1925.8.1, 석간 1면.
38 「謹告」, 『東亞日報』, 1925.8.11, 1면.
39 동아일보사사 편찬위원회, 앞의 책, 297쪽.

로 시도하였으며, 9월 20일부터 8면제로 확대하였다. 9월 20일자 신문의 지면은 1면 사설 및 외신, 2면 국내 기사, 3면 '가뎡'란 및 연재소설, 4면 지방기사, 5면 지방기사, 6면 학예란, 7면 해외소식 및 스포츠, 8면 경제로 구성되었다.

『동아일보』는 1932년 11월 22일부터 조간 4면, 석간 4면의 조석간 8면제로 신문을 발행하였다. 당시에는 일제의 만주사변과 만주국 수립으로 동양은 물론 세계적으로 긴장감이 고조되던 시기였다. 특히 제네바에서 열릴 국제연맹 이사회에서는 만주문제에 대한 리튼보고서를 다룰 예정이었으므로 세계가 이를 주목하는 상황이었다. 이에 『동아일보』는 '국제연맹 개회일인 21일을 기회로 종래 하루 1회 석간이던 것을 하루 2회 조석간으로 발행하여 만천하 독자에게 일각이라도 속히 세계정세와 국내사정을 보도하기' 위해 소석산세를 단행하기로 하였다.[40] 조석간제는 1925년에 이미 시도했으나, 그 당시에는 신문 운영 면에서 의욕만 앞서고 운영이 뒤따르지 못해 바로 석간제로 환원한 바 있다. 조석간제 시행을 위한 기반을 마련하지 못한 상태에서 『조선일보』와의 무리한 경쟁으로 치밀한 계획 없이 일을 추진하다가 두 신문사 모두 조석간제를 폐지한 것이다. 그 후 1929년에 『중외일보』도 조석간제를 단행하였으나 그로 인하여 신문사가 큰 타격을 받았다. 이처럼 조석간제는 각 신문사가 경쟁적으로 시도할 만큼 매력적이면서도 어려운 사업이었다. 이 때문에 『동아일보』는 7년 만에 조석간제를 확립할 수 있었다. 조석간제 시행 이후 신문 지면은 조간과 석간 모두 1면 외신, 2면 사회, 3면 지방으로 구성하였

---

40 「朝夕刊發行」, 『東亞日報』, 1932.11.18, 1면.

다. 그리고 조간 4면에는 문예, 석간 4면에는 경제를 배치하였다.[41]

1933년 4월부터 신활자를 주조鑄造 사용하고, 단수도 종래의 12단제에서 13단제로 확장하였다. 활자의 개신으로 선명도를 높이고, 단수를 추가함에 따라 실질적인 지면 확대의 효과를 보게 되었다. 이에 따라 신문 기사의 분량이 늘어나 더욱 풍부한 내용을 전달할 수 있었다. 또한 한글은 신철자법新綴字法을 따라 종래 우리 문법상의 불합리와 불편을 일소하게 되었다.[42] 그리고 9월 1일에는 조간 6면, 석간 4면의 조석간 10면제로 또다시 증면을 시도하였다. 조간의 신문 지면은 1면 외신, 2면 사회, 3면 학예, 4면 산업, 5면 사회, 6면 부인이었으며, 석간의 지면 구성은 1면 사설 및 외신, 2면 사회, 3면 지방, 4면 경제로 이루어졌다. 1934년 11월 1일부터는 기차 시간의 대개정으로 인해 조석간제의 면수가 조정되어, 조간 4면, 석간 6면으로 바뀐다.[43] 조석간제 면수 변경에 따라 학예면과 가정면은 각각 석간 3면과 4면으로 이동하였다.

1936년 1월에는 조간 4면, 석간 8면의 조석간 12면제로 확대하여 발행하였다. 그리고 1936년 3월 17일부터는 조간 8면, 석간 4면으로 조석간의 면수를 변경하였다. 1937년 10월 1일부터 신활자를 주조 사용함과 동시에 14단제를 채택하여 지면은 더욱 확대되었다.[44] 지면확대에 따라 신문의 구독료는 1부에 6전, 1개월에 1원 20전으로 인상하였다. 당시 지면 구성을 보면, 조간은 1면에 외신, 2면에 내신, 3면에 사설 및 국내외 기사, 4면에 학예 및 과학, 연재소설, 5면에 연예와 오락 및 연재소설, 6

---

41 동아일보사사 편찬위원회, 앞의 책, 353쪽.
42 「新活字 十三段制 明日 夕刊부터 斷行」, 『東亞日報』, 1933.3.31, 1면.
43 「謹告」, 『東亞日報』, 1934.11.1, 조간 1면.
44 동아일보사사 편찬위원회, 앞의 책, 379쪽.

면에 산업, 7면에 지방판, 8면에 경제 관련 기사를 배치하였다. 석간은 1면에 외신, 2면에 내신, 3면에 가정 및 연재소설, 4면에 경제 관련 기사를 배치하고, 매주 일요일마다 3면 또는 4면에 '어린이일요'란을 개설하였다.

『동아일보』의 증면정책은 1938년 10월부로 중단되었다. 현하 전시경제 체제 하에서 신문용지의 기근을 당하는 바, 당국의 용지통제정책에 순응하여 매월 5회씩 석간 4면을 감하여 발행하기로 합의한 것이다.[45] 조선의 모든 신문사는 1938년부터 비상시국으로 인한 당국의 용지절약 국책에 순응하여 매월 몇 차례씩 감면을 시행하였다. 그리고 1940년 7월 23일부터는 더욱 강화된 감면정책으로 인해 조석간 10면제를 실시하게 되었다.[46]

지금까지 살펴본 바와 같이 『동아일보』는 지면개편 작업을 통해 지속적으로 지면을 확대해 나갔다. 이밖에 조석간제를 도입하고, 실질적인 증면을 목적으로 신문 단수도 12단에서 14단으로 확대하는 등 증면정책을 시행하였다. 신문사는 증면의 원인으로 내외 통신의 폭주, 광고지면의 확보, 해외특파 등 보도기능 강화, 신문사 간의 경쟁 등을 언급하였다. 이러한 배경으로 인해 지면이 증가함에 따라 문예면 역시 증면에 비례하여 그 비중이 높아져갔다. 한만수는 『동아일보』를 포함한 당시 민간신문의 문예면 증면의 원인을 광고 게재와 총독부의 검열 강화로 보았다.

---

45 「謹告」, 『東亞日報』, 1938.10.5, 조간 1면. 해당 근고는 '동아일보사'와 '조선일보사'의 공동 명의로 게재되었다.
46 「今日부터 十頁實施」, 『東亞日報』, 1940.7.24, 석간 1면.

만주침공을 계기로 일본경제는 소화공황에서 벗어나 활황기에 들어서는데, 조선 민간신문의 광고수요 또한 폭증한다. 광고를 싣기 위해 증면을 단행하는데, 검열은 지속저으로 강화되었으므로 탈정치석 지면으로서의 문예면의 증면이 선택된다. 문학 원고의 수요가 급증하였으니 발표 작품 역시 급증할 수밖에 없었다. 다시 말해서, 30년대 문학작품 총량의 폭증은 일본의 만주침략에 힘입은 전쟁 고원경기의 초과이윤의 일부가 언론자본을 경유하여 조선 작가들에 이전된 결과라고 할 수 있다.[47]

그는 이 외에도 상품 차별화의 필요성, 경제적 효율성, 독자 요구의 변화 등도 거론하였다. 하지만 문예면 증면의 가장 큰 원인으로는 검열과 지면의 연성화를 꼽았다. 이준우 역시 식민지 시기 문예면이 확대된 이유를 당대의 정치사회적인 상황에서 찾았다.

1926년 이후부터는 지면이 6면으로 늘면서 독립된 문화면을 배정받고, 사회적으로 신문화운동과 예술대중화 움직임에 고무되어 문예기사의 수가 증가된 것이라 할 수 있다. 특히 발행지면이 1일 10면이던 1935년과 8면 내지 12면이던 1938년과 1940년의 경우는 70년대보다도 더 많은 문예기사가 게재되어 문화면 내지 문예기사의 황금기라고 할 수 있을 만큼 그 내용이 활성화되었다. 이것은 일제의 통제가 극도에 달하면서 하나의 탈출구로서 신문화운동을 수행한 그 당시 신문 문화면의 역할이 크게 반영된 결과라 할 수 있다.[48]

---

47 한만수, 「만주침공 이후의 검열과 민간신문 문예면의 증면, 1929-1936」, 『한국문학연구』 37집, 2009, 256쪽 참조.
48 이준우, 「한국신문의 문화적 기능 변천에 관한 연구」, 연세대 박사논문, 1987, 79~82쪽 참조.

위 인용문은 총독부의 검열이 강화됨에 따라, 상대적으로 비정치적인 문예가 일종의 탈출구로 선택되었음을 보여준다. 이밖에 박선이는 문예면이 확대될 수 있었던 배경으로 '일제의 통치 전략'과 '식민지 자본주의의 심화에 따른 도시화'를 꼽기도 하였다.[49] 이들 인용은 공통적으로 총독부의 검열 강화를 문예면 증면의 원인으로 지목하였다.

앞서 살펴본 바와 같이, 1920년대 총독부의 문화정치는 언론의 자유를 어느 정도 허용함으로써 민간신문이 발행될 수 있는 여건을 조성하는 데 밑거름이 되었다. 이에 따라 『동아일보』를 비롯한 민간지가 등장하였고, 이들 신문매체들은 한정된 독자를 대상으로 자사의 독자를 확보하기 위해 식민지 시기 내내 경쟁적으로 증면정책을 추진하였다. 하지만 총독부의 검열이 강화됨에 따라 정치면은 위축될 수밖에 없었다. 총독부 정책에 대한 비판적 기사를 싣거나, 조선인의 참정권 문제 등을 언급한 경우, 해당 기사를 삭제하거나 압수 및 정간조치를 내려 신문사를 압박했기 때문이다. 이러한 정세 하에서 신문사는 상대적으로 비정치적인 문예면에 주목할 수밖에 없었다. 『동아일보』는 총독부의 신문 통제에 대해 문예면으로 눈을 돌려 그 출구를 모색한 것이다.

49 박선이, 「한국 신문의 문화저널리즘—형성과 변화」, 이화여대 박사논문, 2016, 39쪽.

2. 『동아일보』 문예면의 정착 과정

1) 문예면의 시초 '일요호'

『동아일보』는 총독부의 신문 통제에 대해 문예면의 확대로 대응하였다. 이렇게 확대된 문예면을 채우기 위해 신문사는 다양한 방법을 시도하게 된다. 그 방법 중에 하나가 독자들의 작품을 모집하여 문예면을 통해 발표하는 것이었다. 이러한 방법이 채택될 수 있었던 이유는 기존의 작가만으로는 확대된 문예면을 유지할 수 없는 상황에 직면했기 때문이다. 이에 따라 기성작가는 물론이고 자사 기자, 그리고 독자들에게까지 지면을 개방하여 문예물을 적극적으로 모집, 발표하게 된다. 본 절에서는 『동아일보』의 창간부터 문예면의 시초라 할 수 있는 '일요호'까지를 대상으로 하여 문예 지면의 정착 과정에 대해 살펴보고자 한다.

『동아일보』는 창간일인 1920년 4월 1일부터 2일까지 이틀에 거쳐 창간 기념호를 발행하였다. 창간 기념호에는 시를 비롯하여 소설, 감상문 등의 문예물을 별도의 장르 구분 없이 지면 곳곳에 산발적으로 배치하였다. 창간일인 1920년 4월 1일자 3면에는 송산松山의 「비는노래」와 「새 봄」 두 편의 시를 실었다. 그리고 4면에는 민우보閔牛步의 번역소설 「부평쵸浮萍草」[50]를 실었다. 창간호에는 이밖에도 축사祝辭와 축화祝畵를 각 지면 곳곳에 배치하였다. 4월 2일자 3면에는 동경 춘도春濤의 「東亞日報를 祝

---

50 기쿠치 유호의 『집 없는 아이』(1912)를 번안한 작품으로, 원작은 프랑스 소설가 엑토르 말로의 『집 없는 아이』(1878)이다. 민태원은 동아일보사와 이상협의 후원을 받아 도쿄 통신원이라는 명목으로 일본 유학생활을 하며 기쿠치 유호의 일본어 번역을 축약해 번안하였다. 그는 1923년 와세다 대학 정치 경제학과를 졸업하자마자 동아일보사 사회부장으로 정식 입사하게 된다. 이와 관련한 자세한 사항은 박진영의 「한국의 근대 번역 및 번안소설사 연구」(연세대 박사논문, 2010) 참고.

함」이라는 시를 비롯하여, 5면에는 유종석柳鍾石의 단편소설 「어린 職工의 死」, 석송石松의 시「民衆의 公僕」, 동죠의 시「可憐兒」, 평파平波의 시「勞働歌」, 「桂皮 먹는 어린 處女」, 「불상한 동무」를 실었으며, 8면에는 연재소설 「부평쵸」와 월봉생月峯生의 시「아! 東亞日報야」를 게재하였다.

이틀에 걸친 창간 기념호가 끝나고, 8면에서 4면으로 지면이 정리되면서 『동아일보』는 주로 4면에 문예물을 배치하기 시작하였다. 4월 3일 4면에는 연재소설 「부평쵸」와 '한날'의 「새아침」이라는 시를 실었고, 4월 9일 4면에는 「부평쵸」와 원산 김상익金相翊의 시「希望과 幸福에」를 실었다. 4월 20일 4면에는 '흰옷', '안윤철安潤喆', '안악 김선량金善亮'의 시가 제목 없이 실렸다. 4월 27일 4면에는 동원東園의 「봄의 거름」이, 4월 29일 4면에는 애류 권덕규權悳奎의 「봄노래」가 실리는데, 4면에 실린 시는 대부분 『동아일보』의 창간을 축하하는 축시祝詩였다. 시가 게재되기 않은 경우에는 축사祝辭가 그 자리를 대신하였다.

이처럼 발행 초기의 『동아일보』에는 별도의 문예면이 존재하지 않았다. 하지만 시와 축사, 연재소설 등 대다수의 문예물을 주로 4면에 배치하여 다른 지면과는 차이를 두었다. 민태원의 「부평쵸」1920.4.1~9.4를 비롯하여 김동성의 「그를 미든 까닭」1920.5.28~6.1, 김정진의 각본 「脚本 四人의 心理」1920.6.7~6.15, 김동성의 「籠鳥」1920.8.4~8.21 등은 예외 없이 모두 4면에 실었다. 그리고 윤백남의 「演劇과 社會」1920.5.4~5.16, 염상섭의 「余의 評者的 價値를 論함에 答함」1920.5.31~6.2, 김동인의 「霽月氏에게 대답함」1920.6.12~6.13, 염상섭의 「김군씌 한 말」1920.6.14 등의 문예평론 역시 다른 문예물과 마찬가지로 4면에 배치하였다.[51]

1920년 4월 19일 4면에는 창간일부터 연재되던 「부평쵸」가 작가의 신병으로 당분간 휴재됨을 알리는 공고[52]가 실렸다. 소설이 휴재됨에 따라 지면 공백이 발생하였는데 신문사는 해당 지면에 운정생雲汀生[53]의 「향촌에 내주하야」라는 글을 실었다. 복잡한 도회에서 벗어나 향촌에 머물면서 겪은 일과 느낀 점을 정리한 감상문으로, 작품 말미에는 1919년 12월 9일에 썼음을 밝혔다. 연재소설이 부득이하게 휴재를 맞게 되자, 일반 기사나 광고 대신에 본사의 기자가 미리 써두었던 원고를 실은 것으로 보아 『동아일보』는 창간 초기부터 장편연재소설, 운문과 산문을 포함한 문예물, 그리고 문예평론 등을 4면에 배치함으로써 편집에 대한 나름의 방침을 세운 것으로 보인다. 이러한 지면 편제는 『매일신보』의 영향을 받은 것으로 보인다. 1910년대 『매일신보』 기자로 재직하던 이상협이 『동아일보』 편집부장으로 옮겨가면서 『동아일보』의 편집 역시 『매일신보』와 매우 유사하게 이루어졌던 것이다.[54]

장응진[55]은 『동아일보』의 창간을 축하하는 의미에서 축사를 보냈다. 그의 글은 축사에 이어서, 일반 독자들에게 별도의 메시지를 전달하였다는 점에 의미가 있다. 그는 지금 우리 사회를 공포, 회의, 혼돈의 시대로

---

51 문예평론 중에서 염상섭과 김동인의 논쟁은 김환의 소설 「자연의 자각」(『현대』 1920.1)에 대한 염상섭의 작품평으로부터 비롯되었다. 공정한 비평의 방법과 범주 및 비평가의 역할에 관한 논쟁으로 한국 근대문학 비평사에서 가장 먼저 제기된 논쟁으로서 의의가 있다. 이와 관련한 상세한 논의는 김영민의 『한국문학비평논쟁사』(한길사, 1992)와 『한국 근대문학비평사』(소명출판, 1999)를 참고.

52 "小說 浮萍草는 作者의 身病으로 因하야 當分間 休載하게 되얏사오니 甚히 遺憾이오나 請컨대 讀者諸彦은 恕諒하시옵".

53 본명은 김정진(金井鎭)으로『동아일보사사』 권1 부록의 '歷代社員名錄'과 『동아일보』 1920년 4월 1일자 「본사 사원씨명」에 기자로 기록되어 있다. 『동아일보』 창간부터 기자로 활동하였으며 1923년 퇴사한 것으로 보인다.

54 이희정, 「1920년대 『매일신보』의 독자문단 형성과정과 제도화 양상」, 『한국현대문학연구』 33, 2011, 99쪽 참조.

55 장응진(張膺震), 「東亞日報 創刊號를 보고」, 『東亞日報』, 1920.4.6, 4면.

규정하고, 우리의 문화가 아직 유치한 수준이므로 광명한 사회를 하루아침에 이루기는 불가능하다고 진단하였다. 이러한 시기에 『동아일보』가 출현하였다며, 『동아일보』의 창간이 시대의 요구에 부응한 것이라며 의미를 부여하였다. 그는 황폐한 조선 사회를 개선하기 위해서는 인민의 개조가 가장 급선무라며, 그 구체적 방법으로 교육을 제시하였다. 교육은 학교교육을 연상하기 쉽지만 가정교육과 사회교육이 병행되어야 교육의 목적을 달성할 수 있다고 보았다. 그는 사회교육의 큰 책임이 신문에 있다며 그 중요성을 거듭 강조하였다. 이어서 일반 독자에게 일언하기를, 사물은 발달의 순서가 있으니 졸지에 바라는 바와 같은 완전한 것은 없다는 점을 먼저 지적하였다. 그리고 일반사회의 『동아일보』에 대한 기대가 너무 지나쳐서 염려스럽다며, 우리의 처지와 경우를 자각해야 한다고 주장하였다. 그의 글은 당시 독자들의 『동아일보』에 대한 기대감을 확인할 수 있는 간접 증거가 된다는 점에서 의미가 있다.

4월 18일 4면에는 「부평쵸」와 보성 이혁로李赫魯의 시 「生의 苦惱」를 실었다. 이혁로의 시는 죽음과 운명을 의인화하여 그것에 맞서 싸우겠다는 생生의 의지를 주제로 삼았다. 이 작품의 서두에는 "이것은 君의 投稿가 아니다. 車中에서 卽詠하야 私信으로 나의게 준 것을 發表함이다霽"[56]라며 작품의 발표 경위에 대해 밝히고 있다. 이혁로의 작품을 작자 자신이 아닌 다른 인물이 대신 발표하였다는 진술이다. 이혁로의 작품을 대신 실어준 이는 당시 『동아일보』 기자였던 염상섭으로 보인다. 작품 서두에 '霽'라는 표기가 있는데, 이것이 염상섭의 호 '제월霽月'의 첫 글자와

---

56 步星 李赫魯, 「生의 苦惱」, 『東亞日報』, 1920년 4월 18일 4면. 작품 말미에는 해당 작품의 창작 일자가 4월 9일로 기록되어 있다.

일치하기 때문이다. 염상섭은 이혁로의 시가 게재되기 전인 1920년 4월 6일부터 9일까지 『동아일보』 3면에 「自己虐待에셔 自己解放에-生活의 省察」을 연재하였다. 그는 이 글을 통해 정치적, 사회적, 경제적, 도덕적 등 일체의 외적 해방을 위해서 노예적 관습과 기성적 관념으로부터 해방되어야 함을 주장하였다. 심지어 자기 자신으로부터도 해방되어야 한다는 그의 주장은 이혁로가 시에서 밝혔던 투쟁 의지와 맞닿아 있다. 두 인물이 사신私信을 주고받을 정도의 친분관계가 있었으며, 사상적으로도 밀접한 관련이 있던 것은 분명해 보인다. 얼마 후 이혁로와 염상섭은 잡지 『폐허』의 동인으로 문단에 등장한다. 이러한 사례는 『동아일보』에 작품이 게재되는 방식의 일면을 보여준다는 점에서 의미가 있다.[57]

4월 20일에는 석송생石松生[58]의 글이 실린다. 해당 글의 요지는 다음과 같다.

'문학은 고린내 나는 학문으로, 나태한 기분을 조장하고 안일한 생활을 동경하게 할 뿐이며 사회로 하여금 문약에 빠지게 한다. 그리고 문학자는 사회에 유해무익하며 자신의 안일과 정취만 구하는 이기주의자이다.' 세간에는 이러한 주장을 하는 자가 있다. 하지만 이는 문학을 모르는 사람이나 할 수

---

57 이 책에서는 『동아일보』에 작품을 투고한 독자들에 중심을 두고 논의를 전개하였으나, 특정 매체와 관련이 깊은 문인들을 중심으로 그들의 인적 교류 및 사상적 교류를 해명하는 작업도 앞으로 수행해야 할 과제이다.

58 본명은 김형원(金炯元)으로『동아일보사사』권1 부록의 '역대사원명록'에 의하면 1920년 4월 『동아일보』창간부터 기자로 활동하였다. 이후 사회부장과 동경특파원을 거쳐 1924년 5월 퇴사하여『조선일보』로 자리를 옮겼다. 석송 김형원에 관한 자세한 논의는 한계전, 「신경향파 시론의 형성-석송 김형원을 중심으로」, 『관악어문연구』 제6집, 서울대 국어국문학과, 1981; 주근욱, 『석송 김형원 연구』, 월인, 2001; 서은경, 「문예지 〈생장〉 연구」, 『현대소설연구』 53, 2013 등을 참조할 것.

있는 말이다. 일반사회에서는 문학에 대해 이러한 악감은 없을지라도 문학에 대해서는 소극적이다. 그러나 우리가 문학을 직접 대할 때, 사상을 기록한 논문이나 시, 소설 등을 눈으로 보며 같이 울고 웃고 할 때, 우리는 문학과 한 몸이 된다. 문학은 사회를 향해 교환조건을 제출하지도 않고 이렇게 하는 것까지도— 사회에게 위안을 주고 警醒을 주고 반성을 주고 절규를 주고 고통불만, 비애를 주고 건설 파괴를 주는 것까지도 문학자신의 의무나 목적으로 알고 하는 것은 아니다. 곧 이것이 문학의 특질이니, 태양이 우리에게 광선을 주려하는 의식 하에 주는 것은 아니나 우리가 스스로 그 광선을 받음과 같이 문학이 스스로 사회에게 어떠한 무엇을 제공하자는 명확한 의식 하에서 그 무엇을 제공함이 아니라, 사회―곧 독자가 스스로 문학에서 자기의 구하고 싶은 바를 구하는 것이다. 문학은 감정의 불이 영원히 타오르는 태양이오, 감정의 빛이 강렬히 방사하는 금강석이다. 우리는 그 불의 熱度를, 그 빛의 광선을 제 각각 자기의 요구내로 역량대로 취할 수 있고 持할 수 있는 것이다. 그러나 문학이 스스로 우리에게 그것을 進呈하지는 않는다. 이는 문학의 특질이 그렇기 때문이다. 문학은 우리에게 감정의 진동을 준다. 문학은 감정이 주체가 되어 상상과 취미를 붙여 사상을 표현한 것이다. 문학은 예술화시킨 감정이며, 순간성과 항구성 그리고 보편성을 가졌다. 우리의 실생활은 인생의 모든 행동을 의미한다. 우리의 실생활은 의식작용에 지배되며, 의식작용의 주인공은 지정의 삼자 중에 감정이다. 결국 우리의 실생활은 감정이라는 원동력에 지배된다. 따라서 감정이 죽으면 인생의 생활은 멈추고, 전 인류의 생명은 단절되기에 이른다. 문학은 감정의 예술화한 것이고, 실생활은 감정의 활동이다. 문학은 실생활을 위해 고의로 광선을 주지 않으므로 우리가 이 광선을 스스로 취해 자기 생활에 활력을 불어넣어야 한다. 그런데 우리 사회는 종래 문학의 결함으로 문학을 도외시하게 되었다. 문학의 혼이라 할 수 있는 감정을 몰각한 작품은 완전한 문학이 아니다. 이는 가짜 문학으로 어떤 사실이나 공상을 그대로 기록한 이야기문학이다. 이야기문학은 독자에게 호기심을 줄 수는 있지만 감정과는 무관하므로 독자에게 감정의 진동을 줄 수 없다.[59] (강조는 인용자)

석송생의 비평은『동아일보』최초의 본격적인 문학론이라는 점에 의의가 있다. 그는 이 글에서 문학에 대한 세간의 그릇된 인식을 교정하고, 문학의 특질을 밝히고자 하였다. 또한 문학의 본령이 실생활을 담아내는 것에 있으며, 이를 제대로 수행하지 못했던 과거의 문학은 진정한 문학이 아니었음을 비판하였다. 결국 그는 문학과 실생활의 관계를 밝히고, 문학의 목적을 분명하게 제시함으로써 신문학 건설의 당위성을 강조한 것이다. 문학을 혁신하여 신문화를 건설해야 한다는 그의 주장은『동아일보』가 지향한 문화운동의 방향을 선구적으로 보여준다는 점에서 의의가 있다. 그가 전개한 문학론은 이후『동아일보』편집진들에게 공유·확산되어, 본격적인 문예면 확대로 실현된다. 신문화 건설의 주역으로 문학을 내세운 그의 비평이 문예면 확대의 기반이 된 것이다. 그의 비평은 전통적인 문학관에서 독자 중심의 문학관으로의 변화 양상을 보여준다는 점에서도 의의가 있다. '문학 자체는 목적이나 의식이 없으며, 다만 독자 스스로 문학에서 자신이 구하고자 하는 바를 구해야 한다'는 진술에서 드러나듯, 그는 독자를 중심으로 한 일종의 수용미학적 시각을 일찍부터 드러냈다.[60]

---

59 石松生,「文學과 實生活의 關係를 論하야—朝鮮新文學建設의 急務를 提唱함」,『東亞日報』, 1920.4.20~4.24, 4면.

석송생의 글 다음엔 교남일민嶠南逸民의「동화정책의 의의를 문함」이라는 글이 실린다. 동화의 의미가 화化를 동同하게 하는 것인지 동同하게 화化함인지를 묻는 이 글은『동아일보』최초의 기서寄書이다. 4월 11일 3면에 실린 '단군영정현상모집' 공고는『동아일보』최초의 현상모집으로, 직접적으로 독자를 호명하여 단군 영정을 모집하였다. 독자의 주관을 강조함으로써 독자 중심의 문학론을 주장한 김형원의 비평이나, 실제 독자들의 의견을 반영하기 위해 마련한 기서, 그리고 독자를 대상으로 단군 영정을 모집한 현상모집 등은 모두 독자를 염두에 둔 기획이다. 이 연구는 이처럼『동아일보』가 창간 초기부터 독자에게 지면을 개방하여 독자를 적극적으로 호출한 점에 주목하였다.

1920년 9월 26일부터 1921년 2월 20일까지는 총독부의 정간 조치로 인해 신문 발행이 중단되었다. 속간일인 1921년 2월 21일부터 같은 해 10월 28일까지는 '독자문단'을 시행하였다. '독자문단'은 문예물을 대상으로 한 독자투고로, 독자들의 작품을 모집하여 게재하였다. '독자문단'은 예외 없이 4면에만 실렸다. 해당지면에는 '독자문단' 외에도 천리구千里駒가 역역譯한 장편소설「엘렌의 功」, '지방통신地方通信', '각지청년단체各地靑年團體', '만필漫筆' 그리고 '사고社告'와 광고가 실렸다. 아직 본격적인 문예

60 주근옥은 석송생의 비평이 문학 대 사회(독자)의 대립구조를 다루고 있다는 점에 주목하였다. 그리고 문학 자체는 목적이나 의식이 없으며, 다만 독자 스스로 문학에서 자신이 구하고자 하는 바를 구해야 하는 것이라는 진술을 통해 김형원의 시각이 사회(독자) 중심, 주관 중심에 있음을 증명하였다. 주근옥은 김형원의 비평이 독자를 중심으로 한 수용미학적 시각을 보인 점에 큰 의미를 부여하였다. 왜냐하면 1920년대까지만 해도 조선에서는 초보적인 계몽주의와 상징주의에 입각한 화자(작가) 중심의 전통적 문학관이 지배적이었기 때문이다. 주근옥은 바로 이 지점에 주목하여 김형원의 비평을 계기로 전통적인 문학관에서 독자 중심의 문학관으로 시각의 전회가 일어날 수 있었다며 해당 비평의 의의를 밝혔다. 이에 대한 상세한 논의는 주근옥,「石松 金炯元 詩文學 硏究」, 충남대 석사논문, 1998, 34~40쪽 참조.

지면은 등장하지 않았지만, 비교적 이른 시기부터 4면의 일부를 문예물로 구성하고 있음을 확인할 수 있다.

1922년 1월 1일은 신년호를 발행하여 8면으로 지면이 늘었다. 1면에는 사설과 사고 외에 현상윤의 「문단에 대한 요구-생활에 접촉하고 수양에 노력하라」라는 평론이 실렸다. 그리고 8면에는 민태원의 「무쇠탈」이 연재되기 시작하였다. 1월 2일부터는 전체 4면으로 발행하였다. 1면에는 민태원의 「문단에 대한 요구-자각, 자중, 노력과 기타의 희망上」과, 진학문의 「小의 暗影」을 실었고, 4면에는 「무쇠탈」을 계속해서 연재하였다. 1면에 연재소설과 문예 평론을 배치한 것은 4면에 문예물을 배치하던 종전의 체제에서 벗어난 새로운 시도였다. 1면에 소설을 연재하는 기획은 1923년 9월까지 지속되었다.[61] 이러한 기획은 신문에서 문예물이 차지하는 비중이 증가했음을 직접적으로 보여준다는 점에서 주목할 만한 변화로 볼 수 있다.

1923년 1월 1일은 신년호를 발행하여 20면으로 지면을 대폭 늘렸다. 신년호 '第四'는 문예 특집 기사로 채웠다. 신년호 제사第四면은 4면으로 구성되었는데, 1면에는 염상섭의 「문인회 조직에 관하야」, 현철의 「극계劇界에 대한 소망」, 백화白華의 「창피!」 등 문예 관련 기사를 비롯하여, 김랑운金浪雲의 시 「무덤의 誘引」과 광고가 실렸다. 2면에는 현진건 「우편국에서」, 노작露雀 「노래는 회색-나는 또 울다」, 회월懷月의 시 「어둠의 寶

---

61 1면에 작품을 연재한 이는 진학문, 민태원, 이광수, 염상섭 등이다. 1면에 연재된 작품은 다음과 같다. 순성생(瞬星生)의 「小의 暗影」(1922.1.2~1922.4.14), 「체르캇슈」(1922.8.2~1922.9.16), 민우보(閔牛步)의 「죽음의 길」(1922.11.28~1923.1.18), Y生의 「가실(嘉實)」(1923.2.12~1923.2.23), 장백산인(長白山人)의 「선도자(先導者)」(1923.3.27~1923.7.17), 염상섭의 「해바라기」(1923.7.18~1923.8.26), 「너희들은 무엇을 어덧느냐」(1923.8.27~1924.2.5), 장백산인의 「초향록(草香錄)」(1923.9.9~1923.9.17).

幕」, 홍난파 「사라가는 법」, 황석우 「신년문단에 바람」, 이동원李東園의 시 「다시 못 오는 그째를 차저서」와 광고가 실렸다. 3면에는 신동화新童話라 는 표제를 달고 고한승의 「옥희와 금붕어」가 실렸으며, 시로는 월탄月灘 의 「당신이 무르시면」, 「幌馬車 타고 가랴한다」, 유월양의 「자장의 마 을」, 「눈물의 거리」, 「겨울은 왔는가」, 낭운浪雲의 「현실」, 오상순의 「방 랑의 한페지」가 실렸다. 3면 하단과 4면은 광고가 실렸다.

『동아일보』는 1923년 5월 25일, 발행 일천호를 맞게 된다. 신문사는 이를 기념하기 위해 '동아일보 발행 일천호 기념 현상'을 시행하였다. 1923년 5월 17일(목)까지 4면 발행체제였던 신문은 일천호 기념일을 즈 음한 1923년 5월 18일(금)과 5월 22일(화)에는 8면으로 증면 발행하였 다. 그리고 일천호 기념호는 12면으로 증면하여 발행하였다. 증면된 지 면에는 현상문예 당선작이 발표되었으며, 그밖에 신문 발행 일천호를 축 하하는 축전과 광고가 실렸다. 현상문예 당선작은 일천호 기념일인 5월 25일부터 31일까지 계속해서 연재하였으며, 일주일 동안 90편 이상의 작품이 발표되었다.

1923년 5월에 시행한 '동아일보 발행 일천호 기념 현상'은 6월 3일부 터 '일요호'로 이어졌다. 1923년 5월 25일부터 지면에 실린 현상문예물 이 '일요호'가 신설됨에 따라 해당란에 실리게 되면서 고유 지면을 확보 하게 된 것이다.

本報 日曜號의 刊行

讀者文壇欄을 創設

記事와 廣告의 輻輳로 常時 地面의 狹隘를 感하는 本報는 今回 紙面擴張의

一端으로 每日曜 四頁의 日曜號를 刊行하야 本紙에 添附하기로 決定하고 來
三日부터 此를 行할 터인 바 日曜號에는 特히 紙面의 一部를 讀者의게 提供
하고 文藝作品을 紹介코저 多數한 投稿를 歡迎합니다

投稿의 種類는 短篇小說, 一幕脚本, 童話(以上 純朝鮮文으로 一行十四字式
一百八十行 以內) 時調, 新詩, 童謠, 抒情文, 感想文 其他 文藝作品(以上 一行
十四字式 八十行 以內)됨을 要함

投稿는 優良한 者를 選擇하야 紙面에 發表함, 特히 佳作으로 認하는 作品
의 作者에게는 賞品을 贈呈함

飜譯 或 飜案일 時는 原作의 題名과 原作者의 氏名을 明記함을 要함

投稿는 如何한 境遇이든지 總히 返還치 아니함, 投稿의 封皮에는『日曜號
原稿』라 明記함을 要함

東亞日報社[62]

위의 사고에 따르면, 지면 확장의 일환으로 '일요호'를 간행하여 6월 3
일부터 4면의 '일요호'를 본지에 첨부한다고 하였다. 이에 따라 매주 일
요일마다 신문을 8면으로 증면하여 발행하였다. 『동아일보』는 증면된
지면의 일부를 독자에게 제공하여 문예작품을 소개할 계획이라며, '독자
문단란'의 창설을 밝혔다. 그리고 '동아문단 투고모집' 공고를 지속적으
로 노출하여[63] 독자들의 투고를 권유하였다. 투고의 종류는 단편소설,
일막각본, 동화, 시조, 신시, 동요, 서정문, 감상문 기타 문예작품이었다.

---

62 「本報 日曜號의 刊行」,『東亞日報』, 1923.6.1, 2면 · 1923.6.2, 3면.
63 「東亞文壇 投稿 募集」,『東亞日報』, 1923.6.3, 7면 · 6.10, 7면 · 8.26, 5면 · 9.2, 5면 · 9.23, 6
면 · 9.30, 5면 · 10.28, 5면 · 11.4, 6면.

'일요호'가 시행한 '동아문단'은 모집장르로 보았을 때, '동아일보 발행 일천호 기념 현상'과 유사하였다. 다만 기존의 한시를 비롯하여 만화, 논문 등이 배제되었다는 점과, 창작물 외에도 번역 및 번안을 허용한 점이 달라진 점이었다. 한시의 경우, '동아문단 투고 모집' 공고에는 제외되었지만 일천호 기념 현상문예에 당선되지 못했던 작품들이 1923년 6월 24일까지 '일요호'에 계속해서 실렸다. 모집 부문의 유사성과 현상懸賞이라는 성격[64] 면에서 볼 때, '일요호'가 시행한 '동아문단'은 『동아일보』일천호 기념 현상문예를 계승한 것으로 볼 수 있다. '일요호'는 1923년 6월부터 매주 일요일마다 발행하였다. 당시 신문은 4면 발행체제였는데, '일요호'는 일종의 부록으로 기존 4면에 4면을 더 추가하여 8면으로 증면 발행하였다. 추가로 확보된 지면에는 문예비평, 문예이론, 교양 기사, 가십 기사, 문예물, 광고 등을 실었다.

'일요호' 신설일인 6월 3일의 지면 구성을 살펴보면 다음과 같다. 1면부터 4면까지는 기존의 지면 구성과 동일하였다. 1면은 사설과 장편소설장백산인의「선도자」, 사고社告, 광고를 실었으며, 2면은 해외기사, 경제뉴스, 사령辭令, 소식消息, 횡설수설橫說竪說, 상황商況, 주식시장株式市場, 광고를 실었다. 3면은 국내기사, 운동계運動界, 모임, 일기예보, 휴지통, 광고가, 4면에는 장편소설이희철의「읍혈조」, 국내 단체 동정, 각지청년단체各地靑年團體, 광고 등을 실었다.

신문의 5면부터 8면까지가 '일요호'에 해당하였으며, 5면 우측 상단

---

64 「謹告」, 『東亞日報』, 1923.10.7, 6면. "本 日曜號에 寄稿한 諸氏中 煙坡, 金麗水, 외흘음, 김준, 趙弘淵, 李螢月, 申必熙, 壽岩 諸氏는 住所 通知하십시오 略少하나마 賞品 進呈하겟습니다 東亞日報社 日曜號係 白"

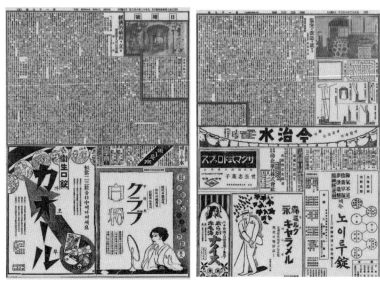

일요호 5면   일요호 6면

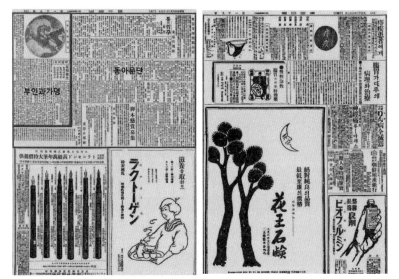

일요호 7면   일요호 5면

〈그림 2〉'일요호'의 지면 구성(1923.6.3, 5~8면)

에 표제를 달아 '일요호'가 시작됨을 알렸다. 5면에는 선우전鮮于全의 「經濟的 破面에 立한 實業界人의 自省處」와 「世界의 驚異─」라는 제목으로 '조선의 석굴암'65을 사진과 함께 실었다. 5면은 주로 비평이나 교양 관련 기사를 배치하였다. 5면의 하단은 광고로 채웠다. 6면에는 경기도기사 괘장정길掛場定吉의 「온돌의 개조에 취하야」라는 글과, 기사 「침몰 군함의 예출曳出」, 그리고 광고 등을 실었다. 7면에는 「동아문단투고모집」과 「각본현상모집」공고를 비롯하여, 전승영의 「봄의 철학」, 한계연의 「暮春의 一日」, 김병욱의 「어머니생각」등의 문예물을 위주로 게재하였다. 그리고 좌측 상단에는 '부인과 가뎡'란을 신설하여, '백사십칠세의 로인'이라는 가십기사와 '어린이의 하기夏期 위생'을 실었다. 7면 하단부터 8면은 광고로 채웠다. '일요호'의 지면체제는 고정적이지 않았으며 매번 약간씩의 변동이 이루어지기도 하였다. 그리고 1923년 7월 5일부터는 8면에서 6면으로 지면을 축소하여 발행하였다.

'일요호'는 '독자문단란'을 개설한 것 외에도 다양한 기획을 시도하였다. '부인과 가뎡'은 부인들에게 필요한 정보를 제공하는 한편 가십을 취급하였다. 6월 3일 「백사십칠 세의 노인」, 「어린이의 하기夏期 위생」, 「달걀 선택법」, 6월 10일 「작은사람과 큰사람」, 「부인견학단의 감상」이협자, 「간단한 리발긔계」, 6월 17일 「쉽고 유익한 새 운동법」등의 기사를 실었다. 하지만 '부인과 가뎡'은 6월 17일까지 세 차례만 시도되었다.

'일요호'는 7월 8일부터 '소년소녀란'을 개설하였다. 해당란에는 동요, 동시 등이 주로 실렸다. 그리고 8월 19일부터는 특집기사, '독자문

---

65 경주 석굴암의 내력과 내부 모습을 묘사한 후, 석굴암의 불상을 동양 최고(最古)의 미술작품이며 조선민족의 자랑거리라고 소개하고 있다.

단', '지방동요란', '소년소녀란', '과학이야기' 등의 체제를 갖추게 된다. '독자문단'은 신문사가 모집한 독자들의 문예물을 소개하는 지면으로, 앞서 언급한 '동아문단'의 다른 이름이다. 투고 공고를 낼 때에는 '동아문단'이라는 명칭을 사용했고, 실제 독자들의 작품을 지면에 실을 때에는 '독자문단'이라는 명칭을 주로 사용하였다. '일요호'에 '독자문단'이라는 명칭이 처음 등장한 때는 1923년 8월 19일부터였다. '독자문단'을 비롯한 '일요호' 소재 문예물을 정리하면 다음의 〈표 2〉와 같다.

〈표 2〉『동아일보』'일요호' 소재 문예물 목록(1923.6.3~1923.11.25)

게재일자	모집 부문	투고자	제목
6월 3일	대화	동경 全承泳	봄의 哲學
	감상문	함흥 韓啓然	暮春의 一日
	동요	성천 金炳旭	어머니생각
6월 10일	한시	李馨雨	飛行機
	한시	영덕 姜尙哲	初夏田舍
	한시	용강 任珽鎬	初夏田舍
	한시	용천 張益禧	物産獎勵
	한시	철산 鄭亨榦	物産獎勵
	감상문	李瑞求	『꼿봉』이를 보내는 前날 밤에
	감상문	상해 白痴生	異域의 春
	시조	경성 趙斗燮	가시덤불
	시조	개성 趙子暎	길일혼아해
	시조	평양 朴圭善	님그리면서
	시조	경성 柳金香	사랑
	시조	회령 崔曙海	春郊에서
	시조	공주 李達河	閑山島
	신시	柳金香	黃昏小曲
	신시	柳金香	쇠스리
	신시	元蕙庭	사랑의 길

게재일자	모집 부문	투고자	제목
	신시	경성 玄永男	相反
	동요	대구 서인달	새별
6월 17일	감상문	煙坡	人生의 意義
	한시	고양 崔瑗	初夏田舍
	한시	태인 宋泳權	初夏田舍
	한시	대전 安鍾淳	物産奬勵
	한시	합천 朴允在	物産奬勵
	시	동경 金石松	旅行雜詠
	감상문	申秋星	환갑잔치
	시조	순천 金鐘太	錦囊
	시조	경성 李聖得	생트집
	시조	진주 柳寅寬	路柳
	시조	원산 金光世	長少年
	시조	운산 李炳愚	우리 聖朝
6월 24일	한시	정주 金德淳	物産奬勵
	한시	선천 桂孝觀	物産奬勵
	한시	고흥 金相千	初夏田舍
	한시	원산 元泰允	飛行機
	한시	안악 崔孝國	飛行機
	한시	고양 崔仁興	飛行機
	시	평양 尹經式	반절푸리 物産奬勵
	시조	용천 李白坡	月下唫 三首
	감상문	함흥 李相熙	音樂博士
	동화	경성 李螢月	아버님의 병환
	시	경성 崔奎元	꿈
	시	경성 柳金香	여름아참
	시	경성 柳金香	노래의 깃새
	시	북경 李勳哲	별아레서
	시	경성 金鍾	弱한 者의 셜음
	시	경성 劉月洋	느즌곳과 풀香내에
	시	一溝	기다리든 甘雨
	시	滿月臺主人	杜鵑
	동요	창원 朴相敦	단비

게재일자	모집 부문	투고자	제목
7월 8일	시	順天義英校 金致傑	봄빗은 점점 늙어감니다
	시	順天義英校 崔祥釦	달밤
	시	李螢月	아가아가
	감상문	笑月	晶淳
	시	活園	살아지이다
	시	상해 李瑾媛	滬上의 未明
	시	상해 李瑾媛	黃昏의 哀歌
	시	재령 白南杓	봄맛는 새싹
	시	재령 白南杓	산골
	시	自我靑年66	放浪
	시	崔世基	晚春의 밤
7월 15일	시	백천 염근수	쌈말고 잘노라라
	감상문	상해 빠씨生	苦의 體驗
	감상문	東光學校 兪政兼	어머니를 그리면서
	동화	연기 裵相哲	나무통갓
	시	영남 月影	봄
	시	경성 金周經	눈물사려오
	시	돌샘 崔益翰	東都에서 늣김
	시	대구 李珍甲	누구인지?
	시	선천 金治鍊	우리마을
	시	동경 리찬희	守空閨
	시	평양 林聖模	夕陽의 箕子墓
7월 22일	단편소설	白湖	호썩집
	동요	경성 盧海容	비
	감상문	申秋星	지게군의 춤
	시	경성 金鍾	追憶의 바람
	시	경성 柳金香	밤
	시	동창포 韓半島	慈悲한 農夫
	시	笑月	人間味
7월 29일	시	회령 曙海生	孤寂
	시	신의주 張亨拭	새벽닭의 첫우룸
	시	신의주 張亨拭	눈물
	시	신의주 張亨拭	저녁의 江

게재일자	모집 부문	투고자	제목
	시	신의주 張亨拭	寂寞
	동요	개성 朴南緒	종달새노래
8월 5일	신시	고양 明東純	나는 어이해 어머니가 업나
	시	張亨拭	幻影의 人生
	시조	용천 李白坡	들에서
	동요	木卯	종달새 노래
	감상문	朴愛國	동무에게 보내는 感想文
	감상문	月峰生	開城少年監을 보고
8월 12일	감상문	李瑞求	月尾島의 一夜
	시	盧春城	당신은 저구름속에 안기라
	시	劉月洋	깨여진 愛의 花環압헤서
	시	全雪野	病드른 薔薇
	시	남원 梁鎰燁	不思議
8월 19일	감상문	韓炳洛	城南兄이여
	감상문	劉義順	義州야
	신시	서울 KC生	비오는밤
	신시	張亨拭	愉快한 아참
	동요	평양 池君植	평안남도에서 전부터 유행하는 동요
	동요	一讀者	녀름
	동요	一讀者	쌀간무
	동요	선천 金治鍊	雨
	감상문	月峰生	開城少年監을 보고(續)
8월 26일	감상문	경도 金九經	다시 苦學하려는 여러 兄님씌
	신시	선천 自我青年	감을
	신시	선천 自我青年	쌔여진 쑴
	신시	선천 自我青年	함박숏이 질 째
	신시	雨泉生	달밝은밤
	신시	金昌述	反抗
	신시	星村	녯날돌방석
	신시	星村	한송아리薔薇
9월 2일	시조	李瑞求	京都에서
	동요	李螢月	숫곱노리
	동요	입좌촌 陳聖鳳	黃昏

게재일자	모집 부문	투고자	제목
	동요	夏晶生	비가와야
	감상문	영산포 金玉禮	洪水
	단편소설	선암사 申必熙	山村에서
	동화	李螢月	사이조혼동무
	감상문	대동군 壽岩	젊은 과부
	감상문	春岡	故鄕
	신시	간동 尹英鉉	허영의 광선
	신시	경성 趙寅燮	笛의恨
	신시	동래 李元泰	바다가에서
9월 9일	신시!	동경 李根周	적은샘!
	동화	황주 田在善	죽어 황턴에 가서 새동무를 어더가지고 도라와
	신시	선천 李純	이 불행애를 엇지할까요
	신시	李庭淳	白鶴扇
	신시	李庭淳	쇠소리
	신시	진주 月坡	南江아!
	신시	인천 李鳳寬	아! 지라하는 새벽달
	동요	安興潤	개성에서 유행하는 동요
9월 16일	각본	인천 秦宗爀	시드러가는 無窮花
	동요	개성 趙弘淵	松都에서 多年 流行하든 童謠
9월 23일	신시	평양 林聖模	平壤驛에서
	신시	팔판동 朴鎔一	煙
	신시	강진 김준	당신의 글월을!
	동요	영동 외홀음	稽山에서 流行하는 동요
	동요	선천 桂順坦	평북처녀가 흔히 부르는 동요 명쥬애기
9월 30일	시	盧春城	田園의밤
	시	劉月洋	저달속에마풋치더이다
	단편소설	煙坡	선영형님에게
	단편소설	해주 崔亨烈	엿들은 이야기
	신시	金麗水	放浪者
	신시	金麗水	夢中의 세분
	동요	영동 외홀음	稽山에서 流行하는 동요
	동요	경성 李在根	湖南에서 流行하는 동요

게재일자	모집 부문	투고자	제목
	동요	선천 桂順坦	평북처녀가 혼히 부르는 동요 명쥬애기
10월 7일	단편소설	金仁炫	惠淑의 단꿈
	신시	강진 김준	大地에 누어 운다
	신시	金鍾	비나리는 새벽
	단편소설	경성 李螢月	은혜
	동요	無言者	慶北에서 流行하는 童謠 도리줌치
	동요	無言者	짤손자
	동요	無言者	달도달도
	동요	無言者	원너리청청
	동요	개성 李金淳	松都어린이들이 불으든 동요
10월 21일	단편소설	梁珝	싣어지는 사랑
	신시	金笛沙	가도가도 싯은 업더이다
	동요	영동 외흘음	稽山에서 流行하든 동요
10월 28일	단편소설	GG生	바람찬 土曜日밤
	신시	경성 盧海容	도라가자! 옛노리터로
	신시	金笛沙	길손
	신시	金笛沙	追憶
	동요	경성 李在根	湖南에서 流行하는 동요
	동요	경성 李在根	淸州에서 流行하는 동요
11월 4일	감상문	경성 一女學生	羅眞敬羅氏여
	감상문	백암 朴殷植	四庫全書에 對한 感想
	감상문	張鎭植	新生의 祈願
	감상문	月波	SM兄님에게
	시	梧月	호랑나븨
	시	재령 一溝	八年만에 뵈인 妙音寺
	감상문	신흥 李恒國	어미업는 아해
	신시	金麗水	明月夜
	신시	金麗水	한가지 遺言
	신시	金麗水	씨를 뿌리자
	신시	金麗水	어즈러운 이 世代
	신시	소격동 金辰郁	오실님
	단편소설	툴게넵 작, 金東鎭 역	勞動者와 손흰사람
	동요	경성 姜慶永	昌原地方에서 流行하는 동요

게재일자	모집 부문	투고자	제목
	동요	이천 異蓮圃	伊川流行의 동요
	동요	평양 鄭學永	평양어린처녀들이 하는 동요
	시	李鍾翰	老處女의 서름
11월 11일	시	웅천 任炳奎	맷돌
	단편소설	미상	가을귀쭈래미
	신시	權坡	산骸骨
	감상문	평양 一生	同盟과 슬픔
	감상문	인천 江村生	仁普校運動의 雜感一片
	감상문	金一	K누님에게
	감상문	金鎭珏	金完永 君의 죽엄
	동요	姜鎭東	湖南流行童謠
	동요	姜鎭東	長城 羅州 流行童謠
	동요	이천 異蓮圃	伊川流行 童謠
	동요	菊軒	慶南에서 流行하는 童謠
	동요	崔鎔圭	慶南에서 流行하는 童謠
	동요	봉권	慶南에서 流行하는 童謠
	동요	張春岡	龍川어린이들이 불으는 童謠
	동요	안악 崔永信	西鮮地方에 流行하는 童謠
	동요	안악 崔永信	西鮮紡績女工童謠
	동요	원산 權天德	北靑新昌地方流行童謠
	동요	웅천 任炳奎	熊川地方流行童謠
11월 18일	감상문	만주 在滿生	滿洲에 숨긴 靑春의 哀話
	감상문	蓮圃	아버님 靈압혜
	신시	狂沙	回想曲
	신시	봉산 藏元順	農村靑年의 絶叫
	신시	청주 鄭箕煥	農家의 아참
	동요	재만주 김돌뫼	滿洲地方童謠 왜밥뚝이
	동요	은율 金乾儀	殷栗地方童謠
	동요	石大山生	平原地方에 流行하는 동요
	동요	朴相圭	陰城地方童謠
	동요	朴亨來	麗水地方流行하는 동요
	동요	리형원	北靑地方에 流行하는 童謠
	동요	동래 李仁善	東萊地方流行童謠

게재일자	모집 부문	투고자	제목
	동요	군북 李弘植	咸安地方童謠
	동요	崔宅圭	咸陽流行童謠
	신시	春城	어대로갈가?
	동요	함양 權赫常	咸陽流行童謠
	동요	郭恩德	麗水地方處女들이 부르는 童謠
	동화	皓堂 延星欽	붉은 쌀기꼿
	신시	撈月	누구의 집
	신시	강진 김준	小曲
	신시	강진 김준	斷想一片
	동요	李聖洪	陜川地方童謠 베틀노래
	동요	李聖洪	파랑새
11월 25일	동요	李聖洪	노랑까치
	동요	碧波	江界流行童謠
	동요	의령 李鍾模	宜寧地方童謠
	동요	金鍾淏	咸興流行童謠
	동요	朴相欽	鳳陽紡績女子童謠
	동요	林鍾華	慶南流行童謠
	동요	경북 봉화 朴相欽	鳳陽실잣는 童謠
	동요	楊市 공립보통학교 安正熙	時計
	동요	楊市 金道峻	時計

위 목록은 '일요호' 소재 문예물의 목록으로 '동아문단'에 발표된 작품을 위주로 하되, '일요호'에 실린 독자들의 문예물한시을 포함하여 정리한 것이다. 1923년 10월 14일 6면에 실린 '일요호'의 내용은 10월 7일과 동일하여 목록에서 제외하였다. '동아문단'에 발표된 작품을 모집 부문별로 정리하면 동요 64편, 시 48편,[67] 신시 47편, 감상문 31편, 한시 15편,

---

66 이혜령은 「1920년대 『동아일보』 학예면의 형성과정과 문학의 위치」(『대동문화연구』 제52집, 2005, 124쪽)에서 「방랑」이 계용묵의 작품이라고 밝혔다.

67 1923년 6월 17일 7면에는 「旅行雜詠」이라는 제목으로 11편의 시가 묶여 있으나 한 편으로 취급하였다.

시조 14편, 단편소설 10편, 동화 5편, 각본과 대화가 각각 1편이었다.

'동아문단'은 작품을 게재할 때, 대체로 모집 부문을 명기하였다. 동요는 지역별 동요를 위주로 소개하였으며, 시와 신시를 나누어 모집하였다. 작품은 번역이나 번안을 허용하기는 하였지만 창작을 선호하였다. 단편소설의 경우, 「노동자와 손 흰 사람」 한 편만 번역물이었다. '일요호'는 비평, 논문, 특집기사 등, 전문작가나 기자의 작품도 취급했으나 대부분은 독자들의 작품을 위주로 구성하였다.

'일요호' 발행에 차질이 없었던 것은 아니다. 1923년 7월 1일에 발행 예정이었던 '일요호'는 전조선여자정구대회의 기록을 등재하기 위해 연기되어, 7월 5일(목)에 발행되었다.[68] 하지만 '일요호'는 1923년 11월 25일 폐지될 때까지 독자들의 문예물을 모집하여 독자문예의 발표지면으로서 그 역할을 다하였다. 특히 '일요호'는 지금까지의 비상시적이고 비고정적인 문예물 게재 방식에서 벗어나 상시적이고 고정적인 지면을 확보하였다는 점에서 의의가 있다.

『동아일보』의 문예면은 문예란, 부인란, 아동란을 중심으로 구성되었다. 이러한 삼분체계는 청년, 여성, 아동이라는 독자 구분에 의한 것이었다. 앞에서 살펴보았듯이 '일요호'에는 '부인과 가뎡'과 '소년소녀란'이 처음으로 시도되었다. 해당란에는 여성과 아동 등 예상 독자층이 관심을 가질 만한 기사와 문예물을 주로 배치하였다. 그리고 이러한 편성이 문예면 편성의 시초가 되었다. 이러한 점을 고려할 때, '일요호'의 편성이

---

68 「謹告」, 『東亞日報』, 1923.7.1, 3면. "日曜號 延期 本紙 日曜號는 記事의 形便上 一日을 延期하야 來月曜日發行함 本紙에 添附發行함 東亞日報社"; 「謹告」, 『동아일보』, 1923.7.2, 3면. "本紙 日曜號는 六月三日의 全朝鮮女子庭球大會의 紀錄을 登載코저 發行을 一日延期하얏스나 該大會가 今二日까지에 終了하게 되얏슴으로 該終了까지 更히 延期하기 玆에 謹告함 東亞日報社"

이후『동아일보』문예면의 편성에 결정적인 역할을 하였다는 평가가 가능해진다.

2) '월요란'의 시행과 문예면의 정착

'일요호'는 1923년 11월 25일 폐지될 때까지 독자들의 문예물을 게재하여 독자문예의 발표지면으로서 그 역할을 다하였다. 특히 '일요호'는 상시적이고 고정적인 문예 지면을 확보하였다는 점에서 의의가 있다. 하지만 '일요호'는 정식 지면이 아닌 일종의 부록으로 실현되었다. 이 한계를 넘어 정식 지면을 문예 지면으로 할애한 것이 1923년 12월 3일자부터 신설된 '월요란'이었다. 본 절에서는 최초로 정식 지면에 배치된 '월요란'을 중심으로, 해당란의 신설 배경 및 전개와 의의에 대해 논의하고자 한다.

1923년 12월 1일,『동아일보』는 민중화, 실생활화, 세계화를 근본 목적으로 지면 혁신을 공표하였다.

1. 신문은 시대의 향도이며 또 사회의 반영이다. 사실을 사실대로 충실히 보도하는 동시에 선히 시대정신의 지도를 사명으로 아니 할 수 없다. 적어도 시대의 진운과 그 보조를 일치치 아니하면 아니 된다. 이것이 곧 본보 지면의 혁신을 단행케 한 소이이다.

2. **본보의 강령은 이미 천하에 천명한 바와 같이 조선민중의 충실한 표현기관인 것과 신문화 건설의 지도를 목적하는 것이다.** 이와 같은 주의와 주장 하에 전전궁궁하며 근근자자하여 오늘날까지 이르렀으며 이제 다시 지면을 혁신하여 만천하독자에게 뵈이는 것은 전혀 이상의 본보 사명을 더욱 확충하며 부연하

는 데 불과하다. 즉 본보 지면 혁신의 근본의는 시대의 진운에 응코자 하는 데 있고 따라 지면의 민중화, 실생활화, 세계화를 계획하는 것이다.

　3. 제1의 민중화는 신문은 독자와 같이 만들 것이라는 본보의 신념 하에 본보 지면을 될 수 있는 대로 일반 독자에게 공개코자 하는 것이다. 제2의 실생활화는 우리의 절실한 활로가 실생활의 기초를 확립치 아니 하면 아니 되겠다는 의미에서 본보에 경제란을 일층 풍부히 하여 우리의 생활의식을 확충코자 하는 것이다. 제3의 세계화는 본보의 생명이 조선민족의 표현기관이라는 최고사명 하에서 조선민중의 생활기반이 점점 세계화함을 따라 본보의 소리도 즉금부터는 세계적으로 입론치 않으면 아니 되었다는 의미에서 그 제일보로 영문란을 새로 창설하였다. 요컨대 본보는 조선민중의 생활사요 우리의 생활이 점점 나아감을 따라 본보의 호령이 1190호에 달한 금일부터 지면의 혁신을 단행케 한 것이다. 바라건대 만천하독자와 1700만 우리 민중은 본보의 미애 微衷를 찰察하여 많은 편달을 가加하여지이다.[69](강조는 인용자)

위 사설의 논지를 요약하면 제1의 민중화로서 지면을 될 수 있는 대로 일반 독자에게 공개하고, 제2의 실생활화로서 경제면을 일층 풍부히 하고, 제3의 세계화로서 '영문란'을 새로 창설하였다는 것이다. 이렇듯 지면 혁신에 따라 종래의 '일요호'는 폐지되고, 지면은 1면 정치, 2면 사회, 3면 지방, 4면 경제면으로 개편되었다. 여기에서 문예와 관련하여 조금 더 집중해서 보아야 할 부분은 '신문은 독자와 같이 만들 것'을 강조하며 '지면을 좀 더 독자에게 공개하겠다'는 내용이다. 이러한 기조 하에 '월

---

69 「本報의 紙面革新에 對하야」, 『東亞日報』, 1923.12.1, 1면, 사설.

요란'이라는 문예면이 신설되기 때문이다. 12월 3일 월요일판 제4면에
는 '월요란' 신설을 알리는 공고가 게재되었다.

従來 每日曜이면 發行하든 日曜號는 紙面改新에 伴한 編輯上의 形便으로
廢止하고 月曜日의 本紙 第四面에 『月曜欄』을 新設하게 되얏스며 日曜號와
가치 讀者의 作品을 만히 紹介코저하오니 쏘한 繼續하야 投稿하야 주시면 多
幸이겟소이다

東亞日報社[70]

공고문에는 '일요호'가 폐지되는 배경과 '월요란' 신설과 관련한 정보
가 제시되어 있다. 종래 일요일마다 발행하던 '일요호'는 지면개신에 따
른 편집상의 형편으로 폐지하고, 매주 월요일미디 '일요란'은 신설한다
는 설명이다. 주목해야 할 부분은 '월요란' 역시 '일요호'와 마찬가지로
독자들의 작품을 많이 소개하고자 한다며 독자들에게 투고를 당부한 점
이다. 하지만 '월요란'의 투고규정은 직접 제시되지 않았다. "本 月曜欄
에 投稿하시는 이는 엇더한 것을 勿論하고 三千字 以內로 하여줍시오,
여러 段되면 한番에 내일 수가 업는 싸닭입니다"[71]라며 '월요란'에 실리
는 작품의 원고 분량을 3천 자 이내로 제한했을 뿐이다. 이어서 "月曜欄
과 少年少女欄에 投稿하시랴는 이는 三千字 以內로 하여줍시요, 그러고
感想과 小品文을 만히 보내주시기 바랍니다 月曜欄係"[72]라는 기사를 통

---

70 「日曜號의 廢止와 月曜欄의 新設」, 『東亞日報』, 1923.12.2, 1면.
71 「投稿諸位에게」, 『東亞日報』, 1924.10.6, 4면.
72 「投稿諸賢에게」, 『東亞日報』, 1924.11.10, 4면.

해 원고의 분량을 재확인하고, '감상'과 '소품문'을 많이 보내달라며 '월요란'의 모집 장르를 특정하였다.

다음 〈그림 3〉은 '월요란'의 지면 구성이 어떻게 변화했는지 잘 보여주고 있다. '월요란' 신설 초기까지만 하더라도 '월요란'은 '일요호'와 달리 증면 없이 4면에 위치하였다. 이 시기 '월요란'에는 별다른 지면 구성의 변화 없이 평론과 문예물을 위주로 지면을 채웠다. '월요란'이 처음 선보인 1923년 12월 3일 4면의 지면 구성을 보면, 우측 상단에는 김동진金東進의 「노농노국勞農露國의 언론계言論界」라는 평론이, 그 아래로는 차철순車哲淳의 신시新詩 「시든 봉오리의 느진 우슴」, 유월양劉月洋의 동화 「무더니의 일일一日」이 실렸다. 그리고 좌측 상단에는 이서구李瑞求의 단편소설 「누흔淚痕」[73]이, 그 아래에 소화笑話와 광고가 실렸다. 평론과 문예물 그리고 광고가 '월요란'의 기본 구성요소였던 셈이다.

하지만 1924년 10월 13일 '월요란'은 '부인가정란'과 '소년소녀란'이 추가되면서 지면 구성이 다양해졌다. 3면 우측 상단에는 '월요란'이라는 표제 하에, '성서한인城西閑人'의 「고미술일석화古美術一夕話」가 실렸다. 그리고 좌측 상단에는 '소년소녀란'이 위치하였다. 해당란에는 경성 연호당延晧堂의 「닭의 알만한 쌀알」과 「상 타는 사진풀이」가 실렸다. 그리고 그 아래에는 복동福童의 시 「丹楓입」, 수남壽男의 시 「참새」, 쌀쌀선생의 「손재하

---

73 작품의 주인공인 철호에게는 김운희라는 애인이 있다. 그의 첫 시집 '봄의 노래'는 운희와의 사랑을 이야기한 것이다. 그러나 철호에게는 마음에도 없는 아내가 있었다. 그래서 철호는 운희와 만나면서 아내와의 이혼을 주장했지만, 사돈 덕에 살아가는 철호의 집에서 강하게 반대하였다. 그사이 운희는 다른 사람을 만나 철호 곁을 떠나고, 그는 영도사 근처에서 사랑 잃은 슬픔을 달랬다. 철호는 그곳에서 변외장의 딸 명순을 만나게 된다. 그녀는 제사회사에 갔다가 다리병신이 되어 쫓겨난 인물이다. 철호는 명순의 사연을 듣고 그녀를 동정하게 된다. 다시는 여자를 만나지 않겠다는 결심이 흔들리자 철호는 명순에게 더 이상 자신을 찾아오지 말라고 말하고, 그 말에 명순은 눈물을 흘리고 만다.

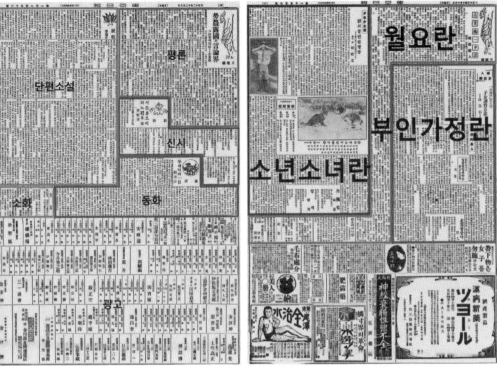

『동아일보』 1923년 12월 3일 4면　　　　　『동아일보』 1924년 10월 13일 3면

〈그림 3〉 '월요란' 지면 구성의 변화

나」, 사고社告가 실렸다. 우측에는 '부인가정란'이 자리를 잡았다. 해당란
에는 백옥석白玉石의 「스토너 부인의 자녀훈육방법」, 가십기사인 「세계적
미인」, K生의 「젊은 여자의 얼골을 밉게 하는 무서운 피부병」, 파인巴人의
시 「北靑물장사」가 실렸다. '월요란'은 3면에 이어 4면까지 이어졌다. 4
면 우측에는 신채호申采浩의 「문제 업는 논문」, 취공鷲公의 「문학혁명의 기
운」,[74] 창원 황영성黃永性의 시 「영등만야경永登灣夜景」, 고사리의 역시譯詩 「사

---

74 김동환은 '파인'이라는 호로 '월요란'에 시를 발표하는 한편 '취공'이라는 호로 문학 평론을 게
재하였다. 해당 평론에서 김동환은 문학이 국민을 살리고 국가를 부흥하게 했던 사례를 제시하
며, 조선에도 이러한 위대한 작가가 산출되기를 소망한다고 밝혔다. 그는 우리 조선에도 근대에

람아」, 김재섭金在涉의 「가을」, 김시용의 「밤이오면」, 석천의石川義 일술, 이
경손李慶孫 역의 「조선민요」가 실렸다. 그리고 좌측에는 이명칠李命七의 「음
양력환산언법陰陽曆換算年法」이 실렸나. 3면과 4면 하단에는 광고가 실렸다.
이와 같은 '월요란'의 편성은 '일요호'를 계승한 것으로, 독자를 세분화하
여 해당 독자층의 관심사를 반영한 지면 구성을 잘 보여주고 있다.

『동아일보』는 '일요호'에 이어 '월요란'을 신설하여 지속적으로 문예
물을 연재하였다. '월요란'은 '부인가정란'과 '소년소녀란'을 마련하여
각각의 독자층에 맞는 기사를 게재하는 동시에 문예물을 연재하였다.
'월요란'에 실린 문예물의 목록은 다음의 〈표 3〉과 같다.

〈표 3〉『동아일보』 '월요란' 소재 문예물 목록(1923.12.3~1924.12.8)

게재면	모집 부문	투고자	제목
12월 3일 4면	신시	車哲淳	시든 봉오리의 느진 우숨
	(소설)	李瑞求	淚痕
	동화	劉月洋	무더니의 一日
	笑話		한무제
12월 10일 4면	(소설)	李瑞求	淚痕(續)
	동화	劉月洋	무더니의 一日(續)
	신시	경북 의성 柳尙黙	모든 것이 흙으로 도라간다
	신시	대구부 朴明苗	이슬로서
12월 17일 4면	(산문)	재동경 海星	故鄕의 C兄께
	신시	星村	엇지하면 조홀가
	동요	경북 봉화 金東秀	형님 사촌형님
	동요	蓮史生	放浪
12월 24일 4면	(산문)	金達鎭	牙城兄에게

이르러 이광수의『무정』,『개척자』가 등장하였으며, 이어서『만세전』,『조선의 마음』,『선도자』
등 여러 작품이 나타나, 우리네 가슴 속에 남달리 흘러내리는 감정을 그대로 그렸으며, 이상과
고민과 오뇌를 다 사진 찍어 주었다며 신문학 발흥의 의의를 드러냈다. 그에 따르면, 당시 작가
들은 국민성을 지도하였으며, 그들의 작품은 큰 세력과 광휘를 가지고 조선의 농민, 어부, 학생
등 모든 인민의 심장을 부절히 찾아 들었다고 한다.

게재면	모집 부문	투고자	제목
	동화	경성 李螢月	사이조흔 남매
	신시	蘆葉生	詩 두 編
	신시	春城	잠[75]
1월 7일 4면	(산문)	上海王宇	흉가리아 이야기(世界語重釋)
	(동화)	월요란 편집진	黃金쥐 이약이
	(산문)	春城	誤解한 想涉兄에게
1월 14일 4면	(시)	金基鎭	누구나 왓스면
	동요	李慶孫	어린잔듸 / 재주노는大國사람 / 우리언니 / 넘엇집 노랑암닭 /
1월 21일 4면	동요	李慶孫	우리 洞里亭子나무 / 여기는 松都래나
	신시	金辰郁	生의 幻路
1월 28일 4면	소설	曙海	吐血
2월 4일 4면	(산문)	李瑞求	孤兒의 노래
	소설	曙海	吐血(續)
	신시	경성 李螢月	處女의 꿋
	신시	대구 朴明茁	生의 讚美
2월 11일 4면	(산문)	金達鎭	苦惱의 凹路!
	동요	李慶孫	앵도나무 밋헤 조그마한 무덤
	신시	金麗水	케말파샤의 讚歌
2월 18일 4면	동화	상해 在鎬	上海로 留學한 永男이
	민요	李慶孫	漂泊의 新派俳優 / 젊은과부 / 담바귀야 / 하누님이래면
	신시		우리는 이리도 힘업노라 / 베틀에 안저 / 거츠른들
2월 25일 4면	민요	李慶洙	나그네 마음은 이러쿵저러쿵 / 東萊溫泉 / 쏭 싸라갑시다 / 黃州赤碧江
3월 3일 4면	동요	李慶孫	앵도나무 밋헤 조그마한 무덤(續)
3월 10일 4면	신시	金渭榮	眞珠의 별
	신시	李載敎	懊惱의 하로
	동요	李慶孫	앵도나무 밋헤 조그마한 무덤(續)
	동요	김제 高容俊	江南의 봄
	동요	상해 불이문	눈『雪』
3월 17일 4면	동요	李慶孫	그운만은 자근옵바 / 배바리새 / 해태 / 까마귀 / 별

게재면	모집 부문	투고자	제목
	동요	春城	흐르는 봄물!
3월 24일 4면	소설	海雲	혹 쎄려간 사람
3월 31일 4면	동요	李慶孫	불이야! / 제비 / 明沙十里
4월 7일 4면	신시	성진 徐有成	고요한 아참
	동요	李慶孫	仁川萬國公園
4월 14일 4면	동요	李慶孫	너의 동무 잘 잇드냐
4월 21일 4면	동요	李慶孫	乙密臺 / 술주정
5월 5일 4면	동요	경성 李螢月	욕심만은 처녀
	신시	金松隱	沈默으로부터
5월 12일 4면	소설	趙炳燮	敎育者萬福의 懺悔와 運命
5월 19일 4면	(소설)	林盧月	地獄讚美
	동요	李慶孫	언니 안진 가마 안
5월 26일 4면	(소설)	林盧月	地獄讚美
	小曲	白鳥澤	해바래기 / 하늘엔 새쌀간 / 절믄날
6월 9일 4면	월요만화	白玉石	壽의 種類
	(시)	金松隱	眞理
	(시)	月村	靑春과 白髮
6월 23일 4면	월요만화	白玉石	사람의 네 種類
	(시)	白鳥澤	사나희의 맘 / 장미나무
	(시)	吳福同	幼稚園
	(시)	마산 金庚弘	언제나 다시 오시렴닛가
	(시)	馬丁譯	내가 무엇을 생각하겟슴닛가?
6월 30일 4면	(산문)	여덜뫼	TWILIGHT
	(산문)	馬丁譯	會話
	(시)	고사리	가랴나
7월 7일 4면	(시)	金麗水	나그내
	(시)	權炳吉	沙工의 노래
	(시)	고사리 譯	써러지는 꼿
	소곡	搖籃兒	바람이 불어서
	(시)	金麗水	괴로운 朝鮮 / 告別의 노래 / 설은사랑
7월 14일 4면	文	대구 徐基洙	(현상 소년문예)刀水園의 初春
	文	교남학교 劉壽巖	(현상 소년문예)偶咏
	文	전남 무안 吳在賢	(현상 소년문예)두 쪼각의 烏賊魚

게재면	모집 부문	투고자	제목
	신시	목포 金桂煥	(현상 소년문예)꽃이 써러지니 / 乞人
	신시	합천 金雲兒	(현상 소년문예)黃昏
	신시	전남 무안 吳在賢	(현상 소년문예)落日
	소설	충남 당진 趙仁基	(현상 소년문예)良心
	신시	丁香日	五月의 榮光 / 修道院의 쓸
	신시	空華	여름
	신시	金麗水	눈물에 저즌 記錄의 한묵금
	신시	月林	來日! 來日!
8월 4일 4면	(시)	搖籃兒	아츰저자가 기도 전에
8월 11일 4면	산해로맨스	전주 梁珪(2등)	佛國寺 影池 哀話
	산해로맨스	KY生	海島의 一夜
8월 18일 4면	(시)	金麗水	여름구름
	(산문)	朴齊民	蓮實峯에 올라
	(시)	고사리 譯	荒野
	(시)	金在涉	여름아츰
8월 25일 4면	(산문)	朴齊民	蓮實峯에 올라(續)
	(시)	고사리 譯	別俊
	동화	金泰秀	붉어진 장미꼿
	(시)	가람 李秉岐	濟州ㅅ길에
	동요	李慶孫	(번안) 옥동이 노래
	(산문)	東進 譯	探報記者
9월 1일 4면	(산문)	東進 譯	우리는 더 싸호자
	(시)	春江	運命
	(시)	봄배	님이여 웨 우나잇가
	(시)	姜啞笑	녀름의 湖水 / 登山 / 雨後
	(시)	白鳥 譯	비령방이 / 明日!明日!
	(시)	봄배 譯	女
9월 15일 4면	(산문)	리성태	災禍의 술盞
	(시)	고사리	셜은 노래
	(산문)	東進 譯	必然－力－自由
	(산문)	東進 譯	僧
	(산문)	金泰秀	落葉을 붓들고
	(산문)	馬丁 譯	늙은이 / 개 / 無名氏

게재면	모집 부문	투고자	제목
	(시)	搖籃兒	살어진 불이어든
	(시)	金麗水	가을바람 落葉
	(시)	金在涉	열비지는 사랑
	(시)	花江	노래
9월 22일 4면	(산문)	景舜	閔綏堂哀詞
9월 29일 4면	(소설)	白洲	(창작)處女時代
10월 6일 4면	(산문)	東進 譯	친구와 怨讎
	(산문)	明東純	가을
	(시)	신고산 啞笑	첫가을 / 가을
	(시)	보성 林淞燁	祈願
10월 13일 3면	(동화)	경성 延晧堂	닭의 알만한 쌀알(톨스토이동화집)
	(시)	福童	丹楓입
	(시)	壽男	참새
	(시)	巴人	北靑물장사
	(소화)	쌀쌀선생	손째하나
	(시)	창원 黃永性	永登灣夜景
	(시)	고사리 譯	사람아
	(시)	金在涉	가을
	(시)	김시용	밤이 오면
10월 20일 3면	동요	윤극영	반달
	(시)	崔蝶夢	黃昏
	(시)	근원	가을
	(산문)	東進 譯	마지막 世上
	(시)	吳熙秉	가을은 왔습니다
	(시)	김시용	젊은 詩人의 마음
10월 27일 6면	(산문)	白玉洞人	쌍쌍이 타는 늙은 병신
	동요	順伊	가시든 날
	동요	버들개지	가을밤
	동요	巴人	쏘감니다
	동요	심홍	조선아
11월 3일 3면	(시)	權淵龜	내마음
	(시)	申敬淳	가을늣김
	(시)	巴人	노래를 심어서

게재면	모집 부문	투고자	제목
	(산문)	버들개지	孤島의 少女
	(시)	崔活	첫사랑 / 까치
	(산문)	白玉洞人	코키리의 復讐
	(동화)	경성 池庭植 譯	열두 형데
	(동요)	윤극영	가을
	(시)	權淵龜	달밝은 밤
	한시	松山	病床咏
11월 3일 4면	(산문)	尹狂波	錦江가에서
	(시)	巴人	녯날의 터전
	(시)	하이네	戀歌三首
	(시)	金在涉	묵은 香내
	(시)	김시용	부드러운 바람이 불 때
11월 3일 6면	(시)	權炳吉	죽엄
	(산문)	白洲	秋夜長
	(시)	馬丁 譯	봄하늘 / 달
	(시)	김시용	외로움 / 편지
11월 10일 4면	(시)	白鳥 譯	가을하늘
	(시)		落日의 追憶
	(시)	저녁빗 朴石東	군밤장사
	(시)	黃幽逸	고요히 오는 밤
11월 17일 3면	(시)	근원	마음의 가는 길
	(시)	金光一 譯	비 오는 한울
	(시)	심홍	미친놈의 祈禱
	(동화)	류근원 역	춤 잘추는 왕녀(一)
	(동요)	숫이슬	숫
	(산문)	버들개지	孤島의 少女
11월 17일 4면	(시)	기환	가을숩
11월 17일 6면	(시)		孤寂한 가을
	(시)	恃影	少女이길래
	(시)	啞笑	그사람들 / 瀑布
	(시)	로철연	落葉
	(시)	尹致鍊	鮑石亭에서
11월 24일 3면	(산문)	白洲	銀錢

게재면	모집 부문	투고자	제목
	(시)	巴人	別後
	(동화)	류근원 역	춤 잘추는 왕녀(二)
	(시)	權淵龜	順姬의 노래
	(시)	玉順喆	火葬의 길로 / 初雪
11월 24일 4면	(시)	權淵龜	바위틈의 소나무
	(시)	月林	내 님의 얼골도
	(시)	郭芦葉	그대에게
	(시)	근원	삼가저흘샌
11월 24일 6면	(시)	흰달	나무리벌노래 / 車외船 / 俚謠
	(산문)	晉州太守	脫鄕記
	(시)	黃永性	비소리
	(시)	巴人	巡査
12월 1일 4면	(산문)	梁明	五年 만에 본 朝鮮
	(시)	紅園	웨 나에게 이 슷을 썩그라 强要하심닛가?
	(시)	白洲	五百圓計算書
	(동화)	슷이슬	흰개나리슷
	(동요)	고사리 譯	쌜간구두
12월 8일 3면	(산문)	梁明	五年 만에 본 朝鮮(二)
	(시)	一波	籠鳥
	(시)	權淵龜	漁村의 月夜
	(산문)	白鳥	눈의 욕심
	(시)	白影	부흥새
12월 8일 4면	(시)	버들개지	겨울山 / 月夜
	(동화)	류근원 역	춤 잘추는 왕녀(三)
	(동화)	슷이슬	흰개나리슷
	(시)	星兒	戀主臺
12월 8일 6면	(산문)	晉州太守	해는 간다
	(시)	고사리 譯	저녁 노래
	(시)	金聖鐸	藤닝쿨
	(시)	버들개지	孤兒의 노래
	(시)	權淵龜	落葉은 운다

75 「誤解한 想涉兄에게」(『東亞日報』, 1924.1.7, 4면)에 '잠'이라는 시가 춘성이 쓴 것이 아님을 밝히고 있다. 염상섭이 춘성에게 남의 시를 도작하였다고 지적하자 그에 대해서 해명한 것이다.

앞서 '월요란'의 지면 구성에서 확인할 수 있듯이 『동아일보』는 지속적으로 문예면을 유지하였다. '월요란'에 실린 문예물에는 소설, 시, 신시, 동요, 민요, 동화, 편지글, 수필, 소곡小曲, 월요만화月曜漫話 등이 있었다. 모집 장르의 유사성으로 미루어 보아 '월요란' 역시 '일요호'와 유사하게 전개되었음을 알 수 있다. 지면 편성의 일관성이나 모집 장르의 유사성은 '월요란'이 '일요호'를 계승한 문예면이라는 점을 보여주는 근거가 될 수 있다.

'월요란'에 실린 문예물은 시 102편, 신시 26편, 민요 8편, 소곡 4편, 한시 1편, 만화 2편, 동요 34편, 동화 10편, 산문 40편이다.[76] '일요호'와 비교했을 때, 번역의 비중이 높아졌으며, 운문이 산문에 비해 압도적으로 높은 비중을 차지하였다. 당시 '월요란'의 주임은 김억이었는데, 편집진의 성향이 문예물의 비중 변화에 영향을 미쳤을 가능성이 높다. '일요호' 소재 문예물과 달리 '월요란'에 실린 문예물은 장르 표기가 없는 경우가 많았다. 이는 애초 원고 모집 공고문에 제시한 모집분야가 '일요호'에 비해 적었을 뿐만 아니라, 장르 표기가 없어도 독자들이 장르에 대한 인식을 충분히 할 수 있었다고 판단한 데 따른 것으로 보인다. 그리고 산문의 경우에는 1회 게재로 끝나지 않고 몇 회에 걸쳐 연재되는 경우가 많았다.

3년 전 '방랑의 하로'라는 기행문에 베르렌의 시라고 적시한 후 번역한 적이 있고, 이후 김억도 번역한 적이 있다. 월요란에 '잠'이라고 발표한 것은 실제 평북 양시공보의 김모가 투고한 걸 춘성이 베르렌의 시라고 했으나 김모라는 이름 대신 춘성이라 적은 것. 그래서 이를 정정하려 했으나 분량 적고 정정하기가 시끄러워 그냥 뒀더니 이런 지적을 받게 되었다고 해명하였다.

76 재호의 「상해로 유학한 영남이」(1924.2.18, 4면)는 동화지만 동요로 장르명이 잘못 표기되었으며, 이형월의 「욕심만흔처녀」(1924.5.5, 4면)는 동요로 표기되었지만 실제로는 동화에 해당한다.

'월요란'의 가장 큰 특징은 '일요호'의 '동아문단'이 독자들의 작품을 주로 취급했던 것과 달리 기자나 작가들의 작품 비중이 증가하였다는 점에 있다. 김려수, 파인, 이경손, 고사리, 이형월 등 특정인이 고정적으로 다수의 작품을 연재하였다. 김려수는 박팔양의 필명으로 그는 1924년 4월에『동아일보』사회부 기자로 입사한 기자였다. 파인 김동환도 1924년 10월에 입사하여 1925년 5월에 퇴사할 때까지『동아일보』기자로 재직하였다. 이밖에 김동진도 1924년 1월에 입사하여 1933년 5월에 퇴사할 때까지 사회부 기자로 활동하였다. 이처럼 '월요란'은 문예면을 유지하면서 자사 기자를 적극적으로 활용하여 문예물을 수급하였다. 이러한 경향은 아래의 인용을 통해서도 알 수 있다.

現今에는 作家·詩人 그밖의 文人들의 作品이나 一般 글을 발표하는 通念이 本人이 일 보고 있는 紙·誌面에다 揭載하는 一種 發表倫理에 있어서 떳떳하지 않게 여기거나 取扱者 側으로서도 大部分의 경우 의당한 것으로 여기지 않는 편인가 하면 外部의 文筆人들 側에서도『자기 紙面에 실린다』고 해서 非難하기도 한다. 그러나 그 當時에는 도리어 철저히 他紙(同業紙)에는 揭載해서 아니 된다는 不文律의 社規的인 것이 있었다. 그것은 報道에 屬하는 글은 勿論 作家·詩人으로의 作品이나 學者로서의 學術論文, 일반 雜文에 이르기까지 또는 大·小·長·短을 不問하고 그러하였다. **그러한 意味에서 他에 請託하는 것보다 社員인 作家·詩人들이 自社紙面에 旺盛한 發表(有料·無料 간에)를 하였다.**[77] (강조는 인용자)

---

77 「東亞가 輩出한 作家 詩人」,『東亞日報』, 1955.8.19, 6면.

'월요란'은 위에 인용된 내용과 같이 기자들의 작품을 게재하는 동시에, 독자 대중을 대상으로 별도의 현상모집을 시행하여 작품을 모집하기도 하였다. 이러한 사례로는 '산과 바다의『로－만쓰』모집'[78]과 '현상 소년문예'[79]가 대표적이다. '산과 바다의『로－만쓰』모집' 결과, 1등은 수상작이 없었으며, 양진梁珒의「佛國寺 影池 哀話」가 2등, KY生의「海島의 一夜」가 3등을 각각 수상하였다.

이番 바다와 山의『로맨스』를 募集한 結果 應募된 原稿의 數가 만키는 하엿습니다 만은 대개는『로맨스』라는 쯧을 잘못 알으시고 山과 바다의 風景에 對한 原稿를 보내엿습니다 다시 말하자면 山과 바다의 傳說과 情話엿습니다, 한대 應募된 原稿에서 第一 나흔 것을 쏩고 보니 서오한 일이나마 三四篇밧게 아니 되엿습니다, 하야 맨첨에 期待하든 바와는 대단히 달리거서 一等은 하나도 업고 二三等쑌임니다 더욱 그 쏩아노흔 三四篇이라도, 그대로

78 1924년 6월 30일 4면에는 '투고환영 산과 바다의『로－만쓰』모집' 공고가 실린다. 아래는 공고문의 전문이다.
쓰겁은 녀름날이 왓습니다 무르녹은 綠陰의 쇠원한 山으로도 가며 自由로은 노래를 불으며 쒸노는 爽快한 바다로도 갈 재가 되엿습니다 산듯한 생각으로 한너름을 消遣하자는 意味에서 山과 바다의, 쏘는 쇠원한 情調가 넘쳐 흘으는 炎天消遣品 로만쓰를 心誠이나 表하는 薄謝로써 左의 規定에 依하야 募集하오니 만히 貴稿를 앗기지 말아주시기 바랍니다
一, 行數 十行二十四字用紙로 二百枚 以內
一, 期間 오는 七月 末日까지 爲限하되 原稿오는 대로 限日前에도 發表함
一, 發表 當選된 原稿는 一, 二, 三等에 난호아 本紙 月曜欄에 發表
一, 外封에는 傳說原稿라 朱書하고 住所氏名을 明記할 것
一, 原稿는 當選與否를 勿論하고 返送치 아니함
79 1924년 7월 14일 월요란은 '현상 소년문예 발표'라는 제목으로 동아일보 대구지국에서 시행한 현상문예를 실었다. "이번 月曜欄의 大部分은 大邱支局에게 提供하여 同支局의 懸賞少年文藝를 紹介하게 되엿습니다 紙面의 關係로 一, 二等밧게 더 紹介치 못하게 된 것을 遺憾으로 생각합니다." 이에 앞서 1924년 6월 25일 3면(중앙판) ◇版外消息◇에는 대구지국의 '소년문예현상' 공고가 실렸다. 대구지국이 작년 7월 1일부터 직영제로 경영해 오던 바 오는 7월 1일이 1주년이 되는 날이므로 지국과 독자 간의 정신적 흥미를 도모하는 동시에 미래 사회의 개척자인 소년의 감상과 재예를 조장하기 위해 소년문예를 현상모집한다고 밝혔다.

採用될 만한 것은 적어 亦是 加筆된 것이 적지 안슴니다 / 心誠이나 表하는 薄謝로 二等은 三個月分, 三等은 二個月分의 本紙를 送呈함니다 그리고 作品은 하나 둘식 月曜欄에 發表함니다[80]

위 인용문에 따르면 '바다와 산의 로맨스' 모집 결과, 대부분의 독자들이 '로맨스'의 뜻을 몰라서 산과 바다의 풍경을 묘사하는 데 그치거나 전설이나 정화情話를 주로 투고하였다고 한다. 또한 응모작들 가운데 기준을 통과한 작품 역시 독자들의 작품을 그대로 지면에 게재하기는 어려워서 편집진들이 작품을 가필한 후에 발표하였다고 한다. 이러한 진술을 통해 당시 독자들의 장르 인식 및 창작 수준을 가늠할 수 있다. 당시 독자들은 기존의 독자투고나 현상문예에서 선보였던 시, 시조, 동요, 동화, 단편소설, 희곡, 전설, 감상문 등의 장르에는 익숙했던 반면, 새롭게 시도하는 '로맨스'와 같은 낯선 장르에는 상대적으로 서툰 면모를 보였다. 이에 따라 신문사의 기대와는 달리 1등 당선작이 없었으며, 독자들의 작품에 대한 가필까지 이루어진 것이다. 하지만 해당 현상문예에 응모한 원고의 수가 많았다는 진술로 미루어 보아, 현상문예에 대한 독자들의 관심과 참여의지는 매우 높았음을 알 수 있다. 이처럼 『동아일보』는 독자들에게 익숙한 장르뿐만 아니라 '로맨스'와 같은 새로운 장르를 독자들에게 제시함으로써 문학 장르의 지평을 넓혀주었으며, 독자들의 작품을 게재하여 새로운 장르가 쉽게 정착되고 확산될 수 있도록 유도하였다.

'월요란'은 새로운 장르를 시도하는 한편 특정 독자층을 겨냥한 현상

---

80 「當選된 山海로맨스 發表 (其一)」, 『東亞日報』, 1924.8.11, 4면.

문예를 시도하기도 하였다. '현상 소년문예'는 모집 규정을 통해 현상문예의 응모자격을 20세 이내의 연령으로 제한하였다. 『동아일보』대구지국에서 시행한 해당 현상문예는 다양한 장르를 제시하는 대신에 문文, 신시新詩, 소설 부문에 집중하였다. 당선작의 경우에도 지면 관계상 모집분야별로 1등과 2등까지만 발표하였다. 당선 결과, 문文 분야는 서기수徐基洙의 「刀水園의 初春」이 1등을 수상하였으며, 유수암劉壽巖의 「偶叫」와 오재현吳在賢의 「두 쪼각의 烏賊魚」가 각각 2등을 수상하였다. 신시는 김계환金桂煥의 「꽂이 써러지니」가 1등을 수상하였고, 김운이金雲兒의 「黃昏」과 오재현吳在賢의 「落日」이 2등을 수상하였다. 소설은 1등 수상작이 없었으며, 조인기趙仁基가 유일한 2등 수상자로 「良心」이라는 작품을 발표하였다. 해당 현상문예의 선자選者는 이상화李相和와 최소정崔韶庭이 공동으로 맡았다.

選後에 한마듸

今般 大邱支局에서 한 少年文藝募集은 大體로 보아 成功이라 할 수는 업섯다. 應募되기는 詩가 三十七首, 文이 四十六首, 小說이 八編밧게 되지 안엇다. 그러나 우리는 이것으로 그다지 失望치는 안엇다. 元來 募集이 그다지 大規模的이 아니고 期間도 短促한 嫌이 不無한대 比하여는 오히려 相當한 成績으로 역이고저 한다. 그리고 分量으로만 하기보담 內容에 드러가 볼 째에 다만 한둘이라도 그 天才的 閃光이 發輝되는 대는 우리는 滿心歡喜로 祝賀하지 안흘 수 업다. 募集의 主要精神이 그 点에 잇섯슨 즉 江湖에 숨은 少年俊才가 今般에 果然 얼마나 應募하엿는지 안엇는지는 疑問이지마는 다만 幾部分이라도 그를 發見케 된 것은 깃분 일이다. 그래서 今般에 苦心勞作한 應募諸君의 誠意에 對하야 몬저 謝意를 表한다. 이로부터 分門하여 槪評을 試할까하

는 同時 所謂 選者라 할 우리도 奔忙한 中에라도 제▯단은 詩, 文, 小說 間에 낫▯치 熟審 精選한 것을 말하여 둔다. 말하자면 考選이란 으수이 大家列에 들 사람도 질 選拔하기는 易事가 아닌대 亦 初學者인 우리가 아모리 愼重精査하엿드라도 或이나 失手나 업슬가 하는 憂慮를 ▯까지 노흘 수 업섯다.

여긔 特히 附言할 것은 元來 發表한 規程에 二十歲 以內라고만 年齡을 制限하엿슴으로 自然 二十歲 以內에선 幼年, 少年 二部로 난호이지 안흘 수 업섯다. 그래서 二部로 난호아 考選할까지 하엿스나 다행이 入選된 作品의 作者는 年齡이 大槪 中間 年齡의 十六七歲임으로 一括하여 考選하엿다. 그러나 作品의 價値가 비슷▯▯한 것에는 年齡도 多少間 參酌하엿는 것도 諒解해주어야겟다.

더욱 小說에는 年齡問題로 不平까지 드른 일이 잇다. 그것은 新聞紙上 廣告에는 詳載되지 못하엿스나 비라에는 小說은 十八歲 以上者 應募를 要한다 하엿다. 質問者는 왜 小說에는 十八歲 以上으로 하엿으냐 하지마는 이는 小說은 單純히 文章만 보는 것이 아니라 적어도 作者가 相當한 人生觀이 確立한 後에라야 自己의 主義라던지 人生에 對한 觀察을 表現할 수 잇스며 짜라 創作의 價値를 드러내는 것이다. 그래서 엇던 作家는 二十五歲 以下 靑年이 小說을 지으라 함은 妄想이라까지 말한 이도 잇다. 꼭 이 말에 拘泥하는 것은 아니지마는 主催者 側에서는 旣히 少年文藝를 募集함에 小說을 쌜 수는 업스나 文藝를 遊戲視하지 안는 嚴正한 意味에서 다만 얼마라도 成年에 갓가운 이의 應募를 願하엿슴인 바 紙上에까지 發表가 못되어서 비라를 못 본 遠方에서는 十八歲 以下者도 應募하엿슬 쑨 아니라 二等 當選者가 十七歲인 즉 質問者의게는 더욱 未安하나 十八歲란 細則을 보지 못하게 된 것은 그의 잘못이 아닐 쑨더러 나이 적을수록 그의 才分은 더욱 感嘆할 만함으로 十七歲

趙仁基 君 作品을 入選식힌 것과 元來 十八歲 制限을 말한 까닭을 이에 辨明한다.[81]

선자들은 선후감에서 해당 소년현상문예의 지원 규모를 밝혔는데, 시 37편, 문 46편, 소설 8편이 응모되었다고 한다. 응모 기간이 길지 않았다는 점과 전국 규모의 현상문예가 아니라『동아일보』대구지국에서 시행하였다는 점, 그리고 20세 이내의 연령으로 응모 자격을 한정한 현상문예였다는 점을 감안할 때, 성공적인 현상문예였다는 평가를 내릴 수 있다. 소년현상문예의 모집 결과, 시행지인 대구 지역을 초월하여 전국적인 응모가 이루어졌다. 오재현은 문文과 신시 부문 2등 당선자로 전남 무안에서 응모한 16세 소년이었다. 그리고 신시 1등 당선자인 김규환은 17세로 목포공립상업학교 1학년 학생이었다. 신시 2등 당신자인 김○이는 19세로 경남 합천에서 응모하였다. 소설 부문 2등 당선자 조인기는 17세 소년으로 충남 당진에서 응모하였다. 이처럼 해당 현상문예는 특정 독자층을 겨냥한 현상문예의 성공 가능성을 보여준 점에서 그 의의를 찾을 수 있다. 이뿐만 아니라 16세에서 19세에 이르기까지의 소년층 당선자를 배출함으로써 문예 창작층을 확대한 점에서도 의의가 있다.

위의 선후감에는 소설 부문의 연령 제한 규정에 대한 해명이 자세하게 언급되어 있다. 현상문예 주최측은 소설을 창작할 수 있는 연령을 18세 이상으로 제시하였다. 이러한 연령 기준이 제시된 배경에는 소설에 대한 인식이 반영되어 있다. 당대에는 작가의 인생관이 우선적으로 확립되어

---

81 李相和, 崔韶庭,「選後에한마듸」,『東亞日報』, 1924.7.14, 4면.

야만 소설을 창작할 수 있다고 인식하였다. 즉 소설 창작에 있어서 필수적인 역량을 문장력 차원의 능력이 아니라 작가의 주관을 꼽았던 것이다. 그래야만 소설을 통해 인생에 대한 관찰을 표현할 수 있다고 본 것이다. 이처럼 연령에 따른 문학 장르 선택의 고심은 이후 '소년소설'이라는 장르의 탄생과도 밀접한 관련을 맺게 된다.[82]

'소년소녀란'은 소년소녀들을 대상으로, 1924년 10월 13일부터 10월 27일까지 '상 타는 사진풀이'를 진행하였다. 현상규정은 "◇ 쓰기는 엽서로 주소 성명과 동아일보 소년소녀계라고 분명하게 / ◇ 긔한은 오는 토요일 안으로 도착되어야 합니다 / ◇ 상품은 『사진풀이』 두 가지를 다 맛친 이로 이십 명을 추첨함"[83]이었다. 내용은 신문사가 제시한 사진이 무엇에 관한 것인지 적어서 보내는 것이었다. 사진은 '소년군의 모습'과 '강아지와 고양이가 마주 앉아 있는 모습'이었으며, 826명 중에 20명을 선발하여 이야기책 『사랑의 선물』을 상품으로 주었다. 다음 사진은 '소녀가 꽃을 꺾는 모습'이었으며, 926명 중에 20명에게 『금방울』을 상품으로 주었다. 당선자는 경성, 평양, 개성 등 전국 각지의 보통학교 학생들이었다. 이러한 현상모집은 지면의 특성과 예상 독자를 고려하여 시행하였다. 그리고 당선작 선정에 관한 이야기를 함께 전함으로써 편집진의 의도를 직간접적으로 드러내며 독자와 소통하고자 노력하였다.

1924년 4월 1일에는 본보 창간 4주년 기념으로 지면혁신을 단행하여 지방판을 발행하기 시작하였다. 그리고 1924년 10월 1일 1면에는 '학예

---

82 1930년대에는 청년을 독자층으로 상정한 '단편소설'과 아동을 독자층으로 상정한 '동화' 사이에 '소년소설'이 등장하게 된다. 독자 분화와 '소년소설'의 상관성에 대한 연구는 차후 연구과제로 수행하고자 한다.
83 「상타는 사진풀이」, 『東亞日報』, 1924.10.13, 3면.

란'이 처음 등장하였다.

우리가 지금까지 정치생활과 경제생활에만 골몰하여 사회생활의 학예적 방면에는 등한히 했음을 비판하며, 지식권력을 향유하기 위해 '학예란'을 신설하게 되었다고 밝혔다. 각 방면의 전문가들을 통해 우리 생활에 실제적 지식을 공급하며, 현대 세계의 발전적 추세를 소개하고, 세계적 지식을 장려하여 우리 문화생활을 시대에 맞추는 것이 목적이라는 것이다.[84] 학예란은 학술 및 교양에 관련된 정보 제공의 성격이 강한 지면이었다.

이어서 1924년 10월 8일에는 '가뎡부인란'과 '소년소녀란'의 신설을 예고하는 공고를 발표하였다.

◇ 가뎡부인란 ◇

◇ 우리 조선부인들은 남의 업는 걱정과 남의 업는 설음이 만습니다 그중에 데일 걱정, 데일 설음은 무엇인가 하면 아마 남자와 생활선生活線이 달은 것이라 하겟슴니다 부인들이 그 생활선을 올리려면 상시를 늘리는 것이 첫재 필요할 것입니다 이 가뎡부인란 이 란은 적으나마 의미는 적지 안슴니다 이다음 월요란에 자세한 것이 나겟슴니다

趣味와 實益 家庭婦人欄

勸奬과 懸賞 少年少女欄

兩欄新設 詳細明日發表

◇ 소년소녀란 ◇

---

84 「學藝欄新設에 對하야」, 『東亞日報』, 1924.10.1, 1면.

〈그림 4〉 '학예란'의 등장(1924.10.1, 1면)

◇ 꽂피고 새우는 사랑의 동산에서 맘대로 뛰고 노실 아기네들을 사막으로 몰아너허 울고불게하는 것은 사람으로 차마 못할 일이요 또 차마 못 볼 일입니다 이런 경우에 잇는 우리 소년소녀를 조금이라도 위로하랴고 우리는 이 란을 새로 맨들랴고 함니다 란모양은 엇더한가 이다음 월요란에 나올 터이니 그동안 궁금하실지 몰으나 자미로 기다리시요[85]

그리고 그 다음주인 1924년 10월 13일부터는 매주 월요일마다 6면으로 증면하여 발행하였다. 1면에는 '학예란'이 실렸으며, 3면에는 '월요란', '가뎡부인란', '소년소녀란'이 등장하였다. '가뎡부인란'과 '소년소녀란'은 각각 1923년 6월 3일과 7월 8일 '일요호'에 '부인과 가뎡', '소년소녀란'이라는 표제로 시도되었다가 다시 재등장한 것이다.

1924년 10월 20일 문예 관련 지면 구성은 나음의 〈그림 5〉와 깉다. 1면에 '학예란', 3면에 '소년소녀란'과 '부인가정란', 5면에 중앙판, 6면에 '월요란'이 각각 실린다. '학예란'이 지식인을 대상으로 학술과 교양에 대한 전문지식을 전달했다면, '부인가정란'은 여성을 대상으로 취미와 실익을, '소년소녀란'은 아동을 대상으로 재미와 현상懸賞을 강조하였다. 그리고 중앙판은 지방판과 함께 현지의 이슈를 재빠르게 반영하기 위한 의도에서 기획되었다. '월요란'은 문예평론, 시, 감상문 등을 수록하였다. 이를 통해 문예 관련 지면이 대상 독자에 따라 분명하게 분화되고 있음을 확인할 수 있다.

10월 27일 3, 4면은 특별부록동아일보사 주최 제1회 전조선 현상 학생 웅변대회으로

---

85 『東亞日報』, 1924.10.8, 2면.

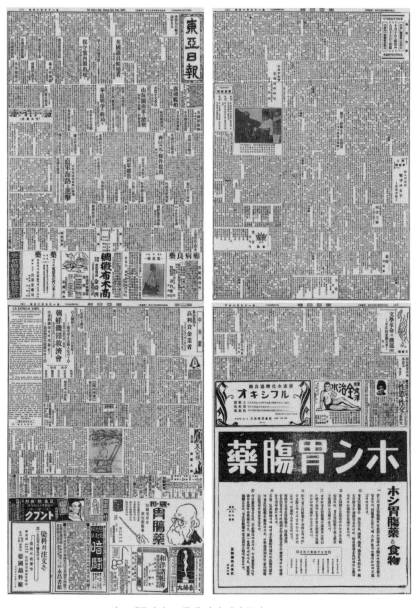

〈그림 5〉『동아일보』문예 관련 지면 구성(1924.10.20)

인해, 6면에 '월요란', '소년소녀란', '부인가정란'이 함께 실렸다. 11월 10일은 증면하지 않고 4면까지만 발행했는데, '월요란'은 게재되지 않고, 4면에 '부인란'('부인가정란'에서 '부인란'으로 변화)과 '소년소녀란'이 실렸다. 1924년 12월 8일 신문은 6면 발행을 하는데 3면에는 문예물, 4면에는 '부인'란과 '소년소녀란', 5면은 중앙판, 6면이 '월요란'이었다. '월요란'은 1924년 12월 8일까지 유지되다가 12월 15일부터는 '월요란'이라는 표제 대신 '문예란'으로 바뀐다. 결국 『동아일보』는 독자의 성별이나 연령을 고려하여 문예면을 편성하였고, 이들 지면을 증면하는 방식으로 문예면을 운영해 나간 것으로 정리할 수 있다.

1924년의 문예면은 '학예란', '가뎡부인란', '소년소녀란'으로 구성되었다. 이러한 구성은 1925년 신춘문예 모집 공고에서도 확인할 수 있다. 해당 신춘문예는 '문예란', '부인란', '소년란'으로 구분하여 원고를 모집하였다. 이후 문예면은 1926년 문예, 부인, 어린이, 1927년 문예, 가뎡, 어린이차지, 1929년 학예, 가뎡부인, 아동, 1931년 학예, 가정, 어린이, 1933년 문예, 부인, 어린이, 1934년 학예, 가정, 어린이일요 등으로 표제의 변화가 있었으나 문예란, 부인란, 아동란의 삼분체제에는 변화가 없었다. 이를 통해 1920년대에 이미 문예면 편성의 기조가 확립되었음을 확인할 수 있다.

'월요란'은 1924년 6월 2일, 6월 16일, 7월 28일 세 차례 휴재하였으며, 1924년 7월 21일과 9월 8일은 '동아문단' 대신 논설과 특집기사(공판을 재개할 사형미인)를 실었다. 신문 창간 초기만 하더라도 문학 생산층은 극소수에 불과하였다. 하지만 문예면이 확대되어가면서 전문작가만으로는 문학 생산을 감당할 수 없는 상황을 맞게 되자, 『동아일보』는 독자들에게 지면을 개방하는 정책을 시도하였다. 그 결과『동아일보』는 독자 참여 제도의 일환으로 '독자투고', '현상제도', '신춘문예', '문학콩쿠르' 등을 전개해 나가기에 이른다.

제3장

『동아일보』 독자 참여 제도와
독자의 위상 변화

『동아일보』가 시행한 독자 참여 제도에는 '독자투고', '현상제도', '신춘문예', '문학콩쿠르' 등이 있다. 독자투고는, 문예물 외에도 다양한 분야에 걸쳐 시도되었는데, 계몽의 대상에서 발화의 주체로 변모하는 독자의 모습을 보여준다는 점에서 중요하다. 다양한 독자투고 중에서 문예물에 한정한 독자투고가 '독자문단讀者文壇'이다. '독자문단'은 1차 정간 이후 신문의 속간과 동시에 시행되었다. 이로 미루어 보아 '독자문단'은 독자들의 직접 참여를 유도하여 독자를 확보하고자 하는 목적에서 시행되었음을 짐작할 수 있다. '독자문단' 신설 초기에는 전문작가의 작품을 집중 배치함으로써 독자들에게 문예물에 대한 이해를 돕고, 문학 장르에 대한 학습을 유도하였다. 즉 '독자문단'은 독자가 전문작가의 작품을 통해 문학적 글쓰기를 학습하는 일련의 재생산 과정을 보여준다는 점에 의의가 있다. '독자문단'에 참여한 독자들 중에는 이후 문단에서 활약하게 될 작가들이 있었다. 이는 '독자문단'이 일종의 '근대 문인의 예비적 장소'였음을 의미한다.

'독자문단'을 시행하면서 독자들의 문예 창작 가능성에 확신을 가진 『동아일보』는 현상문예를 시도하였다. 현상문예의 대표적인 사례로는 『동아일보』 발행 천 호를 기념하기 위해 시행한 '일천호 기념현상'을 들 수 있다. 해당 현상문예는 신문사의 대대적인 홍보, 고액의 현상금, 독자들의 투고열 고조, 독자 참여 제도의 정비 등으로 인해 성공적으로 시행될 수 있었다. 그 결과, 문예면의 시초가 되는 '일요호'가 등장하였다. '일요호'는 이후 '월요란'을 거쳐 '문예란'으로 계승되어 상시적인 문예면 정착에 기여하였다. 이는 독자 참여 제도가 문예면의 정착에 직접적으로 기여했음을 증명하는 사례로서 의의가 있다. 현상문예 당선작은 사회 문제를 주로 다루었다. 이는 조선 민족의 자긍심을 고취하는 내용을 담아 민족지로서의 정체성을 강화하는 한편, 총독부 정책에 대한 노골적인 비판으로 『매일신보』와의 차별화를 꾀하고자 했던 의도가 반영된 것으로 볼 수 있다. 현상문예 당선자 중에는 다른 모집 부문에 중복 당선되었거나, '독자문단'에 참여했던 독자들이 있었다. 이와 같은 '적극적인 독자'의 발견은 이후 신춘문예 시행의 원동력이 되었다.

'독자문단'과 '현상문예'가 문예면의 형성에 기여한 독자 참여 제도였다면, '신춘문예'와 '문학콩쿠르'는 신인 발굴에 기여함으로써 문인의 재생산을 꾀한 독자 참여 제도이다. '신춘문예'는 당선 여부에 따라 독자를 작가로 공인하는 제도로서, 독자의 위상 변화를 가장 상징적으로 보여주는 독자 참여 제도이다. 현상문예를 통해 독자들의 글쓰기 욕구와 문학적 글쓰기의 잠재력을 확인한 『동아일보』는 신춘문예를 통해 다수의 신인을 배출함으로써 '신진작가의 발굴'이라는 목적을 달성하였다. 신춘문예에 당선된 작가들은 등단 이후 문단에서 활약함으로써 조선 문단의 발전에 기여하였다. 신춘문예 단편소설 당선작은 노동자나 농민을 주인공으로 내세워, 그들의 실제 삶의 모습을 그려내는 등 현실 문제를 주로 다루었다. 이는 식민지 삶의 실상을 고발함으로써 신문사가 전개한 문화운동의 정당성을 확보하기 위한 것으로 보인다. 특히 동화는 우정과 협동심을 강조하는 등, 바람직한 아동상을 제시하여 조선의 미래를 짊어질 아동들을 계몽하고자 하였다. 신춘문예는 당선작과 함께 당선작에 대한 심사평인 선후감을 게재하였다. 선후감은 당선작 선정 과정의 투명성과 공정성을 담보하는 제도적 장치였다. 독자들은 선후감을 통해 문학 창작 이론을 학습하고, 작품 비평에 대한 안목을 기를 수 있었다. 이로써 신춘문예는 문학 창작층의 발굴 및 확대에 기여하는 동시에 독자들의 문학 이해 수준을 높여줌으로써 문단의 발전에 밑거름이 되었다.

'신인문학콩쿨'은 문학에 적용된 최초의 콩쿠르로, 『동아일보』만 시도한 독자 참여 제도이다. 해당 콩쿠르는 김영석, 김이석, 조남영 등의 신인을 발굴함으로써 시행 목적을 달성하였다. 1930년대 말, 총독부가 국가총동원법을 공포하자 문화운동은 물론 문단 또한 극도로 침체되었다. 『동아일보』는 이러한 문단 침체의 극복을 내세우며 '신인문학콩쿨'을 시행하였다. 정체된 문단 상황을 환기하기 위해 신인을 발굴해야 한다는 문단의 요구를 신문사가 수용한 결과였다. 당시 『동아일보』는 4차 정간에 이은 속간 이후, 문예물 수급에 어려움을 겪었다. 게다가 각 신문사마다 경쟁적으로 신춘문예를 시행했기 때문에 신춘문예와는 차별화된 등단 제도가 필요하였다. 이에 『동아일보』는 응모자격을 강화하고, 단편소설과 희곡에 집중하여 콩쿠르를 시도하였다. 『동아일보』는 자사 출신의 작가를 위주로 선발하여 이들이 문단에 성공적으로 안착할 수 있도록 발표지면을 제공하였다. '신인문학콩쿨'의 시행은 정체된 문단을 환기하고자 하는 문단의 욕구와 작품의 예술성을 인정받고자 하는 신인들의 욕구, 그리고 작품 수급이 절실했던 신문사의 입장이 맞아떨어진 결과였다. 무엇보다 '신인문학콩쿨'은 세대론에서 촉발된 신인론을 현실적인 콩쿠르 제도로 실현한 점에서 문학사적인 의의가 있다.

'독자문단'은 독자들에게 문예 창작 기회를 제공하는 동시에 발화의 주체로 변모하는 독자의 모습을 보여주었다. '현상문예'는 독자들의 문예 창작 수준을 높이는 데 도움을 주는 한편 다양한 문학 장르를 시험하고 『동아일보』 문예면의 정착에 기여하였다. '신춘문예'와 '신인문학콩쿨'에 이르러서는 독자들의 문단 진출을 견인하여 문인의 재생산 과정을 제도화하는 등 제도적인 정착을 이루었다. 이러한 의미 있는 성과에도 불구하고 독자 참여 제도에 대한 본격적인 연구는 아직 이루어지지 않았다. '독자문예'는 '일반 독자'들의 작품이라는 창작 주체의 비전문성 때문에 연구 대상에서 소외되어 왔던 것이다. 지금까지 투고 독자에 대한 본격적인 조사나 이들 작품에 대한 분석은커녕 작품 목록조차 정리되지 않은 현실이 이를 반영한다. 이에 본 장에서는 『동아일보』 소재 독자 참여 제도의 대표적 사례인 '독자투고', '현상제도', '신춘문예', '문학콩쿠르'의 전개 과정을 정리하고, 해당 텍스트를 분석하여 이들 제도 시행의 문단사적 의미를 규명하고자 한다.

1. 독자투고의 시도와 독자문예의 가능성

1) '독자문단' 란의 등장과 전개

『동아일보』는 '조선 민중의 표현기관'이라 자임하고 "항상 지면에 일부를 개방하야 청신淸新한 독자의 투고를 환영함은 본보 창간 이래 노력"[1]해 온 바라며 독자들의 원고를 모집해 왔다. 이러한 독자들의 원고 모집은 실제로 여러 분야에 걸쳐 이루어졌다. '독자의 성聲',[2] '자유종自由鐘',[3] '불평란不平欄',[4] '질의란',[5] '때의 소리',[6] '가정고문家庭顧問'[7] 등은 『동아일보』가 독자들의 참여를 적극적으로 유도했음을 보여주는 대표적인 독자

---

1 「記事 原稿 募集」, 『東亞日報』, 1921.3.6, 3면. 해당 공고를 살펴보면 '교육에 관한 문제', '산업상의 신시험'과 더불어 '유리한 가정내직(家庭內職)'이라는 제목으로 신문 독자들의 원고를 모집하였다.

2 『동아일보』의 기획 기사 「동체平아 조아」에 대한 독자 투고로 1920년 5월 17일부터 6월 4일까지 연재되었다. 조선총독부에서 일본인과 조선인 사이에 차별을 하지 않는다는 성명을 발표한 이후 각 방면에서 자행된 총독부의 조선인 차별 사례를 모집한 기획물이다. 신문 편집진의 기획 기사와 연계하여 독자들의 입을 빌어 각 방면의 차별 사례를 구체적으로 제시한 점이 특징이다.

3 1920년 7월 11일 『동아일보』 지령 100호를 맞이하면서 "독자제군의 논평을 소개하기 위해 設한 논단"으로 1920년 7월 25일부터 1926년까지 연재되었다. '자유종'에 대한 자세한 내용은 이기훈, 「1920년대 언론매체와 소통공간-『동아일보』의 〈자유종〉을 중심으로」(『역사학보』 제204집, 2009) 참조.

4 자유종과 마찬가지로 『동아일보』 지령 100호를 맞이하면서 "독자의 현하 사물에 대하야 불평 있는 실례를 사회에 소개"하기 위한 목적으로 시도되었다. 불평인 사실에 대해서는 반드시 적확한 실례를 들어줄 것을 주문하였다. 분량은 일행 14자 20행 이내였다.

5 『동아일보』 지령 100호를 맞이하면서 "법규상 의문을 위주하고 기타 사물상 의문되는 사(事)에 대하야 질의를 행(行)"하면 각 해당 전문가들이 문제에 대한 해답을 지면에 실어주는 형식으로 진행된 기획이다.

6 1921년 7월 8일부터 1922년 3월 17일까지 연재된 기획물로 일종의 가십란에 해당한다. 사회 공공에 유익한 말, 일반에게 편리한 말, 많은 사람이 재미있게 생각할 말을 조선말로만 보내달라고 주문하였다. 특이한 것은 해당란의 신설부터 독자의 글이 투고되는 점인데 이는 기왕에 독자가 보낸 엽서 중 몇 장을 소개하는 것이라고 밝혔다. 투고자의 성명을 '고대생', '답답생' 등 비실명으로 처리한 점 역시 특징적이다.

7 1926년 5월 20일부터 3면에 게재되기 시작하였다. 이 난은 "마음 가운데 괴롬을 가지신 이 해결치 못할 사정을 가지신 부인네들을 위하여 이 란을 해방합니다 『동아일보가뎡란』으로 될 수 잇는 대로 간단하게 투서해주십시오 일홈은 익명으로 하서도 좃습니다"라는 말에서 알 수 있듯 부인을 구체적인 독자로 설정하여 부인들의 고민 해결을 목적으로 하였다.

투고 사례들이다.

'독자문단'[8]은 독자투고 계열로『동아일보』속간일인 1921년 2월 21일부터 같은 해 10월 28일까지 지속되었다. 연재 기간은 8개월 정도에 불과하였지만 문예물에 대한『동아일보』최초의 독자투고라는 점에서 의의가 있다. 투고자 이름 앞에는 지역명이 표기된 경우가 많았는데 국내 각 지역뿐만 아니라 중국의 남경, 항주, 상해, 일본의 동경, 멕시코묵서가 등 해외 사례도 있어 국내외를 가리지 않고 독자들의 투고 열기가 매우 높았음을 보여준다.

『동아일보』는 1921년 당시 4면 발행 체제였는데 '독자문단'은 예외 없이 4면에만 실렸다. 해당지면에는 '독자문단' 외에도 천리구千里駒가 역譯한 장편소설「엘렌의 功」,[9] '지방통신地方通信', '각지청년단체各地靑年團體', '만필漫筆'[10] 그리고 '사고社告'와 광고가 실렸다.

'독자문단'의 투고 규정은 "一, 記載與否와 添削의 權은 本社에 在함 一, 原稿는 一切 返還치 아니함 一, 投稿는 必히『讀者文壇』이라고 朱書를 要함"[11]이었다. 투고 규정에 명시했듯 작품의 게재 여부에 대한 결정

---

8 '독자문단'이라는 명칭은 1923년에도 찾아볼 수 있다. 하지만 1923년의 '독자문단'은 몇 차례 사용되다 사라졌을 뿐 아니라 난(欄)의 성격도 1921년에 시행한 '독자문단'과 크게 다르다. 1923년에 시행한 '독자문단'은『동아일보』발행 일천호를 기념하여 상금 일천원을 현상한 '현상문예'의 성격을 띠고 있다. 모집 장르 역시 세분화하여 단편소설, 일막각본, 동화, 시조, 신시, 동요, 서정문, 감상문, 기타 문예작품 등을 요구하였다. 이 기획 이후 지면 개편 작업이 이루어져 1923년 6월 3일부터 '일요호'가 신설된다. '독자문단'은 바로 이 '일요호'에서 실시한 '동아문단'의 또 다른 명칭인 셈이다. 이에 본 장에서는 1921년에 실시한 독자투고 성격의 '독자문단'을 중심으로 논의하고자 한다.

9 「엘렌의 功」은 1921년 2월 21일부터 7월 2일까지 연재되었다. 같은 해 7월 4일부터 10월 10일까지는 천리구의 '붉은 실'이 연재되었으나 미완에 그치고 만다. 이 작품 역시 창작물이 아니라 번역물이었다. 반면 '독자문단'에 실린 작품들은 독자들의 창작물이었다는 점에서 의의가 있다.

10 1921년 7월 23일까지는 정파(靜波)의 '기성만필(箕城漫筆)'이 실리다가 8월 18부터 평양지국 기자의 '평양만필(平壤漫筆)'이 실린다.

11 「讀者文壇」,『東亞日報』, 1921.2.21, 4면.

과 작품을 첨삭하는 일에 이르기까지『동아일보』편집부가 직접 관여하였다. '독자문단' 투고 규정에서 특이한 점은 다른 신문 매체에서 시행한 문예 원고 모집 공고와 달리 작품의 장르를 명기하지 않았다는 사실이다. 같은 시기『매일신보』는 독자들의 원고를 모집할 때 작품의 종류를 '단편소설, 시조, 신체시, 일기 및 기행, 기타 수필 등 소품 문예' 등으로 명기하고 있었다.[12] 하지만 '독자문단'은 모집 작품의 장르에 대해서 별다른 규정을 제시하지 않았다.

'독자문단'에 발표된 작품은 갈래상 운문과 산문으로 대별된다. 운문과 산문은 각각 127편과 33편이 실렸다.[13] '독자문단'의 대다수를 운문이 차지하게 된 가장 큰 이유는 해당란의 지면 제약 때문이었다. '독자문단'은 1행 14자였으며 행수는 적을 때는 20행에서 많게는 80행으로 불규칙했지만 보통 50행 정도였다.[14] 산문에 비해 운문은 작품의 길이가 짧아 하루에 여러 작품이 연재될 수 있었다. 예컨대 김소월의 시는 1921년 4월 9일에 7편, 4월 27일에 6편, 6월 8일에 5편이 발표되었다. 1921년 6월 20일에는 유봉柳鳳의 시 두 편이 게재되었다. 작품은「황혼의 근轟」과「할미꽃」으로 이 중「할미꽃」은 44행이나 되는 장형의 산문시였다. 이에 대해 담임기자는 작품 말미에 "◇ 作者에게 五十行 內外의 散文

---

12 「소품문예현상모집 공고」,『매일신보』, 1919.6.24~7.29 · 1920.12.17, 1면.『매일신보』신년 문예모집 공고에서도 문예의 종류를 단편소설, 신시, 논문, 일기문으로 제시하고 있다.

13 운문의 경우 1921년 9월 6일 김로벗토의 두 작품이 중복 게재되었다. 산문 역시 1921년 7월 1일과 2일에 발표된 정원모의「어린이의 꿈」이 중복 게재되었다. 그리고 같은 해 7월 20일과 21일에는 주기용의「여자해방의 근본방침」이 같은 제목으로 2회 연재되었으므로 실제 발표된 작품 수는 33편이다.

14 1921년 7월 22일 4면 '독자문단'란에는 박승주(朴勝周)의「학창소감(學窓所感)」이 실렸다. 작품 말미에 "讀者文壇은 되도록 五十行 以內로 記送하시기 바라오―係員"이라고 명시하여, 해당란의 분량이 50행임을 강조하였다.

一篇을 적어보내심이 엇더하올는지 住所를 明記하야"라고 언급한다. 이는 해당란이 50행으로 고정되어 있어 많은 내용을 담아내기가 어려웠음을 보여준다. 따라서 작자의 의도를 훼손하지 않고 제한된 지면에 작품을 담기 위해서는 산문보다 운문이 유리했으리라 추정할 수 있다. 이렇듯 제한된 지면에 작품을 싣다 보니 산문에 비해 길이가 비교적 짧은 운문의 투고비율이 높게 나타났던 것이다.

운문의 투고 비율이 높게 나타난 또 다른 이유는 운문의 특성 상 모방하기 쉽다는 데 있다. 이러한 특징 때문인지 외국 작품을 번역하여 '독자문단'에 투고한 경우도 있었다. 이에 대해 담임기자는 "近來에 飜譯을 創作이라고 詐稱하고 投稿하는 일이 種々 잇슴은 매우 遺憾으로 싱각합니다 되나 못되나 創作이면 貴한 것이오 쏘한 내것이오니 향여 남의 글 도적은 하지 아니 함이 조흘 듯합니다"[15]라는 말로 경계하였다. 이러한 기사 내용을 통해 편집진이 '독자문단'을 시행하면서 번역과 창작을 구분하였고, 번역보다는 창작에 더 큰 가치를 부여했음을 알 수 있다.

'독자문단' 투고 작품들의 형식상 특징을 살펴보면, 운문은 율격을 중시하는 전통적인 시조나 가사보다 신체시나 자유시와 같이 비교적 여유로운 시 형식을 추구하는 작품이 주로 실렸다. 작품은 형식상 띄어쓰기를 무시하였으며 신문 행간에 맞추어 글자를 배열함으로써 시각적으로 정돈된 느낌을 주었다. 운문의 경우 대부분 국한문혼용체였지만 문장구조는 한글체를 지향하고 있었다. 일부 단어만 한자어로 표기했을 뿐이었다. 산문보다 운문의 경우 이러한 한글지향적인 성격은 더 강하였다.

---

15 『東亞日報』, 1921.4.26, 4면, '독자문단' 本欄 擔任記者의 말.

산문은 『동아일보』의 속간을 축하하는 축사가 실리기도 하였고, 재학생의 송별사도 있었다. 이밖에 사회문제에 대한 평론이 실리기도 하였으나 주로 감상문과 편지글 등 비교적 길이가 짧은 수필 형식의 글이 대다수를 차지하였다. 『매일신보』와 비교할 때 운문에서는 한시가, 산문에서는 단편소설이 각각 배제되었다는 점이 특색이다. 산문이 본격적으로 게재되기 시작하는 시기는 '독자문단'이 신설되고 다섯 달 만인 7월에 이르러서이다. '독자문단' 신설 직후에 한 편, 3월부터 6월까지 모두 여섯 편의 산문이 실렸을 뿐이었다. 이후 7월에 10편, 8월에 9편, 9월에 7편, 10월에 1편이 실렸다.

해당란에 처음 발표된 작품은 춘성春城의 「첫근심」 외 두 편의 시였다. 춘성의 시가 '독자문단'에 게재될 수 있었던 배경에 대해서는 다음의 두 가지 가능성을 생각할 수 있다. 먼서 춘성이라는 독자가 이건부터 신문사에 작품을 투고하며 작품을 발표해줄 것을 요구하자, 편집진이 이를 받아들여 작품을 실었을 가능성이다. 또 다른 가능성은 신문사가 해당란을 신설하면서 정착 초기에 직접 관여해 해당란에 발표할 원고를 특정인에게 미리 청탁했을 가능성이다. 전자의 경우 발행 정지 처분에 따라 신문이 발행되지 못하는 상황에서 어떠한 경위를 통해 독자가 신문사에 작품을 투고할 수 있었는지 의문이다. '독자문단' 신설과 동시에 독자의 작품이 수록되었다는 점에서 춘성이라는 투고자가 신문사와 관련이 없는 비전문적인 일반 독자라는 점은 납득하기 어렵기 때문이다. 물론 '독자문단'과 마찬가지로 독자들의 참여로 해당란이 구성되는 '때의 소리'가 신설될 때에도 신설된 당일란에 독자의 글이 게재된 경우가 있었다. 하지만 이때에는 '기왕에 독자로부터 부친 엽서 중에 몇 장을 소개하는 것'이라며 그렇게 된 경위를 밝혀주었다. 이에 반해 '독자문단'은 춘성의 작품이 실리게 된 배경에 대해 아무런 해명이 없으므로 후자의 가능성이 유력하다.

그렇다면 첫 투고자인 춘성은 누구일까?1921년 2월 21일자 '독자문단'에 실린 작품은 「첫근심」, 「뒤-ㅅ날」, 「우욕憂慾」 등 모두 세 편이었다. 「첫근심」에서 화자는 지나간 첫사랑을 그리워하면서 아름다운 그 때로 돌아가지 못하는 현실을 한탄하고 있다. 「뒤-ㅅ날」과 「우욕憂慾」은 공통적으로 장미를 소재로 취하였다는 점에서 눈에 띈다. 장미를 감각적으로 예찬하고 있으며 '눈물', '슬픔', '가슴의 불길' 등의 시어를 사용하여 감성적인 색채를 강하게 드러내고 있다. 낭만주의적인 정조와 연시戀詩적 경향은 『장미촌』16에 실린 「피여오는 장미」와 「밤하날」에서도 똑같이 발견할 수 있다. 이 두 작품의 작가 역시 춘성이었다. 게다가 1921년 4월 7일 『동아일보』 '독자문단'란에는 「우울憂鬱」, 「아참」, 「기원祈願」 등 춘성의 시가 또다시 발표된다.17 '정의 불길이 와락와락', '꽃다운 피가 부글부글' 끓는다는 감각적 표현이나 '미스K'에 대한 연모의 감정을 그려내고 있어 일관된 주제의식을 확인할 수 있다. 작품에서 활용한 소재의 중첩, 시 경향의 유사성,18 춘성이라는 호를 공통적으로 사용한 점 등

---

16 1921년 5월 24일 창간된 잡지로 이에 대한 자세한 내용은 다음의 논문 참고. 이기철, 「장미촌 연구」, 『민족문화논총』 5권, 1983; 정진석, 『『장미촌』지 연구』, 『새국어교육』 37권, 1983.

17 『동아일보』 '독자문단'란에는 「첫근심」, 「뒷날」, 「우욕」, 「우울」, 「아참」, 「기원」 등 춘성의 작품이 모두 6편 게재되었다. 하지만 기존 연구에서는 이러한 사실이 언급되지 않았다. 물론 이혜령이 「1920년대 『동아일보』 학예면의 형성과정과 문학의 위치」(『대동문화연구』 제52집, 2005, 113쪽)에서 춘성이란 필명으로 노자영의 시가 세 편 게재되었다고 언급했지만 정확한 날짜는 1921년 9월 21일이 아니라 2월 21일이었으며, 작품 수도 세 편이 아니라 '독자문단'에는 춘성의 시가 모두 6편 실렸다. 이 밖에 『동아일보』, 1923.8.12, 6면, 「당신은 저구름 속에 안기라」라는 시를 노춘성 이름으로 발표하기도 하였다. 최양옥의 『노자영 시 연구』(국학자료원, 1999)에는 노자영 시 작품연보가 실려 있다. 하지만 1921년 발표작으로는 『장미촌』에 발표한 「피여오는 장미」와 「밤하날」 두 작품만 언급하였으므로 이는 바로잡을 필요가 있다.

18 노자영의 시를 연구한 이성교는 「노춘성 연구」(『현대시학』, 현대시학사, 1973)에서 노자영이

을 미루어 볼 때『동아일보』'독자문단'란에 처음으로 투고한 춘성은 노자영盧子泳일 개연성이 매우 높다.

　그런데 노자영은 1918년 8월,『매일신보』'매신문단'에「월하月下의 몽몽夢」을 발표하여 문단에 등단한 이후,『동아일보』에도 작품을 수차례 발표한 바 있다. 1920년 8월 29일부터 9월 6일까지 4면에「천리千里의 하로夏路」라는 감상문을 기고하였으며,[19] 같은 해 9월 10일부터 14일까지 1면에「교육진흥론」을 연재하였다. 1921년 7월 29일부터 8월 8일까지는「방랑放浪의 하로夏路」를 1면에 연재하기도 하였다. 그리고 '신간소개'에는 노자영의 작품이 실린 잡지가 광고되기도 하였다.[20] 이러한 점을 고려할 때 당시 노자영은『동아일보』외에도 여러 매체에 작품을 발표하는 등 활발한 창작활동을 한 전문작가로 볼 수 있다.『동아일보』가 '독자문단'을 신설하면서 첫 작품으로 노자영의 작품을 실은 것은 신문사가 해당란 정착 초기에 해당란에 발표할 원고를 특정인에게 미리 청탁했을 가능성에 무게를 실어준다. 이는 '독자문단'에서 지칭하는 독자가 단순히 일반 신문 독자가 아님을 시사한다.

　'독자문단'에 작품을 발표한 독자는 대략 80여 명으로 다양한 층위를

작품 활동 초기에 유미적(唯美的)인 입장에서 시를 창작했으며, 사랑의 동경에서 벗어나지 못하였다고 파악하였다. 심선옥 역시「춘성 노자영 초기 시 연구」(『비교어문학회』13호, 2001)를 통해 노자영의 시에 대해 감각적 이미지를 주로 활용하였으며, 낭만적 동경과 감상주의가 주된 특징이라고 정리하였다.

19　이광수의『무정』을 언급하며 조선 민족을 비판하고, 교육의 필요성을 역설하였다.

20　1920년 9월 14일 '신간소개'에는 노자영의 작품이 실린 잡지 광고가 실렸다.『학생계』제2호에는 춘성이라는 이름으로「월색(月色)」이,『서광』제7호에는 노자영이라는 이름으로「타쿠르의 자연학원」이 실렸음을 광고하였다. 1922년 2월 5일과 6월 7일 '신간소개'에는『백조』창간호와 2호에 실린 소설「漂泊」이 보인다. 춘성은『장미촌』에 원고를 내기 전에『동아일보』에 먼저 투고하였다. 이러한 점을 미루어 보았을 때 일종의 대중화 전략으로 해당 작품을 신문 매체에 투고했을 가능성이 있다. 잡지의 발행 여부가 불투명한 상황에서 안정적인 지면을 확보하기 위한 목적과 자신들의 작품을 미리 신문에 투고함으로써 일종의 홍보효과를 노린 것일 수도 있다.

형성하고 있었다. 이들 투고자들이 사용한 필명이나 성명, 거주지 그리고 작품에 언급되어 있는 정보를 토대로 이들의 직업을 분석해보았다. 그 결과 투고자들의 직업이 작가, 신문기자, 학생, 학교 교사, 사회운동가 등 매우 다양하다는 사실을 알 수 있었다.

'독자문단'의 첫 투고자인 노자영 외에도 1920년『창조』를 통해 등단한 김소월 역시 전문작가에 속한다. 소월은 '독자문단'에 「바람의 봄」1921.4.9을 비롯하여 「사계월」1921.4.27, 「바다」1921.6.14 등 모두 19편의 시를 발표하였다. 이들 작품은 소월 시의 초기 경향을 살필 수 있는 중요한 자료가 된다.[21] 이밖에도 김소월은『동아일보』에 「나무리벌 노래」1924.11.24, 「옷과 밥과 자유」1925.1.1, 「돈과 밥과 맘과 들」1926.1.1 등의 작품을 지속적으로 발표하였다.『동아일보』평북 구성 지국장[22]이었던 김소월의 이력을 고려할 때『동아일보』와는 이른 시기부터 긴밀한 관계를 맺었던 것으로 보인다.[23]

이밖에 이후 문단에서 활약하게 되는 예비 문인들도 찾을 수 있는데, 조운曹雲, 김명호金明昊,[24] 한설야韓雪野, 유도순劉道順 등이 대표적이다. 조운은 1921년 4월 5일 「불살너주오」라는 시를 발표하였다. 당시 그는 전남 영광중학교에서 미술과 작문교사로 재직하고 있었다.[25] 김명호는 「이향과

---

21 '독자문단'에 실린 김소월의 작품은 개작되어『조선문단』,『진달래꽃』,『개벽』에 실리게 된다. 예컨대 「둥군히」는 1926년『조선문단』제17호에 실리며, 「꿈」과 「붉은 朝水」는『진달래꽃』, 「그 山 우」, 「깁히밋던 心誠」, 「바다」, 「舊面」 등은 1922년 8월『개벽』에 실린다. 이와 관련된 자세한 논의는 윤주은, 「김소월 시 원본확정에 관한 연구」,『어문학』41, 1981, 69~74쪽 참조.
22 「社告」,『東亞日報』, 1926.8.3, 6면.
23 김소월이『동아일보』지국을 운영하며 특파원 역할을 담당하는 한편, 소작쟁의와 관련해서 시 의성이 있는 작품을 창작했을 가능성에 대해서는 후속 연구를 통해 논의를 진행하고자 한다.
24 고성(孤星)은 1925년 이후부터『동아일보』에 시, 시조, 동화, 수상(隨想) 등 많은 작품을 발표하게 된다. 그가 '독자문단'에 발표한 작품 「이향과 나의 심회」에는 친우인 일파(一波)와 아청(我青)과 함께 고향 곡산에서 청년회를 조직한 일화가 등장한다. 아청의 본명은 조정호(曹定昊)로 곡산 출신의 독립운동가이다.
25 오봉옥,『조운시조연구』, 연세대 석사논문, 2001.

나의 심회」1921.4.10와 「고향을 떠나면서」1921.8.29라는 산문을 각각 고성 孤星과 명호溟湖라는 필명으로 발표하였다. 한설야는 한병도韓秉道라는 본명으로 시 「효종曉鐘」1921.4.29을, 설야雪野라는 필명으로 산문 「熊本M兄에게」1921.9.13를 발표하였다. 유도순은 1925년 1월 『조선문단』에 「갈닙밋헤 숨은노래」를 발표하면서 등단하게 되는데, 『동아일보』 '독자문단'에 「기념의 황금탑」1921.6.12을 발표하였다.[26] 이를 통해 볼 때 '독자문단'은 일종의 근대 문인의 예비적 장소였다고 볼 수 있다.

노자영은 앞서 전문작가였다고 언급했는데, '독자문단'에 작품을 발표한 이후인 1921년부터 1924년 5월까지 『동아일보』 기자로 활동하게 된다.[27] '독자문단'이 문단의 등용문이기 이전에 신문사 입사를 위한 통로로도 활용되었음을 보여주는 사례이다. 강영균姜英均은 1921년 6월 16일 「K군의 死」라는 산문을 시작으로 「형님은 언제」1921.7.16 외 6편의 시를 '독자문단'에 발표하였다. 이후 행적은 자세히 알 수 없는데, 그 역시 『동아일보』 기자로 활동하게 된다.[28] 「옥중 자각의 일단」1921.7.7을 발표한 이중각李重珏은 잡지 『신조선』의 기자이면서 독립운동가였다.

한편 「졸업생 형님을 보내면서」1921.4.11라는 제목의 송별사를 발표한

---

26 이동순, 「유도순 가요시의 테마와 유형」, 『민족문화논총』 52권, 2012, 363쪽. 1923년에는 『동아일보』 일천호 기념현상에서 시와 동시를 응모하여 당선되기도 하였다. 1923년 5월 25일에는 동시 「봄」, 5월 27일에는 시 「고독」을 발표하였다.

27 『동아일보사사』 권1 부록의 '역대사원명록'에 의하면 노자영은 1921년 8월부터 1924년 5월까지 동아일보사의 기자였다. 또한 이서구(李瑞求)에 의하면 "우리는 점심을 굶어가면서 신문을 만들었지요. 배달부가 월급을 안 준다고 호외를 들고 나가지 않을 때, 柳光烈, 盧子泳, 金東轍 그리고 나 등 우리 젊은 기자들은 호외를 들고 종로 네거리로 뛰어 나가기도 했어요"라고 당시를 회고하였다. 『동아일보사사』 권1, 161쪽 참조.

28 『東亞日報』, 1925.4.15, 3면 「軍容을 整齊한 朝鮮의 筆陣」에 의하면, 20여 종의 신문잡지사에서 690여 명 기자들이 참가한 조선기자대회에 참가한 사실을 알 수 있다. 강영균은 동아일보사 기자로 소개된다.

박경호는 숭실대에서 피아노를 전공하는 학생이었으며, 「애인아 너도 부활하려무나」1921.3.28를 발표한 조창선은 배재학당 학생이었다. 「귀성하지 못하고」1921.8.7를 투고한 중앙학인中央學人과 「椒井에서 郭山에」1921.9.10를 투고한 김인기金仁基는 작품에서 하기 방학을 앞둔 심정을 언급함으로써 학생 신분임을 드러냈다. 「인물전람회」1921.6.5를 발표한 유형식兪亨植은 심훈의 친구였다. 심훈은 이 글을 읽고 항주 지강대학 백랑생白浪生이라는 이름으로 「나의 가장 친한 유형식 군을 보고」1921.7.30라는 답장을 보냈다. 투고 당시 심훈은 유학생 신분이었던 것이다. 영화감독이자 시나리오 작가로 알려진 이구영李龜永 역시 '독자문단'에 「大阪에서」, 「밤비」1921.7.27를 투고한다. 그는 배재학당을 졸업하고 영화수업을 위해 일본으로 건너가 유학 중에 이들 작품을 투고한 것으로 보인다. 「이향소감異鄉所感」1921.8.6을 투고한 '갈돕 동경지회' 역시 정확한 성명은 알 수 없으나 일본유학생으로 보인다. 이밖에 1921년 7월 20일부터 21일까지 「여자해방의 근본방침」을 투고한 주기용朱基瑢29은 조운과 더불어 학교 교사였다.

'독자문단'은 1921년 7월 초까지 원활하게 운영되다가 잠시 주춤한다. 1921년 7월 8일 '때의소리'가 첫 선을 보인 이후 '독자문단'이 연재되지 않자 고대생苦待生은 "『때의소리』가 싱긴 후에는 그전에 잇든 『독자문단』은 폐지되엿나요 폐지되엿다면 대단히 섭々함니다"30라며 아쉬움을 피력한다. 당시 독자들의 '독자문단'에 대한 관심을 엿볼 수 있는 대목으로, 이 발언 이후 '독자문단'은 그 다음날인 7월 14일부터 다시 등장한다.

---

29 다음은 『동아일보』에 실린 주기용 관련 기사이다. 「오산교우 동경지회」(1923.5.15, 4면), 「신랑신부」(1926.8.13, 3면) 등.
30 고대생(苦待生), 「때의소리」, 『東亞日報』, 1921.7.13, 4면.

그리고 9월 말까지 꾸준히 연재되다가 10월 1일에 한 편이 발표되고, 10월 28일 김선량의 「병든 벗의게」 외 3편을 끝으로 중단된다. '독자문단'이 폐지되기 전, 1921년 9월 14일에는 주식회사 동아일보사의 창립총회가 있었다.[31] 주식회사 창립총회 이후 '독자문단'이 자취를 감춘 것으로 보아 신문사의 내부 사정에 의해 '독자문단'이 폐지된 것으로 보인다.

동아일보사는 초기 주금 납입 실적이 저조하였고, 계속되는 행정 처분으로 인해 신문 발행마저 지속적이지 못하였다. 구독료나 광고 수입 역시 기대치에 미달되는 등 경영상에 상당한 곤란을 겪었다. '독자문단'은 신문 구독률을 올려 이러한 상황을 타개하기 위해 시도되었던 것으로 보인다. 하지만 주식회사 동아일보사 법인을 설립하고, 송진우가 사장에 취임하면서 재정 문제를 광고 유치로 해결하게 되면서 그 존폐 여부가 결정된 것으로 보인다.

2) '독자문단' 소재 작품의 특질

본 절에서는 '독자문단' 소재 작품의 특질과 그 의미를 고찰하기 위해 해당란에 실린 운문 127편과 산문 33편을 주제별로 분석해보았다. 그 결과 운문은 개인의 감정을 다룬 작품이 101편79.5%으로 절대 다수를 차지하였으며, 풍경을 묘사한 작품이 17편13.4%, 사회문제를 다룬 작품이 9편7.1%으로 나타났다.

---

31 이 창립총회 때 중역선거를 해서 취체역 10명과 감사역 5명이 선출됐다. 취체역에는 이운, 장덕수, 김찬영, 송진우, 이상협, 성원경, 장두현, 정재완, 신구범, 김성수가, 감사역에는 현준호, 장희봉, 박용선, 이충건, 허헌이 선출되었다. 그밖에 사장에는 송진우, 부사장에는 장덕수, 전무로는 신구범, 상무로는 이상협을 선출하고 19일 취임하였다. 「本社創立總會」, 『東亞日報』, 1921.9.20, 2면.

<표 4>『동아일보』'독자문단'란 소재 운문 목록(1921.2.21~1921.10.28)

게재일	투고자	제목	내용
2월 21일	春城	첫근심	첫사랑에 대한 그리움
	春城	뒷날	슬픈 과거에 대한 상념
	春城	우욕(憂慾)	첫사랑에 대한 그리움
2월 23일	개성 王朝爀	동아일보 再刊祝	신문 속간을 축하
2월 25일	秋湖	봄은오도다	봄 예찬
2월 26일	劉禹相	눈온뒤에	눈 온 뒤의 풍경 묘사
2월 27일	浪葉	漂泊의 女人	중풍 든 여인에 대한 동정
3월 2일	영변 劉苦月	미소(微笑)	소녀의 죽음으로 인한 슬픔
3월 3일	사송 柳長榮	봄마지	봄 예찬
3월 4일	함흥 韓景植	항해(航海)	신문을 의인화하여 격려
3월 5일	鞠聖鉉	처녀(處女)의 가는 길	처녀의 밤길 의심, 걱정
3월 17일	孤月	그립은벗	벗에 대한 그리움. 꿈
3월 21일	평양 ㄹ,ㅇ,	봄비는나리도다	가슴에 봄비 내리길 소망
3월 25일	又隱	야국(野菊)의 미소(微笑)	생명력 넘치는 들국화 예찬
3월 28일	배재학생 趙昌善	애인아 너도 부활하려무나	봄을 맞이해 생명 예찬
3월 30일	柳鳳	운동장에서	어린동무 예찬
3월 31일	경성 吳壽永	愛의 怨	그대의 부재로 인한 슬픔
	경성 吳壽永	小曲	내면의 괴로움
4월 5일	曹雲	불살너주오	이상향 추구에의 의지
4월 6일	개성 C.H生	상매(賞梅)	매화 예찬
4월 7일	春城	우울(憂鬱)	춘정(春情)에 타는 가슴
	春城	아참	미스K에 대한 연정
	春城	기원(祈願)	미스K에게 사랑 고백
4월 8일	一光	사랑하는 이	변치 않을 사랑 희망
4월 9일	素月	바람의 봄	그대를 위해 탄식함
	素月	黃燭불	황촉불을 보면서 상념에 빠짐
	素月	붉은 朝水	붉은 조수와 뛰놀고 싶은 기상
	素月	속요(俗謠)	지는 꽃 가는 봄에 대한 애상
	素月	봄밤	그리운 봄밤
	素月	풀따기	우리님에 대한 그리움
	素月	그 山 우	산 위에 올라 님 계신 곳 생각

게재일	투고자	제목	내용
4월 13일	朴在永	내마음은	내 마음을 님께 전하고자 함
	朴在永	홍장미(紅薔薇)	떠난 임을 잊지 않겠다는 다짐
4월 15일	상해 박달뫼	객향(客鄕)의 봄	타향에서 고향 그리워 함
4월 18일	개성 劉禹相	선죽교	충신의 넋 위로
4월 19일	한사배	직공(職工)의 탄곡(歎曲)	자본가의 압제받는 직공 위로
4월 21일	인천 彷徨生	나의집! 나의살이!	자기 집에 대한 자부심
4월 24일	柳鳳	추억	임의 부재로 인한 괴로움
	柳鳳	무정(無情)	인간의 무정함 고백
	柳鳳	전등(電燈)	홀로 탄식하는 처녀를 위로
	柳鳳	후회(後悔)	옛 애인에 대한 극심한 그리움
4월 26일	경성 一巖生	우(雨)	비가 내리는 이유
	해주 桂苑	고요한밤	달밤에 느끼는 애상감
4월 27일	素月	사계월(莎鷄月)	달밤에 느끼는 감회
	素月	은대촉(銀臺燭)	임에 대한 그리움
	素月	문견폐(門犬吠)	임에 대한 그리움
	素月	춘채사(春菜詞)	임에 대한 사랑
	素月	함구(緘口)	비오는 날의 심회
	素月	일야우(一夜雨)	임에 대한 그리움
4월 29일	韓秉道	효종(曉鍾)	새벽종 울리는 새벽 풍경 묘사
5월 3일	柳鳳	봄은오도다	봄의 여신 예찬
	柳鳳	봄의 낮	나른하고 한가로운 봄 풍경
	柳鳳	봄새	봄비에 목욕하는 참새를 묘사
	柳鳳	쇠고리	외로운 심사를 꾀꼬리 통해 묘사
5월 6일	劉浪葉	松岳을 떠나며	고향 떠나 친우와 이별하는 슬픔
6월 1일	해주 桂苑	달밝은밤	병상에서 달을 보며 느끼는 심회
6월 2일	柳鳳	사(死)	참 인생을 위해 살 것을 권유
6월 4일	劉禹相	正方城(黃州)	황주 정방성의 풍경 묘사
6월 5일	鷺湖人 俞亨植	인물전람회	인물 전람회의 이면 비판
6월 8일	素月	둥군히	일출 광경의 묘사와 기대감
	素月	꿈	꿈에 대한 짤막한 단상
	素月	하눌	하늘을 바라보며 느끼는 애상감
	素月	구면(舊面)	이별의 슬픔과 기다림

게재일	투고자	제목	내용
	素月	깁히밋던 心誠	옛 친구와의 소원함, 아쉬움
6월 9일	함흥 權五山	아우의 죽음	아우의 죽음에 대한 슬픔 표현
	崔英秀	나의 마음	절망적인 심정을 죽음에 빗대 표현
6월 10일	竹齋	薔薇의 우슴	愛, 美, 眞을 추구하려는 의지
6월 11일	한메生	별과 꼿	만날 수 없는 별과 꽃의 숙명
6월 12일	月野 劉道順	기념의 황금탑	절망적인 상황에서의 희망
6월 13일	柳鳳	신아(新芽)	어린 누이의 꽃을 기르는 정성
	柳鳳	황혼(黃昏)	황혼의 쓸쓸함 묘사
6월 14일	素月	바다	이상향 바다에 대한 동경
6월 17일	배재생 趙昌善	한줄기빗	외로운 靈에 위안을 준 빛 예찬
	배재생 趙昌善	牧丹峰에서	의지할 곳 없어 외로운 靈 한탄
6월 19일	朴曙夢	소리업는 저녁바람	임에 대한 그리움
	朴曙夢	그날밤!	이별하던 순간을 회상
6월 20일	柳鳳	黃昏의 菫	근화에 감정이입하여 슬픔을 노래
	柳鳳	할미꼿	할미꽃 보며 죽은 어머니 떠올림
6월 22일	訪花隨柳生	봄빗	봄빛을 감각적으로 묘사
	訪花隨柳生	봄꿈	임에 대한 그리움
	訪花隨柳生	낙화(落花)	무정한 인생살이를 낙화에 비유
6월 23일	金容哲	서울손	약자들의 비애
6월 25일	金鏞	바람	마음의 근심을 떨치고 싶은 마음
	金鏞	피아노	떠나간 사랑에 대한 상실감
6월 27일	朴曙夢	곤비(困憊)한 두 용사	전장에서 쓰러진 두 용사 묘사
	朴曙夢	올간의 소리	오르간 소리에 대한 묘사와 예찬
7월 3일	중국 남경 金善亮	詩調 四首	고향(벗)에 대한 그리움
7월 14일	朴曙夢	소성(小星)	작은 별에 대한 묘사와 감상
	朴曙夢	애가(哀歌)	그 사람을 잊지 못하는 마음
	朴曙夢	싸닭업는눈물!	Y형에 대한 그리움
7월 16일	고산역 姜英均	형님은 언제?	형님에 대한 그리움
	고산역 姜英均	쑴	꿈속에서만 소녀를 만나는 아쉬움

게재일	투고자	제목	내용
	고산역 姜英均	밤	한밤중에 느끼는 심정 묘사
	고산역 姜英均	비	복잡한 심정을 씻어내고자 함
	고산역 姜英均	달	사랑하는 마음을 전하고자 함
7월 19일	石堂	안식일종(安息日鍾)	안식일 종소리에 靈이 깨어남
	石堂	배노리	평화로운 뱃놀이와 靈의 안식
7월 23일	남경 金善亮	새천지	비 온 뒤처럼 사람도 새로워지길 소망
7월 27일	李龜永	大阪에서	대판을 죄악의 여항에 비유, 비판
	李龜永	밤비	밤비를 퇴폐의 물로 비유, 비판
7월 30일	항주 白浪生	나의가장친한 兪亨植君을 보고	동창생에 대한 그리움과 반가움
8월 4일	고산역 姜英均	나의 哀願	임에게 자신의 고독 알리고 情 호소
	고산역 姜英均	내 同生아!	누이동생에 대한 염려
	남경 金善亮	詩調 三首	청천강, 황주, 구월산의 감상
8월 5일	春帆 方元龍	瞑想의 나라로	냉혹한 현실 비판
8월 16일	紅園生	大阪에서	고향에 대한 절절한 그리움
8월 22일	一集	偶吟	무궁 영원한 생명 예찬
8월 30일	曙洋生	나의 가삼은	무지는 비애의 어머니
	曙洋生	나의 靑春	인생 낙원인 청춘에 대한 회의
	曙洋生	그는못닛치여라	가난하고 불운했던 과거 회상
8월 31일	金仁基	蒼空을 바라보고	우주의 항상성과 인생을 대비
9월 1일	량재명	엇더한 봄밤	봄밤의 적막함과 고독
9월 2일	남경 김선량	무덤을 파는 者	무덤 파는 자를 부정하며 삶 긍정
	남경 김선량	中國의 山村	중국 산촌에서 고향 생각
9월 3일	活星	침묵(沈默)	침묵을 긍정하고 예찬
	耕谷	어느밤 山里에서	달밤의 한가로운 풍경 묘사
9월 5일	墨西哥 김로벗토	愛人을 주소서	天父에게 애인을 돌려 달라고 사정
	墨西哥 김로벗토	무슨色이냐?	평화로운 시대가 오길 기대
9월 6일	墨西哥 김로벗토	愛人을 주소서 외 1편	편집의 실수로 중복됨.

게재일	투고자	제목	내용
9월 9일	남경 金善亮	새의노래	고향에 대한 그리움
9월 24일	경성 素雲生	쓸々한 바람	버드나무에 대한 동정
	오산 林昌仁	무상(無常)	임에 대한 그리움
9월 26일	소파 崔亨烈	신묘(新墓)	어머니에 대한 그리움
	소파 崔亨烈	구묘(舊墓)	아버지에 대한 그리움
10월 28일	남경 김선량	병든 벗의게	부모님에 대한 그리움
	남경 김선량	벗을보냄	벗에 대한 그리움
	남경 김선량	白頭山을지나는나그네	고향 떠나는 슬픔과 의지
	남경 김선량	아츰히	아침 해를 보며 의지 다짐

'독자문단'에 실린 운문에서 가장 큰 비중을 차지한 주제는 사랑, 그리움, 슬픔 등 개인의 감정이었다. 노자영의 작품[32]을 비롯하여 일광一光의 「사랑하는 이」1921.4.8와 박재영朴在永의 「홍장미」1921.4.13가 사랑을 주제로 한 대표작들이다. 「사랑하는 이」는 3연으로 된 자유시로, 사랑하는 이를 장미꽃에 비유하여 영원한 사랑을 노래하였다. 「홍장미」는 4연으로 된 자유시로, 사랑하는 님을 홍장미에 비유하여 님을 잊지 않겠다고 다짐하고 있다. 이들 작품은 영탄적 종결어미를 자주 활용하였으며 주제어를 시어로 사용함으로써 주제를 직접 드러냈다는 공통점이 있다.

그리움을 다룬 작품은 고월孤月의 「그립은 벗」1921.3.17, 소월素月의 「풀따기」1921.4.9, 「은대촉銀臺燭」1921.4.27, 「문견폐聞犬吠」1921.4.27, 「일야우一夜雨」1921.4.27, 박달뫼의 「객향의 봄」1921.4.15, 유봉柳鳳의 「후회」1921.4.24, 박서몽朴曙夢의 「소리업는 저녁바람」1921.6.19, 「까닭 업는 눈물」1921.7.14, 방화수류생訪花隨柳生의 「봄꿈」1921.6.22, 김선량의 「시조 사 수詩調四首」1921.7.3,

---

32 노자영이 춘성이라는 필명으로 발표한 「첫근심」, 「뒷날」, 「우욱(憂慾)」(1921.2.21)과 「우울」, 「아참」, 「기원」(1921.4.7) 등이 대표적이다.

「중국의 산촌」1921.9.2, 「새의 노래」1921.9.9, 「병든 벗의게」1921.10.28, 「벗을 보냄」1921.10.28, 강영균姜英均의 「형님은 언제?」1921.7.16, 홍원생紅園生의 「大阪에서」1921.8.16, 임창인林昌仁의 「무상無常」1921.9.24, 최형렬崔亨烈의 「신묘新墓」1921.9.26, 「구묘舊墓」1921.9.26, 백랑생白浪生의 「나의 가장 친한 유형식兪亨植 군을 보고」1921.7.30 등이 있다. 1921년 7월 3일 중국 남경에서 작품을 투고한 김선량은 작품 말미에 "이 시조 네 首를 四面에 헤저잇는 내 벗님들의 들이노라"라고 첨언하여 친구들에 대한 그리움을 표현하였다. 그리움의 대상은 친구 외에도 사랑하는 임, 부모님, 고향 등 다양하였다.

그리움뿐만 아니라 슬픔을 다룬 작품도 많았다. 유고월劉苦月의 「미소微笑」1921.3.2, 오수영吳壽永의 「愛의 怨」1921.3.31, 소월의 「黃燭불」1921.4.9, 「속요俗謠」1921.4.9, 「하눌」1921.6.8, 「깁히밋던 心誠」1921.6.8, 유봉의 「추억」1921.4.24, 「黃昏의 董」1921.6.20, 세원생世苑의 「고요한 밤」1921.4.26, 권오산權五山의 「아우의 죽음」1921.6.9, 박서몽의 「애가哀歌」1921.7.14 등의 작품은 임의 부재로 인한 상실감과 외로움 등을 다루었다. 오수영의 「애의 원」은 "나 홀로 아모리 울어도 / 울면은 울사록 더욱 슬프다 // 그대가 一滴의 눈물을 흘녀주시면 / 슬프지 아니하렷마는 / 그대가 나의 손을 가만히 / 힘잇게 쥐어줄 것 갓흐면 / 아모리 瘦療한 몸일지라도 / 나는 나는 깃붐에 늦길 것을 // 아 달 그림자도 푸르고 / 나의 슬픔도 더욱 푸르러만 근다"며 자신의 사랑을 외면하는 임에 대한 원망과 그로 인한 슬픔을 노래하였다. 유봉의 「추억」역시 "님의 가느른 손을 붓잡고서는 / 별갓흔 그 눈瞳子를 볼 쌔 / 내 靈은 고요이 天國을 逍遙하엿서라 / 아아 그러나 봄잠을 설쌘 오늘에는 / 님의 고혼 姿態는 어듸로 가고 / 뜰 우에 애닯은 가을 한숨만 깃이 업서라"라며 임의 부재로 인한 슬픔을 노래하였다. 이밖에 유랑엽劉

浪葉의「송악松岳을 떠나며」1921.5.6와 김선량의「백두산을 지나는 나그네」1921.10.28 등은 고향을 떠나게 되면서 느꼈던 슬픔을 담아내기도 하였다.

한사배는「직공職工의 탄곡歎曲」1921.4.19에서 자본가에게 압제받는 직공의 모습을 "눈물 머금고 한갓 삭錢에 팔녀서 呻吟"하며, "자본가의 굴네에서 압제바드며 자유의 향기 못 맛고 코는 메인다"고 묘사하였다. 유봉의「무정無情」1921.4.24, 유형식의「인물전람회」1921.6.5, 김선량의「새천지」1921.7.23, 이구영李龜永의「大阪에서」1921.7.27, 방원룡方元龍의「명상瞑想의 나라로」1921.8.5, 서양생曙洋生의「그는 못닛치여라」1921.8.30 등도 비판의식을 드러내는 작품들이다. 이밖에 왕조혁王朝爀은「동아일보 재간축再刊祝」1921.2.23에서 신문 속간을 축하하는 내용을 담았으며, 한경식韓景植은「항해」1921.3.4에서 신문을 의인화하여 신문의 속간을 축하하고 격려하였다.

'독자문단'에 실린 운문 작품이 대부분 개인의 감정을 다루게 된 배경에는 앞서 언급한 전문작가들의 영향이 크게 작용한 것으로 보인다. '독자문단'의 첫 투고자였던 노자영의 작품이 실린 이후 해당란에는 그의 작품을 모방한 작품이 등장한다. 특히 박재영朴在永의「홍장미」는 사랑이라는 주제를 형상화했을 뿐만 아니라 영탄적 종결어미를 빈번하게 활용하였고, 중심 소재 역시 장미를 취하는 등 노자영의 작품과 매우 유사하였다. 김소월 역시 해당란에 여러 편의 작품을 투고했는데 그의 작품 대부분은 개인의 감정을 주로 다루었다. 중요한 점은 이들 전문작가의 작품이 대부분 해당란 신설 초기에 집중되어 있었다는 점이다. 이러한 점을 미루어 볼 때『동아일보』편집진은 전문작가의 작품을 해당란 신설 초기에 집중적으로 발표함으로써 비전문작가들에게 투고할 작품의 성격을 암시하였다고 볼 수 있다. 이처럼 '독자문단'은 비전문작가가 특정 작가의 작품을 학습하는 과정, 즉 일련의 재생산 과정을 보여준다는 점에서 의의가 있다.

한편, 산문은 개인의 감정을 다룬 것과 사회문제를 다룬 것으로 대별되었다. 개인의 감정을 다룬 작품이 18편54.6%이었고, 사회문제를 다룬 작품이 15편45.4%이었다. 운문의 경우 사회문제를 다룬 작품이 9편7.1%이었던 점을 상기한다면 산문은 사회문제를 다룬 비중이 운문에 비해 높다는 점을 알 수 있다. 아래 제시한 표는 '독자문단'에 실린 산문의 내용을 정리한 것이다.

〈표 5〉『동아일보』 '독자문단'란 소재 산문 목록(1921.2.22~1921.10.1)

게재일	투고자	제목	내용
2월 22일	경성 姜玄礎	동아일보의 속간을 祝하고	동아일보 속간을 축하
3월 19일	개성 林永得	동경(憧憬)	완전, 해방, 자유에의 동경
4월 10일	孤星	이향(離鄕)과 나의 심회(心懷)	고향과 친우에 대한 그리움
4월 11일	숭대 朴慶浩	卒業生 兄님을 보내면서	숭실대 졸업생에게 바친 송별사
4월 16일	金容璿	京城에 初等敎育擴張의 必要	초등교육기관 확장 주장
6월 3일	雪齋生	安州百祥樓에서	평남 안주 백상루에서 느낀 감회
6월 16일	고산역 姜英均	K군의 死	향촌의 교육가 K군 회상
7월 1일	김제 정원모	어린이의 꿈	어린 시절 사촌동생과의 일화
7월 2일	김제 정원모	어린이의 꿈	어린 시절 사촌동생과의 일화
7월 7일	李重珏	獄中自覺의 一端	감옥에서 참된 삶에 대해 깨달음
7월 20일	朱基瑢	女子解放의 根本方針(一)	조선에서 여자 해방이 어려운 이유
7월 21일	朱基瑢	女子解放의 根本方針(二)	생활방식 개조의 필요성 역설
7월 22일	朴勝周	學窓所感	새조선 건설을 위해 학문이 필요함
7월 24일	용강 崔鼎燦	신문잡지편집자에게	문화운동의 성공을 위해 한문 폐지 주장
7월 25일	신계 任榮得	外祖母의 死	외할머니의 죽음에 대한 슬픔
7월 26일	俞政兼	나의 靈兒	영혼에 대한 예찬
7월 29일	광주 海松	서울로 돌아가신 黃兄에게	동우회 순회극단 배우의 편지글

게재일	투고자	제목	내용
7월 31일	李玩朝	못비를 마즈면서	비에 대한 태도를 해학적으로 표현
8월 1일	崔鉉	苦學生갈돕會 地方巡廻劇團에	갈돕회 기뱌스메기인 嗶哎
8월 3일	안성 金台榮	故鄕에 게신 姜兄에게	청년이 자유 정신을 살려야 함 강조
8월 4일	申天山	녀름의 乙密臺	을밀대의 풍경과 유약한 청년 비판
8월 6일	갈돕 東京支會	異鄕所感	일본 유학생의 포부와 반성, 다짐
8월 7일	中央學人	歸省하지 못하고	조혼법의 폐해 지적, 폐지 주장
8월 8일	石富鳳	不平	사회 개조의 일환으로 여자 개조 주장
8월 9일	마산 金敬澤	旅程의 所感	사회 진보 주장
8월 28일	印恩羅	별빗싀벽	영혼의 외로움 토로
8월 29일	溟湖	故鄕을 써나면서	고향 곡산을 떠나는 아쉬움
9월 4일	순안 金鍵	內觀	心中의 적과 싸워 善의 이상 실현
9월 7일	웅천 任炳奎	나	민족의 미개함, 가정 불철저함 개조
9월 10일	청파 金仁基	椒井에서 郭山에	하기방학을 맞아 고향 찾아간 감회
9월 13일	雪野	熊本M兄에게	자신의 외로운 처지와 다짐
9월 20일	趙股澤	天職	조선 청년에게 천직을 찾으라고 주장
9월 21일	구포류 宋學錫	仲秋月夜의 感想	가을 달밤의 정취
9월 23일	동경 大隱生	登校所感	문화선전하다 철창에 갇힌 친구 염려
10월 1일	宋無礙	生日아츰	당당하게 시련에 맞설 것을 다짐

 '독자문단'에 실린 산문 중에서 개인의 감정을 다룬 작품은 운문과 마찬가지로 이별로 인한 외로움이나 슬픔, 특정 대상에 대한 그리움을 호소한 경우가 대부분이었다. 이들 작품에 형상화된 그리움과 슬픔의 원인은 대부분 이향離鄕 체험에 기인하였다. 고향을 떠나 객지에 머물며 느꼈던 단순한 객창감에서부터 사회에 대한 불만, 사회를 개조하고자 하는 의지 등을 두루 표현하였다. 작품에 고향을 떠나게 된 이유가 직접적으로 드러난 경우가 있어 해당 작품의 창작자를 유학생이나 고향을 떠나

사회운동에 투신한 이들로 추정할 수 있다.

갈돕 동경지회의 「이향소감」에는 "내가 동도東渡한 지 작일과 같거늘 어느덧 일 년이 획 지나갔도다"라며 학업을 위해 일본 유학길에 오른 작자의 심정이 잘 나타나 있다. 그는 일본에 간 이유가 공부하기 위함이었으나 그렇지 못하였다며 자신을 반성한 후, 자신을 후원해 준 이들에게 감사의 뜻을 전하였다. 중앙학인中央學人 역시 유학생으로「歸省하지 못하고」에서 많은 학생들이 방학을 맞이해 귀성을 하였으나 자신은 "아마도 몇 해 동안은 돌아가기 어려울 듯하다. 이것은 왜? 누구의 죄로? 나의 죄? 어버이의 죄? 사회의 죄? 이것이 사회의 죄가 아닐까? 원수의 조혼법早婚法이여 이것이 우리 사회의 어린 동무들을 얼마나 고뇌케 하며 얼마나 독와사를 먹이는가?"라며 조혼법 때문에 고향에 갈 수 없는 안타까운 심정을 밝혔다. 이를 통해 '독자문단'에 실린 산문 두 고사들은 개인의 감정을 토로하는 한편 봉건적 악습의 철폐라는 사회문제 해결에도 관심이 많았음을 보여준다.

이밖에 박승주, 동경 대은생大隱生 역시 자신이 유학생임을 직접 언급하였다. 고성孤星은 「이향과 나의 심회」에서 고향 곡산을 떠나 포교활동을 하기 위해 타지에 가서 부모와 친구들을 그리워하는 심정을 일기형식으로 표현하였다.

나의 가슴엔 더욱 부모님 생각과 친우의 생각이 간절하여지며 눈물은 아니 나도 공연한 슬픔이 억제키 어렵다. 될 수만 있으면 집으로 돌아가고 싶다. 괴로우나 기쁘나 될 수만 있으면 고향으로 돌아가 부모를 모시고 친우와 함께 영영 죽는 날까지 있고 싶다. 나는 도회이고 무엇이고 번화한 곳도 별로

부럽지 않고 벽군 곡산이나마 고향이므로 거기서 늙어죽었으면 좋겠다는 생각도 난다.[33]

이후 다른 필명으로 같은 주제를 드러냈다. 명호溟湖라는 필명으로 발표한 「고향을 떠나면서」에서는 "아! 내 고향아! 내 친우여! 나는 20년간이나 품어주고 낳아주고 길러준 은혜도 모르고 아플 때 울어주고 기쁠 때 웃어주든 정의도 생각하지 못하고 아! 나는 간다. 멀리멀리 저 산 너머로 백운 저 편으로 아! 나는 간다. 멀리멀리 아! 내 고향아!"라며 고향 곡산을 떠나는 아쉬움을 토로하였다.

이들이 '독자문단'에 글을 투고할 수 있었던 데에는 신문의 지면 배치도 많은 영향을 주었던 것으로 보인다. 실제로 '독자문단'이 실린 4면에는 청년운동과 관련된 기획기사가 함께 실렸다. '각지청년단체各地靑年團體'로 여러 청년 단체의 동정을 알려주는 기사였다. 이 기사에는 유학생이나 청년운동가들이 관심을 가질 만한 청년단체들의 사업 내용과 활동이 구체적으로 소개되었다. 해당란에는 청년단체의 근황이 소개되었는데, 그 중에서도 각 단체들의 총회 내용을 알려주는 기사가 많았다. 특히 임원 선출 결과 등은 관련자들의 관심이 높았으리라 예상할 수 있다. 이밖에 회원 유치를 위한 경쟁도 치열하였다. 이를 위해 각 단체들은 자신들의 구체적인 활동을 적극적으로 홍보하였다.[34] 따라서 유학생과 청년운

---

33 孤星, 「離鄕과 나의 心懷」, 『東亞日報』, 1921.4.10, 4면.
34 "영원청년회는 객년(客年) 6월 중에 당군 유지제씨의 발기로 창립되야 이래 십 개월간에 외습적 허다 고통을 상하면서도 회원은 일익증가되야 목하 회원 수가 603명에 달하얏스며 강연회, 토론회, 야학회 등의 개최와 신문, 잡지, 도서종람소 등의 설비로써 신문화 수입에 그 분투노력과 용왕 매진하는 것은 소호라도 퇴축함이 무(無)히 지방을 위하야 사회를 위하야 청년회를 위하야 희생에 공(供)코저 하는 중이라 인하야 조선청년연합에 가입을 단행하고 또한 종래 회장

동가들의 관심은 '각지청년단체'란에 쏠렸을 것이고 '독자문단'란 역시 같은 지면에 배치함으로써 이들의 참여를 유도하였다고 볼 수 있다. 결국 두 란의 지면 배치를 근접시켜 독자들의 접근성을 높였고, 이에 따라 '독자문단'에 실린 작품의 주제에도 영향을 미쳐 현실문제에 대한 관심으로 이어졌으리라 추정할 수 있다.

해송海松은 「서울로 돌아가신 黃兄에게」라는 편지 형식의 글에서 "우리는 예술에 살고자 하는 자요, 힘이 미약하나마 우리 문화사업에 조금이라도 공헌이 있고자 하는 단체요, 적으나마 이것으로 일본에 산재하여 계신 우리 동포 노동자 고학생을 직접 혹은 간접으로 돕고자 조직한 단체이외다"라며 자신이 속한 단체의 결성 취지를 언급하였다. 최현崔鉉은 「苦學生갈돕會 地方巡廻劇團」이라는 글을 통해 자신이 속한 단체의 목적을 가난한 계급을 돕기 위한 것이라 밝히고, 시방순회극단을 응원해줄 것을 부탁하기도 하였다.[35]

유학생이나 운동가라는 독자들의 정체성 때문인지 현실 사회의 문제를 언급한 글도 많았다. 이들이 관심을 가진 주제는 대부분 구습 타파와

제를 개(改)하야 위원제로 한 후회원으로써로도 회명(會命)을 위(違)하거나 회무에 열성이 무(無)한 자는 출회를 행하고 임원은 집행위원장 1인, 집행위원 약간 명, 의사부장 1인을 치(置)하얏슬 뿐인대 집행위원장은 홍태이 씨, 의사부장은 한준식 씨, 집행위원으로는 최용규, 한광식, 방영찬 외 제씨이라더라(평양)", 「寧遠靑年會近況」, 『東亞日報』, 1921.3.23, 4면.

35 "우리의 갈돕회 고학생들은 금번의 휴가를 득하기는 무위하였으나 평일에 연모하든 고향과 친정에는 또 다시 귀성의 쾌락을 향치 못하며 과문의 유감을 면치 못하고 한갓 갈돕회를 위하여 아니 일반의 고학계를 위하여 사회의 빈(貧)계급을 위하여 상부상조의 생활기관을 시설하려는 지취로써 단축한 기회를 승하여 갈돕회 지방순회극단을 조직함으로 (…중략…) 제씨는 이미 우리 고학생 갈돕회를 양찰하시와 그간에 많은 원조를 불석하였음에 무한 치사하옵거니와 본기에 순회단이 성행하여 혹은 강연 혹은 연극이 귀지에 답지하여 문화사업의 융성현상을 환호하든 중에 혹은 일방으로 포염하는 기색이 있을가 하오니 물론 어느 순회단이던지 시대의 요구에 적응함이어니와 특히 빈약한 계급으로 조성된 우리의 고학생 단체는 더욱 제씨의 양감이 아니면 그 누구에게 장래와 전도의 위급함을 호소하리오."

사회 개조였다. 주기용은「여자해방의 근본방침」에서 조선의 여자해방 문제를 언급하였다. 그는 여자해방을 '남자와 대등한 자유와 권리를 인 정하며 그 인격을 존중하는 것'으로 정의하고, 여자에게도 지식계발의 기회를 주어야 한다고 주장하였다. 하지만 조선의 가정은 식습관이나 의 복제도 등 여자에게 과도한 노동을 요구하고 있어 가정생활을 개조하는 일이 급선무라 하였다.

　학업을 위해 상경하였다는 박승주는「학창소감」에서 "우리는 문학에 헌신하든지 종교에 희생하든지 실업에 종사하든지 그 표현적 부류는 다 를지라도 그 내면의 표준점은 동일한 새 조선을 건설하는 데 있어야 할 것이다"라며 학문의 중요성을 역설하였다. 최정찬은「신문 잡지 편집자 에게」라는 글을 통해 민지를 계발하려는 문화운동을 성공하기 위해서는 한문을 폐지하고 조선문을 사용해야 한다며 구체적인 주장을 하였다. 석 부봉은「불평」이라는 글에서 '불평은 문명과 발달의 진취할 출발점'이라 전제하고 부패한 구습을 파멸하고 파괴된 사회를 개조해야 한다고 주장 하였다. 그는 구체적으로 여자 개조 문제를 다루었는데 여자의 해방을 위해 정신과 악습과 허위를 개조하여 신시대의 교육을 받아야 한다고 주 장하였다. 임병규도「나」라는 글을 통해 청년을 호명하여 "나의 민족의 미개함과 나의 가정의 불철저한 생활을 개조"해야 함을 역설하였다. 이 는 조은택의「천직」에서도 그대로 드러난다. 그는 "조선 청년이여 오등吾 等의 직업이 과연 그 무엇이냐? 상공商工이냐? 농노農勞이냐? 내지역려乃至逆 旅의 신신身이 되어 고苦에서 학學을 구하는 자, 비운에 신신身을 계계繫하야 하급下 급級에서 재財를 구하는 자, 그 여하를 불문하고 모름즉이 그 원한 바 이상 을 훨적 높히고 키어서 당당한 죽음으로써 빛난 성공成功을 볼지어다"라며 조선 청년들에게 천직을 구할 것을 주장하였다.

'독자문단'은 1920년대 산문 양식의 다양한 가능성을 보여준다는 점에 의의가 있다. 산문은 1행 14자 50행 이내로 지면이 제한되어 있었다. 이에 따라 산문은 논의를 충분히 전개하기에는 제약이 따랐다. 소품 수준의 작품에 그칠 수밖에 없는 현실적인 제약이었던 셈이다. 이러한 지면 제약으로 인해 단편소설은 시도될 수 없었다. 하지만 이러한 제약에도 불구하고, '독자문단'은 축사祝辭, 송별사, 편지, 감상문, 일기, 기행문 등 다양한 산문 형식을 선보였다.

'독자문단' 소재 산문의 내용은 개인의 감정을 다룬 것과 사회문제를 다룬 것으로 대별된다. 발표된 작품들 역시 소재별, 주제별로 경향성을 지니는 점이 특색인데 이는 독자들의 다양한 관심 중 특정 주제를 유도하였다고도 볼 수 있다. 운문과 산문을 막론하고 '독자문단'에 실린 작품들 중에서 가장 많은 비중을 차지한 주제는 개인의 감정에 대한 문제였다. 이러한 현상은 검열 제도와도 관련이 있다.

『동아일보』1920년 7월 25일자 2면 사고謝告에는 "본월 이십사일 발행 본보 제 일백십삼호 기사 중에 당국의 기휘忌諱에 촉觸한 어구가 유有하야 발매금지의 처분을 당하얏삽기로 자茲에 근고謹告함"이라는 내용의 기사가 실렸다. 그리고 발매금지 처분을 받은 지 얼마 되지 않아 1920년 9월 25일에는 신문 발행정지 처분을 받았다.[36] 1920년 9월 24일부터 25일까

---

36 一記者,「續刊有感」,『東亞日報』, 1921.2.21, 3면. "우리의 힘쓰는 중간에 총독부 당국쟈의 긔탄에 부듸친 일이 적지아니하야 루〃히 압수를 당하게 됨으로 우리는 이 뎜에 대하야 될 수 잇는 대로 조심하얏스나 주의가 부족하얏던지 박복한 소치이던지 마즘내 당국의 용납지 못하는 바 되야 작년 구월 이십오일로써 신문의 발힝을 뎡지하라는 처분을 밧게 되얏슴니다"라며 신문이 발행정지 처분을 받았음을 알리고 있다. 기사 내용 중에 스스로 살핌이 적었음을 반성하는 부분은 해당 처분을 받기 전부터 검열을 의식하고 있었음을 시사한다.

지 신문 제1면에 「제사문제祭祀問題를 재론再論하노라」라는 사설을 실으면서 일본의 3종 신기를 비판한 데 따른 결과였다. 이른바 제1차 무기 정간으로, 이로 인해 1920년 9월 26일부터 신문을 발행할 수 없었다. 이후 1921년 1월 10일 해금되어 같은 해 2월 21일에야 속간하기에 이른다.

'독자문단'은 신문사의 속간과 동시에 등장하였다. 그리고 문예물에 대한 독자들의 투고로 해당 기획이 유지된다는 점에서 '독자문단'이 독자들을 유인하기 위한 신문사의 전략에 따라 채택되었음을 보여준다. 그리고 정간 이후라는 배경과 문예물로 한정한 점, 작품 채택 여부에 있어 편집권의 강화 등을 통해서 볼 때 검열과의 관련성을 살펴보아야 한다.

속간일 제1면에는 「속간에 임하야 독자제군에게 고하노라」라는 기사를 통해 신문이 속간되었음을 알리고 『동아일보』가 발행정지 처분을 받게 된 이유를 밝혔다. 총독부가 밝힌 이유는 두 가지로 하나는 '은어隱語와 반어反語로써 음연陰然히 조선의 독립사상을 고취한 점'이고, 다른 하나는 '총독정치에 대하여 이해 없는 악평을 가한 점'이었다. 총독부의 이러한 조치에 대해 『동아일보』는 민중의 표현기관으로 자임하여 민주주의를 지지하며 문화주의를 제창하는 근본방침에는 추호도 동요함이 없을 것이라고 말하였다. 그리고 더더욱 정력을 가하여 사회교육과 산업개발에 노력하며 보도의 확실과 비평의 공정을 기하겠다고 밝혔다. 본보의 주지主旨에는 일점의 변경이 없을 것이라는 점을 강조하고자 한 것이다.

하지만 "필단筆端이 격격激하야 입론장진立論張陣에 과불급過不及의 폐弊가 무無하얏다 기필期必키 난難"하다며 이후 "일층一層 자성自省에 자성을 가加하고자" 한다는 다짐에서 신문 정간 이전보다 검열에 더 많은 주의를 기울일 가능성을 엿볼 수 있다. 총독부의 연이은 검열로 인해 신문의 편집이 강

화되는 방향으로 흐를 수밖에 없었던 상황을 짐작할 수 있다.[37]

결국 '독자문단'은 등장하면서부터 검열을 의식할 수밖에 없었던 것이다. 신문사는 문화운동을 명분으로 내세웠지만 실제로는 검열에 걸리지 않으면서 신문의 구독률을 높이고자 하였다. 이에 대한 절충의 결과가 바로 '독자문단'이었던 셈이다. 독자들에게 해당란에 투고해야 할 작품의 성격을 미리 암시해주고 그러한 경향성에 부합하는 작품만 선정했을 가능성을 염두에 두어야 한다. 이는 이후 전개될 공모에서도 특정 경향성이 일반화될 수 있다는 점에서 시사적이다. 독자들이 매체에 발표된 작품을 학습함으로써 이를 내면화하여 다시 재생산하는 과정을 거칠 가능성이 높아지기 때문이다.

3) '독자문단'의 문학사적 의의

조선 민중의 표현기관으로 자임한 『동아일보』는 창간 초부터 독자들의 참여를 유도하였다. '독자문단'은 독자투고의 한 종류로 『동아일보』 속간일인 1921년 2월 21일부터 같은 해 10월 28일까지 지속되었다. '독자문단'에는 한시와 단편소설이 한 편도 실리지 않았다. 이는 당시 다른 신문매체의 독자투고와 비교할 때 매우 특이한 점이다. 이러한 한계에도 불구하고 '독자문단'은 문예물에 대한 『동아일보』 최초의 독자투고라는 점에서 의의가 있다.

해당란에 처음 발표된 작품은 춘성春城의 「첫근심」 외 두 편의 시였다. 속간과 동시에 첫 투고가 이루어졌다는 점에서 신문사의 기획으로 볼 수

---

37 1920년대 총독부의 검열 방식에 대해서는 다음의 논문 참고. 정근식, 「식민지 검열과 '검열표준'」, 『대동문화연구』 79권, 2012.

있다. 당시 노자영은『동아일보』외에도 여러 매체에 작품을 발표하는 등 활발한 창작활동을 한 전문작가였다. 김소월 역시 해당란에 많은 수의 작품을 투고했는데, 대부분의 작품이 해당란 신설 초기에 집중적으로 발표되었다. 이러한 점을 미루어 볼 때, 신문 편집진은 해당란을 정착시키기 위해 전문 작가의 원고를 미리 청탁한 것으로 보인다. 전문작가의 작품을 해당란 신설 초기에 집중적으로 발표함으로써 비전문작가들에게 앞으로 투고할 작품의 성격을 암시하였다고 볼 수 있다. 이처럼 '독자문단'은 비전문작가가 전문작가의 작품을 학습하는 과정, 즉 일련의 재생산 과정을 보여준다는 점에서 의의가 있다.

투고자들의 직업은 전문작가 외에도 신문기자, 학생, 학교 교사, 청년운동가 등 다양하였다. 특히 이후 문단에서 활약하게 될 조운曹雲, 김명호金明昊, 한설야韓雪野, 유도순劉道順의 작품이 실려 있어 '독자문단'이 일종의 근대 문인의 예비적 장소였음을 알 수 있다.

'독자문단'에 발표된 작품은 160여 편으로 갈래상 운문과 산문으로 대별된다. 운문과 산문은 각각 127편과 33편으로 '독자문단'의 대다수를 운문이 차지하였다. 그 이유는 해당란에 할당된 지면이 1행 14자 50행으로 제한되어 있었기 때문이다. 이로 인해 산문은 단편소설이 배제된 채 소품 위주의 작품들만 실리게 된다. 하지만 일기, 편지, 송별사, 축사, 감상문, 기행문 등 1920년대 산문 양식의 다양한 가능성을 보여주었다는 점에서 산문의 의의를 찾을 수 있다.

'독자문단'에 실린 작품들은 대부분 이별로 인한 외로움이나 슬픔, 특정 대상에 대한 그리움 등 개인의 감정을 주로 다루었다. 작품에 형상화된 그리움과 슬픔의 원인은 대부분 이향離鄕 체험에 기인하였다. 고향을 떠나 객지에 머물며 느꼈던 객창감에서부터 사회에 대한 불만, 사회를 개조하고자 하는 의지 등을 두루 표현하였다. 이러한 내용적 특징은 투고자들의 정체성과 관련이 깊다. 투고자 중에 유학생이나 고향을 떠나 사회운동에 투신한 이들이 많았기 때문이다. 이들이 '독자문단'에 글을 투고할 수 있었던 데에는 신문의 지면 배치도 많은 영향을 주었던 것으로 보인다. 실제로 '독자문단'이 실린 4면에는 '각지청년단체各地靑年團體'라는 청년운동과 관련된 기획기사가 함께 실렸다. 이 기사는 유학생이나 청년운동가들이 관심을 가질 만한 여러 청년단체들의 동정을 구체적으로 소개하였다. 결국 두 란의 지면 배치를 근접시켜 독자들의 접근성을 높였고 이에 따라 '독자문단'에 실린 작품의 주제에도 영향을 미쳤으리라 추정할 수 있다.

운문과 산문을 막론하고 '독자문단'에 실린 작품들 중에서 가장 많은 비중을 차지한 주제는 개인의 감정이었다. 이렇듯 주제가 한정적이었다는 점은 편집진이 특정 주제를 의도적으로 유도했을 가능성에 무게를 실어 준다. '독자문단'은 『동아일보』가 총독부로부터 정간 조치[38]를 받은 후 속간과 동시에 시행된 탓에 등장하면서부터 검열을 의식할 수밖에 없었다. 신문사는 문화운동을 명분으로 내세웠지만 실제로는 검열을 피하면서 신문의 구독률을 높이고자 한 것이다. 이에 대한 절충의 결과가 바로 '독자문단'이었던 셈이다.

---

38 『동아일보』는 사설 「제사문제를 재론하노라」(1920.9.25)가 일본 황실의 상징인 3종 신기를 모독하였다는 이유로 무기정간처분을 받는다. 정간 해제는 1921년 1월 10일에 이루어지지만 자금난과 제반 준비로 인해 2월 21일에야 속간호를 발행할 수 있었다. 이와 관련한 상세한 사항은 『동아일보사사』 권1, 149~162쪽 참조.

2. 현상문예제도와 독자 참여 제도의 정착

1) '동아일보 발행 일천호 기념 현상'의 시행 배경

본 절에서는 『동아일보』가 기존의 독자투고 대신에 현상문예를 시행한 목적에 대해 고찰하고자 한다. 아울러 『동아일보』가 대대적인 현상문예를 시행할 수 있었던 배경과 현상문예 시행 이후 어떤 결과를 초래했는지에 대해서도 밝히고자 한다. 이러한 작업은 1920년대 독자들의 문예장르 인식 및 수준을 보여줄 뿐만 아니라 신문의 문예면 형성 과정과도 밀접한 연관이 있다는 점에서 중요한 의미가 있다. 이 목적을 달성하기 위해서는 본격적인 논의에 앞서 당시의 매체지형을 먼저 검토해야 한다.

1910년대 식민지 조선의 유일한 한글 신문매체는 『매일신보』였다. 이후 1919년 3·1운동을 계기로 일제는 문화통치로 통치방법을 전환한다. 이에 따라 『동아일보』, 『조선일보』, 『시사신문』 등의 민간지들이 창간될 수 있었다. 바로 이 시기부터 신문사들은 신문 경영을 위해서 독자들을 유인하기 위한 경쟁을 치열하게 전개하게 된다.

『시사신문』은 원래 1910년 1월 1일에 민원식이 발간한 친일신문으로 민족의 지탄을 받다가, 100호를 발행하고 재정난으로 폐간됐던 것을 1920년 4월 1일 다시 발행한 신문이다. 이 신문은 당시 총독부 기관지인 『매일신보』보다 더 강한 친일논조를 폈다. 한일 양 민족의 공존공영을 기하고 신일본주의를 주창한 민원식이 1921년 2월 16일, 일본제국의회에 참정권 청원운동을 위해 동경에 건너갔다가 유학생 양근환梁槿煥에게 사살되었다. 민원식이 죽은 후 『시사신문』은 폐간을 맞게 된다.[39] 『시사신문』은 발행 기간이 1년 정도로 짧았으며 대중에 대한 영향력도 크지 않았다.

『조선일보』는 1920년 3월 6일 창간 이후 1924년 10월 신석우申錫雨에게 판권이 넘어가기까지 대정실업친목회大正實業親睦會라는 친일단체의 소유로 되어 있었다. 비록 가끔씩 과격한 논조를 전개하여 총독부로부터 압수, 정간 등의 조치를 받긴 하였으나 민족지로서 인정받지 못하였기 때문에 발행부수도 적었고, 일반에 대한 영향력도 작았다. 즉 1924년 10월 이른바 '혁신' 이전의 『조선일보』는 '문화운동'의 중심적 역할을 수행하지 못했던 것이다.[40]

이들 신문과 달리 『동아일보』는 당시 문화운동의 선전기관으로 중심적인 역할을 하였다.[41] 신문의 영향력을 가늠할 수 있는 신문의 발행부수만 하더라도 『동아일보』는 창간 당시 10,000부를 발행했고, 1924년 20,000부를 발행하였다. 그리고 1928년에는 40,868부를 발행하는데 이때 『매일신보』의 발행부수는 23,946부에 불과하였다.[42] 단순히 말생부수만을 놓고 볼 때 1920년대 후반은 『동아일보』가 『매일신보』를 추월하였다고 평가할 수 있다. 따라서 1920년대 중반까지 『동아일보』의 유일한 경쟁매체는 『매일신보』였다고 볼 수 있다.

---

39 한원영, 『한국신문 한세기(근대편)』, 푸른사상, 2004, 105~106·604~607쪽 참조. 『시사신문』이 폐간된 후 『시대일보』가 등장하였다. 『시대일보』는 1924년 3월 31일 창간되어 후에 『중외일보』, 『중앙일보』, 『조선중앙일보』로 제호와 판권이 바뀌면서 발행을 계속하였다.

40 박찬승, 『한국근대 정치사상사 연구』, 역사비평사, 1992, 167~233쪽; 최준, 『한국신문사』, 일조각, 1990, 184~188쪽; 한원영, 『한국신문 한세기(근대편)』, 푸른사상, 2004, 335~348·604~607쪽 참조. 『동아일보』의 창간에 관여한 진학문(「나의 문화사적 교류기」, 『순성 진학문 추모문집』, 1975, 76~77쪽)은 『시사신문』은 내지연장주의, 『조선일보』는 자치주의, 『동아일보』는 민족주의 세력에게 창간이 허락된 것이었다고 주장하였다.

41 한원영(『한국 신문 한 세기』, 푸른사상, 2004, 104쪽)은 "1920년 1월 14일에는 주식회사 동아일보의 발기인 총회가 열리고 말일 경에는 사시(社是)로 1. 조선민족의 표현기관으로 자임하노라. 2. 민주주의를 지지하노라. 3. 문화주의를 제창하노라란 삼대주지가 결정되었다"며 『동아일보』가 창간되기 전부터 삼대주지가 결정되었음을 밝혔다. 『동아일보』가 문화주의를 추구하였다는 점은 창간호 사설 「主旨를 宣明하노라」에서도 드러난다.

42 김영희, 「일제 지배시기 한국인의 신문접촉 경향」, 『한국언론학보』 46(1), 2001, 56~57쪽 참조.

『매일신보』는 『동아일보』보다 앞서 현상문예를 시행하였다. 1910년 12월 13일 "신시현상모집"은 한시를 대상으로 한 최초의 현상문예로, 갑은 50전, 을은 30전의 현상금을 걸었다. 1912년 2월 9일에는 "현상모집"이라는 제목으로 '각지기문各地奇聞', '속요俗謠', '시', '소화笑話', '단편소설', '서정서사敍情敍事' 등의 6개 모집분야로 확대하여 현상문예를 시행하였다. 해당 현상모집의 상품은 6개월분 신문구독권이었다. 이러한 현상문예는 독자들의 호응을 얻어 크게 성공하였으며, 1916년 12월 1일에는 '단편소설', '논문', '신조가사新調歌詞' 등 3개 분야의 "신년문예모집"을 시행한다. 상금은 인상되어 단편소설은 3원, 논문은 1원 50전, 신조가사는 2원이었다. 그리고 1919년에는 "현상소설모집"과 "소품문예현상모집"에 이어 "신춘현상모집"으로 이어진다. 1920년대가 되면 "신년 문예모집"이라는 제목으로 문예물을 모집한다. 1920년 소설 부문의 1등 상금은 10원이었으며, 1921년과 1922년에는 소설 부문이 모집 내역에서 제외되었다. 모집공고의 제목이 "신년 현상모집"으로 바뀌고, 모집분야도 변동이 많았지만 계속해서 현상문예를 시행함으로써 독자들의 문예물을 모집한 사실에는 변함이 없다.[43] 이렇듯 『동아일보』가 현상문예를 시행할 수밖에 없었던 배경에는 『매일신보』와의 독자 유치 경쟁이라는 외적 요인이 큰 작용을 하였다.

『동아일보』는 1923년 5월 25일, 발행 일천호를 맞게 된다. 신문사는 문화의 정도가 저졸低拙하고 언론의 발달이 지둔遲鈍한 우리사회에 있어 위관偉觀이며 기적奇蹟이라며 발행 일천호의 의미를 자평한다. 이어서 동

---

43 김석봉, 『매일신보』의 「신년 현상 문예 모집」 양상 연구」, 『한국현대문학연구』 48, 2016, 270~278 쪽 참조.

아일보가 조선민족의 충복忠僕으로 자임하고, 신문화 건설의 노역자로 자처하여 관권의 박해를 피해 민중과 함께 분투했음을 강조한다. 그리고 앞으로 교육과 산업에 전력을 다해 멀지 않아 등장할 신세력에 접응하게 할 것이라며 신문사의 사명을 선전하였다.[44] 신문사는 『동아일보』 발행 일천호를 기념하기 위해 신문 독자들에게 지면을 제공하겠다고 밝혔다. 그 방법은 '동아일보 발행 일천호 기념 현상'으로 실현되었다.

현상문예 후발주자였던 『동아일보』는 신문의 발행 일천호를 내세워 천 원이라는 막대한 현상금을 책정함으로써 상금경쟁력을 기반으로 『매일신보』를 추격하고자 한 것이다. 이에 따라 독자투고보다 물질적 보상이 더 큰 현상문예를 채택한 것으로 보인다. 그리고 현상금 액수만큼이나 모집분야도 확대하여 '현대인물투표', '현금정치의 엄정비판', '논문', '단편소설', '일막각본', '동화', '한시', '시조', '신시', '동요', '민회', '감상문', '지방전설', '향토자랑', '우리어머니', '가정개량' 등 16개 분야에 이르렀다.

『동아일보』가 이와 같이 대대적인 현상문예를 시행할 수 있었던 데에는 '경험의 축적'이라는 내적 요인도 작용하였다. 『동아일보』는 창간 이래로 독자투고나 각종 현상제도 등의 독자 참여 제도를 시행해 오면서 다양한 경험을 쌓았다. 창간해인 1920년 7월 25일에도 신문 발행 일백호를 기념하여 기념호를 발행하였다. 『동아일보』 지령 100호는 1920년 7월 11일이었다. 그러나 윤전인쇄기의 공사가 지연되는 바람에 7월 25일로 연기되었다.

---

44 「一千號紀念」, 『東亞日報』, 1923.5.25, 1면.

我 東亞日報가 朝鮮民族의 表現機關으로 自任하고 正論의 機關이 寂寞한 半島에 그 第一聲을 發하얏슴은 今年 四月 一日이라 爾來 幸히 江湖 同志의 深厚한 援贊으로 順調의 發展을 繼續하야 去十一日로써 號齡이 一百을 算하기에 至하얏도다 日刊新聞으로

一百號를 迎함은 비록 尋常의 事에 不過하다 할지나 初號부터 此에 拮据劻勵하든 我社의 同人은 忠心의 歡喜를 禁치 못하며 兼하야 本報에 對한 社會의 信任도 이미 確固하얏고 新聞經營의 諸般設備도 漸次로 完整하게 되얏슴으로 百號를 一紀元으로 通信機關을 더욱 擴張하며 紙面에

一大改新을 行할 計畫을 立하고 此機會에 聊히 自祝하는 意味로 百號 該當日에 一紀念號를 發行하야 現在 讀者 以外에도 廣汎히 此를 配布코자 하얏스나 設置中인 輪轉印刷機의 工事가 遲延되야 此의 運轉에 依치 아니하면 到底히 現在 配布 以上의 紙數를 刷出키 不能하며 又適히 京江沿岸의 稀有의 大水害를 見하야 殆히 全社를 擧하야 그 救護에 從事하기에 餘暇가 無하얏슴으로 此를 延期하야

輪轉機의 運轉을 開始하는 本月 二十五日에 一紀念號를 發行하겟기 此旨를 特히 讀者諸位에게 稟告함

記事改新과 紙面의 開放

今回 通信機關을 一層 擴張하야 迅速한 外報의 分量을 大히 增加하는 同時에 其他 記事도 淸新히 改善할 쑨 아니라 讀者와 協力하야 完全한 新聞을 造成하는 理想下에 紙面의 一部를 讀者의 利用에 提供코저 左開 數種의 新欄을 開設하고 來 二十五日의 記念號 紙上으로부터 實行코저 하오니 讀者諸位는 陸續投稿하시압

◇自由鍾欄 讀者諸君의 論評을 紹介하기 爲하야 設한 論壇인 바 비록 議論이라도 반드시 現在事實을 基礎로 한 實際問題됨을 要하며 文體는 簡潔通俗됨을 要하며 行數는 一行十四字計算으로 六十行以內에 限함

◇不平欄 讀者의 現下事物에 對하야 不平잇는 實例를 社會에 紹介코저 함이니 此는 議論에 涉함을 不許하며 其不平인 事實에 對하야 반다시 的確한 實例를 擧함에 止할 者로 하되 行數는 一行十四字計算으로 二十行 以內에 限함 此에 對하야는 可成該不平을 受하는 對方의 回答을 此에 並記함

◇質疑欄 法規上 疑問을 爲主하고 其他 事物上 疑問되는 事에 對하야 質疑를 行할 時는 各該 專門家의 解答을 求하야 此를 本紙에 紹介함

◇投稿規程 以上 三種의 原稿는 總히 簡潔平易한 文章을 使用하야 精楷로 記함을 要함 文意不分明及亂筆인 것은 沒書함 ▲總히 投稿表面에 『何原稿』라 朱書를 要함 ▲『不平』及『質疑』는 總히 葉書에 記함을 要함 ▲紙上匿名은 無妨하나 本社까지 氏名을 內報함을 要함 ▲投稿의 採否訂刪은 本社의 任意이오 投稿는 一切返還치 아니함

讀者에게 紙面 開放[45]

일백호 기념호는 '기사의 개신'과 '독자에게 지면 개방'을 특징으로 하는데, 독자들에게 지면을 개방한 대표적인 사례가 '자유종란', '불평란', '질의란' 등이다. 이때 신설된 기획란은 모두 독자투고 계열에 해당한다. 하지만 이때까지만 해도 본격적으로 문예물을 다루지는 못하였다. 독자들의 의견을 다양한 방법으로 청취하고, 이를 지면에 소개하는 수준에

---

45 1920년 7월 15일부터 24일까지 1면에 '百號 紀念號 發行'이라는 제목으로 사고(社告)를 게재하였다.

머물렀다. 신문사의 기념일을 자축하는 한편 광범위하게 신문을 배포하고자 하였다는 점으로 미루어 사세 확장을 위한 독자 유인책으로 시도된 것임을 알 수 있다.

이후 1922년 1월에는 한시漢詩를 현상 공모[46]한다. 한시 현상 공모가 있었던 1월 1일 7면에는 '샹타는일'이라는 제목으로 조선지도의 윤곽을 그려 놓고 그 안에 세 가지 이내의 물형으로 채워 달라는 내용으로 현상 모집[47]을 함께 진행하기도 하였다. 1월 27일과 28일에 각각 당선작을 발표하였는데, 1등은 없었으며 2등과 3등을 두 명씩으로 늘렸다. 신문사는 이러한 시도에 대해 "양력 정초에 문뎨를 발표하야 음력 정초에 답안을 발표함이 한 가지 흥미 잇는 일이오 다음에는 정초를 당하야 독자제씨에게 조선 디도로써 세배드리는 것도 의미 깁흔 일"[48]이라고 자평하였다. 신년을 맞이하여 현상제도를 시행함으로써 독자들의 관심을 환기하고자 한 의도에서 해당 기획들이 시행된 것으로 풀이된다. 모집 결과 응모 수가 7천여 장에 이른다고 발표한 것으로 보아 현상공모에 대한 독자들의

---

46 「懸賞漢詩募集 第一回」, 『東亞日報』, 1922.1.1, 1면. 제(題)는 매(梅)가 주어졌으며, 체(體)는 율시(律詩), 운(韻)은 제한하지 않았다. 투고 기한은 1월 15일까지로 '동아일보사 편집시단(編輯詩壇)'으로 송부할 것을 주문하였다. 고평은 경성의 각 대가에게 의뢰한다고 하였으며, 발표는 1월 27일, 갑 1인, 을 2인, 병 3인을 선정하여 시와 평을 아울러 신문 지면에 발표한다고 하였다. 그 외의 가작도 30편 내외를 발표한다고 하였다. 입상자에게 증정할 상품의 종류는 추후 발표한다고 하였으나 1월 5일 3면 사고(社告)에도 상품의 종류는 밝히지 않았다. 현상모집의 시행 날짜로 미루어 보아 신년을 맞이하여 한시 투고를 유도함으로써 독자들의 관심을 환기하기 위한 것으로 보인다. 하지만 당선작 발표 예정일인 1월 27일이 되어도 당선작은 발표되지 않았다.

47 一, 以上에 印出한 朝鮮地圖의 輪廓內에 무슨 物形을 만드러 채우시오 一, 物形은 엇더한 것이던지 無妨하나 兎와 虎는 此를 採用치 아니함 一, 物形은 아모조록 一種이 조흐나 三種까지는 無妨하며 形便에 依하야 濟州島의 地形은 此를 除外하야도 無妨함 一, 製圖는 彩色의 必要가 無함 一, 答案은 一月廿日까지 本社編輯局에 到着하도록 함을 要함 一, 同廿七日 本報로 成績을 發表함 一, 一二三等 一人을 選하되 一等은 賞金十圓, 二等은 同五圓, 三等은 同三圓.

48 「샹 타는 일」, 『東亞日報』, 1922.1.28, 3면.

참여도가 매우 높았음을 알 수 있다.

이처럼 『동아일보』는 신문사의 기념일이나 신년을 맞이해 기념호를 발행해 왔다. 기념호는 지면을 늘려 발행하였는데, 주로 독자들의 원고를 모집하여 실었다. 독자투고와 현상제도는 이러한 독자개방정책의 일환으로 시행되었던 것이다. 신문사는 이러한 독자 참여 제도를 시행하면서 일반 독자들의 글쓰기 욕구와 문학적 글쓰기의 잠재력을 확인하였고, 이러한 배경에서 '동아일보 발행 일천호 기념 현상'을 시행한 것으로 보인다.

2) '동아일보 발행 일천호 기념 현상'의 특질

지금까지 '동아일보 발행 일천호 기념 현상'의 시행 배경을 대외적인 측면과 대내적인 측면에서 알아보았다. 『동아일보』가 현상문예를 시행한 외적 요인으로는 『매일신보』와의 독사 유지 경쟁을 들었다. 현상문예 후발주자였던 『동아일보』가 막대한 현상금을 책정함으로써 상금경쟁력을 바탕으로 『매일신보』를 추격하고자 한 것으로 파악하였다. 그리고 내적 요인으로는 독자 참여 제도 시행의 경험 축적을 들었다. 『동아일보』가 그동안 시도했던 독자투고와 다양한 현상제도 등의 독자 참여 제도를 통해 해당 제도 시행의 자신감을 가진 것으로 본 것이다. 그리고 이러한 독자 참여 제도를 시행하면서 일반 독자들의 글쓰기 욕구와 문학적 글쓰기의 잠재력을 확인한 결과, 대대적으로 '동아일보 발행 일천호 기념 현상'을 시행한 것으로 정리하였다.

본 절에서는 현상문예의 특질을 제도적 측면과 내용적 측면에서 분석하고자 한다. 먼저 현상문예의 제도적 특질은 상금이라는 경제적 유인책이 수반되었다는 점이다. 특히 '동아일보 발행 일천호 기념 현상'은 천

원이라는 막대한 상금을 내걸어 독자들의 참여를 적극적으로 독려하였다. 또한 기존의 독자투고에 비해 모집 장르가 확대된 점도 중요한 특질이다. 전통적 분하 장르 외에 새로운 장르를 도입하여 16개 분야에 이르는 대규모의 현상문예를 시행하였다. 그리고 모집 부문별 원고의 분량도 기존의 독자투고에 비해 크게 늘었다. '독자문단'의 분량이 1행 14자 기준으로 50행 정도였음을 감안한다면 현상문예는 원고 분량이 3배 이상이나 증가하였다. 이밖에 각 모집 부문별로 세부조건을 제시하는 등 모집규정을 정비해 나갔다. 다음은 '동아일보 발행 일천호 기념 현상' 모집 공고문이다.

東亞日報一千號紀念

本月 二十五日은 本紙의 號齡이 一千號에 達함으로 一大紀念號를 發行하야 廣히 江湖에 配布할 터인대 此機會에 本報의 愛讀諸賢으로부터 左揭의 原稿와 投票를 募集하야 紀念號의 光彩를 添하고 兼하야 平素의 愛護를 謝하는 徵衷을 表코저 하오니 多數 投稿하야써 此擧를 盛케하소서

◇論文(一行二十字로 百行 以上 百五十行 以內 鮮漢文 交作) 題一 朝鮮人의 經濟的 活路, 題二 現下社會의 弊瘼, 題三 小作問題 解決策, 賞 甲(一題各一篇) 金十圓, 乙(一題各二篇) 東亞日報六個月分 購讀券, 筆者의 隨意로 三題 中 一題를 選擇하야도 조흐며 二題 或 三題에 全部 應募하야도 無妨함

◇短篇小說(一行二十字로 百二十行 內外 純朝鮮文) 時代는 現代 創作에 限함. 賞 甲(一篇) 金十五圓, 乙(二篇) 東亞日報六個月分 購讀券

◇一幕脚本(一行二十字로 百五十行 內外 純朝鮮文) 時代는 現代 創作에 限함. 賞 甲(一篇) 金十五圓, 乙(二篇) 東亞日報六個月分 購讀券

◇童話(一行二十字로 百五十行 內外 純朝鮮文) 賞 甲(二篇) 金十圓, 乙(三篇) 東亞日報五個月分 購讀芬

◇漢詩(題의 選擇은 自由 二題或三題의 應募도 無妨) 題一 初夏田舍(七律) 韻押陽, 題二 飛行機(五絶) 韻押支, 題三 物産獎勵(七古) 韻押東, 賞 甲(各題 一首) 金十圓 乙(各題 三首) 東亞日報六個月分 購讀芬 丙(各題 五首) 東亞日報三個月分 購讀芬

◇詩調(一人으로 數首의 應募도 無妨) 創作에 限함, 賞 甲(二首) 金十圓 乙(三首) 東亞日報五個月分 購讀芬

◇新詩(一人으로 數首의 應募도 無妨) 賞 甲(二人) 金十圓 乙(三人) 東亞日報五個月分 購讀芬

◇童謠(一人으로 數首의 應募도 無妨) 賞 甲(二人) 金十圓 乙(三人) 東亞日報五個月分 購讀芬

◇漫畵 (一人으로 數件의 應募도 無妨) 現代問題의 諷刺畵에 限함, 賞 甲(二件) 金六圓 乙(三件) 東亞日報四個月分 購讀芬

◇感想文(一行二十字로 五十行 以內) 文體는 隨意 創作에 限함, 賞 甲(一篇) 金十圓 乙(二篇) 東亞日報五個月分 購讀芬

◇地方傳說(一行二十字로 四十行 以內 純朝鮮文) 各地에 傳說이 잇을 것이올시다 例하면 鷄龍山에 關한 古來의 傳說이라든지 晉州 義娘岩의 傳說 等과 가튼 것으로 반드시 歷史的 根據가 업서도 無妨하며 從來 世間에 宣傳되지 안코 或 一郡이나 或 一村에서 傳來하든 것을 歡迎함 賞 本報에 揭載한 것 十篇에 限하야 各 東亞日報三個月分 購讀芬

◇鄕土자랑(一行二十字로 四十行 以內 純朝鮮文) 人文으로든지 地理로든지 過去 現在를 勿論하고 自己鄕土의 자랑거리를 記錄하야 世間에 廣佈되지

아니한 各地方의 特色을 紹介함(例하면 逸士의 遺事, 特産物의 紹介, 風景의 宣傳 等과 가튼 것으로 事實의 明確을 要함) 賞 本報에 揭載한 것 十篇에 限하야 各 東亞日報三個月分 購讀券

◇우리어머니(一行二十字로 三十行 以內 純朝鮮文) 何人이든지 自己 어머니에 對하야는 敬服하는 親愛의 念이 잇슬 것이올시다 子息의 눈에 보이는 自己 어머니를 記錄하야 新聞에 公表하는 것은 劬勞의 血誠을 報答하는 일도 될 것이올시다 賞 本報에 揭載한 것 十篇에 限하야 各 東亞日報三個月分 購讀券

◇家庭改良(一行二十字로 四十行 以內 純朝鮮文) 우리의 家庭生活에 무엇을 먼저 改良할 것인가 平素에 感觸된 바와 改良할 意見을 開陳하시오 賞 本報에 揭載한 것 十篇에 限하야 各 東亞日報三個月分 購讀券

現今政治의 嚴正批判

忌憚업는 意見開陳을 歡迎

現今의 政治에 對하야 吾人은 如何한 不平이 잇스며 現今의 政治에 對하야 如何한 弊瘼이 잇는가 小毫도 隱諱치 말고 的確한 事實에 根據하야 昭詳히 投稿하기를 希望함

題一 敎育에 對한 不平, 題二 地方行政에 對한 不平, 題三 稅務行政에 對한 不平, 題四 專賣에 對한 不平, 題五 獄監制度에 對한 不平, 題六 警察에 對한 不平, 題七 公金濫用의 實例, 題八 日鮮人 差別의 實例, 題九 人權蹂躪의 實例, 題十 官權濫用의 實例

右各題의 選擇은 自由이며 一人으로 數題의 應募도 無妨하되 모다 正確한 事實의 根據를 擧하여야 할지오 一行二十字로 五十行 以內, 純朝鮮文됨을 要함, 且紙上에 匿名을 希望하는 時는 別로히 變名을 記(本名과 住所는 無論 明

記함을 要함)할 時는 本社에서는 絶對로 秘密을 守함, 賞 各題 三篇式 選拔하

되 每篇에 東亞日報五個月分 購讀劵

　◆ 募集規程

　◆ 以上에 例記한 諸原稿는 一種마다 別紙에 記함을 要하며 封皮에는 반드

시 『東亞日報社 編輯局 懸賞係』라 明記함을 要함

　◆ 原稿는 總히 本月十八日까지 本社에 到着한 것에 限하야 審査에 附하며

審査는 各該 大家의 公平한 判定에 依賴함

　◆ 發表는 本月二十五日의 本報로부터 順次로 此를 行하며 應募한 原稿는

當選落選을 不拘하고 總히 返還치 아니함

　◆ 入賞되지 아니한 原稿이라도 審査의 結果 佳作으로 認한 것은 隨時하야

本報에 揭載함

　◆ 外에 現代人物投票의 大計劃이 有한 바 詳細는 明日에 發表함

　賞金一千圓의 大懸賞[49]

공고문에 따르면 신문의 호령이 1천호에 이른 것을 기념하기 위해 일

대一大 기념호를 발행할 것이라고 하였다. 실제로 신문의 호령 1천호인

1923년 5월 25일에는 12면을 발행하여 평소 4면 발행에 비해 지면을 크

게 확대하였다. 증면된 부분은 광고와 독자들의 원고로 채웠다. 현상문

예를 시행함으로써 '독자들의 원고로 기념호의 광채를 더하고 평소의 애

독을 사례하고자 한다'는 의도를 관철한 것이다.

　『동아일보』 발행 일천호 기념 현상공모의 경우, 모집 분야가 매우 광

---

49 「東亞日報一千號紀念」, 『東亞日報』, 1923.5.3, 3면 하단 · 5.4, 2면 좌측 상단 · 5.5, 3면 좌측
　　상단 · 5.7, 2면 좌측 상단 · 5.9, 3면 좌측 상단 · 5.14, 3면 하단 모집 공고.

범위한 것이 특징이다. '단편소설', '일막각본', '동화', '한시', '시조', '신시', '동요', '감상문' 등 문예물을 비롯하여 '현금정치의 엄정비판', '논문', '지방전설', '향토자랑', '우리어머니', '가정개량', '만화'에 이르기까지 다양한 영역을 다루었다. 이에 따라 각 모집 부문별로 세부적인 규정이 마련되었다.

문체의 경우 '한시'는 장르 특성상 당연히 한문체를 요구하였으며, '논문'은 '鮮漢文 交作'을 원칙으로 하였다. '일막각본', '동화', '지방전설', '향토자랑', '우리어머니', '가정개량' 등은 순조선문으로 투고해 줄 것을 명시하였다. 다른 장르는 문체 규정을 따로 제시하지 않았지만 대체로 순조선문으로 작성하였다. 이러한 문체 규정은 문예물의 문체는 조선문이라는 점을 공고히 하였다는 점에서 의미가 있다.

작품 분량도 크게 늘었다. 해당 현상은 1행 20자를 기준으로 '논문'은 100행 이상 150행 미만, '단편소설'은 120행, '일막각본'과 '동화'는 150행, '감상문' 50행, '지방전설', '향토자랑', '가정개량' 40행, '우리어머니' 30행이었다. 독자투고 계열의 '독자문단'이 1행 14자 50행으로 700자 이내였음을 감안한다면 원고 분량이 3배 이상 증가한 것이다. 원고 분량의 증가는 표현의 제약에서 벗어나게 했을 뿐만 아니라 산문 양식의 약진에도 큰 기여를 하게 된다.

모집 장르를 확대하고, 작품 분량을 늘린 것 외에도 모집 부문별 세부 규정을 제시하기도 하였다. '논문'과 '한시'는 세 가지 주제시제를 제시한 뒤, 필자가 임의로 세 가지 주제시제 중에서 한 가지를 고르거나 두 가지 혹은 세 주제시제에 모두 응모해도 무방하다고 하였다. '단편소설'과 '일막각본'은 시대적 배경을 현대로 설정해야 하며, 창작에 한정한다고 밝혔다. '시조'도 한 명이 몇 수를 응모해도 무방하며, 대신 창작에 한정한다고 밝혔다. '신시', '동요', '만화'도 한 명이 몇 수를 응모해도 무방하다고 하였다.

'지방전설', '향토자랑', '우리어머니', '가정개량'은 처음 선보이는 글쓰기 장르였다. 따라서 독자들의 이해를 돕기 위해 상세한 부연설명을 덧붙이기도 하였다. '지방전설'은 "각지에 전설이 잇을 것이올시다 예例하면 계룡산에 관한 고래의 전설이라든지 진주 의낭암의 전설 등과 가튼 것으로 반드시 역사적 근거가 업서도 무방하며 종래 세간에 선전되지 안코 혹 일군─郡이나 혹 일촌─村에서 전래하든 것을 환영"한다며 구체적인 사례를 제시하기도 하였다. '향토자랑'도 "인문人文으로든지 지리로든지 과거 현재를 물론하고 자기향토의 자랑거리를 기록하야 세간에 광포廣佈되지 아니한 각 지방의 특색을 소개함(예하면 일사逸士의 유사遺事, 특산물의 소개, 풍경의 선전 등과 가튼 것으로 사실의 명확을 요함)"이라며 부연하였다. '우리어머니'는 "하인何人이든지 자기 어머니에 대하야는 경복敬服하는 친애의 넘이 잇슬 것이올시다 자식의 눈에 보이는 자기 어머니를 기록하야 신문에 공표하는 것은 구로劬勞의 혈성血誠을 보답하는 일도 될 것이올시다"라며 취지를 밝혔다. 그리고 '가정개량'은 "우리의 가정생활에 무엇을 먼저 개량할 것인가 평소에 감촉된 바와 개량할 의견을 개진"해 달라며 해당 장르의 취지나 목적을 밝혀주었다.

모집 규정이 정비됨에 따라 공고문의 분량도 기존의 공고문과 비교했을 때 크게 늘었다. '동아일보 발행 일천호 기념 현상' 모집 공고문의 경우에는 한 지면의 1/4¹²단 중 3단을 차지할 정도였다. 현상문예와 더불어 '현대인물투표'⁵⁰도 함께 추진하였으나, 이는 경찰 당국의 간섭으로 중

지되었다.[51]

　해당 현상문예의 모집 공고가 처음 실린 날은 1923년 5월 3일이었으며, 현상문예의 원고 마감일은 5월 18일이었다. 유례가 없을 정도로 대규모 현상문예를 시행하면서 독자들에게는 불과 보름 정도의 시간만 준 셈이다. 『동아일보』는 이미 독자개방정책의 일환으로 독자투고 계열의 '독자문단'을 시행함으로써 독자들의 문예열을 확인하였다. 따라서 상금 경쟁력까지 갖춘 '현상문예'의 성공 역시 확신한 것으로 보인다. 실제로 작품의 창작과 투고에 이르는 시간적 여유가 없었음에도 불구하고 현상문예는 성공적이라 평가할 수 있다. 현상문예 당선작은 일천호 기념일인

50　「現代人物投票募集」, 『東亞日報』, 1923.5.4, 2면. "現代人物投票募集 / 五百名에게 賞品贈呈 / 現代의 人物로 가장 何人이 人望이 잇는가 一般讀者의 投票에 依하야 約 十人의 人望잇는 人物을 發見코저 此를 試驗하는 바이라 / ◆人物은 朝鮮人으로 現今 生存한 者에 限하며 國內國外에 在함을 不拘하되 다만 現在 監獄生活하는 人에 限하야는 事情에 依하야 投票를 採用치 아니함 / ◆投票의 濫發을 豫防키 爲하야 投票用紙는 本報에 印刷한 것을 使用함에 限하되 本社에 別로히 投票用紙를 製置하고 二錢郵票同封請求하는 人에게 一名一枚를 限하야 無料로 送呈함으로 地方에서는 數人이 合同하야 請求하시면 便利할 것이외다 / ◆投票는 本月十日부터 開始하야 十一日부터 本報에 其成績을 發表하고 六月二十日로써 終了함 / ◆賞品은 最高投票點數를 어든 人物을 投票한 人士中에 五百名을 抽籤으로 選拔하야 各東亞日報 一個月分購讀券을 贈呈함".

51　1923년 5월 11일 3면에는 「現代人物投票 大歡迎의 新試驗」이라는 제목으로 인물투표가 각 방면에서 환영받고 일반사회의 기대가 크다며 10일 정오까지 도착한 투표결과를 발표한다. 하지만 정작 해당 결과는 삭제된 채 게재된다. 이튿날 3면에는 「警察 當局의 干涉으로 人物投票는 斷然 中止」라는 기사가 실려 당시의 정황을 가늠할 수 있게 한다. "중지하기까지의 경과와 중지한 사정 / 상품의 덕당한 사용방법은 다시 발표 / 본사에서 창간일천호 긔념으로 현대인물투표를 모으기로 결뎡발표하야 세상의 렬々한 환영중에 작일 발행의 신문으로써 미리 발표한 바와 가치 뎨일회의 투표성적을 발표하얏는데 총독부에서는 이 투표뎜수의 발표가 치안에 방해된다는 리유로 발매를 금지하고 또 계속하야 투표성적을 발표하는 데는 일종의 제한을 부치겟다는 의견을 표시하얏는데 이제 작일에 발매를 금지한 리유의 내용과 이후의 투표발표에 제한을 부치는 그 내용은 발표할 수 업스나 하여간 투표의 발표에 당국자의 말대로 제한을 부처서는 투표의 공정을 일허버릴 쑨 아니라 당초에 세상에 약조한 것을 저바리게 되고 본래의 목덕에 위반이됨으로 본사에서는 독자제씨의게 대하야 깁히 미안하며 스々로 도라보아 쏘한 비상한 유감이지마는 할일업시 이 계획을 단연중지하기로 하엿스며 인물투표에 쓰고저하든 상품(오백 명에게 동아일보 한 달치 대금표를 드리는 것)은 별로히 덕당한 방법으로 쓰고저 연구중인즉 추후 다시 발표하기로 하고 이에 사실의 경과를 대강 긔록하야 세상의 량해를 엇고저 하노라".

5월 25일부터 31일까지 계속해서 연재하였으며, 일주일 동안 90편 이상의 작품이 발표되었다.[52] 당선작의 목록은 다음과 같다.

〈표 6〉『동아일보』 '발행 일천호 기념 현상' 당선작 목록(1923.5.25~31)

게재면	모집 부문	당선자	제목	수상	상금
5월 25일 1면	한시	吳時善	初夏田舍 七律押陽	상갑	10원
	한시	安載泰	初夏田舍 七律押陽	상을	6개월 구독권
	한시	金鳳洙	初夏田舍 七律押陽	상병	3개월 구독권
	한시	宋泰會	飛行機 五絶押支	상갑	10원
	한시	金鳳浩	飛行機 五絶押支	상을	6개월 구독권
	한시	李東圭	飛行機 五絶押支	상병	3개월 구독권
	한시	郭圭泰	物産獎勵 七古押東	상갑	10원
	한시	權重冕	物産獎勵 七古押東	상병	3개월 구독권
5월 25일 2면	만화	경성 樂天子	작작 짜내어라	상을	4개월 구독권
5월 25일 3면	동요	月洋 柳道順	봄[53]	상갑	10원
	동요	李軒求	별	상갑	10원
	동요	松岡生	수주머니	상을	5개월 구독권
5월 25일 4면	단편소설	金仁吉	비운	상갑	15원
	일막각본	印斗杓	무명(無明)	상을	6개월 구독권
	감상문	具天祐	적혼(赤魂)	상갑	10원
5월 25일 5면	논문	黃得三	현하 사회의 폐막	상을	6개월 구독권
	논문	金銖衡	조선인의 경제적 활로	상을	6개월 구독권
	논문	李鍾台	소작문제해결책	상을	6개월 구독권
	신시	소격동 朴勝萬	신(神)의 주(酒) / 봄비	상을	5개월 구독권
5월 25일 8면	정치비판 (교육)	이원 匿名生	講習會와 당국자의 랭담		5개월 구독권
	정치비판 (세무)	蛟龍子	貧에 愈酷 불공평한 처벌		5개월 구독권

---

52 1923년 5월 17일(목)까지 4면 발행체제였던 신문은 일천호 기념일을 즈음한 1923년 5월 18일(금)과 5월 22일(화)에는 8면으로 증면 발행한다. 그리고 일천호 기념호는 12면으로 증면하여 발행하였다. 증면된 지면에는 현상문예 당선작이 발표되었으며, 그밖에 신문 발행 일천호를 축하하는 축전과 광고가 실렸다.

게재면	모집 부문	당선자	제목	수상	상금
	정치비판 (전매)	마산 金國洪	屑草一掬 농우를 파라가		5개월 구독권
	정치비판 (감옥)	ㄱㄹ生	아 요시 긔괴한 진찰법		5개월 구독권
	정치비판 (지방행정)	동래 玄冲生	無桑養蠶 훌륭한 통계표		5개월 구독권
	민중불평 (인권유린)	평양 呼寃生	法대로나 하야 주엇스면		5개월 구독권
	민중불평 (일선인차별)	군산 一有志	最近의 例 긔부금의 차별		5개월 구독권
	민중불평 (관권남용)	수안 吳生	半價徵發 조고마한 전례		5개월 구독권
	민중불평 (공금남용)	경성 白衣人	中樞別院 매년삼십만원		5개월 구독권
5월 25일 9면	우리어머니	金相回	낙원, 천당		3개월 구독권
	우리어머니	朴碩觀	難忘할 臨終時		3개월 구독권
	가정개량	李龜永	근본관념		3개월 구독권
	가정개량	尹和善	먼저 축첩폐지		3개월 구독권
	향토자랑	신흥 李根栽	제2금강산		3개월 구독권
	향토자랑	강화도 金殷卿	나의 나은 곳		3개월 구독권
	지방전설	밀양 李圭翰	윤낭자		3개월 구독권
	지방전설	백마 鄭利善	홍방령소		3개월 구독권
5월 25일 12면	동화	ㅌㄹ生	귀먹은 집오리	상을	5개월 구독권
5월 26일 1면	한시	劉橝	비행기(飛行機)	상을	6개월 구독권
	한시	鄭亨斡	비행기(飛行機)	상병	3개월 구독권
	한시	宋泳權	비행기(飛行機)	상병	3개월 구독권
	한시	金榮淑	초하전사(初夏田舍)	상을	6개월 구독권
	한시	金炳翼	초하전사(初夏田舍)	상병	3개월 구독권
	한시	李馨雨	물산장려(物産獎勵)	상갑	10원
	한시	朴元	물산장려(物産獎勵)	상을	6개월 구독권
	한시	尹奎殷	물산장려(物産獎勵)	상병	3개월 구독권
	시조	鳴雪	들에 가자	상갑	10원
	시조	청춘 李傑笑	웃음	상갑	10원
	시조	天涯	꿈	상을	5개월 구독권

게재면	모집 부문	당선자	제목	수상	상금
	시조	咸元英	나의 소원	상을	5개월 구독권
	시조	崔曉星	저녁시내	상을	5개월 구독권
5월 26일 2면	만화	광주 尹相贊	이러케 빨리고야	상을	4개월 구독권
5월 26일 3면	논문	평양 李景俊	긴급한 사조의 대책	상을	6개월 구독권
	논문	원산 金基英	무성의, 무의기	상을	6개월 구독권
	단편소설	申必熙	사진	상을	6개월 구독권
	일막각본	秦宗爀	개혁	상을	6개월 구독권
5월 26일 4면	감상문	평양 尹善孃	뜬구름	상을	5개월 구독권
	신시	趙昌善	후회 / 당신의 늘 계신 곳은	상을	5개월 구독권
	가정개량	裵相哲	虛禮를 減廢하라		3개월 구독권
	가정개량	吳成完	食事는 如斯하게		3개월 구독권
	우리 어머니	幸福生	勤儉, 平和		3개월 구독권
	우리 어머니	李在明	母의 愛는 萬能		3개월 구독권
5월 26일 5면	향토자랑	강서 宋基杆	世界的珍寶		3개월 구독권
	향토자랑	온성 金甲	理想的 樂土		3개월 구독권
	지방전설	진주 洪鍾晢	鳴巖		3개월 구독권
	지방전설	경성 具然昶	곤당골		3개월 구독권
	신시	웅천 任炳奎	가을 / 마음	상을	5개월 구독권
	동요	동경 超公	누나	상을	5개월 구독권
	동요	웅천 임병규	나븨	상을	5개월 구독권
5월 26일 8면	동화	상희	길남이와 순녀	상갑	10원
	한시	金孝燦	초하전사(初夏田舍)	상을	6개월 구독권
	한시	金在華	초하전사(初夏田舍)	상병	3개월 구독권
5월 27일 1면	한시	韓泰奎	비행기(飛行機)	상병	3개월 구독권
	한시	朴羲健	비행기(飛行機)	상병	3개월 구독권
	한시	李東奎	물산장려(物産奬勵)	상을	6개월 구독권
	한시	趙旻濟	물산장려(物産奬勵)	상병	3개월 구독권
5월 27일 2면	만화	동경 金恩錫	제 분수에 맛도록	상을	4개월 구독권
5월 27일 4면	논문	宋在鵬	2원인과 7대책	상을	6개월 구독권
	신시	진천 金周經	사랑의 빗갈	상을	5개월 구독권

게재면	모집 부문	당선자	제목	수상	상금
5월 27일 5면	단편소설	李紅園	화(靴)	상을	6개월 구독권
	감상문	嗚雪	어머니를	상을	3개월 구독권
	동화	秦宗爀	의조흔 삼남매	상을	5개월 구독권
	동요	金承泳	오랑캐꽃	선외	
	시조	광주 朴世鎭	님	선외	
	시조	백천 李允榮	반만세(半萬歲)	선외	
5월 27일 8면	신시	劉月洋	고독	상을	5개월 구독권
	신시	함흥 都定浩	가을저녁	상을	5개월 구독권
5월 28일 1면	시조	백천 李允榮	산가마귀	선외	
	시조	一涯	무상	선외	
	시조	백천 李馬大	춘흥(春興)	선외	
	시조	동경 星園生	회인(懷人)	선외	
	시조	남원 金學瑾	추흥(秋興)	선외	
	시조	남원 鄭鎭浩	한무뢰(閑無賴)	선외	
5월 28일 4면	동화	崔昌順	배다른 형데	상을	5개월 구독권
5월 29일 1면	한시	崔雲鏞	초하전사(初夏田舍)	상병	3개월 구독권
	한시	金有敬	초하전사(初夏田舍)	상병	3개월 구독권
	한시	權羃剛	물산장려(物産獎勵)	상병	3개월 구독권
	한시	薪民	물산장려(物産獎勵)	상병	3개월 구독권
5월 31일 1면	한시	논산 李冤榮	초하전사(初夏田舍)	선외	
	한시	강서 金弘淵	초하전사(初夏田舍)	선외	
	한시	마산 文德淳	비행기(飛行機)	선외	
	한시	김제 金鳳璿	비행기(飛行機)	선외	
	한시	중화 金志鶴	물산장려(物産獎勵)	선외	

당선작을 놓고 봤을 때 산문의 약진이 두드러진다. 독자투고 계열인 '독자문단'의 경우 운문이 80%를 차지하고, 산문은 20%에 불과하였다. 하지만 현상문예의 경우 작품 분량의 확대가 이루어지며, 운문이 56%

---

53 『동아일보사사』, 권1 부록 479쪽 '현상신춘문예입선작일람'에는 동아일보 발행 일천호 기념 현상이 신춘문예와 함께 정리되어 있다. 유도순과 이헌구의 작품명이 바뀌어 표기되어 있으므로 이를 바로잡는다.

산문이 44%를 차지하였다. 이로써 운문과 산문의 비율이 어느 정도 균형을 맞추는 쪽으로 변화되고 있음을 확인할 수 있다.

모집 부문별로 독자들의 응모 수가 얼마나 되었는지는 확인할 수 없다. 하지만 당선작을 기준으로 할 때, 모집 공고문에서 밝힌 것과 달리 당선 계획에 도달하지 못한 장르는 확인할 수 있다. '논문', '만화', '신시', '동화', '일막각본', '지방전설', '향토자랑', '우리어머니', '가정개량' 등이 그 사례이다.

모집 공고에서 밝힌 것과 달리 실제 당선작이 적은 것을 두고 "이 현상 공모의 내역 이면에는 주최 측의 알팍한 상업적 의도가 발견된다"[54]는 지적이 있다. 전체 포상 규모를 1천 원이라 대대적으로 선전했지만, 실상은 각 분야 응모자 가운데 1등 당선자들에게 지급되는 상금은 총액 106원에 불과하였다는 것이다. "100원 남짓의 실 시출을 통해 1,000원 규모의 행사를 주관하였다는 광고 효과를 거두었으며 뿐만 아니라 이 행사를 통해 새로운 독자층을 창조하는 부수적인 효과까지 거둔 것"[55]으로 보고, 해당 현상 공모를 '면밀하게 계산된 상업적 구상'의 일환이나 '이벤트성 행사'로 평가한 것이다.

하지만 당선작 목록을 근거로 삼아 당선 결과에 따른 현상금 액수를 계산한 결과, 상금은 106원이 아니라 115원이었다. 여기에 상품으로 지급된 신문구독권[56]만 하더라도 300원이 넘는다. 게다가 해당 현상 공모

---

54 김석봉, 「식민지 시기 『동아일보』 문인 재생산 구조에 관한 연구」, 『민족문학사연구』 32권, 2006, 164쪽 참조.

55 위의 글, 164쪽 참조.

56 1923년 5월 기준으로 『동아일보』의 신문정가는 1매에 4전, 1개월 구독에 80전(郵稅 포함 95전), 3개월 구독은 2원 75전, 6개월 구독은 5원 45전, 1년 구독은 10원 90전이었다. 이를 바탕으로 신문구독권 액수를 계산하면 300원이 넘는다.

와 더불어 시행하고자 했던 '현대인물투표'의 상품이 오백 명에게 『동아
일보』한 달 치 대금표를 주는 것[57]이었으므로 이를 계산하면 500원 정
도가 된다. 이렇게 본다면 애초 제시했던 금액에서 100원 정도가 비는
셈인데, 이조차도 '각본현상모집'[58]을 추가로 시행함으로써 애초 제시했
던 상금을 전부 지출하기 위해 노력하였다.[59] 각본현상의 총 상금이 100
원이었으므로 이를 종합하면 처음 제시했던 금액인 1,000원을 모두 채
운 셈이 된다.

'현대인물투표'는 경찰 당국의 간섭으로 중지된 것이다. 따라서 이를
두고 신문사의 상업적 의도가 개입된 것으로 해석하기에는 무리가 따른
다. 그리고 '단편소설', '감상문', '시조', '동요'는 공고에서 밝힌 대로 선
발하였으며, 한시는 오히려 예정보다 당선작을 초과하여 선발하기도 하
였다.[60] 이러한 불균형은 당시 독자들의 장르 인식 및 수준에 기인하는
것으로 보는 것이 타당할 것이다. 전통적인 문예양식에 비해 새롭게 시

---

57 「警察 當局의 干涉으로 人物投票는 斷然 中止」, 『東亞日報』, 1923.5.12, 3면.
58 「脚本懸賞募集」, 『東亞日報』, 1923.6.5, 3면. "曩者 本紙 一千號 紀念으로 一千圓을 提供하야
原稿及人物投票의 懸賞募集을 行한 바 人物投票는 警察官憲의 干涉으로 中止하고 其他 原稿의 入賞도
豫定 數에 達치 못하얏슴으로 豫定한 賞金을 全部 意義잇게 使用하고저 更히 考慮中이든바 適히 朝鮮
物産獎勵會에서 事業遂行의 一助로 脚本募集의 計劃을 發表하얏슴으로 本社에서 該會에 代하
야 前記 賞金 殘額中의 一部를 提供하야 左記要領으로 此를 募集코져 함 / 募集要領 一, 幕數는
一幕, 物産獎勵에 關한 材料로 時代는 現代創作에 限함 / 一, 行數는 上演 時間 約 三十分될 것을
要함 / 一, 原稿提出期限은 六月 三十日까지, 審査結果는 七月 十一日 東亞日報에 發表함 / 一,
當選脚本의 興行權은 東亞日報社의 名義로 朝鮮物産獎勵會에 寄付하고 出版權은 作者의 所有
로 함(但 東亞日報社는 當選 脚本의 全部 或 一部의 內容을 隨意로 紙面에 發表함을 得함) / 一,
當選作品의 賞金은 一等 一人 金 五拾圓, 二等 一人 金 參拾圓, 三等 一人 金 貳拾圓 / 一, 審査는
專門家 數人의게 依賴함 / 一, 應募原稿는 總히 京城府 西大門町二丁目七 番地 朝鮮物産獎勵會
로 送附함을 要함 / 東亞日報社"(강조는 인용자)
59 해당 현상모집의 수상작은 진종혁(秦宗爀)의 「시드러가는 무궁화」였다. '물산장려각본'의 당
선작은 이 밖에도 이걸소(李傑笑)의 「한배님의 눈물」, 신필희의 「안수정등(岸樹井藤)」, 인두표
(印斗杓)의 「유부(幽府)」 등이 있다.
60 한시의 경우 '비행기'와 '물산장려'에서 을(乙) 수상작이 1편씩 미달했지만, '물산장려' 갑(甲)
은 오히려 계획보다 1편 더 당선시켰다. 한시의 선자(選者)는 茂亭 정만조(鄭萬朝)였다.

도된 장르에서 당선작이 미달된 경우가 많았기 때문이다. 특히 '한시'는 다른 장르와 달리 각 시제별로 선외작까지 발표하였다. 모집 규정에 "入賞되지 아니한 原稿이라도 審査의 結果 佳作으로 認한 것은 隨時하야 本報에 揭載"한다고 한 점으로 미루어 '한시'는 응모작의 상당수가 일정 수준에 도달했음을 알 수 있다. 시조 역시 선외작을 지면에 게재하였다. 전통적인 운문 양식은 당시 독자들에게 익숙한 장르였음을 시사한다. 한시와 시조는 신문 1면에 당선작을 게재하였는데, 이는 예상독자층을 고려한 지면 배치의 결과로 보인다. 같은 운문이지만 신시新詩는 한시나 시조와 발표지면이 달랐기 때문이다.

『동아일보』가 전개한 현상모집은 모집 부문별로 주제를 명시한 점이 특징적이다. 특히 총독부 정책에 대한 노골적인 비판은 『매일신보』와 변별되는 지점이기도 하였다. 그 대표적인 장르가 '현금정치의 엄정비판', '논문', '만화'였다. 이들 장르의 당선작 미달은 이러한 주제의식과도 관련이 깊다.

'현금정치의 엄정비판'은 교육, 지방행정, 세무행정, 전매 제도, 감옥 제도, 경찰에 대한 불평과 공금남용, 일선인日鮮人 차별, 인권유린, 관권官權 남용의 실례를 정확한 사실에 근거해 응모해 달라고 요구하였다. 사실상 총독부 정책에 대한 비판이 주된 내용이므로 신문사는 투고자의 신변보호를 위해 익명으로 투고하는 것도 허용하였다.

이원의 익명생은 강습회 운영과 관련한 당국자의 무관심을 비판하였다. 강습회를 위한 별도의 장소를 마련하지 못해 교회당을 빌려 쓰는데, 찬 바닥에 그냥 앉아서 공부해야 하고, 한 교실에 등이 두 개밖에 없어 어둡고, 분필도 부족하다며 여자야학강습회의 열악한 운영 실태를 고발하였다. 이러한 문제를 해결하여 조선의 복리를 증진하기 위해서는 총독부가 나서서 강습회에서 사용할 적당한 교과서를 편찬하고, 지방비로 강습회 운영을 보조하고, 관청에서도 나서서 원조해야 한다고 주장하였다.[61]

세무행정은 전남 모군某郡의 재무과가 주세령을 근거로 인민에게 벌금을 처분한 사례를 들어 비판의식을 드러냈다. 작년 음력 정월에 무면허 제조자와 종류 위반에 대해 조사를 벌인 결과, 종류위반자는 30여 호의 부자계급이었으며, 무면허 발현자 50여 호는 빈민계급이었다. 당국은 빈민계급의 선처 요구에도 불구하고 단호하게 벌금처분을 내려 벌금을 납입하지 못한 자는 검사국에 호송하여 가옥, 선산, 농우農牛를 팔아 가련아를 만들어 버렸다고 비판하였다. 반면에 종류위반의 부호 30여 호는 이종 면허를 줘 원만히 해결함으로써 빈민에게는 은의를 주지 않고 자산가에게만 후함은 정치의 공평을 잃은 것이라 지적하였다.[62]

전매제도는 마산의 한 농가에서 있었던 일을 소개하며 문제를 고발하였다. 사연인즉 그 친족은 두 머슴을 두고 매년 80전 씩 세금을 내면서 30평 면적에 잎담배를 재배한다고 한다. 어느 날 이웃 노파가 담배를 청해 한 되 가량의 부스러기 담배를 주었는데, 그것이 전매국 관리에게 발각되어 군청으로부터 10원의 과료금과 13전의 서류 송달비를 일주일 내로 내라는 통고서를 받았다고 한다. 그 어른은 농우를 팔아 과료금을 내고 담배농사는 그만 두려고 그해 3월 상순에 허가취소신청서를 군청에 제출했더니 군청에서는 그 해 세금 80전을 또 납부하라고 한 것이다. 아무리 엄정한 법령이라도 한 되 가량의 부스러기 담배를 주었다고 과료금

61 利原 匿名生, 「講習會와 당국자의 랭담」, 『東亞日報』, 1923.5.25, 8면.
62 蛟龍子, 「貧에 愈酷 불공평한 처벌」, 『東亞日報』, 1923.5.25, 8면.

174   『동아일보』의 독자참여제도와 문예면의 정착

처분을 내린 것은 부당하다고 비판하고, 백성을 살펴 관대하게 처분해야 함을 주장하였다.[63]

감옥 제도의 불평에서는 현행 감옥 제도의 문제점 세 가지를 다루었다. 첫째, 식료의 위생 상태이다. 썩은 조와 콩을 익히지도 않은 채 쉬게 해서 먹이는 문제를 지적하였다. 둘째, 감옥의사의 불친절함이다. 감옥에서 유일한 진찰방법은 입을 벌리라는 말로 "아", "요시" 이 두 가지밖에 없다. 병의 종류도 하나 둘이 아닌데 아무리 중한 병이라도 이 외에는 다른 수단이 없다. 그러한 진단이나마 거의 다 죽게 되지 않으면 받아 볼 수도 없다. 의사는 병자수인을 대할 때 눈을 부릅뜨고 명령하며 꾸짖어 다시는 진단을 못하게 한다. 셋째, 감옥 관리의 무리한 행동이다. 관리들은 수인에게 아무런 과실이 없는데도 괜히 생트집을 잡아 발길로 군도로 망치로 함부로 팬다. 수인의 생명과 신체가 법에 있는 게 아니라 흰깃 긴수의 손에 달린 것이다. 감옥도 법이 있는 이상 그 법에 의해 처리해야 함을 주장하였다.[64]

지방행정의 비판에서는 양잠장려사업과 관련한 지방행정당국의 문제점을 지적하였다. 각 군청에서는 잠종지를 수산장 졸업생에 한정하여 제조 및 판매하게 하되 군청이 중간에서 각 면에 배부한다. 군에서는 별도의 의견수렴 과정 없이 배부하는 탓에 결국은 이장이 소용 외의 잠종지를 감당하거나 혹은 억지로 촌민에게 나눠주게 된다. 그러면 촌민들은 누에를 기르다 뽕잎 부족으로 누에를 버리게 된다. 군에서는 잠종지의 수, 양잠호수 등 엄청난 통계를 꾸미고 가을에는 성화같이 잠종지대금을

---

63 馬山 金國洪, 屑草一掬 농우를 파라가, 『東亞日報』, 1923.5.25, 8면.
64 ㄱㄹ生, 「『아』『요시』 괴괴한 진찰법」, 『東亞日報』, 1923.5.25, 8면.

받는다. 이런 억울한 행정으로 벌어들인 돈은 소수의 수산생에게 돌아간다. 당국자들이 내막은 알려고 하지 않고 책상 위에서만 행정을 하는 탓에 이러한 일이 벌어짐을 비판하고 있다.[65]

'현금정치의 비판'은 '民衆不平의 四大標的'이라는 부제로 인권유린, 일선인 차별, 관권남용, 공급남용 등에 대해 언급하였다. 먼저 인권유린은 일본 경찰들의 인권유린 실태를 직접 묘사함으로써 비판의식을 드러냈다. 조선의복을 입은 일본 경관 5명이 한밤중에 들이닥쳐 온 식구를 모아놓고 권총으로 위협한 사건을 다루었다. 이들 경관들은 나, 어머니, 손님으로 온 부인을 밤새 때리다가 날이 밝으니 이번엔 용서해준다며 나갔다고 한다. 심문할 것이 없으니 분풀이로 죽지 않을 정도로 난타한 것이다. 투고자는 늙은 어머니가 전신이 핏빛이 되었으며, 조모는 일주일이나 치료를 받았다며, 경찰 당국자에게 법대로 처리해 줄 것을 요구하였다.[66]

일선인 차별 문제는 군산에서 있었던 교육비 지원문제를 다루었다. 궁관정일宮館貞一이 군산부윤으로 있던 작년 8월의 일이다. 부협의원회에서는 군산 미곡시장의 연매매에 대해 세금을 부과하여 학교비에 쓰자고 제의하였다. 그 결과 군산 미곡상조합에서는 해마다 5천 원을 군산의 교육비로 내기로 하였다. 그런데 부협의원 이중기가 이 돈을 일선인교육비에 반분하야 쓰는 것이 합당하다고 주장하니 적어도 2,500원은 조선인 교육비로 줄 줄 알았다. 하지만 금년 3월 궁관정일 씨가 평양부윤으로 전임하고 현 부윤인 국종 씨가 도임하자 이 5천 원을 전부 일본인 학교조합 예산에 편입하였다. 기부자인 미곡상조합에서 일본인 학교에 써 달라

---

65 東萊 玄冲生, 「無桑養蠶 훌륭한 통계표」, 『東亞日報』, 1923.5.25, 8면.
66 平壤 呼寃生, 「法대로나 하야 주엇스면」, 『東亞日報』, 1923.5.25, 8면.

고 지정기부를 하여 조선 보통학교에 못 쓴다는 것이다. 이 말을 들은 부협의원 김홍두가 미곡상조합의 기부원서 존안을 조사하여 지정기부가 아님을 밝히니 그제야 부윤은 적당한 처분을 하겠다고 하였다. 그러나 결국 부윤은 보통학교에 1,500원, 학교 조합에 3,500원을 분배하였다. 조선과 일본에 대한 기부금 차별을 구체적인 사례로 입증한 것이다.[67]

관권남용은 관공서에 제공되는 땔나무와 관련된 문제를 고발하였다. 황해도 수안군의 경찰관 주재소에는 일본인 수석순사와 조선인 순사 두 명이 있다. 그 주재소에서는 일 년 동안 때는 나무를 그 면의 가가호호마다 대도록 한다. 보통 50전짜리 나무를 주재소에 한하여 반액 25전씩 대도록 한다. 자기 집에 나무가 없으면 다른 집 나무를 50전에 사서 25전에 주재소에 주는 것이다. 이 일을 상부에 진정하려고 했으나 추후 주재소에서 일을 일으킬까 봐 그만두었다고 한다.[68]

끝으로 공금남용은 조선보병대 병사와 장교에게 지급되는 경비를 문제 삼았다. 경성 광화문 북쪽에는 조선보병대朝鮮步兵隊가 남쪽에는 군사령부 부속 청사가 있다. 창덕궁 경위 외에 아무 소용도 없는 150명의 병정과 20명의 장교를 위해 조선인의 세금으로 매년 경비 27만 원을 부담하고 있다. 이는 조선인 장교도 이런 대우를 한다고 광고하는 목적 외에는 아무 의미가 없다. 일본 육군도 군비축소니 경비절약이니 난리인데 쓸데없이 청사를 건축하고 성대하게 낙성연까지 벌인 것은 잘못된 일이며, 이에 들어간 경비 전액이 공금남용이라 비판하였다.[69]

---

67 群山 一有志, 「最近의 例 긔부금의 차별」, 『東亞日報』, 1923.5.25, 8면.
68 遂安 吳生, 「半價徵發 조고마한 전례」, 『東亞日報』, 1923.5.25, 8면.
69 京城 白衣人, 「中樞別院 매년삼십만원」, 『東亞日報』, 1923.5.25, 8면.

이처럼 '현금정치의 엄정비판'은 독자들의 투고를 빌려 교육, 지방행정, 세무행정, 전매 제도, 감옥 제도, 경찰 등의 문제점을 드러내고, 정책당국의 조치를 촉구하였다. 그리고 공금남용, 일선인日鮮人 차별, 인권유린, 관권官權남용 등은 실제 사례를 제시함으로써 총독부에 대한 비판의식을 더욱 강화하였다. 함경남도 이원군에서부터 전남, 마산, 동래, 평양, 군산, 황해도 수안군, 경성에 이르기까지 조선 전역에서 실제 벌어진 사건을 환기함으로써 이들의 주장에 대한 설득력을 높일 수 있었다. 이러한 지적이 총독부 정책에 미친 영향은 차치하고서라도 신문사는 독자들에게 선명한 메시지를 전달하였다고 볼 수 있다. 『동아일보』가 민중의 표현기관[70]이라는 인식을 심어준 것이다. 총독부 정책에 대한 비판의 날을 세움으로써 신문사의 선명성을 드러내고, 독자들의 호응을 직접 유도하는 독자전략을 취한 것이다. 해당 기획은 이러한 신문사의 입장에 공감한 독자들이 글을 투고함으로써 신문사의 메시지에 화답한 것이라고 평가할 수 있다.

'현금정치의 엄정비판'에 이어 '논문'도 사회 문제를 직접 다루었다. 논문은 '조선인의 경제적 활로', '현하現下 사회의 폐막弊瘼', '소작문제 해결책' 등을 주제로 정치 분야가 아닌 경제 문제에 집중하였다. 이들 주제는 공통적으로 경제에 대한 전문성을 요구하였다. 이러한 전문성으로 말미암아 투고 대상층이 지식인으로 한정될 가능성이 높다. 그리고 이들

---

70 1921년 당시 동아일보 사장이었던 송진우는 민중의 표현기관으로 본보가 탄생하였다며, 『동아일보』가 13도를 망라한 이천만 민중의 공론공의를 표현하는 기관이라고 밝혔다.(社長 宋鎭禹, 「本報의 過去를 論하야 讀者諸氏의게 一言을 寄하노라」, 『東亞日報』, 1921.10.15, 1면 사설) 이후 신문사 창간 2주년 때도 『동아일보』가 민중의 표현기관임을 계속해서 강조한다. 현실 조선 민족의 의사를 표현함은 물론 조선민중의 향상과 발달을 위해 마땅히 의사할 바를 표현하는 것이 임무라고 사명을 밝힌 것이다(「創刊 二週年에 當하야」, 『東亞日報』, 1922.4.1, 1면, 사설).

178   『동아일보』의 독자참여제도와 문예면의 정착

주제는 총독부 정책에 대한 비판의식이 전제되어야 하는 탓에 검열에 대한 고려도 더욱 강화될 수 있다. 이러한 상황을 감안한다면 실제 당선작이 적었던 이유에 대한 단서를 찾을 수 있다.

김수형[71]은 불과 십 년 만에 조선 토지의 삼분의 일 이상이 남의 소유가 되고 우리 기업이 소실된 원인으로 나태함을 들었다. 그는 우리가 인내심과 의지가 없어 단결하지 못하였다며 의식의 불철저함과 교육의 부재 등을 지적하였다. 그는 당장 경제전선에 총동원을 하자며 세 가지 제안을 하였다. 첫째, 우리의 생활근본인 토지가옥을 놓지 말자. 둘째, 국민개병주의를 국민개노동주의로 하여 내 힘으로 내가 먹도록 하자. 셋째, 조선인이라는 의식을 철저히 하여 상부상조, 일치단결하자. 결국 그는 우리가 각성하고 일치단결하면 우리 이권을 보호할 정치적 자유를 얻을 수 있을 것이라고 전망한 것이다.

이경준[72]은 구주대전 이후 세계적 문제는 경제문제라며 조선이 해결해야 할 과제로 토지생산력의 증진, 노동량의 증가, 자본력의 증진, 기업력의 증진, 물산장려, 보호무역주의 등을 제안하였다. 송재붕[73]은 조선경제를 발흥하기 위한 방안으로 직업의 확대, 토지 소유, 물산장려와 소비 절약, 부녀 해방, 실업발달, 소작문제해결, 농촌은행 설립, 소비·구매

---

71 金鉄衡, 「朝鮮人의 經濟的 活路」, 『東亞日報』, 1923.5.25, 5면.
72 李景俊, 「緊急한 四條의 對策」, 『東亞日報』, 1923.5.26, 3면. 그는 토지생산력을 증진하는 방안으로 토지를 개척해서 경작지 면적을 확장하고, 윤환재배와 휴작법 등 근대농법을 도입해야 한다고 주장하였다. 노동량의 증가는 교육 및 종교발달로 개인의 지덕을 계발하여 노동의 실질을 개선해야 함을 주장하였다. 그리고 위생발달로 위험을 예방하고, 분업발달을 시도해야 한다고 하였다. 자본력을 증진하기 위해서는 소비를 절검하고 저축을 장려해야 한다고 하였다. 이어서 조선기업은 농업에 국한되어 있음을 지적하고, 경제기초를 공고하게 하려면 상공업을 육성해야 하나, 조선은 가내공업과 중개상업에 불과하므로 기업의 합동이 필요하다고 역설하였다. 이밖에 물산장려와 보호무역주의 등을 제안하였다.
73 宋在鵬, 「二原因과 七對策」, 『東亞日報』, 1923.5.27, 4면.

·판매의 각 조합 설치 등을 제시하였다. 실업발달이라는 내용을 부연설명하면 금융기관과 교육기관을 설립하고, 자본을 융통하여 실업가를 양성해야 한다는 내용이다.

황득삼과 김기영은 '현하現下 사회의 폐막弊瘼'을 주제로 논문을 발표하였다. 먼저 황득삼[74]은 우리사회의 폐단으로 연애신성론자, 집회의 남조濫造, 종교의 부패를 들었다. 소위 연애신성론자들이 주장하는 자유의 연애는 인격이나 학문 대신 용모, 금전, 언어, 육욕만을 추구할 뿐이라고 지적하였다. 부부는 사회의 시작이자 끝일 정도로 중요한데 왜곡된 연애관으로 사회에 해독만 끼친다고 주장하였다. 다음으로 우리 사회에는 민중을 지도하여 지식을 전하고 문명하게 할 집회가 없고, 지위를 구하거나 의식을 도모할 방편으로 집회를 남조하는 세태를 비판하였다. 끝으로 유교, 불교, 천도교, 예수교 등 종교의 부패를 비판한 후 민족일치로 무실역행해야 한다고 주장하였다.

김기영[75]은 우리사회의 모든 폐단은 성의 있고 의기 있는 사람다운 사람이 없는 것에서 비롯되었다고 진단하였다. 충무공과 같이 국가와 종사를 위해 자신을 희생할 수 있는 인물이 필요하다는 주장이다. 하지만 우리 사회는 어느 사업이든 운동이든 처음에만 떠들다가 얼마 못 가 식어버린다며, 지속성과 의기가 없는 현실을 비판하였다. 권세에 아부하고 황금에 팔려가는 가짜 지사뿐이라며 우리 모두가 반성해야 한다고 주장하였다.

논문의 마지막 주제는 '소작문제 해결책'이었다. 이종태[76]는 지주와

74 黃得三, 「現下社會의 弊瘼」, 『東亞日報』, 1923.5.25, 5면.
75 金基英, 「無誠意, 無意氣」, 『東亞日報』, 1923.5.26, 3면.
76 李鍾台, 「小作問題解決策」, 『東亞日報』, 1923.5.25, 5면.

소작인 사이의 생산물 분배가 공평해야 민족의 생명을 유지할 수 있다며 소작문제에 대한 해결책을 제시하였다. 그는 소작료는 지주와 소작인이 수확을 똑같이 나누는 병작이분으로 하되, 특별한 사정이 있을 경우에만 그 비율을 조정해야 한다고 주장하였다. 그리고 지세와 종자는 지주가 부담해야 한다고 주장하였다. 그는 관리인의 역할에 대해서도 언급하였다. 지주와 관리인의 탐욕으로 인해 사회의 공존공영과 안녕질서를 유지하기 어렵다며 첫째, 지주와 관리인은 소작인에게 무상의 부역을 요구하지 못하게 하며 소작인의 인권을 인정할 일, 둘째, 지주와 관리인은 경작지 분배를 공정하게 하고 관리자는 관리료를 지주에게 받을 일, 셋째, 제방 관개설비가 파손되면 수선비용은 지주가 부담할 일, 넷째, 소작인에게 영구 소작권을 인정할 일 등을 그 방책으로 제시하였다.

『동아일보』는 현상문예 이후에도 사회문제를 지속적으로 다루었다. 특히 논문은 경제와 관련한 주제를 계속해서 다루었다. 1923년 5월 27일에는 「사회적으로 타협하고 경제적으로 협동하라」, 8월 1일에는 「조선직물현황과 생산진흥책」, 11월 15일에는 「조선경제계의 구급책」, 1924년 1월 1일에는 「경제계 당면의 고찰」과 「과거 일 년간의 조선경제계에 대한 회감」, 3월 19일에는 「조선의 토지와 조선인」 등 조선의 경제 문제를 해결하기 위해 여러 대안을 모색하였다.[77] 1925년에는 '경제 파멸의 원인현상 및 그 대책'[78]을 주제로 '현상논문'까지 시행한다. 경제 문제로 한

---

77 김민환, 박용규, 김문종의 『일제강점기 언론사 연구』(나남, 2008, 68~72쪽)에 따르면 『동아일보』의 경제 인식은 일본의 식민지배라는 현실을 인정하면서, 일정한 테두리 안에서 산업을 진흥하여 대세에 대비해야 한다는 산업진흥론으로 집약된다고 한다. 산업진흥론을 떠받치고 있는 기본 원칙이 농업본위론, 조선인본위론, 민중본위론이다. 『동아일보』의 사설과 현상문예 논문에는 이러한 내용이 공통적으로 반영되어 있다.
78 "經濟破滅의 原因現狀밋 그 對策 / 고기가 물을 써나서 살 수 업는 것과 갓치 우리 人類는 經濟

정한 이 현상공모의 총 상금은 1천 원으로 '동아일보 발행 일천호 기념 현상'의 총 상금과 동일한 액수였다. 그만큼 신문사가 경제 문제를 비중 있게 다루었음을 증명해주는 사례라 할 수 있다. 그리고 1926년에는 신춘문예에 논문을 포함해 공모하기에 이른다. 이 신춘논문의 주제는 '청년운동의 진흥통일책'과 '농촌진흥책'이었으며, 1등 상금은 1백 원이었다. 해당 신춘논문의 당선작

〈그림 6〉『동아일보』'발행 일천호 기념 현상' 당선만화 상을(賞乙) 낙천자

은 노동규盧東奎의 「농촌진흥책여하」[79]이다.

　'만화'는 현대 문제의 풍자화를 그려달라고 주문하였는데 당선작은 모두 세 편이었다. 먼저 〈그림 6〉은 경성 낙천자의 「작작 짜내어라」 1923.5.25, 2면로, 소작인이 지주 손에 쥐어 짜여 고통스럽게 돈을 토해내는

를 써나서 生活할 수 업는 것은 두말할 것도 업는 일이외다 政治, 宗敎, 文學, 藝術 모든 文化가 經濟를 土臺로 하야 存在한 것이며 發展하는 것이외다. 그럼으로 우리의 根本土臺인 經濟가 破滅되면 우리의 모든 것이 곳 우리의 生命이 破壞되는 것과 조곰도 差異가 업는 것이외다. 그러면 現下 朝鮮人의 經濟的 生活은 果然 如何합닛가. 두말할 것 업시 破滅이외다. 이러한 重大急切한 當面의 問題에 對하야 그 原因의 如何 그 現狀의 如何 그 對策의 如何를 講究치 아니하고 그대로 自滅自盡을 기다린다는 것은 生命慾이 充滿한 우리 人類로서는 참아 참을 수 업는 일이외다. 이곳 本報가 新年劈頭에 이 論題를 提出한 까닭이외다. / 論題의 範圍와 賞金 / 一, 勿論 經濟의 破滅은 朝鮮人의 生活狀態를 意味하는 同時에 그 原因이 朝鮮人自體로서의 缺陷과 周圍環境의 缺陷을 冷情하고 嚴肅한 態度로 指摘할 것이며 二, 또한 破滅된 現狀으로 말슴하면 精密한 統計와 數字로 表示하는 同時에 綜合的으로 그 對策을 提論할 것이외다. 三, 投稿期限은 本年 三月 末日까지로 하되 頁紙數는 六百頁縱五行十五字原稿內外로 投稿하시기를 切望하나니다. 一, 賞金 一等 一人 五百圓 二等 一人 二百圓 三等 三人 各百圓"(「懸賞論文募集內容」, 『東亞日報』, 1925.1.1, 新年號 其二 1면)

79 京都 盧東奎의 「農村振興策如何」는 1927년 1월 1일부터 1월 22일까지 총 13회 분량으로 1면에 실린다.

장면을 그렸다. '논문'에서 다룬 소작 문
제를 비유적으로 표현한 것이다.

〈그림 7〉은 광주 윤상찬의 「이러케 쌀
리고야」 1923.5.26. 2면다. 작품은 중국, 일
본, 구미歐美 물산에 위협받는 조선의 상황
을 그려냈다. 중국인, 일본인, 서양인이
조선인에게 빨대를 꼽고 피를 빨아 먹는
모습을 노골적으로 표현한 것이다. 이러
한 상황에서 조선인은 "갓득이나 貧血症
이 잇는 내가 이럿케 쌀리고 살 수가 잇
나?"라는 대사를 통해 외국 자본 및 상품
의 국내 진출로 인한 문제의 심각성을 식
접 토로하였다.

〈그림 7〉『동아일보』 '발행 일천호 기념 현상'
당선만화 상을(賞乙) 윤상찬

끝으로 〈그림 8〉는 동경 김은석의 「제
분수에 맛도록」 1923.5.27. 2면이다. 작품은
양복을 입은 신사가 자기 몸만큼이나 큰
구두를 신고 쩔쩔 매는 모습을 표현하였
다. 말풍선에는 "후!!! 집섹이 사서 신허
야겟다 별 수가 업군"이라는 신사의 한탄
이 제시되어 있다. 신사가 신은 거대한 구
두에 "외국물품 소비"라고 적혀 있는 것으
로 보아, 조선인은 조선의 물품을 사용해

〈그림 8〉『동아일보』 '발행 일천호 기념 현상'
당선만화 상을(賞乙) 김은석

야 한다는 메시지를 전달하려는 것임을 짐작할 수 있다. 당시 『동아일

보』는 경제적 실력양성의 일환으로 물산장려운동을 지원하고 있었다.[80] 해당 만화가 당선작으로 선정된 배경에는 이러한 신문사의 정책 방향도 작용했던 것으로 보인다.

다음으로 '가정개량', '우리어머니', '향토자랑', '지방전설' 등의 부문도 당선작이 미달된 장르였다. 각각 10편의 수상작을 선발하겠다고 했지만 4편씩만 당선작을 발표하였다. 이들 장르는 "家庭으로부터 鄕土에"라는 표제로 묶여 함께 실렸다. '가정개량'은 조선 가정의 생활개량 방법을 구체적으로 제시하였다. 이구영[81]은 조선의 가정은 질서와 생각이 없고, 게으르다고 지적한 뒤, 편리한 것을 연구하여 실행하려하는 부지런함을 길러야 한다고 주장하였다. 이것이 가정개량의 근본관념으로 게으르면 불편함을 깨닫지 못해 학식도 소용없다는 것이다. 그리고 시간 절약과 이용 방법 등 작은 일부터 실행할 것을 주문하였다. 윤화선[82]은 가정을 개혁해야 사회도 개혁할 수 있다며, 시급히 개혁할 대상으로 축첩제도를 지적하였다. 축첩제도로 인해 가정이 불편과 분쟁으로 망하게 되었다며 축첩제도의 철폐를 주장하였다. 배상철[83]은 아버지가 자식을 압제하고, 남편이 아내를 천대하는 태도를 비판하였다. 그리고 허례를 중히 여겨 금전을 과하게 소비하는 현상도 지적하였다. 이러한 문제를 해결한 후에는 자녀교육을 개량해야 한다며 시세에 적당한 것을 가르쳐야 사람 구실을 할 수 있다고 주장하였다. 이 외에도 위생을 위해 머리를 깎고, 의복은 흰 옷 대신에 다른 옷을 입어야 한다고 주장하였다. 또한 결

---

80 「物産獎勵運動에 對한 論爭−事實을 正觀하라」, 『東亞日報』, 1923.3.31, 1면, 사설.

81 李龜永, 「根本觀念」, 『東亞日報』, 1923.5.25, 9면.

82 尹和善, 「먼저 蓄妾廢止」, 『東亞日報』, 1923.5.25, 9면.

83 裵相哲, 「虛禮를 減廢하라」, 『東亞日報』, 1923.5.26, 5면.

혼을 할 때 문벌이나 재산을 보는 태도를 바꾸자고 제안하였다. 이어서 여자 교육은 육체를 중시해서 건강한 자식을 낳을 수 있도록 해야 한다고 주장하였다. 끝으로 오성완[84]은 식사할 때 겸상을 허용하여 각각 상을 차리는 번잡함을 개량하고, 방안에 요강을 두면 위생상 해로우니 요강을 치우자고 주장하였다.

'우리어머니'는 어머니를 상찬하는 내용을 주로 담았다. 김상회[85]는 어려운 가정형편에도 불구하고 자식을 공부시키기 위해 고생한 어머니를 내 고향이자 내 나라이고 내 낙원이라 상찬하였다. 박석관[86]은 자신이 병에 걸렸을 때 어머니가 손가락을 베어 그 피를 먹여 살렸다며 돌아가신 어머니에 대한 추억을 회상하며 애끓는 심정을 읊었다. 행복생[87]은 집안에 작은 불평도 없이 화목하게 지낼 수 있도록 하고, 이웃과도 정분 깊게 지낼 수 있는 것이 모두 어머니의 덕이라며 상찬하였다. 이재명[88]은 자신이 감옥에 있을 때 면회를 온 어머님이 자기 손가락의 상처까지 알아채는 모습에 놀랐는데, 어머니를 뵙고 난 후 다음날 바로 상처가 나았다며 어머니의 사랑은 만능이라고 표현하였다.

'향토자랑'은 조선 각지를 소개함으로써 애향심을 고취하였다. 이근재[89]는 함경남도 신흥군에 위치한 삼부연三釜淵의 유래를 밝히고, 경치의 탁월함을 예찬하였다. 김은경[90]은 조선에서 가장 오랜 역사를 지닌 곳이

---

84 吳成完, 「食事는 如斯하게」, 『東亞日報』, 1923.5.26, 5면.
85 金相回, 「樂園, 天堂」, 『東亞日報』, 1923.5.25, 9면.
86 朴碩觀, 「難忘할 臨終時」, 『東亞日報』, 1923.5.25, 9면.
87 幸福生, 「勤儉, 平和」, 『東亞日報』, 1923.5.26, 5면.
88 李在明, 「母의 愛는 萬能」, 『東亞日報』, 1923.5.26, 5면.
89 李根栽, 「第二金剛山(新興)」, 『東亞日報』, 1923.5.25, 9면.
90 金殷卿, 「나의 나은 곳(江華島)」, 『東亞日報』, 1923.5.25, 9면.

강화도라며, 마니산의 첨성단을 소개하였다. 또 고려시대 이후로 군사적 요충지로 중요한 역할을 했음을 언급하였다. 송기주[91]는 평양 대동강 서쪽에 위치한 강서의 지리를 설명한 후, 강서의 약수, 참외, 고구려 시대의 왕릉 등을 소개하였다. 김갑[92]은 두만강 연안의 온성을 소개하였다. '압소재', '석수골'의 석탄굴과 '긴 사들기'라는 목장牧場이 있어 경제적으로 좋은 여건을 갖추고 있음을 자랑하였다. 그리고 개원사開院寺, 영월사英月寺와 더불어 이태조가 이지란을 만났던 옥소대 등을 온성의 자랑거리로 내세웠다. '향토자랑'이 해당 지역의 지리적 특징, 문화유산, 특산물, 교육, 산업, 경제적 전망 등을 다루었다면 '지방전설'은 각 지역에 얽힌 전설을 다루었다. 밀양 영남루 앞의 묘각,[93] 백마 석교강 홍방령소,[94] 진주 명석면의 바위,[95] 경성 곤당골[96]에 얽힌 전설을 통해 민족적 자부심을 고

91 宋基柱, 「世界的珍寶(江西)」, 『東亞日報』, 1923.5.26, 5면.

92 金甲, 「理想的 樂土(穩城)」, 『東亞日報』, 1923.5.26, 5면.

93 李圭翰, 「尹娘子(密陽)」, 『東亞日報』, 1923.5.25, 9면. 밀양부사의 딸 윤낭자가 유모의 꾀임에 빠져 영남루로 달구경을 갔다가 통인(通人) 주기(朱旗)에게 정조를 강요당한 끝에 죽임을 당한다. 윤낭자는 밀양원님에게 자신의 원수를 갚아달라고 부탁하고, 원님은 결국 주기를 붙잡아 낭자의 원한을 풀어준다. 영남루 앞에 낭자의 묘각이 있다.

94 鄭利善, 「홍방령소(白馬)」, 『東亞日報』, 1923.5.25, 9면. 백마 석교강에 있는 홍방령소의 유래를 밝혔다. 삼백 년 전에 홍방령이라는 의주에서 제일가는 부자가 있었다. 그는 매우 인색하고 악독하였다. 어느 날 중이 와서 시주를 부탁하자 홍방령은 막대기로 중의 머리를 때려서 쫓았다. 중이 피를 흘리며 돌아가는데 홍방령의 며느리가 물을 길러 갔다가 중을 보고 쌀을 시주하며 시아버지를 용서해 달라고 빌었다. 중은 며느리를 가상히 여겨 내일 비가 오기 전에 집을 피하라고 미리 주의를 주었다. 이튿날 중의 말대로 홍수가 나서 집이 떠내려가고 그 일대는 큰 강이 되었다. 집이 있던 터에는 소가 생겼는데 이를 홍방령소라 한다.

95 洪鍾哲, 「鳴巖(晉州)」, 『東亞日報』, 1923.5.26, 5면. 신라(新羅) 때 진주를 진양이라고 부르던 시절의 일이다. 성첩을 새로 쌓게 되자 깊은 산에서 큰 바위 두 개가 내려와 구복동(求福洞) 동구에 좌정하였다. 그 날 밤 구복동 박노인의 꿈에 백수노인이 현몽해서 그 돌이 집현산 산신이 만든 주춧돌이니 내일 삼십리로 정기를 인도해 주면 큰 행복을 받으리라 전하였다. 박노인은 바위를 찾아가 진양성이 거의 준공되었으니 그만 멈추라고 전하였다. 그날 밤 바위가 박노인의 집 논둑까지 찾아와 목놓아 울었다. 그래서 명석면이 되었다. 그 바위는 영험해서 돌 앞에 제사를 지내면 삼재를 면할 수 있다고 한다.

96 具然昶, 「곤당골(京城)」, 『東亞日報』, 1923.5.26, 5면. 선조 때 홍순은이 명나라에 역관으로 갔을 때의 일이다. 홍씨는 북경의 한 청루에서 왕각로의 딸을 만난다. 그녀는 청루에 오게 된 사연

취하고자 한 것이다.

김인길의 「비운」은 현상문에 최초의 단편소설로 '발행 일천호 기념 현상'에서 '갑甲'을 수상한 작품이다. 이 작품은 생활고에 시달리다 병든 아이마저 잃게 된다는 내용으로 가정의 비극을 다루었다. 주인공 '나'는 일을 못하고 논 지 한 달이 넘었다. 아내는 고생을 하면서도 나에게 불편한 내색을 하지 않는다. 내가 노는 동안에 세간은 저당 잡히거나 팔아서 어제 저녁부터는 밥도 굶기 시작하였다. 어떤 짓이라도 해서 가족들의 고생을 면하게 해주고 싶지만 방법이 없다. 아내는 병든 아이만 지키고 있다. 아픈 아이에게 약 한 첩이나마 지어주려 해진 바지와 헌 두루마기를 들고 전당포를 찾아가나 가는 곳마다 거절을 당하고 만다. 집에 돌아와 아내와 마주 보고 울 뿐이다. 그때 집주인이 찾아와 방세를 독촉하던 끝에 집을 비워 달라 요구한다. 이어 양복 입은 사람이 등장해 학교비를 대신한다며 하나밖에 남지 않은 솥에 차압표를 붙이고 간다. 아이는 병세가 심해지더니 급기야 숨을 거두고, 아내는 세상을 떠난 아이를 안고 운다.

'을乙'을 수상한 신필희의 「사진」은 죽은 아이를 잊지 못해 괴로워하는 어머니옥자의 비극을 그리고 있다. 옥자는 죽은 아이가 그리워 사진으로나마 위안을 얻는다. 하지만 옥자의 어머니는 이 모습이 너무 안타까워 딸 옥자 몰래 손녀의 사진을 감춘다. 옥자가 더 이상 딸 때문에 마음 아

을 전하고, 홍씨는 부친을 구하라며 자신의 전 재물을 준다. 그 뒤 임진란이 일어나 홍씨는 명나라에 청병하러 왔으나 실패하고 돌아오다 우연히 왕각로의 집을 가게 된다. 각로는 한 여인을 데리고 나오고, 여자는 은인을 만났다며 통곡한다. 그녀는 홍씨의 도움으로 부친을 구해낸 일과 병부상서 석성에게 출가한 일을 말한다. 홍씨는 청병 온 일을 말하고 석성의 힘으로 구원병을 얻는다. 홍씨가 조선으로 돌아올 때 석성의 부인은 비단을 선물하였다. 비단마다 보은단이라 새겼는데 이 소문이 퍼져 홍씨가 사는 동리를 보은단골이라 하였다. 그 후 와전되어 곤당골이 되었다고 한다.

파하지 않기를 바라는 마음에서 한 행동이었지만 옥자는 어머니가 딸의 사진을 숨긴 사실을 모르고 딸의 사진을 찾는 데에만 골몰한다. 그러한 딸의 모습에 더욱 안타까움을 느끼는 모정을 형상화하였다.

이홍원의 「화靴」 역시 단편소설 '을乙' 수상작이다. 작품의 주인공 '나'는 집안이 어려워 나이 스물다섯을 먹을 동안 옷이나 신발을 산 적이 없다. 월급 15원을 타면 집세로 8원, 전등값 90전, 나머지 6원은 어디에 쓰는지도 모르게 금방 사라진다. 사장은 나에게 짚신을 신고 다닌다며 욕을 하지만 나는 그런 수모를 겪으면서도 대들지 못한다. 어느 날은 월급 이외에 수당으로 1원 50전이 나왔다. 그 돈으로 구두를 사려고 대평통 일대와 황금정 수구문 앞까지 다녔으나 구두는 구할 수 없었다. 다음날 어머니께 50전을 얻어 2원짜리 구두를 사려고 종로 네거리의 양화점으로 갔다. 구두 값 20원을 2원으로 착각한 나는 점원에게 모욕만 당하고 다툼 끝에 주먹다짐을 하다가 구두골인지 줄판쇠뭉치인지에 머리를 맞아 기절한다. 눈을 떠보니 광교 개천 아래 드러누워 있다. 2원은 사라지고, 그나마 가지고 있던 모자와 두루마기마저 도적맞는다는 내용이다.

단편소설에서 다룬 주제는 생활고로 인한 비극이나 죽은 자식에 대한 그리움 등으로 당시 민중들이 겪었던 아픔을 주로 형상화하였다. 작품에 등장하는 인물들의 사연을 통해 비극성을 고조하는 경향을 보인다. 이러한 경향은 일막각본에서도 드러난다. 각본 분야에서 '을乙'을 수상한 인두표의 「무명」은 경부선 어느 정거장 대합실을 배경으로 시골농민, 일본노동자 복색의 남자, 아이 업은 농가 여인의 사연을 통해 조선민중의 비참한 삶을 고발하고 있다. 일본노동자 복색의 남자는 조선에서 살 길이 없어 대판에 노동하러 갔었는데 조선사람이라는 이유로 천대받았던 일

을 들려준다. 시골농민은 자신이 서울에 가는 이유를 밝힌다. 작년에 큰
흉년이 들어 빚을 냈는데 빚을 준 놈이 올해 수확한 것을 다 가져가는 바
람에 먹을 것은커녕 도조를 상납할 수 없어 땅을 떼였다고 한다. 그래서
서울에 사는 땅 주인을 찾아가 말이라도 전하려고 가는 길이라 한다. 아
이를 업은 여인은 이들과 떨어져 대합실 구석에서 울고 있다가 서울 가
는 열차에도 오르지 않는다. 여인은 대합실을 나섰다가 결국 주검이 되
어 발견된다. 나중에 여인을 잡으러 온 사내들에 의해 사연이 밝혀진다.
돈 60원에 이 마을로 팔려왔다가 도망쳐 자살한 것이다.

  진종혁의 「개혁」도 일막각본 '을乙' 수상작이다. 이 작품은 청년문학가
도상과 그 집의 종인 춘월과의 연애문제를 다루어 신분을 뛰어넘는 자유
연애의 모습을 그려냈다. 가난, 눈물, 죽음 등을 부각하여 비극성을 다룬
다른 작품과는 달리 이 작품은 연애문제를 다루었으며 극 끝의 결말도 희
망적이다. 윤진현은 이 작품을 '주동인물의 의지나 신념이 행위를 통해
드러나기보다는 계몽적 대사를 통해 설파되고 있기 때문에 작품성이 떨
어진다'[97]고 평가하였다. 그럼에도 그의 작품이 현상문예에 당선될 수
있었던 이유는 진학문과의 관계에서 찾는다. "강력한 영향력을 지닌 진
학문의 재종손이었던 진우촌이 연극에 뜻을 두고 진학문의 유형, 무형의
후원을 받아서 당선작을 내게 된 것은 일견 당연하고도 자연스러워 보인
다"[98]는 것이다. 진종혁은 해당 현상문예 이후인 1923년 6월에 시행한
'각본현상'에 「시드러가는 무궁화」로 당선된다. 운정생雲汀生[99]에 의하면

---

97 윤진현, 「진우촌 희곡 연구」, 『인천학연구』 제4권, 2005, 313쪽 참조.
98 윤진현, 「1920년대 전국순회극단과 인천의 소인극」, 『인천학연구』 2-1집, 2003.
99 본명은 김정진(金井鎭)으로 『동아일보사사』 권1의 '역대사원명록'과 『동아일보』 1920년 4월
      1일자 「본사 사원씨명」에 기자로 기록되어 있다. 『동아일보』 창간부터 기자로 활동하였으며

진종혁의 작품은 "作者가 보면 놀랠 만치 全篇에 亘하야 追加, 補揷, 訂正, 削除를 行"[100]하였다고 한다. 남의 작품에 함부로 붓을 대는 것은 죄악으로 생각하지만 당선작을 가려야 하는 의무가 있을 뿐만 아니라 다수의 관중 앞에서 실연實演까지 할 각본이라 작자의 부주의나 미숙한 점은 붓을 대어 수정할 수밖에 없었다는 것이다. 심사를 맡았던 김정진이 진종혁의 작품에 대해 거의 개작에 가까운 수준이었다고 평가한 것을 통해 당시 진종혁의 작품 수준을 가늠해 볼 수 있다.

진종혁의 작품을 제외한 단편소설과 일막각본의 당선작은 당시 조선인의 삶을 비극적으로 그려냈다. 경제적 궁핍으로 일본으로 건너갔다가 조선인이라는 이유로 차별을 당한 사연이나, 지주의 횡포로 거리로 쫓겨난 사연, 그리고 돈에 팔려 원치 않는 곳으로 끌려 왔다가 자살까지 이르게 되었다는 내용은 당시 조선인들의 비참한 삶의 모습을 재현한 것으로 볼 수 있다. 이러한 주제의식은 '현금정치의 비판'과 '논문' 그리고 '만화'의 문제의식과 맞닿아있다. 조선사회의 이면을 보여줌으로써 총독부 정책에 대한 비판의식을 함양하고자 한 것이다.

심지어 전통적 운문 양식인 한시漢詩에서조차 '물산장려'라는 시제詩題를 제시하였다. '물산장려'는 앞서 언급했던 '논문'이나 '만화'에서도 다룬 주제였다. 한시는 이밖에 '초하전사初夏田舍'와 '비행기飛行機'도 시제로 제시하였다. 특히 '비행기'는 다소 낯선 시제라 할 수 있는데, 이 역시 신

1923년 퇴사한 것으로 보인다. 그는 '각본현상'의 심사를 맡았다. 신병으로 심사가 한 달간 연기되었음을 사죄한 뒤, 실지에 경험이 많은 윤백남(尹白南)의 도움을 받아 초선을 진행하였다고 밝혔다. 그는 응모작들이 너무 판에 박은 듯이 물산장려의 강연체만 잉용(仍用)하여 낙심하였다며 취미, 기교, 예술미가 없는 점을 지적하였다.
100 雲汀生, 「選者의 말」, 『東亞日報』, 1923.9.16, 6면.

문사의 의도가 반영된 주제였다. 1922년 12월, 『동아일보』는 비행기 조종사 안창남을 초청하여 비행 묘기를 선보였다. 『동아일보』는 조선의 비행계 발전을 위해 원조한다며 안창남 비행후원회를 발족하는 한편, 민족적 대사업이라며 홍보에 나섰다.[101] 이에 대해 최준은 "『동아일보』는 안창남 비행사의 조국방문을 계획하여 민족의 과학열에 자극을 주어 커다란 공헌을 하였다"[102]고 평가하였다. 한시의 시제로 '비행기'가 제시된 이면에는 '조선문화의 계발이라는 차원에서 과학운동을 발흥'[103]하고자 하는 『동아일보』의 의도가 담겼던 것이다.

　해당 현상문예에 당선된 작품의 주제를 분석한 결과, 대부분의 작품이 사회문제를 다루고 있음을 확인할 수 있었다. 이는 1921년에 시행한 '독자문단'이 개인의 감정을 주로 다룬 것과 대조적인 현상이다. 1921년에 시행한 '독자문단'은 운문이 127편, 산문이 33편 실려 운문 장르가 우세하였다. 이는 지면이 제한되었기 때문이다. 운문은 개인의 감정을 다룬 작품이 80%, 풍경을 묘사한 작품이 13%, 사회문제를 다룬 작품이 7%였다. 이와 대조적으로 산문은 개인의 감정을 다룬 작품이 54.6%, 사회문제를 다룬 작품이 45.4%였다. '독자문단' 작품 전체로 보았을 때에는 개인의 감정을 다룬 작품이 우세했지만 산문은 개인의 감정과 사회문제의 비율에 별다른 차이가 없었다. 현상문예의 주제가 사회문제에 치중된 현상은 산문 비중의 증가와 긴밀한 관련이 있는 것으로 보인다.

---

101 「安昌男君 故國訪問飛行 後援會組織」, 『東亞日報』, 1922.12.2, 1면 사설. 이 밖에 「東亞日報社 主催 故國訪問 安昌男君 大飛行」이라는 제목으로 1922년 10월 19일부터 12월까지 특별기사를 동원하여 대대적으로 보도하였다.
102 최준, 『한국신문사』, 일조각, 1987, 219쪽 참조.
103 「朝鮮文化史上으로 觀察한 安君의 飛行」, 『東亞日報』, 1922.12.10, 1면 사설.

1920년대에는 일제의 토지 수탈로 인해 경제적 궁핍이 심각한 사회문제로 대두되었다. 또한 일본인 자본의 조선 진출로 인해 노동자의 수는 증가했시만 노농 조건은 매우 열악하였다. 이에 따라 농민과 노동자를 중심으로 농민운동과 노동자운동이 급증하였다. 이러한 상황에 대해 민족주의 진영에서는 신문화 건설, 실력양성, 구습개량, 민족성 개조 등의 기반 위에서 문화운동을 전개하였다.[104] 『동아일보』는 경제적 실력양성의 일환으로 물산장려운동을 지원하는 한편, 현상문예에서도 물산장려를 비롯한 경제문제를 적극적으로 다루었다. 이러한 사회적 배경을 고려할 때, 『동아일보』는 문화운동의 차원에서 물산장려를 위시한 사회, 경제적 문제를 다루었던 것으로 볼 수 있다.

『동아일보』는 문화운동의 일환으로 경제적 문제에 관심을 보였다. 이는 현상문예의 주된 소재가 물산장려였다는 점과 무관하지 않다. 그리고 『동아일보』는 경제적 측면 외에도 총독부 정책에 대한 강도 높은 비판을 유도함으로써 『매일신보』와의 차별성을 드러내고자 한 것으로 보인다. 총독부에 대한 비판과 민족의식을 함양을 통해 독자들의 호응을 이끌어내고자 한 것이다. 결국 현상문예에서 사회문제를 적극적으로 다룬 것은 『매일신보』와의 차별화를 통한 독자 확보가 그 목적이었던 것으로 풀이할 수 있다.

3) '동아일보 발행 일천호 기념 현상'의 의의

1920년대 초반, 『동아일보』는 『매일신보』와 본격적인 독자 유치 경쟁

---

104 박찬승, 「식민지 조선 사회운동의 발전과 국제적 성격 - 1920년대를 중심으로」, 『한국독립운동사연구』 26, 2006, 21~24쪽 참조. 박찬승은 1923년을 기준으로 이전 시기에는 문화운동이 전개되었으며, 그 이후에는 사회운동이 부르주아적인 문화운동을 압도하였다고 정리하였다.

에 나서며 독자투고와 현상문예를 시도한다. 이러한 독자 참여 제도를 시행하는 과정에서 일반 독자들의 글쓰기 욕구와 문학적 글쓰기의 잠재력을 확인한 신문사는 '동아일보 발행 일천호 기념 현상'을 기획한다. 신문 발행 일천 호를 계기로 1천 원이라는 거액의 현상금을 걸고 대대적인 현상문예를 시행한 것이다. 이는 지금까지 『동아일보』가 시도했던 다양한 현상제도의 결정판으로, 독자투고부터 이어져 온 독자 참여 제도를 발전적으로 계승하였다고 평가할 수 있다.

'동아일보 발행 일천호 기념 현상'은 기존의 독자투고에 비해 모집 장르를 대폭 확대하여 실시한 점이 주된 특징이다. 전통적 문학 장르인 '한시'와 '시조'를 비롯하여 '단편소설', '일막각본', '동화', '신시', '동요', '감상문' 등 다양한 장르를 포함하였다. 특히 '현금정치의 엄정비판', '논문', '지방전설', '향토자랑', '우리어머니', '가정개량', '민회' 등 기존의 현상문예에서는 볼 수 없었던 새로운 유형의 장르를 시도하여 다양한 장르를 아우르는 대규모의 현상문예를 전개하였다.

모집 부문별 원고의 분량도 기존의 독자투고나 현상문예에 비해 크게 늘었다. 1행 20자를 기준으로 '논문'은 100행 이상 150행 미만, '단편소설'은 120행, '일막각본'과 '동화'는 150행, '감상문' 50행, '지방전설', '향토자랑', '가정개량' 40행, '우리어머니' 30행이었다. 독자투고 계열의 '독자문단'이 1행 14자 50행으로 700자 이내였음을 감안한다면 원고 분량이 3배 이상 증가한 것이다. 원고 분량이 증가함에 따라 표현이 자유로워졌으며 산문 양식의 비중도 더불어 증가하였다. 독자투고 계열의 '독자문단'의 경우 운문이 80%를 차지하고, 산문은 20%에 불과하였다. 하지만 현상문예의 경우 운문이 56% 산문이 44%를 차지하며 운문과 산문의 비율에 변화가 생겼다.

모집 장르가 확대되고, 원고 분량이 늘어난 것 외에도 문체와 내용 등 모집 부문별로 세부 규정을 정비하였다. 득히 새로 시도되는 장르의 경우, 규정에 대한 안내 외에도 구체적인 사례를 제시해 가며 독자들의 이해를 도왔다. 문체면에서는 순조선문을 요구함으로써 조선어 글쓰기를 장려하고, 문예물의 문체는 조선문이라는 점을 공고히 하였다. 내용면에서는 총독부 정책에 대한 노골적인 비판이나 조선 민족의 자긍심 고취 등 사회적인 문제를 주로 다루었다.

'현금정치의 엄정비판'은 교육, 지방행정, 세무행정, 전매 제도, 감옥 제도, 경찰에 대한 불평과 공금남용, 일선인日鮮人 차별, 인권유린, 관권官權 남용의 실례를 다룸으로써 총독부 정책에 대한 비판의 날을 세웠다. '논문'도 사회 문제를 직접 다루었다. 논문은 '조선인의 경제적 활로', '현하現下 사회의 폐막弊瘼', '소작문제 해결책' 등을 주제로 정치 분야가 아닌 경제 문제에 집중하였다. '가정개량'은 조선 가정의 생활개량 방법을 구체적으로 제시했으며, '향토자랑'은 조선 각지의 발전상을 표현하거나 전설을 통해 애향심과 민족적 자부심을 고취하였다. 심지어 전통적인 운문 양식인 '한시'조차 '물산장려'와 '비행기'를 시제로 제시하여 조선의 현안을 다루도록 유도하였다. '단편소설'과 '일막각본'에서 다룬 주제 역시 생활고로 인한 비극이나 죽은 자식에 대한 그리움 등으로 당시 민중들이 겪었던 아픔을 주로 형상화하였다.

'독자문단'이 개인의 감정을 주로 다룬 것과는 대조적으로 '현상문예'는 사회적인 문제를 주로 다루었다. 이러한 변화는 사회문제를 다루기에 적합한 산문 양식의 확대와도 관련이 있으며, 『동아일보』의 독자 확보

전략으로도 이해할 수 있다. 총독부 기관지인 『매일신보』와의 차별성을 드러냄으로써 조선 민중에 호소하는 전략으로 독자를 확보하고자 한 것이다. 현상문예의 내용을 사회문제로 유도한 것도 이와 관련이 깊다. 조선사회의 어두운 이면을 보여줌으로써 총독부 정책에 대한 비판의식을 함양하는 한편, 민족적 자긍심을 고취하는 일종의 민족 마케팅으로 신문 독자를 확보하고자 한 것이다.

『동아일보』의 1천 호 발행을 기념하기 위해 시행한 현상문예는 이후 '일요호'와 '월요란'을 거쳐 '문예란'으로 이어진다. '문예란'은 전문가와 비전문가들의 문예물로 구성된 고정란이다. 비상시적으로 시도되던 문예기획이 '문예란'이라는 고정지면을 획득하기에 이른 것이다. 이처럼 '동아일보 발행 일천호 기념 현상'은 『동아일보』 '문예란'의 토대가 되었다는 점에서 매우 중요한 의의가 있다.

'동아일보 발행 일천호 기념 현상'에는 중복 당선된 사례가 많았다. 이동규는 '물산장려'에서 을乙, '비행기'에서 병丙을 수상하여 '한시' 부문에서 중복 당선되었다. 명설은 '시조' 부문에서 갑甲, '감상문' 부문에서 을乙을 수상하였다. 유도순은 '동요'에서 갑甲, '신시'에서 을乙을 수상하였으며, 임병규는 '신시'와 '동요' 부문에서 각각 을乙을 수상하여 중복 당선되었다. 이윤영은 비록 선외이기는 하지만 '시조' 부문에서 두 편을 수상하였다. '일막각본' 을乙 수상자인 진종혁은 '동화' 부문에서도 「의좋은 삼남매」로 '을乙'을 수상하였다.

이러한 적극적인 독자는 '독자문단'에서도 발견할 수 있다. 조창선은 현상문예 '신시' 부문에서 을乙을 수상하는데, 1921년에 시행한 '독자문단'에도 이름을 올린 바 있다. 당시 그는 배재학당 학생 신분으로 「한줄

기빗」과 「牡丹峰에서」라는 시 두 편과 「애인아 너도 부활하려무나」라는 산문 한 편을 발표하였다. '독자문단'에 「大阪에서」와 「밤비」1921.7.27를 투고한 이구영은 현상문예 '가정개량' 부문에 '근본박념」을 발표하였다. 유도순과 임병규도 '독자문단'에 각각 「기념의 황금탑」1921.6.12과 「나」 1921.9.7를 발표하였다.

적극적인 독자의 발견은 이후 신춘문예 시행의 원동력이 되었다는 점에서도 중요한 의의를 지닌다. 신문사는 해당 현상제도를 통해 일반 독자들의 글쓰기 욕구와 문학적 글쓰기의 잠재력을 확인한 것으로 보인다. 이러한 가능성을 확인한 『동아일보』는 1925년, 신춘문예를 시도하게 된다.

3. 신춘문예의 시행과 독자의 위상 변화

1) 신춘문예의 등장과 전개 과정

『동아일보』가 시행한 신춘문예는 1900년대 학회지, 신문, 잡지 등의 매체가 시도했던 각종 독자 참여 제도를 계승하고, 이를 더욱 발전시킨 문인 등단 제도이다. 신춘문예는 신인을 발굴하여 문단에 공급하는 것을 목적으로 시행한 만큼 많은 신인들이 신춘문예를 통해 문단에 등단할 수 있었다. 또한 신춘문예는 조선어를 사용하기 어려웠던 식민지시기에 독자들로 하여금 조선어 학습을 가능하게 하였다는 점에서도 의의가 있다. 그리고 무엇보다 당시 독자들의 문학 장르 인식과 주제의식, 창작 수준 등을 가늠할 수 있는 척도가 되므로 연구의 필요성이 제기된다.

1920년 『동아일보』와 『조선일보』가 창간됨에 따라 독자들의 문예 참여활동은 그 통로가 더욱 확대되었다. 『매일신보』와 이들 민간지는 서로 영향을 주고받으며 신춘문예제도를 정비해 나아갔다. 신춘문예제도 연구는 기존의 독자 참여 제도를 계승하는 한편 매체에 따라 다양한 양상을 보여준다는 점에서 개별 매체에 따른 연구가 필요하다. 또한 제도적인 측면에서는 연구 성과가 상당히 축적되었으나[105] 개별 당선작품에 대한 논의는 전혀 이루어지지 않았다. 이에 『동아일보』를 중심으로 신춘문예의 전개 과정을 정리하고, 신춘문예가 처음 시도되는 1925년부터 신문이 폐간되는 1940년까지의 서사문학 장르 당선작을 위주로 해당 작품의 내용적 특질과 문학사적 의의를 밝히고자 한다.

『동아일보』는 발행 초기부터 독자들의 신문 문예 참여를 유도하였다. 1925년 신춘문예를 시행하기 이전까지는 독자투고와 현상문예가 대표적인 독자 참여 제도였다. 독자투고와 현상문예의 가장 큰 차이는 응모 당선작에 대한 상금의 지급 유무였다. 현상문예는 당선작에 대해 별도의 사례를 전제로 작품을 모집했기 때문에 독자투고보다 독자들의 투고열을 자극하였다. 이에 따라 모집규정도 상세하게 공지하였으며 당선조건도 까다로워졌다. 신문사의 입장에서는 현상금 정도의 투자로 양질의 원고를 모을 수 있었으므로[106] 이러한 현상제도를 확대해 나간 것으로 보인다.

---

[105] 김춘희, 「한국 근대문단의 형성과 등단제도 연구」, 동국대 석사논문, 2001; 김석봉, 「식민지 시기 『조선일보』 신춘문예의 제도화 양상 연구」, 『한국현대문학연구』 16, 2004; 김석봉, 「식민지 시기 『동아일보』 문인 재생산 구조에 관한 연구」, 민족문학사 연구, 2006; 전은경, 「1910년대 『매일신보』 소설 독자층의 형성과정 연구」, 『현대소설연구』 29, 2006; 이희정, 「1920년대 『매일신보』의 독자문단 형성과정과 제도화 양상」, 『한국현대문학연구』 33, 2011; 「1920년대 식민지 동화정책과 『매일신보』 문학연구(1)」, 『어문학』 112, 2011; 「1920년대 식민지 동화정책과 『매일신보』 문학연구(2)」, 『현대소설연구』 48, 2011 참조.
[106] 김석봉, 「식민지 시기 『동아일보』 문인 재생산 구조에 관한 연구」, 『민족문학사 연구』, 2006, 164쪽 참조.

독자투고와 현상문예는 순차적으로 등장했지만 상호보완적 관계를 유지하며 동시에 진행되기도 하였다.[107] 신춘문예는 이러한 독자 참여 채노들 서신 후 신신작가의 빌골'[108]이니라 새교요 시행 퍼지으 게게 며 등장하였다. 『동아일보』 최초의 신춘문예 모집공고는 1925년 1월 2일에 등장한다.

=薄謝進呈= 新春文藝募集

◇ 文藝欄·婦人欄·少年欄 ◇

◇ 종래의 문예란文藝欄 부인란婦人欄 소년란少年欄 등으로 힘이 자라는 데까지는 보다 충실하게 하야 조곰조곰씩이라도 보람잇게하여 보려고 본사 편즙국댱 홍명희編輯局長洪命憙 씨의 학예부당學藝部長 겸임 아래에서 一, 文藝欄係 二, 婦人欄係 三, 少年欄係의 세 가지 부문을 싸로싸로 독립식히고 각 계에 책임자를 두어 힘과 정성을 하다려 합니다

◇ 엇더케하여 나가는지는 장차 사실로써 보여들이려 하거니와 위선 아래의 규뎡으로 일반 신진작가의 작품을 모집하오니 우리의 시험을 도와주시려는 유지는 만히 투고하여 이 세 가지 란으로 하여곰 금상첨화의 꽂밧을 이루게 하여주시옵

◇ 文藝係募集作品 ◇

一, 短篇小說 一等 一人 五十圓 二等 二人 各 二十五圓 三等 五人 各 十圓

---

107 김석봉, 「식민지 시기 『조선일보』 신춘문예의 제도화 양상 연구」, 『한국현대문학연구』 16, 2004, 210쪽 참조.

108 1935년 1월 10일 『東亞日報』 석간 3면 「新春文藝選後感(2)」 소설편에 "신인을 낸다는 데 신춘문예 모집의 본의가 있을 것"이라고 명시하였다. 1935년 3월 20일 석간 1면 「長篇小說特別公募」 공고에도 "신춘문예현상모집 등에서 의도한 바는 주로 신인을 얻으려는 것"이라며 신춘문예의 시행 취지에 대해서 또다시 언급하였다.

二, 新詩 一等 一人 十圓二等 二人 各 五圓

◇ 婦人係募集作品 ◇

一, 家庭小說 一等 一人 五十圓 二等 二人 各 二十五圓

◇ 少年係募集作品 ◇

一, 童話劇 一等 一人 五十圓 二等 二人 各 二十五圓

二, 歌劇 一等 一人 五十圓二等 二人 各 二十五圓

三, 童謠 一等 一人 十圓 二等 二人 各 五圓入選 五人 各 貳圓

◇ 이상 각뎨에 대하야 투고하시되 내용을 모다 각계各係에 특색이 나도록 부인계 투고는 부인들이 읽기에 알마즌 것으로 소년계의 투고는 반듯이 소년소녀에게 뎍당한 내용을 가저야합니다 이밧게 주의하여주실 것은

▲ 投稿期限은 今月末日 까지 ▲ 原稿의 數는 無制限 ▲ 原稿는 各係募集을 別別히아 文藝係면 文藝係, 婦人係면 婦人係로 보내시되 住所氏名을 分明히 쓰실 일 ▲ 原稿는 當選與否를 勿論하고 一切返送치 아니함[109]

동아일보사가 시행한 최초의 신춘문예는 독자의 층위를 변별하여 개별 작품을 모집하였다는 점에서 특색이 있다. 문예계는 단편소설과 신시, 부인계는 가정소설,[110] 소년계는 동화극, 가극, 동요 등을 제시하였다. '『동아일보』 발행 일천호 기념 현상문예'의 모집 부분과 비교했을 때, '일막각본', '동화', '한시', '시조', '감상문', '논문', '만화', '기타 산문 양식' 등이 빠지는 대신에 '가정소설', '동화극', '가극' 등이 새롭게 추가되었다. 모집공고에 따르면 편집국장이자 학예부장인 홍명희의 주

---

109 「新春文藝募集」, 『東亞日報』, 1925.1.2, 2면.
110 '가정소설'은 1925년 1회 신춘문예에서만 시도되고 이후부터는 시도되지 않는다.

도로 문예계, 부인계, 소년계로 나누어 일반 신진작가의 원고를 모집한다고 하였다. 이에 따라 모집 부문 역시 독자의 층위를 변별하여 작품을 모집하였다. 구체적으로 각각의 내용을 각계의 특색이 나도록 응모해 달라는 규정을 들 수 있다. 예컨대 부인계는 '부인들이 읽기에 알맞은 것'을 요구했으며, 소년계는 '소년과 소녀들에게 적당한 내용'을 가져야 한다고 하였다. 예상독자를 명시하고 독자에 따라 모집 장르와 내용을 선별하여 모집한 것이다. 이는 독자에 따른 문예의 분화 과정을 보여준다는 점에서 의미가 있다.

신춘문예 모집공고는 1925년 1월 26일까지 지속되었으며, 원고의 마감은 1월 말일까지였다. 신춘문예 당선작 발표는 같은 해 3월 2일 부록 1면에 하였다.[111] 작품의 모집 기한이 1월 말일까지였으니 심사에 한 달이 넘게 걸린 셈이다. 신문사는 당선작 발표가 늦어진 이유를 다음과 같이 발표한다.

本社에서 募集한 新春文藝는 江湖諸位의 만흔 玉稿를 엇어 깃버하기말지 아니함니다만은 넘우도 原稿數가 만하 만흔 時日이 걸리게 됨니다 하야 不得已 同 文藝作品의 當選은 오는 三月 二日 文藝欄에 發表하게 되엿슴니다. 東亞日報社文藝欄[112]

---

111 당선문예발표에는 "박사(薄謝)는 3주일 후에 진정(進呈)하겠습니다. 그리고 선외작만 있는 동화극에는 2, 3등의 분(分)을 나누어 드리겠사오며 그밖에 선외작에도 약간한 사례가 있겠습니다. 그리고 선후감(選後感)은 작품발표와 함께 발표하겠습니다"라고 밝혔다. 하지만 실제 선후감은 3월 9일 부록 3면에 동요 선후감만 게재되었다.
112 「豫告」, 『東亞日報』, 1925.2.16, 부록 3면 문예란.

위 인용문은 신춘문예에 응모한 원고 수가 너무 많아 당선작 발표가 늦어지게 되었음을 밝히고 있다. 신춘문예 시행 첫해부터 독자들의 뜨거운 반응을 불러온 것이다. 작품의 모집 기간이 한 달 정도에 불과했음에도 불구하고 신춘문예가 독자들에게 큰 호응을 얻을 수 있었던 이유는 무엇일까? 이는 『동아일보』가 신춘문예를 시행하기 전부터 독자투고와 현상문예 등을 시행함으로써 독자 참여 제도에 대한 기틀을 마련하고 충분한 제도적 보완을 거쳐 왔기 때문이다. 『동아일보』는 신춘문예를 시행하기 전부터 독자투고와 현상문예를 수차례 시도한 바 있다. 게다가 '『동아일보』 발행 일천호 기념 현상문예'는 대규모 현상모집으로 신춘문예의 직접적인 배경이 된다. 현상문예 시행 이후에도 '일요호', '월요란' 등의 문예기획을 통해 독자들의 문예열을 수렴하여 지속적으로 독자들의 참여를 이끌어 왔다.

당선자에게 지급하는 상금도 독자의 참여를 유도하는 유인책이 되었다. 단편소설 부문의 당선 상금은 1등 1인 50원, 2등 2인 각 25원, 3등 5인 각 10원이었다. 이 금액은 이전의 현상문예 상금에 비하면 월등히 많은 액수였다. '『동아일보』 발행 일천호 기념 현상문예'의 경우, 가장 높은 상금 액수가 책정된 장르는 '단편소설'과 '일막각본'으로 1등甲 상금이 15원이었다. 이밖에 '논문', '동화', '한시', '시조', '신시', '동요', '감상문' 등이 10원, '만화'가 6원이었다. 또한 같은 시기 『매일신보』가 신춘문예 상금으로 1원에서 10원을 현상한 것에 비해서도 『동아일보』 신춘문예의 상금은 이보다 다섯 배나 많은 액수였다. 당시 『동아일보』 신문 값이 4전이고 1년 대금이 10원 90전이었음을 감안한다면 50원이라는 현상금은 독자들의 투고열을 자극할 만큼 매우 큰 액수였다. 다음과 같은 선자選者의 증언을 통해서도 이를 증명할 수 있다.

> 時代가 安穩만 하면, 수꽈이나 노코 장부나 뒤적일 사람, 혹은 색기나 쇠고 농사나 지을 사람이 賞金 五十圓이라는 미끼에 걸려서 붓대를 잡고 小說을 써보려고 달려든 사람이 만헛다. 明年의 農資 나올 길이 업는 이 農資를 요행히 여기서라도 求하여 보려고 허미를 잡을 손으로 서투른 붓대를 잡고 옛말을 지어보려는 그들의 勞力은, 文을 業으로 하는 우리들의 勞力보다 몃十, 몃百배가 들을지 측량할 길이 업다.[113]

위 진술은 문文을 업業으로 하는 작가이자 심사자의 입장에서 응모자에 대한 소회를 읊은 것이다. 심사자는 '평안한 시대였다면 장사를 하거나 농사를 지을 사람들이 상금 50원이라는 미끼에 걸려 붓대를 잡고 글을 써보려고 달려들었다'고 표현하고 있다. 이러한 표현은 그만큼 상금이 주는 독자 유인 효과가 매우 탁월했음을 방증하는 사례로 볼 수 있다. '선후언'에는 서툰 솜씨나마 발휘하여 상금을 타기 위해 몇 십, 혹은 몇 백 배의 노력을 하는 독자들에 대한 연민과 가상함이 드러난다. 이러한 진술은 문예의 전문성을 강조하려는 의도적인 수사일 수도 있고, 심사자의 권위를 내비치는 표현일 수도 있다. 중요한 것은 해당 진술을 통해 심사자의 권위 역시 이전의 독자투고나 현상문예에 비해 높아졌음을 확인할 수 있다는 점이다.

1920년대 식민지 조선에는 『매일신보』, 『조선일보』, 『동아일보』 등의

---

[113] 選者, 「新春文藝 小說選後言(1)」, 『東亞日報』, 1932.1.15, 5면.

중앙지가 발행되었다. 『조선일보』는 1928년에 이르러서야 신춘문예를 시행하므로 『동아일보』 입장에서는 『매일신보』가 유일한 경쟁자였다. 현상문예 후발주자였던 동아일보사는 신춘문예 상금을 50원으로 책정함으로써 상금경쟁력을 기반으로 매일신보사를 추격하고자 노력한 것으로 보인다. 현상금이라는 유인책 외에 중앙지에 자신의 작품을 투고하고자 하는 투고자의 글쓰기 욕망도 신춘문예 흥행의 한 원인으로 볼 수 있다. 신춘문예 첫해부터 신문은 당선작을 지상紙上에 공개하였다. 자신의 작품과 이름이 전국은 물론 해외에까지 전해질 정도로 막강한 파급력이 있었기 때문에 투고자들의 호응이 높았던 것으로 보인다.

신춘문예 시행 첫해의 흥행이 성공적이었음에도 불구하고, 1926년에는 신춘문예가 시행되지 않았다. 이러한 현상의 원인으로는 신춘문예를 이끌 담당자의 부재를 가장 큰 요인으로 꼽을 수 있다. 1925년에 시행했던 신춘문예는 홍명희가 기획을 맡았다. 하지만 홍명희가 1925년 4월 동아일보사를 퇴사하면서 1926년 11월에 이광수가 부임하기까지 『동아일보』의 편집국장 자리는 공석이었다. 편집국장의 부재와 신춘문예를 주관할 편집부의 미정비로 인해 1926년 신춘문예가 시행되지 못한 것으로 추정할 수 있다. 그러나 동아일보사는 신춘문예가 중요하다는 인식을 하고 있었던 것으로 보인다. 신춘문예 시행 첫 해인 1925년부터 신문이 폐간되는 1940년까지[114] 신춘문예를 꾸준하게 시행하기 때문이다. 손기정의 일장기 말소사건으로 신문사가 무기정간 처분을 받아 신춘문예를 시행할 수 없었던 1937년을 제외하면 『동아일보』 발행 기간에는 1926

---

114 1940년 8월 11일에는 총독부 신문지통제방침으로 『동아일보』가 폐간됨에 따라 1945년 12월에 재간하기까지 신춘문예는 시행될 수 없었다.

년 한 번만 거른 셈이다. 신문사의 이러한 움직임은 신춘문예 시행의 적
극적인 의지를 잘 보여주는 것이다.

신춘문예에 투고한 이들는 생생, 성무, 나신, 민가, 민가, 김흥, 김인
등 국내뿐만 아니라 중국 상해와 일본 동경에서도 원고를 보내왔다. 신
춘문예의 모집기간이 한 달 남짓이었음을 고려할 때 해외에서 응모한 투
고자들은 신춘문예가 시행될지 미리 예측하고 작품을 투고한 것으로 보
인다. 이러한 예측 투고가 가능했던 것은 동아일보의 신춘문예가 매우
정례적으로 시행되었기 때문이다. 신춘문예의 모집기간은 시행 첫해에
만 1월이었고, 이후부터는 11월 초부터 12월까지로 고정된다.[115] 모집기
간을 신년이 시작되기 전으로 고정하면서 심사 기간을 확보하고, 당선작
을 신년 초에 발표하여 신춘문예라는 명목에 맞춘 것이다. 길게는 두 달

---

[115]

『동아일보』 신춘문예 모집 기간

연도	모집기간
1927년	1926년 10월 31일~12월 10일
1928년	1927년 11월 10일~12월 15일
1929년	1928년 11월 03일~11월 30일
1930년	1929년 11월 25일~12월 15일
1931년	1930년 12월 12일~12월 25일
1932년	1931년 12월 03일~12월 25일
1933년	1932년 12월 04일~12월 20일
1934년	1933년 11월 17일~12월 20일
1935년	1934년 11월 14일~12월 15일
1936년	1935년 11월 16일~12월 15일
1938년	1937년 11월 18일~12월 15일
1939년	1938년 11월 11일~12월 15일
1940년	1939년 11월 05일~12월 10일

에서 짧게는 20여 일 정도만 모집공고를 냈지만 독자들의 참여가 높았던 이유 역시 이러한 정례적인 제도 시행에서 찾을 수 있다.

신춘문예의 모집 부문은 고정적이지 않았다. 단편소설, 희곡, 신시, 시조, 한시, 동화, 동요 등을 기본으로 논문, 평론, 민요, 가사, 작곡, 감상문, 실화, 작문, 자유화, 일기, 글씨, 시나리오, 만화, 전설, 콩트, 만문 등 다양한 장르를 시도하였다. 1927년에는 신춘문예 시행 첫해와 마찬가지로 신춘문예, 부인란투고, 아동란투고로 나누어 원고를 모집하였다. 여기에 신춘논문을 추가했는데, 신춘논문의 주제는 '청년운동의 진흥통일책'과 '농촌진흥책' 두 가지였다. 신춘문예는 단편소설, 문예평론,[116] 시가시, 시조, 민요, 가사, 동요를 모집하였다. 부인란투고는 논문[117]과 감상문[118]을 모집하였다. 그리고 아동란투고는 작문, 시가, 서書, 자유화自由畵를 모집하였다. 1928년부터는 기존의 문예, 부인, 아동이라는 삼분체계에서 벗어나 문예와 아동작품으로 나누어 모집하기 시작하였다. 그리고 12지지에 따른 전설을 모집 부문에 포함하였다. 그래서 1928년의 모집 부문은 단편소설, 창작가요, 한시, 창작동화, 용의 전설, 아동작품작문, 가요, 서한, 일기, 자유화, 글씨이었다. 1929년에는 단편소설, 사뱀의 전설, 아동작품작문, 가요, 일기, 자유화, 글씨을, 1930년에는 문예평론, 단편소설, 아동작품작문, 동요, 일기, 자유화, 동화, 한시, 말馬에 관한 전설, 희곡을, 1931년에는 창가, 시조, 한시, 좌우명, 슬로건, 동화, 동요, 자유화를, 1932년에는 단편소설, 일막희곡, 동화, 시가신시, 시조, 창가, 동요, 아동작품작문, 습자, 자유화을, 1933년은 일막

---

116 문예평론의 주제는 '조선현대문예개관'과 '조선현대작가평론' 두 가지였다.
117 논문의 주제는 '가정개량에 관한 의견'과 '余의 결혼관' 두 가지였다.
118 감상문의 주제는 '妻로서의 나의 감상'과 '母로서의 나의 감상' 그리고 '主婦로서의 나의 감상' 세 가지였다.

희곡, 동화, 시가신시, 시조, 동요, 아동작품작문, 습자, 자유화, 닭의 전설을, 1934년은 문예평론, 단편소설, 희곡, 시가신시, 시조, 가요, 아동물동화, 동요, 아동자유화, 습자, 작문, 개의 전설을, 1935년은 단편소설, 희곡, 실화ᅳᄲᅢ버내기, 콩트, 시가신시, 시조, 민요, 한시, 아동물동화, 동요, 아동자유화, 습자, 작문, 만화, 도야지의 전설을, 1936년은 단편소설, 희곡, 씨나리오, 실화구사일생기, 만문쥐와 인생, 시가신시, 시조, 민요, 한시, 아동물동화, 동요, 아동자유화, 습자, 작문을, 1938년은 단편소설, 희곡, 시가신시, 시조, 민요, 한시, 아동물동화, 동요, 자유화, 습자, 작문, 호랑이의 전설, 일화, 만문을, 1939년은 단편소설, 희곡, 시가신시, 시조, 민요, 한시, 자장가, 엄마노래, 아동물동화, 동요, 자유화, 습자, 작문, 토끼의 전설을, 1940년은 단편소설, 일막희곡, 시나리오, 신시, 민요, 시조, 한시, 작곡作曲, 동화, 동요, 작문, 자유화, 습자, 용의 전설을 모집하였다.

신춘문예 모집장르에서 볼 수 있듯이 『동아일보』 편집진은 다양한 장르를 모집함으로써 독자들의 참여를 유도하였다. 특히 작문, 그림, 일기, 글씨, 만화 등은 비전문가들의 신춘문예 진입장벽을 낮춤으로써 신춘문예를 대중적으로 확산하는 데에 크게 기여하였다. 또한 아동, 여성, 청년 등으로 독자층을 나누어 계층별로 모집한 점도 『동아일보』 신춘문예의 특징 중 하나이다.

신춘문예라는 제도 안에서 모집분야를 다양하게 시도한 점 외에도 기존의 모집방식에서 벗어난 참신한 실험을 시도하기도 하였다. 먼저 1926년 10월에는 '신춘특별논문 급 문예작품현상모집'을 시행하였다. 모집분야는 문예계, 부인계, 아동계 외에 논문계가 추가되었다. 모집분야별 세부규정을 보면 우선 논문계는 '신춘논문'의 주제로 '청년운동의 진흥통일책'과 '농촌진흥책'을 제시하였다. '신춘문예'는 단편소설, 문예평론,

시가 등을 모집하였다.

1927년 신춘문예는 최초로 문예평론을 모집하였다는 점에 의의가 있다. '부인란투고'는 논문과 감상문을, '아동란투고'는 작문, 시가, 서畵, 자유화自由畵를 모집하였다. 1931년에는 '신춘대현상모집'과 '소년소녀신춘문예현상모집'을 진행한다. '신춘대현상모집'은 동아일보사 학예부 주관으로 '조선의 놀애', '조선청년의 좌우명', '우리의 슬로간'을 모집하였다. '조선의 놀애'는 "모든 조선사람이 깃브게 부를 조선의 놀애를 가지고 싶다"며 창가, 시조, 한시를 모집했으며, '조선청년의 좌우명'은 조선청년 전체가 좌우에 명銘해 놓고 복응할 남녀 좌우명 각 1편씩을 구하였다. '우리의 슬로간'은 생활혁신, 민족보건, 식자운동識字運動을 주제로 슬로건을 모집하였다. 한편 '소년소녀 신춘문예 현상모집'은 동화, 동요, 자유화를 모집하였다. 기존의 '신춘문예현상모집'을 청년기 아동으로 계층별로 분화하여 모집한 것이 특색이다.

> 본사의 신춘현상문예는 전례에 없는 실화, 만화 등을 가하야 종류에 잇서서 수를 더하엿을 뿐 아니라 이밖에 특별논문과 삼대가요의 공모까지 잇엇으므로 응모 총수가 실로 예년의 배량인 성황을 이루엇다. 지난 15일로써 접수를 완료하고 즉시, 정리에 착수하는 한편으로 각 담당선자가 주야겸행으로 고선에 망쇄하고 잇다. 사진은 산적한 응모원고의 일부와 망쇄한 고선광경이다.[119]

1934년 신춘문예 역시 모집 부문에 실화와 만화를 추가하고, 특별논

---

119 「山積한 應募原稿 忙殺한 考選 光景」, 『東亞日報』, 1934.12.19, 석간 3면.

문과 삼대가요까지 함께 시행함으로써 다양성을 꾀하였다. 응모수가 이전의 두 배 이상이라는 말을 통해 짐작할 수 있듯 독자들의 호응도 높았던 것으로 보인다. 참신하고 다양한 시도는 독자들에게도 참여를 자극하는 계기가 되었던 것으로 볼 수 있다.

1935년은 『동아일보』 창간 15주년으로 기존의 신춘문예 외에 '특별논문투고환영', '삼대가요특별공모'를 함께 진행하였다. 1935년 3월 20일부터 6월 26일까지는 본보 창간 15주년을 기념하여 '장편소설특별공모'[120]까지 시행하였다. 이러한 시도들의 공통점은 신문사가 독자들의 층위를 변별하여 작품을 모집했으며, 기존의 신춘문예에 변화를 줌으로써 대중들의 관심을 계속해서 환기하고자 한 의도가 반영되었다는 점이다.

신춘문예 당선작에 대한 평가인 선후감은 해당 제도의 공정성과 선명성을 보장[121]한다는 점에서 중요하다. 1928년부터 문예계, 부인계, 아동계로 나누었던 기존의 방식을 바꿔 학예부로 일원화하였다. 1928년 신춘문예 고선考選은 '본사 편집국'이 한다고 했는데 당시 편집국장은 김준연金俊淵이었다. 이광수는 1927년 10월 1일부터 1929년 12월까지 편집고문을 맡았다. 1929년 11월 1일부터는 주요한이 편집국장을 맡게 되며, 12월 14일 주요한이 피검되자 1929년 12월 20일부터 1933년 8월까지 이광수

120『동아일보』 창간 15주년 기념사업의 일환으로 장편소설을 현상 공모한 결과, 심훈의 「상록수」(1935.9.10~1936.2.15)가 당선된다. 이 작품은 독자투고, 현상문예, 신춘문예를 통틀어 유일한 장편소설 공모작이라는 점에 의의가 있다. 「長篇小說 特別公募」, 『東亞日報』, 1935.3.20, 석간 1면 참조. 장편소설의 개념과 『동아일보』 소재 장편소설 전개와 특징에 대해서는 다음을 참조. 김영민, 「근대 개념어의 출현과 의미 변화의 계보−식민지 시기 "장편소설"의 경우」, 『현대문학의 연구』 49, 2013; 박진영, 「한국의 근대 번역 및 번안소설사 연구」, 연세대 박사논문, 2010; 김상모, 「1920년대 초기 『동아일보』 소재 장편 연재소설 연구」, 경북대 석사논문, 2011.
121 1928년 신춘문예 모집 규정에 따르면 '차작(借作) 또는 번역인 것이 판명될 때에는 상품을 취소함'이라 명시하여 순수 창작물을 요구하는 한편 투고윤리를 강화하기 시작하였다.

가 편집국장을 맡는다. 1933년 9월부터 윤백남과 김준연이 편집국촉탁으로 활동하며, 설의식, 백관수, 고재욱이 1940년 신문이 폐간되기까지 편집국장을 맡는다. 그리고 신춘문예 모집공고의 주체였던 학예부장은 1928년 3월부터 1930년 1월까지 이익상, 1933년 10월부터 1938년 9월까지 서항석徐恒錫, 1939년 7월부터 폐간되기까지는 현진건이었다.[122]

또한 선후감은 신춘문예 모집공고와 고선, 그리고 당선작 발표와 작품 연재에 이어 신춘문예의 형식적 완결을 이룬다는 점에서도 중요하다. 『동아일보』 신춘문예의 경우 시행 첫해에는 동요만 선후감을 공개하였다. 하지만 1932년에는 모든 모집분야의 선후감이 게재되며, 1935년부터는 꾸준히 게재된다. 선후감에는 당선작을 선발한 기준과 절차뿐만 아니라 모집분야별 당선작에 대한 분석과 응모 시 주의할 점에 대한 정보까지 제공하였다. 이처럼 당선과 직접적인 관련이 있는 정보가 남겨있었으므로 독자들의 관심은 매우 높았고, 선자는 모집장르별 창작이론을 비롯하여 응모작들의 형식과 내용에 대한 정보를 제공함으로써 독자들의 작품 수준을 높이는 데에 기여하였다.

신춘문예 시행의 가장 큰 의의는 무엇보다 신인 발굴에 있다. 신문사는 신춘문예 시행 목적이 신인을 발굴하여 문단에 공급하는 것에 있다고 천명한 바 있다. 따라서 신춘문예의 성과 여부 역시 얼마나 신인을 발굴했는가에 초점을 둘 필요가 있다. 『동아일보』가 시행한 신춘문예를 거쳐 문단에 등단한 작가를 정리하면 다음과 같다. 단편소설 부문에 당선하여 이후 문단에서 활발한 활동을 하게 되는 작가로는 김말봉, 한설야, 채봉

---

122 『동아일보사사』 권1, 413~414 · 503~504쪽 참조.

석, 방휴남, 김명수, 최인준, 김경운, 김정혁, 김동리, 정비석, 곽하신, 강형구, 황순원 등이 있다. 아동문학 부문은 윤석중, 한정동, 이원수, 이덕성, 김철수, 노양근, 현덕 등이 대표적이다. 이밖에 시인으로는 서정주, 조명암, 이호우, 함형수 등이 있으며, 극작가로는 이서향, 이광래, 문예평론가로는 김성근, 윤고종 등이 대표적인 신춘문예 출신 작가들이다. 이처럼 『동아일보』는 신춘문예를 시행하면서 많은 수의 신인을 발굴하여 문단에 등단시킴으로써 문단 확대 및 유지에 기여하였다. 이러한 성과를 근거로 볼 때, 『동아일보』 신춘문예는 제도 시행의 목적을 충분히 달성하였다고 평가할 수 있다.

2) 신춘문예 당선 단편소설의 특질과 의의

신춘문예가 시행되기 전까지 『동아일보』에는 34편의 단편소설이 실렸다. 1920년에는 유종석柳鍾石의 「어린 職工의 死」1920.4.2와 천리구千里駒의 「그를 미든 까닭」1920.5.28~1920.6.1, 「籠鳥」1920.8.4~1920.8.21 이렇게 3편의 단편소설이 연재되었다. 「어린 직공의 사」는 『동아일보』에 수록된 최초의 단편소설이다. 작품은 어느 봄날, 서울을 배경으로 13살 김길영의 비극적인 죽음을 다루었다. 길영은 연초 공장 직공으로, 일을 마치고 집으로 돌아가는 길에 자동차 사고로 목숨을 잃는다. 그는 학교에 다니며 공부하는 또래 친구들과 달리 생계를 위해 일을 하는 처지이다. 끼니도 제대로 챙기지 못해 허기진 상태로 매일매일 공장에서 일을 해야 하는 그의 모습은 노동자를 대표한다. 하지만 그는 금테안경을 콧등에 걸고 흑세로 양복에 분홍 와이셔츠, 오른손 무명지에는 금강석 반지 이렇게 차린 부가富家 청년과 옥색의상을 산뜻하게 차려 입고 금시계와 금비

녀를 한 기생이 탄 자동차에 치여 죽는다. 길영을 죽음으로 몰고 간 청년은 자기만 사람다운 사람이라 생각하고, 다른 사람들은 선천적으로 자기보다 못한 사람이라 여겼다. 이 세상은 자신을 위해 생겼다고 믿으며, 헤지고 때 묻은 옷을 입은 빈한한 사람은 사람으로 여기지도 않았다. 작품에서는 작중인물인 사회운동가 김창세의 입을 통해 사고를 낸 부가 청년을 비판한다.

> 아─돈 만흔 놈들? 엇더케나 쓸데가 업서서 자동차에 기싱을 싯고 다니다가 불상한 직공을 치인단 말인가. 물 쓰듯 하는 돈을 불상한 빈민을 위하야 써주엇스면 제 地位와 名몰도 놉하지고 慈善事業도 될 터인데 무엇을 못하야 악마갓튼 기싱을 실고 大道上에 橫行하다가 남의 목숨을 아서간단 말인가. 오냐 두고 보아라. 세상은 은세믄시 바로 삽일 째가 잇나니라. 짬 흘니는 우리에게 報酬가 도라올 째가 잇나니라.[123]

빈민을 위한 자선사업의 필요성을 언급한 것이며 땀 흘리는 노동자가 대접받는 세상을 기대하는 모습 등은 이 작품의 주제의식을 대변한다. 작품의 작가인 유종석의 본명은 유광렬柳光烈로, 작품을 발표할 당시 동아일보사 사회부 기자였다. 그리고 두 편의 단편소설을 발표한 천리구 김동성 역시 동아일보사 조사부 기자였다.[124]

---

[123] 柳鍾石, 「어린 職工의 死」, 『東亞日報』, 1920.4.2, 5면.
[124] 유광렬과 김동성이 동아일보사 기자였다는 사실은 『동아일보사사』 권1 부록의 '역대사원명록'을 통해 확인할 수 있다. 이밖에 김동성의 이력과 작품 활동에 관한 상세한 논의는 박진영, 「천리구 김동성과 셜록 홈스 번역의 역사―『동아일보』 연재소설 『붉은 실』」, 『상허학보』 27, 2009 참조.

1921년에는 단편소설이 한 편도 실리지 않았으며, 1922년에는 노춘 성盧春城의 「깨여진 靑春의 花環」1922.12.24 한 편만 실린다. 이 작품은 배신 당한 남자의 사연을 그리고 있다. 박영자와 오영일 두 사람은 함북 어떤 학교에서 동료 교사로 만나, 서로 사랑에 빠지게 된다. 그러다 세계적인 여류미술가를 꿈꾸던 영자가 일본으로 유학을 가게 되고, 영일은 경성에 있는 회사에 취직하면서 둘은 헤어지게 된다. 몸은 비록 멀어졌으나 둘 은 편지를 주고받으며 관계를 유지하였다. 하지만 영자의 소식이 뜸해지 자 영일은 지인을 통해 영자의 소식을 수소문한다. 수소문 끝에 영일은 동경에 간 영자가 대구 부호의 장남인 김병순과 사귄다는 소식을 접한 다. 황금이 애인을 빼앗아 갔다는 생각에 분노한 영일은 단도를 들고 동 경으로 찾아갈까 하다가 포기한다. 그러다가 영일은 영자가 김병순과 함 께 이탈리아 로마로 유학을 간다는 최후의 편지를 받고 좌절한다. 그는 사랑을 잃은 자에게는 죽음뿐이라며 시베리아 벌판에 가서 죽을 것을 다 짐한다. 이 작품은 '영자에게 보내는 최후의 편지'라는 부제에서 알 수 있듯이, 박영자와 오영일 두 인물이 주고받은 편지를 삽입하여 내용 전 개에 현실감을 높이는 한편 독자의 감정이입을 유도하였다. 이 작품의 창작자인 춘성 노자영 역시 유광렬, 김동성과 마찬가지로 동아일보사 기 자였다. 이를 통해 동아일보사는 창간 초기까지만 해도 주로 자사 기자 를 활용해 단편소설 수급 문제를 해결했음을 알 수 있다.[125]

1923년에는 단편소설의 편수가 급증하게 된다. 『동아일보』가 독자개

---

[125] 유석환(「근대 문학시장의 형성과 신문·잡지의 역할」, 성균관대 박사논문, 2013, 96쪽)은 "동 아일보사원이면서 동시에 작가인 이른바 '記者作家'를 통해 동아일보사로서는 근대문학의 활 용뿐만 아니라 비용 절감도 도모할 수 있었다"고 정리하였다.

방정책을 추진해 독자들에게 단편소설 원고를 직접 모집했기 때문이다. 이에 따라 1920년부터 1922년까지 4편에 불과했던 단편소설은 1923년 한 해에만 18편으로 급증할 수 있었다. Y生의「가실嘉實」1923.2.12~1923.2.23을 비롯하여, 김인길의「비운悲運」1923.5.25, 신필희의「사진寫眞」1923.5.26, 이홍원의「회靴」1923.5.27, 백호白湖의「호떡집」1923.7.22, 신필희의「山村에서」1923.9.2, 연파煙坡의「선영형님에게」1923.9.30, 최형렬의「엿들은 이야기」1923.9.30, 김인현의「惠淑의 단쑴」1923.10.7, 이형월의「은혜」1923.10.7, 양진梁肆의「슨어지는 사랑」1923.10.21, GG生의「바람찬 土曜日 밤」1923.10.28, 천리구 譯의「淑女의 光輝」1923.10.29~1923.11.4, 툴게넵 作, 김동진金東鎭 譯의「勞働者와 손 흰 사람」1923.11.4, 작자 미상의「가을귀쑤래미」1923.11.11, 천리구의「공작부인公爵夫人」1923.11.5~1923.11.12, 「독갑이」1923.11.14~1923.11.20, 이서구의「누흔淚痕」1923.12.3~1923.12.10 등 18편의 단편소설 중에서 13편이 독자들의 작품이었다. 『동아일보』는 발행 일천호를 맞아 '동아일보 발행 일천호 기념 현상'을 시행하였다. 해당 현상모집을 통해 3편의 단편소설이 발표되었으며, 이후 '일요호'에서 시행한 '독자문단讀者文壇'을 통해 10편의 단편소설이 연재될 수 있었다. 이들 독자들 외에 1923년에 단편소설을 발표한 이는 김동성과 이서구 그리고 이광수였다. 김동성은 동아일보사 조사부 기자였고, 이서구는 동아일보사 사회부 기자였다. 이광수는 1923년 5월에『동아일보』촉탁기자로 입사하게 된다. 김동성과 이서구가 기자 신분으로 단편소설을 연재한 경우였다면, 이광수는 작가 신분으로 먼저 단편「가실」을 발표한 후, 장편『선도자』를 연재하면서 기자가 된 경우이다.

1924년에는 7편의 단편소설이 실렸다. 최서해의「토혈吐血」1924.1.28~

1924.2.4, 해운海雲의 「혹 쩨러간 사람」1924.3.24, 조병섭趙炳燮의 「教育者 萬福의 懺悔와 運命」1924.5.12, 임노월林盧月의 「지옥찬미地獄讚美」1924.5.19~1924.5.26, 소인기蘇人基의 「양심良心」1924.7.14, 백수白水의 『서녀시대庶女時代』1924.8.28 등 6편은 '월요란'에 실렸다. 그리고 전득현田得鉉의 「青春의 길」1924.12.29~1925.1.12 은 '문예란'에 실렸다. 「양심」을 발표한 조인기는 충남 당진의 영화학원永化學院 6학년 학생이었다. 17세 학생인 그가 '월요란'에 작품을 실을 수 있었던 이유는 『동아일보』 대구지국에서 시행한 '현상소년문예' 결과를 해당 '월요란'에 발표했기 때문이다. 이처럼 신문사는 독자들에게 지면을 제공하여 작품을 꾸준하게 연재하였다. 이밖에 1924년에 단편소설을 발표한 7명의 작가 중에서 임노월은 이미 작가로 활동하고 있었고, 최서해와 백주 김태수金泰秀는 본격적인 등단에 앞서 여러 매체에 작품을 발표하고 있었다. 『동아일보』에 단편소설을 발표한 이후, 최서해는 1924년 10월, 단편소설 「고국故國」이 『조선문단』에 추천되면서 등단한다. 그리고 김태수는 1924년 11월, 단편소설 「과부」로 『조선문단』에 입선한다. 이들이 문단에 정식으로 등장하기 전에 『동아일보』에 작품을 발표할 수 있었던 데에는 이광수의 도움이 있었던 것으로 보인다. 『조선문단』에 이들을 추천한 이가 이광수이기 때문이다.[126]

1925년에는 신춘문예가 시행되기 전까지 김동인의 「X氏」1925.1.1, 백주의 「구두쟁이」1925.1.1, 「망년회忘年會」1925.1.16~1925.1.19, 곳아즘의 「앵앵」1925.1.23~1925.2.13, 버들개지의 「성탄전야聖誕前夜」1925.2.16~1925.2.20 등

---

[126] 최서해와 김태수는 이광수의 추천으로 『조선문단』을 통해 등단한다. 두 인물은 이광수와의 관련성이 깊다는 점에서 문인의 추천 제도와 관련한 추가적인 논의가 필요하다. 이 작업은 이후 후속 연구를 통해 진행하고자 한다.

5편의 단편소설이 실렸다. 김동인과 김태수는 해당 시기에 잡지를 비롯한 여러 매체를 통해 작품 활동을 활발하게 하고 있었다. 두 전문작가의 작품은 문예란에 실렸으며, 비실명작가인 '꽃아츰'과 '버들개지'의 작품은 부인란에 실렸다.[127] 문예란과 부인란 등과 같이 문예물을 게재할 수 있는 지면이 확대됨에 따라 원활한 작품 수급의 필요성이 대두되었다. 원활한 작품 수급이 절실해진 신문사 입장에서는 문예 창작 실력을 보증할 수 있는 작가가 필요하게 된 것이다. 『동아일보』가 신춘문예를 시행한 데에는 문예면 확장으로 인한 작가 수급 문제를 해결하기 위한 의도도 있었던 것으로 보인다.

본 절에서는 『동아일보』가 시행한 신춘문예에 당선된 단편소설을 중심으로 각 당선작의 특질을 고찰하고자 한다. 이를 위해 당선작 27편[128]을 주제별로 분석해 보았다. 다음 표는 1925년부터 1940년까지의 단편소설 부문 당선자와 당선작을 정리한 것이다. 선외가작인 경우에도 신문에 연재된 작품은 포함하여 당선작 목록을 작성하였다.

〈표 7〉 『동아일보』 신춘문예 단편소설 부문 당선작 목록(1925~1940)

연도	당선자	제목	주제
1925	경성 최자영(崔紫英)	(소설 2등) 옵바의 離婚事件	조혼폐단, 연애결혼 필요성
	경성 최풍(崔風)	(소설 3등) 放浪의 狂人	탐욕없이 유유자적하는 광인 연민

---

[127] '꽃아츰'은 단편소설 「앵앵」 한 편만 발표했으나, '버들개지'는 「가을밤」(1924.10.27), 「孤兒의 노래」(1924.12.8), 「겨울山」(1924.12.8) 등의 시와, 「孤島의 少女」(1924.11.3~1924.11.17), 「물새의 노래」(1925.5.23) 등의 산문을 꾸준하게 연재 발표하였다.

[128] 『동아일보』는 신춘문예를 시행하면서 단편소설을 지속적으로 모집하였다. 1925년부터 1940년 신문이 폐간되기까지 1926년, 1931년, 1933년 세 차례를 제외하고는 꾸준하게 모집하였다. 신춘문예 단편소설 부문의 수상작은 25편으로 신춘문예 시행 첫 해에만 등장했던 '가정소설'까지 포함하면 모두 27편이 된다. 본 연구에서는 '가정소설'을 '단편소설'에 포함시켜 논의하였다.

연도	당선자	제목	주제
	경북 이영근(李永根)	(소설 선외가작) 黜教	종교적 권위보다 사랑 선택
	경주 이문옥(李文玉)	(가정소석 3등) 서김사디	인간의 욕망과 가정 비극
	미신 유민성(兪敏聖)	(가정소설 선외가작) 疑問의 P人자	교내 살인사건의 범인 추적
1927	삼천포 김남주(金南柱)	(단편소설 1등) 小作人 金첨지	가난한 소작인의 비극적 삶
	경성 이문(李文)	(단편소설 2등) 짓밟힌 이의 우슴	생존을 위한 기생의 비극적 삶
	함흥 김덕혜(金德惠)	(단편소설 2등) 그릇된 憧憬	일본인의 허위 고발, 민족애 고취
1928	경성 한형종(韓炯宗)	(입선창작) 洪水	자연재해에 맞서는 가장의 모습
	경성 채봉석(蔡鳳錫)	(입선창작) 家庭教師	재력가의 허위 고발
1929	전주 이석신(李錫薪)	(단편소설 1등) 人情	중국인을 보호해주려는 한 가족
	경성 이일광(李一光)	(당선단편 2등) 歲暮片景	가난한 처녀의 사기극 통한 비극
	진주 박남조(朴南祚)	(당선단편 3등) 젊은 개척자	조선청년의 사명 자각
1930	아산 방휴남(方休南)	(당선소설) 감스돌	세력가에 대한 피해자 아들의 복수극
	상해 김명수(金明水)	(소설) 두 電車 인스팩터	차표검사원의 비극적 삶
1932	경성 문성훈(文成薰)	(당선소설) 명랑한 전망	가출 청년의 회개, 연애
	개성 김현홍(金玄鴻)	(가작소설) 菊花	가문의 흥망성쇠, 세력에 순응
1934	철원 최인준(崔仁俊)	(당선소설) 황소	촌사람과 서울사람의 삼각관계
	경성 운향(雲香)	(가작소설) 入院	돈만 밝히는 의사 고발, 비판
	경성 방휴남(方休南)	(가작소설) 外套	외투 분실 사건의 해결
1935	경성 김경운(金卿雲)	(당선소설) 激浪	어민의 비극과 복수극
	주을 김정혁(金正革)	(선외가작) 移民列車	조선인의 비극적인 삶
1936	합천 김동성(金東星)	(당선소설) 山火	산촌민의 참상과 복수극
	용천 정비석(鄭飛石)	(가작소설) 卒哭祭	가난한 가장의 번뇌
1938	연천 천지인(天地人)	(당선소설) 失樂園	냉혹한 현실 인식
1939	동경 김몽(金夢)	(당선소설) 万歲丸	가난한 어민의 비극적 삶
1940	경기도 광주 강형구(姜亨求)	(당선소설) 봉두메	농촌생활의 희망

단편소설 부문의 당선작은 27편이다. 하지만 한설야가 1927년에는 김덕혜, 1928년에는 한형종이라는 이름으로 두 번 당선[129]되었고, 방휴

남이 1930년에 이어 1934년 또다시 당선됨으로써 신춘문예 단편소설 부문 당선자는 모두 25명이 된다. 25명의 당선자 중에는 이후 문단에서 지속적으로 활동을 하게 되는 문인들이 있다. 김말봉,[130] 한설야, 채봉석,[131] 방휴남,[132] 김명수,[133] 최인준,[134] 김경운,[135] 김정혁,[136] 김동리,[137]

---

[129] 문학과사상연구회 편저, 『한설야 문학의 재인식』, 소명출판, 2000, 214~215쪽. 한설야 작품목록 참조.

[130] 1925년 가정소설 부문에 3등 수상작인 「싀집사리」를 투고한 노초(露草)가 김말봉이다. 1925.3.2, 5면(『동아일보』, 부록 1면 문예란) 「당선 문예 발표」에는 경주군 대왕면(大旺面) 둔전리(屯田里) 이문옥(李文玉)으로 소개되었으며, 4월 18일 작품이 지면에 연재될 때에는 노초(露草)로 소개되었다. 서정자의 「김말봉의 현실인식과 그 소설화」(『문명연지』 4, 2003)에도 「시집살이」를 김말봉의 작품으로 소개하고 있다.

[131] 1928년 신춘문예에 입선하기 전 해인 1927년 2월 11일부터 17일까지 『동아일보』에 단편소설 「섬에 피는 꽃」을 연재한 이력이 있다.

[132] 충남 아산군 온양면 읍내리 출신으로, 1930년 4월 6일 연희전문학교 문과 본과 16명 명단에 이름이 올라있다. 또한 1934년에는 동아일보사 주최 제4회 하기계몽당 운동에 참여하였다는 기사가 있다.

[133] 1939년 11월 8일 『東亞日報』 석간 6면에는 〈상해소개란〉이라는 특집란이 실렸다 이 라에 '재 기자발한 문인 유신학원 김명수 씨'라는 제목으로 그에 대한 소개글이 실린다. "씨는 서울 출생으로 15세 소년시대에 내호(來滬)하야 광동국립중산대학 영문과를 필업하고 예술에 만혼 취미를 가저 연구를 하고 1930년에 씨의 처녀작 '두 전차 인스펙터'라는 단편소설이 본보 신춘문예 현상에 1등 당선됨은 이미 발표된 바이며 기후 극협회를 조직하야 활동하고 "상해소년", "습작" 등 문예잡지를 발행하여 해외청소년을 예술적 분야에서 지도함에 노력하였다. 사실 전까지 영조계공부국에 봉직하다가 지금은 신동아의 청년을 양성하는 흥아원화중연락부 유신학원에 근무중이며 현 32세 활약기 청년으로 사회에서 그에 대한 기대는 크다."

[134] 현경준과 함께 동반작가로 알려져 있다.

[135] 1935년 1월 4일 『東亞日報』 11면 '懸賞當選者紹介'에는 김운경(金雲卿)으로 소개되기도 하였다. 기사에 따르면 그의 본명은 현경준(玄卿駿)이며 함북 명천 출생으로 금년 27세라 한다. 평양 숭중, 문사풍중(門司豊中)을 졸업하고 동경 가서 수 년 동안 유학하였으며 앞으로 문예에 더욱 정진할 것이라며 포부를 밝혔다. 같은 해 2월 1일 석간 3면에 '본보신춘현상문예 "격랑" 당선 축하회'라는 제목으로 기사가 실렸다. 그의 고향 명천(明川)의 학생들과 재경 명천 유지의 환영 축하회가 열렸다고 한다. 축하회의 사진도 함께 실렸다. 그는 이후 1940년 5월 10일부터 6월 2일까지 동아일보에 본명으로 소설 「야우(夜雨)」를 연재하기도 한다.

[136] 1935년 1월 8일 『東亞日報』 석간 3면 '懸賞當選者紹介'에 의하면 본명은 김정혁(金貞赫)으로 함북 주을(朱乙) 생이며 당시 나이 21세였다고 한다. 일본 전검(專檢) 패스 후 일대예술과를 수료하고, 상지대학 신문연구실원으로 6개월, 작년 가을 만주 방면에 취직중, 하숙집 벽에서 우연히 본보 4월 14일의 사설 '인격과 절조'를 읽고 마음의 폭풍을 느껴 단연 사퇴하였다는 기록이 있다.

[137] 1936년 1월 6일 『東亞日報』 3면 '新春文藝當選者紹介3'에는 "동리는 아호요 본명은 김시종(金始鍾), 원적 경북 경주군 경주읍 성건리, 현주 경남 합천군 해인사강당, 대정 2년생, 학력 별로

정비석,[138] 곽하신,[139] 강형구 등이 대표적 인물이다. 신춘문예 시행의 목적이 문단에 신인을 공급히기 위험임을 염두에 둘 때『동아일보』신춘 문예가 문단에 기여한 바가 크다고 평가할 수 있는 부분이다.

이들이 발표한 작품을 주제별로 분석한 결과 사회문제를 다룬 작품과 개인의 감정을 다룬 작품으로 대별할 수 있었다. 사회문제를 다룬 작품 은 가정문제를 소재로 한 작품과 민족정신을 고취한 작품, 그리고 하층 민의 비극적인 삶을 다룬 작품으로 세분화할 수 있다. 이에 해당하는 작 품은 전체 27편 중에서 22편으로 가장 많은 비중을 차지하였다.

신춘문예 시행 초기에는 가정문제에 많은 관심을 두었다. 이는 신춘문 예 모집분야에 '가정소설' 부문을 따로 모집한 점만 보아도 알 수 있다. 신춘문예 단편소설 부문 최초 당선작은 최자영의 「옵바의 이혼사건」 1925.4.5~1925.4.10이다. 이 작품은 조혼의 폐단을 지적하고 연애결혼의 필 요성을 역설하였다. 주인공 '나순희'의 입을 빌어 동경유학생인 오빠가 왜 이혼을 할 수밖에 없었는지 오빠의 심경을 직접 노출함으로써 주제의식 을 심화하였다. 부모의 강권에 의해 조혼을 한 오빠는 유학생활을 하면서 진정한 행복을 느끼지 못하고 괴로워 하다가 결국 이혼을 선택한다. 여성

이러타 할 학력은 없고 그 伯氏에게 나아가 동양학을 청강한 것과 일역문으로 된 서양작품을 남 독한 것과 방랑 생활한 것"이라 소개하였다. 1934년 조선일보에 시 〈백로〉로 입선했고, 1935 년 조선중앙일보에 소설 〈화랑의 후예〉가 당선되었다.

138 1936년 1월 4일『東亞日報』新年號 附錄 其三 1면 '新春文藝當選者紹介1'에는 "평북 용천 출 생, 본명 정서죽(鄭瑞竹), 25세, 신의주중학 중도 퇴학, 일대(日大) 예과(豫科) 중도 퇴학, 기타 여기저기 중도 퇴학, 사진 무(無)"라고 소개하였다.

139 당선자 명단에는 천지인(天地人)으로 기록되었으나 실제 작품이 연재될 때에는 곽하신(郭夏 信)이라고 이름을 밝혔다. 1938년 1월 7일 조간 4면 '新春文藝當選者紹介1'에는 "경기도 연천 출생. 당년 18세. 이러타는 학력도 없다. 이력이란 것도 별로 없다"며 소개된다. 하지만 1939년 4월 20일부터 5월 6일까지『동아일보』에 단편소설 「안해」를 연재하기도 하며, 1949년 12월에 한국문학가협회 결성식에 이름을 올리기도 한다.

주인공을 내세웠음에도 불구하고 남성오빠의 심리적 갈등을 잘 묘사하여 조혼의 폐단과 연애결혼의 필요성을 드러냈다는 점에서 의의가 있다. 같은 해 '가정소설' 부문에 당선된 노초露草의 「싀집사리」1925.4.18~1925.4.25는 세 살 연하인 남편에게 시집을 갔다가 시집살이를 견디지 못하고 다시 친정으로 돌아온 을순이의 모습을 통해 가정의 비극을 그린 작품이다. 평범한 여성이었던 을순이가 전통적인 가정제도로 인해 자신의 목숨까지 버린다는 결말은 작품의 주제를 잘 대변해주고 있다.

일본의 허위를 고발함으로써 민족정신을 고취한 작품도 있다. 김덕혜의 「그릇된 동경」1927.2.1~1927.2.10은 평소 일본을 동경하던 주인공 '나'의 이야기가 전개된다. 일본여자 같다는 말에 기쁨과 만족감을 느끼고 글씨와 말투까지 일본식으로 흉내 내던 '나'는 결국 일본남자와 결혼하게 된다. '나'는 서툴게 일본사람의 흉내를 내며 개성과 인격을 버린 채 허위와 가식으로 살게 된다. 그러나 결혼생활을 한 지 일 년도 못 되어 남편에게 구박과 멸시를 당한다. 남편은 상해에서 정치범으로 붙잡혀 온 '나'의 오빠를 두고 "임시정부니 민족주의니 해가지고 주제넘게 덜렁대지만 그것은 다 어림없는 장난이다. 어림없이 덤비다가는 그만 났던 바람도 없이 쓰러져버릴 것이다. 야만인이란 할 수 없다. 학대하고 절대 지배를 하지 않으면 그 못된 근성이 없어질 날이 없다. 그 근성을 빼내야 동화도 가능한 것이다"라며 자신뿐 아니라 가족과 조선민족을 욕한다. 이에 "나는 알았나이다. 총과 칼이 세력 있는 시대에는 어디를 물론하고 강한 자가 문명인이오 약한 자가 야만인인 것을 (…중략…) 그러나 약하다고 옳은 일이 옳지 않을 수는 없는 것임에 우리는 우리의 사명을 다하지 않으면 안 될 것이로소이다"라며 자신의 사명을 자각하고, 남편과 결별하여 만주 S학교에서 교편을 잡고 조선의 아들 딸을 위해 교육에 힘쓰 겠다고 다짐한다.

박남조의 「젊은 개척사」1929.1.7~1929.1.9도 조선 청년의 사명을 일깨우는 내용을 담고 있다. 가난 때문에 어쩔 수 없이 일본인 밑에서 표구 일을 하는 태신19은 주인이 자신을 양자로 삼으려 하자 고민을 한다. 일본인 주인인 좌등은 마산에 본점을 두고 진주에도 지점이 있는 부호인데, 그에게는 딸만 둘이라 태신을 아들로 삼아 재산을 상속하겠다고 제안했기 때문이다. 게다가 좌등의 큰딸 도미고18가 태신에게 연정을 품자 태신의 고민은 더욱 깊어진다. 작품은 "조선의 한 젊은이는 제 운명을 제가 개척하여야 한다! 하고 빈약한 조선에서 설어운 운명을 가지고 자라난 태신이는 황금도 미녀도 떨쳐버리고 멀리 개척의 나라로 떠났다"며 마무리된다. 「그릇된 동경」과 달리 일본인에 대한 묘사가 호의적이며, 조선 청년의 사명을 자각하게 되는 계기도 누락되어 개연성이 부족하지만 민족정신 고취를 주제로 삼았다는 공통점이 있다. 김정혁의 「이민열차」1935.1.18~1935.1.19는 일본인에 의해 만주에 있는 회사 직공으로 팔려가는 조선여인의 모습을 그려냈다.[140]

신춘문예 단편소설은 농어민이나 노동자 계급 등을 내세워 '하층민의 비극적인 삶'을 주로 다루었다. 1927년 1등 수상작인 김남주의 「소작인 김첨지」1927.1.4~1927.1.11는 농촌을 배경으로 소작인을 주인공으로 내세워 궁핍한 농민의 비극적인 삶을 그려냈다. 일년동안 피땀으로 지은 농산물

---

140 해당 작품은 연재 2회 만에 "부득이한 사정"으로 중단되어 자세한 내용은 알 수 없다. 하지만 일본인에 의해 조선여인이 만주로 팔려간다는 도입부의 내용만으로도 검열을 의식했음을 충분히 유추할 수 있다.

은 종자값으로 빼앗기고 설상가상으로 자본가의 계략에 휘말려 보증사기를 당한다는 설정은 조선인의 비극성을 고조시키는 데 기여하고 있다. 이러한 경향의 작품으로 이문의 「짓밟힌 이의 우슴」1927.1.21~1927.1.29, 한형종의 「홍수」1928.1.2~1928.1.6, 이석신의 「인정」1929.1.1~1929.1.3, 채봉석의 「가정교사」1928.1.7~1928.1.10, 방휴남의 「감돌」1930.2.2~1930.2.5, 김현홍의 「국화」1932.1.12~1932.1.16, 운향의 「입원」1934.1.7~1934.1.14, 김경운의 「격랑」1935.1.2~1935.1.17, 김동성의 「산화」1936.1.4~1936.1.18, 천지인의 「실낙원」1938.1.6~1938.1.14, 김몽의 「만세환」1939.1.7~1939.1.19 등이 있다. 이들 작품은 농촌, 산촌, 어촌, 도시 등 구체적인 공간을 배경으로 농민, 어민, 노동자 등이 지주, 세력가, 자본가들에게 억압과 착취를 당하는 모습을 주로 묘사하였다. 김명수의 「두 전차 인스팩터」1930.2.6~1930.2.9는 중국을 배경으로 조선인 노동자의 비참한 삶의 모습을 그려냈다. 이일광의 「세모년경」1929.1.4~1929.1.6에서는 가난으로 자기 딸까지 팔아야 하는 상황을 묘사함으로써 비극성을 더욱 고조시켰다. 정비석의 「졸곡제」1936.1.19~1936.2.2 역시 극심한 생활고 때문에 어린 자식들을 죽일 생각을 하는 가장의 모습을 통해 하층민의 비참한 삶을 그려냈다.

신춘문예 당선작 중에는 연민, 사랑 등 개인의 감정을 다룬 작품도 5편이 있다. 최풍의 「방랑의 광인」1925.4.11~1925.4.13은 백두산 근처 마을을 배경으로 김참봉과 김참봉의 아내, 그리고 한 미치광이의 사연을 들려준다. 김참봉의 아내가 중국사람과 연애하다 미치광이에게 들켰는데 김참봉의 아내가 이 사실이 남편에게 발각될까 두려워 미치광이를 모함해 집에서 쫓아냈다는 내용이다. 작품은 "나는 늘 돈도 계집도 모르고 천애이역에 표박류리하여 태연자약하는 그 미치광이를 그윽히 생각합니다"라며 탐욕없이 유유자적하는 미치광이를 연민한다는 내용으로 마무리된다.

이영근의 「출교」1925.4.14~1925.4.16는 종교를 희생하더라도 사랑을 포기할 수 없다는 주제를 담은 작품이다. 주인공 인숙에게는 장래를 약속한 사람이 있다. 학교 교원인 영석으로 그에게 처자식이 있다는 소문을 들은 인숙은 영석에게 따져물었으나 영석은 거짓말로 위기를 넘긴다. 인숙은 목사가 자신을 호출하자 영석이 교회를 다니지 않아 반대하는 것으로 알고 종교 대신 사랑을 선택하겠다고 다짐한다. 하지만 목사는 인숙에게 영석의 비밀을 알려주고 이미 영석의 아이를 임신한 인숙은 출교를 결심한다

문성훈의 「명랑한 전망」1932.1.6~1932.1.9은 가출 청년이 연애를 통해 삶의 의미를 되찾고 회개한다는 내용을 담았다. 주인공 봉호는 전문학교를 졸업하고도 취직도 안 하고 결혼도 안 하며 어머니와 대립한다. 기울어가는 가정형편을 짐작하면서도 아무런 노력을 하지 않던 봉호는 옛 애인 경희를 만나면서 결혼을 다짐하고 밝은 미래를 꿈꾸게 된다. 최인준의 「황소」1934.1.1~1934.1.6는 시골 남녀사이에 서울남자가 끼어들면서 벌어지는 삼각관계를 다루었으며, 방휴남의 「외투」1934.1.18~1934.1.23는 외투 분실 사건을 둘러싼 등장인물들 간의 갈등과 해소를 희극적으로 그려냈다.

신춘문예 단편소설 당선작의 주제를 분석해 본 결과, 당선작의 대부분이 현실 사회 문제를 다루는 등 일정한 경향을 보이고 있음을 확인할 수 있었다. "응모작품의 9할 이상이 계급문제를 취급한 것이었다"[141]는 진

---

141 구체적인 내용은 다음과 같다. "강포한 악덕의 지주(혹은 대금업자)와 씩씩한 청년 투사와 약한 소작인(혹은 여인 혹은 노동자)가 최서해의 '홍염'에 유사한 스토리를 따라서 움직이다가 발광,

술은 신춘문예 응모작과 당선작 모두 현실 사회 문제를 주로 다루고 있음을 보여준다. 이는 신문 편집진이 특정 주제를 다룬 작품만을 선정한 것이 아니라 당시 독자들 역시 계급문제 등 현실 사회 문제에 깊은 관심을 갖고 그와 관련된 작품을 투고했음을 의미한다.

이처럼 신춘문예 응모작품이 특정한 경향성을 보이게 된 이유는 애초 신춘문예 모집규정에서부터 작품의 제재를 제한하는 등 편집진[142]이 적극적으로 개입했기 때문이다. 실제로 신춘문예 모집규정에는 모집분야 및 일정 외에 작품의 제재를 명시하기도 하였다. 신춘문예 시행 첫해부터 "내용을 모다 각계各係에 특색이 나도록 부인계 투고는 부인들이 읽기에 알마즌 것으로 소년계의 투고는 반듯이 소년소녀에게 뎍당한 내용을 가저야합니다"[143]라며 제재를 언급하였다. 1928년에는 농민생활과 학생생활을 제재로 해달라고 주문했고, 1932년에는 실생활에서 취재한 것으로 제한하였다. 심지어 명랑하고 경쾌한 것을 써달라고 직접적으로 요구하기도 하였다.

1932년 당선작인 문성훈의 「명랑한 전망」은 신문사가 요구한 조건을 충실하게 반영한 대표적인 작품이다. 주인공 봉호는 전문학교를 졸업하고도 취직도 안 하고 결혼도 안 하며 어머니와 대립한다. 기울어가는 가정형편을 짐작하면서도 아무런 노력을 하지 않던 봉호가 갑자기 경희를 만나면서 어제의 우울한 그림자는 사라지고 신선한 기색이 넘쳐흐르게

방화, 살인, 소작쟁의, 스트라익 중의 한 가지의 방법으로 소설은 끝이 난다." 選者, 「新春文藝小說選後言(4)」, 『東亞日報』, 1932.1.20, 3면.

142 박종린에 따르면 1920년대에 들어서면서 사회주의적 지식인들 중 일부가 『동아일보』의 편집을 주도하였다고 한다(박종린, 「일제하 사회주의사상의 수용에 관한 연구」, 연세대 박사논문, 2006, 12·27~33쪽 참조).

143 「新春文藝 募集公告」, 『東亞日報』, 1925.1.2, 2면.

되었다는 서술은 신문사가 제시한 '명랑하고 경쾌한 내용'을 담아달라는 요구조건에 부응한 사례로 볼 수 있다. 제목 또한 「명랑한 견명」으로 '명랑'을 강조하고 있다. 이렇듯 작품의 제재나 성격을 구체적으로 요구했기 때문에 작품의 배경이나 주인공, 주제가 특정한 경향성을 보이게 된 것이다.[144]

심사 주체가 작품을 모집할 때 특정 제재를 요구한 것은 '문단과 민중의 교섭'을 의도했던 것으로 보인다. 1927년 2월 2일 3면 '문단시비'에는 김상회의 「머러진 문단」이 연재되었다. 이 글에서 김상회는 "오늘날 조선사람의 생활이 10에 8, 9가 프로이니 그들에게 보여줄 문예가 또한 프로문예가 아니고는 아무 영향도 아무 가치도 절대적 없을 것"이라며 조선 문사는 민중 속으로 들어가 민중과 보조를 같이 해야 한다고 주장하였다.

첫째 대중이 작품 가운데서 자기의 자태를 발견할 것이니 정당하며 둘째 작가의 감각 취미 등의 단련을 스스로 노력하게 될 것이니 필요하다. 그리하야 작가는 먼저 노동자 농민의 생활을 생활하여야 될 것이다. 그리고 프로레타리아 계급 이외의 계급의 생활에서 취재한다 하더라도 그것은 프로레타리

---

144 이러한 모습은 신춘문예 이전의 현상문예에서도 찾아볼 수 있다. 1923년 6월에 시행한 '각본현상모집'이 그 사례이다. 『동아일보』, 1923.9.16, 6면에는 운정생(雲汀生)의 '선자(選者)의 말'이 있다. 그는 신병으로 심사가 한 달간 연기되었음을 사죄한 뒤, 실지에 경험이 많은 윤백남(尹白南)의 도움을 받아 초선을 진행하였다고 밝혔다. 그는 응모작들이 너무 판에 박은 듯이 물산장려의 강연체만 잉용(仍用)하여 낙심하였다며 취미, 기교, 예술미가 없는 점을 지적하였다. 당선작에 대해서는 예술미가 풍부해서 선택한 것이 아니라 가장 많이 현실미를 띠고 있는 까닭에 취하였다고 밝혔다. 물산장려의 필요가 가장 현실적으로 나타나는 농촌의 일부를 무대로 순연한 농부의 대화 사이에 그들의 생활이 위험해지는 모습을 사실적으로 묘사한 점을 높이 산 것이다. 이때의 현실미란 물산장려와 농촌의 모습을 반영했는지의 여부를 의미한다. 당선작을 가려내는 고선 기준이 '현상모집 주체의 의도에 얼마나 부합했는가'에 있었던 것이다.

아 계급의 생활에의 대조로써만 유용하다 할 것이다. 이 대조로써의 저들의 생활과 이데올로기의 파악과 묘사와 이해가 아니고서는 그것은 폭로가 되지 못하고 비판이 되지 못하는 까닭이다.[145]

위 인용은 1928년 12월 문단평으로, 역시 창작상 소재를 노동자와 농민의 생활로 제한해야 할 필요성에 대해 언급하고 있다. 1927년 12월 30일 1면에는 '신기운新氣運 횡일橫溢한 신춘본지新春本紙'라는 제목으로 1928년 신년호에 발행할 중요목차를 발표하였다. '세계정국총관', '경제', '신춘의 문예진', '문예평론', '가정부인' 등의 항목 아래 주요기사명과 필진을 거론하였다. '신춘의 문예진'에는 문단과 민중은 오늘까지 몰교섭한 것은 사실이라며 문예의 민중침윤과 민중의 문예기대를 발견하는 첫 시험의 일단으로 조선작가 제씨의 단편소설을 신년호부터 게재하게 되었다고 밝혔다.[146] 이러한 점을 미루어 볼 때 '문단과 민중의 교섭'을 목적으로 전문작가가 창작한 단편소설은 물론이고 독자들의 응모로 이루어지는 신춘문예 단편소설도 제재를 현실 사회 문제로 제한했을 가능성이 있다.

신춘문예 선후감을 통해 당선작의 선정 기준을 지속적으로 유포한 점역시 작품의 경향성을 강화하는 데 일조하였다. 단편소설 응모자들은 해

---

145 桂山人, 「戊辰文壇總觀(7)」, 『東亞日報』, 1928.12.26, 6면.
146 집필자로는 김팔봉, 김랑운, 최서해, 염상섭, 최독견, 박회월, 이기영, 최승일, 김영팔, 조포석, 김운정, 방춘해 등을 소개하였다. 실제로 1928년 1월 3일부터 김랑운의 「니젓든 연인」을 시작으로 이기영의 「고난을 뚫고」(1.15~1.24), 방인근의 「목사, 딸, 연애」(1.25~2.6), 조명희의 「이쁜이와 룡이」(2.7~2.15), 김영팔의 「어여쁜 노동자」(2.16~2.26), 최독견의 「유린」(2.27~3.8), 박야리의 「출가자의 편지」(3.9~3.22), 유화봉의 「연연이 이야기」(3.24~4.3), 최서해의 「폭풍우시대」(4.4~4.12), 김팔봉의 「삼등차표」(4.15~4.25)가 연재되었다.

· 당 매체의 선후감을 통해 문예 이론을 학습하고 선자選者가 제시한 대로 작품을 창작, 응모했을 것이다. 선후감에는 당선當選을 기려내는 과성이 언급되기도 하였다. 1932년 1월 15일 5면 '신춘문예 소설선후언'에 따르면 그 해 단편소설 응모작은 400편 정도였다고 한다. 그중에서 응모규정에 따라 원고 길이가 모자라거나 넘으면 내용 여하를 막론하고 제외하였다고 한다. 단편소설 응모규정에 의하면 원고의 길이는 1925년 12,000자, 1927년 7,200자, 1928년 5,600자, 1929년 8,400자, 1931년 10,500자, 1933년부터 1937년까지는 무제한, 1938년부터는 24,000자로 변화하였다. 10행 24자 50매 분량에서 꾸준히 늘어 1940년에는 200자 원고지 100매 이상 120매 정도로 배 이상 증가한 셈이다. 작품의 연재 기간을 보면 3회에서 13회까지 불규칙적이었으나 평균 6회에 걸쳐 연재하였다. 그리고 신춘문예 시행의 목적에는 신문지의 인기정책도 있지만 문예 진흥도 목적이었기 때문에 구시대의 표현과 감정을 다룬 작품 역시 제외 대상이었다고 한다. 이에 따라 구소설 투로 쓴 작품도 제외되었다.

검열 관계로 거리낌이 있는 작품 또한 내용의 가치 여하를 막론하고 제외하였다고 한다. 1929년에 『동아일보』 편집국장을 맡았던 주요한은 "내가 編輯局長이 될 무렵에는 회사의 방침이 되도록이면 압수를 당하지 아니할 정도에서 논설이나 기사를 쓰라는 것으로 바뀌었다. 따라서 編輯局長의 임무는 모든 기사의 初校를 자세히 읽어보고 필요하면 압수 아니 당하도록 문장이나 용어를 바꾸는 것이 가장 중요한 것이었다"[147]고 회고함으로써 신문사 자체의 내부검열이 작동했음을 증언하고 있다. 『동

---

147 주요한, 「만보산사건과 송사장과 그 사설」, 『언론필화 50편 – 원로기자들의 직필수기』, 한국신문연구소, 1978, 111쪽 참조.

아일보』편집진은 1920년대 후반부터 이미 검열에 통과하기 위해 자체적으로 내부검열을 시도한 것으로 보인다. 하지만 이러한 노력에도 불구하고 당선작의 일부가 게재되지 못하는 경우가 있었다. 1935년 선외가작인 김정혁의 「이민열차」가 대표적인 사례에 해당한다. 이러한 사례는 신문사 편집진의 고민을 상징적으로 보여준다. 민중들 속으로 들어가 민중의 삶을 그대로 그려내고자 했던 편집진의 의도와 당국의 검열을 고려해야 하는 현실 사이에서 신문사는 내부검열로 문제를 돌파하고자 했던 것이다.[148]

이에 따라 『동아일보』는 작품의 검열 통과 가능성을 당선작 선정 기준으로 삼았다. 신춘문예 당선작을 선정할 때, 응모규정의 준수 여부, 신시대의 표현과 감정을 다루는지의 여부 등과 함께, 검열에의 통과 가능성 여부를 중요한 기준으로 활용한 것이다. 이렇게 초선에 170여 편을 추린 후, 단편소설로서의 내용과 기교를 검토하여 재선, 3선, 4선을 거쳐 최종 4편의 작품을 추려냈다고 한다. 신문사는 4선에 이르는 심사 과정을 언급함으로써 신춘문예가 공정한 절차에 따라 진행된다는 점을 보여주고자 하였다. 심사자는 선후감을 통해 당선작 선정 기준, 당선작품 분석, 단편소설 응모 시 주의할 점, 응모작의 전체적인 경향 등을 언급하였다.[149] 1935년 1월 9일 '신춘문예선후감'에는 "단편소설이나 희곡에 대

---

148 후술하겠지만 신춘문예 동화 부문의 경우에도, 내부검열로 인해 당선작을 연재하지 못한 사례가 있다. 1931년 신춘문예 동화 부문의 당선작은 모두 7편이었다. 하지만 동화의 내용이 문제가 되어 신문사 편집진의 내부검열 결과 당선작을 지면에 연재하지 않았다. 같은 해 신춘문예에는 '단편소설'이 모집 부문에서 제외되었는데, 이 역시 검열과 관련된 문제일 가능성이 높다.

149 選者, 「新春文藝選後感(1)」, 『東亞日報』, 1936.1.4, 新年號 附錄 其三 1면. "단순한 남녀관계에 그치는 작품이 십 편 내외에 불과했다는 것이다. 이것은 우리의 생활이 날로 절박해 온 것이 무엇보다도 큰 원인이겠지만 생활 속에서 문학을 찾고 예술을 창조하려는 노력이 확연히 보인다. 아직까지도 우리가 손대보지 못한 화전민과 벽촌농민들의 생활에서 취재한 것도 확실히 우리들

한 개념만이라도 응모자들이 갖고 있는 것 같은 것이 그네들의 작품 속에 은연중 나타나있기도 했다, 조선말이 예년보다 훨씬 많이 쓰여진 깃도 기쁜 현상이었고, 공상을 버리고 눈앞에 놓여 있는 현실, 생활 속에서 취재하는 것, 태도에도 확실히 호감이 갔다"며 응모자들의 문학에 대한 이해가 높아진 상황을 긍정적으로 평가하고, 여전히 현실 문제에 높은 관심을 보이고 있음을 드러내기도 하였다. 그리고 이런 과정을 거쳐 당선된 당선작은 또다시 "그해 문단의 걸어갈 길은 어느 정도까지 예언"[150] 하며 당선작들의 작품 경향을 고착해 나갔다.

선후감은 선자의 감상을 기술하는 데에 그치지 않았다. 당선작이 지면에 게재될 수 있도록 작품의 제재 및 주제를 한정하여, 신문사가 의도하는 방향으로 작품의 주제를 유도하기도 하였다. 이로 인해 작품의 다양성을 위축시킨 점은 선후감의 문제점으로 지적할 수 있다. 하지만 각 장르별 창작이론을 소개하는가 하면, 응모작의 제재와 내용뿐만 아니라 문체와 표현에 이르기까지 세세하게 조언하여 작품의 완성도를 높이는 데 기여하기도 하였다. 선후감은 당선작 선정과 관련하여 절차적 공정성을 보장하는 한편 대중 독자들에게 작품의 창작방법을 지도함으로써 문예의 보급 및 전파에도 공헌하였다.

『동아일보』는 1925년부터 신문이 폐간되는 1940년까지 신춘문예를

작가에게 새로운 시야를 열어준 것 중의 하나라고 생각한다. (…중략…) 우리네의 절박된 생활양식을 가장 리얼한 붓으로 그리려고 애쓴 흔적이 역력히 보인다. 그러고 종래 퇴퇴적(退頹的)이오 너무나 소극적이었던 작자의 사상이 힘찬 새것, 빛나는 명일을 보여주려 한 데도 선자는 커다란 기쁨을 느낀다. 종래의 문학이 우리의 빈곤상, 빈곤한 생활현상을 그리는 데 그치던 소극적인 태도를 버리고 그 빈곤생활 속에서 새로운 생의 창설을 꾀한 것만은 두 손 들어 찬양할 일이다."
150 選者, 「新春文藝選後感(1)」, 『東亞日報』, 1935.1.9, 석간 3면.

지속적으로 시행하였다. 『동아일보』가 10년이 넘도록 신춘문예를 시행할 수 있었던 이유는 독자투고와 현상문예 등을 거치면서 제도적인 보완을 이루어냈기 때문이다. 그 결과 식민지 시기 독자들의 문학 장르 인식과 주제의식, 창작 수준 등을 통시적으로 살피는 데 유용한 자료를 제공할 수 있었다. 신춘문예에 당선된 단편소설 작가만 하더라도 김말봉, 한설야, 방휴남, 최인준, 현경준, 김정혁, 김동리, 정비석, 곽하신 등 25명에 이른다. 이들은 이후 문단에서 활발한 창작활동을 하게 된다. 이처럼 『동아일보』 신춘문예는 다수의 신인작가를 발굴함으로써 신춘문예의 시행 취지에 부합하는 성과를 냈다는 점에서 의의를 찾을 수 있다.

신춘문예 단편소설이 비중 있게 다룬 주제는 현실 사회의 문제였다. 작가들은 농어민이나 노동자 계급 등을 내세워 '하층민의 비극적인 삶'을 주로 다루었다. 당선작품이 이처럼 일정한 경향성을 보이게 된 이유는 애초 신춘문예 모집규정에서부터 작품의 제재를 제한하여 특정 제재를 요구했기 때문이다. 단편소설 모집에 앞서 특정 제재를 요구한 것은 '문단과 민중의 교섭' 의도가 반영된 것으로 보인다. 이는 식민지 삶의 비극성을 부각함으로써 신문사가 전개한 문화운동에 대한 정당성을 부여하려는 의도가 개입된 것으로 보인다. 그리고 선후감을 통해서 당선작의 선정 기준을 지속적으로 유포한 점 역시 작품의 경향성을 강화하는 데 일조하였다. 특히 작품의 검열 통과 가능성을 기준으로 제시하여 당선작이 지면을 통해 연재될 수 있도록 관리하였다. 이에 따라 소설의 제재 및 주제가 한정됨으로써 다양성을 위축시키는 결과를 낳기도 하였다. 하지만 신춘문예 선후감은 당선작 선정 과정의 절차적 공정성을 보장하는 기능을 담당하는 한편 독자들에게 단편소설 창작방법을 알려주어 단편소설의 보급 및 전파에 공헌하였다는 점에 의의가 있다.

신춘문예 단편소설 당선작은 조선어를 사용하기 어려웠던 식민지 시기에 독자들로 하여금 조선어 학습을 가능하게 하였다는 점에서도 의의가 있다. 신춘문예 단편소설은 문체 선택에 있어 순한글체를 지향하였다. 이는 애초 모집규정에 단편소설은 순언문으로 써달라고 명시한 점을 통해서 알 수 있다.[151] 신춘문예 당선작이 실린 지면 또한 부인란, 문예란, 학예란 등 순한글체를 주로 사용하는 지면이었다. 이에 따라 선후감에는 한글 사용에 대한 언급을 자주 하였다. 앞선 인용에서 볼 수 있듯이 '조선말이 예년보다 훨씬 많이 쓰여진 것도 기쁜 현상'이라며 조선말 사용을 권장하였다. 이 외에 세부적인 한글 표기 문제도 다루었다. '애'와 '에', '해'와 '헤', '대'와 '데'의 혼동을 지적하는가 하면,[152] 지역에서 사용하는 방언을 그대로 사용해 의미전달이 어려운 어휘를 지적하며 표준 발음으로 표기해 줄 것을 요구하기도 하였다.[153] 또한 "'의'와 '에'를 구별할 줄 안다는 것"[154]과 "모어를 발굴키에 노력한 자취가 보이는 데도

---

151 강형구의 「봉두메」에 대한 평을 하면서 "한자혼용의 불필요를 이 작자에게도 말해두고 싶다"고 언급한 것으로 미루어 볼 때, 단편소설의 문체는 순한글체로 해야 한다고 인식했음을 알 수 있다. 一選者, 「新春文藝選後感 短篇小說의 部」, 『東亞日報』, 1940.1.11, 석간 4면 참조.

152 選者, 「新春文藝小說選後言(3)」, 『東亞日報』, 1932.1.19, 5면. "표준발음에 의하지 않은 지방식 발음을 그대로 쓴 작품이 너무 많았다. 함경도와 경상도 전라도에서 들어온 작품은 거의가 그랬다. '애'와 '에'의 구별이 없이 '해'를 '헤'라 하고 '대'를 '데'라 하였으니 예컨대 "대게 세벽헤가 뜬 뒤에 배우랴고 선생을 차자가는 생도의 무리가 운운"라는 것이 있었는데 이것은 "대개 새벽해가 뜬 뒤에 배우랴고 선생을 차자가는 생도의무리가"라는 것을 그렇게 쓴 것이었다. 경상전라와 함경에서 들어온 작품의 9할은 모두가 '애'와 '에'의 구별이 없었다. 각도를 통하여 '에'와 '의'의 구별을 못하고 '은'과 '는', '을'과 '를'의 구별을 못한 사람이 많았지만 이런 작품은 대개 그 내용으로 보아 그다지 지식층의 사람의 것이랄 수가 없는 것이 명확하였지만 '애'와 '에'의 혼동은 상당한 지식층의 사람에게도 거의 있었다. 이것은 주의할 필요가 있을 줄 안다."

153 위의 글, "평안도물 가운데 '여관'을 '너관', '전차'를 '던차'란 것이 2, 3편 있었는데 그것은 필적 등으로 그다지 지식층의 사람의 것이 아니었지만 함경도와 전라도와 경상도의 투고에 '애'와 '에'의 혼동은 거의 전부였다. 경기인의 것으로 '즌차증류장'식의 사투리를 쓴 사람은 수 인 있었다. 이런 것은 모두 주의하여 표준발음으로 하는 편이 좋을 줄 안다."

우리는 경의를 표한다"[155]며 지속적으로 한글 사용에 대한 언급을 하였다. 이처럼 신문사가 한글 사용에 관심을 보인 데에는 민족문화 및 민족문자를 보존 발전시키려는 의도[156]와 신문 구독 독자층을 확대시키려는 두 가지 목적이 있었다. 이러한 목적을 달성하기 위해 문맹타파운동과 브나로드 운동 등 실천적인 활동을 펼치기도 하였다. 중요한 점은 신춘문예를 통해 순언문으로 된 작품을 모집, 연재함과 동시에 선후감과 특집기사를 통해 어문법을 꾸준하게 지도하였다는 사실이다. 『동아일보』가 시행한 신춘문예는 순언문으로 된 작품을 발표할 수 있도록 지면을 제공하고 어문법을 지도함으로써 조선어 학습은 물론, 단편소설을 통해 당대인의 사상과 감정을 전달하였다는 점에서 의의가 있다.

3) 신춘문예 당선 동화의 특질과 의의

『동아일보』는 창간한 이래 동화·동요·동시·동화극·일기·습자 등 다양한 장르의 아동문학을 꾸준하게 발표하였다. 이들 아동문학은 '어린이차지', '소년소녀란', '어린이', '아동', '부인', '가정', '어린이日曜' 등의 지면에 실렸다. 신춘문예를 통해 동화[157] 당선작이 발표된 시기는 1930

---

154 選者, 「新春文藝選後感(1)」, 『東亞日報』, 1936.1.4, 新年號 附錄 其三 1면.
155 위의 글.
156 신용하, 「1930년대 문자보급운동과 브나로드 운동」, 『한국학보』, 2005, 128쪽 참조.
157 1920년대까지만 하더라도 '동화'와 '소년소설'을 구분하지 않고, 모두 '동화'의 범주로 묶어서 취급하였다. 따라서 본 연구에서도 당시의 관행을 고려하여 '동화'로 표현하였다. '동화'와 '소년소설'의 장르 문제에 대한 상세한 논의는 이원수의 「아동문학입문」(『이원수 아동문학전집28』, 웅진출판주식회사, 1984, 32~33쪽)과 원종찬의 「한국의 동화 장르」(『민족문학사연구』30호, 2006)를 참조. 이러한 분류에 따르면 유월양의 「무더니의 일일」(1923.12.3~12.10), 이형월의 「사이조흔 남매」(1923.12.24), 재호의 「상해로 유학한 영남이」(1924.2.18), 죽송의 「편지왕래」(1925.1.1) 등은 '동화'라는 표제로 발표되었지만 '소년소설'로 보아야 한다. 『동아일보』는 1930년대에 들어서 비로소 '동화'와 '소년소설'을 구분하기 시작한다. 『동아일보』 최초의 '소년소설'은 김완동(金完東)의 「아버지를 짤하서」(1930.1.27~1930.2.4)이다. '소년소

년이지만 『동아일보』는 그 이전 시기부터 아동문학에 관심을 갖고 작품 연재에 노력을 기울였다. 따라서 이 절에서는 신춘문예가 시행되기 직전인 1920년대 동화의 전반적인 흐름에 대해 정리한 후, 신춘문예에 당선된 동화의 특질과 의의에 대해 논의하고자 한다.

1920년대 당시 아동문학에 관여한 인물들은 대부분 소년단체에서 활동하던 소년운동가들이었다. 소년운동은 3·1운동 이후 민족 실력양성 운동의 일환으로 전개되었다. 소년은 기성세대에 비해 새로운 변화를 감당해 낼 가능성이 높다고 인식되었기 때문에 잠재력을 지닌 존재로 부상된 것이다. 소년운동의 전개는 1921년 4월 천도교 청년회 포덕부의 유소년부를 모체로 하여 천도교 소년회가 결성되면서 본격화되었다. 천도교 소년회는 1921년 5월 1일 김기전, 방정환 등의 발기로 발족하였다.

이후 전국적으로 소년운동이 활성화되어 1923년 3월에는 고장환, 정홍교 등을 주축으로 무산소년운동단체인 반도소년회가 만들어진다. 그리고 일본 동경에서는 어린이 연구단체인 색동회가 발족하였다. 소년운동이 확산되자 1923년 4월에는 방정환이 중심이 되어 소년운동협회를 조직하였다. 그러자 정홍교는 이에 맞서 1925년 9월, 반도소년회 계열을 중심으로 한 경성소년연맹회를 창립하였다. 이후 일제 당국이 경성소년연맹회라는 명칭 사용을 반대하자 오월회五月會로 명칭을 바꾸었다. 이로써 소년운동은 방정환의 소년운동협회와 정홍교의 오월회로 분열 대립하는 양상을 보였다. 소년운동협회가 민족주의 색채를 띤 반면, 오월회는 사회주의 색채를 띠고 있었다.[158]

설'의 전개와 경향은 후속 연구를 통해 계속해서 논의하고자 한다.
158 김정의, 『한국소년운동사』, 민족문화사, 1992; 『한국의 소년운동』, 혜안, 1999 참조.

이와 같은 민족주의와 사회주의의 대결 구도는 소년운동에만 국한되지 않았다. 각 소년단체가 관여한 잡지의 성향에도 상당한 영향을 끼쳤다. 소년운동협회를 주도한 방정환은 1923년 3월『어린이』를 창간했으며, 오월회는 1926년 6월『별나라』를 창간하였다. 염희경은 이들 잡지의 특징을 다음과 같이 정리하였다.

『신소년』과『별나라』는 창간 초기만 하더라도『어린이』와 견줄 때 현실주의적 색채에서 그리 큰 차이가 없었다. 하지만 1927년『별나라』는 카프와의 관련 아래 계급주의를 내세우면서 송영과 박세영이 새로 편집진에 가담하였다. 이 시기를 전후로『신소년』과『별나라』는『어린이』와의 대타성을 강조하였다. 특히『별나라』는 기존의 민족주의적 소년회나 소년단을 비판하며 무산 소년 대중의 '조합 소년부'나 무산학원 등을 중심으로 그 세력을 뻗어나갔다. 이로 인해 1920년대 후반에 이르면 아동문단은 새롭게 재편되었고, 이 과정에서 아동문단은 성인문단이 보여준 분열을 노출하게 된다. 특히 아동문단의 경우 분열의 양상은 심각할 수밖에 없었다. 이것은 근대 아동문학이 당시의 소년운동의 일환으로 문화운동 차원에서 형성·전개되었기 때문이다. (…중략…)

1920년대 중후반 문단을 휩쓸던 좌우파의 분열을 최소화하면서 양자를 비판적으로 수용할 수 있는 아동잡지는『어린이』라고 보아야 할 것이다. 하지만『어린이』에 대한 카프 계열의 극단적 부정 속에서 좌우파의 이념을 균형감 있게 조정할 수 있었던 방정환을 잃어버린『어린이』는 중심 세력에 따라 좌파적 경향의 일시적 강화에서, 다시 동심주의적 성향의 강화로 선회하면서 현실주의의 기반을 잃는 등 극심한 변화를 겪는다. 이것은 좌파를 대변하는『신소년』·『별나라』와 우파를 대변하는『어린이』의 대립, 작가 집단의 대립에 그치는 것이 아니다. 무엇보다도 그 양대 잡지를 뒷받침했던 득지층인 어린이와 소년단체의 분열을 초래하고 만다. 아동문단은 성인문단의 분열 못지않은 심각한 편향을 노정한 채 해방을 맞고 좌우파적 통합의 기운은 모호한 채 분단을 통해 양 체제의 이데올로기를 제도적으로 재생산하는 구도로 변질되면서 극단의 대립을 초래한다.[159]

위의 인용에서 살펴본 바와 같이, 당시 소년운동과 잡지는 민족주의와 사회주의의 대립 구도를 형성하고 있었다. 그렇다면 각 경향을 대표하는 작가들이 모두 포진하고 있는『동아일보』의 상황은 어떻게 전개되는지 살펴보자.

천도교 소년회와 소년운동협회를 이끌었던 방정환은『동아일보』에 「천사」1923.1.3, 「귀먹은 집오리」1923.5.25, 「나븨의 꿈」1925.1.23~1925.2.4 등 세 편의 작품을 연재한다. 「천사」는 '안더슨집'에서 번역한 작품으로 착한 아이가 죽으면 천사가 아이를 하늘로 데려간다는 이야기이다. 「귀먹은 집오리」는 'ㅌㄹ生'이라는 이름으로 현상문예 을Z을 수상한 당선작이다. 귀먹은 오리를 속여오던 귀 밝은 오리가 결국은 자기 꾀에 넘어가 족제비에게 물려 죽는다는 내용으로 1925년『어린이』에 방정환의 이름으로 재수록 된다. 「나븨의 꿈」은 불쌍한 남매의 사정을 꿈에서 본 나비가 꾀꼬리와 함께 남매를 위로해주자 동생의 병이 낫게 된다는 내용이다. 이 작품은 순수한 어린아이를 나비와 꾀꼬리가 지켜준다는 설정을

---

159 염희경, 「한국 근대아동문학 형성의 '제도'」,『동화와 번역』제11집, 2006, 222~224쪽 참조.

통해 동심을 강조하고 있다. 『동아일보』에 연재된 작품 수가 많지 않지만 적어도 언급한 작품에서는 직접적으로 민족주의를 연상할 만한 단서는 찾기 힘들다.

반면 『별나라』[160]를 중심으로 활동했던 정홍교와 염근수는 방정환보다 다소 늦은 시기인 1926년에 집중적으로 등장한다.[161] 계급주의를 주장한 것으로 알려진 이들은 『동아일보』에는 주로 번역 작품을 연재하였다. 이들이 번역한 대부분의 작품은 보편적이며 교훈적인 주제를 담고 있었다. 번역 작품을 제외한 작품을 보면 염근수는 「착한복동이」 1926.9.1, 「사발통문」 1926.10.17, 「엽전한푼」 1926.10.20~1926.10.24, 「달도적질」 1926.10.31, 「병고치기」 1926.11.2, 「꼭 보십시오」 1926.11.28, 「아! 또 보는 기쁨」 1926.12.16, 「눈속에 토끼노리」 1927.1.16 등을 연재하였으며, 정홍교는 「삼학사의 현절사」 1926.10.31~1926.11.1, 「신령의 도움」 1926.11.7, 「혹불이색시」 1926.11.10 등을 연재하였다.

염근수의 「착한복동이」는 집안이 가난한 복동이가 다른 친구들처럼 방학 때 놀러가지 않고 부모를 도와 집안일 한 것을 선생님이 칭찬하였다는 내용이다. 「엽전한푼」은 '엽전한푼'이라는 별명을 가진 뛰어난 화가의 이야기를 다루고 있으며, 「달도적질」은 달을 훔치려는 도적의 일화

---

160 "오월회는 1926년 6월 잡지 『별나라』를 창간합니다. 그들은 그저 재미만 있는 이야기는 거의 다 현실을 벗어난 이야기라고 생각했습니다. 동화도 "기이한 신비를 떠나서 자기 계급에 대한 현실적"인 이야기를 담아야 한다는 것이지요. 아동문학도 계급의 현실을 그려야 한다고 주장했습니다. 새롭게 나타난 소년운동은 무산자 아동의 교양에 힘을 쏟고, 학교에 가지 못하는 소년을 대상으로 한 강습소 설치, 농촌 소년 야학 설치, 도시 노동야학 설치 등을 주요 활동 목표로 삼았습니다." 최규진, 『근대를 보는 창 20』, 서해문집, 2007, 275쪽 참조.

161 염근수는 1927년 10월부터 『조선일보』로 자리를 옮긴다. 그는 「비상한 제조」(1927.10.5)를 시작으로 『조선일보』에 동화를 연재한다. 반면 정홍교는 1926년부터 『조선일보』에 기사가 나타나지만 대부분 동화회와 관련된 내용이며, 1931년 『조선일보』에 「세 가지 소원」(1931.10.7)을 발표하나 이 역시 이미 『동아일보』에 발표했던 영국동화의 번역이다.

를 통해 미련하고 꾀가 없음을 비판하고 있다. 「병고치기」는 의사란 죽을 사람의 병을 고치려 생긴 것이니 개인의 욕심을 채우지 말라는 교훈을 담고 있다. 「꼭 보십시오」는 「쟉키의 꾀」와 유사한 내용으로 서울 갑부 익살대감을 속여 꼬부랭이가 벼슬을 구하였다는 이야기이다. 「아! 또 보는 기쁨」은 강릉 김대감의 아들이 선행을 베풀어 나중에 복을 받게 된다는 내용이다. 끝으로 「눈속에 토끼노리」는 빨가둥이라는 원숭이가 주인공 토끼 방아와 신둥할머니 곰을 속여 위기에 처하나 방아가 용서해주어 정답게 지내게 되었다는 내용을 담고 있다.

정홍교의 「신령의 도움」은 자기도 쌀이 없어 밥을 못 먹는 처지에 자기보다 가난한 이들을 돕던 김선이라는 인물이 산신령의 도움으로 부자가 되어 이전처럼 불쌍한 사람들을 도우며 살았다는 이야기이다. 「혹불이색시」는 중국 제나라를 배경으로 목에 혹이 달린 혹부리 색시가 어질고 현명한 말로 임금을 감화시켜 임금에 이어 나라를 다스려 백성들이 편안하게 살게 되었다는 내용을 다루고 있다. 심지어 염근수와 정홍교의 작품 중 「사발통문」과 「삼학사의 현절사」는 민족의 자존심을 고취하는 내용을 다루기까지 하였다.

결국 『동아일보』에는 아동잡지에서 보였던 민족주의와 사회주의의 대립 구도가 다른 방식으로 적용되었음을 알 수 있다. 즉 작가들이 각기 다른 사상적 배경을 가지고 있었음에도 불구하고 실제 작품들은 유사한 성향을 보이고 있는 것이다. 여기서 유사한 성향이란 민족의식을 고취하거나 아동의 순수성을 강조하는 경향을 의미한다. 물론 가난한 사람과 부유한 사람의 갈등을 그린 작품도 있지만 계급 간의 갈등으로 그려내기보다는 서로의 처지를 이해하고 동정하여 어려움을 함께 극복하는 것에 초점을 두었다.

『동아일보』 소재 동화는 창작 여부를 기준으로 본다면, 창작물과 비창작물로 나눌 수 있다. 창작물의 경우 '신동화', '창작동화'라는 표제가 달려 있었다. 이 외에도 독자투고 및 현상문예 그리고 신춘문예를 통해 발표된 작품도 창작물로 볼 수 있다.[162] 비창작물은 '우화', '전설' 등의 표제가 달려 있어 창작 여부를 구분할 수 있다. 그러나 예시한 표제 대신 '동화'로만 소개된 작품이 더 많은 비중을 차지하였다. '동화' 표제가 붙은 비창작물은 대부분 외국 작품의 번역 및 번안물이었다. 번역물은 번역자의 이름과 함께 '역譯'이라는 표기가 있었으며, 상당수가 원작의 출처를 밝혀놓았기 때문에 창작 여부를 쉽게 알 수 있었다.

『동아일보』에 실린 첫 창작 작품은 「옥희와 금붕어」1923.1.1이다. '신동화新童話'라는 표제가 있고 '동경에 잇는 고한승'이라고 작가를 밝혔다. 이 작품은 옥희라는 어린 소녀의 투병 생활과 죽음을 소재로 동물에 대한 애정을 다루고 있다. 작품은 기법 면에서 새로운 시도를 보여준다. 전래동화 '해와 달이 된 오누이'의 주요 내용을 작품 중에 삽입하는 것이나, 금붕어 여신이 옥희를 부르는 장면에서 동요를 삽입한 것 등이 그러한 예이다.

1925년 11월 24일부터 27일까지 연재된 고성孤星의 「파랑새」는 작가 이름 옆에 '作'이라는 표기가 있어 작품이 창작물임을 알 수 있게 한다. 이 작품은 어린 소년과 소녀를 주인공으로 내세워 서사를 전개하고 있다. 가난한 남매의 죽음을 소재로 삼고 있는데 어린 남매가 어머니의 죽

---

162 현상모집의 경우 창작은 물론 번역이나 번안도 허용하였다. 하지만 번역이나 번안물은 원작과 원작자를 명기해달라는 주문이 있어 명기된 내용을 바탕으로 창작 유무를 구별할 수 있다.

음을 이해하지 못하자 제비가 이를 설명해준다는 설정은 어린이의 순수성을 드러내기 위한 의도로 파악할 수 있다. 부모를 잃고 가난하게 살아가는 아동에게 동리 사람들이 동정을 베풀고 연민을 느낀다는 점은 다른 창작물에서도 발견할 수 있는 공통적인 특징이다.

1928년 5월 1일부터 12일까지 4회에 걸쳐 연재된 이용구의 「장미와 꾀꼬리의 설음」[163]은 '창작 동화'라는 표제를 달고 연재되었다. 이 작품은 금순이라는 어린 소녀를 주인공으로 설정하여 동식물에 대한 애정을 다루고 있다. 금순이는 자유를 빼앗긴 채 고통 받는 꾀꼬리와 꽃병 안에서 말라 죽는 장미의 모습을 통해 동식물도 아픔을 느낀다는 사실을 깨닫게 된다. 꾀꼬리와 꽃을 의인화하였기 때문에 독자는 금순이의 감수성에 쉽게 공감할 수 있다. 이렇듯 자연물을 인격화함으로써 주인공에 대한 감정이입을 보다 용이하게 하였다. 이 작품은 자연물도 고통을 느끼고 영혼이 있으므로 함부로 괴롭혀서는 안 된다는 메시지를 전달한다. 금순이의 여리고 순수한 마음과 동정심은 이러한 주제를 효과적으로 전달하도록 돕고 있으며, 동시에 주인공의 행위에 개연성을 부여한다.

창작물의 또 다른 유형으로는 독자투고[164] 및 현상문예[165] 계열의 작품들이 있다. 1923년 9월 2일 발표된 이형월의 「사이조흔 동무」는 을순이와 옥희의 학교생활을 중심 소재로 다루고 있다. 옥희가 가난한 집안

---

[163] 신문에 연재될 때는 3회분과 4회분의 내용이 순서가 바뀌어 연재되었다.

[164] 이형월의 「사이 조흔 동무」(1923.9.2), 연성흠의 「붉은 딸기꽃」(1923.11.25) 등은 '독자문단'에 실린 독자투고 계열의 창작물이다.

[165] '동아일보 발행 일천호 기념 현상'에 당선된 작품으로 현상문예 갑(甲)을 수상한 상희의 「길남이와 순녀」(1923.5.26), 현상문예 을(乙)을 수상한 진종혁의 「의좋은 삼남매」(1923.5.27), 최청순의 「배다른 형제」(1923.5.28), ㅌㄹ생의 「귀먹은 집오리」(1923.5.25) 등은 현상문예 계열의 창작물이다.

사정 때문에 고등학교 진학을 포기하자 을순이는 학교생활에 필요한 책, 필기구와 함께 편지를 옥희에게 전해준다. 작품은 을순이의 도움과 편지에 감동받은 옥희가 을순과 함께 무사히 학업을 마치고 해외유학까지 다녀오게 된다는 내용을 담고 있다.

1925년 8월 6일부터 8일까지 연재된 추강秋江의 「복남의 설움」은 남의 집에서 불쌍하게 양육 받는 복남이의 처지를 그리고 있다. 복남이는 자기를 길러주는 노파를 할머니라 부르며 사는데, 노파에게 자신의 부모를 알려 달라 애원해도 노파가 이를 알려주지 않자 자신의 처지를 비관하여 혼자 운다. 하루는 꿈에 어머니를 보고 더더욱 어머니를 그리워하게 된다. 그러나 꿈속의 어머니는 실은 친구의 어머니였다. 한 번도 어머니를 불러보지 못한 복남이는 견디다 못해 친구 순남이의 어머니를 찾아간다. 순남이 어머니가 복남이를 반갑게 맞아주시며 어디 아프냐고 묻자 그 말에 복남은 울음을 터뜨린다. 그때 마침 심부름 갔던 순남이가 집에 돌아오고 복남이는 집을 나가 언덕 위에서 순남의 집을 보며 어머니라 소리치고는 눈물을 흘린다.

이들 창작물에서 두드러지는 점은 서러움, 슬픔, 고통, 눈물 등의 어휘가 빈번하게 사용된다는 점이다. 또한, 작품에 등장하는 인물들은 병마에 시달리거나 가난한 집안에서 태어나거나 고아나 편모, 편부로 설정되는 등 결핍자가 대다수를 차지한다. 연민을 유발하는 어휘의 사용이나 결핍자로서의 인물상은 독자의 동정심을 유발하는 소재로 작용한다.

비창작물은 우화나 전설 등의 전래물과 외국 작품의 번역 및 번안으로 나눌 수 있다. 전설의 경우 민족의 자존심을 고취하는 내용[166]을 주로 다루고 있는데, 이는 식민지 현실에 아동문학이 어떻게 대응하고 있는지를 잘 보여준다. 식민지 시기를 직접적으로 표현하지 않으면서 시대 상황에 적절한 주제의식을 담아내고자 한 것이다. 열근수이 「시발통문」 1926.10.17, 정생의 「조선 전설 김춘택의 꾀」 1926.12.11, 이병윤의 「떡충이 명인」 1926.12.23은 동일한 모티프를 변주하며 민족적 자부심을 고취하고 있다. 간단하게 내용을 정리하면, 강대국인 청나라가 우리나라를 시험하기 위해 사신을 보내자 주인공이 기지를 발휘해 청나라 사신을 물리친다는 내용이다. 이와 같은 사례에서 보듯 전래물은 개작되어 연재되는 경우가 많았다. 물론 이러한 개작의 의도는 주제의식을 강화하고자 하는 데 있었다.

『동아일보』에는 번역 및 번안물이 20년대 초뿐만 아니라 후반까지 지속적으로 연재된다. 주로 이솝우화, 안데르센, 톨스토이를 비롯하여 영국, 이탈리아, 프랑스, 인도 등 세계 아동문학이 번역 또는 번안되었다. 이들 작품은 대부분 모험담이나 교훈담에 해당하며 사물의 현상이나 기원을 밝힌 유래담[167]도 상당수 있다. 외국 동화의 번역이나 번안의 경우, 대부분 국가나 민족에 상관없이 보편적인 주제를 다루었다. 하지만 구슬의 「지혜동의」 1925.1.4는 인도 총리대신 '빌클'이 이웃나라의 전쟁 위협으로부터 나라를 구한다는 내용을 담고 있어, 식민지 현실과도 밀접한 관련을 맺고 있다. 이러한 주제의식을 담아낸 작품은 20년대 후반에 들어 더욱 빈번하게 등장한다. 프랑스를 배경으로 자국 군인을 도와주다 독일 군인에게 총살

---

166 대표적인 작품으로 정홍교의 「조선 전설 삼학사의 현결사」(1926.10.31), 정생의 「전설 성종대왕의 마음」(1926.12.15)이 있다.

167 유래담에는 다음과 같은 작품들이 있다. 「붉어진 장미꽃」(1924.8.25), 「붉은 장미꽃」(1925.3.23~1925.4.1), 「고기의 래력」(1925.8.1~1925.8.2), 「참새와 파리」(1925.8.4~1925.8.5), 「해의 황금수레」(1926.1.5~1926.1.8), 「바쥐새」(1926.3.2~1926.3.4), 「보옥화」(1926.5.31~1926.6.3), 「황수선된 소녀」(1926.2.13~1926.2.17), 「황수선화」(1926.6.28~1926.7.1), 「제물안장」(1926.10.28), 「곰의 꼬리는 왜 짧은가」(1926.12.5), 「톡기님의 절구질」(1927.2.12), 「토끼의 죽엄」(1927.3.19~1927.3.22), 「별님의 웃음」(1929.11.9), 「고양이의 지혜」(1929.11.29~1929.12.1).

당하는 에밀의 이야기를 담은 「애국의 물」1926.11.16~1926.11.17, 자신의 처지를 동정하여 도움을 준 사람들이 자기 나라를 조롱하자 받았던 동전을 던져버리는 이탈리아 소년의 이야기인 「이탈리 소년」1927.5.1, 그리고 자기 나라를 위해 목숨을 바친 이탈리아의 소년 이야기 「소년수병 엔리고」1929.12.13~1929.12.19 등은 전설과 마찬가지로 애국심을 고취하는 내용을 담았다.

주목할 점은 비창작물 역시 창작물과 마찬가지로 동정심을 부각하였다는 것이다. 꼿이슬의 「성냥 파는 처녀」1925.1.14나 안더선의 「작은이」1925.9.1~1925.9.10는 모두 주인공의 불운을 다루고 있다. 특히 버들쇠가 번역한 「황수선이 된 소녀」1926.2.13~1926.2.17는 「황수선화」1926.6.28~1926.7.1로 번안되어 다시 소개되는데, 대강의 내용은 다음과 같다.

옛날 어느 곳에 얼굴이 어여쁜 수선이가 있었다. 수선이의 집 주변에는 아름다운 호수가 있었는데, 그녀는 호수 잔디에 앉아 머리 빗기를 즐겼다. 하루는 머리를 빗다가 호수에 비친 자기 얼굴 보고 반하게 된다. 자기 얼굴 보는 것에 정신이 팔려 다람쥐, 비둘기, 토끼의 부탁을 외면한다. 그때 어디선가 노랫소리가 들린다. 다른 동물들이 다 죽게 되었는데 도와주지 않는다면 사람이 아니라 풀이라는 노래였다. 노래에 이어 귀신이 나타나 수선이에게 "무엇으로 되든지 말 말어, 이 인정 업는 계집애년"이라 외치자, 수선이는 황수선화로 변하고 만다.

번역이 번안되는 과정에서 주인공의 이름이 '나시쓰사스 아가씨'에서 '수선이'로 바뀔 뿐, 동물들을 동정할 줄 모르는 주인공을 나무라며 벌을 주는 장면은 변하지 않는다. 이 작품의 주제는 동물을 포함한 자연물까지 동정의 대상으로 삼아야 한다는 것이다.[168] 이처럼 동화는 창작과 비창작의 구분 없이 모두 공통적으로 동정同情을 부각하였다. 동화에서 찾을 수 있는 이러한 일관된 경향은 편집진의 의도와 무관하지 않다. 이에 『동아일보』의 편집에 관여했던 이광수를 중심으로 이러한 경향성이 유지되는 이유에 대해 알아보고자 한다.

'신세계와 조선 민족의 사명'이라는 부제가 달린 「예술과 인생」[169]에서 이광수는 고통이 있어야 위안을 줄 수 있다고 말하였다. 이어서 그는 신세계 성립을 위해 개인 차원에서의 내적 개조와 사회 차원에서의 사회 조직 개조를 역설하였다. 이른바 개인이 신인新人으로 개조되어야 신사회를 이룰 수 있다는 논리이다. 그는 내적 개조를 하기 위해서는 먼저 자연의 미에 대한 동경의 정을 기를 것을 주문한다. 특히 아동교육에서부터 자연미를 감상하는 정을 길러야 한다고 강조하였다.[170]

이처럼 이광수는 동정sympathy을 근대적 사회를 형성하는 데 필요한 새로운 감정 규범으로 제시하였다. 인간은 동정의 능력을 발휘함으로써 보편적 인간으로서 사람이 되고 또 다른 인물들이 사람임을 발견할 수

---

[168] 벽호생(碧湖生)의 「벼룩의 갑」(1926.1.11~1926.1.14)은 이러한 동정의 당위성이 도식적으로 적용된 작품이다. 친구 벼룩의 죽음을 슬퍼하는 벼룩을 보고 까마귀, 매화나무, 늑대, 강, 양치는 아이, 아이의 부모, 마을사람, 심지어 온 나라 사람들이 슬퍼하며 울었다는 내용을 담고 있다. 이밖에 벽호생의 「암닭의 죽엄」(1926.1.24~1926.1.25)도 이러한 모티프를 활용하여 서사를 전개하고 있다.

[169] 이광수, 「예술과 인생」, 『개벽』 19호, 1922.1.

[170] 이에 앞서 「금일 아한 청년과 정육(情育)」(『대한흥학보』, 1910.2.)에서 그는 인간을 정적(情的) 동물로 규정하고 정을 '제 의무의 원동력이자 각 활동의 근거지'로 설명한다. 이어 「문학의 가치」(『대한흥학보』, 1910.3.)에서는 문학을 '정적 분자를 포함한 문장'이라 정의하고, 정을 문학의 독자적 원리로 설명하였다. 이 밖에 「조선교육에 대하야(二)」(『동아일보』, 1920.4.21)에서는 사람에게는 애정이 있고, 의지가 있고, 도덕이 있고, 이상이 있기 때문에 애정을 발로하며, 의지를 해방하며, 도덕을 준수하며, 이상을 표시하려면 인격 있는 사람이 전제되어야 한다고 하였다. 금일에는 사회의 단위를 개인으로 삼고, 개인의 인격을 사회의 기초로 삼아 사회의 진보와 발전을 개인의 인격 종합에서 구하기 때문에 개인의 인격 교육을 우선적으로 실시해야 한다고 주장한 것이다.

있게 된다고 본 것이다. 근대적 사회는 바로 이러한 능력을 가진 사람들에 의해 형성되는 새로운 형태의 결합체이다. 그는 정情의 능력을 확대함으로써 더 높은 수준의 사회적 연대성을 성취할 수 있다고 생각하였다. 이때 동정은 독자가 발휘해야 할 능력이자 작자가 갖추어야 할 태도이기도 하였다.[171]

이광수는 정과 동정의 교육을 통해 바람직한 근대적 주체를 만들어 내는 데 기여할 것으로 기대했으며, 이는『동아일보』창간 이전부터 그가 아동에 대한 관심을 두고 있었다는 점을 고려할 때 시사하는 바가 크다. 그는「자녀중심론」[172]에서 부모 중심의 도덕에서 벗어나 자녀 중심으로 돌아가야 새로운 문명에 적극 동참할 수 있다고 주장하였다. 그러나 자녀 중심으로 한다고 해서 자녀만을 위한답시고 모든 것을 자녀 뜻대로 하자는 것은 아니다. 부모는 자녀에게 독립된 인격체로 살 수 있도록 하는 것이 가장 중요하며, 이제 자녀는 부모의 소유물이 아니라 온 종족의 것이라고 말하였다.

「소아를 어찌 대접할까」[173]에서는 어른 대접하는 예의는 궁구하면서도 소아 대접하는 예의는 궁구하지 아니하는 것이 우리 통폐라고 지적하였다. 나이가 어리다고 낮추어 보지 말고 아이의 인격을 존중할 것을 주장하였다. 그렇지 않고 아이를 놀리고 괴롭히고 압제하면 아이들은 어른을 원망하고 반항하는 감정이 생기므로 아이들의 인격을 인정하고 어른처럼 대해야만 한다고 주장하였다.[174] 이광수의 이러한 주장은 동화에

---

171 김현주,『이광수와 문화의 기획』, 태학사, 2005, 175~193쪽 참조.
172 이광수,「자녀중심론」,『청춘』15호, 1918.5.
173 이광수,「소아를 어찌 대접할까」,『여자계』3호 1918.9.
174 소년운동 전개 과정에서 아동 교육의 환경 조성을 위해 가장 강조되었던 것이 아동에 대한 경어

동정이 부각되었던 사실과 무관하지 않다.

실제로 이광수는 1905년 일진회 유학생으로 선발되어 도일한 후 일본에서 손병희를 만났다. 그리고 학비 문제로 잠시 귀국하였다가, 1915년 김성수의 후원으로 재차 도일하여 와세다 대학에 편입한 이력이 있다. 이후 1923년 5월에는 동아일보사에 입사하였다.[175] 그는 신문사 입사 이전부터 단편 「가실」1923.2.12~1923.2.23과 장편 「선도자」1923.3.27~1923.7.17를 비롯한 문학론 등 수 많은 작품을 『동아일보』에 연재하였으며 동화도 두 편이나 발표하였다.[176] 그는 1926년 11월에는 동아일보의 편집국장을 맡았고, 김준연과 주요한을 거쳐 1929년 12월부터 또다시 같은 직책을 맡게 된다. 잦은 인사이동이 이루어졌음에도 불구하고 동정심을 부각한 그의 문학관은 『동아일보』 소재 동화에도 적지 않은 영향을 끼쳤을 것으로 보인다.

동화의 작가는 전문성을 기준으로 했을 때, 전문작가와 비전문작가로 구분할 수 있다. 전문작가로는 아동문학의 개척자로 일컬어지는 방정환을 비롯하여 김태오, 염근수, 정홍교 등을 들 수 있다. 방정환은 1925년 1월 1일 신년호 其四 3면에 '동화 짓는 이에게'라는 부제로 '동화작법'을 게재하였다. '소파생小波生'이라는 필명으로 발표한 이 글에서, 그는 동화가 가져야 할 요건으로 첫째, 아동이 잘 알 수 있는 것이어야 할 것, 둘째, 아동에게 유열愉悅을 줄 것, 셋째, 교육적 의미를 가져야 할 것 등을 제시하였다. 그의 글은 본격적인 동화 창작론이라는 점에 의의가 있다. 방정

의 사용이었다. 이를 통해 타인의 인격을 존중하는 습관을 길러주려 한 것이다. 동화의 대다수가 '-습니다'체의 종결어미를 사용한 점은 이러한 의식과 관련이 깊다. 동화뿐만 아니라 동화구연에서도 경어체를 사용하였다.

175 김윤식, 『이광수와 그의 시대』 2(개정 증보), 1999, 이광수 연표 참조.

176 이광수, 「동생」(1926.3.5); 「닭」(1926.3.6). 「닭」은 『동아일보』가 2차 무기정간으로 정간됨에 따라 1회만 연재되고 만다.

환은『동아일보』에 많은 수의 동화를 연재하지는 않았지만, 창작론을 비롯한 다수의 평론을 발표함으로써 동화의 발전에 기여하였다.

1926년에만 36편을 발표한 염근수와 16편을 발표한 정홍교는 1926년에 발표된 전체 동화 106편의 50% 정도를 차지할 정도로 1920년대 아동문학의 양적 팽창을 주도하였다.[177] 하지만 이들 작품은 장기 연재물이 아니라 대부분은 한 회로 연재가 끝났으며, 심지어 하루에 3편의 작품을 발표하기도 하였다. 또한 작품 자체의 서사가 중시되기보다 서술자가 직접 작품에 개입해서 주제를 설명해 주는 등 같은 시기에 작품을 발표했던 다른 작가들과는 많은 차이를 드러냈다.

염근수의 「이런 법이 잇소?」1926.10.3는 어리석은 당나귀의 모습을 풍자하고 있는데, 작품 말미에 "건방진 놈 제가 잘난 체하고 어더마젓스니 싸지"라며 서술자가 직접 개입한다. 다른 작품으로 「말똥게수작」1926.10.4이 있다. 이 작품은 어미게가 아들게에게 똑바로 걸으라고 하면서 정작 자신도 똑바로 걷지 못한다는 이야기이다. 역시 작품 말미에 "저도 할 줄 모르고 집안 내력도 모르고 자식을 가르친다는 게 딱합니다. 소년운동하시는 여러분께 한 마듸 말슴 들리오니 나부터 말한다 하드라도 몸을 단정히 갓고 지도할 만한 힘이 잇서야 될 것이라고 밋고 지나간 잘못을 후회합니다"라며 서술자가 직접 등장한다. 주로 이솝우화를 많이 소개한 염근수는 작품의 줄거리를 간단하게 요약하고 그 작품의 주제를 작가가 직접

---

177 1920년대『동아일보』전체 서사 문학 작품 480여 편 가운데 아동 서사물(동화, 동화극, 아동극 등)은 199편에 달하였다. 다음은 연도별 아동 서사물의 편수를 정리한 것이다.

1922년	1923년	1924년	1925년	1926년	1927년	1928년	1929년	합계
1편	12편	7편	24편	106편	26편	3편	20편	199편

제시해주는 방식을 반복해서 사용하고 있다. 서사가 시작되기 전 서술자의 소개가 들어가거나, 서사가 진행되는 과정에 서술자가 개입하여 내용을 설명하거나 마지막에 교훈을 직접 전달하는 모습 등이 그러한 예이다.

정홍교 역시 번역에 관여하는데, 그는 주로 영국이나 프랑스, 인도 등 외국의 동화를 번역 소개하였다. 그는 번역 외에 전래물을 소개하기도 하였다. 하지만 문학적 가치를 지닌 작품을 창작하지는 못하였다. 가장 많은 작품을 연재한 작가들의 작품이 다른 작가들의 작품보다 질적인 면에서 함량 미달의 평가를 받을 수 있는 것이다.

『동아일보』에는 동화구연회에 대한 기사를 많이 찾아볼 수 있다. 대부분 소년운동회의 주관으로 동화구연회를 개최한다는 기사이다. 기사에 따르면 염근수와 정홍교는 동화작가임과 동시에 활발하게 활동한 동화구연가였다. 따라서 이들은 작품 창작에만 몰두할 수 없었다. 이들에게 당장 필요한 것은 구연에 필요한 이야깃거리였기 때문이다. 이들이 모두 번역에 관여하였다는 사실은 이를 뒷받침해 준다. 또한 작품의 길이는 구연 상황에 맞게 조절할 수 있었으므로 신문에 연재하는 작품은 기본적인 줄거리만 소개했을 가능성이 높다. 그리고 아동의 이해를 돕기 위해 주제도 직접 전달한 것으로 볼 수 있다. 결국 이들은 전문작가라기보다는 전문구연가였던 셈이다. 동화 구연은 당시 아동이 동화를 향유하는 방식을 보여준다는 점에서 중요하다. 즉, 당시에는 동화를 읽는 것 외에 동화를 듣는 것 역시 동화를 향유하는 한 방식이었다.

이번 應募 童話 中에 가장 많은 것이 小說的인 것이엇다. 다시 말하면 말해서 들려주기 위한 童話라기보다는 글 볼 줄 아는 사람이 읽을 童話엿다. 다시 말하면 兒童小說이엇다. 이것은 잘못은 아니다. 普通學校 四五學年 程度로부터 高等普通學校 一二三學年 程度의 少年의 讀物로서의 兒童小說도 極히 必要한 싸닭이다. 그러나 아직 제힘으로 글을 읽을 줄 모르는 兒童을 들어 말해줄 童話(童話의 正統이라고나 할까)는 極히 적엇다. 많은 作者들은 이 點에 對해서는 注意를 하지 아니함이 아닌가 하는 感이 업지 아니 하엿다. 혹시 實生活에 取材하라고 한 本社의 注文이 오직 兒童小說을 意味함인 줄로 作家들을 誤解케 함이나 아닌가고 생각할 수밖게 업도록 그처럼 『아이들에게 들려줄 이야기』로의 童話가 稀少하엿다. 이것은 遺憾이라고 아니할 수 업스니 이 點으로 보아서 兒童小說 또는 少年小說과 童話와를 截然히 區別할 必要가 잇슬가 한다. 兒童小說이 아닌 童話는 文章의 主가 아니오 이야기가 主라야 할 것이다. 다시 말하면 이야기의 材料와 프로트의 波瀾曲折을 主로 하여야 할 것이다. 다시 말하면 **讀者를 爲한 것이 아니라 聽者를 爲한 것이라야 할 것이다.** 이것이 不足한 것이 遺憾이엇다.[178](강조는 인용자)

위 인용문은 1932년에 시행된 신춘문예 동화 부문 선후언의 일부이다. 동화 부문의 심사위원은 말로 들려줄 수 있는 동화를 동화의 정통으로 보고, 이러한 작품이 적은 것에 대해 아쉬움을 피력하였다. 주목해야 할 점은 독자를 위한 동화 외에 청자를 위한 동화를 언급한 부분이다. 교육기관의 증가와 발전으로 아동들의 문맹률이 낮아졌다고는 하나 보통학교의 취학률은 1920년 4.4%에서 1930년 17.3% 정도였다.[179] 1930년대까지 아동의 문맹률이 70.3%나 되었다는 통계[180]에 따르면 당시 대다

---

178 選者, 「新春文藝 童話選後言(二)」, 『東亞日報』, 1932.1.24, 5면.
179 오성철, 『식민지 초등 교육의 형성』, 교육과학사, 2000, 133쪽 보통학교 취학률 참조.

수의 아동들은 문맹이었던 셈이다. 이러한 상황을 감안한다면, 아동들이 스스로 신문에 실린 동화를 읽었다는 가정보다 아동들이 부모의 도움을 받아 동화를 이야기로 들었다는 가정이 더 설득력이 높다.[181] 앞서『동아일보』소재 아동문학 작품들이 아동 관련 지면뿐만 아니라 부인란이나 가정란에도 실렸다고 언급한 바 있다. 이러한 아동문학의 지면배치는 실질적인 독자층을 고려한다면 당연한 결과였다. 일련의 아동 또는 부인 관련 지면은 예상독자층을 고려하여 순국문체를 지향하였다. 간혹 한자가 쓰이더라도 일부 어휘에만 적용되는 등 한자의 사용이 극히 제한적이었다. 이러한 문체 사용 역시 가정에서 육아를 담당했던 여성이 주된 독자였음을 시사한다. 결국『동아일보』는 동화를 부인란이나 가정란에 배치함으로써 스스로의 힘으로 글을 읽지 못하는 아동들이 쉽게 동화를 접할 수 있도록 유도한 것으로 정리할 수 있다. 이는 문자 해독 능력이 부족한 잠재적 독자[182] 계층을 매체와 아동운동주체들이 어떻게 독자로 포섭하기 위해 노력했는지 보여준다는 점에서 의미가 있다.

동화가 구연되었던 상황을 고려한다면 문맹률이 높고, 신문을 구독할 경제력이 없는 아동이 실제로 동화를 접하는 경로를 이해할 수 있게 된다. 가정이나 사회운동 단체 또는 학교에서 부모, 연사, 교사가 아동들에게 신문에 실린 동화를 읽어주었으리라는 추정을 가능하게 한다. 또한

---

180 김현철,「일제기 청소년 문제에 대한 연구」, 연세대 박사논문, 1999, 66쪽 연령별 문맹률 참조.
181 宋南憲,「創作童話의 傾向과 그 作法에 對하야(上)」,『東亞日報』, 1939.6.30, 석간 3면. "口演化의 傾向에 對해서는 처음 童話의 發生이라는 것이 父母 乃至 祖父母가 그 幼兒에게 口授口傳한 이야기이니까 이 口傳이라는 것은 童話의 가장 素朴한 原始的 形式이다. 그리고 이야기하는 話術의 發達에 따라 純然한 口演童話의 發生을 보게 되었다."
182 마에다 아이는『일본 근대 독자의 성립』(이룸, 2003, 168쪽)에서 "읽을거리에 대한 관심과 욕구를 겸비하면서도 자주적으로 독서하는 의욕과 능력이 부족한 독자"를 "잠재적 독자"로 정의하였다.

구연자가 다수의 청중 앞에서 구연을 해야 하는 상황이므로 경어체가 발달할 수밖에 없었던 이유도 설명할 수 있게 된다. 대부분의 청중들은 아동이었겠지만 학부모와 교사도 청자였으므로 높임말을 주로 사용했을 가능성이 높다. 게다가 동화에는 유독 의성어가 빈번하게 사용되는데, 이 역시 구연 상황과 관련이 있는 것으로 보인다. 구연가가 의성어를 사용함으로써 아동들에게 현장감을 느끼도록 유도하고, 이야기에 몰입할 수 있도록 도와주는 역할을 한 것으로 볼 수 있다.

동화의 구연화와 더불어 동화를 시각화한 시도도 있었다. 『동아일보』에는 1926년 무렵부터 동화에 삽화가 등장하기 시작하였다. 염근수의 「대드리싸움」1926.10.8에는 도망가는 말과 두 사람의 다투는 모습이 그려져 있다. 염근수의 「내가 제일이다」1926.10.11는 이솝동화를 소개한 것으로, 다른 동물들이 잡아온 먹이를 동물의 왕인 사자가 혼자 차지한다는 내용을 담고 있다. 작품에는 욕심 많은 사자의 모습이 삽화로 제시되어 있다. 이밖에 「사발통문」염근수, 1926.10.17, 「엽전 한 푼」2회염근수, 1926.10.21, 「엽전 한 푼」3회염근수, 1926.10.24에도 삽화가 등장한다. 삽화는 글을 모르는 아동이라도 동화의 내용을 파악할 수 있도록 돕는 역할을 하였다. 이후 삽화는 동화의 내용을 보다 알기 쉽게 도와주는 보조적인 역할에서 한 발 더 나아가 독자적인 3컷짜리 만화로 전개되기까지 하였다.[183]

한편 비전문작가는 독자투고나 현상문예, 그리고 신춘문예를 통해 작

---

183 「이복형제」(1927.5.8~1927.5.20)와 「이상한 등잔」(1927.5.25~1927.6.9) 두 작품이 있다. 만화의 경우, 도입부에는 인물이나 배경이 소개되고 본격적인 사건 전개는 3컷 만화로 이루어졌다. 각 컷 마다 사건의 주요장면을 그림으로 보여주고, 간단하게 서사를 삽입한 것이다. 초기의 만화는 그림이 주가 되고, 서사는 보조적인 역할에 머물렀다. 3컷 만화는 이후 4컷 만화로 계승된다.

품을 발표하였다.[184] 아동문학을 발표한 이들은 유학생, 학교 교원, 아동
문학가, 소년운동가인 경우가 많았다 아동작가의 재생산을 꾀하려는 기
획은 신춘문예 시행을 계기로 현실화된다. 하지만 신춘문예 시행 초기에
는 다소 혼란스러운 모습을 보여주었다. 동화가 모집 부문에 포함되기도
하고, 제외되기도 하는 등 일관되지 않은 모습을 보여준 것이다.

신춘문예 시행 첫 해인 1925년에는 동화를 모집하지 않은 대신, 동화
극[185]을 모집하였다. 1926년에는 신춘문예가 시행되지 않았으며, 1927
년에도 동화는 모집 부문에서 제외되었다. 1928년부터는 '창작동화'와
'아동작품'을 분리해서 모집했는데, '창작동화'는 당선작이 없었다.[186]
1929년에는 '아동작품'만 모집하고, 동화는 모집 부문에서 제외되었다.
신춘문예에 동화 부문 당선작이 등장한 것은 1930년부터였다.

신춘문예 모집 부문에 있어서, 동화와 아동작품으로의 분화는 창작 주
체의 문제와 직결된다. 즉 동화는 성인이, 작문, 가요, 서한, 일기, 자유
화, 글씨 등의 아동작품은 아동이 직접 창작해야 한다는 생각이 반영된

---

184 이밖에 '문예란'도 "二千字 以內로 文壇作家 個人에게 對한 評과 希望의 投稿를 바랍니다. 그러
나 人身攻擊에 對한 것은 밧지 안슴니다. ◇◇◇ 그밧게 感想文, 童謠, 童話, 詩의 投稿도 歡迎함
니다. 文藝欄"(「投稿歡迎」, 『東亞日報』, 1924.12.15, 4면)라며 독자들의 동화 작품을 모집하였
다. 이 연구에서는 신춘문예 동화 부문 당선자의 경우, 비전문작가로 분류하였다. 당선자 중에
는 당선된 이후 전문적인 동화작가로 활동한 사례도 있지만, 신춘문예에 당선되었다는 사실만
으로 전문작가로 간주하기에는 미흡한 점이 있기 때문이다.

185 동화극의 모집 결과, 당선작 없이 선외가작만 4편이 발표된다. 경성 신필희(申必熙)의 「漂泊少
女」(1925.5.1~1925.5.3), 개성 마태영(馬泰榮)의 「秘密의 열쇠」(1925.5.4~1925.5.8), 경성
윤석중(尹石重)의 「올뱀이의 눈」(1925.5.9~1925.5.13), 경성 연은용(延銀龍)의 「날개 업는
비둘이」 등이다. 연은용의 작품은 당선작 발표 목록에는 있지만 신문에 작품이 연재되지는 않
았다.

186 「特告 入選新春懸賞文藝」, 『東亞日報』, 1927.12.31, 3면. "창작동화에는 어린이들을 위하야 명
편이 나오기를 만히 기대하엿스나 유감이지만 동화로서의 모든 조건을 가진 것을 하나도 발견
치 못하여 입선을 보지 못하게 되엿슴니다 동화분 상금은 다른 기회에 현상으로 제공하겟삽 그
리고 어린이 입선작품은 직접 지면에 순차로 발표하겟슴니다."

것이다.[187] 실제로 아동작품 당선작 발표에는 당선자의 이름 외에 재학 중인 학교명과 당선자의 나이가 함께 제시되었다. 이를 근거로 신춘문예 시행 이래 작문, 일기, 서한, 습자, 글씨, 자유화 등의 아동작품은 학생들이 직접 응모하였음을 확인할 수 있다. 동화와 아동작품을 분리하여 모집하는 방식은 1933년까지 이어진다. 1934년부터는 동화를 비롯하여 동요, 자유와, 습자, 작문 등을 아동물에 포함하여 모집하였다.[188]

다음 표는 1930년부터 1940년까지의 동화 부문 당선자와 당선작을 정리한 것이다.

〈표 8〉『동아일보』신춘문예 동화 부문 당선작 목록(1930~1940)

연도	당선자	제목	주제
1930	경성 이덕성(李德成)	(1등) 귀여운 복수	복수 대신 용서로 우정 확인
	이천 심일세(沈日洙)	(2등) 어머니를 위하야	하늘이 감동한 극진한 효성
	경성 김완동(金完東)	(3등) 구원의 나팔소리	동정심 많은 왕자의 선정(善政)
	영일 권한술(權翰述)	(선외) 산호랑이방아[189]	어린 남매의 용기와 기지
	안악 박일(朴一)	(선외) 동생을 차즈려	도적장수에게 잡혀간 동생 구출
	성진 변갑손(邊甲孫)	(선외) 惡한 兄	신문에 연재되지 않음
	개성 김재영(金載英)	(선외) 공것도 꿈이로구나	신문에 연재되지 않음
	광주 고영하(高永夏)	(선외) 거만한 여호	신문에 연재되지 않음
	청량리 윤원식(尹元植)	(선외) 白虎 잡은 강아지	신문에 연재되지 않음

187 一選者,「新春作品選評(3)」,『東亞日報』, 1938.1.12, 조간 4면. "兒童作品에 잇어서 한 가지 不美한 現象은 成人의 模作을 兒童名義로 應募한 것이엇다. 이것은 判別되는 대로 除外하기에 힘썼으나 或 아리숭달숭한 것은 不得已 그대로 選에 너흘 수밖에 없엇다. 이러한 應募는 단지 賞品을 얻기 爲한 것으로서 조치 못한 일임이 勿論이다."

188 選者,「新春文藝選後感(完)」,『東亞日報』, 1935.1.17, 석간 3면. "이번 新春文藝에 잇어 顯著히 눈에 뜨이는 現象은 童話가 例年에 比하야 量으로든지 質로든지 다 떨어지는 것이다. 兒童 自身의 손에 쓰여진 매우 素朴한 것만이 만흔 中에 大部分 傳來童話, 또는 緣起傳說의 類에 屬하는 것으로서 兒童의 情緒를 고읍게 길러줄 만한 것이라든지, 兒童의 想像力을 豊富히 해 줄 만한 것이라든지, 兒童의 實生活에서 取材하야 兒童에게 조혼 본보기가 될 만한 것이라든지는 찾어보기가 어려윗다."(강조는 인용자)

189 1930년 1월 2일 『東亞日報』9면 '入選童話'에는 「미력이와 갓난이」라는 제목으로 발표되었다.

연도	당선자	제목	주제
1931	동경 김철수(金哲洙)	(1등) 집 업는 男妹	결말 부분에서 연재 중단
	천원 노양근(盧良根)	(2등) 의좋은 농부	신문에 연재되지 않음
	수원 김대균(金大均)	(3등) 소들의 同情	시작 부분에서 연재 중단
	경성 이덕성(李德成)	(가작) 아름다운 마음	신문에 연재되지 않음
	김제 나석천(羅錫天)	(가작) 욕심쟁이 부자와 영수	신문에 연재되지 않음
	진주 정상규(鄭祥奎)	(가작) 삼봉이의 발꼬락	신문에 연재되지 않음
	선천 전창식(田昌植)	(가작) 平和	신문에 연재되지 않음
1932	박세랑(朴世琅)	(당선) 엿단지	고려시대 이적 장군의 일대기
	은동(銀童)	(가작) 어여뿐 죽엄	동포애 강한 소녀의 비극적 죽음
	현덕(玄德)	(가작) 고무신	어머니의 자식에 대한 사랑
1933	경성 유연(柳蓮)	(1등) 만주장사와 눈사람	눈사람의 보은(報恩)
	개성 수봉(秀峯)	(2등) 꿀벌이야기	신문에 연재되지 않음
	경성 이옥경(李玉敬)	(3등) 효녀정희	죽은 어머니를 살린 효성
	경성 이용주(李鏞周)	(가작) 소녀의 심장	내면의 아름다움을 못 보고 소녀를 죽인 어리석은 왕의 뉘우침
1934	장백현 주성순(朱性淳)	(당선) 적은 주먹	스스로의 힘으로 평화를 되찾은 검은 개미들
	경남 하동 남대우(南大祐)	(당선) 쥐와 고양이	힘을 모아 고양이를 물리침
	철원 노양근(盧良根)	(가작) 눈 오는 날	돈을 모아 월사금을 마련해준 학생들의 우정
1935	당진 정순철(丁純鐵)	(당선) 꽁지 없는 참새	참새와 인간의 우정
	철원 노양근(鷺洋近)	(선외가작) 참새와 구렝이	힘을 모아 구렁이를 물리침
1936	철원 노양아(盧良兒)	(당선) 날아다니는 사람	조선의 에디슨을 꿈꾸는 명구
	영등포 임원호(任元鎬)	(가작) 새빨간 능금	능금을 두고 다투다가 결국 화해하고 형제간의 우애 확인
1938	府內孔德町 정수민(丁秀民)	(당선) 세 발 달린 황소	친구 간의 다툼과 화해
1939	경성부 김기팔(金起八)	참새와 순이	어미 잃고 집 빼앗긴 참새를 도와주는 순이의 착한 심성
1940	장연읍 전상옥(全霜玉)	(가작) 앉인뱅이꽃	꾀부리며 학교 안 가던 옥희가 앉은뱅이꽃의 사연 듣고 반성

이 표에 의하면 『동아일보』 신춘문예 동화 부문 당선작은 선외작을 포함하여 모두 33편이다. 동화의 경우, 단편소설에 비해 중복 당선자가 많다는 점에 특색이 있다. 김철수가 1930년과 1931년에 각각 2등과 1등으로 두 번 당선했고, 이덕성이 1930년에 건덕방인建德坊人이라는 이름으로 1등, 1931년에 가작으로 두 번 당선하였다. 그리고 노양근[190]은 1931년에 2등, 1934년과 1935년에 가작, 1936년까지 당선에 올라 모두 네 번이나 당선하였다. 이로써 신춘문예 동화 부문 당선자는 28명이 된다. 신춘문예의 시행 목적이 신인 발굴에 있었음을 상기할 때, 이러한 성과는 신춘문예 본래의 목적을 달성한 것으로 볼 수 있는 충분한 근거가 된다. 특히 네 번이나 당선된 노양근은 1936년부터 『동아일보』에 동화를 본격적으로 연재하며, 대표적인 동화작가로 자리매김하게 된다.

신춘문예 당선작을 살펴보면, 1930년에는 당선작 세 편과 선외작 누편이 지면을 통해 공개되었다. 4편의 선외작만 지면에 연재되지 않은 것이다. 하지만 1931년에는 가작 4편뿐만 아니라 당선작조차 제대로 연재되지 않았다. 1등 수상작인 김철수의 「집 없는 남매」는 1월 7일부터 16일까지 6회 분량만 연재되고, 그 이후는 실리지 않았다. 심지어 2등 수상작인 노양근의 「의좋은 동무」는 당선작 발표 목록에만 이름을 올리고 작

---

[190] 1935년 1월 8일 『東亞日報』 석간 3면 '懸賞當選者紹介'에 의하면 그의 원적은 금천군 백마면 명성리이며, 현주소는 철원읍 중리148이라 한다. 당시 나이 29세로 '개성 송도고등보통학교 졸업. 고향과 개성, 창도 등지에서 다년간 교원생활을 하며 조도전대학문학강의를 마치고 현재엔 역시 철원에서 교원생활을 하는 일편 아동문학과 소설 시문 방면에 연구 창작에 노력중'이라고 소개된다. 1936년 1월 6일 『東亞日報』 3면 '新春文藝當選者紹介(三)'에는 그의 이력 소개에 이어 "본보 작년도 현상문예모집 삼대가요 중 '학생노래' 당선. 또 본보 현상문예에는 특히 동화 당선이 이번까지 네 번째임. 그리고 '학생의 노래' 당선 때문에 교원의 직을 일코 방금 구직중"이라고 소개된다. 노양근에 대한 상세한 연구는 원종찬의 「동화작가 노양근의 삶과 문학」(『아동문학과 비평정신』, 창비, 2001)과 김제곤의 「노양근 동화 연구」(인하대 석사논문, 2003)를 참조할 것.

품은 전혀 연재되지 않았다. 그리고 3등 수상작인 김대균의 「소들의 동정」도 1회분만 연재된 채 중단되었다. '응접실'란에는 이와 관련한 내용이 실린다. '응접실'은 독자의 질문에 대해 기자가 답변을 하는 방식으로 구성된 기획란이다.

▲ 讀者집업는 男妹(童話)는 六次에 끚입니까? 또 二等當選된 것은 웨 發表안슴니까(高陽 一讀者)

△記者집업는 男妹는 中間에 中止하게 되엇습니다. 또 二等도 마챤가지로 檢閱通過가 問題되어 不得已 揭載치 못하게 되어 筆者와 讀者에게 未安함이 적지 안습니다(一松亭)[191]

동화 연재 여부에 대한 독자의 질문에 대해, 기자는 검열 통과가 문제되어 「집 업는 남매」와 「의좋은 동무」 두 작품이 게재되지 못한다고 답변하고 있다. 「의좋은 동무」는 아예 연재되지 않았기 때문에 내용을 알 수 없지만, 「집 업는 남매」는 6회 분량까지는 연재되었다. 연재된 부분까지의 내용을 정리하면 다음과 같다.

재호와 점순 두 남매는 부모도 없고, 집도 없는 가련한 신세다. 남매의 아버지는 공장에서 일을 하다가 기계에 치어 죽었고, 어머니는 병으로 죽었다. 그래서 16살 재호는 엿을 팔며, 12살 점순은 꽃을 팔아 생계를 이어간다. 설이 가까워오자 집주인은 남매에게 집세를 재촉한다. 그래서 남매는 집세를 마련하기 위해 애를 쓰지만 힘겹기만 하다. 한겨울이라

---

[191] 「應接室」, 『東亞日報』, 1931.3.3, 6면.

꽃이 팔리지 않아 불도 때지 못한 차가운 방에서 굶주림을 참아 가며 버틸 뿐이다. 집주인이 재차 그믐까지 집세를 내라고 독촉하자 점순은 무리를 하다가 눈길에 쓰러진다. 재호는 점순이가 집에 돌아오지 않아, 동생을 찾아 나섰다가 쓰러진 점순을 발견한다. 재호는 겨우 동생의 목숨을 구해 집으로 돌아오지만 눈 쌓인 앞뜰엔 남매의 세간이 흩어져 있을 뿐이다. 집주인은 집세가 없으면 어서 나가라고 소리치고, 재호는 설이나 지내게 해달라고 집주인에게 애원한다.

작품의 결론 부분은 게재되지 않아 전체 내용을 확인할 수 없지만, 확인이 가능한 연재분에는 남매가 집세를 마련하기 위해 고군분투하는 모습이 매우 사실적으로 그려져 있다. 이러한 노력에도 불구하고 남매가 한겨울에 집에서 쫓겨난다는 설정을 통해, 작가는 당시의 부조리한 사회 모습을 고발하고자 하였다. 이 작품 외에도 다른 작품들 역시 이와 유사한 내용을 다루었기 때문에 신문사 편집진의 내부 검열 결과, 당선작을 지면에 연재하지 않았던 것으로 추정할 수 있다. 그렇다면 이들 작품들은 왜 유사한 내용을 다루게 되었을까? 이에 대한 해답은 이보다 1년 전인 1930년에 시행된 신춘문예 동화 부문에 대한 평론에서 그 단서를 찾을 수 있다.

① 「귀여운 복수」(建德坊人) 이것은 小學校 學生들 사이에 일어나는 事實에서 取材를 한 것이다. 自己가 賞五圓을 타기 爲하야 복동이의 運算한 算術을 고대로 옮겨 쓰고 복동이가 한눈파는 동안에 복동이의 運算한 것을 고무로 지워버리고 賞五圓을 바든 수남이! 이것을 알고도 말 못하고 집으로 돌아와서 분한 마음에 來日 先生께 告하야 수남이를 退學시키게 하겟다는 복남이. 이 말을 들은 복남의 누의는 수남이네 處地가 困難할 쁜더러 그 할머니가

病席에서 呻吟하니 그들의 모든 것을 생각하고 분한 마음을 참으란 누이님 의 說敎! 이에 感動된 복남이는 돌이어 저금하얏든 돈 三圓을 수남이에게 주 며 알는 할머니의 治療費로 使用하라고 하얏다. 이것을 밧는 수남이는 넘우 感動되어 소리처 울며 自己 罪惡을 잘못하얏다든 수남이. 이 모든 것이 잘 調 和되엇다. 作品을 通하야 模範할 點은 동무의 잘못을 卽席에서 攻駁치 안코 行動으로서 스사로 悔改케 한 것이다. 그러나 筆者의 所見 가태서는 수남이 가 眞實한 告白을 할 째에『살림사리가 구차하여서 良心을 속인 것이다』라 고 對答을 하게 하얏스면 더 意味가 잇섯을 것이다. 何如튼 內容에 잇서서 代 表的은 못 되나 取할 점은 잇다. 그리고 形式으로 말하면 小說을 읽는 感이 업지 안타. 나는 만혼 企待를 갓겟다.

②「어머니를 위하야」(金哲洙) 이것은 어려운 집 살림살이와 子息의 極盡 한 孝誠을 그린 作品이다. 極度로 貧寒한 生活을 싸아내는 그들은 아모러한 不平 不滿을 늣기지 못하는 天痴를 만들엇다. 우리는 貧寒한 生活을 그리는 同時에 그 貧窮化하는 基因을 들추어 說明하며 表現시킴으로써 少年의 意識 을 鼓吹시키며 社會的으로 進出케 하여야 할 것이다. 그리고 이 童話는 늘 돌아가는 이야기일 쑨더러 어느 雜誌에서 본 듯하다. 긔호라는 主人公이 밥 을 굶으며 알는 어머님쎄 藥을 사다들이지 못하야 늘 근심하는 그것보다 먼 저『우리는 왜 죽도록 일을 하고도 남들과 가튼 살지 못하느냐? 病院은 만 타. 그러나 왜 나의 어머님쎄는 所用이 업는가?』하는 不平 不滿이 끌어올라 야만 될 것이며 作者와 主人公을 通하야 社會의 諸般文化的 施設은 有産階 級의 享樂的需用品이지 無産階級에게는 何等의 關係가 업다는 것을 說明하 여야만 되엇슬 것이다.

③「구원의 나팔소리」(金完東) 이 作品은 自己個人的 享樂에만 陶醉되어 民衆의 受難을 不顧하는 非人間輩를 警戒한 作品이다. 少年大衆이 이 作品을 對할 째에 現世의 不合理한 社會制度와 爲政者 等의 間或 非行을 微弱하나마 對照하야 보는 同時에 政治에 對한 不平을 늣길 줄 안다. 그러나 事件이 넘우 複雜하야서 理解力이 豊富치 못한 少年으로서야 支離할 것이다. 그리고 이 作品 中에서 除外하야 버렷스면 하는 것은 王子가 집을 써나 은행나무 알에서 단소를 불 싸에 옥토씨가 하날서 내려왓다는 것과 토씨가 變하야 말이 되고 단소가 變하야 라팔이 되엇다는 것과 라팔을 불 째마다 出處 업시 騎馬兵이 모여들엇다는 것이다. 作者는 이것을 쓸 째에 勿論 必要感을 늣겻슬 것이다. 그러나 이 토막으로 因하야 作品 全體의 生命을 일헛다. 우리는 언제나 神秘的 內容을 버리자! 自然生長的이 아닌 現實無産少年運動에 잇서서 怪異한 神秘를 써나서 自己階級에 對한 現實的 知識이 아니면 안 될 것이다. 어썬 意味로 幽靈的 騎馬兵의 後援을 어더 父王을 討伐케 하얏는가 天降地出가튼 騎馬兵의 힘을 빌지 안코 不平에 싥는 民衆 속으로 王子가 들어가서 煽動宣傳하야 民衆의 動員으로써 可憎한 父王을 討伐케 하얏든들 얼마나 力作 이엇겟는가? 그리고 한 가지 取할 것은 父王이 피를 吐하고 죽은 後에 아버지의 자리를 代身할 옥좌를 버리고 個人的 享樂을 버리고 自己도 勤勞 民衆과 가티 勞動 속에 무치엇다는 것이다. 그리고 表現方式과 事件展開와 모든 것이 퍽 능난하다. 技巧에 들어서는 여러 作家 中 代表할 만하다. 만히 써주기 바란다.[192]

---

192 張善明, 「新春童話槪評 三大新聞을 主로(二, 三)」, 『東亞日報』, 1930.2.8~9, 4면.

위 인용문은 『동아일보』, 『중외일보』, 『조선일보』 등 3대 신문에 발표된 신춘문예 동화(童話) 부문 당선자에 대한 평론으로, 『동아일보』 동화 낙선작에 대한 평론을 발췌한 것이다. 평론은 각 신문에 실린 동화의 경개梗槪와 주제, 그리고 작품에 대한 평을 제시하였다. 평자評者인 장선명은 "童話를 評하야 價値를 決定함에 잇서 絶對多數인 無産階級少年의 利益을 代表하고 그들의 理智와 精神을 成長케 할 社會的 要素를 包含한 科學的 童話를 標準하고 評價하려 한다"[193]며 작품 평가의 기준을 '사회적 요소를 포함한 과학적 동화를 표준'으로 한다고 직접 명시하였다. 이러한 평가기준에 따라 조선의 아동을 둘러싼 자본주의 사회의 환경을 다루거나, 아동들의 실생활 속에서 일어나는 사건을 재료로 한 현실적인 작품이 동화의 규범이 되었다. 이에 반해 미신적이거나 영웅주의적인 재래의 작품은 비판의 대상이 되었다. 그는 유물변증법으로 변천하는 사회에 있어서 조선 소년에게 필요한 것은 경제적, 정치적 제반 현상에 대한 지식이라고 하였다. 그래야만 무산소년에게 의식적 교양을 제공함으로써 그들이 미래 사회를 맞이하는 데 도움을 줄 수 있다고 본 것이다. 자본주의 하에서의 무리한 착취나 고압적 수단 등 불합리한 현실 사회의 모습을 그대로 그려냄으로써 현실에 구속되어 있는 아동들에게 집단의식을 고취할 수 있는 동화를 요구하였다. 결국 경제적, 정치적인 자유 획득을 전제로 아동들의 투쟁 욕구를 일깨워 줄 만한 내용을 다룬 작품을 주문한 것이다.[194]

평론을 통해서 사회주의문학을 노골적으로 요구한 탓에 1931년 신춘문예에 응모한 동화의 대부분이 계급문제를 다루었을 가능성이 높다.[195]

---

[193] 張善明, 「新春童話槪評 三大新聞을 主로(一)」, 『東亞日報』, 1930.2.7, 4면.
[194] 張善明, 「新春童話槪評 三大新聞을 主로」, 『東亞日報』, 1930.2.7~15, 4면.

김철수의 「집 업는 남매」만 하더라도 현실 사회를 배경으로 남매의 빈한한 생활을 그리는 동시에, 오빠인 재호가 사회에 대해 불평불만의 감정을 느끼도록 유도하고 있었다. 이 작품의 주제의식은 앞서 언급한 평론에서 평자評者가 김철수에게 주문했던 내용과 정확히 일치한다. 김철수는 1930년 당선작인 「어머니를 위하야」에 대한 평론의 지적을 적극 수용하여 1931년에 「집 업는 남매」를 응모하여 재당선된 것이다. 이러한 사례는 평론가의 평가기준이 신문지면을 통해 공개되고, 응모자가 그 기준을 수용함으로써 동화의 경향 및 주제에 직접적으로 영향을 미치는 일련의 과정을 잘 보여준다.

1931년 신춘문예 동화 부문의 당선작 결정까지는 순조롭게 진행되었다 평론가는 평론을 통해 동화의 평가기준을 제시했으며, 이러한 요구에 대해 신춘문예 응모자는 그 기준을 수용하여 작품을 창작하였다. 그리고 신문사 역시 당선작과 가작을 합해 7편의 작품을 선정하였다. 문제는 당선작을 연재하는 과정에서 발생하였다. 동화 당선작이 부조리한 사회 모습을 비판하거나 계급성을 강조하는 내용을 담고 있어, 당국의 검열이 우려되는 상황이었던 것이다. 신문사 입장에서 볼 때, 1931년 신춘문예 당선 동화의 연재 중단 결정은 불가피한 선택이었다. 무엇보다 당시는 무기정간¹⁹⁶ 처분이 해제된 지 4개월에 불과한 때였다. 당선작을

---

195 심지어 이로부터 1년 뒤에 시행한 1932년 신춘문예 심사 결과, 응모한 150편의 동화 중에서 약 40%가 생활난과 계급적 불평을 주로 한 사회주의적 경향을 지닌 작품이었다고 한다. 그다음으로는 씨족적 영웅심과 불평을 주로 다룬 작품이 약 30%를 차지했고, 민족애를 주제로 한 작품이 20%, 기타 주제가 10%였다고 한다. 이러한 통계는 1932년 1월 23일 5면 「신춘문예 동화 선후언(1)」에 실려 있다.

196 『동아일보』는 1930년에 창간 10주년 기념사업을 벌였다. 기념사업의 일환으로 국내외 저명인사들의 축사를 게재하였다. 1930년 4월 16일, 미국 『네이션』지 주필 빌라즈가 보내온 축사를 게재한 것이 불온하다 하여 삭제를 당하고 곧 정간 처분을 받았다. 이 제3차 무기정간은 9월 1

그대로 발표하기에는 검열에 대한 위험부담이 너무 컸다. 이러한 상황에서 신문사는 편집진의 자체 검열 결과, 당선작을 지면에 연재하지 않기로 결정한 것으로 보인다.

하지만 작가 및 작품 발굴을 목적으로 시행한 신춘문예였으므로 신춘문예의 주최 측인 신문사 입장에서는 당선작을 연재하지 않는 것 또한 치명적인 타격을 입을 수 있었다. 이러한 위기상황을 돌파하기 위해 1932년에는 사회주의적인 내용이나 계급 문제를 다루지 않은 작품을 당선작으로 선정하였다.[197] 그 뿐만 아니라 선후언을 통해 검열 문제를 직접 언급하기도 하였다. 응모자들에게 검열관의 존재를 염두에 두고 작품을 응모해 달라고 호소한 것이다.[198] 더 나아가 선자選者는 생활난, 계급적 불평, 민족적 불평 외에 검열로부터 안전한 제재를 독자들에게 제시하기도 하였다.[199] 이러한 노력으로 1932년 당선작은 모두 지면에 연재될 수

일에야 해제되었다. 정간과 관련된 자세한 사항은 『동아일보사사』 권1, 301~302쪽 참조.

[197] 1932년 신춘문예 동화 당선작인 박세랑의 「엿단지」(1932.1.5~1932.1.10)는 자신의 잘못을 덮어준 형수님의 은혜를 갚기 위해 열심히 노력한 끝에 장군이 된 고려 시대 이적 장군의 일화를 소개하였다. 가작(佳作)인 은동의 「어여쁜 죽음」(1932.2.5~1932.2.9)은 만주에 있는 동포를 구제하기 위해 꽃을 팔아 구제금을 모은 소녀의 이야기를 다루었다. 또 다른 가작인 현덕의 「고무신」(1932.2.10~1932.2.11)은 낡은 고무신을 놀리는 친구들 때문에 아이가 서러워하자, 어머니가 고무신을 수선해 주었다는 이야기를 통해 어머니의 자식에 대한 사랑을 그렸다.

[198] 이와 관련된 진술은 다음과 같다. "新聞紙上에 揭載하는 것을 目標로 하는 當選者로 보면 檢閱官을 念頭에 두지 아니 한 作品이 넘어도 많았다. 이것은 童話에서만 그런 것이 아니라 小說, 戱曲, 童謠, 新詩에 잇서서도 다 그러하엿다. 우리는 이에 對하야 多言하려 아니 하거니와 오직 文筆에 從事하랴는 이에게 一言할 것은 무릇 무엇을 쓸 째에든지 檢閱官의 存在를 念頭에 두지 아니 하면 아니 된다는 것이다." 選者, 「新春文藝 童話選後言」, 『東亞日報』, 1932.1.23, 5면.

[199] 이번 현상모집의 주지는 실생활 동화의 건설에 있었다며, 재래의 동화를 비판하고 실생활을 재료로 하는 리얼리즘 동화를 요구하였다. "兒童의 實生活에서 取材한다고 반다시 生活難, 階級的 不平, 民族的不平을 主로 하지 아니하면 아니 될 것은 아닐 것이다. 소비에트 로시아의 革命 後의 童話를 보건댄 例를 들면 소로부터 구두가 되어 市場에 나가기까지의 이야기 모양으로 쏘 甲이라는 兒童이 汽罐車를 보고 거긔 限업는 愛着과 疑問과 硏究心을 가지고 硏究에 向하는 이야기 모양으로 無限한 材料가 잇을 것이라고 밋는다. 나는 作家들이 푸로文藝라든지 階級意識이라는 桎梏에만 배우지 말고 좀더 넓고 自由로는 處地에서 兒童文學을 지을 考慮를 하기를 바라지 아니할 수 업다." 選者, 「新春文藝 童話選後言」, 『東亞日報』, 1932.1.23, 5면. 선후감에서 제

있었으며, 1933년에는 2등 수상작인 「꿀벌 이야기」 한 편만 연재되지 않는다.[200] 이후부터는 모든 당선작이 지면을 통해 연재되었다.

1930년부터 1940년까지 『동아일보』가 시행한 신춘문예 동화 부문 당선작 중에서 내용을 확인할 수 있는 작품은 21편이다. 연재된 당선작들은 우정이나 효성을 강조하거나, 협동심을 고취하는 내용을 주로 다루었다. 이들 작품이 다룬 제재 중에서 가장 많은 비중을 차지하는 것이 '우정'이었다. 노양근의 「눈 오는 날」1934.1.13~1934.1.23이 대표적인 사례에 해당한다. 작품의 주인공인 준식과 동식은 보통학교 5학년 학생으로 어려서부터 친한 친구사이였다. 두 아이의 아버지는 모두 인력거꾼이다. 그런데 철원에 자동차가 들어오면서부터 벌이가 시원치 않아 어려운 처지에 놓이게 된다. 그래서 둘은 월사금을 마련하는 것이 제일 걱정이다. 동식은 다행히 월사금을 냈지만 준식은 오늘 아침에야 겨우 월사금을 받았다. 어머니가 비녀와 반지를 전당포에 맡겨서 겨우 구한 돈이었다. 둘은 등굣길에 자기 나이 또래의 아이가 구걸하는 장면을 본다. 보다 못한 준식은 조끼에서 한 푼을 꺼내 아이에게 건넨다. 그러다 학교에는 지각을 하는데 선생님은 왜 늦었냐고 혼낸다. 준식이 머뭇거리자 동식은 준식이가 월사금을 가져왔는데, 한 푼을 눈길에 떨어뜨려서 그걸 찾느라 늦었다고 대신 변명해 준다. 선생은 집에 가서 10전을 마저 가져오라고 준식을 내쫓는다. 집으로 다시 갈 수도 없는 준식은 고민 끝에 사실대로

─────

시한 제재를 활용한 작품으로는 1938년 당선작인 노양근의 「날아다니는 사람」이 대표적이다. 이 작품은 조선의 에디슨을 꿈꾸는 명구의 모습을 통해 아동의 호기심을 그려냈다.

200 1933년 2월 20일『東亞日報』 6면(學藝面) '當選童話'에는 편집자의 말이 실린다. 이를 통해 작품이 실리지 않는 배경을 알 수 있다. "당선 동화 二등 개성 수봉(開城 秀峯) 씨의 『쓸벌이야기』는 지상에 발표하기 어려운 점이 잇서 부득이 그만두기로 하고 오늘부터 三등을 실으면서 필자와 독자에게 아울러 사합니다……편즙자".

말하려고 교실로 들어간다. 교실에서는 동식이가 반 아이들에게 준식의 사연을 전해주고, 아이들은 돈을 모아 월사금을 마련해 준다. 준식이 감격하여 월사금을 내러 가자, 동식과 동무들은 그 모습을 흐뭇하게 바라본다. 이처럼 이 작품은 자신보다 더 불우한 아이를 동정한 주인공과 그러한 주인공을 도와준 친구의 모습을 통해 우정의 의미를 제시하였다.

효孝와 관련된 작품으로는 이옥경의 「효녀정희」 1933.2.20~1933.2.27를 들 수 있다. 이 작품은 서대문 근처 빈민이 모여 사는 곳을 배경으로, 나무도 못 때고 끼니도 한 달에 며칠만 먹을 정도로 가난한 가정의 모습을 그려내고 있다. 주인공의 아버지는 지게꾼인데 영양 부족과 한고寒苦를 겪다 죽고, 어머니마저 병석에 눕는다. 주인공 정희는 어린 나이에 생계를 위해 꽃 장사를 시작하는데, 장사수완이 없어 여의치 않다. 겨울이 되자 꽃을 구할 수 없어 고민하는데, 천사가 나타나 정희에게 꽃을 꺾어 가져가라는 뜻으로 꽃을 보여준다. 하지만 정희는 꽃이 너무 훌륭하고 예뻐서 꺾지 못한다. 천사와 이별하고 산 위에 내리자마자 정희를 흔들어 깨우는 이가 있어 정신을 차리고 보니 모든 게 꿈이었다. 정희를 깨운 건 어제 꽃을 팔아주던 어린 시인이었다. 시인은 정희에게 자신의 꽃을 나눠주고, 정희는 시인이 준 꽃 덕분에 장사를 할 수 있었다. 정희가 집으로 돌아가려할 때 시인은 정희에게 어머니가 돌아가셨다며 어서 집에 가보라고 말한다. 놀란 정희가 집에 가보니 시인의 말대로 어머니가 꼼짝 않고 누워계셨다. 그때 시인이 준 꽃을 달여서 먹이자 죽은 줄 알았던 어머니가 정신을 차린다.

주성순의 「적은 주먹」 1934.1.1~1934.1.3은 외세에 기대지 말고, 내부 단결을 통해 위기를 극복할 것을 주장한 작품이다. 검은 개미는 자신들보다 어려운 여건에서 힘들게 사는 붉은개미를 가엾게 여겨, 자기네 나라의 한쪽을 떼어 살도록 한다. 시간이 흘러 붉은개미의 수가 늘게 되자, 그들은 검은개미의 양식을 빼앗아 먹기에 이른다. 이에 검은개미는 귀뚜라미를 청해 붉은개미를 물리치나 귀뚜라미는 제 굴로 돌아갈 생각을 하지 않고 눌러 살려고 한다. 그러자 이번엔 왕지네를 청해 귀뚜라미를 물리치나 지네 역시 개미가 주는 양식만 먹고 눌러앉는다. 앞서 말하던 개미가 이번엔 독사를 청하자고 하자, 다른 개미들이 처음부터 제 힘으로 싸우지 않고 귀뚜라미와 왕지네를 청하는 바람에 곤란을 겪게 되었다며, 그 개미를 때려죽이고 여럿이서 힘을 합쳐 왕지네에게 달려든다. 그렇게 왕지네를 물러친 이후 검은개미 나라는 평화를 되찾게 된다. 이 작품과 유사한 주제를 다룬 작품으로는 남대우의 「쥐와 고양이」1934.1.5~1934.1.12와 노양근의 「참새와 구렝이」1935.1.13~1935.2.3가 있다. 이들 작품은 각각 쥐와 참새가 힘을 모아 고양이와 구렁이를 물리친다는 내용을 담았다.

앞서 언급한 바와 같이 선자는 동화 선후감을 통해서 우화와 같이 비현실적인 작품을 비판하며, 현실적인 내용을 다룬 작품을 응모해 달라고 주문하였다. 하지만 「적은 주먹」, 「쥐와 고양이」, 「참새와 구렝이」는 동물이나 곤충이 주인공으로 등장하며, 이들이 대화를 하는 모습이 그려지는 등 비현실적인 내용을 다루었다. 선후감에서 요구한 내용과 실제 당선작의 내용이 상반되는 것이다. 이러한 모순적인 결과가 발생한 이유는 검열을 회피하기 위해서 은유적으로 주제를 전달할 필요가 있었기 때문이다. 예시한 작품들은 외부세력에게 의존하지 말고, 힘을 모아 위기를 극복하자는 주제의식을 담고 있다. 이렇듯 협동심을 강조한 주제의식은 식민지 현실을 고려할 때, 민족이 단결하여 일제에 저항하자는 의미로 해석될 여지가 있는 민감한 주제였다. 따라서 작품에서는 검열을 염두에 두고 개미, 쥐, 참새 등 동물의 이야기를 통해 은유적으로 주제를 전달한 것으로 보인다. 외적으로는 비현실적인 내용을 다룬 것처럼 보이지만 실제로는 현실을 반영한 주제를 다룬 것이다.

『동아일보』는 평론과 선후감을 통해서 동화의 평가기준을 제시하였다. 사회적 요소를 포함한 과학적 동화를 표준으로 한다고 직접 언급했기 때문에 현실적인 내용의 작품이 동화의 규범이 되었다. 이에 따라 신춘문예에 당선된 작품은 자본주의 사회의 불합리한 모습을 담거나 아동들의 실생활을 다루는 등 현실적인 내용을 주로 다루었다. 신춘문예 시행 초기까지만 해도 아동들의 생활난, 계급적 불평, 민족적 불평 등을 드러내는 작품이 당선되기도 하였다. 하지만 검열 문제로 이러한 작품을 연재하기 어려워지자 편집진은 내부검열을 거쳐 해당 작품의 연재를 중단하는 조치를 취하기도 하였다. 이와 동시에 선후감을 통해 검열로부터 안전한 제재를 나열하며, 독자들에게 검열관을 의식한 작품을 응모해달라고 지속적으로 요구하기도 하였다. 그 결과 당선작의 대부분은 이전 당선작의 내용을 변주하는 경우가 많았으며, 특정한 주제가 반복적으로 제시되었다.

신춘문예 동화 당선작에서 가장 많이 다룬 주제는 우정, 효, 협동심 등이었다. 이외에도 동정심이나 모험심, 성실성이나 창의성을 다룬 작품들도 있었다. 이러한 주제의식을 종합하면 신춘문예 동화 당선작이 제시한 아동상이 도출된다. 불합리한 현실 사회의 이면을 간파할 수 있는 안목이 있으며, 이러한 부조리에 맞서 싸울 용기와 투쟁 능력을 갖추고, 포기하지 않고 끈기 있게 도전하는 인물이 바로 그런 아동상이었다. 그리고 각성한 아동들이 단결할 수 있도록 연대의식 함양에 중점을 두었다. 이러한 의도로 말미암아 우정과 협동심이 강조된 것이다. 이처럼『동아일보』는 동화를 통해 바람직한 아동상을 제시함으로써 아동들을 계몽하고자 한 것이다.

『동아일보』는 신춘문예를 시행하기 이전부터 동화 연재에 힘써왔다. 당시 아동 잡지에서 보였던 민족주의와 사회주의의 대립 구도 대신에『동아일보』소재 동화는 두 사조가 공존하는 모습을 보여주었다. 이들 동화는 동심을 강조하거나 민족적 자긍심을 고취하는가 하면 불합리한 현실 문제에 대해 아동들이 연대의식을 발휘하여 문제를 해결하는 모습을 보여주었다. 그리고 동정심을 다룬 작품이 상당하였다는 점도 특징적이다. 이는『동아일보』편집국장으로서 신문 편집에 깊이 관여한 이광수의 의도와도 관련이 있다. 그는 동정을 근대적 사회를 형성하는 데 필요한 새로운 감정 규범으로 제시하였다. 정과 동정의 교육으로 바람직한 근대적 주체를 만들고자 한 것이다. 감정을 교육하여 조선의 미래를 준비하고자 했던 의도가 동화를 통해 표출된 것으로, 준비론에 입각한 실력양성운동의 일환으로 아동 계몽이 이루어졌음을 보여준다.

신춘문예 시행 초기에는 동화가 모집 부문에 포함되기도 하고, 제외되기도 하는 등 일관되지 않은 모습을 보여주었다. 하지만 1930년부터 꾸준하게 시행한 결과 28명의 당선자를 배출하였다. 신춘문예의 시행 목적이 신인 발굴에 있었음을 상기할 때, 이러한 성과는 신춘문예 본래의 목적을 달성한 것으로 볼 수 있는 충분한 근거가 된다. 이처럼『동아일보』신춘문예는 많은 수의 동화작가를 발굴한 점에 의의가 있다. 이들 당선자는 당선 이후에도『동아일보』에 동화를 발표하여 창작동화 발전에 기여하였다.

신춘문예 당선 동화는 단순한 읽을거리가 아니었다. 조선의 아동들에게 바람직한 아동상을 보여줌으로써 계몽 효과를 이끄하였다. 이리한 의도는 당선작의 결정권을 지닌 선자들에 의해 제시되며 관철되었다. 그들은 무산소년에게 의식적 교양을 제공한다면 아동이 미래 사회를 맞이하는 데 도움을 줄 수 있다고 보았다. 이에 따라 그들은 동화의 평가기준을 직접 언급하며, 자본주의 하에서의 무리한 착취나 고압적 수단 등 불합리한 현실 사회의 모습을 그대로 그려낼 것을 주문하였다. 현실에 구속되어 있는 아동들에게 사회에 대한 비판의식을 고취할 수 있는 동화를 요구한 것이다. 하지만 신문사 입장에서는 검열을 고려해야 했기 때문에 수위 조절이 이루어져 극단적인 주제는 배제되었다. 그 결과 신춘문예 당선작은 우정, 효, 협동심 등을 주된 주제로 삼게 되었다. 이러한 모습은 동화를 둘러싼 세 주체의 욕구가 어떻게 충돌하고 타협점을 찾는지 보여준다는 점에서 의의가 있다. 평론가는 지면을 통해 동화의 평가기준을 제시하며, 자신들의 의도에 부합한 작품을 요구하였다. 신문사 편집진은 선후감을 통해 검열 문제를 언급하며 검열에 저촉되지 않을 만한 제재로 응모해줄 것을 당부하였다. 이에 대해 독자들은 이들이 제시한 기준을 재빠르게 수용하기도 하고, 자신만의 주제의식을 고집하기도 하면서 작품을 응모하였다. 신춘문예 당선 동화에 드러난 주제는 바로 이러한 고민의 산물이었던 셈이다.

4) 신춘문예 당선 작문의 특질과 의의

신춘문예는 신진 작가의 양성 외에도 다양한 목적에서 시행되었다. 이 절에서는 『동아일보』를 중심으로 신춘문예의 또다른 기능에 대해서도 언급하고자 한다. 구체적으로 아동[201]에게만 응모자격을 부여한 '작문'에 주목하여, 해당 장르의 모집 배경과 당선작의 내용적 특질 및 문학사적 의의를 밝히고자 한다. 아울러 작문 모집이 언제부터 시작되었는지 추적하고, 어떠한 목적에서 시도되었는지 분석하고자 한다. 그리고 신춘문예 '작문' 모집의 의의를 도출하기 위해 모집부문에 '작문'이 포함된 것이 당대 매체들의 일반적인 경향인지 『동아일보』만의 특수성을 보여주는 사례인지 확인한 후, '작문' 모집이 지니는 의미에 대해 논의하고자 한다.

『동아일보』는 발행 초기부터 독자 확보 차원에서 독자들의 신문 문예 참여를 유도하였으며, 1923년 5월 『동아일보』 발행 일천호를 기념한 현상모집부터 아동과 여성을 호출하였다. 이러한 모습은 일요호와 월요란을 거쳐 신춘문예에 이르기까지 이어진다. 신춘문예는 '신진작가의 발굴' 등 새로운 시행 목적을 내세우며 등장하였다. 이는 독자 참여 제노의 기능이 '독자' 확보에서 '작가' 확보로 변모했음을 의미한다. 『동아일보』 최초의 신춘문예 모집공고는 1925년 1월 2일 2면에 등장한다. 편집국장이자 학예부장인 홍명희의 주도로 문예계, 부인계, 소년계로 나누어 일반 신진작가의 원고를 모집한다고 밝혔다. 문예계는 단편소설과 신시, 부인계는 가정소설, 소년계는 동화극, 가극, 동요 등을 모집하였다. 『동아일보』 최초의 신춘문예는 문예계, 부인계, 소년계 등으로 독자의 층위를 구분하여 작품을 모집, 발표하였다. 이는 이전의 독자 원고 모집 전통

---

201 실제 당선자들의 대부분은 보통학교 생도들이었고, 나이가 15세에 이르는 경우도 있었다. 현대의 기준으로 보자면 아동의 범주에서 크게 벗어나지만 당대의 기준을 따라 본문에서도 아동으로 지칭하였다. 신문사는 응모규정 및 선후감에 일관되게 '아동'이라 특정하였으며, 응모자의 학년(연령)을 참작하여 심사하겠다고 밝힌 점으로 미루어 아동의 층위가 넓다는 것을 인지하고 있었던 것으로 보인다.

이 신춘문예로 이어진 것이며, 여성과 아동이라는 새로운 독자층을 발굴하여 가정란과 아동란을 신설한 매체의 지면 혁신 정책과도 연동되는 작업이었다.

작문이 신춘문예의 모집부문에 포함되기 시작한 것은 1927년의 일이다. 1926년 10월 31일 1면에는 '신춘특별논문 급 문예작품현상모집' 공고가 실린다. 모집분야는 기존의 문예계, 부인계, 아동계 외에 논문계가 추가되었다. 모집분야별 세부규정을 보면 우선 논문계는 '신춘논문'의 주제로 '청년운동의 진흥통일책'과 '농촌진흥책'을 제시하였다. '신춘문예'는 단편소설, 문예평론, 시가 등을 모집하였다. '부인란투고'는 논문과 감상문을 모집하였다. 논문의 주제는 '가정개량에 관한 의견'과 '여余의 혼인관'이었으며, 감상문의 주제는 '처妻로서의 나의 감상'과 '모母로서의 나의 감상'이었다. '아동란투고'는 작문, 시가, 서書, 자유화를 모집하였다. 공고에 따르면 아동은 민족의 희망이오 중심이기 때문에 순결한 아동의 작품을 구한다고 하였다. 따라서 조금도 어른의 첨삭이나 조언 없이 순전히 아동의 자유로운 상상력과 표현력으로 된 작품을 구하겠다고 밝혔다. 이러한 모집 공고의 내용을 고려할 때 신춘문예의 아동작품은 철저하게 아동에게만 응모 자격을 부여하였으며, 이는 신인의 발굴과는 다른 목적에서 작문이 시행되었다는 점을 시사한다.

1928년부터는 문예계, 부인계, 아동계로 나누었던 기존의 방식을 바꿔 학예부로 일원화하여 신춘문예를 시행한다고 밝혔다. 하지만 실제 모집부문은 단편소설, 창작가요, 한시, 창작동화, 용의 전설, 아동작품작문, 가요, 서한, 일기, 자유화, 글씨으로 기존 체제를 유지하였다. 아동들의 참여만 가능한 아동작품 모집도 계속하였는데 이러한 방식은 신문이 폐간을 맞게 되는

1940년까지 지속되었다.[202] 신춘문예 시행 주체가 학예부로 일원화된 이후에도 아동작품을 포함하여 모집하였으며, '작문'은 1931년과 1937년을 제외하고 매년 모집하였다.[203] 이는 당시 경쟁 매체였던 『매일신보』 및 『조선일보』의 행보와 확연한 대조를 이룬다. 『매일신보』와 『조선일보』는 신춘문예에서 작문을 모집한 것이 단지 네 차례에 불과하기 때문이다. 『매일신보』의 경우 1937년, 1938년, 1939년, 1940년에만 작문을 모집하였으며, 『조선일보』도 1931년, 1933년, 1938년, 1939년 네 차례만 작문을 모집하였다. 특히 『조선일보』는 1933년에만 10편의 당선작을 발표했을 뿐 그 외에는 당선작을 선발하지 못하였다. 반면에 『동아일보』는 신춘문예를 통해 꾸준하게 작문을 모집하고 당선작을 발표하였다.

202 1929년의 모집부문은 단편소설, 사(뱀)의 전설, 아동작품(작문, 가요, 일기, 사유화, 글씨), 1930년은 문예평론, 단편소설, 동화, 한시, 말(馬)에 관한 전설, 희곡, 아동작품(작문, 동요, 일기, 자유화)이었다. 1931년에는 '신춘대현상모집'과 '소년소녀신춘문예현상모집'을 각각 진행하였다. '신춘대현상모집'은 '조선의 놀애'(창가, 시조, 한시), '조선청년의 좌우명', '우리의 슬로간'(생활혁신, 민족보건, 식자운동(識字運動))을 모집하고, '소년소녀 신춘문예 현상모집'은 동화, 동요, 자유화를 모집하였다. 1932년은 단편소설, 일막희곡, 동화, 시가(신시, 시조, 창가, 동요), 아동작품(작문, 습자, 자유화), 1933년은 일막희곡, 동화, 시가(신시, 시조, 동요), 아동작품(작문, 습자, 자유화), 닭의 전설, 1934년은 문예평론, 단편소설, 희곡, 시가(신시, 시조, 가요), 아동물(동화, 동요, 아동자유화, 습자, 작문), 개의 전설, 1935년은 단편소설, 희곡, 실화(고진감래기), 콩트, 시가(신시, 시조, 민요, 한시), 아동물(동화, 동요, 아동자유화, 습자, 작문), 만화, 도야지의 전설, 1936년은 단편소설, 희곡, 씨나리오, 실화, 만문(쥐와 인생), 시가(신시, 시조, 민요, 한시), 아동물(동화, 동요, 아동자유화, 습자, 작문), 1938년은 단편소설, 희곡, 시가(신시, 시조, 민요, 한시), 아동물(동화, 동요, 자유화, 습자, 작문), 호랑이의 전설, 일화, 만문, 1939년은 단편소설, 희곡, 시가(신시, 시조, 민요, 한시, 자장가, 엄마노래), 아동물(동화, 동요, 자유화, 습자, 작문, 토끼의 전설), 1940년은 단편소설, 일막희곡, 씨나리오, 신시, 민요, 시조, 한시, 작곡(作曲), 동화, 동요, 작문, 자유화, 습자, 용의 전설을 모집하였다.

203 1931년 신춘문예에는 비단 작문뿐만 아니라 단편소설, 희곡, 시나리오, 평론 등도 모두 모집부문에 포함되지 않았다. 기존의 신춘문예와는 달리 '신춘대현상모집'이라는 이름으로 조선의 노래, 조선 청년의 좌우명, 우리의 슬로건 등을 모집했기 때문이다. 식자운동(識字運動) 등 구체적인 운동을 전개했기 때문에 이와 중복되는 작문은 모집부문에서 제외된 것으로 보인다. 그리고 1937년은 제4차 무기정간 조치로 인해 신춘문예를 시행할 수 없었다. 당시 정간의 이유는 베를린올림픽 마라톤 우승자 손기정 선수의 유니폼에 그려진 일장기를 말소했다는 것이었다. 무기정간은 1936년 8월 29일부터 1937년 6월 2일까지 지속되었다.

문화주의를 표방한 『동아일보』는 계몽의 차원에서 여성과 아동을 호출하였다. 1925년 8월 28일부터 9월 28일까지 '부인란'에는 어닝숙의 「민족발전에 필요한 어린아희 기르는 법」이 연재된다. 세계적으로 민족 개량에 힘쓰는 이때, 힘 있는 민족을 만들기 위해서는 교육의 혁신과 보급에 노력을 해야 하며, 그 구체적인 방안으로 아동 교육을 제시한 것이다. 같은 해 11월 27일에는 「안해가 되기 전에 먼저 배호고 수양하자」라는 기사가 실리는데, 이 역시 교육을 통해 당면한 문제를 극복해야 한다는 취지의 글이었다. 아동을 실질적인 교육의 대상으로 삼고 아동 교육의 주체로 여성을 호명하여 민족의 발전을 이룩하자고 주장한 것이다.

일찍이 이광수는 민족을 개량하여 문명화를 달성해야 한다고 주장하였다. 그는 시급히 개량해야 할 대상으로 가정[204]과 아동을 지목한 바 있다. 「자녀중심론」[205]은 부모 중심의 도덕을 벗어나 자녀 중심으로 돌아가야 새로운 문명에 동참할 수 있다는 주장을 담고 있다. 그리고 「소아를 어찌 대접할까」[206]는 나이가 어리다고 아이를 함부로 대하는 통폐를 지적하며, 아이의 인격을 존중하고 어른처럼 대해야 한다는 내용을 담았다. 그가 이처럼 아동에 관심을 갖은 까닭은 문명화를 이룩할 주체가 바로 아동이라고 보았기 때문이다. 그는 문명화를 이루기 위해 미래세대인 아동을 교육해 근대적 주체로 거듭나게 해야 한다고 생각하였다. 그리고 이러한 교육을 실현하기 위해서는 문자 독해력이 전제되어야만 하였다.

---

[204] 이광수가 가정 개량에 대해 쓴 글은 다음과 같다. 「조혼의 악습」, 『매일신보』 1916.11.23~26; 「조선 가정의 개혁」, 『매일신보』, 1916.12.14~22; 「결혼에 대한 관견」, 『학지광』 12호, 1917.4.19; 「신생활론」, 『매일신보』 1918.9.11.
[205] 이광수, 「자녀중심론」, 『청춘』 제15호, 1918.5.8.
[206] 이광수, 「소아를 어찌 대접할까」, 『여자계』 3호, 1918.9.

신문의 잠재적인 독자층을 확보하기 위해서나 문명화를 추진하기 위한 교육적 필요성에 의해서나 아동 및 여성을 대상으로 한 문장 교육은 중요한 과제였다. 결국 계몽을 목적으로 아동과 여성 등 새로운 독자층을 발굴하고, 문장 교육의 차원에서 조선어 글짓기를 시도한 것으로 볼 수 있다.

1923년 5월『동아일보』에 입사한 이광수는 지면혁신을 주도한다.[207] 지면혁신의 핵심은 '민중화'로, 독자에게 지면을 공개하여 독자와 함께 만드는 신문을 지향한 것에 있었다. 그로 인하여 독자의 참여로 운영되는 '월요란'이 신설되었다. 이광수는 1924년 1월「민족적 경륜」을 연재하며 물의를 일으켜 퇴사하기까지『동아일보』편집부원으로 활동하였다.[208] 그가 퇴사한 후에도 그의 아내 허영숙은 1925년 12월에서 1927년 3월까지『동아일보』학예부장을 맡았으며 나중에 그 후임으로 주요한이 오게 된다. 이어서 이광수는 1926년 11월『동아일보』편집국장이 된다. 신춘문예 모집부문에 '작문'이 포함되기 시작한 해가 1927년임을 상기할 때, 허영숙이나 이광수 등 편집진의 영향력을 충분히 가늠할 수 있다.[209] '월요란'은 이후 '부인가정란' 및 '소년소녀란'이 추가 개설되어 본격적인 문예면으로 발전하게 된다. 신문사의 지면 운영 방침으로 인해

---

207 「본보의 지면혁신에 대하야」, 『동아일보』, 1923.12.1, 1면 사설.
208 장신, 「1924년 동아일보 개혁운동과 언론계의 재편」, 『역사비평』, 75호, 2006, 5, 242~272쪽.
209 신춘문예 고선(考選)은 '본사 편집국'이 담당하였으며 이광수는 1927년 10월 1일부터 1929년 12월까지 편집고문을 맡았다. 1929년 11월 1일 주요한이 편집국장을 맡게 되며, 12월 14일 주요한이 피검되자 1929년 12월 20일부터 1933년 8월까지 이광수가 편집국장을 맡는다. 1933년 9월부터 윤백남과 김준연이 편집국촉탁으로 활동하며, 설의식, 백관수, 고재욱이 1940년 신문이 폐간되기까지 편집국장을 맡는다. 그리고 신춘문예 모집공고의 주체였던 학예부장은 1928년 3월부터 1930년 1월까지 이익상, 1933년 10월부터 1938년 9월까지 서항석(徐恒錫), 1939년 7월부터 폐간되기까지 현진건이었다.(『동아일보사사』 권1, 413~414·503~504쪽 참조)

아동작품 수급이 요구되었고, 편집진이 아동에게 지면을 제공하는 결정을 내림으로써 이후 아동부학이 본격적으로 전개되는 토대를 미긴히게 된 셈이다.

아래의 표는 1927년부터 1940년까지의 작문 부문 당선자와 당선작을 정리한 목록이다. 신문에는 당선작과 가작, 그리고 선외작을 포함하여 전체 62편이 지면에 발표되었다.

〈표 9〉『동아일보』 신춘문예 작문 부문 당선작 목록

게재일	당선자	작품명
1927.1.04	황주 동명학원 승학실[210](13)	(1등) 기차 탄 소녀
1927.1.9	안성 심상소학교 정재혁(15)	(2등) 그 어느날 밤
1927.1.14	고성 창명학원3 김계환(12)	(3등) 새해
1927.1.14	황주 동명학원4 장재순(14)	(3등) 하모니가
1927.1.22	평양 광성고보 주영섭(14)	(3등) 묵은 일기책
1927.1.22	경주 양동고보6 이석채(15)	(2등) 새동생
1927.2.6	안악 명진교3 정광성(12)	(3등) 기럭이
1927.2.6	안악 명진교3 박신규(11)	(3등) 겨울
1927.2.20	창원 일신야학교 장영옥(13)	(3등) 홍시
1927.2.20	용천 은성학원 문옥매(13)	(3등) 겨울아침
1928.1.1	개성 정여교 손귀인	새벽
1928.1.1	안악 명진교 최상선(11)	밤무('밤나무'의 오기)
1929.1.1	개성 지정 윤정희	집 지키든 밤
1929.1.1	당진 공보교 홍순종	천당으로 간 동생
1929.1.1	봉천 민립화흥학교 김덕제	깃븐 봄
1929.1.3	개성 고려정 김영일	봄소식
1929.1.3	안악 명진학교 김병국	새벽
1929.1.4	울산 복산동 서비봉	그리운 동생
1929.1.6	불명 김의홍	초설(初雪)
1929.1.6	광주 수피아여교 장은순	소낙비
1929.1.8	원산 공보교 이주성	어린 지게꾼

게재일	당선자	작품명
1929.1.9	영변 서부동 양준병	달밤
1929.1.10	단천 여해진 강빈	농촌의 아츰
1929.1.11	봉천 민립화흥학교 김세호	해님
1929.1.13	원산 제이보교 이정섭	참봉한 아츰
1929.1.14	철원 공보교 권오환	가련한 동모
1929.1.28	붓춤사 정명걸	(선외) 비개인 달밤
1930.1.2	삼수 이춘학	(1등) 일기문
1930.1.2	해주 고문수	(2등) 일기문
1932.1.7	광주 김도산	(1등) 첫겨울
1932.1.8	함남 갑산 장두성	(2등) 선생님 생각
1932.1.8	화산학원2 이승주	(2등) 우리형님
1932.1.8	선천 길영운	(3등) 내동생
1932.1.9	함남 갑산 김용선	(3등) 우리집 개
1932.1.9	평양 강봉숙	(3등) 후회
1933.1.2	나남명성여자학원5 신영숙	(3등) 강아지
1934.1.2	만주 봉천흥성현보교4 이릉권	(당선 갑) 주머구
1934.1.4	경성군 용성면 강덕야학원 황동아	(당선 을) 어린염소
1934.1.12	경성 소격동 허념사	(당선 을) 겨울참새
1934.1.13	강릉공보4 김춘기	(가작) 우리집 개
1934.1.24	광주보통학교 박갑용	(가작) 불상한 거지
1934.1.26	보은 회북면 박숙회	(가작) 나는 책상입니다
1934.1.27	불명 임건주	(가작) 누가 어린애를 울렷나
1935.1.2	벽동 사상동개량서당2 김석희	(갑) 씨원한 바람
1935.1.5	철원 목관개량서당2 김병익	(을) 거울
1935.1.11	영변 공보 고등과2 양국병	(을) 나의 하로
1935.1.13	무순보교5 김원찬	(을) 어머니
1936.1.1	평양 신흥학원 한차순	(1등) 편지
1936.1.5	광주 임일남	(차석) 할머니 생각
1936.1.5	원산 광명보교6 조흥원	(가작) 까치
1936.1.5	원산 광명보교6 송재복	(가작) 내가 만든 스케이트
1938.1.6	함평공보4 이병남	(1등) 어머니
1938.1.9	경성 사범부속보교3 김희창	(을) 우리집 개
1938.1.9	공주 공립보교1 김병주(8)	(을) 우리 언니

게재일	당선자	작품명
1938.1.9	경성 지득용	(가작) 우리개
1938.1.9	함남 흥원육영보교 전태진	(가작) 이밤('어제밤'의 오기)
1939.1.4	합천공심소6 김덕순	(갑) 언니
1939.1.4	영동학산공소4 전우난	(을) 어렷을 적 사진
1939.1.8	용인 공소고1 이경희	(을) 밤
1940.1.3	철원 동송공립심상소학교3 허경만	(1등) 뇌준 멧새
1940.1.3	동대문여자소학 최연희	(2등) 밤심부름
1940.1.3	태안공립소학 손순	(2등) 눈 오는 밤

신춘문예의 당선 사례를 살펴보면 종종 중복 당선이 확인되지만,[211] 작문은 중복 당선 사례를 찾을 수 없다. 선후감에 따르면, 특정 당선자의 작품 두 편이 모두 당선될 만한 수준이었으나 다른 응모자에게 기회를 주기 위해 의도적으로 한 편만 당선작으로 선택하였다고 한다.[212] 이러한 진술로 미루어 볼 때, 작문은 최대한 여러 응모자에게 당선 기회를 주는 것이 심사 방침이었음을 알 수 있다. 이밖에도 성인의 모작模作을 아동 명의로 응모한 것과 아동답지 못한 너무 능난한 솜씨로 된 것은 당선작에서 제외한다고 밝혔다. 그리고 응모된 작품의 교졸巧拙과 응모자의 학년연령 등을 참작하여 고선하겠다며 심사 방침을 명시하였다.[213] 이러한

---

[210] 1927년 1월 4일 『동아일보』 부록 其一 3면 어린이란에는 황주 동명학원의 승성실(承成實)이라 소개되며 작품이 함께 실린다.

[211] 단편소설의 경우 한설야가 1927년, 1928년에 중복 당선되었고, 방휴남이 1930년에 이어 1934년에도 당선되었다. 동화는 김철수와 이덕성이 1930년과 1931년 두 번 당선되었고, 노양근은 1931·1934·1935·1936년 네 차례나 당선되었다.

[212] 선자, 「신춘문예선후감(8) 동요와 작문」, 『동아일보』, 1936.1.12, 석간 4면. "作文 當選 韓次順 孃은 將來가 크게 囑望되는 少女인 것이 이번 應募作品 『편지』와 『病』에서 充分히 證明되엇다. 『편지』는 首席으로 當選이 되고 『病』은 選에 들지 못하엿으나 그것은 『病』이 作品으로 떨어진 다해서가 아니라 실상 韓次順 孃은 쓰면 쓰는 대로 다 當選될 만한 솜씨를 가지고 잇는 것 같이 보이므로 두 篇 中에서 한 篇만을 選에 너코 次席은 다른 사람에게 사양하도록 한 것이다."

[213] 일선자, 「신춘작품선평3」, 『동아일보』, 1938.1.12, 조간 4면.

선후감의 내용을 종합하면, 아동이 직접 창작한 작품을 대상으로 작품의 수준 및 아동의 연령을 고려하여 심사하되 최대한 여러 당선작을 내는 것이 작문의 심사 원칙이었던 것을 알 수 있다.

이러한 심사를 거쳐 신문 지면에 발표된 작문 부문 당선작의 내용은 자연을 묘사한 것과 아동의 일상을 다룬 것으로 분류할 수 있다. 먼저 자연을 묘사한 작품은 해와 달, 계절별 자연의 풍경, 새벽이나 밤의 풍경, 동물의 모습 등을 그려냈다. 「해님」과 「비개인 달밤」이 해와 달의 모습을 묘사하였다면, 「새해」, 「겨울」, 「봄소식」, 「초설」, 「소낙비」, 「첫겨울」, 「씨원한 바람」은 계절별로 자연의 풍경을 묘사하였다. 그리고 「겨울아침」, 「새벽」, 「달밤」, 「농촌의 아츰」, 「눈 오는 밤」은 특정한 시간대의 외부 풍경을 주로 묘사하였다. 「기럭이」, 「홍시」, 「우리집 개」, 「강아지」, 「어린염소」, 「겨울참새」, 「까치」, 「우리집 개」, 「우리개」, 「놔준 멧새」는 강아지, 염소, 참새, 까치, 기러기와 같이 주변에서 흔히 볼 수 있는 동물의 모습을 묘사하였다.

이들 작품은 단순히 자연을 묘사하는 데에 그치지 않았다. 자연을 바라보며 느낀 감정이나 특정 현상에서 촉발되는 정서를 구체적으로 그려냈다. 예컨대 자연풍경의 아름다움을 예찬하거나, 자연현상에 대한 감사를 표하거나, 자연물에 감정을 이입하여 자연을 본받아 앞날을 설계하겠다는 포부를 밝히거나, 자연 묘사에서 연상된 기쁨이나 슬픔 그리고 그리움 등의 구체적인 정서를 표현하였다.

왼하로 구진비를 나리든 검은 한울은 시침을 쑥 쎄고 천연히 새-맑안 얼굴을 내노앗다 여들에ㅅ날의 조각달은 아릿다운 빗을 비초이며 고요-히 푸른 半空에 걸렷다 비인 논들을 건너서는 압산과 南浦는 자옥-한 밤안개에 쌔여 꿈나라의 동산과 가티 아릿다운 동산을 일 잇디 디구니 보 한 안개의 동산-거긔에 만발한 電燈불-일층 더 꿈동산을 장식한다 압못 속에 잠긴-불숯이 만발한 건넌 언덕의 마을-아! 그 얼마나 아릿다운지 필설筆舌로 능히 다-형용키 어렵다 도편아까시야숩林을 거처 안개고개 넘어로-은근히 새여오는 례배당의 종소리는 詩의 詩趣를 도아주며…… 압마을에서 들려오는 어린 벗들의 부르지즘은 말할 수 업는 녯날의 어린 그 시절을 한업시 그립게 하야준다 안개나라의 南浦서 은은히 들려오는 군악소리에는 저절노 엇개춤이 웃슥웃슥난다…… 압마을에선 멀-리 멀-리 개소리가 나지막하게 들려오고 뒷집에 다듬이 소리는 장단을 마추며 요란히 울려나온다…… 어대서 『쌔요링』의 비곡悲曲이 들려온다…… 어린 벗들의 날쮜는 소리 요란히도 들린다 곰곰히 생각하니 알 수 업는 녯날의 追憶-달밝은 밤마당ㅅ가에서 벗들과 날쮜든 그 어린 시절 눈압헤서 아물거리며 안타까웁게도 그 시절이 그리워진다 아! 멧날의 어린시절 벗들과 마당ㅅ가에서 날쮜며 놀든 그 시절 그 째보든 저 달님은 오늘도 변함업건만은 녯날의 그리운 벗들은 아! 어대로 갓는가? 녯날의 어린 그 시절 아! 어대로 갓는가 생각토새 녯날의 어린 그 시절이 그리운 안타까운 追憶의 눈물 쑨이다 아! 이 밤은- 안타까운- 追憶의 밤! 追憶의 밤![214]

위의 작품은 「비개인 달밤」의 전문全文이다. 작품의 전반부는 비 온 뒤의 달밤 풍경을 묘사하고 있으며, 후반부는 벗들과 마당에서 뛰어놀던

---

[214] 정명걸, 「비개인 달밤」, 『동아일보』, 1929.1.28, 3면.

어린 시절을 회상하며 그 시절에 대한 그리움을 드러내고 있다. 이와는 다른 작품인 「눈 오는 밤」역시 눈 내리는 밤의 풍경을 먼저 묘사한 후, 2년 전 세상을 떠난 언니와의 추억을 회상하며 언니에 대한 그리움을 표현하였다. 이처럼 자연을 묘사한 작문은 자연 묘사와 정서 표현에 주안점을 두었으며, 그리움이나 슬픔 그리고 기쁨 등 구체적인 감정을 묘사하는 데에 주력하였다.

동물의 모습을 그린 작품의 경우도 대부분 소박하지만 솔직한 아동의 감정을 그려내었다. 「기러기」는 덫에 걸린 기러기를 구해주고 집에서 기르며 정들었으나 어느날 제 동무를 따라 어디론가 날아간 사연을 전하며 아쉬움을 토로하였다. 「홍시」는 금년 처음 열매를 맺은 감나무를 보며 감이 익으면 아버지께 드릴 생각을 했는데, 까막까치가 다 쪼아먹어 원통한 심정을 표현하였다. 「우리집 개」[1932], 「강아지」, 「우리집 개」[1934], 「우리개」는 강아지의 모습을 묘사하고 강아지에 대한 애정을 드러냈다.[215] 「겨울참새」, 「까치」, 「놔준 멧새」에는 동물에 대한 동정심이 드러나 있다. 배고픈 참새를 위해 쌀 한주먹을 먹이로 주었다는 것이나, 포수가 까치를 총으로 겨누자 돌을 집어던져 까치를 구해주었다는 것이나, 먹이를 찾으러 왔다가 덫에 걸린 멧새를 동정하여 살려주었다는 내용은 공통적으로 동정심이 부각된 사례이다.

한편 아동의 일상을 다룬 작품은 주로 가정이나 학교를 배경으로 가족

---

[215] 특이한 점은 1932년 당선작 「우리집 개」와 1934년 당선작 「우리집 개」의 내용이 동일하다는 점이다. 작자가 학교에 갈 때 강아지가 자꾸 따라와 집으로 쫓았다는 일화에서부터 학교에서 돌아와 집에 이르면 강아지가 반긴다는 점, 그리고 비오는 날에는 강아지가 흙발로 의복을 더럽혀 난처하다는 점, 그럼에도 불구하고 강아지를 이해하고 그 모습까지 귀엽다는 결론에 이르기까지 모든 내용이 똑같다. 이러한 점을 미루어 볼 때 작문은 다른 모집부문과 달리 표절에 대한 경계가 그리 심하지 않았음을 알 수 있다.

이나 친구 사이에 벌어진 사건을 내용으로 삼았다. 「하모니가」, 「묵은 일기책」, 「새동생」, 「집 지키든 밤」, 「천당으로 가 동생」, 「우리 형님」, 「내 동생」, 「후회」, 「거울」, 「어머니」, 「편지」, 「할머니 생각」, 「우리 언니」, 「어렷을 적 사진」 등이 가정을 배경으로 한 작품이다. 이들 작품은 할아버지나 할머니, 아버지나 어머니, 형과 누나, 언니와 오빠, 동생 등 가족 간에 있었던 구체적인 일화를 기록하고 그 일화에서 느낀 감정을 주로 표현하였다. 대표적으로 동생에 대한 대견함과 기특함, 동생이 태어난 일에 대한 기쁨과 감격, 동생과 다툰 것에 대한 후회와 반성, 조부모와 부모님에 대한 걱정과 그리움 등을 사례로 들 수 있다.

학교를 배경으로 한 작품에는 「그 어느날 밤」, 「깃븐 봄」, 「가련한 동모」, 「선생님 생각」, 「나는 책상입니다」, 「밤」 등이 있다. 이들 작품은 학교 시험, 학교 수업, 졸업이나 입학 등 학교에서 벌어지는 일을 통해 학생으로서의 포부, 학교 선생님에 대한 존경과 그리움, 친구들과의 우정 등을 담아냈다.

先生님은 지금 무엇을 생각하시며 어쩌케 하시고 게신지! 밥이나 잘 잡수시며 밤에 잘 즈므시기나 하시는지?

우리 先生님은 순사 두 사람이 와서 경찰서로 다리고 갓섯다 오늘이 벌서 열흘이 되어도 오시지 않으며 소식조차 알 수 없다

순사가 다리고 간 사람은 모다 류치장에 가둔다니 아마 先生님도 류치장에 들어가섯겟지! 한번 류치장에 갓다온 사람의 말을 들으면 대단이 치웁고 빈대와 이가 많으며 또 밥 먹고 잠자는 데서 오좀과 똥을 싼다니 쿠린내도 몹시 날 터인데! 얼마나 몸이 괴로우시랴? 본래 체질이 약하신 어른이! 그러케

될 줄 알앗드면 先生님이『돈 없는 우리』라는 作文 문제를 내어도 우리가 잣

지나 말앗슬 것을!

『돈없는 우리』라는 문제가 무슨 흠되고 안된 말이 되어서 그러케 경찰서까

지 다리고 갓슬까?

우리를 잘 가르켜주시고 사랑하여 주시든 先生님! 비 오는 날이나 눈오는

날이면 하학 時間에 우리들을 강당에 모와앉치고 자미잇고 유익한 이야기를

들려 주시고 日氣가 조흔 날이면 운동장에 나와서 우리와 함께 유희도 하시

고 쏠도 차시든 先生님! 언제나 돌아오시어서 우리들을 질겁게 하실는지?

오늘같이 바람이 몹시 불고 눈이 자꼬 나리는 날이면 란로 앞에 잇는 우리가

이러케 치웁거늘! 류치장에 갇히어 잇는 先生님은 얼마나 치우시랴?²¹⁶

위의 작품은 「선생님 생각」의 전문이다. '돈 없는 우리'라는 주제로 작

문을 출제했다는 이유로 순사에게 잡혀간 선생님의 사연을 전하고, 과제

를 수행한 자신에 대한 자책, 유치장에 갇힌 선생님에 대한 염려, 선생님

에 대한 그리움 등을 담았다. 이 작품은 작문이 사건을 묘사하는 데 그치

지 않고, 사회 현실에 대한 우회적인 비판까지 가능했음을 보여준다.

"『돈없는 우리』라는 문제가 무슨 흠되고 안된 말이 되어서 그러케 경찰

서까지 다리고 갓슬까?"라는 부분이 이에 해당한다. 어떠한 현상에 대해

기술하다가 의문점을 발견하고, 그 의문을 해소하기 위해 현상의 이면에

대해 탐구하다보면 자연스럽게 비판의식이 길러질 수 있는 것이다. 실제

로 이 작품에서 다룬 내용과 유사한 사건이 벌어진 적이 있었다. 1931년

---

216 장두성, 「선생님 생각」, 『동아일보』, 1932.1.8, 4면.

2월 27일 3면에는 「야학 선생 검속」이라는 제목으로 학생의 작문이 구실이 되어 야학 선생을 검속 취조중이라는 기사가 실렸다.[217] 이는 작문이 다룰 수 있는 소재 및 주제가 매우 광범위할 뿐만 아니라 충분히 현실에 대한 비판의식을 드러낼 수 있었음을 보여주는 사례에 해당한다. 이처럼 작문은 아동들의 비판의식을 함양하는 데에도 좋은 훈련이 될 수 있었다.

「나는 책상입니다」는 작문의 또다른 가능성을 보여준다. 기존의 작문과는 달리 사물을 화자로 설정하여 이야기의 차원을 확장한 것이다. 지금까지의 작문 당선작들은 작자 자신이 화자가 되어 대상을 묘사하거나 간혹 대상을 의인화하는 정도에 그쳤다. 하지만 이 작품은 가난한 동네 야학교의 '책상'을 화자로 설정하여, 열심히 공부하는 학생과 열정을 다해 학생을 가르치는 선생의 모습을 보고 기뻐하는 책상의 모습을 보여주었다. 학생들이 공부하는 모습을 대견해 하며 이들이 장차 훌륭하게 성장하기를 응원하는 '책상'의 모습이 생생하게 그려졌기 때문에 주제의식을 전달하는 데에도 효과적이고, 아동들의 상상력을 자극하는 데에도 기여했을 것으로 보인다. 이는 작문이 객관적인 진술과 정서 표현, 그리고 현실 비판을 넘어 상상력에 기반한 문학적 글쓰기로 발전할 수 있음을 잘 보여준다.

앞서 살펴 본 바와 같이, 작문은 자연 묘사와 일상 체험을 막론하고 아

---

217 "북청군 읍내 천도교당에서 북청소년군 주최로 야학을 설치하고 년령 초과자와 학비 부족으로 보교에 들지 못하는 어린이들을 모아노코 밤마다 주문국이란 당년 20세 소년이 무급으로 자진 교수하야 오든 바 지난 20일 오후 2시에 3학년생의 작문을 보고 점수를 주는 중 어쩐 형사가 와서 보고 그 익일인 21일에 주문국 군과 학생 3인을 불러다 그 작문에 대한 심문이 잇슨 후 선생 되는 주문국을 검속 취조중이라 한다."

동의 감정을 구체적으로 표현하였다. 이를 통해 매년 작문을 모집한 의도가 글쓰기를 통한 아동의 정서 함양에 있었음을 짐작할 수 있다. 그리고 작문이라는 장르가 지닌 속성도 지속적인 작문 시행의 이유가 될 수 있다. 그것은 단순한 묘사나 사실에 대한 기록 등 기초적인 글쓰기를 토대로 하여 비판적 글쓰기나 문학적 글쓰기 등으로 다양하게 발전시킬 수 있는 확장성에 있다. 이 점과 관련하여 양파陽波는 아동의 작문을 문예품으로 볼 수는 없지만 작문 지도를 문예 교육의 일익一翼으로 보아도 무방하다며 보통학교에서 조선어 작문 시간을 적게 배정한 것에 대해 비판하고 교육정책의 개선을 요구하였다. 이어서 그는 현행 작문 교수법이 저학년은 철자 학습에 치중하고 고학년은 산문에 그치는 점을 지적하며 율문에 대한 습작까지 지도하여 아동의 표현력과 감상력을 배양해야 한다고까지 주장하였다.[218] 이밖에 아동기의 독서 체험 및 작문 습작이 작가라는 진로를 결정하는 데에 결정적인 역할을 하였다고 진술한 소설가 엄홍섭[219]이나 시인 모윤숙[220]의 회고 역시, 작문의 역할 및 그 가치를 잘 보여준다.

식민지 시기 총독부의 교육 정책은 일본어 교육을 장려하고 조선어 교육을 폐지하는 것이었다. 1911년 1차 조선교육령 시행 이후 '조선어 급

---

218 양파, 「조선교육문제─내가 체험한 교육계의 불합리3」, 『동아일보』, 1931.11.17, 5면.
219 엄홍섭, 「나의 수업시대─작가의 올챙이 때 이야기(8)」, 『동아일보』, 1937.7.31, 조간 7면. 그는 소학교 담임선생의 영향으로 세상 이야기, 세계 각국의 동화, 취미 과학에 대한 것을 많이 들으며 독서에 취미가 붙고 애착을 느꼈다고 한다. 그리고 작문 시간이 가장 신이 났고 작문을 짓기만 하면 갑상을 받았다고 한다. 이후 형의 영향으로 독서와 시 창작에 빠져 신문에 당선된 일도 있었다고 회고하였다.
220 모윤숙, 「나의 수업시대─작가의 올챙이 때 이야기(13)~(14)」, 『동아일보』, 1937.8.10~11. 그는 학업에 관심이 없었으나 서울에서 함흥으로 부임한 선생님의 영향으로 원래부터 취미가 있던 수신과 작문에 더욱 흥미를 느끼게 되었다고 회고하였다. 선생님에게 서적을 빌려보며 문학 공부를 하다가 학생회 문학부에 들어 시 창작을 하고 잡지까지 발간했음을 밝히고 있다.

한문' 과목만 제외하고 모든 교과서는 일본어로 편찬되었고, '조선어 급한문' 과목의 시수도 점점 줄어들다가 3차 교육령기인 1930년대 후반에는 완전 폐과되기에 이른다.[221] 공교육 기관에서의 조선어 교육이 처한 열악한 조건[222]을 고려할 때 『동아일보』가 지속적으로 아동의 작문을 모집, 발표한 것은 그 자체로 큰 의미가 있다. 신문 매체가 학교 교육을 대신하여 조선어 글쓰기를 존속시켰기 때문이다. 이와 관련한 당대인의 증언을 참고할 만하다. 휘문고보의 교원이었던 김장섭은 학교 교육의 보충을 위하여 아동의 문학열을 장려하는 것이 필요하다고 주장한 바 있다. 그는 문학이 인간의 사고력과 사색력을 길러주기 때문에 아동기의 문학교육이 필요하며, 조선의 아동은 학교에서 조선어를 일주일에 3시간 정도밖에 배우지 않아 소학교를 마쳐도 편지 한 장 쓰지 못하므로 장래의 문학 발전을 위해서 소년 시대부터 문학교육을 실시해야 한다고 밝혔다. 그리고 이를 실천하기 위해서 학교에서 문학교육을 실시하는 것이 가장 이상적이나 조선의 현실에서는 그것이 불가능하므로 신문과 잡지가 이를 계획적으로 장려해야 한다고 주장하였다.[223] 또한 정인섭 역시 작문을 통한 모어 습득의 필요성에 대해 역설하였다. 그는 세계 각국이 모어 학습에 작문과 독본을 활용하여 예술적 지도방법을 실천함으로써 학도들의 미적 감상력과 창조성에 의한 표현 기능을 완성하고자 노력한다면

---

221 김혜정, 「일제 강점기 '조선어 교육'의 의도와 성격」, 『어문연구』, 한국어문교육연구회, 2003. 446~450쪽.

222 이혜령, 「한글운동과 근대 미디어」, 『대동문화연구』 47, 성균관대학교 대동문화연구원, 2004. 257~258쪽. 그는 조선어 교육의 열악함으로 흥미 없는 교과서, 조선인 교원수의 부족, 조선어 과목 천대 분위기, 일본어 위주의 교육용어 등을 꼽고 식민지 교육의 차별적 구조를 지적하였다.

223 김장섭, 「소년문학운동 가부─학교교육의 보충을 위하야」, 『동아일보』, 1927.4.30, 낙성기념호 其四 2면.

서, 우리도 이를 받아들여 근대적 교육을 시도해야 한다고 주장하였다.[224] 이처럼『동아일보』의 작문은 조선어를 사용하기 어려웠던 식민지 시기에 아동으로 하여금 조선어 학습의 한 방편이 되었다는 점에서 국문학사적으로 중요한 의미를 지닌다.

동아일보사는 한글을 보급하여 문맹률을 낮추기 위해 브나로드 운동을 주관하였다.[225] 이와 더불어 다양한 한글 관련 기획란을 마련하여 언문철자법의 보급에도 앞장섰다.[226] 그리고 아동을 위한 독립된 지면을 마련하여 다양한 읽을거리를 제공하는 한편 아동들이 직접 창작한 작품을 지속적으로 발표하기도 하였다. 작문은 이러한 일련의 교육 사업의 차원에서 시도되었다. 신춘문예 작문 수상작은 당선 외에도 가작과 선외작을 최대한 지면을 통해 발표하였다. 또한 별도의 현상모집을 시행하여 꾸준하게 아동의 창작물을 모집, 발표하였다. 결국 조선어 교육의 열악한 상황을 보완하기 위해 신문지면을 통해 최대한 많은 조선어 작품을 노출함으로써 조선어 교육에 기여하고자 한 것이다.

『동아일보』의 편집진은 계몽의 대상으로 여성과 아동을 호출하고, 문명화를 이룩할 주체로 아동을 지목하며 아동 교육의 중요성을 강조하였다. 그들은 지면 운영 방침을 세워 아동을 위한 독자적인 지면을 제공하는 한편 아동작품을 지속적으로 수급함으로써 이후 아동문학이 본격적으로 전개되는 토대를 마련하였다. 작문은 아동의 초보적인 글쓰기 능력을 함양할 뿐만 아니라 현실 비판 및 상상력에 기반한 문학적 글쓰기로

---

224 정인섭, 「문예적 교육의 처지와 소감(4)」, 『동아일보』, 1929.5.7, 3면.
225 정준희, 「1930년대 브나로드 운동의 사회적 기반과 전개과정」, 연세대 석사논문, 2018.
226 임동현, 「1930년대 조선어학회의 철자법 정리·통일운동과 민족어 규범 형성」, 『역사와 현실』, 한국역사연구회, 2014. 429~462쪽.

확장될 수 있었기에 관심의 대상이 되었다. 실제로 작문은 조선어를 사용하기 어려웠던 식민지 시기에 아동으로 하여금 조선어 학습 및 창작의 한 방편으로 기능하기도 하였다.

신춘문예 작문 당선작의 내용은 자연 묘사와 일상 체험이 주를 이루었다. 이들 작품은 공통적으로 아동이 느낀 감정을 구체적으로 드러내는 데 치중하였다. 작문을 시행한 의도가 글쓰기를 통한 아동의 정서 함양에 있었음을 짐작할 수 있는 대목이다. 이광수는 근대적 사회를 형성하는 데 필요한 새로운 감정 규범으로 정과 동정sympathy을 제시하였다. 인간은 동정의 능력을 발휘함으로써 보편적 인간으로서 사람이 되고 또 다른 인물들이 사람임을 발견할 수 있게 된다고 본 것이다. 근대적 사회는 바로 이러한 능력을 가진 사람들에 의해 형성되는 새로운 형태의 결합체이다. 그는 정情의 능력을 확대함으로써 더 높은 수준의 사회적 연대성을 성취할 수 있다고 보았다. 이때 동정은 독자가 발휘해야 할 능력이자 작자가 갖추어야 할 태도였다.[227] 결국 이광수는 정과 동정의 함양을 통해 근대적 주체를 만들고자 하였으며, 그 구체적인 실천 수단으로 작문을 활용한 것으로 볼 수 있다.

동아일보사는 브나로드 운동을 주관하여 문맹률을 낮추고, 다양한 한글 관련 기획란을 마련하여 언문철자법의 보급에 앞장섰다. 그리고 아동의 문학열을 고취하기 위해 독립된 지면을 마련하여 아동들에게 읽을거리를 제공하였다. 이러한 점들을 고려할 때, 작문은 근대적 주체를 만들고자 하는 일련의 아동 문장 교육 사업의 차원에서 시도된 것으로 볼 수

---

227 김현주, 『이광수와 문화의 기획』, 태학사, 2005, 175~193쪽; 「문학·예술교육과 '동정(同情)'」, 『상허학보』 12, 상허학회, 2004, 175~176쪽 참조.

있다. 결국, 작문은 습작을 통한 조선어 글쓰기의 보급 및 아동 계몽을 목적으로 시행되었으며, 아동 계몽의 실질적인 내용은 정과 동정의 함양이었다. 이광수는 일찍부터 아동 교육에 관심을 두었으며, 신문의 지면 개편에도 깊이 관여하였다. 그는 근대적 사회를 형성하는 데 필요한 새로운 감정 규범으로 동정을 제시한 바 있다. 그는 정과 동정의 교육을 통해 바람직한 근대적 주체를 만들고자 하였으며 그 구체적인 실천 수단으로 작문을 활용한 것이다. 작문 부문 당선작의 내용을 분석한 결과, 초기 편집진의 이러한 의도가 신춘문예 시행동안 지속적으로 관철되었음을 확인할 수 있었다.

4. 신인문학제도의 시행과 문단사적 의의

1) '신인문학콩쿨'의 시행 배경과 전개

1938년 7월 29일부터 9월 10일까지 『동아일보』 학예면에는 '제1회 신인문학콩쿨' 모집 공고가 실린다. '신인문학콩쿨' 모집 공고의 전문은 다음과 같다.

第一回 新人文學콩쿨

新人이 熱望하던 文壇에의 登龍門

돌아보건대 昨今의 文化運動은 情勢以上으로 停頓되었던 感이 없지 안타. 文壇도 이 반갑지 안흔 現狀에서 벗어나지 못햇엇다. 勿論 이는 不可避한 일이다.

그러나 그러타고해서 그 어떤 打開策을 講究해보지도 안흘 수는 없지 안흘

까. 아모리 다른 文化部門이 停頓되엇다 하더라도 文學의 領域 안에서라도 그 어떤 打開策이 講究되어야 할 것이다. 本紙가 『新人文學콩쿨』을 企劃한 所以도 實로 여기에 잇는 것이다.

지금까지에도 文壇에서는 여러 가지로 新人이 物議되어왔엇다. 或은 新人論이 나왓고 新人待望論이 論議되어 왓거만 아직 最近 數三年 間 文壇은 單, 한 사람의 新人도 맞어드리지를 못햇엇다. 여기에는 勿論 여러 가지 原因이 잇겟지마는 무엇보다도 權威잇는 發表機關의 缺如가 그 가장 큰 原因이 아니엇을까? 하는 點이 本社의 着目點이다. 新人諸君은 깊이 간직해 두엇던 力作으로 文壇을 驚愕케 할 조흔 찬스를 만들라. 本紙는 때때로 이런 機會를 新人諸君을 僞하야 만들 것을 約束해 둔다.

規定一般

種目 一, 短篇小說(新聞 十回分 二百字原稿用紙 百 枚)

二, 戲曲(特別한 制限은 안흐나 新聞 十回分임을 豫想할 것)

期日 九月 十日 本社 到着

資格 一, 各 新聞 雜誌의 當選作家

二, 注目할 만한 作品을 二 篇 以上 發表한 者

三, 旣成作家의 推薦狀을 携帶한 者

賞金入賞 第一席 百圓, 第二席 三十圓, 入選 八 篇 各 薄謝進呈

(應募된 作品中에서 十篇을 豫選 이를 紙上에 發表함.)

方法 一, 入賞作品은 文壇의 現役作家와 評論家로서 組織하는 審査會에서 이를 決定함

二, 審査員은 追後 發表함

東亞日報社學藝部[228]

위 공고문에 따르면 '신인문학콩쿨'은 정체된 문단 상황을 타개하기 위한 목적으로 기획되었다. 신인에 대한 여러 논의가 있었음에도 불구하고 최근 문단이 단 한 사람의 신인조차 발굴하지 못했음을 지적하며, 그 원인을 권위 있는 발표기관의 결여로 파악한 것이다. 이러한 상황 속에서 동아일보사는 신인들에게 작품을 발표할 수 있는 지면을 제공하겠다며 해당 콩쿠르를 시행하였다. 모집 규정에 따르면 모집 종목은 단편소설과 희곡 두 부문이었으며, 신문 10회 연재분 정도인 200자 원고지 100매 분량을 요구하였다. 모집 기일은 9월 10일까지 본사 도착이라 명시하였다. 상금은 입상 제1석 100원, 제2석 30원, 입선 8편에 대해서는 박사진정薄謝進呈하겠다고 밝혔다. 1938년 신춘문예 단편소설 당선작에 대한 상금이 50원인 것에 비하면 2배가 되는 액수를 제시한 것이다.

아울러 "본지는 때때로 이런 기회를 신인제군을 위하야 만들 것을 약속해 둔다"는 말을 통해서 신문사의 의지를 드러냈다. 해당 기획이 일회적이 아니며 신인들의 작품을 모집하기 위해 많은 노력을 기울이겠다고 분명히 선언한 것이다. 이러한 장기적인 제도 시행에의 의지는 '신인문학콩쿨'이 아니라 '제1회 신인문학콩쿨'이라 명시한 부분을 통해서도 짐작할 수 있다.

數年來로 朝鮮의 文壇에 沈滯되어간다는 소리와 함께 文壇에서나 讀者로부터 新人에게 紙面을 提供하라는 소리가 높앗음은 讀者도 잘 記憶하고 잇을 줄로 안다. 이 부르짖음에 答한 것이 本社의 『新人文學콩쿠르』엿다. 그리하

228 「第一回 新人文學콩쿨」, 『東亞日報』, 1938.7.29, 석간 3면・7.30・8.3・8.19・8.25・8.31・9.1~3・9.8~10.

야 各 新聞, 雜誌의 當選作家와 注目될 만한 作品을 二, 三篇이라도 發表한 作家에게 資格을 주고 숨우 新人에게는 旣成作家이 推薦狀을 提示케 하야 二百餘篇의 新人作品을 얻엇엇다. 所期의 傑作을 얻지 못한 것은 遺憾이라 아니 할 수 없으나 이것이 第一回인 만큼, 第二回, 第三回를 거듭하는 동안에 本社와 文壇의 期待에 어그러지지 안는 快作이 나올 것을 믿어 疑心치 안는다. 이제 本 콩쿠르를 爲하야 組織된 審査委員會의 審査經過를 林和 氏가 綜合, 委員들을 代表하야 披瀝키로 되엇다. 그러므로 이 一文이 林和 氏 個人의 論文이 아닌 것은 勿論이다. 그리고 **本社에서는 繼續해서 第二回 新人文學콩쿠르 作品 募集에 着手할 것이다.**[229](강조는 인용자)

당선작과 심사 경과를 발표하면서도 계속해서 강조한 점은 해당 콩쿠르의 지속적인 시행에 있었다. 콩쿠르의 시행 결과, 단편소설 9편과 희곡 1편이 예선에 당선되어 신문에 연재되었다. '신인이 열망하던 문단에의 등용문'을 자처했듯, 신인을 발굴하여 침체된 문단을 환기하고자 했던 신문사의 의도대로 나름의 성과를 낸 것이다. 따라서 동아일보사가 시도했던 '신인문학콩쿨'은 문단의 신인을 등용하는 데 기여하였다고 볼 수 있다. 이러한 시도는 문학의 저변 확장에 직접적인 역할을 하였으며, 당시 문인의 등단 원리나 과정을 이해하는 데에도 도움을 줄 수 있다.

『매일신보』, 『동아일보』, 『조선일보』 등의 신문 매체뿐만 아니라 개별 잡지에 대한 연구에 이르기까지 그동안 근대 시기 등단 제도에 대한 연구는 많은 성과를 축적하였다. 이들 연구는 신춘문예를 등단 제도의 완

---

229 「第一回 新人文學콩쿠르 當選發表」, 『東亞日報』, 1939.7.5, 석간 3면.

성으로 놓고, 이를 중심으로 논의를 전개하였다. 하지만 등단 제도는 비단 신춘문예 외에도 다양한 방식으로 시도되었으며, '신인문학콩쿨'도 그중 하나에 해당한다. 특히 '신인문학콩쿨'은 1930년대 당시, 신문이나 잡지 등 주요한 매체 중에서 『동아일보』만 유일하게 시행한 제도였다. '신인문학콩쿨'은 모집 공고에서부터 예선과 본선 발표에 이르기까지 전 과정을 투명하게 공개하였다. 그리고 당선작과 작품에 대한 비평까지 독자들에게 제공함으로써 1930년대 등단 제도의 수준을 가늠하게 해준다는 점에서 연구의 필요성이 제기된다. 또한 당시 문단에서 전개된 세대론과 직접적인 연관성이 있다는 점에서도 중요하다. 이러한 중요성에도 불구하고 지금까지 이에 대한 연구는 전혀 시도된 바 없었다. 이에 본 절에서는 '신인문학콩쿨'의 시행 배경과 전개 과정을 정리하고, 해당 콩쿨 입선작의 내용과 특질을 분석한 후, '신인문학콩쿨'의 문단사적 의미를 구명해 보고자 한다.

'신인문학콩쿨' 모집 공고문에는 '신인이 열망하던 문단에의 등용문'이라는 문구가 큰 글씨로 강조되어 있다. 이를 통해 신문사가 신인 발굴의 소임을 다하기 위해 스스로 권위 있는 발표기관으로 자처했음을 알 수 있다. 모집 분야는 문학의 제諸 장르를 포괄했던 신춘문예와 달리 단편소설과 희곡에 집중하였다. 모집 기간 역시 한 달 남짓한 기간[230]에 불과하였다. 가장 특이한 지점은 응모 자격을 매우 엄격하게 제한하였다는 점이다. 응모 자격은 각 신문 잡지의 당선작가, 주목할 만한 작품을 2편 이상 발표한 자, 기성작가의 추천장을 휴대한 자, 이상 세 가지 요건을

---

[230] 처음 공고문이 실린 7월 29일부터 계산하면 9월 10일 마감일까지는 한 달 남짓이었다.

제시하였다. 이상의 내용들을 종합하면 '신인문학콩쿨'은 단편소설과 희곡 분야의 신인작품을 발굴하기 위한 제도가 된다. 그렇다면 신문사기 이러한 콩쿠르 제도를 시행했던 배경과 의도는 무엇이었을까?

신문사가 콩쿠르 제도를 시도한 것은 1930년대의 국제적 정세와 국내적 정치적 상황과 밀접한 관련이 있다. 1931년 만주사변과 1937년 중일전쟁, 그리고 1941년 태평양전쟁에 이르기까지 일제는 군사적 파시즘을 강화해 나갔다. 1931년과 1934년 두 차례에 걸친 검거사건과 1935년 카프의 해산은 사회운동에 대한 일제의 대표적인 탄압이었다. 1936년 '조선사상범보호관찰령'과 1937년 7월 21일 '중앙정보위원회' 발족은 조선인의 독립운동을 억압하고 조선인의 사상을 통제하기 위한 목적으로 시행되었다. 1938년 4월에는 시국에 대한 인식과 선전에 총동원하려는 목적으로 국가총동원법이 공포되어 일체의 문화운동이 위축되기에 이른다.[231] '신인문학콩쿨'은 이러한 정치적 위기 상황에 맞닥뜨려 "다른 문화부문이 정돈되엇다 하더라도 문학의 영역 안에서라도 그 어떤 타개책"[232]을 강구하기 위해 기획되었다. 신인들의 작품을 모집, 발표함으로써 문단의 정체 상황을 환기하려는 의도로 시행된 것이다.

1930년대의 외부 정세와 더불어 신문사 내부적인 문제도 있었다. 1936년 8월 26일, 동아일보는 일장기 말소사건으로 네 번째 무기정간을 당한다. 이 무기정간은 손기정 선수 유니폼에 그려진 일장기를 없앤 것

---

231 전상숙, 「일제 파시즘기 조선지배 정책과 이데올로기」, 『동방학지』 124, 2004; 방기중, 『일제 파시즘 지배정책과 민중생활』, 혜안, 2004; 연세대 국학연구원, 『일제의 식민지배와 일상생활』, 혜안, 2004; 한일관계사연구논집 편찬위원회, 『일제 식민지지배의 구조와 성격』, 경인문화사, 2005 참조.
232 「第一回 新人文學콩쿨」, 『東亞日報』, 1938.7.29, 석간 3면.

을 구실로 정간에 이르렀으며, 일제의 언론 탄압이 전면화된 사례로 볼수 있다. 무기정간은 1937년 6월 3일 복간되기까지 약 9개월간 이어진다.[233] 일제의 파시즘이 노골화되며 객관적 정세가 악화됨에 따라 신문사는 정치, 사상적인 문제보다는 문예에 관심을 기울이는 쪽으로 출구를 모색하기에 이른다. 신문사는 복간과 동시 적극적으로 문예면 확장을 위해 노력한다. 이는 신문사의 사세를 무기정간 이전으로 회복하려는 자구책으로도 볼 수 있다.

신문은 복간일인 6월 3일부터 세 편의 장편소설을 연재하기 시작한다.[234] 『동아일보』가 정간 처분을 당하던 때에 윤백남, 장혁주, 김말봉의 장편소설이 연재되었으나 연재가 중단된 지 9개월이 넘어 더 이상 연재하지 않고 대신 '새롭게 좋고 재미있는 소설' 세 편을 시작하여 지면의 면목을 일신하는 동시에 '독자들의 흥미'를 새로 돋우려한다고 밝혔다. 그 결과 연재된 작품이 이규희의 「피안彼岸의 태양太陽」1937.6.3~1937.10.23, 이무영의 「명일明日의 포도鋪道」1937.6.3~1937.12.25, 전무길의 「적멸寂滅」1937.6.3~1937.7.6이었다. 이중에서 이규희의 작품은 신문사가 500원의 사례금으로 공모한 것이다. 아울러 소설 삽화진도 강화하여 전공과 화풍을 고려하여 연재되는 소설에 가장 적당한 화가를 택해 삽화를 위탁하는 새로운 방법을 도입한다고 밝혔다. 그 결과 노심산, 안석영, 홍득순이 각각 「피안의 태양」, 「명일의 포도」, 「적멸」의 삽화를 맡게 되었다. 신문사는 장편소설의 연재

---

233 「사고(社告)」, 『東亞日報』, 1937.6.3, 석간 1면. "曩者 本報에서 日章旗 마크 抹消事件을 惹起하야 當局의 忌諱에 觸하게 된 것은 實로 恐縮不堪하는 바이다. 이제 當局으로부터 發行停止解除의 寬大한 處分을 받어 今後부터 一層 謹愼하야 更히 如斯한 不祥事를 惹起치 안토록 注意할 것은 勿論이어니와 紙面을 刷新하고 大日本帝國의 言論機關으로서 公正한 使命을 다하야써 朝鮮統治의 翼贊을 期하려하오니 讀者諸位께서는 特히 雕梁하시와 倍前 愛護하여 주시기를 바라나이다."(강조는 인용자)

234 「三小說 同時連載」, 『東亞日報』, 1937.6.3, 석간 7면.

를 시작하는 동시에 상금 200원의 영화소설 현상공모를 시행하였다. 공모 결과 최금동崔琴桐의 「애련송愛戀頌」이 1937년 10월 5일부터 12월 11일까지 연재되었다. 이는 신문이 문예면 확장을 위한 구체적인 방법으로 문예물에 대한 현상제도를 적극 활용하였다는 사실을 보여준다. 단편소설과 희곡도 예외가 아니었다.

단편소설은 장편소설과 달리 복간 초기에는 한동안 지면에 연재된 작품을 찾을 수 없다. 그러다가 1938년부터 '주간단편週間短篇'이라는 기획 하에 연재되기 시작한다. 1938년 2월 15일 조벽암의 「유전보流轉譜」1938.2.15~1938.2.23 연재를 시작으로 한인택의 「염마閻魔」1938.2.24~1938.3.4, 채만식의 「치숙痴叔」1938.3.7~1938.3.14, 이규희의 「외로운 사람들」1938.3.15~1938.3.23, 이무영의 「불살른 정열의 서書」1938.3.25~1938.3.30, 엄흥섭의 「숙직사원宿直社員」1938.3.31~1938.4.7, 최정희의 「산제山祭」1938.4.8~1938.4.16, 유진오의 「창랑정기滄浪亭記」1938.4.19~1938.5.4, 이효석의 「막幕」1938.5.5~1938.5.14, 주요섭의 「의학박사醫學博士」1938.5.17~1938.5.25가 지속해서 문예면에 실렸다. 이러한 기성작가의 단편소설 연재는 1939년 5월 24일 안회남이 「계절」을 발표하기까지 약 1년간 공백에 놓인다. 신인문학콩쿨 예선작품이 연재되는 1938년 11월까지만 놓고 보더라도 약 6개월간 단편소설이 연재되지 않는 상황이 벌어지게 것이다. 이러한 문예면의 상황을 감안할 때, 신문에 바로 연재할 수 있는 작품을 수급하기 위해 '신인문학콩쿨'을 시행했음을 미루어 짐작할 수 있다.

'신인문학콩쿨'은 신인작가들의 완성작을 최대한 단기간에 모집하는데 일차적인 목적이 있었다. 이는 '신인문학콩쿨' 작품 모집 기간이 불과한 달 정도였다는 점과 "신인 제군은 깊이 간직해 두었던 역작으로 문단을 경악케 할 좋은 찬스를 만들라"[235]는 문구를 통해서 유추할 수 있다.

'주목할 만한 작품을 2편 이상 발표한 자'나 '각 신문 잡지의 당선 작가', '기성문인의 추천장을 휴대한 자' 등의 까다로운 자격 조건은 이들 신인의 작품 수준을 보증할 일종의 안전장치였던 셈이다. 『동아일보』는 신인 발굴을 목적으로 내세운 신춘문예 현상제도를 이미 시행하고 있었다. 그럼에도 불구하고 유사한 목적의 제도를 시행한 까닭은 단편소설과 희곡 두 장르의 검증된 작품을 최대한 빨리 확보할 필요가 있었기 때문이다. 신춘문예의 경우 본선 당선작만 지면에 연재하고, 예선 당선작은 연재하지 않았다. 하지만 '신인문학콩쿨'은 예선에 오른 10편의 작품을 모두 연재하였다. 이를 미루어 봤을 때, '신인문학콩쿨'은 신인들의 작품 모집에 일차적인 목적이 있었던 것임을 알 수 있다. 실제로 콩쿠르 본선에서 각각 제1석과 제2석을 차지한 김영석과 김동규는 콩쿠르 시행 이후에 해당 신문에 또다시 작품을 연재한다. 결국 문단 침체를 극복하려는 문단의 요구와 신문사 내부의 단편소설 수급의 필요성이 '신인문학콩쿨'의 시행 배경인 것이다.

'신인문학콩쿨'은 1938년 9월 10일까지 모집 공고를 싣고, 같은 해 11월 3일에는 '신인문학콩쿨' 예선발표 특집 기사를 싣는다. 여기에는 예선 통과작 10편을 발표한 후, '예선 후기', '심사위원결정', '입선작가들의 감상', '콩쿨에 보내는 찬사' 등의 기사를 함께 실어 흥행 분위기를 유도하였다. 예선 결과 9편의 단편소설과 1편의 희곡이 발표되었다. 앞서 콩쿨 응모 자격을 언급하며 '각 신문 잡지의 당선작가'에게 응모할 자격을 준다고 한 바 있다. 이러한 조건을 만족하는 당선자는 모두 세 명으로

---

235 「第一回 新人文學콩쿨」, 『東亞日報』, 1938.7.29, 석간 3면.

정비석은 『조선일보』, 곽하신과 한태천[236]은 『동아일보』 당선작가로 소개된다. 그런데 정비석은 1936년 『동아일보』 신춘문예에 「골목세」가 낙선된 적이 있으므로 '각 신문 잡지의 당선작가'는 모두 『동아일보』 출신이 된다. 이러한 사실을 근거로, 신문사가 자사自社 현상문예 출신 작가를 우대했음을 알 수 있다. 그리고 '기성작가의 추천장을 휴대한 자'가 응모 자격이었기 때문에 예선 당선작을 발표할 때, 이들 작품을 추천한 추천인도 함께 공개하였다. 아직 최종 본선이 치러지지 않았음에도 추천인을 공개한 것은 추천인의 권위를 활용하여 해당 제도의 흥행을 유도하기 위한 목적으로 볼 수 있다.

　1939년 7월 5일에는 본선 결과가 발표되는데, 김영석이 제1석, 김동규가 제2석을 차지하게 된다. 본선 심사위원은 이기영, 유진오, 현진건, 유치진, 최재서, 임화, 이태준, 이무영으로 현역평론가와 작가 7명 그리고 동아일보 본사측 인원으로 구성되었다.[237] 1939년 7월 5일부터 7월 9일까지는 임화가 심사위원을 대표해 심사경과를 보고하였다. 이처럼 '신인문학콩쿨'은 모집 공고에서부터 예선과 본선 발표, 그리고 심사평에 이르기까지의 전 과정을 공개하였다. 콩쿨 시행 절차와 각 절차별 결과를 지면에 공개한 의도는 해당 제도의 공정성을 확인시켜주려는 의도로 풀이된다. 예선에 통과한 작품을 신문지상에 발표한 후에 다시 문단의

---

236 한태천은 1935년 신춘문예 희곡 부문에 「토성낭」을 응모하여 당선되었다. 1935년 1월 9일 『東亞日報』 석간 3면 '懸賞當選者紹介'에는 간단한 그의 이력과 함께 사진이 게재되었다. 그는 1906년 진남포에서 태어나, 부모를 따라 평양으로 왔다. 이후 광성보교, 광성고보를 졸업하고, 문학에 뜻을 두고 동경으로 건너갔지만 목적을 이루지 못하고 귀국했다. 이후 2종교원시험에 합격하여 모교인 광성보교에서 교원생활을 한다고 한다. 그는 앞으로 극예술운동에 적극 참여하여 창작, 연구에 정력을 다할 것이라며 포부를 밝히기도 하였다.
237 「第一回 新人文學콩쿠르 當選發表」, 『東亞日報』, 1939.7.5, 석간 3면.

현역작가와 평론가로 조직한 심사회에서 입상을 결정한 것은 신문사가 투명성을 확보하기 위해 노력했음을 보여준다. 이러한 면에서 볼 때 '신인문학콩쿨'은 형식적인 절차를 준수하였으며, 그 과정을 공개함으로써 투명성과 공정성을 추구한 제도였다는 결론을 얻을 수 있다.

2) '신인문학콩쿨' 입선작의 특질

'신인문학콩쿨' 예선 입선작을 신문 연재일 기준으로 정리하면 아래 〈표 10〉과 같다.

〈표 10〉『동아일보』 제1회 '신인문학콩쿨' 예선 입선작 목록(1938.11.25~1939.5.19)

연재일	추천인	당선자	제목
1938.11.25~1938.12.6	유진오	김영석(金永錫)[238]	비둘기의 유혹(誘惑)
1938.12.8~1938.12.19	안회남[239]	원대연(元大淵)	명화(明花)
1938.12.21~1938.12.31	이효석	김이석(金利錫)	부어(腐魚)
1939.1.21~1939.2.3	이기영	이재춘(李在春)	주막(酒幕)
1939.2.5~1939.2.23	엄흥섭	이지용(李地用)	화장인간(化粧人間)
1939.3.1~1939.3.17	前당선(조선)	정비석(鄭飛石)	귀불귀(歸不歸)
1939.3.19~1939.4.3	백철	조남영(曹南嶺)	익어가는 가을
1939.4.6~1939.4.18	임화	김동규(金東奎)	파계(破戒)[240]
1939.4.20~1939.5.6	前당선(동아)	곽하신(郭夏信)	안해
1939.5.7~1939.5.19	前당선(동아)	한태천(韓泰泉)	(희곡)매화포

〈표 10〉에 의하면 김이석의 「부어」 연재가 끝나는 1938년 12월 31일

---

238 1938년 11월 3일자 『東亞日報』 석간 3면 「入選作家들의 感想」에는 김영석 대신에 박산(朴山)으로 소개되고 있다.
239 「入選作家들의 感想」에서 원대연은 "이것을 추천해주신 이원조 씨와 동아일보사에 대하야 사의를 표하는 바입니다"라며 자신의 작품을 이원조 씨가 추천해주었다며 감사의 뜻을 전하였다.
240 1938년 11월 3일 신인문학콩쿨 예선발표 특집 기사에는 김계명(金鷄鳴)의 「破門」으로 소개된다.

이후부터 이재춘의 「주막」이 연재되는 1939년 1월 21일까지 20여 일의 연재 공백기가 있음을 확인할 수 있다. 이러한 공백이 발생한 이유는 해당 시기에 신춘문예 당선작이 발표되었기 때문이다. 1939년 신춘문예 단편소설 부문 당선작은 김몽金夢의 「만세환」萬歲丸으로 1939년 1월 7일부터 1월 19일까지 연재되었다. '신인문학콩쿨'의 입선작과 신춘문예 당선작의 교차 연재는 신문사가 단편소설 수급에 매우 고심했음을 상징적으로 보여준다. 이러한 신인들의 작품 발굴에 대한 노력은 신문사 내부의 단편소설 수급의 필요성이 '신인문학콩쿨'의 시행 배경이라는 주장에 힘을 실어준다.

'신인문학콩쿨' 예선 입선작 중에서 본선 제1석을 차지한 김영석의 「비둘기의 유혹」은 청년의 방황과 비극을 그렸다. 작품의 경개는 다음과 같다.

'나'는 작문과 도화에 소질이 있으나 가정 형편이 어려워 동무들에게 따돌림을 당하다가 거지라고 놀림을 당한 사건이 계기가 되어 Y중학을 중퇴한다. '나'는 외로움과 '센치'가 사무칠 때마다 낙산에 올라 공상하는 일로 위안을 삼는다. 구직활동을 시작하지만 번번이 실패하다 결국은 취직을 포기한다. 한번은 산에 갔다가 공교롭게 그곳으로 소풍 나온 Y학교 생도들과 선생과 마주친다. 초라한 자신의 모습을 비관하며 이때부터 현실을 의도적으로 회피한다. 어느 날은 건너방 정옥이 집을 비운 사이, 그녀가 기르던 비둘기를 새장에서 꺼내 날려 보낸다. 이후 사유의 자유에 대한 갈망은 더욱 깊어지고 점점 현실과 괴리된다. 급기야 과대망상과 강박관념이 겹친 우울성정신병에 걸려 형에 의해 요양소로 보내진다.

현실에 적응하지 못하는 주인공의 내면을 추적한 이 작품은 주인공이 정신병에 걸린다는 결말로 이어지며 그 어떤 희망도 보여주지 못한다.

본선 심사위원이었던 임화는 이 작품이 소설로서 훌륭해서가 아니라 시정詩情 때문에 1석으로 뽑았다며, 주인공의 정신적 방황을 리드미컬하게 그려냈다고 평가하였다. 그는 계속해서 "뇌 속에 사무친 외로움과 센치가 비둘기처럼 프드기며 날라가 버리는 날 나는 세상 사람들과 정다워지리라"라는 묘사에서 볼 수 있듯이 예술적 분위기가 이 작품에 하나의 성격을 만들어 주었다고 평가하였다. 하지만 이러한 시정이 청신하지만 문단의 새 발견, 새 재산이 되지 못한다며 산문성의 시험을 거쳐야 한다고 지적하였다. 서사적이 아닌 양식은 구상의 완전한 소설적 전개를 저해하기 때문이라고 그 이유를 밝혔다.[241]

본선 제2석에 오른 김동규의 「파계」는 아내와 딸의 죽음 앞에 무력한 한 가장의 모습과 성당 신부의 탐욕과 위선을 대조하여 후자를 부정적으로 묘사한 작품이다. 바오로는 미국 신부가 바뀌면서 성경야학이 문닫자 실직하게 된다. 바오로의 아내 마리아는 마테오네 집에서 삯바느질과 빨래를 하기 시작한다. 마테오와 마리아 관계에 대해 안 좋은 소문이 돌아 신부 귀에까지 들어가고 둘은 파면된다. 마리아는 사흘 뒤 자살한다. 바오로의 딸 영순은 엊그제부터 열이 나기 시작하였다. 바오로는 성당에서 예배 본 후, 강제적인 교무금 납부에 다툼을 벌이고 서둘러 귀가한다. 집에 오자마자 딸에게 밥을 주려는데 밥을 누가 훔쳐갔다. 딸을 위해 일거리를 찾아 헤매다가 요리집 앞에서 굶어 죽은 거지를 발견한다. 밥을 훔친 이와 죽은 거지를 두고 삶의 지향에 대해 고민하던 바오로는 성당에 찾아가 성합을 훔치지만 곧 신부에게 들키고 만다. 다음날 딸이 죽자 바

---

241 林和, 「新人文學콩쿠르 審査報告(下)」, 『東亞日報』, 1939.7.6, 석간 4면.

오로는 예수 때문에 자기 아내와 딸이 죽었다고 말한다. 화가 난 신부는 바오로를 쫓아내고, 바오로는 자기 아내와 지식을 죽인 신부의 죄는 어떻게 할 거냐며 신부를 비난한다.

임화는 이 작품이 「비둘기의 유혹」에 비해 훨씬 소설다운 조건을 갖춘 작품이라 평가하며, 객관적인 사태의 요구와 각개의 장면에서 일어나는 일이 주인공을 운명적으로 어느 결말에 도달하도록 구성하였다고 하였다. 객관적 수법을 구사하여 작품을 구성하는 능력이 탁월하였다고 평가한 것이다. 그럼에도 이 작품이 차석에 머문 이유는 관념을 존중한 나머지 작품의 형상성이 부족한 탓이라고 보았다. 주인공의 행동에는 많은 계기가 필요한데 이를 무시하고 무리하게 비약시킨 점을 지적한 것이다. 특히 빠른 템포와 장면의 돌연한 변화를 이 작품의 구조상 문제로 지적하고, 신문소설의 모방이라고 비판하였다. 근본적으로 단편으로 해결하기 어려운 테마를 잡은 데에서 비롯된 문제였다는 것이다. 그 결과 주인공의 신앙상 혹은 심리적 발전의 필연성이 전혀 무시되었다는 것이 임화의 평가였다. 이러한 경향은 사실적 객관적 수법을 배우는 작가들이 흔히 빠지기 쉬운 함정이라며 경계하기도 하였다.[242]

위의 두 작품을 제외한 8편의 작품은 이성 간의 애정문제를 주로 다루었다는 공통점이 있다. 원대연의 「명화」는 실제 인물을 소재[243]로 이성 간의 사랑과 비극을 그려냈다. 음악교사인 '나'는 직장동료 송별회에서 명화를 처음 만나게 된다. 하지만 어차피 술집에서 몸이나 파는 갈보라

---

242 林和, 「新人文學콩쿠르 審査報告 (三)」, 『東亞日報』, 1939.7.8, 석간 3면.
243 「入選作家들의 感想」, 『東亞日報』, 1938.11.3, 석간 3면. "실재의 인물 명화, 아름답고 가련한 여자. 내 작품 『명화』는 파리하고 변변치 못한 것이지만 실재의 명화는 정말 사랑스러운 여자입니다."

고 여기며 명화에 대한 생각을 지우려하지만 술집을 몇 번 드나드는 사이에 점점 가까워진다. 자신이 극단을 조직할 테니 명화더러 단원이 되어달라고 하자 명화도 흔쾌히 승낙하며 둘은 각별한 사이가 된다. 명화에 대한 사랑의 감정이 점점 커지자 '나'는 명화와 결혼하기로 결심한다. 하지만 '나'의 기대와 달리 명화는 청을 거절하며 내일 다른 술집으로 떠난다고 말한다. 명화는 '나'에게 자기 동생이 소학교 2학년인데 그 애가 성공해서 나이든 부모를 봉양할 수 있게 되면 자신은 죽겠다고 이야기한다. '나'는 다음날 기차 타고 떠나는 명화를 보내주고, 방과 후 산에 올라 명화를 추억한다.

정비석의 「귀불귀」는 봉건적 도덕에 매몰된 여인의 일생을 통해 봉건적 가치를 비판한 작품이다. 동은과 관규는 현숙의 아버지 밑에서 사숙을 한 친구였다. 동은은 현숙과 결혼하고 관규도 결혼을 하였다. 관규의 아내가 죽고, 동은이도 죽자 관규는 의무감을 느끼며 현숙 모자를 도와준다. 진세의 학교 입학 문제를 논의하고 집으로 돌아가려 신발을 찾다가, 관규는 현숙의 소매가 제 어깨를 스치자 충동적으로 현숙의 어깨를 잡았다. 그리고 현숙에 대한 마음을 고백하려 하였다. 하지만 현숙이 강하게 저항하고 둘은 어색하게 헤어진다. 관규는 봉건도덕의 그릇됨을 알지만 현숙의 선택을 존중한다. 10년 후, 진세가 결혼해서 딸과 아들을 낳자, 현숙은 손자에게 정주려는데 며느리와 사사건건 충돌한다. 현숙은 자신이 지금까지 자식에게 헌신한 일이 부질없음을 깨닫는다. 그리고 그동안 관규가 일생을 자기 생각했음을 깨닫고 자신도 관규를 늘 생각했음을 그제서야 깨닫는다. 이 작품은 봉건적인 이념을 신봉하던 현숙의 비극적인 일생을 그려냄으로써 전통적 가치에 대한 비판을 담았다. 비록 작품에서 관규와 현숙의 관계는 변하지 않았지만 현숙이 절대 드러내지 않았던 관규에 대한 사랑을 긍정한 것이다.

이재춘의 「주막」도 이성 간의 사랑을 주제로 한 작품이다. 어려서 어미와 아비를 잃은 순이는 14살 때부터 T시 제사공장에서 직공생활을 한다. 순이의 양어머니는 올 여름 대홍수로 가세가 기울자 동리 대지주인 박주사를 찾아가 돈을 빌려달라고 읍소한다. 박주사는 순이의 몸을 노리고 부탁을 들어주며 순이네에게 주막을 차려준다. 양어머니는 직공생활을 하던 순이를 집으로 불러들여 술장사를 시킨다. 순이는 야반도주를 시도하다 붙잡혀 온 뒤로 체념하게 된다. 순이에게는 어려서부터 알고 지냈던 수동이가 유일한 희망이었다. 어느 날 밤 수동이는 순이에게 자신의 마음을 전하고 청혼을 하려는데 그때 박주사가 들이닥쳐 둘 사이를 방해한다. 박주사는 수동이에게 복수하겠다며 순이를 협박한 후에 겁탈을 시도한다. 그때 박주사의 마누라가 나타나 박주사의 머리채를 잡고 나간다. 뒤이어 양어머니가 등장하여 순이에게 사죄하고, 수동이가 순이를 안아주며 사건은 마무리된다. 학삼이와 동거를 하면서도 다른 남자와 부적절한 관계를 맺는 양어머니, 아내가 있음에도 순이의 몸을 노리고 가게를 차려준 박주사 등 기성세대의 타락상도 함께 보여준 작품이다.

조남영의 「익어가는 가을」은 농촌 마을을 배경으로, 모심기에서 가을 수확까지 이르는 동안 청춘 남녀의 사랑을 그려낸 작품이다. 판돌과 이쁜, 봉수와 구장딸 옥순, 용옥과 봉례, 복동과 몬례가 서로 만나고 사랑하게 되는 과정을 담았다. 특별한 갈등 구조 없이 이들의 연애이야기를 중심으로 내용을 전개하였다. 전쟁이나 소작 문제 등 현실적인 문제가 배경이 되었음에도 불구하고, 등장인물들은 그러한 문제를 의도적으로 회피하거나, 적극적으로 대응하지 않고 포기하는 등 순응적인 면을 보여주었다.

한편 예선 입선작들은 청년들의 방황과 타락상을 묘사하기도 하였다. 김이석의 「부어」가 대표적인 작품이다. E중학교 조선어 교사인 '나'는 방학 때, 사진작가인 항규와 그의 부인, 그리고 사진모델인 등주와 함께 대동강으로 뱃놀이를 갔다. 그곳에서 잔뜩 취해 춤을 추며 놀다가 우연히 나체 사진이 찍힌다. 사진재료상 주인이 이 사진을 항규의 허락도 없이 서선사진전람회에 출품하여 특선을 수상한다. 개학 후 학교에 출근하나 문제의 사진 때문에 학교에서 쫓겨난다. 직장을 잃어 서울 집으로 돌아가려는데 T교수가 향가 주석을 도와 달라고 하여 그 집에 기거하게 된다. '나'는 T교수의 집에 머물며 예의 사진 문제를 처리하고, 항규를 통해 등주가 임신하였다는 소식을 듣게 된다. '나'는 T교수 몰래 그의 부인과 밀애를 나누게 되며, 둘 사이 눈치챈 그 집 하녀인 호분도 '나'에게 수작을 건다. 10량만 주면 입을 다물겠다는 호분의 말에 울컥한 '나'는 호분의 뺨을 갈기고 그길로 등주를 찾아간다. 평양에 있는 산부인과를 모조리 뒤져 등주를 만난 '나'는, 지금껏 자기 삶은 정열이 썩어버린 부어腐魚같았다며 지금부터 등주와 함께 꿈의 세계로 마차를 달리며 정열을 뿌리고자 한다고 말한다.

이지용의 「화장인간」 역시 청년의 도덕적 타락상을 보여준다. 계집질로 가사를 탕진한 호영은 동경 유학 동기인 박상우의 도움으로 회사에 입사한다. 하지만 부적절한 언행으로 퇴사하게 되고, 직장동료들에게는 사업 구상중이라며 허풍을 떤다. 그의 거짓에 속은 춘섭이가 1천원을 투자하겠다고 하자 호영은 거짓으로 사업을 추진하기 시작한다. 호영은 큐비와 결혼을 약속하고도 자신이 기거하는 하숙집 조카딸 순자를 꼬여 겁탈한 뒤 매일 밤 순자와 관계한다. 큐비와 신혼집에서 첫날을 보낸 다음날 아침, 큐비의 친오빠가 찾아온다. 그는 바로 유학 동기인 상우로, 춘섭의 소식을 전해주며 호영을 비난한다. 다음날 아침, 순자의 음독자살 소식을 듣고 우울과 공포를 느낀 호영은 술로 위안을 삼는다. 호영이의 괴로운 독백을 엿들은 상우는 호영을 동정하고 집으로 데려오지만, 호영은 자신의 위선과 허위를 깨닫고 가정을 꾸릴 자격이 없다며 야반도주한다.

곽하신의 「안해」는 아내의 외도와 남편의 순정을 대조적으로 그린 작품이다. 무식하고 상식 없는 아내의 처신에 대해 아무리 훈계해도 개선되지 않자 '나'는 없는 살림에 아내를 야학에 보낸다. 아내는 온갖 구실로 돈을 요구하더니 공부를 핑계로 밤늦게 들어오기 시작한다. 하지만 점점 싹싹해지는 아내를 보며 '나'는 아무 의심 없이 만족한다. 아내의 거짓말이 갈수록 늘자 '나'는 아내 뒤를 밟고 아내가 다른 남자와 바람피우는 장면을 목격한다. '나'는 사내에게 달려들어 주먹질을 하지만 되려 그자에게 얻어맞고 기절한다. 혼자 집에 돌아온 '나'는 집으로 돌아올 리 없는 아내이건만 혹시 돌아온다면 점잖게 나가라고 말하겠다고 다짐하면서 눈은 아내가 입다 벗어놓은 치마저고리로 향한다.

한태천의 희곡 「매화포」는 가족 간의 불화와 비극을 그렸다. 어머니가 돌아가신 줄 알고 늘 어머니를 그리워하는 정호를 아버지인 창수는 늘 안쓰럽게 생각한다. 하지만 정호의 어머니는 죽지 않고 유치원에서 아이들을 가르치는 일을 한다. 창수의 여동생 영애는 자신의 동창 명자를 창수와 엮어주려 노력한다. 하지만 영애의 노력에도 불구하고 창수는 재혼 생각이 없어 명자의 청을 거절한다. 이때 창수 아내로부터 선물이 도착하고, 모녀는 창수의 결혼을 방해하려는 수작이라며 분노한다. 영애는 오빠 때문에 자기의 결혼도 무산되었다고 오빠를 원망한다. 정호는 낯선 이에게 과자 얻어먹고 집에 돌아와 나중에야 그 이가 자신의 엄마인 줄 깨닫고 뛰쳐나간다. 자신을 만류하는 할머니와 고모를 밀치고 정호가 밖으로 나가자 어디선가 불꽃이 터진다.

본선에 당선된 두 편을 제외하면 예선에 오른 나머지 작품들은 남녀 간의 애정문제를 주로 다루었다. 남녀 간의 애정문제가 전면에 드러나지 않은 작품의 경우에도 이성간의 사랑은 작품에서 중요한 역할을 하였다. 일제의 파시즘 강화로 정치적 발언이 금지된 상황에서 애정에 관한 문제는 검열로부터 가장 안전한 소재였던 것이다. 일례로 제4차 무기정간 직후에 작성된 것으로 추정되는 '언문신문지면쇄신요항諺文新聞紙面刷新要項'[244]에 따르면 "주의적 색채를 유有하는 논문 소설 등은 이를 배격할 것", "함부로 조선민족의 궁핍을 곡설하고 또는 민중생활의 비참한 상황을 나열함과 같은 폐가 없기를 기할 것", "조선의 역사적 인물, 산악, 고적 등에 관한 기사로서 민족의식을 고취하고 배일사상을 고조함과 같은 혐의가 있는 것은 이를 게재하지 말 것", "기타 반국가적 또는 공산주의, 민족주의적 언론보도를 하지 말고 대일본제국의 신문으로서 그 사명을 다 할 것" 등 일제의 조선 언론에 대한 제약이 세밀했음을 알 수 있다. 민족정신을 함양하는 것은 일절 금지되었으며, 조선 민중의 비참한 생활상도 그려낼 수 없었다. 이러한 언론 통제에 따라 신문에 연재되는 작품도 그 소재가 극히 제한적일 수밖에 없었던 것이다.

---

244 『동아일보사사』 권1, 375~376쪽 참조.

신인들은 남녀 간의 애정문제 외에 청년들의 고뇌와 방황, 기성세대의
부패와 타락상을 다루기도 하였다. 하지만 자품의 대부분은 비극적 질밀
로 끝을 맺음으로써 희망적인 전망을 보여주지는 못하였다. 이들이 형상
화한 인물들은 기성작가들이 그려낸 인물들과 별다른 변별점을 찾을 수
없었으며, 작품의 소재와 주제도 마찬가지였다.[245] 작품의 배경이 되는
공간은 도시와 농촌을 막론하고 현실 정치적 상황이나 경제적 상황과는
유리된 공간으로 설정되었다. 일부 작품에서는 구체적인 공간을 배경으
로 사건이 진행되지만 그마저도 당시의 현실을 반영하지는 못하였다. 심
사위원들을 위시한 기성세대는 신인들에게 창조와 개성을 바랐으나[246]
신인들은 그들의 기대에 부응하지 못하였다.[247] 오히려 강요된 개성에의
요구에 신인들은 기성작가의 작품을 모방함[248]으로써 출구를 모색하기

---

[245] 金南天, 「新世代論과 新人의 作品」, 『東亞日報』, 1939.12.19, 석간 4면. "新人小說家들의 作品을
檢討하여보아도 그들에게 中堅이나 旣成의 作家들이 가질 수 없고, 또 가지고 잇지 못하는 새로운 精神的
價値란 것은 없엇다. 가장 力量잇는 新人作家, 假令 金東里 氏는 李泰俊 氏의 世界에서 뚜렷한 精
神的 世界로써 自身을 區別할 수는 없고, 鄭飛石 氏는 李孝石 氏에 比하야, 金永壽 氏는 朴泰遠
氏에 比하야 決코 새로울 것이 없을 뿐만 아니라, 또한 그에게 미치지 못할 만큼 遜色이 잇는 것이 事實
이다."(강조는 인용자)

[246] 한식(韓植)은 「文學의 危機와 新人의 覺悟(4)」(『東亞日報』, 1938.10.29, 석간 4면)에서 신인
들에게 개성의 발굴을 주문하며 에피고넨에 머물지 말고 독창적인 문학자가 되어 달라고 요청
하였다.

[247] 신인들은 수상소감을 통해서 기성들의 지도 편달을 바란다고 언급하였다. 이는 심사위원들에 대
한 단순한 감사인사 차원을 넘어 이들의 기성에 대한 입장과 작품 창작 태도와도 관련이 있다고
생각한다. "이 아이의 성장을 위하야 염려하시고, 격려 편달하여 주신 여러 어른께 이 기회에 감
사를 드립니다. 그리고 여러 어른의 기대에 어김이 없도록 좀더 부지런히 문학수업을 하려고 합
니다(한태천). 이번 입선이 생으로 하여금 문학에 대하야 새로히 인식을 굳게하는 동시에 한결
힘을 얻을 것만은 속일 수 없는 일이외다. 자못 앞으로 제(諸) 선생의 지도와 편달을 바라마지
않습니다(이재춘). 신인은 자기수양을 쌓고 기성 여러 선생님들을 배우고 하는 동안 단란한 문단
이 일우어질 것이오(김계명). 행여 만혼 편달을 애끼지 말어주시옵소서.(정비석), 소생도 힘껏
공부하기를 귀사에 약속해 둡니다. 나이 어린 문학창조자들을 문학의 본무대에 올려서 훈련시킬
필요는 절대적입니다(박산). 되던 아니 되던 열심히 공부하여 보임으로써 그 힘쓰심에 대하고저
생각하는 바이다(곽하신)." 「入選作家들의 感想」, 『東亞日報』, 1938.11.3, 석간 3면 참고.

[248] 林和, 「新人文學콩쿠르 審査報告 (三)」, 『東亞日報』, 1939.7.8, 석간 3면. "『腐魚』는 『비들기의
誘惑』보다 훨신 떨어진다. 李孝石의 어떤 種類의 作品을 읽는 듯하면서도 李孝石의 小說에서만치 美

도 하였다.

200여 편의 응모작[249] 가운데 123편[250]을 검토한 예선 심사위원은 '신인의 길을 막는 것이 기성문단의 그 무슨 고의이거나 한 것 같은 오해가 일부 신인 간에 행해진 때 기성문단에서 신인들을 향해 손을 내밀었다는 것이 기쁜 경향'이라며 '신인을 위한 이번 기획이 문단을 위해서나 신인을 위해 경하'할 일이라며 해당 콩쿠르의 의의를 밝혔다. 이어서 응모 조건이 까다로웠음에도 불구하고 적지 않은 수의 신인이 도전하였다며, 응모작을 통독하며 느낀 점을 다음과 같이 서술하였다.

조흔 傾向으로서는 作中人物들의 生活이 從來 旣成作家들보다 豊饒한 것이다. 오늘날 旣成作家들 作品에 나오는 主人公의 大部分이 性格的으로 生活로나 너무나 초라한데 比해서 新人들이 取扱한 作中人物들은 大部分이 直接 作品속에서 作者와 함께 生活한다는 點이다. 둘째 조흔 傾向의 하나는 作風으로나 材料로서나 從來의 것에서 새 길을 開拓하려는 野心이 보이는 것 셋째로서는 文學에 對하는 態度의 眞摯性이다. 조선말은 바로잡어 적게 되엇다는 것도 기쁜 消息中의 하나라 아니할 수 없을 것이다.

그러나 이는 勿論 個中 몇 作品을 이르는 말이오 大部分의 作家들이 犯한 誤謬中 가장 큰 것은 自己의 作品을 즐기어 通俗化하랴는 點이다. 勿論 이 즐

感을 느끼지 못하는 理由도 이 때문이다."(강조는 인용자) 김이석의 『부어』를 추천한 이가 이효석이었다. 이 연구에서는 신인들의 작품을 위주로 그 특질을 파악하는 데 그쳤으나, 신인문학콩쿨 입선자와 이들을 추천한 추천인과의 관련성도 추적할 필요가 있다.

249 1939년 7월 5일 '第一回 新人文學 콩쿠르 當選發表'에는 200편의 작품이 모였다고 발표하며, 7월 6일 '新人文學 콩쿠르 審査報告(下)'에서도 200편 가까운 작품이 응모되었다고 언급하였다.
250 一選者, 「第一回 新人文學콩쿨 豫選後記」, 『東亞日報』, 1938.11.3, 석간 3면. "社에서 내게 돌려진 應募原稿는 百二十三篇이엇다."

기어라는 말에는 語弊가 잇을지 모르나 作中人物의 性格을 또는 事件에 一部
通俗作家들의 手法을 그대로 模倣했다. 이런 傾向은 特히 산가아 할 點인 同
時에 旣成作家들도 自己의 通俗傾向이 얼마나 큰 影響을 後輩들에게 주고잇
으나 그것을 한번 되씹어 보아야 할 줄 안다. 이 責은 從來의 批評家들 自身
이 通俗作品과 純粹文藝作品과를 區分하지 안혼데 잇는 것도 勿論이다.[251]

심사위원은 작품에 드러난 작중인물들의 생활이 기성작가들보다 풍요
한 점, 작풍이나 재료가 종래의 것에서 새 길을 개척하려는 야심이 보인
점, 신인들의 문학에 대한 태도가 진지한 점, 조선말을 바로잡아 적게 된
점 등을 장점으로 제시하였다. 하지만 이러한 장점을 보인 작품은 극소수
에 불과했으며, 대부분의 작가들이 작품을 통속화하려는 경향이 있었다
며 통속화에 대한 우려를 강하게 내비쳤다. 작중인물의 성격이나 사건을
그리는 데 있어 통속작가들의 수법을 모방하였다는 것이다. 그리고 기성
작가들의 통속 경향이 후배들에게 큰 영향을 미쳤다며 기성작가들의 통
속화를 지적하였다. 예선후기에서는 이밖에도 주인공 성격의 독창성 결
여, 원고를 매지 않고 보내는 등 응모자의 성의 없는 태도를 지적하였다.

예선 발표 이후 1939년 7월 5일, 본선 당선작이 발표된다. 1939년 7월
5일부터 7월 9일까지 임화는 본선 심사위원을 대표해 심사 경과를 보고
한다.[252] 그는 심사위원회에 상정된 작품들이 까다로운 절차를 거친 만큼

251 一選者, 「第一回 新人文學콩클 豫選後記」, 『東亞日報』, 1938.11.3, 석간 3면.
252 「第一回 新人文學콩쿠르 當選發表」, 『東亞日報』, 1939.7.5, 석간 3면. "이제 본 콩쿠르를 위하
야 조직된 심사위원회의 심사경과를 임화 씨가 종합, 위원들을 대표하야 피력키로 되엇다. 그러
므로 이 일문(一文)이 임화 씨 개인의 논문이 아닌 것은 물론이다." 1939년 7월 6일 「新人文學
콩쿠르審査報告(下)」에서도 이를 재차 강조한다. "여기에 실른 임화 씨의 보고도 임화 씨 개인
의 감상이 아니라 심사원 7씨의 위촉을 받아서 편의상 임 씨의 명의로 발표하는 것이다."

이 콩쿠르의 예선권 내에 드는 것만으로도 항례의 현상당선 수준을 따를 줄 알았는데 작품 수준이 놀랄 만큼 저열하였다고 평가하였다. 다른 심사위원들도 마찬가지 견해를 보여 1석을 뽑지 말자는 의견이 나올 정도였다고 밝혔다.[253] 7월 6일부터는 개별 작품에 대한 심사평을 게재한다.

심사위원들은 작품의 소재나 내용에 대한 평가보다는 표현이나 형식에 집중하는 경향을 보였다. 「부어」는 심리주의적 양식의 작품인데 주인공의 심리묘사가 간결하지 못하고 일관성이 없다고 지적하였다. 예술가는 정신적 육체적 부패에 침닉하면서도 영롱한 성격을 부여해야 하는데, 이 작품은 그러한 아름다움이 없었다는 것이다. 반면에 「주막」과 「익어가는 가을」은 객관소설의 정석을 밟은 작품이나 구성과 박력, 인물과 묘사력이 떨어진다고 분석하였다. 특히 「주막」은 삼각관계에서 소설이 구성되고 끝났다며, 작품이 통속성 외에 아무것도 보여주지 못하였다고 평하였다. 「익어가는 가을」은 장면을 그리는 능력과 인물을 다루는 솜씨가 약간 취할 바 있으나 재래의 농촌소설을 넘어서지 못했고 구성이 불확실하다고 지적하였다. 「화장인간」은 제목부터 소설의 품위를 말하는 듯하여 좋지 않았고, 예선 입선작 10편 중에서 가장 떨어지는 작품[254]이라고 혹평하였다. 「명화」에 대해서는 심사위원 간 평가가 엇갈렸다. 유진오는 이 작품을 심히 낮게 평가했지만 임화는 이 작품이 필치가 화려하고, 상념이 분방하고, 인물을 다루는 솜씨가 곱다며 장래에 대한 기대감을 드러냈다. 추천인이 없었던 희곡 「매화포」는 작가의 전작보다도 월등히 떨

---

253 林和, 「第一回 新人文學콩쿠르 審査會를 마치고」, 『東亞日報』, 1939.7.5, 석간 3면.
254 林和, 「新人文學콩쿠르 審査報告(四)」, 『東亞日報』, 1939.7.9, 석간 3면. "人物이 모두가 살지 안핫고 文章엔 詩情도 描寫力도 缺如되고 事件은 作爲的이고 無理하고 作者가 作品을 爲하야 準備한 觀念은 아즉 文學의 根柢에 노힐 만한 것이 되는 것 같지 안타."

어진다고 하였다. 마찬가지로 추천인이 없었던 「귀불귀」는 '장편소설의 경개를 읽는 것 같다'고 평가했으며, 「안해」는 문장에 대한 비평[255]으로 일관하였다.

본선 심사위원들 사이에는 비평관의 차이로 인한 이견도 있었다. 하지만 신인들의 작품 수준이 낮다는 평가에는 모두 동의하였다. 이에 따라 작품을 비평함에 있어 주로 문제점을 지적하는 방식을 취하였다.[256] 작품의 제목을 비롯해서 작품 구성, 인물의 성격과 묘사, 문장 표현 방식, 문체에 이르기까지 작품의 형식적인 결함을 문제 삼았다. 특히 '빠른 템포'와 '장면의 돌연한 변화'를 구조상의 문제라고 지적하고, 이를 신문소설의 모방이라고 비판하기도 하였다. 이는 예선 심사 때도 언급되었던 부분으로, 작품의 통속성과도 이어진다. 그리고 장편소설에 어울리는 내용을 단편으로 취급하였다는 지적이나, 사건의 개연성 부족, 내용상 기존 작품의 모방에 그쳤다는 등 내용적인 측면도 지적하였다.

심사위원들은 신인들의 작품을 비평할 때, 문제점을 지적하는 데 그치지 않았다. 「비둘기의 유혹」은 시정詩情에만 머물지 말고 산문성을 살려 완전한 소설적 전개를 보이라고 충고하였다. 「파계」에 대해서는 인물의 행동에 개연성을 확보하라고 조언하며, 객관적 수법을 배우는 작가들은

---

255 林和, 「新人文學콩쿠르 審査報告(四)」, 『東亞日報』, 1939.7.9, 석간 3면. "文章에 新奇함을 노린 野心이 잇는 듯 보이나 도대체 남에게는 勿論 自己에게도 알 수 없는 글은 쓰지 아니함이 마땅하지 안혼가한다. 長『쎈텐스』의 文章은 우리 文壇에선 朴泰遠 氏가 쓰다버린 形式인데 新人이 다시 써서 아니 된다는 법은 없으되 朴泰遠 氏의 어떤 作品과 같이 心理描寫에 置重하는 小說 以外에 그리 適當한 文章이 아니다. 敍述的인 文學일수록 『쎈텐스』가 짜르고 그 짜른 것이 簡明이란 조혼 效果를 내는 것을 記憶하기 바란다."
256 林和, 「新人文學콩쿠르 審査報告(四)」, 『東亞日報』, 1939.7.9, 석간 3면. "審査報告를 끝마치면서 나로서 遺憾된 것은 當日의 여러 意見을 充分히 傳하지 못한 點이다. 또 作品을 評함에 長點을 主로 列擧하지 못한 點이다. 長點을 일부러 찾으면 없지도 아니할 것이나 亦是 貴重한 것은 短點을 알아두는 것이리라."

이를 경계해야 한다고 말하였다. 「부어」의 심사평 말미에는 해당 작품이 발단과 종말 없이 시작하고 끝났다며, 오헨리의 발단도 종말도 없는 소설이 어떻게 수미일관하는지 연구해 보라고 조언하기도 하였다. 심사평에는 이러한 사례 외에도 작품의 문제점에 대한 개선 방향을 직접적으로 제시하는 경우가 많았다. 이러한 태도는 심사위원들이 신인들의 작품을 지도할 만큼 전문성을 갖추고 있으며, 신인보다 절대적 우위에 있다는 인식이 반영된 결과였다.

심사위원들은 신인의 작품뿐만 아니라 작가를 비판하기도 하였다. 앞서 예선후기에서는 작가의 성의 없는 태도를 문제 삼았다. 하지만 본선에서는 "이 작자의 그 전 작품이 가지고 잇는 약간의 명예를 위하야 이 이상 이 작품에 대하야 이야기하지 아니함이 조흘 것 같다. 그동안 수 삼 편의 단편소설을 발표한 이로 이런 소설을 쓴다는 것은 이해하기 어려운 일이다"[257]라며 특정 작가를 강도 높게 비판하였다. 본선에 최종 당선된 이들도 예외는 아니었다. 하지만 김영석과 김동규를 본선에 당선시킨 심사위원들 중에는 정작 이들을 콩쿨 예선에 추천한 이가 있었다. 바로 유진오와 임화였다. 이러한 점을 고려할 때, 심사위원은 신인들의 작품을 고의적으로 혹독하게 비평함으로써 자신들의 권위를 내세우고자 한 의도가 있었던 것으로 보인다.

3) '신인문학콩쿨'의 문단사적 의의

'신인문학콩쿨'의 문단사적 의의는 첫째, 신인의 등용문 역할을 한 점

---

[257] 林和, 「新人文學콩쿠르 審査報告(四)」, 『東亞日報』, 1939.7.9, 석간 3면.

에 있다. '콩쿠르'의 사전적 정의는 '음악, 미술, 영화 따위를 장려할 목적으로 그 기능의 우열을 가리기 위하여 여는 경연회'이다. 따라서 공식적으로 문단에 등단하지 않은 신인들을 발굴하기 위한 목적으로 시행하는 등단 제도와는 차이가 있다. 실제로 정비석, 곽하신, 한태천은 이미 당선 경력을 인정받아 해당 콩쿠르에 작품을 응모했던 '신인이 아닌 신인' 작가였다. 하지만 해당 콩쿠르 제도의 경우 이미 문단에 등단한 신진 문인들로 한정하지 않고, '기성작가의 추천장을 받은 자'와 '주목한 만한 작품을 2편 이상 발표한 자'에게도 작품 발표의 기회를 주었다. 이러한 복합적인 자격요건이 해당 제도의 특징이며, 그 의도는 작품 수준을 보증하기 위한 것이었음을 언급한 바 있다. 중요한 점은 '신인문학콩쿨'의 공고문에 명시되었듯 해당 콩쿨이 '신인이 열망하던 문단에의 등용문'을 자처했으며 이를 지향하였다는 점이다. 그 결과 김영석, 김이석, 조남영 등의 신인을 발굴함으로써 신인의 문단 등단에 기여하였다. 제1석을 차지한 김영석은 이 콩쿠르로 문단에 등단한 대표적인 작가다. 그는 이 콩쿨 이후 『동아일보』에 1939년 10월 24일부터 11월 26일까지 「춘엽부인」을 연재하였다. 그리고 또다시 유진오의 추천으로 「월급날 일어난 일들」을 『인문평론』에 발표하며 작품 활동을 이어가게 된다.[258] 김이석도 「부어」로 입선하여 작품 활동을 시작한다. 그는 이후 1939년 평양에서 동인지 『단층』을 발간하여 작품 활동을 이어가며, 월남 후 본격적인 작품 활동을 벌인다.[259] 조남영도 「익어가는 가을」로 등단한다. 하지만 그는 이후 시조시인으로 활동한다.[260] 제2석을 차지한 김동규는 김계명金鷄

258 이경재, 「김영석 소설 연구」, 『현대소설연구』 제45호, 2010.
259 김은자, 「김이석 소설 연구」, 이화여대 박사논문, 1992.

鳴으로 소개된 바 있다.[261] 『동아일보』 1938년 1월 11일자 신춘창작선편 上에 의하면, 1938년 신춘문예에 「정문旌門」이 단편소설 부문 당선권 내에 들기도 하였다. 그리고 해당 콩쿨 이후인 1940년 2월 11일부터 3월 3일까지 『동아일보』에 「도피」를 연재하였다.[262] 물론 원대연, 이재춘, 이지용 등과 같이 콩쿨에 입선한 이후 지속적인 작품 창작활동을 찾기 어려운 신인들도 있었다. 하지만 이러한 한계에도 불구하고 '신인문학콩쿨'이 신인의 문단 등단에 기여하였다는 점은 부정할 수 없다. 이러한 정황을 감안할 때, 신인을 발굴하여 침체된 문단을 환기하고자 했던 신문사의 의도대로 나름의 성과를 이룬 것으로 평가할 수 있다.

둘째, 세대론에서 촉발된 신인론을 논의에서 그치지 않고 현실적인 콩쿨 제도로 실현한 점이다. 1937년 11월 17일 학예면의 투서함投書函에는 신인 등용의 구체적 조직을 결성해야 한다는 취지의 글이 실린다.

新人登龍의 門을 열어주라!

내가 그길(文學의 길)을 研究하며 將來를 期待하고 잇다고 해서 그러는 것이 아니라 事實上 朝鮮文壇에서 어디 新人의 登龍할 만한 機關을 지어주며 機會를 所與하여주느냐 말이다. 元來가 다른 나라와 달라 모든 惡條件 下에 노혀잇는 "朝鮮文壇"이란 其自身이 퍽 悲慘한 境遇에 處하여잇다는 것은 否定 못할 事實이나 그러타고 第二世 ─將來─를 期待하지 안흘 수는 업으리라 아니

---

260 문무학, 「조남령 연구」, 『우리말글』, 1991.
261 「新人文學콩쿨 豫選發表 特輯─文壇 登龍門을 通過한 十人十色의 珠玉篇」, 『東亞日報』, 1938.11.3, 석간 3면.
262 본문에 기술한 내용 외에 아직 학계에는 그의 인적사항이나 작품 활동에 대한 내용이 언급된 바 없다. 해당 콩쿨에 추천한 이가 임화이므로 그 점에 착안하여 자료를 발굴할 필요가 있다.

그러키 때문에 더한層 新人의 登場을 囑望한 것이라고 생각한다. 新人登龍의 어떤 具
體的 組織을 結成한다는 것을 現 境遇 卓上空論에 不過히겟다고 생각하나 舍녀 文壇
乃至 評壇에 잇어 이 點에 對하야 생각하는 바 잇엇으면 조켓다고 생각한다. 平北
北下洞 최상환[263] (강조는 인용자)

최상환은 조선 문단 그 어디에도 신인 등단을 위한 기관이 없고, 신인
이 등단할 기회를 주지 않았다고 비판하며 논의를 시작한다. 그는 제2세
를 위해서 신인의 등장을 촉망한다며 신인등용의 어떤 구체적 조직을 결
성해야 한다고 주장하였다. 이와 더불어 오늘날 조선에는 문학을 즐기고
또는 작가를 꿈꾸는 이들이 많은데, 그들의 포부를 문단에 기재하지 못
한다며 "신문, 잡지 편집자여! 신인을 살리라"[264]는 주장도 있었다.

1938년 5월 22일 학예면에는 「문단사업의 의의를 사업가에게 일언」
이라는 유진오의 글이 실린다. 그는 조선의 부호가 교육 사업에 투자한
사례를 문화적 자각의 향상이라며 경하한 뒤, 조선문화의 유일한 금자탑
이오 조선문화의 성쇠를 점칠 수 있는 바로미터인 문학에 대해서는 등한
시했음을 비판한다. 이어서 문학은 유일의 조선문화라며 조선 문단의 상
황 지적 후 사회사업가의 궐기를 요구한다. 그리고 그 구체적 방법으로

---

263 최상환, 「新人登龍의 門을 열어주라!」, 『東亞日報』, 1937.11.17, 조간 4면.
264 咸南 崔針盤, 「新聞, 雜誌編輯者에게 一言」, 『東亞日報』, 1937.7.30, 조간 6면. "오늘날 朝鮮에
文學을 즐기고 또는 作家를 꿈꾸고 小說, 詩, 戲曲을 읽고 쓰고 하는 男女들이 만타. 그들이 앞날
에 文豪가 되건 못 되건 그들의 前道를 누구나 하로 바삐 藝術를 이해하며 製作할 수 잇는 作家
가 되엇으면 하고 바랄 것이다. 그러나 그 만흔 文靑들이 抱負를 文壇에 記載치 못한다. 서울은
文學도 中央이다. 그런데 中央에서 흐터지는 新聞, 雜誌들이 그들을 無視함이 아닌가. 自己의
後輩를 向上시키기 爲하야 할 것이 아닌가. 編輯者들은 內容가진 力量 잇는 글이면 실려 주라.
그리고 評을 쓰는 이들은 無名作家들의 글에도 눈알을 굴리라. 評을 만히 쏫다는 것으로 新人은
본체만체하는 것은 큰 잘못이다. 新聞, 雜誌 編輯者여! 新人을 살리라. 力量잇는 作品을 버리지
말라! 生命잇는 作品에는 香氣가 잇으니 앞날이 크다."

콩쿠르상, 개천상芥川賞같은 문학상 제도를 창설하거나 문단사업을 위한 대규모의 재단법인 설립 등을 제안한다. 동아일보사의 '신인문학콩쿨' 시행은 이러한 신인에의 요구에 대한 구체적인 결과물이었던 셈이다.

'신인문학콩쿨'의 모집 공고가 끝나갈 무렵, 편집부는 '신인은 말한다'라는 기획란을 마련한다. '나의 문단 타개책'이라는 부제가 달린 이 기획에는 이운곡, 이서향, 김영수, 정비석 등의 신인들이 집필에 참여하였다. 이운곡은 신인들의 불성실한 태도가 내적 요인이며, 세계적 불안과 회의, 우리 문단의 제약성, 발표기관의 기근 등이 외적 요인이라며 우리 문단의 침체 원인을 분석하였다. 우리 신인들이 이처럼 무기력하고, 소극적이며, 자기 억제적으로 된 원인으로 개성의 결함을 들며, 자신의 개성을 살리지 않고 기성작가들의 뒤를 따르기에 거리낌이 없음을 지적하였다. 이에 대해 순전한 문학청년의 기분으로 돌아가 재출발을 해서 신인다운 의욕과 개성을 갖도록 해야 함을 강조하였다. 특히 그는 '맑시즘은 마약이며 관념론은 너무 지성적이라 균일적이 되어 추상성에 빠지기 쉽다'며 프로문학을 경계하기도 하였다. 또한 외부적 조건을 개선할 수 있는 실효성 있는 대안을 제시했는데, 그것이 바로 문학잡지 간행과 신인을 위한 문학상 제도였다.

이런 文學雜誌가 나오고 다시 慾心을 부리자면(事實은 慾心이 아닐 것이다.) 文學賞같은 制度가 또한 꼭 나와야 할 것이다. 現在 沈滯된 文壇을 打開하고 發展시키자면 이런 것이라도 나오기 前에는 참으로 어려운 일이다. 全文壇을 통해서의 文學賞 하나와 日本 內地의 芥川賞같은 新人을 目標로 한 文學賞 하나만이래도 잇으면 文壇의 空氣는 그야말로 一新될 것이 아닐까? 이런 文學雜誌니

文學賞 같은 것들은 우리 社會의 힘으로라도 能히 할 수 잇는 일인데도 不拘하고 벗써 맙맙을 는 [ㅋ]ㅓ어ㅗㅁㅍ니 이[ㅔ]ㄲ[ㅏ]ㅈ[ㅣ] 實現을 못바고 잇늠을 생각할 때 우리 社會에 對하야 다시금 한숨이 어려워짐을 어쩔 수가 없다. 그러나 나는 勇氣를 내어 다시금 이곳에서 우리 文壇發展策의 하나로서 이 問題를 들지 안홀 수 없다. 다른 것은 안 되어도 **新人들을 相對로 하는 芥川賞式의 文學賞 하나만이래도 잇엇으면 한다.** (…중략…) 力量잇는 新人들을 자꾸 登場시키기 爲하야 또는 現在 新人이라는 사람들에게 熱을 鼓吹해 주어서 力作을 다토아 쓰도록 하기 爲해서 이런 **文學賞制度의 創設은 斷然 必要하다고** 생각한다. 그런 意味에서 이번 東亞日報社에서 規模가 좀 적은 感이 없지 안흐나 左右間 新人들을 相對로 新人文學콩쿨이라는 이들을 내걸은 데에는 感謝의 意를 表하지 안홀 수 없다.[265](강조는 인용자)

그는 우리 조선에도 일본의 '아쿠타가와상'과 같은 문학상 제도가 창설되어야 한다고 수차례 반복해서 주장하였다. 그가 문학상 제도를 그토록 강조한 이유는 우리 문단의 침체현상을 역량 있는 신인들이 극복할 수 있다고 보았기 때문이다. 신인들의 경쟁으로 조선 문단의 역작이 탄생할 수 있다고 내다본 것이다. 그런 의미에서 『동아일보』가 '신인문학콩쿨'을 시행한 점에 대해 감사의 뜻을 표하며 기대감을 드러내기도 하였다.

이서향[266]은 고리키의 희곡 「밑바닥에서」를 인용하여 조선 문단을 '루

---

[265] 이운곡(李雲谷)의 「나의 文壇打開策」은 1938년 9월 7일부터 9일까지 『동아일보』 학예란에 연재되었다. 인용한 부분은 1938년 9월 9일 연재분으로, 소제목은 「(三) 文學賞 制度와 新人의 待遇」이다. 9월 7일은 '(一) 文壇의 沈滯와 無氣力한 新人', 8일은 '(二) 白紙로 돌아가 再出發하자'가 각각의 소제목이었다.
[266] 李曙鄕, 「나의 文壇打開策−文壇과 新人」, 『東亞日報』, 1938.9.10~11, 학예면.

카'가 떠난 밤 주막에 '사친'들만 남은 상태로 묘사하였다. '사친'은 피지컬로 자기를 존재시킬 수는 있으나 남을 구제할 수 없으며, '루카'는 몽상가며 형이상학자로 피지컬을 가지지 않았으나 피지컬의 모태를 가진 존재다. '사친'이 현재이며 존재라면 '루카'는 미래이며 가능이다. 따라서 그는 이러한 상황을 극복하기 위해서는 루카적 인물이 필요하다고 주장하였다. 다시 말해서 신인들에게 창조와 가능성의 모색을 요구한 것이다. 하지만 실현 가능한 구체적인 대안은 제시하지 못하고 천재적인 나폴레옹이 되어야 한다는 선언에 그치고 말았다. 김영수는 희곡 분야에 대해 언급하였다. 우리 신극은 고전을 갖지 못한 탓에 우리가 희곡을 창작해야 하는데, 이를 위해서는 극장 설립과 극작가의 창작 희곡이 필요하다고 주장하였다.[267] 끝으로 정비석은 경향문학이 이데올로기만 일삼다가 예술성을 잃었다면 그 후의 문학은 문학을 예술로만 이룩하려는 문제가 있음을 지적하였다. 조선문학에는 전통이 없고 자신만의 문학이 없어 외국문학의 의붓자식 노릇만 하기 때문에 문단이 침체되었다는 분석이다. 이러한 분석에 따라 그는 작가가 생활을 풍부히 해야 한다고 주장하였다. 새로운 생활을 하고, 새로운 인간을 탐색하고, 항상 새로운 것을 창조해야 한다는 것이다. 그리고 우리 문학의 장래를 담당할 후진을 양성해야 한다고 주장하였다.[268]

---

267 金永壽, 「나의 文壇打開策 – 戲曲文學」, 『東亞日報』, 1938.9.13~17일, 학예면.

268 鄭飛石, 「나의 文壇打開策 – 文學과 生活」, 『東亞日報』, 1938.9.18~22, 학예면. "요즘 새로 신문잡지에서 신인에 대한 여러 가지 길을 열어준 조선문학의 장래를 위해 축복할 일이거니와 이러한 기운은 현재의 쇠퇴에서 구출될 한 개 징조가 아닌가 한다. 그렇다고 신인만이 전적으로 쇠미한 문단을 부흥시킬 수는 없는 일이니 기성문인과 신인들의 그리고 양심적인 편집자의 참된 협력으로서만 소기의 목적을 달성할 수 있으리라 믿는다. (…중략…) 동아일보가 신인문학콩쿨상을 창안하였다는 것은 실로 괄목할 일이거니와 백척간두일보를 더 나아가 매수에 너무 강한 제한이 없도록 했으면 좋았을 것을 하는 회원이 없지 않다. 결국 통틀어 말해 문단이 좀 더

'신인은 말한다'에 이어 이번에는 기성 평론가인 한식韓植의 글[269]을 실어 신입이 갖추어야 할 가세에 대해 연급하였다. 그는 문난 침제의 원인을 객관적 정세의 불리로 파악하며 문인들의 창조적 생활을 어렵게 만든 현실을 지적하였다. 문인들에게 경제적 기초를 주지 못하고, 발표기관도 부족할 뿐 아니라 신인을 육성하는 데에도 게을렀다는 것이다. 하지만 문학인에게 생활적 조건이 유리하게 전개된 적이 없었다며 문학의 위기를 오히려 내부에서 찾자고 제언한다. 내부 성장을 위해 고뇌하고 회의하여 자기 개성 발굴에 힘쓰라는 것이다. 그러면서 기성 작가들의 '이지 고잉easy going'한 생활태도와 문학의 매너리즘을 비판하며, 자부심을 넘어 오만한 신인이 나오기를 희망한다며 글을 맺는다.

엄흥섭[270] 역시 지금까지 조선 문단 상황에 대한 논의가 구체적인 해결 방안 없이 이루어졌다며, 침체된 조선 문단을 위해서는 신인 양성이 필요하다고 주장하였다. 그는 지난 15, 6년간 신춘현상문예를 시행했으나 이 관문을 통해 등단한 이는 수 명 이내로 한심한 수준이라고 비판하였다. 그러면서 최근 동아일보사의 '신인문학콩쿨'이나 조선일보사의 신인단편 게재는 좋은 시험이라고 평가하였다. 결국 신인과 기성문인의 현 문단 진단은 침체된 문단을 타개하기 위해서는 신인 양성에 힘써야 한다는 결론을 공통적으로 도출함으로써 '신인문학콩쿨' 시행의 정당성을 보장하게 되었다.[271]

활기를 띠자면 작가가 자기형상을 게을리 하지 않는 동시에 세상을 좀 더 넓게 그리고 바로 시찰해야 할 것이다. 문학의 사명은 오늘에 있지 않고 명일에 있다. 명목을 위한 오늘을 힘 있게 꾸미는 문학을 창조해야 할 것이다."

269 韓植, 「文學의 危機와 新人의 覺悟」, 『東亞日報』, 1938.10.26~30, 학예면.
270 嚴興燮, 「文藝時評(3), 新人에 對하야」, 『東亞日報』, 1938.9.16, 석간 3면.
271 이러한 면모는 1938년 11월 3일, 신인문학콩쿨 예선발표 특집 기사에 실린 '콩쿨에 보내는 찬

이와 같은 사례에서 알 수 있듯이 당시 문단에서는 기성작가와 신인작가를 막론하고 '아쿠다가와상'과 같은 문학상 제정의 요구가 있었다. 검열 등 일체의 제약에서 벗어나 문단을 환기하고자 하는 의도와 작품의 예술성을 인정받고자 하는 신인들의 욕구가 문학상 제도로 구체화되어 분출된 것이다. 기성작가에게는 심사자의 권위를, 신인작가에게는 예술성을 인정받을 기회를 제공함으로써 기성과 신인의 이해에 모두 부합할 수 있는 제도로 콩쿠르가 선택된 것이다.

그리고 신문사 입장에서도 콩쿠르 제도는 흥행을 보장할 수 있는 안전한 제도였다. 『동아일보』는 이미 음악과 연극 분야에 대한 콩쿠르를 시행한 경험이 있었다. 1937년 8월 14일 '제1회 서선유행가 콩쿨 대회'가 그 사례이다. 이 콩쿠르는 진남포 음악구락부와 대동시계점이 공동으로 주최하고, 『동아일보』 진남포지국이 후원하였다. 이듬해 2월에는 연극 대중화를 목적으로 '제1회 연극콩쿨대회'를 주최하기도 하였다. 이러한 축적된 경험을 바탕으로 '제1회 신인문학콩쿨'을 시행한 것이다. 물론 지속적인 시행을 천명하며 시작했지만 1회에 그친 점은 이 제도의 가장 큰 한계라 할 수 있다. 하지만 그 원인이 내부에 있지 않고, 신문의 강제 폐간이라는 외부적 사정에서 비롯된 것임을 고려할 때 콩쿠르 시행의 의미는 퇴색되지 않는다.

사'에서도 찾을 수 있다. 김남천은 신인으로 하여금 문단의 침체를 타개시켜 보자는 생각은 우리가 항상 되풀이하던 방책 중의 하나인데, 각 신문잡지기관에서 신인에게 기회를 주고 자극을 주고자 한 것은 반가운 일이라며, 금년 중 우리 문단의 가장 큰 사건으로 간주한다고 하였다. 이기영 역시 경기적 본능으로 인간사회는 향상 발전하는 창조적 과정을 밟게 되는데, 귀사의 문학콩쿨 창설은 가장 시대적 요구를 잘 타진한 것이라며 이를 매년의 계속사업으로 하여 명일의 조선문학에 큰 공헌을 해달라고 요청하였다.

제4장

결론

1920년대 총독부의 문화정치는 언론의 자유를 어느 정도 허용함으로써 민간신문이 발행될 수 있는 여건을 조성하였다. 이에 따라 『동아일보』는 민족주의, 민주주의, 문화주의를 내세우며 창간되었다. 『동아일보』는 1920년 창간부터 1940년 폐간되기까지 이천만 조선민중의 표현기관을 자처하며, 문화운동의 선전기관으로 중심적인 역할을 수행하였다. 신문의 영향력을 가늠할 수 있는 발행부수만 하더라도 『동아일보』는 총독부 기관지인 『매일신보』를 앞설 정도로 강력한 영향력을 발휘하였다. 이뿐만 아니라 『동아일보』는 창간한 이래 한시, 시조, 가사, 동요, 동시, 신시, 자유시 등 운문 문학을 비롯하여 동화, 단편소설, 장편소설, 희곡, 평론 등 산문 문학이 발표되는 주요 창구였으며, 발행 기간 내내 문예물을 비중 있게 다루었다. 이에 본 연구는 『동아일보』가 시행한 독자 참여 제도와 문예면의 정착 과정을 중심으로, 한국 근대문학의 형성에 기여한 『동아일보』의 역할과 문학사적 의의를 밝히고자 하였다.

총독부는 문화정치를 표방하며 언론의 자유를 보장할 것처럼 선전하였다. 하지만 『동아일보』에 대한 4차에 이르는 정간 조치와 1940년의 강제 폐간이 보여주듯이 실제로는 신문 매체에 대한 검열을 강화해 나갔다. 총독부의 검열이 강화됨에 따라 정치·사회면은 위축될 수밖에 없었다. 『동아일보』는 이러한 총독부의 언론 통제에 대해 문예면의 증면으로 대응하였다. 문예는 비정치적인 영역에 속해 있어 비교적 검열에서 자유로웠으며, 민중 계몽에도 효과를 발휘할 수 있었기 때문이다. 식민지 시기 신문매체들은 한정된 독자를 자사의 독자로 끌어들이기 위해 경쟁적으로 증면정책을 추진하였다. 『동아일보』의 경우, 지속적으로 지면개편 작업을 시도하며 문예면을 확대해 나갔다. 이 밖에 조석간제를 도입하거나, 신문 단수를 12단에서 14단으로 확대하며 실질적인 증면을 실행해 나갔다. 이처럼 문예면이 확대되자, 『동아일보』는 문예면을 유지하기 위해 기성작가와 자사의 기자를 활용함은 물론 독자들의 문예 참여에 눈을 돌려 작품 수급에 힘을 쏟았다. 그 결과 1920년대에 이미 독자 참여 제도를 통한 문예면 편성의 기반을 마련할 수 있었다.

『동아일보』의 문예면은 독자 참여 제도에서 비롯되어 문예란, 부인란, 아동란으로 정착되었다. 1924년 '학예란', '가뎡부인란', '소년소녀란'으로 구성된 이래, 문예면은 표제의 변화는 겪지만 문예란, 부인란, 아동란의 삼분체제에는 변화가 없었다. 이러한 삼분체계는 청년, 여성, 아동이라는 독자 구분에 의한 것이었다. 또한 『동아일보』의 문예면은 상시적이며 고정적인 지면을 확보해 나가는 방식으로 정착하였다. 창간 당시만 해도 『동아일보』의 문예물은 신문의 1면이나 4면에 주로 배치되었다. 1921년에 '독자문단'이 시행될 때까지도 별도의 '문예면'은 존재하지 않았으며, 4면이 일종의 문예면의 기능을 대신하였다. 그러다가 1923년 5월, 『동아일보』 발행 일천호를 기념하기 위한 '현상문예'를 시행하면서 문예면의 필요성이 제기되었다. '현상문예' 응모작들로 인해 문예물이 급증하자, 신문은 기념호 발행에 이어 지면을 확장하여 당선작을 발표하였다. 해당 현상문예 시행의 결과, 1923년 6월에는 '일요호'가 신설되었다. '일요호'는 매주 일요일마다 기존 지면에 4면을 추가적으로 증면하여 문예물을 포함한 기사와 광고를 실었다. '일요호'는 여성과 아동을 위한 특별란을 마련하여 독자들의 문예물을 지속적으로 게재하였다. 1923년 12월에는 신문사의 지면 개편으로 '일요호'가 폐지되고, '월요란'이 등장하였다. '월요란'은 4면에 문예물을 배치하였으며, 1924년 10월부터는 '학예란'이 신설되어 1면에 학술 또는 교양 관련 기사를 싣기 시작하였다. '학예란'이 학술과 교양에 치중하였다면, '월요란'은 문예를 중심으로 구성하였다. '월요란'은 이후 '문예란'으로 정착하게 되는데, '일요호'가 일종의 부록 형식의 문예면이었다면, '월요란'과 '문예란'은 상시적이고 고정적인 문예면이었다는 점에 의의가 있다.

『동아일보』에 수록된 문예물은 문단의 승인을 받은 전문작가들만의 전유물이 아니었다. 신문사의 기자는 물론 독자들도 직접 작품 창작에 나서며 적극적으로 문단에 참여하였다. 독자들이 신문에 자신들의 작품을 발표할 수 있었던 것은 『동아일보』가 창간 초기부터 독자 참여 제도를 꾸준하게 시행했기 때문에 가능한 일이었다. 『동아일보』가 시행한 대표적인 독자 참여 제도로는 '독자투고', '현상제도', '신춘문예', '문학콩쿠르' 등을 들 수 있다. 이 연구는 이러한 독자 참여 제도를 통해 발표된 독자들의 문예물을 대상으로 연구를 수행하였다. 이 책이 독자에 주목한 이유는 독자가 문학양식 및 문학제도의 형성과 밀접한 관련이 있다고 보기 때문이다. 동시, 동요, 동화는 아동이라는 특정 독자층을 대상으로 발전해 온 대표적인 문학양식이다. 이 밖에 가정소설과 소년소설의 경우에도 성별이나 연령에 따른 특정 독자층을 겨냥한 문학양식이다. 이처럼 독자는 문학양식의 분화 및 형성에 큰 영향을 주었다. 독자는 문학양식뿐만 아니라 문학제도의 형성에도 영향을 미쳤다. 독자 참여 제도는 독자의 참여 없이는 제도가 성립할 수 없다는 점에서 문학제도와 밀접한 관련이 있다. 특히 신춘문예나 문학콩쿠르는 당선된 독자를 작가로 공인하는 제도라는 점에서 문학제도와 직접적인 관련이 있다.

'독자문단'은 『동아일보』가 문예물을 전면에 내세운 최초의 독자투고로, 1차 정간 이후 신문의 속간일인 1921년 2월 21일부터 같은 해 10월 28일까지 지속되었다. 해당란에 처음 발표된 작품은 춘성春城의 「첫근심」외 두 편의 시였다. 속간과 동시에 첫 투고가 이루어졌다는 점에서, 신문편집진이 해당란을 정착시키기 위해 전문 작가의 원고를 미리 청탁한 것으로 보인다. 춘성 노자영이나 김소월 등 전문작가의 작품을 해당란 신설 초기에 집중적으로 발표함으로써 독자들에게 앞으로 투고할 작품의 성격을 암시한 것이다. 이처럼 '독자문단'은 독자가 작가의 작품을 학습하는 과정, 즉 일련의 재생산 과정을 보여준다는 점에서 의의가 있다.

'독자문단'에 발표된 작품은 160여 편으로 갈래상 운문과 산문으로 대별된다. 운문과 산문은 각각 127편과 33편으로 '독자문단'의 대다수를 운문이 차지하였다. 그 이유는 해당란에 할당된 지면이 1행 14자 50행으로 제한되어 있었기 때문이다. 이로 인해 산문은 단편소설이 배제된 채 소품 위주의 작품들만 실리게 된다. 하지만 일기, 편지, 송별사, 축사,

감상문, 기행문 등 1920년대 산문 양식의 다양한 가능성을 보여주었다는 점에서 산문의 의의를 찾을 수 있다. 운문과 산문을 막론하고 '독자문단'에 실린 작품들 중에서 가장 많은 비중을 차지한 주제는 개인의 감정이었다. 실연으로 인한 슬픔, 임의 부재 상황으로 인한 외로움, 이향離鄕 체험에 기인한 고향에 대한 그리움 등을 주로 다루었다. 이 밖에 '독자문단'에서는 사회에 대한 불만을 드러내거나, 봉건적 악습의 철폐라는 사회 개조의 의지를 드러내기도 하였다. 이러한 주제의식은 계몽의 대상에서 발화의 주체로 변모하는 독자의 모습을 보여주었다는 점에서 의미가 있다.

'독자문단'에 실린 작품의 내용적 특징은 유학생이나 사회운동가라는 투고자들의 정체성과 관련이 깊다. '독자문단'에 작품을 투고한 이들의 직업은 전문작가 외에도 신문기자, 학생, 학교 교사, 청년운동가 등으로 매우 다양하였다. 이들이 '독자문단'에 글을 투고할 수 있었던 데에는 신문의 지면 배치도 많은 영향을 주었던 것으로 보인다. '독자문단'이 실린 4면에는 청년운동의 동정을 알려주는 '각지청년단체'라는 기사가 함께 실렸다. 두 란반의 배치를 근접시켜 독자들의 접근성을 높였고, 이에 따라 '독자문단'에 실린 작품의 주제에도 일정 부분 영향을 미쳤으리라 추정할 수 있다.

'독자문단'은 총독부로부터 정간 조치를 받은 후 속간과 동시에 시행된 탓에 등장하면서부터 검열을 의식할 수밖에 없었다. 신문사는 문화운동을 명분으로 내세웠지만 실제로는 검열을 피하면서 신문의 구독률을 높이고자 한 것이다. 이에 대한 절충의 결과가 바로 '독자문단'이었던 셈이다. '독자문단'에는 이후 문단에서 활약하게 될 조운曹雲, 김명호金明昊,

한설야韓雪野, 유도순劉道順의 작품이 실려 있다. 이러한 점을 고려할 때, '독자문단'이 일종의 근대 문인의 예비적 장수였음을 알 수 있다.

1920년대 초반, 『동아일보』는 『매일신보』와 본격적인 독자 유치 경쟁에 나서며 독자투고와 현상문예를 시도한다. 이러한 독자 참여 제도를 시행하는 과정에서 일반 독자들의 글쓰기 욕구와 문학적 글쓰기의 잠재력을 확인한 신문사는 '동아일보 발행 일천호 기념 현상'을 기획하였다. 신문 발행 일천 호를 계기로 1천 원이라는 거액의 현상금을 걸고 대대적인 현상문예를 시행한 것이다. 이는 지금까지 『동아일보』가 시도했던 다양한 현상제도의 결정판으로, 독자투고부터 이어져 온 독자 참여 제도를 발전적으로 계승한 것으로 평가할 수 있다.

'동아일보 발행 일천호 기념 현상'은 기존의 독자투고에 비해 모집 장르를 대폭 확대하여 실시한 점이 주된 특징이다. 전통적 문학 장르인 '한시'와 '시조'를 비롯하여 '단편소설', '일막각본', '동화', '신시', '동요', '감상문' 등 다양한 장르를 포함하였다. 특히 '현금정치의 엄정비판', '논문', '지방전설', '향토자랑', '우리어머니', '가정개량', '만화' 등 기존의 현상문예에서는 볼 수 없었던 새로운 유형의 장르를 시도하여, 다양한 장르를 아우르는 대규모의 현상문예를 전개하였다. 모집 부문별 원고의 분량도 기존의 독자투고나 현상문예에 비해 크게 늘었다. 1행 20자를 기준으로 '논문'은 100행 이상 150행 미만, '단편소설'은 120행, '일막각본'과 '동화'는 150행, '감상문' 50행, '지방전설', '향토자랑', '가정개량' 40행, '우리어머니' 30행이었다. 독자투고 계열의 '독자문단'이 1행 14자 50행으로 700자 이내였음을 감안한다면 원고 분량이 3배 이상 증가한 것이다. 원고 분량이 증가함에 따라 표현이 자유로워졌으며 산문 양식의 비중도 더불어 증가하였다. 독자투고 계열의 '독자문단'의 경우 운문이 80%를 차지하고, 산문은 20%에 불과하였다. 하지만 현상문예의 경우 운문이 56% 산문이 44%를 차지하며 운문과 산문의 비율에 변화가 생겼다.

현상문예는 모집 장르를 확대하고, 원고 분량을 늘린 것 외에도 문체와 내용 등 모집 부문별로 세부 규정을 정비하였다. 특히 새로 시도되는 장르의 경우, 규정에 대한 안내 외에도 구체적인 사례를 제시해 가며 독자들의 이해를 도왔다. 문체면에서는 순조선문을 요구함으로써 조선어 글쓰기를 장려하고, 문예물의 문체는 조선문이라는 점을 공고히 하였다. 내용면에서는 총독부 정책에 대한 노골적인 비판이나 조선 민족의 자긍심 고취 등 사회적인 문제를 주로 다루었다. '독자문단'이 개인의 감정을 주로 다룬 것과는 대조적으로 '현상문예'는 사회적인 문제를 주로 다루었다. 이러한 변화는 사회문제를 다루기에 적합한 산문 양식의 확대와도 관련이 있으며, 『동아일보』의 독자 확보 전략으로도 이해할 수 있다. 총독부 기관지인 『매일신보』와의 차별성을 드러냄으로써 조선 민중에 호소하는 전략으로 독자를 확보하고자 한 것이다. 현상문예의 내용을 사회문제로 유도한 것도 이와 관련이 깊다. 조선사회의 어두운 이면을 보여줌으로써 총독부 정책에 대한 비판의식을 함양하는 한편, 민족적 자긍심을 고취하는 일종의 민족 마케팅으로 신문독자를 확보하고자 한 것이다.

'동아일보 발행 일천호 기념 현상'은 문예면의 기반을 마련하였다는 점에서 중요한 의미를 지닌다. 해당 현상문예의 결과 '일요호'가 신설되며, 이후 '월요란'을 거쳐 '문예란'으로 정착하기 때문이다. 이는 비상시적으로 시행되던 문예 기획이 상시적인 문예면으로 정착하는 과정을 보여주는 동시에, 독자 참여 제도가 문예면의 정착에 직접적으로 기여했음을 증명하는 것이다. 현상문예 당선자 중에는 다른 모집 부문에 중복 낭선뇌었거나, '독자문단'에 참여했던 독자들이 있었다. 이와 같은 '적극적인 독자'의 발견은 이후 신춘문예 시행의 원동력이 되었다는 점에서도 중요한 의의를 지닌다. 신문사는 해당 현상제도를 통해 일반 독자들의 글쓰기 욕구와 문학적 글쓰기의 잠재력을 확인한 것으로 보인다. 이러한 가능성을 확인한 『동아일보』는 1925년, 신춘문예를 시도하게 된다.

신춘문예는 당선 여부에 따라 독자를 작가로 공인하는 제도로서, 독자의 위상 변화를 가장 상징적으로 보여주는 독자 참여 제도이다. 현상문예를 통해 독자들의 글쓰기 욕구와 문학적 글쓰기의 잠재력을 확인한 『동아일보』는 신춘문예를 통해 다수의 신인을 배출하였다. 단편소설 당선자는 김말봉, 한설야, 방휴남, 최인준, 현경준, 김정혁, 김동리, 정비석, 곽하신 등 25명이며, 동화 당선자는 김철수, 이덕성, 노양근 등 28명에 이른다. 이로써 '신진작가의 발굴'이라는 목적을 달성하였다. 신춘문예를 통해 등단한 작가들은 이후 문단에서 활약함으로써 조선 문단의 발전에 기여하였다.

신춘문예의 모집 부문은 고정적이지 않았다. 단편소설, 희곡, 신시, 시조, 한시, 동화, 동요 등을 기본으로 다양한 장르를 시도하였다. 아동, 여성, 청년 등으로 독자층을 나누어 계층별로 모집한 점도 『동아일보』 신춘문예의 특징 중 하나이다. 문예계는 단편소설과 신시, 부인계는 가정소설, 소년계는 동화극, 가극, 동요 등을 제시하였다. 이후 독자 층위에 따라 다양한 문학 양식을 시도함으로써 문학 참여의 저변을 확장하는 데 기여하게 된다.

신춘문예 단편소설 당선작은 노동자나 농민을 주인공으로 내세워, 그들의 실제 삶의 모습을 그려내는 등 현실 문제를 주로 다루었다. 이는 식민지 삶의 실상을 고발함으로써 신문사가 전개한 문화운동의 정당성을 확보하기 위한 것으로 보인다. 특히 동화는 우정과 협동심을 강조하는 등, 바람직한 아동상을 제시하여 조선의 미래를 짊어질 아동들을 계몽하고자 하였다. 신춘문예는 각 장르별 당선작과 함께, 당선작에 대한 심사평인 선후감도 발표하였다. 선후감은 당선작 선정 과정의 투명성과 공정성을 담보하는 제도적 장치였다. 독자들은 선후감을 통해 문학 창작 이론을 학습하고, 작품 비평에 대한 안목을 기를 수 있었다. 이로써 신춘문예는 문학 창작층의 발굴 및 확대에 기여하는 동시에 독자들의 문학 이해 수준을 높여줌으로써 문단의 발전에 밑거름이 되었다.

　　'신인문학콩쿨'은 문학에 적용된 최초의 콩쿠르로, 『동아일보』만 시도한 독자 참여 제도이다. 1931년 만주사변과 1937년 중일전쟁, 그리고 1941년 태평양전쟁에 이르기까지 일제는 군사적 파시즘을 강화해 나갔다. 1931년과 1934년 두 차례에 걸친 검거사건과 1935년 카프의 해산은 사회운동에 대한 일제의 대표적인 탄압이었다. 1936년 '조선사상범보호관찰령'과 1937년 7월 21일 '중앙정보위원회' 발족은 조선인의 독립운동을 억압하고 조선인의 사상을 통제하기 위한 목적으로 시행되었다. 1938년 4월에는 시국에 대한 인식과 선전에 총동원하려는 목적으로 국가총동원법이 공포되어 문화운동은 물론 문단 또한 극도로 침체되었다. '신인문학콩쿨'은 이러한 정체된 문단 상황을 타개하기 위한 목적으로 기획되었다.

　　1930년대의 외부 정세와 더불어 신문사 내부적인 문제도 있었다. 1936

년 8월 26일,『동아일보』는 일장기 말소사건으로 네 번째 무기정간을 당한다. 이 무기정간은 손기정 선수 유니폼에 그려진 일장기를 없앤 시늘 구실로 정간에 이르렀으며, 일제의 언론 탄압이 전면화된 사례로 볼 수 있다. 무기정간은 1937년 6월 3일 복간되기까지 약 9개월간 이어졌다. 일제의 파시즘이 노골화되며 객관적 정세가 악화됨에 따라 신문사는 정치, 사상적인 문제보다는 문예에 관심을 기울이는 쪽으로 출구를 모색하기에 이르렀다. 신문사는 복간과 동시 적극적으로 문예면 확장을 위해 노력하였다. 이는 신문사의 사세를 무기정간 이전으로 회복하려는 자구책으로도 볼 수 있다. 이규희의 「피안彼岸의 태양太陽」1937.6.3~1937.10.23, 이무영의 「명일明日의 포도鋪道」1937.6.3~1937.12.25, 전무길의 「적멸寂滅」1937.6.3~1937.7.6 등 장편소설은 확보하였으나, 단편소설은 수급에 어려움을 겪었다. 이러한 상황을 감안할 때, 신문에 바로 연재할 수 있는 작품을 수급하기 위해 '신인문학콩쿨'을 시행했을 가능성이 높다. '신인문학콩쿨'은 신인작가들의 완성작을 최대한 단기간에 모집하는 데 일차적인 목적이 있었던 것이다.

이러한 상황 속에서 동아일보사는 신인들에게 작품을 발표할 수 있는 지면을 제공하겠다며 해당 콩쿠르를 시행하였다. 모집 규정에 따르면 모집 종목은 단편소설과 희곡 두 부문이었으며, 신문 10회 연재분 정도인 200자 원고지 100매 분량을 요구하였다. '신인문학콩쿨'은 신춘문예에 비해 응모 자격을 강화한 점이 특징적이다. 응모 자격은 각 신문 잡지의 당선작가, 주목할 만한 작품을 2편 이상 발표한 자, 기성작가의 추천장을 휴대한 자, 이상 세 가지 요건이었다. 이상의 내용들을 종합하면 '신인문학콩쿨'은 단편소설과 희곡 분야의 신인과 작품을 발굴하기 위한 제도가 된다. 해당 콩쿠르는 김영석, 김이석, 조남영 등의 신인을 발굴함으로써 시행 목적을 달성하였다. 본선에 당선된 작품 중에서 김이석의 「부어」와 이지용의 「화장인간」은 청년들의 방황과 타락상을 그려내었다. 이들 두 편을 제외한 나머지 작품들은 남녀 간의 애정문제를 주로 다루었다. 남녀 간의 애정문제가 전면에 드러나지 않은 작품의 경우에도 이성간의 사랑은 작품에서 중요한 역할을 하였다. 일제의 파시즘 강화로 정치적 발언이 금지된 상황에서 애정에 관한 문제는 검열로부터 가장 안전한 소재였던 것이다. 일제의 조선 언론에 대한 제약이 세밀했음을 알 수 있다. 민족정신을 함양하는 것은 일절 금지되었으며, 조선 민중의 비참한 생활상도 그려낼 수 없었다. 이러한 언론 통제에 따라 신문에 연재되는 작품도 그 소재가 극히 제한적일 수밖에 없었던 것이다.

　본선 심사위원들 사이에는 비평관의 차이로 인한 이견도 있었다. 하지만 신인들의 작품 수준이 낮다는 평가에는 모두 동의하였다. 이에 따라 작품을 비평함에 있어 주로 문제점을 지적하는 방식을 취하였다. 작품의 제목을 비롯해서 작품 구성, 인물의 성격과 묘사, 문장 표현 방식, 문체에 이르기까지 작품의 형식적인 결함을 문제 삼았다. 특히 '빠른 템포'와 '장면의 돌연한 변화'를 구조상의 문제라고 지적하고, 이를 신문소설의 모방이라고 비판하기도 하였다. 이는 예선 심사 때도 언급되었던 부분으로, 작품의 통속성과도 이어진다. 심사위원들은 신인들의 작품을 비평할 때, 문제점을 지적하는 데 그치지 않았다. 심사평에는 이러한 사례 외에도 작품의 문제점에 대한 개선 방향을 직접적으로 제시하는 경우가 많았다. 이러한 태도는 심사위원들이 신인들의 작품을 지도할 만큼 전문성을 갖추고 있으며, 신인보다 절대적 우위에 있다는 인식이 반영된 결과였다.

　『동아일보』는, 응모자격을 강화하고 단편소설과 희곡에 집중하여, 신춘문예와는 차별화된 콩쿠르를 시도하였다. 그 결과『동아일보』는 자사 출신의 작가를 위주로 선발하여 이들이 문단에 선긴긔으로 신색할 수 있도록 발표지면을 제공하였다. '신인문학콩쿨'의 시행은 정체된 문단을 환기하고자 하는 문단의 욕구와 작품의 예술성을 인정받고자 하는 신인들의 욕구, 그리고 작품 수급이 절실했던 신문사의 입장이 맞아떨어진 결과였다. 무엇보다 '신인문학콩쿨'은 세대론에서 촉발된 신인론을 현실적인 콩쿠르 제도로 실현한 점에서 문학사적인 의의가 있다.

본 연구의 의의는 첫째, 지금까지 연구 대상에서 소외되었던 독자들의 작품을 본격적으로 다루었다는 점에 있다. 본 연구는『동아일보』에 수록된 독자들의 작품을 최초로 발굴·정리하여 목록으로 작성하였다. 이 목록은 논문의 '부록'으로 제시하였으며, 이는 독자문예의 후속 연구를 위한 토대를 구축하였다는 점에서 상당한 의미가 있다.『동아일보』는 1920년 창간부터 1940년 폐간에 이르기까지 전문작가들의 작품을 게재하는 한편, 독자 참여 제도를 시행하여 꾸준하게 독자들의 작품을 모집하고 발표하였다. 본 연구는 이러한 독자들의 문예물을 정리하고, 독자문예의 전개 과정을 통시적으로 고찰함으로써 독자문예의 수준과 성취를 가늠할 수 있었다. 특히 각 독자 참여 제도를 통해 발표된 독자들의 작품 내용을 분석함으로써 당시 독자들의 장르 인식과 주제의식을 구체적으로 살펴보았다는 점에서도 해당 연구의 의미를 부여할 수 있다.

둘째, 본 연구는 매체의 문예면 정착에 독자 참여 제도가 어떻게 기여했는지 보여주었다는 점에서 의의가 있다.『동아일보』는 창간 초기만 해도 별도의 문예면을 두지 않고 1면과 4면에 문예물을 주로 배치하였다. 하지만 1923년 '일천호 기념 현상문예' 시행 이후 문예면은 '일요호'와 '월요란'을 거치면서 문예면으로 정착되었다. 이러한 변화는 문예면이 이전까지와는 다른 위상을 획득하였음을 보여준다. 즉 독자 참여 제도를 계기로 비상시적인 문예물의 모집·발표 방식에서 벗어나 문예가 상시적이고 고정적인 지면을 확보하게 된 것이다. 문예면이 정착되기까지 해당 지면에는 '가정란', '부인란', '아동란', '문예란', '학예란' 등의 문예기획이 시도되었다. 문예면의 세부 구성은 독자의 층위에 따라 기사를 배치하는 것으로 이루어졌으며, 문학 장르도 독자에 맞춰 선별하여 모집·발표하였다. 이는 문예면의 하위 구성을 통해 독자층의 분화를 유도한 것으로 독자 층위에 따른 문학 장르양상을 살펴볼 수 있다는 점에서 가치가 있다.

셋째, 본 연구는 독자 참여 제도를 연구함으로써 독자의 위상 변화를 확인하였다는 점에 의의가 있다. 『동아일보』는 창간 이래로 독자들의 신문 참여를 독려하며, 독자 참여 제도를 통해 문단 확대에 직접적으로 기여하였다. 독자투고는 독자들이 계몽의 대상에서 벗어나 담론의 발화 주체로 변모하는 과정을 보여주었다. 독자투고를 통해 잠재적인 문예 생산층의 존재를 확인한 『동아일보』는 상금이라는 유인책을 더해 현상문예를 시행하였다. 그리고 현상문예를 통해 문학 창작에 대한 전문성을 강화한 독자들은 신춘문예를 거치면서 작품의 창작 주체로 거듭나게 되었다. 이러한 '독자에서 작가로의 질적 변화'는, 그 자체로 근대 문단의 재생산제도의 성립을 의미하므로, 문학사적으로 가치가 있다. 이처럼 본 연구는 매체와 독자작가, 그리고 작품을 제도사적인 관점으로 분석함으로써 근대문학 형성 과정의 일단을 살피는 데 기여하였다는 점에서 중요한 의의를 지닌다.

참고문헌

1. 자료

『동아일보』, 『매일신보』, 『조선일보』, 『개벽』, 『대한흥학보』, 『학지광』, 『청춘』, 『여자계』
동아일보사사 편찬위원회, 『東亞日報社史』 卷一(1920~1945年), 동아일보사, 1975.
조선일보80년사편찬실, 『조선일보80년사(상)』, 조선일보사, 2000.

2. 논문 및 단행본

1) 국내 논저

검열연구회, 『식민지 검열 – 제도·텍스트·실천』, 소명출판, 2011.
곽혜진, 「1920년대 동아일보 소재 근대시조의 존재 양상과 시학적 특질」, 고려대 석사논문, 2014.
권보드래, 『한국 근대소설의 기원』, 소명출판, 2000.
김규환, 『일제의 대한언론·선전정책』, 이우출판사, 1978.
김민환·박용규·김문종, 『일제강점기 언론사 연구』, 나남출판, 2008.
김민환, 『한국언론사』, 나남출판, 2006.
김병길, 「한국근대 신문연재 역사소설의 기원과 계보」, 연세대 박사논문, 2006.
김상모, 「1920년대 초기 『동아일보』 소재 장편 연재소설 연구」, 경북대 석사논문, 2011.
김석봉, 「식민지 시기 『조선일보』 신춘문예의 제도화 양상 연구」, 『한국현대문학연구』16, 2004.
_____, 「식민지 시기 『동아일보』 문인 재생산 구조에 관한 연구」, 민족문학사연구, 2006.
김영민, 『한국근대소설사』, 솔, 1997.
_____, 『한국 근대소설의 형성 과정』, 소명출판, 2005.
_____, 『한국의 근대신문과 근대소설 1 대한매일신보』, 소명출판, 2006.
_____, 『한국의 근대신문과 근대소설 2 한성신보』, 소명출판, 2008.
_____, 「근대 작가의 탄생 – 근대 매체의 필자 표기 관행과 저작의 권리」, 『현대문학의 연구』39, 2009.
_____, 「근대 매체의 독자 창작 참여 제도 연구(1)」, 『현대문학의 연구』43, 2011.
_____, 「한국 근대 신년소설의 위상과 의미」, 『현대문학의 연구』47, 2012.
_____, 『문학제도 및 민족어의 형성과 한국 근대문학』, 소명출판, 2012.
_____, 「근대 개념어의 출현과 의미 변화의 계보 – 식민지 시기 "장편소설"의 경우」, 『현대문학의 연구』49, 2013.
_____, 「『매일신보』의 "신년 현상 문예 모집" 양상 연구」, 『한국현대문학연구』48, 2016.
김영철, 「신문학 초기의 현상 및 신춘문예제의 정착과정」, 『국어국문학』 제98권, 1987.
_____, 「일제 지배시기 한국인의 신문접촉 경향」, 『한국언론학보』46(1), 2001.
_____, 「『대한매일신보』 독자의 신문인식과 신문접촉 양상」, 『한국언론학회 심포지움 및 세미나』, 2004.
김영희, 「일제 지배시기 한국인의 신문접촉 경향」, 『한국언론학보』46(1), 2001.
김윤식, 『이광수와 그의 시대』 2(개정 증보), 1999.

김은자, 「김이석 소설 연구」, 이화여대 박사논문, 1992.

김정의, 『한국소년운동사』, 민족문화사, 1992.

_____, 『한국의 소년운동』, 혜안, 1999.

김제곤, 「노양근 동화 연구」, 인하대 석사논문, 2003.

김춘희, 「한국 근대문단의 형성과 등단제도 연구」, 동국대 석사논문, 2001.

김현주, 『이광수와 문화의 기획』, 태학사, 2005.

_____, 「문학·예술교육과 '동정(同情)'」, 『상허학보』 12, 2004.

김현철, 「일제기 청소년 문제에 대한 연구」, 연세대 박사논문, 1999.

김혜정, 「일제 강점기 '조선어 교육'의 의도와 성격」, 『어문연구』, 2003.

문무학, 「조남령 연구」, 『우리말글』, 1991.

문학과사상연구회 편저, 『한설야 문학의 재인식』, 소명출판, 2000.

문학과사상연구회, 『한국문학의 근대와 근대 극복』, 소명출판, 2010.

민족문학사연구소 기초학문연구단, 『제도로서의 한국 근대문학과 탈식민성』, 소명출판, 2008.

박선이, 「한국 신문의 문화저널리즘 – 형성과 변화」, 이화여대 박사논문, 2016.

박수미, 「개화기 신문소설 연구」, 성균관대 박사논문, 2005.

박용규, 「1920년대 중반(1924~1927)의 신문과 민족운동」, 『언론과학연구』 9(4), 2009.

박정희, 「1920~30년대 한국소설과 저널리즘의 상관성 연구」, 서울대 박사논문, 2014.

박종린, 「일제하 사회주의사상의 수용에 관한 연구」, 연세대 박사논문, 2006.

바진영, 「처리구 김동성과 셜록 홈스 번역의 역사 – 『동아일보』 연재소설 『붉은 실』」, 『상허학보』 27, 2009.

_____, 「한국의 근대 번역 및 변안소설사 연구」, 연세대 박사논문, 2010.

_____박찬승, 『한국근대 정치사상사 연구』, 역사비평사, 1992.

_____, 「식민지 조선 사회운동의 발전과 국제적 성격 – 1920년대를 중심으로」, 『한국독립운동사연구』 26, 2006.

박헌호, 「'문화정치'기 신문의 위상과 反 – 검열의 내적 논리 – 1920년대 민간지를 중심으로」, 『대동문화연구』 50, 2005.

_____, 「동인지에서 신춘문예로 – 등단제도의 권력적 변환」, 『대동문화연구』 53권, 2006.

박헌호 외, 『작가의 탄생과 근대문학의 재생산 제도』, 소명출판, 2008.

방기중, 『일제 파시즘 지배정책과 민중생활』, 혜안, 2004.

배정상, 「근대계몽기 『독립신문』의 〈독자투고〉 연구」, 연세대 석사논문, 2004.

_____, 「이해조 문학 연구 – 근대 출판 인쇄 매체와의 관련 양상을 중심으로」, 연세대 박사논문, 2012.

서은경, 「문예지 〈생장〉 연구」, 『현대소설연구』 53, 2013.

서정자, 「김말봉의 현실인식과 그 소설화」, 『문명연지』 4, 2003.

손동호, 「1920년대 『동아일보』 소재 아동 서사 문학 연구」, 『인문과학연구논총』 33, 2012.

_____, 「『동아일보』 소재 '독자문단(讀者文壇)' 연구」, 『한국민족문화』 53, 2014.

_____, 「『동아일보』 신춘문예 단편소설 연구」, 『근대한국학연구』 21, 2016.

_____, 「1930년대 『동아일보』 신인문단 연구」, 『인문논총』 73(4), 2016.

_____, 「식민지 시기 『매일신보』의 신년현상문예 연구」, 『한국근대문학연구』 20(2), 2019.

_____, 「식민지 시기 『조선일보』의 신춘문예 연구」, 『우리문학연구』, 2020.

_____, 「식민지 시기 신춘문예 제도와 작문 교육－『동아일보』를 중심으로」, 『한국문학논총』 87, 2021.

신용회, 「1930년내 문사보급운동과 브나로드 운동」, 『한국학보』, 2005.

심선옥, 「춘성 노자영 초기 시 연구」, 『반교어문학회』 13호, 2001.

양문규, 「1910년대 잡지 매체의 언어 선택과 근대독자의 형성과정」, 『현대문학의 연구』 43, 2011.

연세대근대한국학연구소 편, 『한국 근대 서사양식의 발생 및 전개와 매체의 역할』, 소명출판, 2005.

연세대학교 국학연구원 편, 『일제의 식민지배와 일상생활』, 혜안, 2004.

염희경, 「한국 근대아동문학 형성의 '제도'」, 『동화와 번역』 제11집, 2006.

오봉옥, 『조운시조연구』, 연세대학교 대학원, 2001.

오성철, 『식민지 초등 교육의 형성』, 교육과학사, 2000.

원종찬, 「동화작가 노양근의 삶과 문학」, 『아동문학과 비평정신』, 창비, 2001.

_____, 「한국의 동화 장르」, 『민족문학사연구』 30호, 2006.

유석환, 「근대 문학시장의 형성과 신문·잡지의 역할」, 성균관대 박사논문, 2013.

_____, 「식민지시기 문학시장의 변동 양상의 분석을 위한 기초연구(2)」, 『대동문화연구』 제98집, 2017.

윤진현, 「1920년대 전국순회극단과 인천의 소인극」, 『인천학연구』 2-1집, 2003.

_____, 「진우촌 희곡 연구」, 『인천학연구』 제4권, 2005.

이경재, 「김영석 소설 연구」, 『현대소설연구』 제45호, 2010.

이기훈, 「1920년대 언론매체와 소통공간－『동아일보』의 〈자유종〉을 중심으로」, 『역사학보』 제204집, 2009.

이동순, 「유도순 가요시의 테마와 유형」, 『민족문화논총』 52권, 2012.

이성교, 「노춘성 연구」, 『현대시학』, 현대시학사, 1973.

이용남·홍석식·정명호, 「일본 강점기 대중문예창작물에 대한 조사 및 분석」, 『한국현대문학연구』 16, 2004.

이원수, 「아동문학입문」, 『이원수 아동문학전집28』, 웅진출판주식회사, 1984.

이유미, 「근대 단편소설의 전개 양상과 제도화 과정 연구」, 연세대 박사논문, 2010.

이재복, 「신춘문예의 문학제도사적 연구」, 『한국언어문화』 29, 2006.

이재연, 「작가, 매체, 네트워크－1920년대 소설계의 거시적 조망을 위한 시론」, 『사이』 17, 2014.

이종욱, 「일제하 신문연재소설 연구」, 중앙대 석사논문, 1991.

이주라, 「1910~1920년대 대중문학론의 전개와 대중소설의 형성」, 고려대 박사논문, 2011.

이준우, 「한국신문의 문화적 기능 변천에 관한 연구」, 연세대 박사논문, 1987.

이태훈, 「1920년대 전반기 일제의 '문화정치'와 부르조아 정치세력의 대응」, 『역사와현실』 47, 2003.

이혜령, 「1920년대 『동아일보』 학예면의 형성과정과 문학의 위치」, 『대동문화연구』 제52집, 2005.

_____, 「한글운동과 근대 미디어」, 『대동문화연구』 47, 2004.

이희정, 「1920년대 식민지 동화정책과 『매일신보』 문학연구(1)」, 『어문학』 112, 2011.

_____, 「1920년대 식민지 동화정책과 『매일신보』 문학연구(2)」, 『현대소설연구』 48, 2011.

_____, 「1920년대 『매일신보』의 독자문단 형성과정과 제도화 양상」, 『한국현대문학연구』 33, 2011.

임동현, 「1930년대 조선어학회의 철자법 정리·통일운동과 민족어 규범 형성」, 『역사와 현실』, 2014.

임원식, 『신춘문예의 문단사적 연구』, 국학자료원, 2003.

이재복, 「신춘문예의 문학제도사적 연구」, 『한국언어문화』 제29집, 2006.

장 신, 「1924년 동아일보 개혁운동과 언론계의 재편」, 『역사비평』 75, 2006.

전상숙, 「일제 파시즘기 조선지배 정책과 이데올로기」, 『동방학지』 124, 2004.

전은경, 「1910년대 『매일신보』 소설 독자층의 형성과정 연구」, 『현대소설연구』 29, 2006.

_____, 「근대 초기 독자층의 형성과 매체의 역할」, 『현대문학의 연구』 40, 2010.

_____, 「『대한매일신보』의 〈편편기담〉과 '쓰는 독자'의 출현」, 『한국현대문학연구』 30, 2010.

_____, 「근대 계몽기의 신문 매체와 '독자' 개념의 근대성」, 『현대문학이론연구』 46, 2011.

_____, 「『대한민보』의 독자란 〈풍림〉과 근대계몽기 지식인 독자의 서사적 글쓰기」, 『대동문화연구』 제83집, 2013.

_____, 「『독립신문』의 문학적 장치와 공론장에 등장한 독자─문학과 정치의 상관관계」, 『대동문화연구』 제94집, 2016.

_____, 『미디어의 출현과 근대소설 독자』, 소명출판, 2017.

정근식, 「식민지 검열과 '검열표준'」, 『대동문화연구』 79권, 2012.

정근식·한기형·이혜령 외, 『검열의 제국─문화의 통제와 재생산』, 푸른역사, 2016.

정영진, 「등단제도의 정착 과정과 근대문단의 형성 연구」, 인하대 박사논문, 2017.

_____, 「제도로서의 작가의 형성 과정 연구」, 『현대소설연구』 제68호, 2017.

정원근, 「일제하 신문소설에 나타난 민족의식에 관한 연구」, 한양대 석사논문, 1989.

정준희, 「1930년대 브나로드 운동의 사회적 기반과 전개과정」, 연세대 석사논문, 2018.

정진석, 『인물 한국 언론사』, 나남출판, 1995.

_____, 『한국언론사』, 나남출판, 2001.

조재영, 『신춘문예 제도와 당선시 연구』, 퍼플, 2017.

주근옥, 「석송 김형원 시문학 연구」. 충남대 석사논문, 1998.

_____, 『석송 김형원 연구』, 월인, 2001.

주요한, 「만보산사건과 송사장과 그 사설」, 『언론필화 50편─원로기자들의 직필수기』, 한국신문연구소, 1978.

진학문 「나의 문화사적 교류기」, 『순성 진학문 추모문집』, 1975.

차혜영, 『한국근대 문학제도와 소설양식의 형성』, 역락, 2004.

최규진, 『근대를 보는 창 20』, 서해문집, 2007.

최 준, 『한국신문사』, 일조각, 1987.

한계전, 「신경향파 시론의 형성─석송 김형원을 중심으로」, 『관악어문연구』 제6집, 서울대 국어국문학과, 1981.

한만수, 「1930년대 검열기준의 구성원리와 작동기제」, 『동악어문학』 47, 2006.

_____, 「만주침공 이후의 검열과 민간신문 문예면의 증면, 1929-1936」, 『한국문학연구』 37집, 2009.

한명환, 「1930년대 신문소설 연구-소설론 및 소설의 '통속' 수용을 중심으로」, 홍익대 박사논문, 1995.

한원영, 「한국개화기 신문연재소설의 연구」, 청주대 박사논문, 1989.

_____, 『한국신문 한세기(근대편)』, 푸른사상, 2004.

_____, 『한국신문연재소설의 사적 연구1』, 푸른사상, 2010.

한일관계사연구논집 편찬위원회, 『일제 식민지지배의 구조와 성격』, 경인문화사, 2005.

함태영, 「1910년대 『매일신보』 소설 연구」, 연세대 박사논문, 2009.

2) 국외 논저

마에다 아이(前田愛), 유은경 · 이원희 역, 『일본 근대 독자의 성립』, 이룸, 2003.

이완 와트, 전철민 역, 『소설의 발생』, 열린책들, 1988.

Michael D. Shin, 「'문화정치' 시기의 문화정책, 1919~1925년」, 『일제 식민지 시기의 통치체제 형성』, 혜안, 2006.

부록_『동아일보』소재 서사문학 작품 목록

저자	게재면	제목	연재일자
閔牛步	4면	浮萍草(113회, 完)	1920.4.1~1920.9.4
柳鍾石	5면	短編小說 어린 職工의 死	1920.4.2
千里駒	4면	그를 미든 까닭(5회, 完)	1920.5.28~1920.6.1
雲汀生(譯述)	4면	脚本 四人의 心理(9회, 完)	1920.6.7~1920.6.15
千里駒(譯述)	4면	籠鳥(10회, 未完)	1920.8.4~1920.8.21
千里駒 譯	4면	엘렌의 功(14장 9절, 完)	1921.2.21~1921.7.2
경성 姜玄礎	讀者文壇	東亞日報의 續刊을 祝하고	1921.2.22
개성 林永得	讀者文壇	憧憬	1921.3.19
孤星	讀者文壇	離鄕과 나의 心懷	1921.4.10
숭대 朴慶浩	讀者文壇	卒業生 兄님을 보내면서	1921.4.11
金容璿	讀者文壇	京城에 初等敎育擴張의 必要	1921.4.16
雪齋生	讀者文壇	安州百祥樓에서	1921.6.3
고산역 姜英均	讀者文壇	K군의 死	1921.6.16
김제 정원모	讀者文壇	어린이의 꿈	1921.7.1
김제 정원모	讀者文壇	어린이의 꿈	1921.7.2
千里駒 譯	4면	붉은실(93회, 未完)	1921.7.4~1921.10.10
李重珏	讀者文壇	獄中自覺의 一端	1921.7.7
朱基瑢	讀者文壇	女子解放의 根本方針(一)	1921.7.20
朱基瑢	讀者文壇	女子解放의 根本方針(二)	1921.7.21
朴勝周	讀者文壇	學窓所感	1921.7.22
용강 崔鼎燦	讀者文壇	신문잡지편집자에게	1921.7.24
신계 任榮得	讀者文壇	外祖母의 死	1921.7.25
兪政兼	讀者文壇	나의 靈아	1921.7.26
광주 海松	讀者文壇	서울로 돌아가신 黃兄에게	1921.7.29
李玩朝	讀者文壇	못비를 마즈면서	1921.7.31
崔鉉	讀者文壇	苦學生갈돕會 地方巡廻劇團에	1921.8.1
안성 金台榮	讀者文壇	故鄕에 계신 姜兄에게	1921.8.3
申天山	讀者文壇	녀름의 乙密臺	1921.8.4
갈돕 東京支會	讀者文壇	異鄕所感	1921.8.6
中央學人	讀者文壇	歸省하지 못하고	1921.8.7

저자	게재면	제목	연재일자
石富鳳	讀者文壇	不平	1921.8.8
마산 金敬澤	讀者文壇	旅程의 所感	1921.8.9
印恩羅	讀者文壇	별빗시벽	1921.8.28
溟湖	讀者文壇	故鄕을 써나면서	1921.8.29
순안 金鍵	讀者文壇	內觀	1921.9.4
웅천 任炳奎	讀者文壇	나	1921.9.7
청파 金仁基	讀者文壇	椒井에서 郭山에	1921.9.10
雪野	讀者文壇	熊本M兄에게	1921.9.13
趙殷澤	讀者文壇	天職	1921.9.20
구포류 宋學錫	讀者文壇	仲秋月夜의 感想	1921.9.21
동경 大隱生	讀者文壇	登校所感	1921.9.23
宋無礙	讀者文壇	生日아츰	1921.10.1
閔牛步	4면	무쇠탈(165회, 完)	1922.1.1~1922.6.20
瞬星生	1면	小의 暗影(92회, 完)	1922.1.2~1922.4.14
雲人 譯	4면	女丈夫(105회, 完)	1922.6.21~1922.10.22
瞬星生	1면	체르캇슈(35회, 完)	1922.8.2~1922.9.16
小梧	1면	鴻爪(7회, 完)	1922.11.2~1922.11.12
羅稻香	4면	幻戲(117회, 完)	1922.11.21~1923.3.21
閔牛步	1면	죽음의 길(45회, 完)	1922.11.28~1923.1.18
徐丙枝	5면	童話 힘모른비둘기	1922.12.17
盧春城	4면	째여진 靑春의 花環	1922.12.24
고한승	新年號 第4 3면	新童話 옥희와 금붕어	1923.1.1
小波	5면	童話 天使	1923.1.3
Y生	1면	嘉實(11회, 完)	1923.2.12~1923.2.23
千里駒 譯	4면	怪物(50회, 完)	1923.3.25~1923.5.15
長白山人	1면	先導者(111회 중편矢, 未完)	1923.3.27~1923.7.17
	4면	一幕脚本 爆發彈(7회, 完)	1923.5.17~1923.5.23
金仁吉	一千號紀念懸賞	短篇小說 悲運	1923.5.25
印斗杓	一千號紀念懸賞	一幕脚本 無明	1923.5.25
具天祐	一千號紀念懸賞	感想文 赤魂	1923.5.25
金相回	一千號紀念懸賞	우리어머니 樂園, 天堂	1923.5.25
朴碩觀	一千號紀念懸賞	우리어머니 難忘할 臨終時	1923.5.25
李龜永	一千號紀念懸賞	家庭改良 根本觀念	1923.5.25

저자	게재면	제목	연재일자
尹和善	一千號紀念懸賞	家庭改良 먼저 蓄妾廢止	1923.5.25
신흥 李根栽	一千號紀念懸賞	鄕土자랑 第二金剛山	1923.5.25
강화도 金殷卿	一千號紀念懸賞	鄕土자랑 나의 나은 곳	1923.5.25
밀양 李圭翰	一千號紀念懸賞	地方傳說 尹娘子	1923.5.25
백마 鄭利善	一千號紀念懸賞	地方傳說 흥방령소	1923.5.25
ㅌㄹ生	一千號紀念懸賞	童話 귀먹은집오리	1923.5.25
申必熙	一千號紀念懸賞	短篇小說 寫眞	1923.5.26
奏宗爀	一千號紀念懸賞	一幕脚本 改革	1923.5.26
평양 尹善孃	一千號紀念懸賞	感想文 뜬구름	1923.5.26
裵相哲	一千號紀念懸賞	家庭改良 虛禮를 減廢하라	1923.5.26
吳成完	一千號紀念懸賞	家庭改良 食事는 如斯하게	1923.5.26
幸福生	一千號紀念懸賞	우리어머니 勤儉, 平和	1923.5.26
李在明	一千號紀念懸賞	우리어머니 母의 愛는 萬能	1923.5.26
강서 宋基柱	一千號紀念懸賞	鄕土자랑 世界的珍寶	1923.5.26
온성 金甲	一千號紀念懸賞	鄕土자랑 理想的 樂土	1923.5.26
진주 洪鍾楷	一千號紀念懸賞	地方傳說 鳴巖	1923.5.26
경성 具然昶	一千號紀念懸賞	地方傳說 곤당골	1923.5.26
상희	一千號紀念懸賞	童話 길남이와순녀	1923.5.26
李紅園	一千號紀念懸賞	短篇小說 靴	1923.5.27
鳴雪	一千號紀念懸賞	感想文 엇던 아츰	1923.5.27
奏宗爀	一千號紀念懸賞	童話 의조흔삼남매	1923.5.27
崔昌順	一千號紀念懸賞	童話 배다른형제	1923.5.28
李熙喆	4면	泣血鳥(140회, 完)	1923.6.2~1923.10.28
동경 全承泳	日曜號 東亞文壇	對話 봄의 哲學	1923.6.3
함흥 韓啓然	日曜號 東亞文壇	暮春의 一日	1923.6.3
李瑞求	日曜號 東亞文壇	꼿봉이를 보내는 前날 밤에	1923.6.10
상해 白痴生	日曜號 東亞文壇	異域의 春	1923.6.10
煙坡	日曜號 東亞文壇	感想 人生의 意義	1923.6.17
申秋星	日曜號 東亞文壇	환갑잔치	1923.6.17
함흥 李相熙	日曜號 東亞文壇	音樂博士	1923.6.24
경성 李螢月	日曜號 東亞文壇	童話 아버님의 병환	1923.6.24
笑月	日曜號 東亞文壇	感想文 晶淳	1923.7.8
상해 셰씨生	日曜號 東亞文壇	苦의 體驗	1923.7.15

저자	게재면	제목	연재일자
兪政兼	日曜號 東亞文壇	어머니를 그리면서	1923.7.15
연기 裵相哲	日曜號 東亞文壇	童話 나무통삿	1923.7.15
廉想涉	1면	해바라기(40회, 完)	1923.7.18~1923.8.26
白湖	日曜號 東亞文壇	호썩집	1923.7.22
申秋星	日曜號 東亞文壇	지게군의 춤	1923.7.22
朴愛國	日曜號 東亞文壇	동무에게 보내는 感想文	1923.8.5
李瑞求	日曜號 東亞文壇	月尾島의 一夜	1923.8.12
韓炳洛	日曜號 讀者文壇	城南兄이여	1923.8.19
劉義順	日曜號 讀者文壇	義州야	1923.8.19
경도 金九經	日曜號 東亞文壇	다시 苦學하려는 여러 兄님씌	1923.8.26
廉想涉	1면	너희들은무엇을어덧느냐(129회, 完)	1923.8.27~1924.2.5
영산포 金玉禮	日曜號 東亞文壇	感想文 洪水	1923.9.2
선암사 申必熙	日曜號 讀者文壇	短篇小說 山村에서	1923.9.2
李螢月	日曜號 讀者文壇	童話 사이조흔동무	1923.9.2
대동군 壽岩	日曜號 讀者文壇	感想文 젊은 과부	1923.9.2
春岡	日曜號 讀者文壇	感想文 故鄕	1923.9.2
長白山人	1면	草香錄(7회, 未完)	1923.9.9~1923.9.17
황주 田在善	日曜號 讀者文壇	童話 죽어 황텬에 가서 새 동무를	1923.9.9
KC生	日曜號 東亞文壇	獨行者	1923.9.16
奏宗爀	日曜號 讀者文壇	물산장려각본 시드러가는 無窮花	1923.9.16
煙坡	日曜號 讀者文壇	短篇小說 선영형님에게	1923.9.30
해주 崔亨烈	日曜號 讀者文壇	短篇小說 옛들은이야기	1923.9.30
金仁炫	日曜號 讀者文壇	短篇小說 惠淑의단꿈	1923.10.7(14일 중복 게재)
李螢月	日曜號 讀者文壇	은혜	1923.10.7(14일 중복 게재)
梁建	日曜號 讀者文壇	短篇小說 싄어지는 사랑	1923.10.21
GG生	日曜號 讀者文壇	短篇小說 바람찬 土曜日밤	1923.10.28
千里駒 譯	4면	淑女의 光輝(7회, 完)	1923.10.29~1923.11.4
月波(KWP)	日曜號 東亞文壇	SM兄힘에게	1923.11.4
신흥 李恒國	日曜號 讀者文壇	感想文 어미업는 아해	1923.11.4
툴게뎬 作, 金東鎭 譯	日曜號 讀者文壇	小說 勞働者와 손 흰 사람	1923.11.4
千里駒 譯	4면	公爵夫人(8회, 未完)	1923.11.5~1923.11.12
	日曜號 讀者文壇	短篇小說 가을귀쑤래미	1923.11.11

저자	게재면	제목	연재일자
평양 一生	日曜號 讀者文壇	感想文 同盟과 슬픔	1923.11.11
인천 江村生	日曜號 讀者文壇	感想文 仁普校運動의 雜感一片	1923.11.11
金一	日曜號 讀者文壇	感想文 K누님에게	1923.11.11
金鎭珏	日曜號 讀者文壇	感想文 金完永 君의 죽엄	1923.11.11
千里駒 譯	4면	독갑이(7회, 完)	1923.11.14~1923.11.20
만주 在滿生	日曜號 讀者文壇	感想文 滿洲에 숨긴 靑春의 哀話	1923.11.18
蓮圃	日曜號 讀者文壇	感想文 아버님 靈압혜	1923.11.18
延星欽	日曜號 讀者文壇	童話 붉은쌀기꼿	1923.11.25
長白山人	5면	許生傳(111회, 完)	1923.12.1~1924.3.21
李瑞求	月曜欄	淚痕(2회, 完)	1923.12.3~1923.12.10
劉月洋	月曜欄	童話 무더니의 一日(2회, 完)	1923.12.3~1923.12.10
동경 海星	月曜欄	故鄕의 C兄쎄	1923.12.17
金達鎭	月曜欄	牙城兄에게	1923.12.24
경성 李螢月	月曜欄	童話 사이조흔남매	1923.12.24
卜海干字	月曜欄	흉가리아이약이	1924.1.7
月曜欄 編輯陣	月曜欄	黃金쉬 니약이	1924.1.7
曙海	月曜欄	小說 吐血(2회, 完)	1924.1.28~1924.2.4
李瑞求	月曜欄	孤兒의 노래	1924.2.4
金達鎭	月曜欄	苦惱의 世路!	1924.2.11
상해 在鎬	月曜欄	童謠 上海로 留學한 永男이	1924.2.18
소격동 李載敎	月曜欄	懊惱의 하로	1924.3.10
長白山人	3면	金十字架(49회, 未完)	1924.3.22~1924.5.11
海雲	月曜欄	혹떼러간사람	1924.3.24
李螢月	月曜欄	童話 욕심만은처녀	1924.5.5
趙炳爕	月曜欄	小說 敎育者 萬福의 懺悔와 運命	1924.5.12
리톤作, 岸曙 譯	3면	堂上燕雀(100회, 完)	1924.5.19~1924.8.27
林蘆月	月曜欄	地獄讚美(2회, 完)	1924.5.19~1924.5.26
고사리	月曜欄	追放된 者의 巢窟에서	1924.6.23
여덜뫼	月曜欄	TWILIGHT	1924.6.30
馬丁 譯	月曜欄	會話	1924.6.30
대구 徐基洙	月曜欄	懸賞少年文藝 刀水園의 初春	1924.7.14
교남학교 劉壽巖	月曜欄	懸賞少年文藝 偶때	1924.7.14
무안 吳在賢	月曜欄	懸賞少年文藝 두 쪼각의 烏賊魚	1924.7.14

저자	게재면	제목	연재일자
당진 趙仁基	月曜欄	懸賞少年文藝 良心	1924.7.14
전주 梁鉒	月曜欄	富選된 山海로맨스 佛國寺影池哀話	1924.8.11
KY生	月曜欄	當選된 山海로맨스 海島의一夜	1924.8.18
朴齊民	月曜欄	蓮實峯에 올라(2회, 完)	1924.8.18~1924.8.25
金泰秀	月曜欄	童話 붉어진장미꽃	1924.8.25
東進 譯	月曜欄	探報記者	1924.8.25
柳雲人 譯	3면	美人의恨(73회, 完)	1924.8.28~1924.11.8
東進 譯	月曜欄	우리는 더 싸호자	1924.9.1
東進 譯	月曜欄	必然-力-自由	1924.9.15
東進 譯	月曜欄	僧	1924.9.15
金泰秀	月曜欄	落葉을붓들고	1924.9.15
馬丁 譯	月曜欄	늙은이	1924.9.15
馬丁 譯	月曜欄	개	1924.9.15
馬丁 譯	月曜欄	無名氏	1924.9.15
白洲	月曜欄	創作 處女時代	1924.9.29
東進 譯	月曜欄	친구와 怨讐	1924.10.6
明東純	月曜欄	가을	1924.10.6
경성 延晧堂	月曜欄	닭의 알만한 쌀알	1924.10.13
깔깔선생	月曜欄	손째하나	1924.10.13
東進 譯	婦人家庭欄	마지막 世上	1924.10.20
白玉洞人	少年少女欄	쌍쌍이 타는 늙은 병신	1924.10.27
申敬淳	少年少女欄	가을늣김	1924.11.3
버들개지	少年少女欄	孤島의 少女(2회, 完)	1924.11.3~1924.11.17
白玉洞人	少年少女欄	코키리의 復讐	1924.11.3
경성 池庭植譯	少年少女欄	열두 형데(크리미아 동화집에서)	1924.11.3
尹狂波	婦人家庭欄	錦江가에서	1924.11.3
白洲	月曜欄	秋夜長	1924.11.3
長白山人	3면	再生(218회, 完)	1924.11.9~1925.9.28
	少年少女欄	써도는 새	1924.11.10
류근원 역	少年少女欄	춤 잘추는 왕녀(3회, 完)	1924.11.17~1924.12.8
白洲	부인	銀錢	1924.11.24
晉州太守	月曜欄	脫鄕記	1924.11.24
梁明	月曜欄	五年 만에 본 朝鮮(2회, 完)	1924.12.1~1924.12.8

저자	게재면	제목	연재일자
꼿이슬	少年少女欄	흰개나리꼿(2회, 完)	1924.12.1~1924.12.8
白鳥	3면	눈의 욕심	1924.12.8
晉州太守	月曜欄	해는 간다	1924.12.8
田得鉉	文藝欄	靑春의 길(4회, 完)	1924.12.29~1925.1.12
얌전이	新年號 其四 3면	소와 닭	1925.1.1
竹松	新年號 其四 3면	童話 便紙往來	1925.1.1
꼿이슬	新年號 其六 2면	愛情 만혼 소	1925.1.1
白玉石	新年號 其六 3면	소이야기	1925.1.1
김동인	新年號 文藝欄	小說 X氏	1925.1.1
林蘆月	新年號 文藝欄	隨筆 無題	1925.1.1
朴英熙	新年號 文藝欄	想華 苦痛	1925.1.1
金一葉	新年號 文藝欄	아부님靈前에	1925.1.1
白洲	新年號 文藝欄	小說 구두쟁이	1925.1.1
朴錫胤	4면	渡英紀行	1925.1.4
SM生	5면	回顧一年	1925.1.4
구슬	5면	기케동이	1925.1.4
田得鉉	文藝欄	靑春의길	1925.1.12
꼿이슬	少年少女欄	셩냥파는쳐녀	1925.1.14
白洲	文藝欄	小說 忘年會(2회, 完)	1925.1.16~1925.1.19
靑眼子	文藝欄	新年漫話	1925.1.16
金東進	文藝欄	長水行(6회, 完)	1925.1.21~1925.2.6
꼿이츰	부인	소설 앵앵(9회, 完)	1925.1.23~1925.2.13
小波生	少年東亞日報	나븨의 꿈(5회, 完)	1925.1.23~1925.2.4
靑眼子	文藝欄	行盡江南數千里(2회, 未完)	1925.1.26~1925.1.30
月見草	少年東亞日報	꿈(3회, 完)	1925.2.9~1925.2.13
버들개지	부인	小說 聖誕前夜(3회, 完)	1925.2.16~1925.2.20
李微笑	少年東亞日報	용감한 색씨(7회, 完)	1925.2.16~1925.3.6
月見草	부인	小說 處女時節(29회, 完)	1925.2.23~1925.5.23
貴童子	少年東亞日報	물고기설음(6회, 完)	1925.3.9~1925.3.20
茫洋草	文藝欄	鏡面獨語	1925.3.9
貴童子	少年東亞日報	붉은장미꼿(4회, 完)	1925.3.23~1925.4.1
李殷相	文藝欄	마음의 獨白(2회, 完)	1925.3.27~1925.3.30
李東園	文藝欄	春霄漫話(4회, 未完)	1925.3.30~1925.5.16

저자	게재면	제목	연재일자
貴童子	少年東亞日報	초부와 선녀(3회, 完)	1925.4.3~1925.4.8
崔紫薇	新春文藝	小說 슈바의 離婚事件(6회, 完)	1925.4.5~1925.4.10
曙海	文藝欄	鄕愁(3회, 完)	1925.4.6~1925.4.13
貴童子	少年東亞日報	여호의재판(2회, 完)	1925.4.10~1925. 13
崔風	新春文藝	小說 放浪의狂人(3회, 完)	1925.4.11~1925.4.13
李永根	新春文藝	小說 豔敎(3회, 完)	1925.4.14~1925.4.16
貴童子	少年東亞日報	조혼벗(2회, 完)	1925.4.15~1925.4.20
露草	新春文藝	家庭小說 시집사리(8회, 完)	1925.4.18~1925.4.25
貴童子(玉童子)	少年東亞日報	나귀의설음(6회, 完)	1925.4.24~1925.5.11
晋州太守	文藝欄	黃昏에 서서(3회, 完)	1925.4.24~1925.4.30
金惟邦	文藝欄	사랑과 피아노(2회, 完)	1925.4.24~1925.4.26
俞城珉	新春文藝	家庭小說 疑問의P ㅅ자(4회, 完)	1925.4.26~1925.4.30
申必熙	新春文藝	童話劇 漂泊少女(3회, 完)	1925.5.1~1925.5.3
松京學人	新春文藝	童話劇 秘密의열쇠(4회, 完)	1925.5.4~1925.5.8
뎐득현	少年東亞日報	써나가는사람	1925.5.8
尹石重	新春文藝	童話劇 올뱀이의눈(3회, 完)	1925.5.9~1925.5. 13
金東仁 飜案	4면	流浪人의노래(36회, 未完)	1925.5.11~1925.6.19
金東進	1면	寧越行(4회, 完)	1925.5.11~1925.5.20
白洲	文藝欄	殺人未遂犯의告白(6회, 完)	1925.5.11~1925.6.9
田得鉉	文藝欄	봄벌에서서	1925.5.11
뎐영애	少年東亞日報	엄마를찾는갈맥이와가치북국소녀	1925.5.13
李燕鴻	少年東亞日報	개와고양이(2회, 未完)	1925.5.16~1925.5.23
白水	文藝欄	이봄을보내며	1925.5.20
	文藝欄	잠못자는밤	1925.5.20
버들개지	少年東亞日報	물새의노래	1925.5.23
李鳳洙	文藝	鐵窓回顧(11회, 完)	1925.7.8~1925.8.16
忙中閑	少年東亞日報	고기의래력(2회, 完)	1925.8.1~1925.8.2
꼿이슬 번역	小說	飛行星(7회, 完)	1925.8.1~1925.8.8
忙中閑	少年東亞日報	참새와파리(2회, 完)	1925.8.4~1925.8.5
秋江	少年東亞日報	복남의설음(3회, 完)	1925.8.6~1925.8.8
꼿이슬 번역	小說	將軍塔(40회, 完)	1925.8.9~1925.10.4
秋江	少年東亞日報	귀신작란군(5회, 完)	1925.8.9~1925.8.14
안더선	少年東亞日報	달팽이와장미꼿(2회, 完)	1925.8.15~1925.8.16

저자	게재면	제목	연재일자
안더선	少年東亞日報	못생긴오리색기(7회, 完)	1925.8.17~1925.8.23
方仁根	부인	南滿洲벌판에서	1925.8.17
金岸曙	부인	모래밧에안자서(2회, 完)	1925.8.21~1925.8.22
	少年東亞日報	학교일긔(46회, 未完)	1925.8.24~1926.1.6
孤星	少年東亞日報	룡궁가신어머니(2회, 完)	1925.8.28~1925.8.29
안더선	少年東亞日報	작은이(10회, 完)	1925.9.1~1925.9.10
	少年東亞日報	로빈손크루소이약이(40회, 完)	1925.9.2~1925.10.13
春園 作	6면	春香(96회, 完)	1925.9.30~1926.1.3
에밀 · 졸라作 주요한 譯	부인	그랑미슈(6회, 完)	1925.10.3~1925.10.5
華胥 作	부인	創作 薄命(8회, 完)	1925.10.9~1925.10.16
廉想涉 作	부인	創作 眞珠는 주엇스나(86회, 完)	1925.10.17~1926.1.17
孤星 作	부인	童話 파랑새(3회, 完)	1925.11.24~1925.11.27
碧湖生	부인	童話 흰장미와 붉은장미(4회, 完)	1926.1.1~1926.1.4
崔曙海	小說	五圓七十五錢(3회, 完)	1926.1.1~1926.1.3
白華	이약기	水滸傳(2회, 完)	1926.1.2~1926.1.3
金在殷	5면	女學生(2회, 完)	1926.1.3~1926.1.3
春園 作	小說	千眼記(61회, 未完)	1926.1.5~1926.3.6
碧湖生	부인	童話 해의 황금수레(4회, 完)	1926.1.5~1926.1.8
春溪生	부인	童話 거북과 생선(6회, 完)	1926.1.9~1926.1.10
尹白南	小說	月子와 時計(2회, 完)	1926.1.9~1926.1.14
碧湖生	부인	童話 벼룩의갑(4회, 完)	1926.1.11~1926.1.14
碧湖生	부인	童話 엄지손가락(6회, 完)	1926.1.15~1926.1.20
任英彬	부인	短篇小說 크리스마스(3회, 完)	1926.1.18~1926.1.20
華胥	부인	短篇小說 순녜의 시집사리(7회, 完)	1926.1.20~1926.1.26
碧湖生	부인	童話 고양이와 쥐(3회, 完)	1926.1.21~1926.1.23
碧湖生	부인	童話 암닭의 죽엄(2회, 完)	1926.1.24~1926.1.25
남주	文藝	童話 두 가지의 선물(4회, 完)	1926.1.26~1926.1.29
정우뢰	부인	童話 英雲이와 그 繼母(4회, 完)	1926.1.30~1926.2.2
一葉	文藝	순애의 죽음(9회, 完)	1926.1.31~1926.2.8
안서	부인	童話 공주의원(4회, 完)	1926.2.3~1926.2.6
남주	부인	童話 밀물이 나서(2회, 完)	1926.2.7~1926.2.8
리은일	부인	童話 먹으면 죽는 엿(4회, 完)	1926.2.9~1926.2.12

저자	게재면	제목	연재일자
孤星 譯	文藝	비밀업는 비밀(5회, 完)	1926.2.9~1926.2.13
버들쇠 역	부인	童話 黃水仙뗜 少女(5회, 完)	1926.2.13~1926.2.17
徐仙溪	文藝	고용사리	1926.2.14
孤星	부인	눈녹이는날	1926.2.15
韓秉道	文藝	小說 平凡(12회, 完)	1926.2.16~1926.2.27
남주	부인	童話 복이와대(2회, 完)	1926.2.18~1926.2.19
남주	부인	童話 해동[당]화(2회, 完)	1926.2.20~1926.2.21
리규	부인	童話 둑겁이의 쇠(3회, 完)	1926.2.22~1926.2.24
남주 역	文藝	아동극 마리이의쇠	1926.2.26
국긔렬 역	文藝	고오라(3회, 完)	1926.2.26~1926.3.3
全牙保	文藝	黃州行(1회, 未完)	1926.2.26
남주	부인	동화 여름밤(3회, 完)	1926.2.27~1926.3.1
리영섭	文藝	小說 結婚萬歲(회, 完)	1926.2.28~1926. 2.
최호동	부인	동화 비취새(4회, 完)	1926.3.2~1926.3.4
춘원	부인	동화 동생	1926.3.5
춘원	부인	동화 닭(1회, 未完)	1926.3.6
남주 역	부인	동화 바보이반(8회, 完)	1926.4.21~1926.4.28
	부인	남편의 병(2회, 完)	1926.4.21~1926.4.22
凸公	6면	短篇小說 껍질 벗는 사람(15회, 完)	1926.4.23~1926.5.7
春園	文藝	봄의 셜음	1926.5.1
남주	어린이	동화 어머님마음(3회, 完)	1926.5.10~1926.5.17
春園 作	4면	麻衣太子(상편142회, 하편86회 完)	1926.5.10~1927.1.9
뎡홍교	어린이	우화 금광석과 돌	1926.5.17
	文藝	파삿사람의 봇짐	1926.5.19
뎡홍교	어린이	동화 적은것	1926.5.23
뎡홍교	어린이	동화 적은 사람의 나라	1926.5.27
鍾鳴	文藝	小說 두 男妹(6회, 完)	1926.5.29~1926.6.3
우촌	어린이	동화 보옥화(2회, 完)	1926.5.31~1926.6.3
뎡홍교	부인	동화 큰사람의 나라	1926.6.2
뎡홍교	어린이	큰것이다	1926.6.3
뎡홍교	어린이	우화셋	1926.6.7
최호동	어린이	왕자와 구슬(5회, 完)	1926.6.10~1926.6.18
金一葉	文藝	小說 自覺(7회, 完)	1926.6.19~1926.6.26

저자	게재면	제목	연재일자
孤星	文藝	五番電話(2회, 完)	1926.6.26~1926.6.28
	어린이	이태리동화 황수선화(2회, 完)	1926.6.28~1926.7.1
최호동	부인	小說 호쩍집(4회, 完)	1926.7.2~1926.7.5
	어린이	동화 이상한 전대(2회, 完)	1926.7.5~1926.7.8
만년수	어린이	동화 설빔자랑	1926.7.12
리학인	어린이	동화 돈길(1회, 未完)	1926.7.15
만년수	부인	동화 미욱한 염소	1926.7.16
김태오	부인	동화 황금생선(2회, 完)	1926.7.21~1926.7.22
崔湖東	어린이	동화 김첨지의 혼(3회, 完)	1926.7.26~1926.8.1
春城	文藝	靈魂의 香氣(3회, 完)	1926.7.27~1926.8.3
田在畊	文藝	病床에서	1926.7.27
김태오 번역	어린이	종달새와 보리	1926.8.5
리학인	어린이	길 가운데 돈(1회, 未完)	1926.8.8
황주 田在善	어린이	동화 강아지로 호랑이 잡기	1926.8.12
탄실	文藝	나는 사랑한다(8회, 完)	1926.8.17~1926.9.3
金泰午	어린이	동화 숫닭이 안(3회, 完)	1926.8.19~1926.8.26
도-테 著 천득 譯	어린이	마지막 시간(4회, 完)	1926.8.19~1926.8.27
사리원 田在善	어린이	동화 불한당잡이(2회, 完)	1926.8.29~1926.9.2
염근수	부인	동화 착한복동이	1926.9.1
김태오	어린이	안더센童話 황금새	1926.9.5
金泰午	부인	동화 천하장사 뎡도령(7회, 完)	1926.9.22~1926.9.28
李暎爕	부인	小說 處女와 왕벌(4회, 完)	1926.9.29~1926.10.3
고댱환	어린이	쉽고긋분 니애기 신문팔이	1926.9.30
염근수	어린이	동화 이런 법이 잇소?	1926.10.3
염근수	부인	동화 쌀이냐 금이냐	1926.10.4
염근수	부인	동화 말똥게 수작	1926.10.4
염근수	부인	동화 개고리 백정	1926.10.5
염근수	부인	동화 서로 원수	1926.10.6
뎡홍교	어린이	영길리동화 세가지원	1926.10.7
염근수	부인	동화 대드리싸움	1926.10.8
염근수	부인	동화 은혜를 모르고가?	1926.10.9
丁洪教	어린이	동화 쥐는 쥐다	1926.10.10

저자	게재면	제목	연재일자
염근수	부인	동화 내가 제일이다	1926.10.11
丁洪敎	어린이	동화 방으로 변한 중	1926.10.14
宋陽波(송순일)	文藝	小說 싸홈(3회, 完)	1926.10.16~1926.10.19
염근수	어린이	동화 사발통문	1926.10.17
염근수	부인	동화 엽전한푼(3회, 完)	1926.10.20~1926.10.24
梁大宗	文藝	小說 쉬는 개고리(3회, 完)	1926.10.23~1926.10.26
金泰午	부인	동화 보기 드문 총각(2회, 完)	1926.10.25~1926.10.27
염근수	어린이	동화 민승이바보	1926.10.28
丁洪敎	부인	불란서동화 「작키」의 쇠(2회, 完)	1926.10.29~1926.10.30
염근수	어린이	동화 달도적질	1926.10.31
丁洪敎	어린이	삼학사의현결사	1926.10.31
鄭利景	부인	동화 生徒와 敎師	1926.11.1
염근수	文藝	동화 병고치기	1926.11.2
염근수	어린이	동화 두더지신세	1926.11.4
丁洪敎	어린이	동화 신령의 도움	1926.11.7
염근수	부인	동화 개승량이	1926.11.8
沈熏	文藝	映畵小說 탈춤(34회, 完)	1926.11.9~1926.12.16
丁洪敎	부인	동화 혹불이색시	1926.11.10
염근수	어린이	동화 농사군	1926.11.11
丁洪敎	文藝	동화 삼왕자의 운명	1926.11.13
염근수	어린이	동화 하얀새	1926.11.14
金泰午	文藝	동화 애국의 물(2회, 完)	1926.11.16~1926.11.17
華岸 金聲均	어린이	동화 게으름방이(2회, 完)	1926.11.18~1926.11.19
박홍제	文藝	동화 반쪽이(3회, 完)	1926.11.20~1926.11.23
崔敏軾	어린이	동화 절조와하는님금님(2회, 完)	1926.11.25~1926.11.26
염근수	어린이	동화 꼭보십시요	1926.11.28
丁洪敎	부인	동화 은혜갑흠	1926.12.1
염근수	어린이	동화 이러케하여서	1926.12.2
尹福鎭	어린이	동화 곰의소리는웨쌀분가?	1926.12.5
고긴빗	文藝	동화 父子의 決鬪(3회, 完)	1926.12.8~1926.12.10
뎡생	부인	동화 조선전설 김춘택의 쇠	1926.12.11
염근수	어린이	동화 이게윈일이냐	1926.12.12
뎡생	부인	동화 전설 성종대왕의 마음	1926.12.15

저자	게재면	제목	연재일자
염근수	어린이	동화 아! 또보는깃붐	1926.12.16
뎡홍교	부인	동화 늙은아버지	1926.12.17
宋順鎰	부인	단편소설 병신(7회, 完)	1926.12.17~1926.12.23
염근수	어린이	동화 큰일낫구나	1926.12.19
李丙潤	어린이	동화 썩(餠)충이명인	1926.12.23
金泰午	어린이	동화 메리의 나막신(3회, 完)	1926.12.26~1926.12.28
金南柱	新春文藝	短篇小說 小作人 金첨지(8회, 完)	1927.1.4~1927.1.11
李殷相	文藝	謠劇 薯童(12회, 完)	1927.1.4~1927.1.15
崔曙海	6면	短篇小說 序幕(5회, 完)	1927.1.11~1927.1.15
염근수	부인	동화 눈속에 토기노리(4회, 完)	1927.1.16~1927.1.20
長白山人	8면	流浪(16회, 未完)	1927.1.16~1927.1.31
李文	新春文藝	短篇小說 짓밟힌이의 우슴(8회, 完)	1927.1.21~1927.1.29
황덕성	부인	동화 게으른 처녀	1927.1.29
金德惠	新春文藝	短篇小說 그릇된 瞳暸(9회, 完)	1927.2.1~1927.2.10
延星欽	6면	短篇創作 脫走(4회, 完)	1927.2.2~1927.2.5
당상순	어린이	동화 붉은 암탉	1927.2.6
抱冥	6면	創作 새길(5회, 完)	1927.2.6~1927.2.10
蔡鳳錫	6면	섬에 피는 꼿(7회, 完)	1927.2.11~1927.2.17
원배	부인	동화 톡기님의 절구질	1927.2.12
嚴弼鎭	부인	동화 이상한 가방(3회, 完)	1927.2.14~1927.2.16
鄭今滿	부인	동화 이를 엇지하나	1927.2.17
金長連	부인	동화 새와 즘생의 싸흠	1927.2.18
朴枝芽	6면	創作 短篇小說 눈쓸째까지(6회, 未完)	1927.2.18~1927.2.24
김태오	어린이	동화 길동의 회개(2회, 完)	1927.2.20~1927.2.21
李丙淑	부인	동화 토끼와 호랑이(5회, 完)	1927.2.23~1927.2.27
英스틔분손 作 쥬요섭 譯	6면	寶島探險記(56회, 完)	1927.2.25~1927.4.29
朴淚月	부인	동화 톡기와 공주(3회, 完)	1927.2.28~1927.3.2
延星欽	부인	동화 山賊夜叉王(5회, 完)	1927.3.3~1927.3.7
嚴弼鎭	부인	동화 토끼와 원숭이(5회, 未完)	1927.3.8~1927.3.12
東正	부인	동화 요술중(3회, 完)	1927.3.13~1927.3.15
丁一天	부인	동화 금오리	1927.3.16
丁巡演	부인	동화 쇠쇠(2회, 完)	1927.3.17~1927.3.18

저자	게재면	제목	연재일자
張晟杫	부인	동화 토끼의 죽엄(3회, 完)	1927.3.19~1927.3.22
김태오	부인	동화 세가지 섬문(3회, 完)	1927.3.23~1927.3.25
박봉익	부인	동화 마음 고든 두 사람	1927.3.26
尹福鎭	부인	동화 어린 羊이 보내준 無名花(3회, 完)	1927.3.28~1927.3.31
禹泰亨 譯	부인	동화 바라든 거믜줄	1927.4.10
	오늘이 어린이날	동화 이탈리 소년	1927.5.1
李啓胤	부인	童話 돌의 재판(2회, 完)	1927.5.1~1927.5.2
金德惠	부인	童話 이상한 그림(5회, 完)	1927.5.3~1927.5.7
狼林山人 譯	8면	素服의 秘密(101회, 完)	1927.5.5~1927.8.14
	부인	童話 異腹兄弟(13회, 完)	1927.5.8~1927.5.20
	家庭과 學藝	童話 異常한 燈盞(14회, 完)	1927.5.25~1927.6.9
尹秀峰	가뎡	故國을 써나는 者들(7회, 完)	1927.7.2~1927.7.8
	가뎡	映畵小說 새로 피는 無窮花(1회, 未完)	1927.8.2
廉想涉	4면	사랑과 죄(257회, 完)	1927.8.15~1928.5.4
牛耳洞人 外	3면	傳說의 朝鮮(69회, 未完)	1927.8.20~1927.12.31
無涯 譯	가뎡	喜劇 돈 한 푼(11회, 完)	1927.9.11~1927.9.20
梁柱東	가뎡	隨筆 묵은 日記에서(8회, 完)	1927.12.1~1927.12.9
星海	가뎡	創作 代筆 戀書(12회, 完)	1927.12.5~1927.12.17
남주	어린이차지	童話 별들의 하는 말	1928.1.1
金振淳	入選兒童作品	日記	1928.1.1
裴相哲	入選傳說	볼기마즌 龍	1928.1.1
韓炯宗	新春文藝	入選創作 洪水(5회, 完)	1928.1.2~1928.1.6
金浪雲	가뎡	短篇小說 니젓든 戀人(12회, 完)	1928.1.3~1928.1.14
宋順燮	어린이차지	入選作品 日記	1928.1.6
蔡鳳錫	新春文藝	入選創作 家庭敎師(4회, 完)	1928.1.7~1928.1.10
李箕永	가뎡	短篇小說 苦難을 쏠코(11회, 完)	1928.1.15~1928.1.24
남주	가뎡	童話 白鳥의 죽엄(4회, 完)	1928.1.21~1928.1.25
抱石	가뎡	隨筆 斷想數片(4회, 完)	1928.1.24~1928.1.28
方仁根	가뎡	短篇小說 牧師. 쌀. 戀愛(13회, 完)	1928.1.25~1928.2.6
趙明熙	가뎡	短篇小說 이쁜이와 룡이(9회, 完)	1928.2.7~1928.2.15
金永八	가뎡	短篇小說 어여쓴 勞働者(10회, 完)	1928.2.16~1928.2.26
崔獨鵑	가뎡	短篇小說 蹂躪(8회, 完)	1928.2.27~1928.3.8
朴野里	가뎡	短篇小說 出家者의 편지(12회, 完)	1928.3.9~1928.3.22

저자	게재면	제목	연재일자
柳華峯	가뎡	短篇小說 薦薦이 이야기(11회, 未完)	1928.3.24~1928.4.3
崔曙海	가뎡	短篇小說 暴風雨時代(9회, 未完)	1928.4.4~1928.4.12
金八峯	가뎡	短篇小說 三等車票(10회, 完)	1928.4.15~1928.4.25
尹白南 譯	가뎡	新釋 水湖誌(596회, 完)	1928.5.1~1930.1.10
李龍九	가뎡	創作童話 薔薇와 쇠소리의 설음(4회, 完)	1928.5.1~1928.5.12
李益相	6면	깃밟힌 眞珠(177회, 完)	1928.5.5~1928.11.27
李秉岐	文藝	紀行 南慰禮城을 차즈며(4회, 完)	1928.5.23~1928.5.26
抱石	가뎡	雜文 서픈싸리 原稿商廢業(3회, 完)	1928.6.10~1928.6.12
抱石	가뎡	雜文 發表된 習作作品	1928.6.13
抱石	가뎡	雜文 잠 못 일우든 밤(2회, 未完)	1928.6.14~1928.6.15
안남룡	가뎡 當選家庭讀物	어머니의 로산으로 온집이 소동	1928.6.24
朴逸順	가뎡 當選家庭讀物	교원생활도숯막고 自我를 차저서	1928.6.26
한재경	가뎡 當選家庭讀物	정톄 알 수 업는 行李의 兒屍	1928.6.27
東花	가뎡	汚舟(3회, 未完)	1928.8.30~1928.9.1
李光洙	6면	단종애사(端宗哀史)(217회, 完)	1928.11.30~1929.12.11
李錫新	新春文藝	懸賞當選(一等)短篇小說 人情(3회, 完)	1929.1.1~1929.1.3
尹貞姬	어린이차지	當選兒童作品 집 지키든 밤	1929.1.1
李琪燮	어린이차지	當選兒童作品 十一月十七日 土曜日	1929.1.1
洪淳琮	어린이차지	當選兒童作品 天堂으로 간 동생	1929.1.1
金德濟	어린이차지	當選兒童作品 깃븐봄	1929.1.1
金淑貞	어린이차지	蛇의傳說 구렁덩덩서선비이야기	1929.1.1
宋段燮	가뎡	蛇의傳說 順童이와 有情蛇이야기	1929.1.2
金永一	當選兒童作品	봄소식	1929.1.2
李一光	新春文藝	當選短篇(二等) 歲暮片景(3회, 完)	1929.1.4~1929.1.6
車洪淳	가뎡	蛇의傳說 大明天子朱元章이야기	1929.1.4
徐飛鳳	當選兒童作品	그리운 동생	1929.1.4
韓鳳在	가뎡	卽位하신 배암의 이야기	1929.1.6
周元東	가뎡	蛇의傳說 一生에貪心聚財죽어서十丈黃蛇	1929.1.7
朴南祚	新春文藝	當選短篇(三等) 젊은開拓者(3회, 完)	1929.1.7~1929.1.9
李柱成	當選兒童作品	어린 지게꾼	1929.1.8

저자	게재면	제목	연재일자
梁俊炳	當選兒童作品	달밤	1929.1.9
姜彬	當選兒童作品	農村의 이흠	1929.1.10
玊世沽	當選兒童作品	해님	1929.1.11
李丁燮	當選兒童作品	참봉한 아츰	1929.1.13
權五恒	當選兒童作品	可憐한 同伴	1929.1.14
尹元燮	選外兒童作品	약은 생쥐	1929.1.17
金鏞百	兒童作品選外	(日記文) 十二月十九日 火 晴寒	1929.1.22
아미틔쓰 作 李定鎬 譯	가뎡	사랑의 學校(完)	1929.1.24~1929.5.23
鄭明杰	兒童作品選外	作文 비개인 달밤	1929.1.28
無涯 譯	가뎡	나폴레옹과 理髮師(8회, 完)	1929.3.1~1929.3.8
京城 扶蘇生	가뎡	스케취 自轉車 탄 女子	1929.3.9
金寬植	가뎡	스케취 새벽의 鐘路	1929.3.10
昇應順	가뎡	스케취 어늘날 北村거리	1929.3.12
統營 李錫鳳	가뎡	스케취 車中所見	1929.3.13
權立	가뎡	스케취 公園뒤에서	1929.3.14
金化 尹上祿	가뎡	스케취 샘맛는 女子	1929.3.15
李源澤	가뎡	스케취 大阪鶴橋에서	1929.3.16
장검집	가뎡	스케취 나물캐기	1929.3.17
朴廷徹	가뎡	스케취 試驗場에서	1929.3.18
義州 江松	가뎡	스케취 봉변당한X	1929.3.19
金成仁	가뎡	스케취 喪人의 逢變	1929.3.20
華川 李圃烽	가뎡	스케취 좀생이보는밤	1929.3.21
梁隱溪	가뎡	스케취 애매한 명석임자	1929.3.22
權明秀	가뎡	스케취 늙은이 부랑자	1929.3.23
海州 廣石川人	가뎡	스케취 高等乞人	1929.3.24
卡倫 張小峰	가뎡	스케취 죽으러가는 馬賊	1929.3.25
白華	가뎡	短篇小說 淸凉寺行(3회, 完)	1929.3.25~1929.3.27
葉山人	가뎡	스케취 嶺南樓下에	1929.3.27
天然洞人	가뎡	스케취 상투쟁이 간판	1929.3.28
咸興 李揆元	가뎡	스케취 쌍쌍이소리	1929.3.29
南溟人	가뎡	스케취 釜山海岸에서	1929.4.2
金東燮	가뎡	창작 순회교사(7회, 完)	1929.4.3~1929.4.9

저자	게재면	제목	연재일자
京城 仁王山人	가뎡	스케취 제 얼굴에 홀려서	1929.4.4
苑洞 TS生	가뎡	스케취 하이칼라싹정이	1929.4.5
SK生	가뎡	스케취 러브씬과 관객	1929.4.7
鳴人	5면	隨想 봄의 田園에셔(10회, 完)	1929.4.24~1929.5.3
柳葉	6면	短篇小說 젊은이들(7회, 完)	1929.5.14~1929.5.22
崔鶴松 외	가뎡	連作短篇 女流音樂家(9회, 完)	1929.5.24~1929.6.1
李無影	가뎡	短篇小說 錯覺愛(7회, 完)	1929.6.2~1929.6.8
崔獨鵑 외	가뎡	連作小說 荒原行(131회, 完)	1929.6.8~1929.10.21
柳葉	가뎡	隨筆 招提妙境(3회, 完)	1929.8.2~1929.8.4
花山學人	世界名作巡禮	합트맨原作 沈鍾(4회, 完)	1929.8.6~1929.8.9
花山學人	世界名作巡禮	써스터,에푸스키原作 罪외罰(9회, 未完)	1929.8.11~1929.8.20
崔鶴松	가뎡	秋窓漫感 가을을 마즈며(4회, 完)	1929.8.21~1929.8.24
崔鶴松	가뎡	秋窓漫感 蕭然한 雨聲(2회, 完)	1929.8.25~1929.8.26
元湖漁笛	가뎡	新凉隨筆 여름이 가랴면	1929.8.27
崔鶴松	가뎡	秋窓漫感 가을의 마음(5회, 完)	1929.8.28~1929.9.1
元湖漁笛	가뎡	新凉隨筆 文藝家의 將來(3회, 完)	1929.9.1~1929.9.3
金東爕	가뎡	創作 友情(8회, 完)	1929.9.3~1929.9.11
元湖漁笛	가뎡	新凉隨筆 앤틔·모히(3회, 完)	1929.9.4~1929.9.6
김동인	學藝	創作 同業者(8회, 完)	1929.9.21~1929.10.1
李殷相	月光下에 서서	思親愛(4회, 完)	1929.9.24~1929.9.27
李光洙	6면	史上의 로만쓰 忠臣 堤上(5회, 完)	1929.9.24~1929.9.28
	가뎡	童話 구두의 꿈(3회, 完)	1929.9.24~1929.9.27
李殷相	月光下에 서서	三步庭(2회, 完)	1929.9.28~1929.9.29
진장섭	가뎡부인	童話 이상한 우물(9회, 完)	1929.9.28~1929.10.8
李殷相	讀書欄	史上의 로만쓰 大耶城을 死守한 竹竹(3회, 完)	1929.10.1~1929.10.4
李殷相	讀書欄	史上의 로만쓰 盲母와 知恩(4회, 完)	1929.10.5~1929.10.9
厚昌 蔡奎哲	兒童	兒童作品 가을밤	1929.10.5
李殷相	學藝	史上의 로만쓰 都彌와 그 안해(3회, 完)	1929.10.10~1929.10.12
金泰午	兒童	童話 호랑이의 신의(3회, 完)	1929.10.10~1929.10.12
李殷相	讀書欄	史上의 로만쓰 百結先生(4회, 完)	1929.10.13~1929.10.17
어린이벗	兒童	童話 아버지의 원수(10회, 完)	1929.10.13~1929.10.25
玄鎭健	讀書欄	史上의 로만쓰 春秋公과 文姬(3회, 完)	1929.10.18~1929.10.20

저자	게재면	제목	연재일자
李殷相	學藝	史上의 로만쓰 乙弗(6회, 完)	1929.10.22~1929.10.27
羅一	가뎡부인	創作 그와 監房(24회, 完)	1929.10.22~1929.11.16
수州 朴哀男	兒童	兒童作品 동생의 무덤산에서	1929.10.23
秦學圃	兒童	童話 호쩍장사 덕성이(6회, 完)	1929.10.26~1929.11.1
李光洙 譯述	讀書欄	史上의 로만쓰 범이야기둘(3회, 完)	1929.10.28~1929.10.30
方仁根	學藝	隨筆 最近見聞(12회, 完)	1929.10.29~1929.11.12
水原 韓啓順	兒童	兒童作品 기다리든 서울旅行	1929.10.30
空民	學藝	滿洲보ㅅ다리(6회, 完)	1929.11.1~1929.11.7
院坪 柳玉南	兒童	兒童作品 지난밤 일긔	1929.11.1
田昌植	兒童	童話 꾀잇고 대담한 소년(2회, 完)	1929.11.2~1929.11.3
崔秉和	兒童	童話 새벽에 부르는 놀애(4회, 完)	1929.11.4~1929.11.7
李殷相	學藝	史上의 로만쓰 調信의 한 평생(3회, 完)	1929.11.3~1929.11.6
李殷相	讀書欄	史上의 로만쓰 異次頓의 죽엄(3회, 完)	1929.11.7~1929.11.9
鎭南浦 朴春澤	가뎡부인	兒童作品 별님의 웃음	1929.11.9
李京燮	兒童	童話 황금항아리	1929.11.10
李殷相	學藝	史上의 로만쓰 養魚女(2회, 完)	1929.11.11~1929.11.12
RR生	兒童	童話 외쏘기 이야기(10회, 完)	1929.11.12~1929.11.23
泊太苑	學藝	콘트 最後의 侮辱	1929.11.12
李殷相	學藝	史上의 로만쓰 膺廉花郞(2회, 完)	1929.11.13~1929.11.14
李殷相	學藝	史上의 로만쓰 劍君(2회, 完)	1929.11.15~1929.11.16
李殷相	學藝	史上의 로만쓰 遺物찻는 類利(3회, 完)	1929.11.17~1929.11.20
李鄉	가뎡부인	短篇小說 男便과 아들(12회, 完)	1929.11.17~1929.11.28
李殷相	學藝	史上의 로만쓰 白雲과 際厚(4회, 完)	1929.11.21~1929.11.24
郭福山	兒童	童話 새파란 안경(3회, 完)	1929.11.25~1929.11.27
李殷相	學藝	史上의 로만쓰 麗太祖와 柳氏(5회, 完)	1929.11.26~1929.11.30
晉州 孫湘	兒童	童話 가랑닙兄弟의 對話	1929.11.28
李約翰	兒童	童話 고양이의 지혜(3회, 完)	1929.11.29~1929.12.1
李殷相	學藝	史上의 로만쓰 한 役軍의 안해(2회, 完)	1929.12.1~1929.12.2
李殷相	學藝	史上의 로만쓰 妖僧遍照(4회, 完)	1929.12.3~1929.12.6
李山	兒童	童話 江南써난 阿房鳥(3회, 完)	1929.12.3~1929.12.5
狼林山人	가뎡부인	沙漠의 꽃(79회, 完)	1929.12.3~1930.4.12
楚山 月谷生	兒童	童話 효성만혼 영식(6회, 完)	1929.12.6~1929.12.11
李殷相	文藝	史上의 로만쓰 崔尙翥의 아들 婁伯(2회, 完)	1929.12.7~1929.12.8

저자	게재면	제목	연재일자
李殷相	學藝	史上의 로만쓰 冤魂哀話(2회, 完)	1929.12.10~1929.12.11
李殷相	文藝	史上의 로만쓰 禮成江曲挿話(3회, 完)	1929.12.12~1929.12.14
崔秉和	가뎡부인	少年美談 少年水兵 엔리고(5회, 完)	1929.12.13~1929.12.19
李殷相	學藝	史上의 로만쓰 捕虜된 어머니를 차저(3회, 完)	1929.12.15~1929.12.17
泊太苑	가뎡부인	創作 垓下의 一夜(8회, 完)	1929.12.17~1929.12.24
李殷相	學藝	史上의 로만쓰 圃隱의 殉節(4회, 完)	1929.12.18~1929.12.21
김강송	兒童	童話 효자 춘길이(2회, 完)	1929.12.20~1929.12.21
李約翰	兒童	童話 녯말도 녯말(3회, 完)	1929.12.22~1929.12.24
李殷相	文藝	史上의 로만쓰 大良院君(8회, 完)	1929.12.24~1930.1.5
學圃	兒童	童話 크리스마스밤에 順吉(8회, 完)	1929.12.25~1930.1.8
金東仁	가뎡부인	短篇小說 强盜를 잡으면(10회, 完)	1929.12.25~1930.1.11
春園 李光洙	4면	群像 혁명가의 안해(31회, 未完)	1930.1.1~1930.2.4
建德坊人	文藝(新春文藝)	童話 귀여운 복수(3회, 完)	1930.1.1~1930.1.3
利原 金哲洙	文藝(新春文藝)	童話 어머니를 위하야(2회, 完)	1930.1.3~1930.1.4
半東燁	文藝	傳說 千年의 沈碧「신밤」龍馬水	1930.1.5
李允宰	文藝	史上의 로만쓰 王子鄒牟와 그 駿馬(7회, 完)	1930.1.6~1930.1.12
金完東	兒童(新春文藝)	童話 구원의 나팔소리!(3회, 完)	1930.1.9~1930.1.12
權翰述	兒童(新春文藝)	童話 산호랑이방아	1930.1.13
李允宰	文藝	史上의 로만쓰 弗矩內王의 降世(2회, 完)	1930.1.14~1930.1.15
安岳 朴一	兒童(新春文藝)	童話 동생을 차즈려(4회, 完)	1930.1.14~1930.1.17
尹白南	3면	大盜傳(63회, 未完)	1930.1.15~1930.3.24
李殷相	文藝	史上의 로만쓰 咸興差使(7회, 完)	1930.1.16~1930.1.22
田昌植	兒童	童話 새털두루막이(2회, 完)	1930.1.18~1930.1.19
金哲洙	兒童	童話 少年勇士「돌쇠」(6회, 完)	1930.1.21~1930.1.26
김동인	文藝	創作 純正(友愛篇)(2회, 完)	1930.1.23~1930.1.24
李殷相	文藝	史上의 로만스 香娘	1930.1.23
李殷相	文藝	史上의 로만스 少年 成三問(5회, 完)	1930.1.24~1930.1.29
金完東	兒童	少年小說 아버지를 쌀하서(8회, 完)	1930.1.27~1930.2.4
李殷相	文藝	史上의 로만스 讓寧大君과 丁香(6회, 完)	1930.1.30~1930.2.4
方然南	文藝	當選小說 감ㅅ돌(4회, 完)	1930.2.2~1930.2.5
李殷相	文藝	史上의 로만스 安東 權參奉(3회, 完)	1930.2.5~1930.2.7
李約翰	어린이	少年小說 流浪의 男妹(3회, 完)	1930.2.5~1930.2.7

저자	게재면	제목	연재일자
泊太苑	가뎡부인	短篇小說 寂滅(23회, 完)	1930.2.5~1930.3.1
金明水	新春文藝	무電車=인스펙터(3회, 完)	1930.2.6~1930.2.9
李殷相	文藝	史上의 로만스 玉簫仙(5회, 完)	1930.2.8~1930.2.13
月尾島人 譯	어린이	少年小說 귀여운 少女	1930.2.8
田昌植	어린이	童話 소년포수	1930.2.9
申曙園	新春文藝	물방아ㅅ간(3회, 完)	1930.2.11~1930.2.16
李殷相	文藝	史上의 로만스 土亭의 逸事(2회, 完)	1930.2.14~1930.2.15
失名氏	文藝	童話 마녀의 능금(2회, 完)	1930.2.15~1930.2.16
李殷相	文藝	史上의 로만스 鄭生,紅桃의 漂浪(3회, 完)	1930.2.16~1930.2.19
金哲洙	가뎡부인	少年小說 義俠少年「인호」(12회, 完)	1930.2.18~1930.3.4
李殷相	文藝	史上의 로만스 義賊 朴長脚(4회, 完)	1930.2.20~1930.2.23
李殷相	學藝	史上의 로만스 夫娘(6회, 完)	1930.2.25~1930.3.2
朴根善	新春文藝	희곡 어여뿐 同志(3회, 完)	1930.2.22~1930.2.26
抱一	新春文藝	희곡 대나무침대(2회, 完)	1930.3.1~1930.3.2
李殷相	學藝	史上의 로만스 童子洪次奇(4회, 完)	1930.3.3~1930.3.6
李錫薰	新春文藝	희곡厥女는 웨 自殺햇는가(6회, 完)	1930.3.4~1930.3.9
李曾馥	가뎡부인	童話 지혜로운 처녀(5회, 完)	1930.3.5~1930.3.9
南宮人	가뎡부인	그림동화 코끼리의 눈(2회, 完)	1930.3.5~1930.3.6
李殷相	文藝	史上의 로만스 御史 朴文秀(3회, 完)	1930.3.7~1930.3.9
韓仁澤	가뎡부인	少年小說 동무를 위하야(7회, 完)	1930.3.10~1930.3.16
李殷相	讀書欄	史上의 로만스 金申夫婦傳(3회, 完)	1930.3.11~1930.3.13
李殷相	文藝	史上의 로만스 壬辰亂의 鐵瓠兵(3회, 完)	1930.3.14~1930.3.16
李允宰	한글欄	조선을 지은아들 大聖人 世宗大王(28회, 完)	1930.3.17~1930.4.13
懷古堂述	가뎡부인	史上의 로만스 南怡와 妖鬼(3회, 完)	1930.3.17~1930.3.19
黃鎭厚	가뎡부인	少年小說 白丁의 아들(9회, 完)	1930.3.18~1930.3.28
懷古堂述	가뎡부인	史上의 로만스 柳居士와 倭僧(3회, 完)	1930.3.22~1930.3.24
懷古堂述	文藝	史上의 로만스 木川郡守(6회, 完)	1930.3.26~1930.4.1
金東燮	學藝	隨筆 城北의 香氣(3회, 完)	1930.3.27~1930.4.2
春園	가뎡부인	群像 사랑의 다각형(71회, 完)	1930.3.27~1930.11.2
李錫鳳	어린이	童話 고양이와 쥐(4회, 完)	1930.3.29~1930.4.1
李殷相	學藝	史上의 로만스 火鬼된 志鬼(2회, 完)	1930.4.2~1930.4.3
李淑子	어린이	泰西童話 아버지를 위하야(8회, 完)	1930.4.3~1930.4.15
李殷相	學藝	史上의 로만스 黃山戰野의 두인물(2회, 完)	1930.4.5~1930.4.6

저자	게재면	제목	연재일자
李殷相	文藝	史上의 로만스 朴信과 紅粧(3회, 完)	1930.4.8~1930.4.10
李殷相	學藝	史上의 로만스 李校理長坤(1회, 未完)	1930.4.16
金東仁	學藝	젊은 그들(327회, 完)	1930.9.2~1931.11.10
韓仁澤	兒童	少年小說 인정과 돈(9회, 完)	1930.9.2~1930.9.10
洪銀星	어린이	童話 계집아이와 그의 거울(3회, 完)	1930.9.11~1930.9.14
尹白南	3면	耽奇樓漫話(85회, 完)	1930.9.11~1930.12.17
崔秉和 譯	가뎡부인	十五歲 少年의 世界一週記(84회, 完)	1930.9.15~1931.2.1
金東爕	學藝	隨筆 서투른 自畵像(2회, 完)	1930.10.3~1930.10.4
李允宰	가뎡부인	조선을 지은이들2 聖雄李舜臣(43회, 完)	1930.10.3~1930.12.13
夢甫 朴泰遠	學藝	創作 꿈(7회, 完)	1930.11.5~1930.11.11
全武吉	學藝	創作 善惡의 彼岸(4회, 完)	1930.11.14~1930.11.21
尹石重	가뎡부인	童謠劇 달을 뺏긴 아이들(5회, 完)	1930.11.27~1930.12.1
春園	7면	群像 삼봉이네 집(84회, 完)	1930.11.29~1931.4.24
孫基文	가뎡부인	소년소설 말똥이와 그의 결심(5회, 完)	1930.12.2~1930.12.6
朴泰遠 譯	文藝	톨스토이 作「바보 이반」(18회, 完)	1930.12.6~1930.12.24
南宮浪	가뎡부인	童謠劇 허수아비(4회, 完)	1930.12.11~1930.12.14
金昌培	가뎡부인	少年小說 별나라(4회, 完)	1930.12.21~1930.12.25
崔丙漢	어린이페이지	아이누童話 金구슬·銀구슬(7회, 完)	1930.12.22~1930.12.28
全武吉	學藝	創作 鬱憤(3회, 完)	1930.12.27~1930.12.29
尹白南	3면	大盜傳 後篇(182회, 完)	1931.1.1~1931.7.13
李殷相	어린이	大畵聖率居(2회, 完)	1931.1.1~1931.1.3
그림	어린이	서양동화 어린양과 작은 물고기(3회, 完)	1931.1.1~1931.1.4
李殷相	어린이	石堀속의 金庾信	1931.1.4
李殷相	어린이	金庾信과 三女神(2회, 完)	1931.1.6~1931.1.7
金哲洙	가정	當選童話 집업는 男妹(6회, 完)	1931.1.7~1931.1.16
李殷相	가정	花郎斯多含	1931.1.8
李殷相	가정	王子好童(2회, 完)	1931.1.9~1931.1.10
李殷相	가정	溫達과 公主(3회, 完)	1931.1.11~1931.1.14
李殷相	가정	道詵國師와 麗太祖의 出生(2회, 完)	1931.1.15~1931.1.16
李殷相	가정	圃隱의 代書	1931.1.17
李殷相	가정	少姐元洪莊(3회, 完)	1931.1.18~1931.1.21
崔丙漢	가정	아이누哀話 아아 우리님이여(6회, 完)	1931.1.20~1931.1.27
金大均	가정	當選童話 소들의 동정	1931.1.21

저자	게재면	제목	연재일자
李殷相	가정	姉弟의 訟事	1931.1.22
李殷相	가정	野外行酒	1931.1.23
李殷相	가정	古再의 石鱉歌	1931.1.24
李殷相	가정	土亭先生이 본 八歲童李德馨	1931.1.25
李殷相	文藝	新郎愈拓基	1931.1.27
李殷相	가정	金安國의 頭痛(3회, 完)	1931.1.28~1931.1.30
李殷相	가정	昭顯世子孀의 揀擇	1931.1.31
李殷相	가정	益齋 英靈과 아기 李恒福	1931.2.1
金龍俊 外	가정	少年連作小說 마지막 웃음(10회, 完)	1931.2.3~1931.2.18
李殷相	가정	外國語의 天才少年 鄭北窓	1931.2.3
李殷相	가정	北窓의 휘파람	1931.2.4
李殷相	가정	徐居正의 月怪夢	1931.2.5
李永哲	6면	短篇小說 他國女의 一生(10회, 完)	1931.2.5~1931.3.4
李殷相	가정	尙震과 田父	1931.2.6
李殷相	가정	名碁林娘	1931.2.7
全武吉	産業	逆境(16회, 完)	1931.2.18~1931.3.11
李孝石	文藝	出帆時代(19회, 完)	1931.2.28~1931.4.1
黃順元	學藝	少年小說 追憶(3회, 完)	1931.4.7~1931.4.9
李泰俊	文藝	短篇小說 故鄕(8회, 完)	1931.4.21~1931.4.29
尹石重	어린이	童謠劇 先生님 없는 學校(3회, 完)	1931.5.3~1931.5.6
嗚人 作	産業	小說 震災前後(51회, 完)	1931.5.6~1931.8.27
崔珽宇	學藝	제임스 죠이스 作 구름조각(8회, 完)	1931.5.9~1931.5.17
쫄쥬·듀아멜 作 趙容萬 譯	學藝	戰爭短篇(9회, 完)	1931.5.19~1931.7.16
春園 作	7면	李舜臣(178회, 完)	1931.6.26~1932.4.3
玄相允	學藝	洪景來傳(24회, 完)	1931.7.12~1931.8.20
金瓚植	學藝	隨筆 여름과 山과 바다와	1931.8.1
尹石重	가정	童謠劇 바로 그 날 생긴 일(10회, 完)	1931.8.2~1931.8.12
朴霧兒	學藝	隨筆 綠陰을 찾는 이 古樓에 가지마소	1931.8.2
崔昌圭	學藝	長江萬里(34회, 完)	1931.8.23~1931.10.20
金起林	5면	隨筆 바다의 誘惑(3회, 完)	1931.8.27~1931.8.29
趙容萬	産業	短篇小說 彷徨(5회, 完)	1931.8.28~1931.9.2
맹천 譯	産業	江湖奇俠傳(60회, 完)	1931.9.3~1931.11.19

저자	게재면	제목	연재일자
柳根錫	學藝	慶州古蹟探訪記(7회, 完)	1931.9.6~1931.9.23
崔永秀	學藝	스케취 紀行 群山을 다녀와서(7회, 完)	1931.9.8~1931.9.16
金永八 作	4면	씨나리오 싸구료博士(35회, 完)	1931.9.12~1931.10.25
方仁根	3면	短篇小說 怪靑年(18회, 完)	1931.10.8~1931.10.27
崔永秀	學藝	스케취 紀行 松都를 차저서(7회, 完)	1931.10.28~1931.11.6
金億	가정	故鄕에 돌아와서(3회, 完)	1931.10.31~1931.11.3
卓相銖	學藝	隨想 반가운 편지(6회, 完)	1931.11.1~1931.11.8
尹白南	3면	長篇大衆小說 海鳥曲(171회, 完)	1931.11.18~1932.6.7
李山(이무영)	(顯賞文藝)	當選戱曲 한낮에 꿈꾸는 사람들(3회, 完)	1932.1.2~1932.1.4
朴世琅	(顯賞文藝)	當選童話 엿단지(5회, 完)	1932.1.5~1932.1.10
文成薰	(顯賞文藝)	當選小說 明朗한 展望(4회, 完)	1932.1.6~1932.1.9
金道山	(顯賞文藝)	當選作文 一等 첫겨울	1932.1.7
張斗星	(顯賞文藝)	當選作文 二等 先生님 생각	1932.1.8
李承珠	(顯賞文藝)	當選作文 二等 우리 兄님	1932.1.8
吉靈運	(顯賞文藝)	當選作文 三等 내동생	1932.1.8
金泰泊	4면	童話·傳說·寓話 원숭이와 거북(2회, 完)	1932.1.8~1932.1.10
金龍善	(顯賞文藝)	當選作文 三等 우리집개	1932.1.9
姜奉淑	(顯賞文藝)	當選作文 三等 後悔	1932.1.9
金玄鴻	(顯賞文藝)	佳作小說 菊花(5회, 完)	1932.1.12~1932.1.16
金甲洙	(顯賞文藝)	戱曲佳作 秋收(8회, 完)	1932.1.26~1932.2.2
朴魯哲	學藝	滿洲遊記 高句麗遺址(30회, 完)	1932.1.27~1932.3.9
銀童	(顯賞文藝)	童話佳作 어여뿐 죽엄(4회, 完)	1932.2.5~1932.2.9
金東仁	學藝	病과 貧(6회, 完)	1932.2.7~1932.2.14
玄德	(顯賞文藝)	童話佳作 고무신(2회, 完)	1932.2.10~1932.2.11
토마스·하듸 作 李弘魯 譯	學藝	短篇小說 사랑하는 그 안해를 위해서(12회, 完)	1932.2.13~1932.3.1
김동인	가정	아기네(137회, 完)	1932.3.1~1932.8.12
梁基炳	學藝	地下金剛 蜈龍窟紀行(12회, 完)	1932.3.11~1932.3.30
權九玄	學藝	隨筆 上京·求乞·歸鄕(5회, 完)	1932.4.2~1932.4.7
春園	7면	長篇小說 흙(269회, 完)	1932.4.12~1933.7.10
權九玄	가정	팔려가는 개	1932.4.13
韓赫五	4면	傳說 李太祖와 馳馬臺	1932.6.2
金石銖	4면	傳說 富山城 깨트린 앙금할머니	1932.6.3

저자	게재면	제목	연재일자
朴花城	3면	白花(166회, 完)	1932.6.8~1932.11.22
趙成玟	4면	傳說 白足山 굴바위 僧의 登仙	1932.6.5
閔鳳鎬	4면	傳說 不遇의 力士 龍吉의 最後(3회, 完)	1932.6.9~1932.6.14
李元甲	4면	傳說 歷代의 郡守夫人	1932.6.15
丁哲淳	4면	傳說 申夫人의 홀어미城	1932.6.16
松都生	4면	傳說 兩臣殉節한 登擊岩	1932.6.17
洪千吉	4면	傳說 花石亭과 宣祖西遷	1932.6.18
一記生	4면	傳說 仙女 안젓든 선바위	1932.6.19
金載寧	4면	傳說 龍女와 大井 우물	1932.6.22
高文洙	4면	傳說 芙蓉樓의 개구리聲	1932.6.24
申應和	4면	傳說 朴唯一과 感古堂	1932.6.25
張用尙	4면	傳說 道僧과 애기바위	1932.6.29
崔元洛	4면	傳說 地下의 鳴巖이 突出	1932.6.30
朴炯允	4면	傳說 裵處女와 眞覺國師(2회, 完)	1932.7.1~1932.7.2
吉龍鎭	4면	傳說 嶺東勇士와 上院寺(2회, 完)	1932.7.6~1932.7.7
洪千吉	4면	傳說 女眞征伐한 文肅公	1932.7.8
辛東燁	4면	傳說 熊川海中天子岩(2회, 完)	1932.7.9~1932.7.10
朴大雄	4면	傳說 卜債九千兩과 金佛	1932.7.15
咸德俊	4면	傳說 雲鍾寺와 加藤淸正	1932.7.17
黃在嬉	4면	傳說 石窟五十里掘鑿(2회, 完)	1932.7.19~1932.7.20
朱東林	4면	傳說 秒夕祭와 月餠선사(2회, 完)	1932.7.23~1932.7.24
朴衡	4면	傳說 紺岳山 南山窟 차저	1932.7.28
金時岳	4면	傳說 嶺南樓下의 阿娘閣	1932.7.30
任一宰	4면	傳說 戀戀不忘튼 九龍沼	1932.7.31
李龍成	4면	傳說 金將軍의 悲痛한 最後	1932.8.2
梁一泉	4면	傳說 掛弓亭과 十層塔(2회, 完)	1932.8.3~1932.8.4
全卿苑	4면	傳說 乙支將軍과 神劍	1932.8.5
金俊權	4면	傳說 谿谷이 一時에 碧海	1932.8.6
梁基炳	4면	傳說 茂峯山의 吳將軍像	1932.8.7
金昌洙	4면	傳說 白馬江上 落花巖	1932.8.9
金容璇	4면	傳說 泗泚河畔釣龍臺	1932.8.10
金溶洛	4면	傳說 屹靈山과 屹靈道士	1932.8.11
徐鳳	4면	傳說 佛谷山麓의 新行丞	1932.8.12

저자	게재면	제목	연재일자
김동인	가정	떠오르는 해(30회, 完)	1932.8.13~1932.9.14
崔永秀	가정	走馬看山記(2회, 完)	1932.9.2~1932.9.3
金奭實	4면	傳說 朴將軍과 義馬의 塚	1932.9.13
崔永斗	4면	傳說 高峰山下에 나절陵	1932.9.14
김동인	가정	형과 아우(8회, 完)	1932.9.15~1932.9.23
崔永斗	4면	傳說 新羅政丞과 軍糧里	1932.9.16
金又說	4면	傳說 七百義士와 薪島	1932.9.17
任月岡	4면	傳說 淸凉山下의 洛花	1932.9.18
金元文	4면	傳說 刀磨峰의 雲林池	1932.9.20
許埰	4면	傳說 道師鍊武하든 바위	1932.9.22
鶴浦生	4면	傳說 楊蓬萊와 大瀛臺	1932.9.23
李太路	4면	傳說 百濟滅亡과 千間房	1932.9.25
梁一泉	4면	傳說 白頭山麓의 白똥보	1932.9.27
梁一泉	4면	傳說 山川祭와 上巳祭	1932.9.28
김동인	가정	빛나는 우물(6회, 完)	1932.9.28~1932.10.3
鄭道和	4면	傳說 蟲石樓下의 義岩	1932.9.29
洪千吉	4면	傳說 池沼에서 土重十 拾得	1932.9.30
卜千萬	4면	傳說 申能山將軍의 勇氣	1932.10.1
梁藥泉人	4면	傳說 거북바위와 童子石	1932.10.4
김동인	가정	골육(12회, 完)	1932.10.5~1932.10.16
秦學圃	가정	동화 용감한 소녀(4회, 完)	1932.10.6~1932.10.11
金炯日	4면	傳說 成桂人골과 李太祖	1932.10.7
李炳宣	4면	傳說 玉流瀑布와 원효목	1932.10.8
金基河	4면	傳說 許皇后와 婦人堂	1932.10.9
金昌壽	4면	傳說 金將軍과 受降樓	1932.10.11
許道成	4면	傳說 道德山의 壯士臺	1932.10.13
韓熙南	4면	傳說 浩浩亭과 禮別樓	1932.10.14
權大慶	4면	傳說 西將臺下의 매바위	1932.10.15
김동인	學藝·家庭	말 탄 온달(12회, 完)	1932.10.19~1932.10.31
方仁根	7면	魔都의 香불(154회, 未完)	1932.11.5~1933.6.12
崔一松	學藝·家庭	스케취紀行 華城넷터를 차저서(3회, 完)	1932.11.17~1932.11.19
李紅匇	文藝(顯賞文藝)	닭의 傳說 바보 總角의 넋이	1933.1.1
辛英淑	가정(顯賞文藝)	作文(三等) 강아지	1933.1.2

저자	게재면	제목	연재일자
李斗欽	文藝(顯賞文藝)	닭의 傳說 仙女夫婦의 化身	1933.1.7
李東林	가정(顯賞文藝)	닭의 傳說 農夫의 설은울음(2회, 完)	1933.1.12~1933.1.15
金德存	가정(顯賞文藝)	닭의 傳說 三頭鬼로 化身(2회, 完)	1933.1.17~1933.1.18
申弼鉉	가정(顯賞文藝)	닭의 傳說 救援한 雄鷄(2회, 完)	1933.1.25~1933.1.26
李曙鄕	가정(顯賞文藝)	當選戲曲(一等) 堤防을 넘은 곳(10회, 完)	1933.1.31~1933.2.19
柳蓮	가정(顯賞文藝)	當選童話(一等) 만주장사와 눈사람(2회, 完)	1933.2.1~1933.2.2
게오륵, 카이제르 作 徐恒錫 譯	가정	友情(8회, 完)	1933.2.1~1933.2.14
南耕	가정(顯賞文藝)	當選戲曲(二等) 審判(11회, 完)	1933.2.20~1933.3.14
李玉敬	가정(顯賞文藝)	當選童話(三等) 효녀정희(3회, 完)	1933.2.20~1933.2.27
李鏞周	가정(顯賞文藝)	當選童話(佳作) 少女의 心臟(3회, 完)	1933.2.28~1933.3.5
李海南	가정(顯賞文藝)	當選戲曲(三等) 뒤집혀진 三角形(9회, 完)	1933.3.15~1933.4.4
金日煥	가정(顯賞文藝)	當選戲曲(佳作) 虛榮女와 三男便(6회, 完)	1933.4.7~1933.4.14
李光洙	3면	合浦風光(3회, 完)	1933.4.15~1933.4.19
李殷相	文藝	春川紀行(6회, 完)	1933.5.8~1933.5.18
林炳哲	日曜附錄	紀行 農村의 여름	1933.6.11
崔義順	日曜附錄	여름의 味覺	1933.6.11
주요섭	日曜附錄	담지 못한 追憶	1933.6.11
朴泰遠	가정	半年間(57회, 完)	1933.6.15~1933.8.20
李殷相	文藝	一日閑(2회, 完)	1933.6.23~1933.6.24
李軒求	隨筆	夏夜의 亂想	1933.6.25
李泰俊	日曜滌暑文藝	콩트 미어기	1933.7.23
崔貞熙	日曜滌暑文藝	콩트 토마토 哲學	1933.7.23
琴兒	日曜滌暑文藝	여름밤의 나그네	1933.7.23
李無影	석간3면	地軸을 돌리는 사람들(43회, 完)	1933.8.5~1933.9.22
李殷相	日曜	淸流壁 아레 서서	1933.8.13
兪鎭午	日曜	C에게 보내는 片紙	1933.8.13
毛允淑	日曜	明沙의 黃昏片感	1933.8.13
李軒求	日曜	海雲片信	1933.8.13
丁東奎	日曜	大同江上의 하로	1933.8.13
尹白南	가정	烽火(228회, 完)	1933.8.25~1934.4.18
李殷相	부인란	兒童讀本 强首先生이야기 外(10회, 完)	1933.9.1~1933.9.17
李孝石	學藝	秋思 斷想의 가을	1933.9.20

저자	게재면	제목	연재일자
張赫宙	學藝	무지개(202회, 完)	1933.9.20~1934.5.1
柳致眞	學藝	秋思 期節의 惡夢	1933.9.21
咸大勳	學藝	秋思 秋窓亂想	1933.9.22
韓仁澤	文藝	秋思 秋夜想痕	1933.9.23
洪曉民	文藝	秋思 秋夜擣衣	1933.9.24
金珖燮	文藝	秋思 가을을 걷는 마음	1933.9.27
李軒求	文藝	秋思 純淨의 가을	1933.9.28
李無影	文藝	秋思 비지찌개와 귀뜨라미	1933.9.30
崔正建	文藝	秋思 구름, 고양이, etc	1933.10.3
늘샘	文藝	秋思 가을의 歡喜	1933.10.4
鄭寅燮	文藝	秋思 秋夜幻想	1933.10.7
金圭銀	부인	創作童話 해죽이와 달랑이(4회, 完)	1933.10.7~1933.10.11
金時昌	어린이	제비와 가랑잎	1933.10.23
金時昌	어린이	童話 세반벙어리	1933.11.17
金圭銀	어린이	동화 호랑이 담배 먹을 때(4회, 完)	1933.11.21~1933.11.25
南夕鍾	어린이	兒童劇 공장누나(2회, 完)	1933.11.29~1933.11.30
李弘魯	어린이	동화 꾀꼬리와 薔薇花(2회, 完)	1933.12.3~1933.12.4
AK	어린이	동화 서양서 온 난장이(3회, 完)	1933.12.5~1933.12.7
玄憑虛	조간 4면	赤道(135회, 完)	1933.12.20~1934.6.17
엔베 作 洪昌範 譯	家庭	밤(夜) 컬럼버스의 一生(10회, 完)	1933.12.23~1934.1.19
崔仁俊	文藝(顯賞文藝)	當選小說 황소(6회, 完)	1934.1.1~1934.1.6
朱性淳	兒童(顯賞文藝)	當選童話 적은 주먹(3회, 完)	1934.1.1~1934.1.3
趙淑子	兒童(顯賞文藝)	當選傳說 慶州崔富者집 이야기	1934.1.1
尹白南	家庭	개의 傳說 白狗傳說 外(5회, 完)	1934.1.2~1934.1.11
黃童	家庭(顯賞文藝)	當選作文 어린염소	1934.1.4
南大祐	家庭(顯賞文藝)	當選童話 쥐와 고양이(4회, 完)	1934.1.5~1934.1.12
雲香	學藝(顯賞文藝)	佳作小說 入院(6회, 完)	1934.1.7~1934.1.14
金漢均	家庭(顯賞文藝)	當選傳說 江原道旋善의 孝狗塚이야기	1934.1.7
許念詐	家庭(顯賞文藝)	當選作文 겨울 참새	1934.1.12
金春基	家庭(顯賞文藝)	佳作作文 우리집 개	1934.1.13
吳守根	家庭	개의전설 용왕을 구하야 준 개의 이야기	1934.1.12
盧良根	家庭(顯賞文藝)	佳作童話 눈 오는 날(7회, 完)	1934.1.13~1934.1.23

저자	게재면	제목	연재일자
方焌南	文藝(懸賞文藝)	佳作小說 外套(5회, 完)	1934.1.17~1934.1.23
李海南	文藝(懸賞文藝)	當選戲曲 人間漫畵 꿈(11회 完)	1934.1.24~1934.2.6
朴甲用	家庭(懸賞文藝)	佳作作文 불상한 거지	1934.1.24
朴淑姫	家庭(懸賞文藝)	佳作作文 나는 책상입니다	1934.1.26
金圭銀	家庭	童話 열다섯 소년(5회, 完)	1934.1.28~1934.2.7
徐世彬	家庭	作文 자근놈	1934.1.31
李圭鳳	文藝	武術原祖 中國外派武俠傳(24회, 完)	1934.2.2~1934.3.1
崔守福	家庭	애기동화 아빠없는 복돌이(4회, 完)	1934.2.16~1934.2.20
崔守福	家庭	少年小說 불상한 두 남매(8회, 完)	1934.3.25~1934.4.3
쩨임쓰·쪼이쓰作 無涯 譯	學藝	短篇 쌀라리맨(8회, 完)	1934.4.2~1934.4.11
金基鎭	조간 5면	深夜의 太陽(112회, 完)	1934.5.3~1934.9.19
崔守福	어린이	전설동화 올통새와 토끼꼬리(6회, 完)	1934.5.9~1934.5.17
金圭銀	어린이	동화 차돌장군(6회, 完)	1934.5.19~1934.5.29
李無影	學藝	掌篇 脫出記	1934.5.23
李殷相	學藝	新綠의 古壚로(9회, 完)	1934.5.24~1934.6.3
	어린이	동화 전쟁속에서 웃는 애기(2회, 完)	1934.6.1~1934.6.2
金圭銀	어린이	少女哀話 동배딸삼형제(6회, 完)	1934.6.5~1934.6.15
尹白南	석간 3면	黑頭巾(226회, 完)	1934.6.10~1935.2.16
金八峰	조간 3면	南陽雜筆 뻐꾹새 우는 山골 外(5회, 完)	1934.6.19~1934.6.24
李定鎬	어린이	동화 까치의 옷(2회, 完)	1934.6.22~1934.6.23
李殷相	文藝	赤壁遊(6회, 完)	1934.6.26~1934.7.1
李定鎬	어린이	동화 눈 어두운 砲手(3회, 完)	1934.6.29~1934.7.2
柳致眞	學藝	시골띠기 東京見聞錄	1934.7.3
李定鎬	어린이	동화 성냥파리 少女(4회, 完)	1934.7.3~1934.7.8
曉民	文藝	漫筆 苦難의 밤	1934.7.6
李定鎬	家庭	동화 작난꾼이 鬼神(3회, 完)	1934.7.11~1934.7.14
李無影	學藝	週間短篇 S夫人 그 後 이야기(6회, 完)	1934.7.17~1934.7.22
李定鎬	어린이차지	동화 나비와 꾀꼬리(4회, 完)	1934.7.17~1934.7.24
李大容	學藝	紀行 水香記(2회, 完)	1934.7.23~1934.7.25
崔永秀	學藝	夏街漫步 嘆息하는 서울거리 外(5회, 完)	1934.7.23~1934.7.27
李箕永	學藝	週間短篇 奴隷(6회, 完)	1934.7.24~1934.7.29
安民世	學藝	長壽山遊記(2회, 完)	1934.7.25~1934.7.26

저자	게재면	제목	연재일자
이구조	어린이	동화극 쥐와 고양이(4회, 完)	1934.7.25~1934.8.2
趙丙姙	어린이	學生日記	1934.7.25
鄭寅普	學藝	南遊寄信(43회, 完)	1934.7.31~1934.9.29
姜敬愛	學藝	人間問題(120회, 完)	1934.8.1~1934.12.22
金善琪	學藝	遊歐途中記(25회, 完)	1934.8.2~1934.11.9
이구조	부인	少年劇 거지(4회, 完)	1934.8.3~1934.8.7
卞榮魯(樹州)	學藝	灼沙藍泓을 찾아서(5회, 完)	1934.8.3~1934.8.10
朴檀南	學藝	夏日漫筆 八月의 亂想(7회, 完)	1934.8.3~1934.8.14
金東淑	부인	學生日記	1934.8.4
劉成連	어린이	學生日記	1934.8.7
林和	學藝	病床日記 나의 하로(2회, 完)	1934.8.11~1934.8.12
金圭銀	어린이	傳說童話 진달래꽃(6회, 完)	1934.8.11~1934.8.18
金管	부인	여름과 音樂(2회, 完)	1934.8.17~1934.8.18
崔永秀	부인	多島海巡航 비나리는 港街 外(10회, 完)	1934.8.25~1934.9.6
崔守福	家庭	동화 욕심만흔 꿩(3회, 完)	1934.8.28~1934.8.30
李如星 外	學藝	新秋漫筆 局了街이 밤 外(8회, 完)	1934.9.1~1934.9.11
金鎭淑	學生欄	孝子거지의 悲歡	1934.9.5
趙中玉	東亞文壇	無爲者의 自撫	1934.9.5
李定鎬	어린이	水災美談 눈물의 모자갑(3회, 完)	1934.9.5~1934.9.11
五色鳥	어린이日曜	寓話 하늘이 문허젓다	1934.9.16
張赫宙	조간 6면	三曲線(122회, 完)	1934.9.26~1935.3.2
五色鳥	어린이日曜	寓話 소경행인	1934.9.30
金圭銀	어린이日曜	傳說童話 아리랑 고개(3회, 完)	1934.10.7~1934.10.21
괴테 作 서항석 譯	어린이日曜	착한 아이 이야기	1934.10.14
任玉準	어린이日曜	어린이 日記	1934.10.28
金圭銀	어린이日曜	동화 은피리(5회, 完)	1934.10.28~1934.11.25
金尙鎔	學藝	無何先生放浪記(39회, 完)	1934.11.6~1934.12.27
	어린이日曜	寓話 밤에 떠러진 우산	1934.12.2
崔守福	어린이日曜	동화 꿈이야기(3회, 完)	1934.12.2~1934.12.16
凉山	學藝	歲暮隨想 觀照解釋 模寫 外(3회, 完)	1934.12.25~1934.12.28
	가정	童話 종길이의 재산	1934.12.28
丁純鐵	顯賞文藝	當選童話 꽁지없는 참새(4회, 完)	1935.1.1~1935.1.8

저자	게재면	제목	연재일자
崔台鍊	어린이	도야지전설 '꿀꿀'의 由來	1935.1.1
宋韓範	顯賞文藝	當選 쿵트 눈사탁	1935.1.1
金卿雲	顯賞文藝	當選小說 激浪(14회, 完)	1935.1.1~1935.1.17
孫晉泰	學藝	傳說에 나타난 도야지이야기(7회, 完)	1935.1.1~1935.1.10
張樂雲	어린이	도야지전설 도야지가 된 까닭(2회, 完)	1935.1.2~1935.1.4
金錫熙	顯賞文藝	當選兒童作文(甲) 씨원한 바람	1935.1.2
金炳翼	顯賞文藝	當選作文(乙) 거울	1935.1.5
韓泰泉	顯賞文藝	當選戲曲 토성낭(10회, 完)	1935.1.11~1935.1.23
梁國炳	顯賞文藝	兒童作文當選(乙) 나의 하로	1935.1.11
盧良根	어린이日曜	童話選外佳作 참새와 구렝이(2회, 完)	1935.1.13~1935.2.3
金元贊	顯賞文藝	當選作文(乙) 어머니	1935.1.13
金正革	顯賞文藝	短篇小說選外佳作 移民列車(2회, 完)	1935.1.18~1935.1.19
丁淳任	顯賞文藝	兒童作文 감잎사귀	1935.1.20
金鍾燮	어린이日曜	도야지의 항의	1935.1.20
	어린이日曜	애기동화 그림책	1935.1.27
柳致眞	學藝	戲曲 소(牛)(20회, 完)	1935.1.30~1935.2.22
崔守福	어린이日曜	동화 여호말뚝	1935.2.10
朱耀燮	석간 5면	구름을 잡으려고(156회, 完)	1935.2.17~1935.8.4
李重澈	學藝	濠洲紀行(18회, 完)	1935.3.1~1935.3.30
李箕永	조간 3면	短篇小說 元致西(12회, 完)	1935.3.3~1935.3.17
宋江	學藝	隨筆 봄을 찾는 마음(2회, 完)	1935.3.5~1935.3.6
	어린이日曜	傳說童話 복돌이의 지혜	1935.3.10
崔守福	어린이日曜	童話 뱀장어	1935.3.17
李無影	學藝	꾸부러진 平行線(19회, 完)	1935.3.20~1935.4.14
丁友海	어린이日曜, 家庭	少年小說 自動車『金剛號』(14회, 完)	1935.3.24~1935.4.12
金相德	어린이日曜	童話 까치의 재판	1935.3.31
金圭銀	어린이日曜	동화 힘센 고사리	1935.3.31
尹白南	조간 5면	眉愁(115회, 完)	1935.4.1~1935.9.20
金圭銀	어린이日曜	동화 봄바람	1935.4.14
金時昌	學藝	東亞文壇 山谷의 手帖(6회, 完)	1935.4.21~1935.4.28
	어린이日曜	印度童話 나이만혼 자고새	1935.4.21
宋鐵利	어린이日曜	童話 수돌이의 꿈(2회, 完)	1935.4.21~1935.4.28
	어린이日曜	이소프 동화 재판장과 농부	1935.4.28

저자	게재면	제목	연재일자
李無影	學藝	八路春色 嶺南走看記(13회, 完)	1935.5.1~1935.5.15
李定鎬	어린이日曜	童話 작은힘도 합치면	1935.5.5
任元鎬	어린이日曜	童話 햇님과 바람	1935.5.5
任元鎬	어린이日曜	童話 개고리	1935.5.12
朴元圭	어린이日曜	史話 孝女知恩	1935.5.12
柳村	學藝	東亞文壇 麥嶺·狄·其他	1935.5.17
崔秉和	어린이日曜	童話 미련한 호랑이	1935.5.19
이정호	어린이日曜	편지글 멀리 게신 옵바에게	1935.5.19
崔秉和	家庭	童話 이름없는 名人	1935.5.23
李象範	學藝	西行一千里(20회, 完)	1935.5.23~1935.6.14
崔秉和	家庭	童話 이상한 막때기	1935.5.24
崔秉和	家庭	童話「바둑이」의 日記	1935.5.25
李無影	어린이日曜	애기네 소설 이뿌던 닭	1935.5.26
崔秉和	어린이日曜	童話 船長의 꾀	1935.5.26
姜泳翰	顯賞文藝	(農村生活記錄當選) 農村에서(18회, 完)	1935.5.28~1935.6.20
吳基永	學藝	回顧의 柳京八年(6회, 完)	1935.5.31~1935.6.6
李定鎬	어린이日曜	少女少說 순히의 설음	1935.6.2
李無影	어린이日曜	애기네 소설 경재 미-워	1935.6.2
宋鐵利	어린이日曜	童話 이리와 여호	1935.6.2
李無影	어린이日曜	애기네 소설 경재 또 매마젓다지	1935.6.9
任元鎬	어린이日曜	童話 두 도적	1935.6.9
李無影	어린이日曜	애기네 소설 편지	1935.6.16
任元鎬	어린이日曜	童話 고혼 공책	1935.6.16
宋志泳	顯賞文藝	(山村生活記錄) 火田民들과 가치(16회, 完)	1935.6.22~1935.7.13
丁友海	어린이日曜	아기네 소설 얽은 색시	1935.6.23
李定鎬	어린이日曜	童話 절 잘하는 임금님	1935.6.23
金相德	어린이日曜	짧븐童話 이상한 색실	1935.6.23
崔永秀	석간 3면	鬪病雜筆 自然의 搖籃에서(3회, 完)	1935.6.28~1935.6.30
李無影	어린이日曜	아기네 소설 멀그리 꽁꽁거려	1935.6.30
任元鎬	어린이日曜	여름밤의 무서운 이야기 방아고직이	1935.6.30
孫泳錫	어린이日曜	애기네 소설 미운 아저씨	1935.7.7
朴素農	어린이日曜	애기네 글 애기의사	1935.7.7
嚴達鎬	어린이日曜	짧은이야기노래 소인국	1935.7.7

저자	게재면	제목	연재일자
李定鎬	어린이日曜	童話 봉선화 이야기	1935.7.7
이구소	어린이日曜	애기내와 날뿌리 채이고	1935.7.7
任元鎬	어린이日曜	童話 거북이경주(2회, 完)	1935.7.14~1935.7.21
李無影	어린이日曜	애기네 소설 아저씨가 미워 죽겟지?	1935.7.14
金相德	어린이日曜	童話 형된 호랑이	1935.7.14
李無影	어린이日曜	애기네 소설 여름방학	1935.7.21
李無影	어린이日曜	애기네 소설 편지	1935.7.28
金福鎭	어린이日曜	童話 낙시	1935.7.28
崔秉和	어린이日曜	햇ㅅ님과 시게(2회, 完)	1935.7.28~1935.8.4
任元鎬	어린이日曜	童話 미련한 가마귀	1935.7.28
朴魯洪	顯賞文藝	(農漁山村生活記錄) 貧婦記(16회, 完)	1935.7.30~1935.8.16
白信愛	學藝	女流文藝 콩트 賞金參圓也(2회, 完)	1935.7.31~1935.8.1
申基碩	學藝	遊滿雜記(9회, 完)	1935.8.1~1935.8.14
인돌 번역	어린이日曜	안데르센동화 콩 우에서 잔 왕녀	1935.8.4
李無影	어린이日曜	애기네 소설 一錢 한 푼	1935.8.4
李定鎬	어린이日曜	傳說童話 七月七夕이야기	1935.8.4
李無影	석간 5면	먼동이 틀 때(133회, 完)	1935.8.6~1935.12.30
李文行	어린이日曜	이야기 주머니 점쟁이의 꾀	1935.8.11
李定鎬	어린이日曜	안데르센童話 꿈할아버지	1935.8.11
徐恒錫	學藝	春川紀行(3회, 完)	1935.8.14~1935.8.16
洪得順	學藝	八道風光, 夫餘八景(8회, 完)	1935.8.16~1935.8.24
金謙明	家庭	어떤 날의 日記 아—영남아!	1935.8.16
李然浩	家庭	兒童作文 우리마을 아침	1935.8.17
丁友海	家庭	少年小說 느트나무 學校(15회, 完)	1935.8.17~1935.9.3
李無影	어린이日曜	애기네 소설 미운 개고리	1935.8.18
金宗浩	어린이日曜	童話 여호의 꾀	1935.8.18
姜祉健	어린이日曜	어린이 日記 병든 동생	1935.8.24
洪得順	學藝	八道風光, 恩津彌勒	1935.8.25
李無影	어린이日曜	애기네 소설 백중날 씨름	1935.8.25
金玉粉	어린이日曜	童話 사람의 머리	1935.8.25
李文行	어린이日曜	童話 젊어진 할아버지	1935.8.25
宋秉敦	學藝	八道風光, 南方土(4회, 完)	1935.8.29~1935.9.1
金濟榮	學藝	紀行 山淸行途中記(3회, 完)	1935.8.30~1935.9.1

저자	게재면	제목	연재일자
金宗浩	어린이日曜	옛날이야기 농부와 도적	1935.9.1
韓次順	어린이日曜	放學동안日記 鎭南浦行(2회, 完)	1935.9.1~1935.9.8
姜縱	어린이日曜	애기네 소설 뼷쟁이의 병문안	1935.9.1
任元鎬	어린이日曜	童話 땅속의 보배	1935.9.1
金相德	家庭	傳來童話 이죽이와 뼈죽이(3회, 完)	1935.9.4~1935.9.6
李秉岐	學藝	海山遊記(9회, 完)	1935.9.4~1935.9.17
李象範	學藝	八道風光, 全州近郊(5회, 完)	1935.9.5~1935.9.13
笑石	學藝	M君의 가을	1935.9.5
李康成	學藝	德津湖畔의 하로	1935.9.6
崔秉和	家庭	外國童話 시골 나무장사(3회, 完)	1935.9.7~1935.9.11
任元鎬	어린이日曜	創作 버레 우는 가을밤	1935.9.8
沈熏	學藝	常綠樹(127회, 完)	1935.9.10~1936.2.15
姜大爽	學藝	八道風光, 慶南小金剛 千聖山行(6회, 完)	1935.9.14~1935.9.21
丁友海	어린이日曜	創作童話 참외와 호박	1935.9.15
李文行	어린이日曜	外國童話 욕심 만흔 할머니	1935.9.15
李定鎬	어린이日曜	童話 늑대 三兄弟	1935.9.15
任愚宰	어린이日曜	소년·우슴·소설 된장찌개(2회, 完)	1935.9.22~1935.9.24
金末峯	조간 3면	密林 前篇(233회, 未完)	1935.9.26~1936.8.27
金宗夏	어린이日曜	옛날이야기 꿈과 꿈	1935.9.29
任元鎬	어린이日曜	누나생각	1935.9.29
黃野	學藝	八道風光, 濟州島(6회, 完)	1935.10.1~1935.10.6
李文行	어린이日曜	옛날이야기 꿈을 팔지 안흔 아이	1935.10.6
李無影	어린이日曜	애기네 소설 운동회	1935.10.6
李定鎬	어린이日曜	동화 콩눈섭	1935.10.6
李龜祚	어린이日曜	少年小說 操行『甲』(3회, 完)	1935.10.6~1935.10.20
南基薰	어린이日曜	어머님께 올리는 글	1935.10.6
洪得順	學藝	八道風光, 咸興巡禮(8회, 完)	1935.10.9~1935.10.23
李無影	어린이日曜	애기네 소설 투정꾼	1935.10.20
金潗植	어린이日曜	兒童作文 저녁	1935.10.20
金相德	어린이日曜	이야기 다시 찾은 개	1935.10.20
金銀星	어린이日曜	편지글 어린동생에게	1935.10.20
李無影	어린이日曜	애기네 소설 에치오피아	1935.10.27
金宗夏	어린이日曜	옛날이야기 원님의 꾀	1935.10.27

저자	게재면	제목	연재일자
丁友海	어린이日曜	創作童話 도까비노릇한 오빠(2회, 完)	1935.10.27~1935.11.3
李無影	어린이日曜	애기네 수석 억기씨와 결재군	1935.11.3
孫泳錫	어린이日曜	作文 농모생각	1935.11.3
任元鎬	어린이日曜	이야기 꾀당나귀	1935.11.3
崔守福	어린이日曜	寓話 새끼꼬기	1935.11.3
朴素農	어린이日曜	돌망이 굽든 이야기	1935.11.3
金應杓	學藝	八道風光, 國境情調(5회, 完)	1935.11.3~1935.11.8
鄭駿謨	學藝	紀行 山海金剛巡禮記(4회, 完)	1935.11.5~1935.11.8
李無影	어린이日曜	애기네 소설 경재꾀재기	1935.11.10
李英淑	어린이日曜	作文 가을밤	1935.11.10
兪惠卿	어린이日曜	作文 가을이 왓다	1935.11.10
丁友海	어린이日曜	少年小說 감(柿)(5회, 完)	1935.11.10~1935.12.15
洪得順	學藝	八道風光, 古都水原(7회, 完)	1935.11.12~1935.11.28
飛石生	學藝	隨筆 落葉을 밥으며(2회, 완)	1935.11.14~1935.11.15
李無影	어린이日曜	애기네 소설 군포장깍뚜기	1935.11.17
金蘭秀	어린이日曜	作文 지각한 날 아침	1935.11.17
金相德	어린이日曜	童話 코스모스꽃과 순히형제	1935.12.1
李無影	어린이日曜	애기네 소설 공일날 생일	1935.12.1
李無影	어린이日曜	애기네 소설 그것들우수웨	1935.12.8
李無影	어린이日曜	애기네 소설 어름판	1935.12.15
田植	어린이日曜	少年劇 낙제국	1935.12.15
	어린이日曜	童話 싼타클로스한테서 도라온 편지	1935.12.22
李無影	어린이日曜	애기네 소설 둘다ㅣ미워	1935.12.22
李定鎬	어린이日曜	童話 흑뿌리색시	1935.12.22
任元鎬	어린이日曜	幼年童話 늑대	1935.12.22
尹白南	新年號 附錄 其七	人生스켓취1 慈善	1936.1.1
任根鎬	新年號 附錄 其八	實話 九死一生記(17회, 完)	1936.1.1~1936.1.31
盧良兒	어린이(顯賞文藝)	當選童話 날아다니는 사람(9회, 完)	1936.1.1~1936.1.10
白潭	어린이	偉人의 少年時代(15회, 完)	1936.1.1~1936.2.11
韓次順	어린이(顯賞文藝)	作文 편지	1936.1.1
朴贊永	新年號 附錄 其九	漫文 쥐와 人生(4회, 完)	1936.1.1~1936.1.5
	新年號 附錄 其九	鼠族新春懇談會	1936.1.1
張赫宙	3면	黎明期 農村篇(125회, 完)	1936.1.4~1936.5.23

저자	게재면	제목	연재일자
毛允淑	新年號 附錄 其二	人生스켓취2 未亡人崔	1936.1.4
金東星	新年號 附錄 其三	當選小說 山火(13회, 完)	1936.1.4~1936.1.18
全武吉	新年號 附錄 其二	人生스켓취3 背恩하는 세상	1936.1.5
任元鎬	兒童文藝特輯	童話佳作 새빨간 능금(3회, 完)	1936.1.5~1936.1.10
林一男	兒童文藝特輯	當選作文 할머니생각	1936.1.5
趙興元	兒童文藝特輯	佳作作文 까치	1936.1.5
宋在福	兒童文藝特輯	佳作作文 내가만든 스케ㅣ트	1936.1.5
李光來	當選文藝特輯(2)	當選戲曲 村先生(18회, 完)	1936.1.5~1936.1.26
張赫宙	新年號 附錄 其一	人生스켓취4「林書房」	1936.1.6
晩醒生	當選文藝特輯(3)	當選漫文 쥐와 人生(5회, 完)	1936.1.6~1936.1.11
韓仁澤	석간 3면	人生스켓취5 離婚解消	1936.1.8
장덕조	석간 3면	人生스켓취6 풀어진 忍耐의 줄	1936.1.9
李北鳴	석간 3면	人生스켓취7 紅燈街	1936.1.10
李孝石	석간 3면	人生스켓취8 산양	1936.1.11
盧春城	석간 3면	人生스켓취9 寒燈小調	1936.1.12
韓次順	어린이日曜	作文 어머니의 병환	1936.1.12
崔仁俊	學藝	人生스켓취10 失職靑年과 구누	1936.1.14
朴民天	當選文藝特輯(9)	當選씨나라오 黃昏(13회, 完)	1936.1.14~1936.1.31
李洽	學藝	人生스켓취11 빵과 사랑	1936.1.16
尹白南	學藝	人生스켓취12 美醜	1936.1.17
全武吉	學藝	人生스켓취13 富者의 行狀記	1936.1.18
金圭銀	家庭	童話劇 참새학교(2회, 完)	1936.1.18~1936.1.19
林和	學藝	人生스켓취14 空家의 鄕愁	1936.1.19
飛石生	當選文藝特輯(14)	佳作小說 卒哭祭(11회, 完)	1936.1.19~1936.2.2
朴元圭	어린이日曜	訓話 금강석과 돌	1936.1.19
宋鐵利	어린이日曜	寓話 황새와 게	1936.1.19
張赫宙	學藝	人生스켓취15 산양개	1936.1.21
장덕조	學藝	人生스켓취16 깨여지는 꿈	1936.1.22
李北鳴	學藝	人生스켓취17 老人夫	1936.1.23
全武吉	學藝	滿洲走看記(7회, 完)	1936.1.24~1936.1.31
심훈	學藝	人生스켓취18 여우목도리	1936.1.25
金泰午	어린이日曜	幼年童話 눈사람	1936.1.26
金銀星	어린이日曜	사랑하는 동생에게	1936.1.26

저자	게재면	제목	연재일자
丁友海	어린이日曜	創作童話 몽당연필(3회, 完)	1936.1.26~1936.1.29
尹白南	學藝	嘯雲莊漫話1 道德과 어머니	1936.1.30
尹白南	學藝	嘯雲莊漫話2 騙酒	1936.1.31
尹白南	學藝	嘯雲莊漫話3 별의 神秘	1936.2.1
尹白南	學藝	嘯雲莊漫話4 騙帽	1936.2.2
李定鎬	어린이日曜	寓話 욕심쟁이땅차지	1936.2.2
尹白南	學藝	嘯雲莊漫話5 갈비 뜯는 개	1936.2.4
徐廷柱	學藝	隨想 高敞記(2회, 完)	1936.2.4~1936.2.5
尹白南	學藝	嘯雲莊漫話6 傳授料五弗	1936.2.5
金友哲	學藝	隨筆 黃昏과 墓碑(3회, 完)	1936.2.5~1936.2.11
尹白南	學藝	嘯雲莊漫話7, 8, 9 機智(3회, 完)	1936.2.7~1936.2.9
任元鎬	어린이日曜	童話 두동무	1936.2.9
李無影	어린이日曜	똘똘이(72회, 完)	1936.2.9~1936.5.20
尹白南	學藝	嘯雲莊漫話10 도적맞은 부끄럼	1936.2.11
尹白南	學藝	嘯雲莊漫話11 절 한 번 더 해라	1936.2.13
尹白南	學藝	嘯雲莊漫話12 友情	1936.2.14
尹白南	學藝	嘯雲莊漫話13 盲人談屑	1936.2.15
盧良根	어린이日曜	童話 우슴꽃(4회, 完)	1936.2.16~1936.2.25
장인균	어린이日曜	어린이 이야기 참새돌	1936.2.16
尹白南	學藝	嘯雲莊漫話14 黃牛黑牛	1936.2.18
尹白南	學藝	嘯雲莊漫話15 錯覺	1936.2.19
尹白南	學藝	嘯雲莊漫話16, 17 幽靈(2회, 完)	1936.2.20~1936.2.23
尹白南	學藝	白蓮流轉記(154회, 未完)	1936.2.22~1936.8.28
徐皮笑	어린이日曜	참새의 이야기(2회, 完)	1936.2.23~1936.2.26
朴東信	어린이日曜	편지	1936.2.23
金光鎬	어린이日曜	兒童劇 구름의 눈물	1936.2.23
李園友	學藝	隨筆 郊外의 微笑(3회, 完)	1936.2.27~1936.2.29
李周洪	어린이 日曜	幼年童話 귤(蜜柑)	1936.3.1
李東民	家庭	大理學者 뉴톤(3회, 完)	1936.3.3~1936.3.5
金玉粉	어린이 日曜	아동극 달님과 양복집 아저씨	1936.3.8
任元鎬	어린이 日曜	幼年童話 고양이이름	1936.3.8
白楊村	어린이 日曜	아동극 이것네 이것네(3회, 完)	1936.3.15~1936.4.5
鄭遇尙 외	조간 7, 8면	春日隨想(12회, 完)	1936.3.24~1936.4.9

저자	게재면	제목	연재일자
李東民	家庭	汽車이야기(2회, 完)	1936.4.2~1936.4.5
李熙昇	조간 7면	明窓散筆 둥구재(2회, 完)	1936.4.14~1936.4.17
任元鎬	家庭	幼年童話 능금나무	1936.4.14
李熙昇	조간 7면	明窓散筆 無名의 悲哀(2회, 完)	1936.4.18~1936.4.21
金相德	家庭	꽃 속에 숨은 傳說(20회, 完)	1936.4.15~1936.6.23
孫泳錫	어린이 日曜	幼年童話 아저씨의 이야기	1936.4.19
盧良根	어린이 日曜	幼年童話「은숭」이와 까치알(5회, 完)	1936.5.10~1936.5.24
張赫宙	조간 7면	黎明期 都邑篇(83회, 未完)	1936.5.24~1936.8.27
李永哲	어린이 日曜	幼年童話 농부와 차미	1936.5.31
丁友海	어린이 日曜	幼年童話 꽃쟁이(2회, 完)	1936.6.7~1936.6.9
李永哲	어린이 日曜	童話 우유	1936.6.7
康承翰	어린이 日曜	幼年童話 수영이의 편지(2회, 完)	1936.6.13~1936.6.18
尹福鎭	어린이 日曜	幼年童話 애기신문	1936.6.14
康承翰	어린이 日曜	傳說童話 청개고리의 우름	1936.6.21
양아	家庭	외가집가는 나비	1936.6.24
金圭銀	家庭	동화 쌀섬(米島)(3회, 完)	1936.6.26~1936.7.1
盧良根	家庭	소년소설 열세동무(47회, 完)	1936.7.2~1936.8.28
韓雪野	조간 7면	한 여름밤 夜話(5회, 完)	1936.8.11~1936.8.16
全武吉	조간 4면	寂滅(35회, 未完)	1937.6.3~1937.7.7
李無影	學藝	明日의 鋪道(145회, 完)	1937.6.3~1937.12.25
李圭熹	家庭	당선소설 彼岸의 太陽(122회, 完)	1937.6.3~1937.10.23
李傑	어린이 日曜	少年 三國誌(21회, 完)	1937.6.6~1937.6.30
丁淳喆	어린이 日曜	아기소설 네것·내것	1937.6.13
	家庭	우수운 이야기 바지가 커서	1937.6.19
丁淳喆	家庭	幼年童話 그림작난	1937.7.1
李善熙	學藝	隨筆 그 蒼空(2회, 完)	1937.7.1~1937.7.2
丁淳喆	家庭	幼年童話 나무열매	1937.7.2
宋鐵利	家庭	당나귀와 말	1937.7.3
장인균	어린이 日曜	꾀잇는 사람	1937.7.4
任元鎬	家庭	幼年童話 눈물	1937.7.7
무영	家庭	幼年童話 복숭아	1937.7.8
이구조	家庭	幼年童話 체조시간	1937.7.9
丁淳喆	어린이 日曜	쓴비·단비(5회, 完)	1937.7.11~1937.7.16

저자	게재면	제목	연재일자
韓仁澤	家庭	幼年小說 잃어버린 고향(36회, 完)	1937.7.17~1937.8.27
이희찬	어린이 日曜	아기네작문 아가	1937.7.18
韓雪野	조간 4면	青春期(129회, 完)	1937.7.20~1937.11.20
崔石崇	어린이 日曜	幼年童話 몰래 피는 꽃	1937.7.25
朴灘波	演藝	實話 장가도 못 가는가	1937.7.28
丁淳喆	어린이 日曜	幼年童話 똘감	1937.8.1
	어린이 日曜	우수운 이야기 무슨생? 십원짜리	1937.8.1
金剛山上人	日曜 特輯	實話 밥을 먹지 안코서도 잘 사는 사람	1937.8.2
安慶	日曜 特輯	漫文 八月의 狂燥曲	1937.8.2
洪友松	演藝	實話 宿戀(4회, 完)	1937.8.3~1937.8.6
李景岩	演藝	實話 일허진 愛人	1937.8.7
李順一	演藝	實話 어떤 夫人의 哀話(2회, 完)	1937.8.8~1937.8.13
任元鎬	어린이 日曜	幼年童話 대학생	1937.8.8
鄭秀溶	演藝	實話 港口의 女子	1937.8.14
安鐘和	演藝 女人部落	연작단편 씨나리오 七星臺(5회, 完)	1937.8.15~1937.8.21
김수길	어린이 日曜	아기네작문 누나	1937.8.15
徐美仙	演藝	實話 怼馬의 殺人	1937.8.20
	家庭	우수운 이야기 당황하기 끝없어	1937.8.20
任東爀	學藝	音樂隨筆 第九交響曲	1937.8.21
金幽影	演藝 女人部落	短篇 씨나리오 白蘭記(5회, 完)	1937.8.22~1937.8.28
成昌源	어린이 日曜	아기네작문 개학	1937.8.22
	어린이 日曜	笑話 죽은흉내	1937.8.22
古岩	演藝·娛樂	實話 그 女子의 半生記	1937.8.26
李周洪	家庭	幼年童話 알낫는 할머니(3회, 完)	1937.8.28~1937.8.31
朴基采	演藝와娛樂 女人部落	短篇 씨나리오 기생편 愁夜(5회, 完)	1937.8.29~1937.9.3
申庚淳	어린이 日曜	作文 고요한 달밤	1937.8.29
任元鎬	家庭	幼年童話 잠자리	1937.9.1
이구조	家庭	幼年童話 어머니	1937.9.2
申孝正	演藝	實話 流浪하는 점순이(2회, 完)	1937.9.3~1937.9.5
丁淳喆	家庭	幼年童話 쇠죽	1937.9.3
丁淳喆	家庭	幼年童話 감낡사귀(4회, 完)	1937.9.4~1937.9.8
李圭煥	演藝·娛樂 女人部落	短篇 씨나리오 여급편 박쥐(5회, 完)	1937.9.5~1937.9.10

저자	게재면	제목	연재일자
	어린이 日曜	笑話 돌과 머리	1937.9.5
朴贊厚	어린이 日曜	作文 電燈	1937.9.5
鄭在昱	演藝	實話 食母의 祕密	1937.9.7
崔恩淑	演藝와娛樂	實話 狂女	1937.9.9
이구조	家庭	幼年童話 손작난	1937.9.9
丁淳喆	家庭	幼年童話 맨발동무	1937.9.10
徐光霽	演藝	短篇씨나리오 女學生日記(5회, 完)	1937.9.11~1937.9.16
윤종구	家庭	幼年童話 하라버지	1937.9.11
金演鴻	어린이 日曜	作文 꽃밭	1937.9.12
	어린이 日曜	笑話 모기	1937.9.12
劉一千	家庭	幼年童話 꿩의 꾀(2회, 完)	1937.9.14~1937.9.15
任東爀	演藝	音樂隨筆 빌헬름 켐프	1937.9.15
金銀聲	演藝	實話 盲目愛의 勝利(2회, 完)	1937.9.15~1937.9.17
	家庭	우수운 이야기 진찰실에서	1937.9.15
金光鎬	家庭	幼年童話 애기와 개	1937.9.16
	家庭	笑話 가엽기도하지	1937.9.16
佘赫	演藝와娛樂 女人部落	短扁씨나리오 방가로村의 悲劇(5회, 完)	1937.9.17~1937.9.23
尹福鎭	家庭	少年小說 꽈리나무집(5회, 完)	1937.9.17~1937.9.26
金銀河	家庭	幼年童話 까마귀	1937.9.19
安夕影	演藝와娛樂 女人部落	短篇씨나리오 靑眉(5회, 完)	1937.9.25~1937.9.30
	家庭	우수운 이야기 이치에 안맞어	1937.9.25
	어린이 日曜	우수운 이야기 빵 먹는 경쟁	1937.9.26
金銀河	家庭	幼年童話 새끼도야지(2회, 完)	1937.9.29~1937.9.30
金三葉	演藝와娛樂	實話 바다에 떨어진 꽃(2회, 完)	1937.10.1~1937.10.5
주요섭	家庭	少年小說 벼알삼형제(14회, 完)	1937.10.1~1937.10.14
	家庭	우수운 이야기 두부	1937.10.2
李鎔滋	어린이 日曜	作文 지나간 공일	1937.10.3
金銀河	어린이 日曜	幼年童話 서울구경(2회, 完)	1937.10.3~1937.10.9
劉一千	어린이 日曜	幼年童話 돌쇠의 욕심	1937.10.3
崔琴桐	演藝와娛樂	當選映畵小說 愛戀頌(50회, 完)	1937.10.5~1937.12.14
金璜淵	演藝와娛樂	實話 뻐쓰껄	1937.10.6
SS	演藝와娛樂	實話 B君과 文姬(2회, 完)	1937.10.7~1937.10.8

저자	게재면	제목	연재일자
石鳥生	演藝와娛樂	實話 吳孃은 어데로(6회, 完)	1937.10.9~1937.10.15
金光鎬	어린이 日曜	幼年童話 달팽이춤	1937.10.10
田求燦	어린이 日曜	썬시	1937.10.10
	家庭	우수운 이야기 인색한 스타	1937.10.14
金銀河	家庭	少年小說 귀동이작난	1937.10.15
HY生	演藝와娛樂	實話「이화」와의 婚談	1937.10.16
金銀河	家庭	幼年童話 동무를 위하야	1937.10.16
茂長生	演藝와娛樂	實話 死刑囚의 告白(3회, 完)	1937.10.17~1937.10.20
金泰午	어린이 日曜	童劇 숨박국질	1937.10.17
丁淳喆	어린이 日曜	幼年童話 생일날	1937.10.17
沈載院	어린이 日曜	가을	1937.10.17
林鴻恩	家庭	童話 동무동무(8회, 完)	1937.10.18~1937.10.25
엘리스 · 웹스터 原作, 田有德 譯	演藝와娛樂	女學生日記(37회, 完)	1937.10.21~1937.12.17
沈善珠	演藝와娛樂	實話 S孃에게는 세상이 苦海(2회, 完)	1937.10.22~1937.10.24
金達鎭	學藝	隨筆 山庵의 하로(3회, 完)	1937.10.24~1937.10.27
韓濟鏞	어린이 日曜	어린이作品 豫防注射	1937.10.24
失名氏	어린이 日曜	어린이作品 運動會이야기	1937.10.24
文贐禧	어린이 日曜	어린이作品 내동생	1937.10.24
康承翰	어린이 日曜	幼年小說 개고리사냥	1937.10.24
徐萬一	演藝와娛樂	實話 동생의 自殺劇(4회, 完)	1937.10.26~1937.10.29
丁淳喆	家庭	幼年童話 감나무	1937.10.26
金銀河	家庭	少年小說 눈물의 기렴(4회, 完)	1937.10.27~1937.10.30
金相德	어린이 日曜	兒童劇 공일날	1937.10.31
朴昌璇	어린이 日曜	어린이作品 가을밤	1937.10.31
姜小泉	어린이 日曜	少年小說 재봉선생	1937.10.31
申南澈	學藝	金剛紀行(11회, 完)	1937.10.31~1937.11.14
金來成	家庭	탐정소설 황금굴(57회, 完)	1937.11.1~1937.12.31
金末峰	家庭	長篇小說 密林 前篇(293회, 完)	1937.11.1~1938.2.7
金鳴鷄	學藝	隨筆 丹楓曲(3회, 完)	1937.11.2~1937.11.5
暗波	演藝와娛樂	實話 팔려다닌 女子(3회, 完)	1937.11.2~1937.11.5
	家庭	우수운 이야기 주은 돈	1937.11.6
朴鍾海	演藝	實話 更生하려는 順玉이(3회, 完)	1937.11.7~1937.11.10

저자	게재면	제목	연재일자
安斗眞	어린이 日曜	어린이作品 조카	1937.11.7
朴□和	어린이 日曜	어린이作品 원족	1937.11.7
田水燦	어린이 日曜	어린이作品 편지	1937.11.7
任元鎬	어린이 日曜	幼年童話 혼나는 구경	1937.11.7
李燦	家庭	隨筆 背景·不孝, 慰安·卑屈(2회, 完)	1937.11.10~1937.11.11
가람	어린이 日曜	역사이야기 어린시절의 궁예	1937.11.14
鄭奎璉	어린이 日曜	어린이作品 우리집닭	1937.11.14
金演鴻	어린이 日曜	어린이作品 허재비	1937.11.14
아저씨	어린이 日曜	少年野談 신동 김시습	1937.11.14
鄭花糸	演藝外娛樂	實話 淪落한 금순이(2회, 完)	1937.11.16~1937.11.18
竹夫人	家庭	閨燈史談 新羅始祖와 關英王后 外(48회, 完)	1937.11.17~1938.2.19
가람	어린이 日曜	역사이야기 여옥(麗玉)	1937.11.21
安炳俊	어린이 日曜	어린이作品 우리식구	1937.11.21
	어린이 日曜	笑話 남을 도아줘야지	1937.11.21
韓相震	어린이 日曜	少年小說 숨기는 마음	1937.11.21
아저씨	어린이 日曜	少年野談 김규의 상소	1937.11.21
南影	演藝外娛樂	實話 R君과 香月이(3회, 完)	1937.11.25~1937.12.8
金光鎬	어린이 日曜	童謠劇 가을밤	1937.11.28
아저씨	어린이 日曜	少年野談 마놈과 공주	1937.11.28
覆面子	조간 8면	歷史小說 晩香(210회, 完)	1937.12.1~1938.7.19
朴貞烈	어린이 日曜	어린이作品 내동생	1937.12.5
金光鎬	어린이 日曜	童話 숨박곡질	1937.12.5
아저씨	어린이 日曜	少年野談 도가니 애기	1937.12.5
山學生	演藝外娛樂	實話 生命과 바꾼 사랑(2회, 完)	1937.12.9~1937.12.10
韓仁澤	學藝	隨筆 歲暮小感	1937.12.10
丁淳喆	어린이 日曜	幼年童話 눈사람	1937.12.12
洪淳禹	어린이 日曜	어린이作品 신문배달하는 소년	1937.12.12
아저씨	어린이 日曜	少年野談 왕자의 시험	1937.12.12
朴世永	學藝	歲暮雜觀 丁丑이 남긴 슬로간(2회, 完)	1937.12.12~1937.12.14
柳致眞	學藝	長篇戲曲 史劇 皆骨山(30회, 完)	1937.12.15~1938.2.6
吳義吉	演藝外娛樂	實話 흘러가는 人生(2회, 完)	1937.12.16~1937.12.19
洪得順	演藝外娛樂	泉谷夜話(2회, 完)	1937.12.18~1937.12.19
金賢淑	어린이 日曜	童話 참새 한 마리	1937.12.19

저자	게재면	제목	연재일자
金澄樂	어린이 日曜	어린이作品 누이동생	1937.12.19
아저씨	어린이 日曜	少年野談 아이 때의 강석기	1937.12.19
朴炳倫	演藝와娛樂	實話 戀情의 愛難時代	1937.12.21
아저씨	어린이 日曜	少年野談 윤효손과 박정승	1937.12.26
洪敬志	虎君百態	當選逸話 醫員과 母虎	1938.1.1
金順禮	虎君百態	當選傳說 葛虎와 豹虎	1938.1.1
毛允淑	조간 3면	女人文藝 反響(2회, 完)	1938.1.3~1938.1.6
郭夏信	新春當選文藝特輯	當選小說 失樂園(7회, 完)	1938.1.6~1938.1.14
金承久	新春當選文藝特輯	當選戱曲 流民(12회, 完)	1938.1.6~1938.2.1
李百壽	新春當選文藝特輯	佳作 호랑이傳說 김선달호랑이(2회, 完)	1938.1.6~1938.1.7
丁秀民	當選兒童文藝特輯	當選童話 세 발 달린 황소(5회, 完)	1938.1.6~1938.1.11
李丙南	當選兒童文藝特輯	作文一等 어머니	1938.1.6
金熙昌	當選兒童文藝特輯	作文(乙) 우리집개	1938.1.9
金秉宙	當選兒童文藝特輯	作文(乙) 우리언니	1938.1.9
池得□	當選兒童文藝特輯	作文佳作 우리개	1938.1.9
全台鎭	當選兒童文藝特輯	作文佳作 어제밤	1938.1.9
아저씨	어린이 日曜	少年野談 범 잡는 소년	1938.1.9
崔貞熙	學藝	女人文藝 雪心(2회, 完)	1938.1.12~1938.1.13
金銀河	家庭	少年小說 우승(4회, 完)	1938.1.12~1938.1.15
金彌實	學藝	女人文藝 해저문때(3회, 完)	1938.1.15~1938.1.18
梁信淑	어린이 日曜	少年小說 즐거운 아츰(3회, 完)	1938.1.16~1938.1.18
아저씨	어린이 日曜	少年野談 아기장수 이증옥	1938.1.16
李箕永	學藝	長篇小說 新開地(190회, 完)	1938.1.19~1938.9.8
韓相震	家庭	友愛小說 정다운 남매(5회, 完)	1938.1.19~1938.1.23
戊寅生	演藝와娛樂	虎說話 妙香山虎 外(9회, 完)	1938.1.20~1938.2.1
아저씨	어린이 日曜	少年野談 세 살 쩍의 신개	1938.1.23
메텔링크 원작 金相德 글	家庭	그림童話 파랑새(26회, 完)	1938.1.24~1938.2.18
	어린이 日曜	아기네소설 세배	1938.1.30
韓相震	어린이 日曜	兒童劇 돌 던진 사람	1938.1.30
	어린이 日曜	童話 해와 달과 호랑이	1938.1.30
아저씨	어린이 日曜	少年野談 소곰장사 노릇한 임금님 손자	1938.1.30
毛允淑	學藝	日記抄 最近의 雜感(2회, 完)	1938.2.1~1938.2.2

저자	게재면	제목	연재일자
荷西村人	學藝	異域雜記 古都의 哀愁 外(2회, 完)	1938.2.1~1938.2.3
金龍濟	學藝	日記抄 往十里 雜記	1938.2.3
蔡萬植	學藝	日記抄 退酒受難記	1938.2.4
金承久	學藝	隨筆 車窓(3회, 完)	1938.2.4~1938.2.6
柳致眞	學藝	日記抄 非生活者의 手帖	1938.2.5
崔貞熙	學藝	日記抄 日誌三節(2회, 完)	1938.2.6~1938.2.8
江界砲手	어린이 日曜	少年童話 춤 춘 호랑이들	1938.2.6
俞鎭午(玄民)	學藝	日記抄 舊正前後(2회, 完)	1938.2.9~1938.2.11
林和	學藝	日記抄 憂愁의 書	1938.2.13
아저씨	어린이 日曜	少年野談 이름난 재판장	1938.2.13
李根榮	學藝	中篇小說 第三奴隷(96회, 完)	1938.2.15~1938.6.26
趙碧岩	석간 3면	週間短篇 流轉譜(7회, 完)	1938.2.15~1938.2.23
韓相震	家庭	童話 거북새끼(2회, 完)	1938.2.19~1938.2.21
韓百坤	어린이 日曜	童話 수수꺼끼	1938.2.20
	家庭	애기네판 하라버지와 고양이 外	1938.2.22~1940.8.11
李雲谷	學藝	隨筆 鄕愁(2회, 完)	1938.2.24~1938.2.26
韓仁澤	家庭	週間短篇 闇魔(7회, 完)	1938.2.24~1938.3.4
김영일	어린이 日曜	아기네이야기 햇님의 인사	1938.2.27
아저씨	어린이 日曜	少年野談 유언과 판결	1938.2.27
아저씨	어린이 日曜	少年野談 촌백성과 닭국	1938.3.6
蔡萬植	家庭	週間短篇 痴叔(7회, 完)	1938.3.7~1938.3.14
韓相震	家庭	童話 주슨돈(3회, 完)	1938.3.11~1938.3.17
洪銀杓	어린이 日曜	兒童劇 山울림	1938.3.13
安斗眞	어린이 日曜	어린이作品 꾸중을 듯고	1938.3.13
아저씨	어린이 日曜	少年野談 열다섯 살 왕후	1938.3.13
李圭熹	家庭	週間短篇 외로운 사람들(7회, 完)	1938.3.15~1938.3.23
李銀相	어린이 日曜	어린이作品 담배토막	1938.3.20
아저씨	어린이 日曜	少年野談 거위가 죄진 놈	1938.3.20
李無影	家庭	週間短篇 불살른「情熱의 書」(4회, 完)	1938.3.25~1938.3.30
아저씨	어린이 日曜	少年野談 길재와 돌자라	1938.3.27
李薰	家庭	少女劇 콩쥐팥쥐(10회, 完)	1938.3.29~1938.4.8
嚴興燮	家庭	週間短篇 宿直社員(7회, 完)	1938.3.31~1938.4.7
아저씨	어린이 日曜	少年野談 안주 칠불사 내력	1938.4.3

저자	게재면	제목	연재일자
丁來東	學藝	隨筆 春宵散話(4회, 完)	1938.4.5~1938.4.8
崔貞熙	家庭	週間短篇 山祭(7회, 完)	1938.4.8~1938.4.16
朴興珉	家庭	幼年小說 과샷병(4회, 完)	1938.4.9~1938.4.13
아저씨	어린이 日曜	少年野談 진실한 어린 산보	1938.4.10
嚴達湖	家庭	幼年小說 어머니	1938.4.14
尹星湖	家庭	童話動物園 새끼밴 호랑이	1938.4.15
尹星湖	家庭	童話動物園 忠犬의 죽엄	1938.4.16
尹星湖	어린이 日曜	童話動物園 꾀 만혼 토끼	1938.4.17
아저씨	어린이 日曜	少年野談 충신 김후직	1938.4.17
尹星湖	家庭	童話動物園 입 개벼운 늙은뱀	1938.4.19
兪鎭午	家庭	週間短篇 滄浪亭記(8회, 完)	1938.4.19~1938.5.4
尹星湖	家庭	童話動物園 꽃송이 된 용왕딸	1938.4.20
尹星湖	家庭	童話動物園 임금을 살린 가마귀	1938.4.22
尹星湖	家庭	童話動物園 사람 살린 고양이	1938.4.23
尹星湖	어린이 日曜	童話動物園 林將軍의 馬	1938.4.24
아저씨	어린이 日曜	少年野談 고구려의 절로 끌는 솥	1938.4.24
丁淳喆	어린이 日曜	幼年小說 강아지옷	1938.5.1
아저씨	어린이 日曜	少年野談 욕심없는 촌백성	1938.5.1
尹星湖	家庭	童話動物園 新羅白鷄	1938.5.4
尹星湖	家庭	童話動物園 살려준 여덟 자라	1938.5.5
李孝石	家庭	週間短篇 幕(6회, 完)	1938.5.5~1938.5.14
尹星湖	家庭	童話動物園 도적놈 잡은 소	1938.5.6
尹星湖	家庭	童話動物園 바다 건녀간 까치	1938.5.7
李月谷	어린이 日曜	幼年小說 토끼의 꾀	1938.5.8
아저씨	어린이 日曜	少年野談 어사와 어린아기씨	1938.5.8
尹星湖	家庭	童話動物園 쥐의 모성애	1938.5.11
李北鳴	學藝	初夏콩트 悲曲	1938.5.11
安懷南	學藝	初夏콩트 싸움닭	1938.5.12
蔡萬植	學藝	初夏콩트 饗宴(2회, 完)	1938.5.14~1938.5.17
丁淳喆	어린이 日曜	幼年小說 해 돋는 동쪽	1938.5.15
아저씨	어린이 日曜	少年野談 마천령의 얘기	1938.5.15
朱耀燮	家庭	週間短篇 醫學博士(7회, 完)	1938.5.17~1938.5.25
毛允淑	學藝	初夏콩트 電話	1938.5.21

저자	게재면	제목	연재일자
丁淳喆	어린이 日曜	幼年小說 시계 없는 시골	1938.5.22
아저씨	어린이 日曜	少年野談 정정승과 갓모	1938.5.22
崔貞熙	學藝	初夏콩트 길	1938.5.24
李無影	學藝	初夏콩트 낚시질	1938.5.26
韓仁澤	學藝	初夏콩트 보리밭挿話	1938.5.27
丁淳喆	어린이 日曜	幼年小說 남의 수박	1938.5.29
아저씨	어린이 日曜	少年野談 이정승과 은방울	1938.5.29
安承海	어린이 日曜	童話 씨름군 동방이	1938.6.5
아저씨	어린이 日曜	少年野談 박도령과 어사(2회, 完)	1938.6.5~1938.6.12
朴順弼	어린이 日曜	어린이作品 요만저 日曜日	1938.6.12
아저씨	어린이 日曜	少年野談 소녀와 양원님(2회, 完)	1938.6.19~1938.6.26
金鎭壽	家庭	兒童劇 종달새(6회, 完)	1938.6.22~1938.6.29
金末峯	석간 7면	長篇小說 密林 後篇(96회, 完)	1938.7.1~1938.12.25
劉一千	어린이 日曜	童話 구렁이와 가마귀	1938.7.3
아저씨	어린이 日曜	少年野談 정목사와 조히 도적놈	1938.7.3
丁淳喆	家庭	小年小說 삽살개(3회, 完)	1938.7.5~1938.7.8
嚴興燮 外	學藝	感賣이 白日夢(11회, 完)	1938.7.5~1938.7.23
丁淳喆	어린이 日曜	少年小說 큰물 지던 날(6회, 完)	1938.7.10~1938.7.16
崔永德	어린이 日曜	作文 꽃	1938.7.10
아저씨	어린이 日曜	少年野談 이장군과 군사탐정	1938.7.10
아저씨	어린이 日曜	少年野談 매 대신에 글 한 수	1938.7.17
韓仁澤	家庭	소년탐정소설 怪島의 煙氣(20회, 完)	1938.7.19~1938.8.12
玄鎭健	조간 4면	無影塔(164회, 完)	1938.7.20~1939.2.7
아저씨	어린이 日曜	少年野談 홍장군과 성황당 귀신	1938.7.24
李命均	어린이 日曜	어린이作品 여름	1938.7.24
李無影	家庭	紀行 丹陽遊記(7회, 完)	1938.7.27~1938.8.3
李根榮	學藝	旅襄秘話 그女子와 모시	1938.8.4
金正實	學藝	旅襄秘話 草香異情	1938.8.6
아저씨	어린이 日曜	少年野談 사형수의 보은	1938.8.7
徐恒錫	家庭	秘境探勝 長壽山 外(12회, 完)	1938.8.9~1938.8.31
任貞嫄 外	家庭	그 해 그 여름(4회, 完)	1938.8.13~1938.8.19
老泉兒	어린이 日曜	動物얘기 쏠기 대장 쥐	1938.8.14
아저씨	어린이 日曜	少年野談 금주와 인정(5회, 完)	1938.8.14~1938.9.11

저자	게재면	제목	연재일자
金尙鎔	學藝	無荷錄(5회, 完)	1938.8.17~1938.8.25
鄭露韶	學藝	隨筆 瞑想線	1938.8.19
朴興珉	家庭	애기小說 새양복(4회, 完)	1938.8.20~1938.8.23
老泉兒	어린이 日曜	動物이야기 밤 눈 밝은 고양이	1938.8.21
丁淳喆	어린이 日曜	幼年小說 옥수수	1938.8.28
張瑞彦	석간 3면	小閑集(5회, 完)	1938.9.1~1938.9.9
金相德	家庭	童話 비행기	1938.9.1
崔秉和	어린이 日曜	童話 형제의 약속	1938.9.4
崔秉和	家庭	小年小說 고향의 푸른하늘(3회, 完)	1938.9.5~1938.9.7
朱耀燮	學藝	長篇小說 길(61회, 完)	1938.9.6~1938.11.23
韓百坤	家庭	小年小說 의 조혼 동무	1938.9.8
朴世永 외	學藝	日記一節(12회, 完)	1938.9.8~1938.10.21
金尙鎔	學藝	가을文學集 밤	1938.9.9
盧良根	家庭	小年小說 웃는날(2회, 完)	1938.9.9~1938.9.10
무영	어린이 日曜	少年小說 화경(火鏡)(3회, 完)	1938.9.11~1938.9.13
金珖燮	學藝	가을文學集 秋日行狀記(3회, 完)	1938.9.13~1938.9.16
EKO	家庭	모임·女人·幼兒	1938.9.15
이구조	家庭	유년동화 소꿉작난	1938.9.16
盧良根	家庭	童話 울지 안는 대장(2회, 完)	1938.9.17~1938.9.18
朴興珉	家庭	童話劇 잉어(5회, 完)	1938.9.20~1938.9.28
白鐵	學藝	가을文學集 搗衣恨(2회, 完)	1038.9.22~1038.9.23
嚴興燮	學藝	가을文學集 感傷	1938.9.28
嚴興燮	學藝	가을文學集 "우야라"·"위야라"	1938.10.1
韓百坤	家庭	童話 싸움동무	1938.10.1
盧良根	어린이 日曜	童話 고까지것	1938.10.2
金相德	家庭	傳說童話 되잡힌 원숭이(4회, 完)	1938.10.3~1938.10.9
沈享弼	學藝	科學者가 쓰는 隨筆 秋思(2회, 完)	1938.10.5~1938.10.11
아저씨	어린이 日曜	애기小說 고양이와 윤선이	1938.10.9
아저씨	어린이 日曜	少年野談 양반과 도적	1938.10.9
盧良根	家庭	童話 배뚱뚱이(2회, 完)	1938.10.10~1938.10.11
金浩稙	學藝	科學者의 隨筆 生命의 實相(2회, 完)	1938.10.13~1938.10.14
朴興珉	家庭	少年小說 운동복(6회, 完)	1938.10.13~1938.10.24
金善永	어린이 日曜	作文 아버지생각	1938.10.16

저자	게재면	제목	연재일자
李秉岐	어린이 日曜	어린이歷史 성골장군 외(71회, 完)	1938.10.16~1940.8.4
아저씨	어린이 日曜	모범작문 우리언니	1938.10.23
民村生	學藝	金剛秘境行 斷髮嶺 외(6회, 完)	1938.10.25~1938.11.6
盧良根	家庭	童話 동생을 찾으러(4회, 完)	1938.10.25~1938.10.28
李龜祚	家庭	童話 전등불	1938.10.29
朱實玉	어린이 日曜	어린이作品集 어머니	1938.10.30
朴興珉	어린이 日曜	童話 길 일혼 윤선이	1938.10.30
盧良根	家庭	童話 키다리 팽이	1938.11.1
李月谷	家庭	少年小說 그르친 孝誠(2회, 完)	1938.11.3~1938.11.4
盧良根	어린이 日曜	童話 난, 못봣는데	1938.11.6
盧良根	家庭	童話 혹(2회, 完)	1938.11.7~1938.11.8
朴興珉	家庭	少女小說 월사금(4회, 完)	1938.11.9~1938.11.15
盧良根	家庭	童話 우는 대장(2회, 完)	1938.11.18~1938.11.21
朴興珉	家庭	애기小說 신문배달	1938.11.22
이구조	가정	차돌이	1938.11.23
劉一千	家庭	거지동무	1938.11.24
金永錫	學藝	콩쿨豫選短篇 비들기의 誘惑(10회, 完)	1938.11.25~1938.12.6
盧良根	가정	수수꺼끼(2회, 完)	1938.11.25~1938.12.14
元富國	어린이 日曜	어린이作品集 作文 우리집	1938.11.27
아저씨	어린이 日曜	모범作文 첫눈	1938.11.27
金相德	家庭	즐거운 원족(3회, 完)	1938.11.28~1938.11.30
毛允淑	學藝	隨想 향나무에 기대선 女子	1938.11.29
丁淳喆	家庭	새로난 돈(2회, 完)	1938.12.1~1938.12.3
毛允淑	學藝	隨想 牧場과 P군	1938.12.3
朴興珉	家庭	선생님을 울린 일(7회, 完)	1938.12.5~1938.12.13
元大淵	學藝	新人文學콩쿨豫選作品 明花(11회, 完)	1938.12.8~1938.12.19
羅淑哲	어린이 日曜	어린이作品集 作文 팔려간 개	1938.12.11
元錫魯	어린이 日曜	어린이作品集 作文 장날	1938.12.11
金利錫	學藝	新人文學콩쿨豫選作品 腐魚(9회, 完)	1938.12.21~1938.12.31
金鎭壽	家庭	兒童劇 싼타·클로스(4회, 完)	1938.12.21~1938.12.26
蔡萬植	學藝	歲暮有感 壯年의 白髮(2회, 完)	1938.12.21~1938.12.23
李秉岐	學藝	歲暮有感 海蘭과 野梅(2회, 完)	1938.12.24~1938.12.25
安懷南	學藝	歲暮有感 無題	1938.12.27

저자	게재면	제목	연재일자
洪銀杓	가정	兒童劇 山에 사는 아이(4회, 完)	1938.12.27~1938.12.31
韓仁澤	學藝	歲暮有感 自省	1938.12.28
金烏風	學藝	隨想 志憂二章	1938.12.28
無影	부록 其四	금순이와 토끼(2회, 完)	1939.1.1~1939.1.4
金尙鎔	부록 其三	文學과 토끼 獵兎漫語(2회, 完)	1939.1.3~1939.1.5
金德順	入選兒童作品特輯	入選作文 언니	1939.1.4
全遇燮	入選兒童作品特輯	作文 어렷을적 寫眞	1939.1.4
金夢	學藝	當選短篇 萬歲丸(10회, 完)	1939.1.7~1939.1.19
金起八	어린이 日曜	當選童話 참새와 순이(7회, 完)	1939.1.8~1939.1.15
李庚熙	入選兒童作品	當選作文 밤	1939.1.8
李淸慈	入選兒童作品	當選作文 강아지	1939.1.8
윤한	어린이 日曜	토끼漫談	1939.1.8
李英花	어린이 日曜	어린이作品 우리동생	1939.1.15
玄德	家庭	童話 조고만 어머니	1939.1.16
金光鎌	家庭	토끼傳說 별나라공주와 토끼(3회, 完)	1939.1.17~1939.1.23
李在春	學藝	第1回新人文學콩쿨 酒幕(10회, 完)	1939.1.21~1939.2.3
金熙昌	家庭	新春當選戱曲 房軍(30회, 完)	1939.1.21~1939.3.10
裴海壽	어린이 日曜	어린이作品 누나오시던 날	1939.1.22
文□基	어린이 日曜	어린이作品 우리는 물이요	1939.1.22
金福鎭	家庭	童話 꼬마토끼(3회, 完)	1939.1.24~1939.1.27
張贊模	어린이 日曜	어린이作品 산술시간	1939.1.29
人凡	家庭	작난감 재판(4회, 完)	1939.1.30~1939.2.3
李地用	學藝	新人文學콩쿨 化粧人間(10회, 完)	1939.2.5~1939.2.23
李淸慈	어린이 日曜	어린이作品 만주장수	1939.2.5
姜小泉	어린이 日曜	童話 돌맹이(5회, 完)	1939.2.5~1939.2.9
李泰俊	석간 7면	長篇小說 딸삼형제(133회, 完)	1939.2.5~1939.7.17
盧良根	家庭	童話 물방아는 돌건만(8회, 完)	1939.2.11~1939.3.1
崔永秀	演藝	漫筆 初行스키(2회, 完)	1939.2.11~1939.2.24
尹昇漢	조간 4면	歷史小說 夕陽虹(215회, 完)	1939.2.21~1939.10.24
柳星天	어린이 日曜	어린이作品 영복이와 설날	1939.2.26
金松植	어린이 日曜	어린이作品 우리아버지	1939.2.26
鄭飛石	가정	新人文學콩쿨 歸不歸(10회, 完)	1939.3.1~1939.3.17
玄德	어린이 日曜	童話 강아지(5회, 完)	1939.3.5~1939.3.12

저자	게재면	제목	연재일자
朴重緒	어린이 日曜	어린이作品 발동기아버지	1939.3.5
李淸子	어린이 日曜	어린이作品 작문 불상한 죄수들	1939.3.5
金漢順	어린이 日曜	어린이作品 작문 오빠꿈	1939.3.5
李命俊	어린이 日曜	어린이作品 작문 병아리	1939.3.5
李鍾琴	어린이 日曜	어린이作品 내동생	1939.3.12
朴鄕民	가정	演劇競演大會入賞戱曲 上下의집(12회, 完)	1939.3.13~1939.4.2
曹南嶺	學藝	新人文學콩쿨 익어가는 가을(10회, 完)	1939.3.19~1939.4.3
成耆喜	어린이 日曜	어린이作品 일요일	1939.3.19
劉一千	어린이 日曜	童話 외로운 할미꽃	1939.3.19
朴仁範	家庭	童話 박사개미(4회, 完)	1939.3.23~1939.3.28
金仁順	어린이 日曜	어린이作品 作文 눈 온 아츰	1939.3.26
盧良根	家庭	童話 꽃씨(3회, 完)	1939.3.30~1939.4.2
金基華	어린이 日曜	어린이作品 作文 우리집	1939.4.2
朴鳳始	어린이 日曜	어린이作品 作文 내동생	1939.4.2
金東奎	學藝	新人文學콩쿠르 破戒(10회, 完)	1939.4.6~1939.4.18
洪銀杓	家庭	兒童劇 쏨바귀(4회, 完)	1939.4.6~1939.4.10
崔貞熙 外	學藝	春宵有情 舖道 의(7회, 完)	1939.4.7~1939.4.22
金起八	가정	童話 칼(3회, 完)	1939.4.11~1939.4.13
金英一	가정	童話 쌈대장(2회, 完)	1939.4.14~1939.4.16
李辰淑	어린이 日曜	어린이作品 아버지 보고 싶어요	1939.4.16
獨孤郁	어린이 日曜	어린이作品 베쓰	1939.4.16
朴興珉	家庭	兒童劇 흥잽헷네(5회, 完)	1939.4.20~1939.4.26
郭夏信	석간 5면	新人文學콩쿠르 안해(9회, 完)	1939.4.20~1939.5.6
金德萬	어린이 日曜	어린이作品 봄	1939.4.23
金吉男	어린이 日曜	어린이作品 春	1939.4.23
宋先鎬	어린이 日曜	어린이作品 봄	1939.4.23
姜小泉	家庭	童話 토끼 삼형제(7회, 完)	1939.4.28~1939.5.7
林□三	어린이 日曜	어린이作品 누이동생	1939.5.7
尹國達	어린이 日曜	어린이作品 제비	1939.5.7
權聖國	어린이 日曜	어린이作品 우리집	1939.5.7
韓泰泉	演藝	新人文學콩쿠르 매화포(10회, 完)	1939.5.7~1939.5.19
李周洪	家庭	童話 멜치(3회, 完)	1939.5.9~1939.5.12
丁淳哲	가정	童話 서울 간 오빠	1939.5.13

저자	게재면	제목	연재일자
韓貞淑	어린이 日曜	어린이作品 어미소	1939.5.14
李周洪	어린이 日曜	傳說童話 아들 삼형제	1939.5.14
金起八	家庭	童話 활人자(2회, 完)	1939.5.15~1939.5.16
朴興珉	家庭	長篇童話 第七公主(40회, 完)	1939.5.17~1939.7.12
吳之湖	學藝	내가 불른 初夏의 노래(6회, 完)	1939.5.19~1939.5.27
孔源圻	어린이 日曜	어린이作品 어느 日曜日	1939.5.21
安懷南	學藝	短篇小說 季節(10회, 完)	1939.5.24~1939.6.14
李夫詮	어린이 日曜	어린이作品 遠足날	1939.5.28
南宮永任	어린이 日曜	어린이作品 내고향	1939.6.4
姜榮愛	어린이 日曜	어린이作品 첫여름	1939.6.11
全武吉	學藝	短篇小說 自愧(12회, 完)	1939.6.15~1939.7.5
趙成姞	어린이 日曜	어린이作品 부처님	1939.6.18
金東烈	어린이 日曜	어린이作品 내동생	1939.6.18
盧貞玉	어린이 日曜	어린이作品 내고향	1939.6.18
毛允淑	學藝	L의 庭園 쓰다만 日記 한 토막(2회, 完)	1939.6.20~1939.6.24
李炳赫	어린이 日曜	어린이作品 우리 바두기	1939.6.25
李翼	演藝	帽子와 나	1939.6.30
林唯	演藝	映人隨筆 文學을 알라	1939.6.30
張順旭	어린이 日曜	어린이作品 나는 책상이오	1939.7.2
孔源常	어린이 日曜	어린이作品 낙시질 하던 날	1939.7.2
宋影	學藝	金貨(15회, 完)	1939.7.6~1939.7.27
盧貞玉	어린이 日曜	어린이作品 고모님	1939.7.9
李周洪	家庭	童話 못난 도야지(3회, 完)	1939.7.14~1939.7.16
趙□鎭	어린이 日曜	어린이作品 日曜日	1939.7.16
韓雪野	석간 7면	長篇小說 마음의 鄕村(140회, 完)	1939.7.19~1939.12.7
金思波	家庭	童話 씩씩한 아이	1939.7.20
이구조	가정	童話 비 온 뒤(2회, 完)	1939.7.21~1939.7.23
姜小泉	家庭	童話 삼굿(3회, 完)	1939.7.24~1939.7.26
金應柱	家庭	형제	1939.7.27
李北鳴	學藝	短篇小說 野會(13회, 完)	1939.7.28~1939.8.18
金起八	가정	장人대(3회, 完)	1939.7.28~1939.8.2
李元淑	어린이 日曜	어린이作品 라디오	1939.7.30
宋志泳 외	學藝	夏日漫草(11회, 完)	1939.8.2~1939.8.17

저자	게재면	제목	연재일자
金光鎬	家庭	童話 꽈리(2회, 完)	1939.8.3~1939.8.4
朴福子	어린이 日曜	어린이作品 사진	1939.8.6
康成九	어린이 日曜	童話 맴이편지	1939.8.6
盧良根	家庭	童話 굴러가는 수박(4회, 완)	1939.8.7~1939.8.11
許慶萬	어린이 日曜	어린이作品 祈願祭	1939.8.13
姜小泉	어린이 日曜	童話 보쌈(3회, 完)	1939.8.13~1939.8.15
朴仁範	家庭	童話 구름(2회, 完)	1939.8.17~1939.8.18
李圭熹	學藝	短篇小說 餘花故事(35회, 完)	1939.8.20~1939.10.22
洪敦杓	어린이 日曜	어린이作品 우리어머니	1939.8.20
南大祐	家庭	손과 발의 자랑	1939.8.21
姜小泉	家庭	童話 새로 지엇든 이름(3회, 完)	1939.8.22~1939.8.25
鄭廣鉉	學藝	學生文壇 掌篇小說 뜬구름	1939.8.24
金洪植	學藝	學生文壇 隨筆 배채	1939.8.25
林學洙	學藝	隨筆 가을	1939.8.26
洪銀杓	家庭	童話 우지마러 응?(3회, 完)	1939.8.26~1939.8.28
盧良根	家庭	童話 애기 물장수(4회, 完)	1939.8.29~1939.9.3
梁笶石	學藝	學生文壇 隨筆 싀금의 村風京(2회, 完)	1939.8.31~1939.9.5
金永釪	어린이 日曜	어린이作品 파리	1939.9.3
이구조	家庭	童話 새새끼(4회, 完)	1939.9.4~1939.9.8
宋寬洙	學藝	體驗記 瞑想村(2회, 完)	1939.9.8~1939.9.9
韓百珉	家庭	童話 비 오든 날	1939.9.9
邊周賢	가정	어린이作品 우리집	1939.9.11
洪斗源	學藝	學生文壇 隨筆 夜景	1939.9.12
金應柱	가정	童話 무서운 선생님	1939.9.12
姜小泉	家庭	童話 돌맹이(5회, 完)	1939.9.13~1939.9.18
異河潤	學藝	戰爭小說 敗北(10회, 完)	1939.9.15~1939.10.7
張祥鳳	學藝	學生文壇 隨筆 江村의 半日閑	1939.9.17
朴福順	어린이 日曜	어린이作品 여름 어느 아침	1939.9.17
金鳥風	家庭	童話 늙은 스님과 한 줌 콩(4회, 完)	1939.9.19~1939.9.25
洪銀杓	家庭	찢어진 우산(7회, 完)	1939.9.26~1939.10.5
張祥鳳	演藝	學生文壇 隨筆 凭窓漫感	1939.10.4
毛允淑	가정	隨筆 情緖의 故鄕	1939.10.5
김광호	가정	童話 추석달	1939.10.7

저자	게재면	제목	연재일자
許慶萬	어린이 日曜	어린이作品 초가을	1939.10.8
文小英	家庭	隨筆 가을은 왔것만	1939.10.9
李龜祚	家庭	童話 집오리(2회, 完)	1939.10.10 1939.10.11
李無影	家庭	長篇小說 世紀의 딸(190회, 完)	1939.10.10~1940.8.11
洪斗源	學藝	學生文壇 想華 虛言錄	1939.10.11
강성구	家庭	童話 상학종은 울것만	1939.10.14
張相林	家庭	隨筆 短簫소리	1939.10.14
石堂	演藝·娛樂	野談 素轎와 童婢(2회, 完)	1939.10.14~1939.10.15
許慶萬	어린이 日曜	어린이作品 거미	1939.10.15
金應柱	家庭	童話 제비의 고향	1939.10.16
姜小泉	家庭	빨간고추	1939.10.17
洪永義	學藝	學生文壇 隨筆 病床錄	1939.10.19
劉順喜	學藝	學生文壇 隨筆 그리운 마음	1939.10.19
盧良根	가정	童話 심부름값(3회, 完)	1939.10.19~1939.10.21
石堂	學藝	野談 이런게 友道	1939.10.19
宋寬洙	學藝	學生文壇 隨筆 文學少年의 가을	1939.10.20
洪銀杓	어린이 日曜	童劇 비오는 港口(9회, 完)	1939.10.22~1939.11.4
石堂	演藝·娛樂	野談 異國美人의 恨	1939.10.22
金永錫	學藝	短篇小說 春葉夫人(19회, 完)	1939.10.24~1939.11.26
玄鎭健	조간 4면	歷史小說 黑齒常之(52회, 未完)	1939.10.25~1940.1.16
趙錦史	어린이 日曜	어린이作品 우리언니	1939.10.29
嚴興燮 외	學藝	秋夜斷想 眞理를 探究하는 마음(2회, 完)	1939.11.2~1939.11.5
石堂	演藝·娛樂	野談 初夜에 復讎行	1939.11.2
朴興珉	어린이 日曜	童話 도라온 뱃쟁이(10회, 完)	1939.11.5~1939.11.19
石堂	演藝·娛樂	野談 新羅의 三勇士	1939.11.5
石堂	演藝·娛樂	野談 임자없는 扁舟	1939.11.10
許慶萬	어린이 日曜	어린이作品 늙은 거지	1939.11.12
洪永義	學藝	學生文壇 感想 哀戀譜	1939.11.12
石堂	演藝·娛樂	野談 兇家 얻고 猝富	1939.11.12
石堂	演藝·娛樂	野談 沙工과 義犬(2회, 完)	1939.11.16~1939.11.26
張星軫	學藝	學生文壇 隨筆 探秋敍情(3회, 完)	1939.11.21~1939.11.23
김광호	家庭	童話 하라버지와 감나무	1939.11.21
朴仁範	家庭	童話 의심(4회, 完)	1939.11.22~1939.11.25

저자	게재면	제목	연재일자
李吉永	어린이 日曜	어린이作品 우리동무	1939.11.26
이구조	家庭	동화 달님공주	1939.11.27
李孝石	學藝	短篇小說 旅愁(20회, 完)	1939.11.29~1939.12.28
金幽泉	家庭	傳說童話 솔나무(3회, 完)	1939.11.29~1939.12.2
石堂	演藝·娛樂	野談 高麗初期 王室의 哀話(8회, 完)	1939.11.29~1939.12.15
張祥鳳	學藝	學生文壇 隨筆 花何在 鏡何在	1939.11.30
黃普潤	學藝	學生文壇 斷想 沙羅樹	1939.12.2
洪斗源	學藝	學生文壇 隨想 虛言錄	1939.12.3
金點心	어린이 日曜	어린이作品 遠足	1939.12.3
康成九	어린이 日曜	童話 감나무(3회, 完)	1939.12.3~1939.12.5
姜小泉	家庭	童話 속임(4회, 完)	1939.12.7~1939.12.10
俞鎭午	석간 7면	長篇小說 華想譜(140회, 完)	1939.12.8~1940.5.3
盧良根	家庭	童話 네발자전거(7회, 完)	1939.12.11~1939.12.18
朴魯甲	學藝	隨筆 歲暮(3회, 完)	1939.12.14~1939.12.16
洪永義	學藝	學生文壇 病弱斷想錄	1939.12.15
洪斗源	學藝	學生文壇 隨筆 冬眠	1939.12.16
崔永秀	學藝	隨筆 雪上加想(2회, 完)	1939.12.17~1939.12.21
宋寬洙	學藝	學生文壇 隨筆 나그네	1939.12.19
金幽泉	家庭	童話 찹떡	1939.12.19
宋昌一	家庭	童話 산새들의 크리스마스(5회, 完)	1939.12.21~1939.12.26
洪斗源	學藝	學生文壇 隨筆 冬夜怨情	1939.12.22
石堂	演藝·娛樂	野談 女將軍 夫娘(2회, 完)	1939.12.22~1939.12.28
金永錫	學藝	隨筆 흉내相(3회, 完)	1939.12.24~1939.12.28
金鎭悟	學藝	學生文壇 山堂靜夜	1939.12.24
金起八	家庭	童話 불상한 새(3회, 完)	1939.12.27~1939.12.30
全霜玉	어린이 페이지	懸賞佳作童話 앉은뱅이꽃(3회, 完)	1940.1.1~1940.1.7
李秉岐	家庭	史上의 女傑撰(10회, 完)	1940.1.1~1940.1.18
許慶萬	어린이 페이지	懸賞1等當選作文 뇌준멧새	1940.1.3
孫順	어린이 페이지	2等當選作文 눈 오는 밤	1940.1.3
崔璉姬	어린이 페이지	2等當選作文 밤심부름	1940.1.3
姜享求	學藝	當選小說 봉두메(13회, 完)	1940.1.5~1940.1.20
黃仲龍	어린이 日曜	어린이作品 달과 애기별	1940.1.7
金應柱	어린이 日曜	童話 아름다운 작난감	1940.1.14

저자	게재면	제목	연재일자
李敭河	學藝	隨筆 조그만 기쁨	1940.1.19
金起八	가정	童話 침 묻은 구슬사탕(2회, 完)	1940.1.19~1940.1.20
李敭河	學藝	隨筆 다시 일현이	1940.1.20
李敭河	學藝	隨筆 경이 건이(2회, 完)	1940.1.21~1940.1.23
洪龍澤	學藝	佳作戲曲 干潮(13회, 完)	1940.1.21~1940.2.9
宋昌一	어린이 日曜	동화 어린밤엿장수(4회, 完)	1940.1.21~1940.1.25
洪在玉	演藝·娛樂	當選傳說 龍이 만든 錦繡江山(3회, 完)	1940.1.21~1940.1.26
民村生	學藝	隨筆 誤解	1940.1.25
民村生	學藝	隨筆 慣習	1940.1.26
洪銀杓	가정	첫눈 오던 날(12회, 完)아동소설	1940.1.26~1940.2.12
鄭芝溶	學藝	畵文行脚(12회, 完) 기행문	1940.1.28~1940.2.15
石堂	演藝	野談 帝王秘話(20회, 完)	1940.1.28~1940.3.3
民村生	學藝	隨筆 生命	1940.2.3
民村生	學藝	隨筆 女性	1940.2.4
尹昇漢	조간 4면	歷史小說 朝陽虹(160회, 未完)	1940.2.6~1940.8.11
金東奎	學藝	短篇小說 逃避(15회, 完)	1940.2.11~1940.3.3
申鉉泰	어린이 日曜	어린이作品 아침	1940.2.11
盧良根	가정	팔 떨어진 눈사람(7회, 完)	1940.2.13~1940.2.21
金達鎭	學藝	山居記(4회, 完)	1940.2.16~1940.2.21
李起敦	어린이 日曜	어린이作品 팔려간 닭	1940.2.18
朴魯甲	學藝	隨筆 春題(5회, 完)	1940.2.24~1940.3.1
呂運哲	어린이 日曜	어린이作品 父母의 恩	1940.2.25
金應柱	어린이 日曜	외로워진 바위	1940.2.25
李根榮	學藝	隨筆 나의 雜記帖(6회, 完)	1940.3.3~1940.3.10
金大洙	어린이 日曜	금순이의 작문	1940.3.3
石堂	演藝	野談 卜筮奇聞(4회, 完)	1940.3.5~1940.3.13
金達鎭	學藝	續山居記(3회, 完)	1940.3.7~1940.3.9
鄭人澤	學藝	短篇小說 戀戀記(20회, 完)	1940.3.7~1940.4.3
金海鎭	學藝	學生文壇 生의 魅力(2회, 完)	1940.3.9~1940.3.10
成喜模	어린이 日曜	어린이作品 우체통	1940.3.10
韓基高	어린이 日曜	어린이作品 동생얼굴	1940.3.10
金應柱	어린이 日曜	누나의 얼굴	1940.3.10
吳世明	學藝	春日漫筆 山村에서(2회, 完)	1940.3.10~1940.3.14

저자	게재면	제목	연재일자
金鎭悟	學藝	學生文壇 隨筆 山寺의 새벽	1940.3.14
石堂	演藝	野談 絶世力士 權節	1940.3.14
咸世德	演藝	學藝會用脚本 닭과 아이들(7회, 完)	1940.3.15~1940.3.31
黃晟起	學藝	學生文壇 隨筆 病窓雜想(2회, 完)	1940.3.17~1940.3.30
高敏植	어린이 日曜	어린이作品 作文 봄	1940.3.17
劉一千	어린이 日曜	난쟁이 눈사람	1940.3.17
李吉永	어린이 日曜	어린이作品 서울 게신 언니들	1940.3.24
李無影	學藝	山村閑題 宮村記其四(4회, 完)	1940.3.30~1940.4.5
文景慈	어린이 日曜	어린이作品 입학시험	1940.3.31
金應柱	어린이 日曜	幼年童話 꽃잎아리	1940.3.31
洪永義	學藝	學生文壇 一枝春心	1940.4.5
金慶姬	어린이 日曜	어린이作品 봄	1940.4.7
李根榮	學藝	短篇小說 探求의 一日(17회, 完)	1940.4.9~1940.5.7
石堂	演藝	野談 忠州의 竹竿呈狀	1940.4.12
石堂	演藝	野談 一匙粥으로 發福	1940.4.14
裴石鉉	어린이 日曜	어린이作品 도라가신 엄마	1940.4.14
洪銀杓	어린이 日曜	兒童劇 봄소식	1940.4.14
李燦	學藝	隨感 孤若 외(4회, 完)	1940.4.18~1940.5.1
裴天鎬	어린이 日曜	어린이作品 밭가리	1940.4.21
裴石鉉	어린이 日曜	어린이作品 꾀꼬리노래	1940.4.28
石堂	演藝	野談 婦道와 仁宗廢妃	1940.4.28
石堂	演藝	野談 名探偵 鄭云敬	1940.5.1
趙芝薰	學藝	南國紀行詩帖(4회, 完)	1940.5.1~1940.5.14
金容泰	學藝	隨想 謀叛의 旅愁 슲은 戀書(2회, 完)	1940.5.4~1940.5.5
石堂	演藝	野談 孝子 徐稜과 生蛙	1940.5.4
裴潤鎬	어린이 日曜	어린이作品 기남이 얼골	1940.5.5
金相洙	어린이 日曜	傳說童話 할미꽃(2회, 完)	1940.5.5~1940.5.12
石堂	演藝	野談 崔碩과 馬碑	1940.5.7
石堂	演藝	野談 高麗義士 文大	1940.5.9
玄卿駿	學藝	短篇小說 夜雨(15회, 完)	1940.5.10~1940.6.2
石堂	演藝	野談 義理없는 男便	1940.5.10
金海鎭	學藝	旅行隨想 牧丹峯一帶(5회, 完)	1940.5.10~1940.5.24
石堂	演藝	野談 民妻 찾아준 判官	1940.5.12

저자	게재면	제목	연재일자
石堂	演藝	野談 初夜의 閨房問答	1940.5.14
石堂	演藝	野談 黃厖村과 耕夫	1940.5.15
石堂	演藝	野談 喜調 띠인 女哭聲	1940.5.18
李根榮	學藝	病床記(3회, 完)	1940.5.19~1940.5.23
裴天鎬	어린이 日曜	어린이作品 순분이 얼골	1940.5.19
金允任	어린이 日曜	어린이作品 제비집	1940.5.19
石堂	演藝	野談 巫女와 李長坤	1940.5.19
石堂	演藝	野談 皇后 된 盲人의 딸(3회, 完)	1940.5.21~1940.5.24
金點心	어린이 日曜	어린이作品 세상 떠난 언니에게	1940.5.26
石堂	演藝	野談 汲水妓와 朴御史(8회, 完)	1940.5.26~1940.6.12
朴勝極	學藝	旅想 神戶와 案內孃 외(4회, 完)	1940.5.30~1940.6.18
裴石鉉	어린이 日曜	어린이作品 安俊이 보아라	1940.6.2
朴金重	어린이 日曜	幼年童話 심술쟁이 햇님	1940.6.2
朴魯甲	學藝	創作 浪浪(30회, 未完)	1940.6.5~1940.8.7
李根榮	學藝	病床記(4회, 完)	1940.6.9~1940.6.14
萬許慶	어린이 日曜	어린이作品 江南갓던 제비	1940.6.9
裴潤鎬	어린이 日曜	어린이作品 들구경	1940.6.9
金相德	어린이 日曜	童話 비누풍선	1940.6.9
李箕永	석간 7면	長篇小說 봄(59회, 未完)	1940.6.11~1940.8.10
石堂	演藝	野談 酒泉石과 漫山帳	1940.6.16
石堂	演藝	野談 大同江邊騎牛翁(4회, 完)	1940.6.18~1940.7.3
韓雪野	學藝	北支紀行(7회, 完)	1940.6.18~1940.7.7
朴興珉	어린이 日曜	童話 말 안 듣는 공치	1940.6.30
石堂	演藝	野談 忠馬와 錦陽尉(3회, 完)	1940.7.5~1940.7.9
盧良根	어린이 日曜	童話 꼬부랑 오이	1940.7.7
趙芝薫	學藝	西窓集(5회, 完)	1940.7.9~1940.7.16
石堂	演藝	野談 孝烈雙全한 名妓(2회, 完)	1940.7.12~1940.7.14
宋志泳	學藝	旅窓雜草(3회, 完)	1940.7.26~1940.7.28
朴興珉	어린이 日曜	童話 욕심쟁이쥐	1940.7.28
金晉燮	學藝	隨筆特輯(비・장마) 雨中雜感	1940.7.28
李無影	學藝	隨筆特輯(비・장마) 忌雨	1940.7.28
鄭人澤	學藝	隨筆特輯(비・장마) 不吉한 비	1940.7.28
金珖燮	學藝	隨筆特輯(비・장마) 憂鬱의 書	1940.7.28

저자	게재면	제목	연재일자
吳宗植	學藝	隨筆特輯(비·장마) 晴雨	1940.7.28
金廷漢	學藝	歸鄕記(4회, 完)	1940.7.31~1940.8.4
권정자	어린이 日曜	어린이作品 우리집 정원	1940.8.4
朴興珉	어린이 日曜	童話 나물장사 어머니	1940.8.4
金岸曙	學藝	詩人散文特輯 文毒	1940.8.4
金珖爕	學藝	詩人散文特輯 生存者의 手記(5회, 完)	1940.8.4~1940.8.11
毛允淑	學藝	詩人散文特輯 봉선화	1940.8.4
尹崑崗	學藝	詩人散文特輯 詩와 꿈꾸는 精神	1940.8.4
李庸岳	學藝	詩人散文特輯 전달[갈](蠍)	1940.8.4
韓植	學藝	隨想錄 土耳其로서 온 편지	1940.8.7
韓植	學藝	隨想錄 內面에의 旅路	1940.8.9
安承海	어린이 日曜	귀여운 사남보	1940.8.11
盧良根	어린이 日曜	童話 울지마라 순남아	1940.8.11

우리 연구소는 '근대 한국학의 지적 기반 성찰과 21세기 한국학의 전망'이라는 아젠다로 HK+ 사업을 수행하고 있습니다. '한국학이 무엇인가' 하는 점은 물론 관점에 따라 달라질 수 있을 것입니다. 하지만 개항과 외세의 유입, 그리고 식민지 강점과 해방, 분단과 전쟁이라는 정치사회적 격변을 겪어 온 우리가 스스로를 어떤 존재로 규정해 왔는가의 문제, 즉 '자기 인식'을 둘러싼 지식의 네트워크와 계보를 정리하는 일은 반드시 필요한 작업이라고 생각합니다. '자기 인식'에 대한 탐구가 그동안 없었던 것은 아니지만, 현재 제도화되어 있는 개별 분과학문들의 관심사나 몇몇 지식인들을 대상으로 한 제한적인 논의였음을 부인하기는 어려울 것 같습니다. 이러한 현실에서 '한국학'이라고 불리는 인식 체계에 접속된 다양한 주체와 지식의 흐름, 사상적 자원들을 전면적으로 복원하고자 하는 것이 바로 저희 사업단의 목표입니다.

'한국학'이라는 담론/제도는 출발부터 시대·사회적 영향을 강하게 받아왔습니다. '한국학'이라는 술어가 우리의 입에 오르내리기 시작한 것도 해외에서 진행되던 지역학으로서의 '한국학'이 반향을 불러일으키면서 부터였습니다. 그러나 '한국학'이란 것이 과연 하나의 학문으로서 성립할 수 있느냐 하는 질문에 답을 얻기도 전에 '한국학'은 관주도의 '육성' 대상이 되었습니다. 이에 대응하여 실천적이고 주체적인 민족의식을 강조하는 '한국학'은 1930년대의 '조선학'을 호출하였으며 실학과의 관련성과 동아시아적 지평을 강조하기도 하였습니다. 그 가운데 근대화, 혹은 근대성은 서로 다른 맥락에서 '한국학'을 검증하였고, 이른바 '탈근대'의 논의는 의심 없이 받아들여지던 핵심 개념이나 방법론에 문제를 제기하기도 하였습니다.

'한국학'이 이와 같이 다양한 맥락에서 논의되어 온 것은 그것이 우리의 '자기인식', 즉 정체성 문제와 관련되어 있기 때문일 것입니다. 대한제국기의 신구학 논쟁이나 국수보존론, 그리고 식민지 시기의 '조선학 운동'은 물론이고 해방 이후의 '국학'이나 '한국학' 논의 역시 '자기인식'에 대한 시대적 요구에 응답하려는 노력이었을 것입니다. 우리가 '한국학'의 지적 계보를 정리하는 것에 만족하지 않고 21세기의 전망을 제시하고자 하는 이유도, '한국학'이 단순히 학문적 대상에 대한 기술이나 분석에 그치지 않고 우리의 현재를 성찰하며 더 나아가 미래를 구상하고 전망하려는 노력에 직간접적으로 연결된다고 보기 때문입니다. 주지하듯 근대가 이룬 성취 이면에는 깊고 어두운 부면이 있습니다. 그리고 이 명과 암은 어느 것 하나만 따로 떼어서 취할 수 없는 한 덩어리일 가능성이 있습니다. 21세기 한국학은 근대에 대한 성찰을 통해 이 질곡을 해결해야 하는 시대적 요구에 응답해야만 하는 과제를 안고 있습니다.

연세근대한국학 HK+ 학술총서는 이러한 과제를 수행하는 과정에서 나오는 성과물을 학계와 소통하기 위한 시도입니다. 학술총서는 연구총서와, 번역총서, 자료총서로 구성됩니다. 연구총서를 통해 우리 사업단의 학술적인 연구 성과를 학계의 여러 연구자들에게 소개하고 함께 논의를 진정시키고자 합니다. 번역총서는 주로 외국인들에 의해 이루어진 조선/한국 연구를 국내에 소개하려는 목적에서 기획되었습니다. 특히 동아시아적 학술장에서 '조선학/한국학'이 어떻게 구성되고 작동하여 왔는지를 살펴보려고 합니다. 또한 자료총서를 통해서는 그동안 소개되지 않았거나 불완전하게 알려진 자료들을 발굴하여 학계에 제공하려고 합니다. 새롭게 시작된 연세근대한국학 HK⁺ 학술총서가 소기의 목적을 달성할 수 있도록 여러 연구자들의 관심과 격려를 부탁드립니다.

2019년 10월
연세대 근대한국학연구소 인문한국플러스HK⁺ 사업단